La conjura de La Rueda

Andrés Gutiérrez Usillos

La conjura de La Rueda

Papel certificado por el Forest Stewardship Council®

Primera edición: abril de 2025

© 2025, Andrés Gutiérrez Usillos
© 2025, Penguin Random House Grupo Editorial, S. A. U.
Travessera de Gràcia, 47-49. 08021 Barcelona

Penguin Random House Grupo Editorial apoya la protección de la propiedad intelectual. La propiedad intelectual estimula la creatividad, defiende la diversidad en el ámbito de las ideas y el conocimiento, promueve la libre expresión y favorece una cultura viva. Gracias por comprar una edición autorizada de este libro y por respetar las leyes de propiedad intelectual al no reproducir ni distribuir ninguna parte de esta obra por ningún medio sin permiso. Al hacerlo está respaldando a los autores y permitiendo que PRHGE continúe publicando libros para todos los lectores. De conformidad con lo dispuesto en el artículo 67.3 del Real Decreto Ley 24/2021, de 2 de noviembre, PRHGE se reserva expresamente los derechos de reproducción y de uso de esta obra y de todos sus elementos mediante medios de lectura mecánica y otros medios adecuados a tal fin. Diríjase a CEDRO (Centro Español de Derechos Reprográficos, http://www.cedro.org) si necesita reproducir algún fragmento de esta obra.
En caso de necesidad, contacte con: seguridadproductos@penguinrandomhouse.com.

Printed in Spain – Impreso en España

ISBN: 978-84-19835-90-1
Depósito legal: B-2.644-2025

Compuesto en Mirakel Studio, S. L. U.

Impreso en Black Print CPI Ibérica
Sant Andreu de la Barca (Barcelona)

SL 35901

A la memoria de mi padre, Leonardo,
incansable lector que inculcó su amor por la literatura

Prólogo

Un alacrán azul

Santiago de la isla de Cuba, junio de 1664

El críptico mensaje de La Rueda que Abigail había recibido en Sevilla tan solo indicaba que debía recabar instrucciones al atracar en Santiago de Cuba. Para ello, debía localizar una tienda de paños cerca del malecón, cuya ubicación se había marcado con un gran círculo rojo en un esquemático plano dibujado junto al texto. Incluía una extraña contraseña que tendría que recitar al acceder al comercio, así como la respuesta que confirmaría que se trataba del lugar y de la persona indicadas. Tras repasar varias veces el mensaje y haber memorizado su contenido, lo rompió en diminutos fragmentos.

Al atracar en la ciudad de Santiago, recorrió algunas calles hasta dar con la puerta de una tienda cuya ubicación coincidía con la marca del plano. Cuando atravesó su umbral tuvo que parpadear varias veces para acostumbrar sus ojos a la penumbra, al umbrío frescor del interior que contrastaba con la luminosidad de las calles de la ciudad. Con dificultad distinguió recortarse la figura de un hombre de voluminoso abdomen recostado en una mecedora, detrás de un ancho mostrador de madera desgastada.

—Buenos días, señorita. ¿En qué puedo servirle? —saludó el dependiente amablemente mientras se levantaba con cierta torpeza.

—«Júpiter, hecho hieles, se desgañitaba poniendo los gritos en la tierra» —respondió la joven atribulada, temiendo que aquel amable comerciante la tomara por demente, si había errado la dirección.

—«Porque ponerlos en el cielo, donde asiste, no era encarecimiento a propósito» —remató el tendero, con una sonrisa de medio lado, finalizando así los versos de *La hora de todos y la fortuna con seso*, que había publicado Francisco de Quevedo unos años atrás—. Acompañadme a la trastienda, señorita. Ahí guardo la mercancía que precisa —continuó el dependiente mientras descorría una cortina que cubría el vano de la puerta, y levantaba una parte del mostrador para invitar a la joven a atravesar ambos accesos. Miró de soslayo hacia la puerta, asegurándose de que nadie la había seguido.

Profundos estantes de madera forraban las paredes formando celdillas como un panal de abejas y repletos de tejidos, plegados o enrollados, colocados unos sobre otros. Abigail estaba maravillada ante la cantidad y variedad de telas que allí había, ordenadas por tipos de fibras y colores.

El dependiente abrió un cajón de un arcón y extrajo una pequeña caja cuadrangular de carey con herrajes de plata y un águila de dos cabezas en el centro. Con una llave de plata que llevaba colgada al cuello, abrió su tapa redondeada para extraer papel doblado y lacrado.

—¡Aquí tenéis! Acaba de llegar con la flota —le indicó, mostrándole un papel doblado y sellado.

—¿Con la flota? ¿Cómo podéis tener un mensaje para mí? —respondió dubitativa Abigail, pensando que quizá se trataba de otra prueba, pues el mensaje lo podía haber recibido en Sevilla o durante el trayecto.

—Vos indicasteis la seña convenida. ¡Tomad! —añadió el dependiente, extendiendo su brazo para que Abigail recogiera el papel que le ofrecía—. Debéis leer su contenido y deshaceros del mensaje aquí mismo, señorita, frente a mí. Esas son mis instrucciones —continúo el dependiente mientras gruesas gotas de sudor resbalaban por su sien y se fundían con la barba provocando destellos dorados.

Abigail rompió el lacre rojo en el que se distinguía una rueda con cinco radios. Al leerlo se sobresaltó, el color del rostro se volvió traslúcido como el alabastro y sus labios se secaron. El dependiente se percató de la vacilación de la joven e intervino:

—Querida…, recordad el juramento. Aceptamos las consecuencias que acarrearía abandonar o exponer a los demás miembros de La Rueda. Si me exponéis, ¿qué debería hacer yo? —advirtió el dependiente mientras taladraba con sus fríos ojos como cinceles el alabastro de Abigail—. Toméis la decisión que toméis, valorad bien las consecuencias —concluyó el dependiente, mientras la joven prendía con la llama de una vela la nota que acababa de leer.

Pensativa, la muchacha abandonó la tienda de paños dubitativa. Si cruzaba esa línea, ya no habría vuelta atrás. Temía haber perdido el control de la situación. Se había divertido recabando información, enviando mensajes encriptados o haciendo circular rumores falsos. Se le daba bien escuchar conversaciones a escondidas e incluso mover sus hilos para provocar o manipular decisiones de los demás, pero… ahora… le exigían que cometiera un asesinato.

Respiró profundo y cerró los ojos. Se detuvo a escuchar su palpitante corazón acelerado, tratando de escapar del ajustado jubón azul loro e inspiró de nuevo. Lo que ahora estaba en juego era su propia vida. El tendero fue muy claro al respecto. Además no viajaba sola. Alguien más de la organización había entregado el mensaje, y viajaba en la misma flota.

Tenía que estar más atenta. El tablero de juego se había vuelto demasiado peligroso, pero ya no había vuelta atrás. Su orden era impedir, a toda costa y por cualquier medio, que el marqués destruyera la red que tanto esfuerzo había costado poner en marcha en la Nueva España.

El viaje y la misión que se había iniciado unos meses atrás, en Madrid, estaba a punto de concluir.

PARTE I

Philos. Amistades y secretos

1

Una insignificante mosca

Madrid, 30 de diciembre de 1663

Don Antonio Sebastián de Toledo, II marqués de Mancera, había sido convocado por el rey Felipe IV al Alcázar Real de Madrid, y aguardaba ansioso en aquella incómoda sala de dignidad caduca, consumido por la incertidumbre.

—Seguramente querrá volver a enviarme lejos de Madrid —cavilaba el marqués ensimismado a la luz de los candeleros que había sobre la mesa.

Con casi cuarenta años, el marqués de Mancera era un atractivo hombre delgado, con largo cabello negro y un fino bigote que quizá fuera lo más expresivo de su rostro, junto a su prominente nariz y su temeraria barbilla, en la que se dibujaba la sonrisa socarrona. Su habitual estoicidad estaba comenzando a quebrarse al ritmo del estridente eco del desencajado chirriar de sus nuevos zapatos. Con cada pisada sobre el enlosado de barro, las suelas parecían retorcerse de angustia o de dolor, envolviendo todo aquel recinto con aullidos azabaches. Para apaciguarlas, el marqués de Mancera dio un pequeño salto y aterrizó sobre la alfombra que se extendía frente a la chimenea.

Se inclinó para apoyar sus manos sobre la amplia mesa con patas torneadas y retorcidos fiadores de hierro que acreditaban ajados días de gloria. Sobre ella se erguían desafiantes tres candeleros, dos de plata y uno de bronce, cada uno con su vela encendida.

—Confío en que no sea otra embajada —murmuró el marqués para sí mismo, recordando las humillaciones pasadas—. La de Venecia llegó en el peor momento, con Leonor enferma y sin recursos para el viaje. Fue bochornoso solicitar la ayuda de costa para poder trasladar la casa. Aún me enciendo al pensarlo. ¿O este rubor es provocado por el fuego de la chimenea?

Algo no iba bien y podía sentirlo. Que le hiciera esperar en aquella vetusta sala, era un signo de la falta de aprecio y confianza del rey, que explicaría también los sucesivos ceses en Venecia, París y Viena y la forma en que se produjeron. Sus pensamientos se tornaron en palabras, y se dijo en voz alta:

—Fue otra afrenta ofrecerme la embajada de París después de haberme cesado en Venecia y, quitármela ya de camino para dársela a otro. ¡Otra vergüenza más para mi casa! Y, como compensación, enviarme a Viena y cesarme de nuevo transcurridos menos de nueve meses, y exigiendo mi inmediato regreso a Madrid. ¡Qué humillante! ¿Y ahora qué pretenderá de mí?

La llama de una de las velas chisporroteó y eso hizo desviar el pensamiento del marqués:

—¡Menudo derroche! ¡Prender velas en la mañana y cerrar las cortinas! Si no cuidamos estos detalles, el imperio se hunde.

El sobrio marqués hurgaba a menudo en los límites de la estricta austeridad, quizá porque su familia, aunque hidalga, no había sido de las más acaudaladas. El título de marqués había sido concedido por el rey Felipe IV a su padre, poco antes de que él mismo naciera, cuatro décadas atrás. El mismo rey que ahora le había convocado, más consumido y ajado que entonces, como reflejo del imperio que regía o como los muebles y la alfombra de aquella estancia, e incluso como el propio marqués.

Los gruesos cortinajes de tafetán verde con flecos dorados que cubrían los estrechos ventanales debieron haberse reaprovechado de otra estancia con techos más altos, pues el sobrante se fruncía sobre el suelo arrastrando glorias pasadas. Indolentes flecos dorados refulgían a la luz de la chimenea como inertes y retorcidos gusanos áureos tratando de escapar de aquella maraña verde.

Inclinándose sobre la mesa, con los brazos rectos, la boca torcida y sus tripas rugiendo, se agolpaban nuevos pensamientos que hacían más laboriosa la espera:

—Ya se ha consumido más de la mitad de la vela... Debo llevar aguardando más de dos horas... ¿Serán más de las once? Leonor estará preocupada. ¿Qué querrá el rey de mí? Tengo hambre.

Haciendo marcas con la uña de su meñique en la vela que estaba escudriñando, se imaginaba que le resultaría más fácil calcular el tiempo que quedaba por transcurrir, en caso de que hubiera pasado a convertirse, por olvido, en otro mueble viejo más de la estancia.

El calor de la chimenea disolvía la materia de su cuerpo en múltiples estados: de sólido a líquido, de líquido a gaseoso, sudando y exhalando por los poros de su piel. El chisporroteo del fuego parecía burlarse de su inquietud. Sofocado, el marqués se desplazó instintivamente tanteando algún rincón más fresco, sin importarle las estridencias de las suelas de sus zapatos. Se acercó al escritorio de columnillas, arrinconado en un ángulo de la habitación, sobre cuyo tablero colgaba descuidado un mapa, que trataba de escurrirse también de algún otro tedioso abandono.

A pesar de las tórridas llamas de la chimenea, de las velas y de los cortinajes y tapices, por los ventanales lograban filtrarse gélidos latigazos de viento. Como un agotado y gris viejito de larga barba, escuálido y encogido, el viento invernal lograba sortear cada uno de los obstáculos, reptar, filtrarse y azotar el aire. Brincaba atraído irremediablemente por el cálido cuerpo del marqués, para hundir así sus huesudos y afilados dedos en sus cansadas y agitadas carnes. Un escalofrío recorrió entonces el cuerpo de don Antonio Sebastián:

—Madrid es una ciudad espantosamente fría en invierno —pensó, estremeciéndose de nuevo y tiritando por el aire frío que le fustigaba—. Espero que se trate de un destino más templado, si es que eso es lo que Su Majestad me reserva... Si es que Su Majestad se dignara a recibirme en algún momento... Voy a enfermar. Si sigo aquí, caeré enfermo —cavilaba el marqués mientras estornudaba.

Nuevos estornudos sacudían estos y otros pensamientos, mientras el viejito del frío se encaramaba a la espalda del marqués y, aferrado a su cuerpo, iniciaba boca abajo la desescalada hacia sus piernas, para terminar dando helados lengüetazos a sus pies. El marqués tiritó. Se volvió hacia la chimenea en busca de un lugar más templado..., aunque era consciente de que, en parte, el temblor y la agitación de su cuerpo se debían a la incertidumbre y el recelo de lo que le aguardaba.

2

Arrobos espirituales y visiones místicas

Convento de Ágreda, Soria,
28 de diciembre de 1663

Un par de días antes de la visita del marqués al Alcázar, el destino de este se estaba fraguando en el convento de la Purísima Concepción, en Ágreda, donde su prelada sor María de Jesús recibiría la visión que iba a provocar el cambio en el curso de los acontecimientos del imperio español y en la vida del marqués.

Sor María de Jesús mortificaba sus carnes, como hacía día tras día. Pero, aquella mañana, un aire cargado de aromas y vapores anunciaba nuevos arrebatos místicos. El aire se había espesado tanto que sentía dificultad para respirar haciendo más trabajosa su penitencia. La prelada vestía una gruesa túnica de lana marrón por debajo de otra de color blanco, atadas ambas con un sencillo cordón. Y, por encima, se cubría con un manto azul celeste y un velo negro sobre la cabeza, llevando como único adorno una sencilla cruz de madera.

—¡Madre, tápese! El frío aprieta —ordenó sor Esperanza, siempre pendiente del bienestar de la prelada y temerosa de que el frío hendiera las carnes de la anciana, que solícita se arropó con su capa azul.

Al llegar la tarde, a sor María de Jesús le estaba faltando inspiración. Hasta cinco veces diarias solía improvisar alguna novedosa manera de mortificarse haciendo uso de cilicios y austeras disciplinas sobre su piel ajada. Con ellas rogaba por la reparación de sus pecados, por la conversión de los herejes, por una digna comunión, por frenar la gula o por aumentar las vocaciones franciscanas. Las horas restantes, cuando su piel no estaba siendo estrujada, aguijoneada o exprimida, las pasaba rezando, momento que aprovechaba de nuevo para continuar lacerando su cuerpo.

—¿Qué me ocurre? ¿Ese aroma que nos invade anuncia acaso la divina presencia? ¿Seré digna? —se cuestionaba sor María de Jesús, al tiempo que se postraba en el suelo del coro de la iglesia del convento.

Allí rezaba con los brazos en cruz, explayando todo su lacónico y sucinto cuerpo. Algunas de las hermanas creían que así abrazaba al edificio para insuflarle su propio calor y procurar mayor acomodo a todas ellas. Inmóvil en el helado suelo, parecía haberse congelado al borde de su vitalidad, pero en realidad se acaloraba con sus rezos y cuando se erguía mostraba el rostro encendido y sudoroso por el abrasador amor divino que la había invadido. Sor Esperanza se acercó sigilosamente y aguardó hasta comprobar que la madre efectuaba algún movimiento. No quería interrumpir su recogimiento porque aquello solía provocarle terribles dolores de cabeza. Observó que sor María de Jesús movía ligeramente un pie y aprovechó para intervenir, agachándose de forma ágil y colocando con suavidad una mano sobre su hombro.

—Madre. La cena aguarda —susurró sor Esperanza de forma muy pausada para no sobresaltar a su superiora.

—Voy —respondió sor Ágreda desde el suelo, sin mover ni un músculo de su cuerpo y con los labios pegados al suelo.

Como no podía abstraerse en su penitencia, sor María de Jesús se sentía muy afligida. Una oleada de temblores y escalofríos recorrieron su cuerpo, y consternada, se dispuso a ingerir algo de alimento, a eso de las seis, como también hacía cada jornada. Este era el único intervalo en que tomaba algún sustento con el que poder mantener su carnal envoltorio a fin de continuar mortificándolo, pero de manera tan frugal que ni a una tórtola le bastaría para rellenar su buche.

—Coma algo más, madre —insistía sor Esperanza mientras el resto de las hermanas daban buena cuenta de la caldereta que se había estado cocinando todo el día, sumando sus aromas terrenales a los otros sobrenaturales.

—No tengo apetito —respondió pesarosa sor María de Jesús, echando en su plato tan solo dos castañas y un nabo que flotaban en la caldereta. La carne o los pertrechos más suculentos los había desechado por completo de su dieta muchos años atrás, por lo que las hermanas sospechaban que la vitalidad y la energía que emanaban de su cuerpo no era más que la trasmisión de la luz de los arcángeles que la frecuentaban.

En la celda, sor María de Jesús se sentó sobre su camastro y desató las ásperas cuerdas de cáñamo que sujetaban dos gruesas tablas a sus pies. Con ellas los aislaba del suelo helado. Quería dormir un par de horas al menos. Quizá fuera el aire, el frío o el cansancio acumulado, pero esa tarde se encontraba exhausta. Tendida sobre el lecho, se envolvió con la capa azul, amortajándose para impedir que su corazón saliera disparado de su pecho, pues notaba cómo le brincaba acelerado, saltando y girando sobre sí mismo, a punto de inflamarse. De pronto, el vaho de su aliento dejó de condensarse en el aire y la estancia se caldeó sin haber encendido fuego alguno. Un olor extraordinariamente agradable la cubrió, como si se hubieran perfumado las sábanas o el suelo de la celda. Pero allí no había ni barros ni perfumadores ni incensarios.

El aroma celestial colmató toda la celda de sor María de Jesús. ¿Qué mensaje divino recibiría en esta ocasión? ¿Volvería a bilocarse a la Nueva España? Con los ojos abiertos y fijos en una de las paredes de su celda, sor María de Jesús habló en voz baja:

—¡Baraquiel, fortaleza de Dios! Me estremece la dicha de volver a sentir vuestra hermosa y divina presencia. Vuestra hermosísima luz carmesí me ciega..., atraviesa incluso mis párpados cerrados y me abrasa, incendia mi pecho y hierve mi corazón hasta rebosar de delirio... Debo cesar en miraros —advirtió sor María de Jesús, y dirigiéndose hacia otro rincón de la celda, continuó—: ¡También vos, Maraquiel!, hermosísimo arcángel cuya dorada luz resplandece inundando mi alma de gozo y amor divino. ¡Graciel!, abogado de Dios. ¡Nunciel!, mensajero del Altísimo. ¡Saciel!, sabiduría de Dios. ¡Agael!, alabanza de Su Grandeza. ¡Habéis venido todos! Me embriaga el gozo de sentiros tan cerca.

Una amalgama de dolor y éxtasis la envolvía, llevándola al borde de su resistencia física y espiritual. El cuerpo de sor María de Jesús fue adquiriendo rigidez, desde dentro hacia fuera, y de la propia tiesura se elevó casi un palmo sobre el jergón. Una corriente de aire que se colaba por los resquicios de la puerta de la celda hacía trepidar el velo azul y mecía su liviana figura como una barca acariciada por el suave oleaje. Anclado su cuerpo tan solo por el hábito y el manto, estos ejercían una inercia contraria a su natural necesidad de flotar y elevarse hasta el techo de la estancia y si este no lo impidiera, ascender hasta los cielos. El aroma de los arcángeles le llenaba los pulmones y abrasaba su corazón y sus entrañas, quemándole el alma con un fuego purificador que le provocaba un intenso dolor, más espiritual que físico, y que cuando cesó quedó transformado en puro amor de Dios, y su cuerpo, colmatado por la presencia del Amado.

Ya habían transcurrido más de cuarenta años desde que sor María de Jesús tuvo sus primeros arrobos y bilocaciones que la llevaron a predicar la religión católica entre los indígenas de Nuevo México y Texas, en remotos territorios de la lejana

Nueva España. Cuando el padre Alonso de Benavides, un franciscano portugués, llegó por primera vez como misionero a aquellos parajes, los indígenas ya conocían los fundamentos del catolicismo y anhelaban ser bautizados. Le explicaron que la dama azul se les aparecía para mostrarles la fe. El padre Benavides se trasladó en 1630 a España, para buscar a la religiosa de la que los indios hablaban y llegó hasta sor María de Jesús, quien le confirmó que, por mediación de los ángeles, se transportaba a territorios desconocidos para predicar entre los paganos.

Pasadas unas horas, la hermana sor Esperanza abrió la puerta y encontró a la madre superiora en aquel estado. Sonrió. Hacía tiempo que no tenía arrobos y Dios volvía a elegirla como vehículo de su palabra, lo que redundaría en beneficio para el convento y para toda la orden. Retrocedió para cerrar la puerta, pero el herrumbroso y lastimero quejido de las bisagras hizo salir de su celestial trance a la madre. Abrió los ojos al tiempo que su cuerpo caía pesadamente sobre el lecho, recuperando su densidad. El golpe seco levantó una nube de polvo y paja del jergón que revolotearon por la estancia.

—Dese prisa, sor Esperanza. Prepare presto papel y pluma mientras me incorporo —dijo precipitada sor María de Jesús con voz jadeante y sofocada. Se irguió con torpeza sobre la cama, con el rostro encendido, la mirada ausente y los labios resecos.

—Voy, madre —respondió sor Esperanza, sonriendo satisfecha al tiempo que obedecía complaciente las órdenes de la superiora mientras esta, sentada en el borde del camastro, se calzaba las tablas de los pies anudando las cuerdas de esparto sobre los empeines.

—Es urgente dar aviso al rey de la amenaza que le aguarda —añadió consternada sor María de Jesús—. No debo olvidar ningún detalle de lo que acontece en la Nueva España contra su reino y contra su real persona...

3

Brillantes zapatos y turbias esperanzas

Madrid, 30 de diciembre de 1663

El marqués de Mancera cerró los ojos y esbozó una sonrisa, templando ya su cuerpo en aquel paraje de climas extremos que se resumían y concentraban en la estancia del Alcázar, donde aún seguía aguardando. El perfume de Leonor inundó su memoria: una mezcla entre algalia, ámbar gris y esencia de azahar que ella misma destilaba. Y, con los ojos cerrados, rememoró el frufrú de su vestido de seda desplazándose por su dormitorio aquella mañana, acompasando los gráciles movimientos de un cuerpo delicado, pero grande, como correspondía a la ascendencia alemana de Leonor, hija de los marqueses de Grana. Los rasgos faciales de su esposa parecían no haberse puesto de acuerdo para armonizarse: los ojos pequeños, la nariz larga, los labios finos, la boca breve, la barbilla ancha. Pero su brío se percibía en el mismo momento en que hacía su aparición y, sobre todo, destacaba por el extraordinario color azul cósmico de sus ojos que centelleaban con ráfagas de profunda inteligencia. Dotada para los idiomas, podía expresarse en castellano, alemán, francés, italiano y alguna otra lengua, y le gustaba leer poesía y hagiografías en todas ellas.

Aunque Leonor trataba de disimular su estado de agitación y preocupación, el marqués se había percatado de su ánimo tan pronto como entró en su dormitorio. Ese día las palabras se atropellaban en sus labios, regurgitando acentos olvidados. Además, se desplazaba inquieta de un lado al otro de la habitación como una peonza con su incesante frufrú.

—Querido, ponte los zapatos de tafilete nuevos. ¡Es el rey de España! —sugirió Leonor, retorciéndose las manos en un gesto que traicionaba su aparente calma—. ¿Estás seguro de que el mensajero no indicó que acudiera también yo? —continuó Leonor, procurando hacer contacto visual con la distraída mirada del marqués, que estaba ensimismado colocándose las blancas medias de pelo, de las más finas y delicadas que existen, de la forma más recta posible—. Mariana me guarda grrran cariño, *sie schätzt mich sehr.*[1]

Al escuchar estas palabras en alemán el marqués alzó la cabeza y proyectó un conato de sonrisa de medio lado, observando a su esposa con inusitado interés. Con un calzador en la mano forzó sus pies a encajar en los nuevos zapatos, y golpeó varias veces el suelo para que terminaran de acoplarse. La nueva moda de los zapatos estrechos no hacía sino destrozar los delicados pies de algunos hombres.

—¡Continúa, querida! —inquirió el marqués con voz aterciopelada y con una mirada que decantaba su interés no tanto hacia la conversación, sino hacia otros profundos y vedados pensamientos.

Lo cierto es que al marqués le encantaba escuchar a su esposa hablar en alemán y más aún cuando esta le daba órdenes, algo que nunca le confesó. Y Leonor, con la práctica de la convivencia, se había percatado de que, si incorporaba de vez en cuando algunas palabras en alemán, conseguía reconducir la atención de su distante y ensimismado esposo. El francés y

---

[1] Ella me tiene en gran aprecio.

el italiano, e incluso el latín, no producían el mismo efecto, así que los había desterrado de sus conversaciones.

—Pues eso. La reina nos colma de favores, ¿verdad? —Leonor hizo una pausa al comprobar que el marqués había perdido de nuevo interés en su conversación —... *dieser Mann!*[2] ¿No te has puesto las medias? —continuó diciendo en alemán en voz alta.

—Las llevo, querida —respondió el marqués incómodo ante duda.

—¡Son tan finas que no se distinguen! ¿Qué sentido tienen entonces? —añadió Leonor forzando la vista y con expresión de desagrado.

Fuera cual fuera la intención de su renovado interés, este nunca iba más allá. En realidad, la ausencia del contacto físico no le importunaba, al contrario, así evitaba nuevos padecimientos. Consideraba que ya había cumplido con su función como esposa al dar a luz a su única hija, María Luisa o Lisy como le decían. Y, precisamente, fueron las complicaciones en el parto de esta las que suprimieron tanto los anhelos como la facultad de volver a quedarse embarazada. Y desde entonces, hacía ya siete años, los marqueses no habían vuelto a tener contacto íntimo.

Las nuevas perlas añadidas en alemán no dieron resultado, pues el marqués estaba absorto colocándose el jubón y subsumido en sus propios pensamientos.

—Querido, deberíamos elegir el esposo para Lisy.

—¿No es aún demasiado joven? —advirtió el marqués frunciendo el ceño ante la idea.

—No, ahora no debe casarse, querido. Solo hay que asegurarle un prometido digno. Pero, sí. No debe contraer esa responsabilidad siendo demasiado joven. ¡Pobre Mariana! Casada con solo quince con el rey, que le sacaba más de treinta y tantos años de diferencia.

---

[2] ¡Este hombre!

—El rey es el rey, querida.

—Ya. Y además de su rey, era su futuro suegro y también su propio tío carnal y encima es como es, querido. *Wie schrecklich!*[3] —Leonor mostraba su desagrado con la mirada azul desplegada y la boca tensa.

—¿Quién iba a imaginar que el príncipe Baltasar Carlos muriese antes de la boda y dejara a Mariana compuesta y sin novio? Y, a la casa real española sin heredero varón. No podían perder tiempo en buscar otra candidata que le diera un nuevo vástago al rey —explicó el marqués molesto por lo que parecía una crítica velada al rey por parte de su esposa, amiga de la reina.

—Habría que apalabrar algún matrimonio ventajoso para Lisy, pues temo que esa rareza suya no se le pase nunca… *Sie wird Single bleiben!*[4] —respondió Leonor con un tono conciliador y cariñoso.

Leonor conocía bien a su esposo y, además del uso de diferentes lenguas, sabía qué entonación utilizar para apaciguar los ánimos de aquel cuando comenzaban a encenderse. Si no lo cortaba a tiempo, el marqués, aunque por lo general era un hombre tranquilo, podía llegar estallar en un arrebato de ira.

—No hay prisa, querida. Nosotros no nos casamos jóvenes… y no nos ha ido tan mal… ¿No? —interrumpió el marqués en tono sarcástico, alzando una ceja para saber si su esposa estaba de acuerdo.

Cuando Leonor constató que el conato de ira de su esposo se había aplacado, continuó tratando de mostrar buen humor y provocando un ánimo risueño. Intuía la preocupación del marqués por la entrevista con el rey, a pesar de que este procuraba siempre ocultar sus emociones. Se sentó sobre la colcha de seda china color hueso, recorriendo con el dedo índice los bordados de aves multicolores y continuó:

---

[3] ¡Qué terrible!

[4] Se va a quedar soltera.

—Sí, querido. El amor surge con el tiempo... con suerte. A la reina le tenemos que agrrradecer nuestro enlace: «Te voy a buscar un buen esposo, no tengas cuita». Así, tal cual me dijo. Y ¡qué afortunada he sido porque *ella* te eligiera para mí, Antonio! ¡Siempre tan atento! —dijo Leonor de forma un tanto irónica, mirándole de reojo y desligándose de la decisión de la elección de haberlo elegido como esposo. Se levantó de la cama y colocó cariñosamente una mano sobre el hombro del marqués que aún permanecía sentado en el sillón. También había introducido una pequeña imitación del acento alemán de la reina, que en ocasiones afloraba, como le ocurría a ella misma.

—Sí, querida —respondió el marqués mientras se inclinaba para recolocar una media rebelde.

—«Es un joven apuesto, rico y con título. Marrrqués de Mancerrra», continuó diciéndome la reina Mariana para convencerme de que tú eras mi mejor partido. Ella lo había decido así, por lo que, en realidad, Antonio..., tú eras mi *único* partido... *Du warst meine einzige Option!*[5] ¿Qué iba a poder hacer yo frente a los deseos de Su Majestad? Y la reina continuó explicándome su decisión, como si eso fuera necesario: «Te casarás con don Antonio Sebastián de Toledo que ha vuelto de Perú con una grrran forrrtuna, pues su padre ha estado destinado allí como virrrey». Y, yo, querido, estaba entonces tan emocionada soñando en lo apuesto, galante y caballeroso que debías ser..., y tan exótico, viniendo desde el Perú... Te había supuesto menos convencional y mucho más rico, pero ya ves... —El marqués, le dio entonces unas palmaditas con las yemas de sus dedos en el dorso de la mano de Leonor que seguía sobre su hombro.

Ese breve contacto que los años de complicidad habían conseguido afinar pretendía, por un lado, que retirara la mano

---

[5] Eras mi única opción.

de su hombro, pero también confirmaba que la seguía escuchando y hasta que la comprendía. Al inicio de su matrimonio eran, como casi todos, dos desconocidos tratando de llevarse bien, pero contaban con un interés común, el de hacer prosperar la casa, y la ironía y el sentido del humor no faltaban en sus conversaciones.

—Así que la reina nos tiene en alta estima, y no te quepa duda de que habrá hablado con el rey para ofrecernos algo acorde a la posición. *Unschlagbar!*[6]

Leonor siempre se refería en plural a los cargos de su esposo, pues estaba firmemente convencida de que en buena medida se debían a su propia influencia, personal y familiar y, por lo tanto, ella era tan merecedora de los mismos como su marido, pese a que, como mujer, no se le reconociera esa posibilidad.

—La embajada de Viena fue, no lo dudes, voluntad de Mariana, un gesto hacia mí, para que yo pudiera visitar a mis parientes…

—Más bien, querida, compensaban que nos hubieran arrebatado París, después de ofrecerla en firme… Y mejor será que no me recuerdes Viena. ¡Cómo pudiste hacer esa afrenta pública a la camarera mayor de la emperatriz! ¿En qué estabas pensando, Leonor? Tus humos nos costaron el puesto. Tú tendrás amistad con la reina de España, pero aquella señora era íntima de la emperatriz del Sacro Imperio. Querida, hay que saber medir las fuerzas propias y ajenas —continúo el marqués mientras con su dedo índice intentaba relajar el entrecejo. No quería tener una jaqueca aquel día precisamente.

—A cada uno, lo que le corresponde, Antonio. No tenía por qué ceder mi puesto a aquella ridícula camarera advenediza. Empiezan ocupándote el sitio que te corresponde y terminas convirtiéndote en el hazmerreír de la corte —respondió

---

[6] Inmejorable.

Leonor quitando la mano del hombro de forma impulsiva y dándose media vuelta muy airada. Una vez a cierta distancia, continuó—: Y no me culpes a mí de aquello, Antonio, ¡no! Si se debiera a eso, el castigo es desproporcionado. Tú siempre con tus intrigas y secretos. Tú sabrás por qué te destituyeron. *Du und deine Intrigen!*[7] —Por sus palabras, resultaba evidente que para Leonor el nombramiento era conjunto, pero la destitución había sido solo la de su esposo.

El marqués terminó de vestirse, y zanjó la conversación con un simple:

—Bueno, querida, luego te informo —remató esbozándole una sonrisa de medio lado que pretendía ser una demostración de afecto.

Impecablemente vestido a la moda, la ausencia de color armonizaba también con el carácter del marqués: monocromo, serio, certero, seguro y confiable, sin sorpresas y en apariencia con poca chispa, aunque esta titilaba en su interior deseosa de salir a la menor oportunidad y en el entorno adecuado, manifestándose en ocasiones a través de la socarronería. Solo desafiaban aquel derroche azabache un cuello, unos puños y unas medias de un níveo inmaculado y, por supuesto, la luminosidad especular que irradiaban sus nuevos zapatos de tafilete. Al entrar en el brillante y redondo carruaje, el propio marqués no pudo más que sentirse como una insignificante mosca siendo engullida por una oronda ciruela amarilla.

Con este perturbante pensamiento que le hizo sentirse aún más insignificante, el marqués abrió los ojos y se percató de que aún se encontraba en la estancia del Real Alcázar, aguardando a ser recibido por el rey.

En ese momento se abrió la puerta. La intensa luz del día, que invadía la estancia contigua desde desnudos ventanales, pugnaba contra la penumbra de la estancia, recortando la si-

---

[7] Tú y tus intrigas.

lueta del cuerpo del criado. Sin moverse del quicio, una sombría voz solicitó que le acompañara. El marqués se sintió aliviado. Mientras el criado le conducía hacia otro aposento, el marqués deliberaba sobre su situación.

«Si me encomendase un virreinato, como Nápoles, traería nueva gloria a la casa, después del desastre de lo de Viena», pensaba el marqués, mientras los zapatos se desgañitaban iluminados con el bermejo tono de vergüenza que sentía al recordar el cese de la embajada en Viena.

Seguía de cerca al criado atravesando distintas estancias, abriendo y cerrando puertas, y planificaba su justificación ante el rey:

«O incluso Perú. Conozco bien aquellas tierras y el carácter de sus gentes. Yo organicé las defensas en el reino de Chile para frenar a los malditos holandeses, que son como pulgas al acecho de un perro enfermo. Mi propio padre me encomendó la misión de repoblar y fortificar la ciudad de Valdivia y yo mismo diseñé la defensa de baterías en aquel estuario con diecisiete galeones y más de mil ochocientos hombres. Esto sí… Esto es lo que el rey debe recordar sobre mí y no las marañas cortesanas de petulantes embajadas».

Finalmente, el criado se detuvo, abrió una puerta e invitó con una mano y una inclinación a que el marqués aguardara allí. Era el cuarto de verano del rey. Al marqués le resultó extraño que se hubiera elegido aquella estancia como lugar de encuentro, pues toda la corte había desplazado su actividad hacia las habitaciones más cálidas del lado sur. Estaban en pleno invierno, hacía más frío que en la otra ala, pero también, es cierto, habría menos gente alrededor. Así que, pensó, el rey debió de haber escogido este lugar porque buscaba discreción y quizá lo que le fuera a comentar requería de la máxima reserva.

4

Un caballo blanco, un rostro velado y un indio atado

Alcázar de Madrid, 30 de diciembre de 1663

Con la carta en su temblorosa mano, el joven emisario parecía contagiado de parte de la calidad y de la categoría de su destinatario, que no era otro que el mismísimo rey de España. El papel, resistiéndose al doblado y redoblado, se hinchaba de igual manera que el orgulloso pecho del joven. Al llegar a la puerta del Alcázar Real, el caballo se desplomó de agotamiento y el joven corrió medio licuado, sudoroso y jadeante, con la carta que empezaba a viciarse del mismo estado. Atravesaron la plaza del Alcázar Real y se detuvieron ante una puerta cerrada.

Exhausto, el cuerpo del joven se plegó sobre sí mismo al tiempo que golpeaba la puerta de amplios cuarterones con la palma de su mano derecha, sosteniendo en alto la carta con la izquierda. Un criado de librea roja abrió, le observó y, sin dirigirle la palabra, simplemente le retiró de un picazo el papel. Otro, asomado por encima del hombro del primero, se acercó a auxiliar al agotado joven, ofreciéndole descanso y refresco.

La carta continuó su itinerario de mano en mano hasta la mesa del secretario de Despacho Universal del rey, don Luis Oyanguren, que revisaba la correspondencia real. Este hombre, por lo general de ánimo tranquilo, tomó el papel, lo miró, por un lado, y luego por el otro, tratando de reconocer resellos, aperturas indiscretas o cualquier signo que indicara una violación previa de la real correspondencia. Al recalar en el remitente, se agitó y dio orden a los criados para que informaran con urgencia de quién, cómo y cuándo habían traído aquella misiva. Estos iniciaron una frenética y desordenada carrera, como si se hubiera reventado un avispero, dispersándose en todas direcciones para buscar al mensajero.

Tras recabar la información necesaria, don Luis se dirigió con paso acelerado y jadeante al cuarto real, solicitó permiso para acceder y entregar la carta al rey, que ya se dirigía al encuentro con el marqués de Mancera:

—¡Majestad! ¡Mensaje urgente de sor María de Jesús de Ágreda! La madre pidió al emisario que cabalgara sin descanso hasta reventar su montura, pues decía que su contenido es vital para Su Excelencia —explicó don Luis mientras hacía entrega al rey de la misiva en una bandeja de plata.

—¿Tan apremiante es su contenido? —respondió el rey con voz temblorosa, tratando de ocultar el estremecimiento de sus manos y el quiebro de su voz, mientras rompía el lacre de la carta para leerla, en voz baja y con vibrante temblor de su grueso labio inferior al repasar cada palabra.

—¿Malas nuevas, majestad? —preguntó el secretario intrigado por la urgencia.

—¿Aguarda ya el marqués en la otra estancia? —indicó el rey en voz alta, sin prestar atención al secretario.

En aquel cuarto real donde había sido abandonado de nuevo por otro criado, el marqués se había detenido junto a la puerta para contemplar la pintura que quedaba a su lado. La luz que se filtraba por el ventanal que se ubicaba a la derecha del enorme lienzo le permitía apreciar los detalles de la obra. Como el resto de la corte madrileña, el marqués había oído hablar de aquel retrato de la familia real y de su autor, el maestro recientemente fallecido Diego de Velázquez, pero era la primera vez que podía contemplarlo. De hecho, era la primera vez que estaba en ese cuarto privado del rey.

Parecía poder atravesarse el lienzo, y pasar desde el Cuarto Privado del rey al Cuarto del Príncipe que se recreaba en aquella escena. A pesar de los años transcurridos desde que fuera pintado, reconoció a la infanta Margarita Teresa, entonces princesa y a la joven Agustina Sarmiento, ahora condesa de Aguilar, a quien conocía por frecuentar a su esposa, que le ofrecía a la princesa una bandeja con un búcaro rojo con agua fresca, y al resto de personajes representados. Se decía que cuando se pintó, la princesa Margarita Teresa heredaría el Imperio de su padre, pues Mariana de Austria, reflejada junto a su esposo en el fondo de la estancia a través de un espejo, no engendraba un varón. Pero unos años después nació el príncipe Carlos, y se realizaron algunos cambios en el cuadro.

Al reconocer el autorretrato del pintor, recordó también su célebre intento de envenenamiento en Roma. Velázquez había regresado gravemente enfermo, y aunque en aquella ocasión había salido vivo, quizá ahora no había tenido tanta suerte.

—¡Sin duda hay embajadas peores que la de Viena! —Pensó, en cierto modo aliviado. —¿Cómo habrá muerto el pintor? ¿Habrá sido nuevamente envenenado? No debía tener más de sesenta años. El veneno es otra de las obsesiones de Leonor… ¿Lleva una cruz de Santiago? ¿Era un caballero? Es extraño, pues en la Orden de Santiago, además del juicio de limpieza de sangre, no admiten a hombres que trabajen con sus manos. ¿Acaso un pintor no trabaja con sus manos? —Rumiaba mientras posaba su mano derecha a la altura del pecho, en donde resplandecía una joya esmaltada de verde que representaba la cruz de la Orden de Alcántara, a la que el marqués pertenecía.

—Yo mismo solicité que, tras su muerte, añadieran la cruz de Santiago a su retrato. Aprecio de veras al maestro Diego, marqués —dijo el rey tras observar el gesto de don Antonio Sebastián sobre la venera y su mirada posada en el pecho del pintor.

El rey se había situado detrás del marqués sin que este se percatara, pero debía de haber accedido desde algún pasaje oculto, pues no le había visto entrar.

—¡Majestad! —le respondió el marqués mientras se elevaba, con cierta dificultad, de una reverencia casi acrobática que acababa de ejecutar y se recuperaba del susto de la real interrupción de su ensimismamiento.

—Acabo de recibir esta misiva. Leedla. Me interesa conocer vuestra opinión al respecto de su contenido —añadió el rey con un tono de preocupación y el rostro demudado. El marqués de Mancera leyó con la luz que entraba por el ventanal:

1663, diciembre 28

Magestad.

Vos acudisteis hasta esta humilde servidora christiana religiosa en el convento de Ágreda, solicitándome que os diera mi palabra para clamar a Dios a la hora de guiaros en el gobierno e inclusso atreverme a aconsejaros con el uso de las armas frente vuestros enemigos. Vuestra instancia y mi humilde obediencia me impulsan a escribiros hoy precipitada pues anoche os conffieso haber suffrido de nuevo exterioridades en Nº Méjico, tierras bárbaras de Vuestros dominios en la Nª España, donde en el pasado procuré guiar a sus naturales en la verdadera Fe para mayor Gloria de Su Majestad y de Ntro. Amado y Reverenciado Dios. Os solicito clemencia por no cumplir certera Vuestra instrucción de responderos al margen de las cartas que Vos me hacéis llegar, pero la urgencia de lo que aquí se contiene me impelió a desobedeceros pese al tormento que me consume por ello.

Con mis mortales ojos yo misma he contemplado lo que no ha de ser otra cosa sino un divino presagio, una advertencia del Altísimo para socorreros. Encontrándome sola en una aislada missión del territorio de la Nueva España, se nos apareció un hermosso caballo blanco con un jinete elegantemente vestido que suxetaba las riendas con ambas manos, pese a que el caballo trotaba sin rumbo aparente. La cabeça del jinete se hallaba por completo cubierta por un gruesso velo que le impedía ver, oír, hablar y tan siquiera oler. A la cola del caballo llevaba atado un indio con el rostro rayado, cabizbajo y con la piel de su ensangrentada espalda arrancada a jirones. Caballo, jinete e indio entraron en la humilde iglesia de la missión, toda ella construida de sencillo adobe y con una única puerta de madera, y allí, los tres, milagrosamente, se desvanecieron entre las sombras. Entré confundida buscando respuesta, y no puedo sino decir que no había otra entrada en la iglesia que la que ya percibieron mis sentidos, y por donde ninguno de los tres volvió a salir.

Mi señor, os ruego que no consideréis que lo visto ha de tratarse de la fantasía onírica de esta delirante servidora vuestra. Lo que pude ver con mis ojos era tan cierto y corpóreo como lo que ahora contemplo en mi modesta celda escribiéndoos esta carta y viendo y sosteniendo el papel y la pluma con la que me he atrevido a dirigirme a Vos. Mi deber como devota cristiana y sobre todo como Vuestra más humilde y fiel servidora es advertiros de lo que no puede ser más que una admonición divina, pues el jinete que sostiene las riendas del caballo blanco, como un Santiago sin rumbo, no ha de ser otro que Su Majestad guiando a los reinos de España que siguen sus propios caminos y derroteros. La veladura del jinete son Vuestros sentidos encubiertos por algo que no veis, ni oís, ni oléis. El indio que el caballo arrastra testimonia la necesidad de auxilio de estos desamparados vasallos Vuestros. Dios reclama que extendáis Vuestra real y magnánima mano para hacer cuanto os sea posible por el alivio de vuestros reales súbditos, aunque esto suponga cargar contra aquellos otros más poderosos que se aprovechan de ellos y procurar levantarlos de la opresión a la que se les reduce. Pues cuanto más permitimos estas ofensas graves a Nuestro Señor, a través de sus inocentes hijos, más armas damos a nuestros enemigos para derrotarnos. Cuantos más excesos se toleran y se aumenten las comissiones de pecados mortales o las omissiones de los mismos, más lejos nos hallaremos de Nuestra Salvación. Y de esta forma, cada vez ganan más presencia vuestros enemigos en vuestros territorios. Temo por Vos. Solo el apoyo de Dios permitirá resolver esta desatinada situación que a Él mismo ofende. Que Dios os proteja de todo mal.

Vuestra sumisa sierva,

Sor María de Jesús
Convento de la Concepción de Ágreda

—¿Y bien? —preguntó el rey con evidente ansiedad, tan pronto el marqués levantó la vista del papel, mientras frotaba nervioso sus temblorosas manos.

—Señor, vuestra excelencia deposita su plena confianza en sor María de Jesús de Ágreda, y eso basta para otorgarle todo el respeto y credibilidad que pueda apetecer... —respondió el marqués, sin mirar directamente a su monarca y procurando medir cada palabra.

—¿Sin embargo...? —añadió el rey alzando con dificultad una de sus caídas y pobladas cejas, trémula del intento.

—Sin embargo, señor, a aquellos que somos más torpes que Su Majestad, que gozáis de infinita sabiduría, nos resulta trabajoso comprender cómo una persona de carne y hueso pueda encontrarse en dos lugares al mismo tiempo. En la carta, sor Ágreda señala que poco antes de escribiros desde su celda en el convento se encontraba en Nuevo México —expuso el marqués un poco atribulado, pues era la primera vez que mantenía una conversación tan larga con el monarca y sobre un asunto tan particular como aquel.

—Marqués, hace ya años que se demostró la veracidad de las exterioridades que padecía sor María de Jesús acompañada por arcángeles. Por milagro o fuerza divina, la religiosa es capaz de encontrarse en dos espacios distantes a un mismo tiempo —aclaró el rey molesto por las dudas.

—Señor, aunque sor María niegue esa posibilidad, parece más probable que todo lo que dice haber visto haya sido inducido en sus sueños. Y, precisamente, por esta confusión entre lo que es real o producto de la ensoñación, quizá habría que considerar que la venerable madre pudiera estar equivocada, o confundida y errada, tanto en lo que dice haber visto o soñado como en lo que cree interpretar al respecto con relación a Vos…

—El Santo Oficio la interrogó al menos en dos ocasiones, hace años, sin hallar ninguna evidencia de debilidad en su verdadera fe en Dios. En cualquier caso, esté su cuerpo en este u otro lugar, son sus valiosos consejos los que me abren los ojos ante situaciones enrevesadas y oscuras. Sus comentarios desenredan mis pensamientos y permiten a mi juicio hallar respuestas más justas y del agradado de Dios.

—Majestad, quizá concedéis demasiado crédito a palabras y pensamientos de una monja. Sor Ágreda no conoce las vanidades del mundo, pero os advierte sobre cómo Su Majestad debe gobernarlo. Cuando menos, parece irresponsable atreverse a semejante…

—Sor María de Jesús… Sor Ágreda no es su nombre —interrumpió el rey visiblemente enojado, como evidenciaba el color rojo subido en su cuello y rostro, y los temblores de una mano—. Ella aconseja prudencia en tiempos de borrasca, disimulo y tolerancia antes que la fuerza o la violencia. Frente a que los buscan mi enfrentamiento directo con los enemigos de España, sor María de Jesús señala la justicia como obligación de todo rey católico, y la necesidad de aplicar severidad y benignidad a partes iguales. Y caridad, marqués, pues la madre insiste en que esta ha de guiar el corazón de todos los gobernantes, ya que es la que sustenta al resto de virtudes. ¿Creéis que son necios estos consejos?

Era evidente que el rey estaba incomodándose con la conversación y aunque el marqués de Mancera sabía que era preferible no continuarla, no podía evitarlo, se veía obligado a dar su opinión, pues se la habían solicitado, costara lo que costara.

—Lo que creo es que, sin duda, se trata de una mujer muy leída. Parece probable que consultara la obra que Maquiavelo escribió cien años atrás para el gran Lorenzo de Medici. Si bien sustituye la templanza por la caridad que os propone, si mal no recuerdo, junto a la justicia y la prudencia que también os aconseja. Si me lo permitís, yo solo os puedo aconsejar cautela —sugirió el marqués con determinación, pues cualquier nimio consejo podría tener graves consecuencias políticas.

—Marqués, ella está más próxima a Dios que ninguno de nos. Pero no os he requerido para que cuestionemos a sor María de Jesús ni a sus consejos. Os he solicitado opinión sobre el contenido particular de esta carta —añadió el rey contrariado.

—Bien, majestad. Pues, entonces, traspondremos la respuesta a la primera pregunta, ¿cómo pudo sor Ágr…, sor María de Jesús haber visto en Nuevo México un caballo blanco guiado por un hombre velado llevando un indio atado? Y supongamos que realmente ha estado en aquellas tierras, y que ha contemplado lo que describe o tiene conocimiento de que tal cosa haya sucedido o vaya a suceder de la forma en que lo relata. Entramos en la segunda materia fundamental que se trataría simplemente de mostrar si tal hecho, en cualquier caso, pudiera guardar la menor relación con Su Majestad.

—Marqués, su interpretación en este caso resulta evidente, pues el caballo es tan blanco como el de Santiago, patrón de España, y su jinete no puede ser otro que yo mismo. Me angustia estar imposibilitado para usar mis sentidos y no percatarme de los enemigos que me rodean —confesó el rey bajando la mirada y con una mano temblorosa, como su labio inferior.

—Parecería aún demasiada suposición todo ello, majestad —añadió el marqués volviendo los ojos hacia el techo.

—Algo o alguien está pretendiendo anular mis sentidos o, peor aún, eliminar a mi real persona, para desestabilizar a esta gran nación... Sor María de Jesús recalca mi sagrado deber como monarca de aquellas tierras y me incita a averiguar las atrocidades que se pudieran estar cometiendo con los indios —concluyó el rey de forma contundente.

—No dudo que haya que investigar lo que allí ocurre con los súbditos de Su Majestad, pero... —convino el marqués en tono conciliador.

—La Providencia, marqués, es la que debe guiarnos en este asunto. Es voluntad divina que averigüemos qué se esconde detrás de toda esta podredumbre que nos rodea. No hay más que hablar —interrumpió el rey bruscamente para rematar al conversación.

—La voluntad de Dios siempre es la que nos guía, majestad. Así como la vuestra —añadió el marqués de Mancera para manifestar que ambas voluntades son inapelables y continuó—: En realidad, Su Majestad no necesita el auxilio del consejo externo, pues es más que evidente que tiene criterio certero y pleno sobre lo que es y significa el contenido de la carta. Pero ¿hasta dónde cree Su Majestad que se extiende esa posible infección?

—Hasta nuestras mismísimas narices, marqués. Puedo olerlo... Está aquí mismo... Nos rodea, marqués —dijo el rey mirando hacia los lados, con ojos temerosos y temblores en la mano.

—Entonces, si podéis olerlo, majestad, es que el velo no cubre todavía vuestro rostro, tal y como os anuncia sor María de Jesús. Y si conserváis vuestros sentidos, aún estaremos a tiempo de encontrar remedio a este mal —concluyó el marqués de Mancera mientras el rey escudriñaba su rostro con los pequeños ojos caídos de cansancio, tratando de dilucidar si había sido una burla a su persona o se trataba de una observación atinada.

5

Podagra, pendencias, proyectos

Madrid, 30 de diciembre de 1663

El rey Felipe se desplazó con lentitud hacia un rincón del cuarto, y se quedó de pie, pensativo y cabizbajo. El marqués de Mancera prefirió no moverse. Se había dejado llevar por un arrebato de sinceridad al discutir con el mismo rey sobre las exterioridades de sor Ágreda y quizá no había sido ni el momento ni la circunstancia idónea para hacerlo. Seguramente, pensó, con ello había perdido la confianza real y le retiraría el ofrecimiento del puesto para el que le había llamado, si es que le había convocado para eso.

—¡Acercaos, marqués! —continuó el rey, diluido entre las sombras de la estancia entre las que se había refugiado.

Ubicado al lado opuesto a la entrada, obligaba al don Antonio Sebastián a cruzar toda la sala cuyo piso de ladrillo no estaba protegido por esterilla, como solía hacerse en invierno. El marqués caminó tratando de no apoyar las plantas de sus pies, deslizándose tan solo por las puntas de sus bonitos zapatos de tafilete negros, como si resbalara sobre dos brillantes patines de azabache, pero su forma de caminar estaba resultando bastante ridícula.

—¿Achaques de podagra, marqués? —le espetó el rey, sorprendido al verlo moverse de aquella manera.

Con el rostro encendido, el marqués cruzó lo más rápido posible para evitar aquel estridente quejido.

—Majestad, se trata tan solo de mundanos problemas pedestres que acabarán tan pronto me retire los zapatos.

—Sentaos pues, marqués, os concedo permiso. Y si lo deseáis, podéis descalzaros. —El rey señaló hacia un sillón de brazos que estaba junto a una mesa, cerca de la chimenea, pero continuó inmóvil. Era un raro privilegio que el rey autorizara que se sentaran en su presencia continuando él de pie, así que por prudencia el marqués se mantuvo junto al monarca—. Sobre la mesa os he dejado el informe que acabamos de recibir sobre el virrey. Lleváoslo y leedlo con detenimiento para plantear las mejoras que sean necesarias en la fortificación, la defensa contra los ataques corsarios de ingleses y holandeses a la flota y el acrecentamiento de la producción de plata que es la sangre que sostiene este imperio, sin la que perecería irremediablemente —continuó el rey señalando con la palma vuelta hacia arriba un conjunto de papeles que estaban sobre la mesa.

—Así haré, majestad. Tan pronto los haya leído os haré llegar un informe con... —respondía el marqués cuando el rey lo interrumpió bruscamente.

—¡No! ¡No quiero un informe! Quiero hablaros del virreinato que ocuparéis de inmediato y confío en vuestra capacidad... —El rey hizo una pausa y miró hacia los ángulos de la habitación, donde no había nadie más que el marqués y su real persona.

El marqués oteó también a ambos los lados, buscando la respuesta a lo que el rey parecía preguntarse: ¿habrá alguien más escuchando?

—Majestad, me asiste el mayor deseo de prestaros el superior servicio. Podéis confiar en que cualquier demanda de vuestra real persona será cumplida con premura, lo mejor que mi escaso entendimiento me permita, como pago de mi deuda hacia vos, pues soy yo quien os ha de agradecer los inmensos favores concedidos... —Esta era la oportunidad que el marqués anhelaba para recordar al rey méritos anteriores, así que continuó—: Como sabéis, conozco bien las tierras del Perú, pues no solo planifiqué la fortificación de Valdivia y...

—¿Perú? —le interrumpió el rey—. No, no..., querido marqués. No os confundáis. Quiero que os vayáis lo más presto posible a México para haceros cargo de la Capitanía General y del Virreinato de la Nueva España. ¿Por qué motivo creéis que os mostré la carta de sor María de Jesús sobre los indios de Texas y Nuevo México? Supongo que os habrán llegado noticias del absoluto desastre ocasionado allí por el conde de Baños. Me he visto obligado a suspender con premura su mandato, pues había conseguido exacerbar a toda la población. Él... y toda esa familia de facinerosos que se llevó consigo, comenzando por su aviesa esposa. Los sucesos concretos, no es necesario indicaros que bajo total discreción, los podéis llegar a conocer con detalle en ese otro informe que también os entrego y que comprenderéis que ha de ser de absoluta confidencialidad. Debéis partir presto para restaurar el orden y acabar con la perversión y la podredumbre que se ha implantado en aquellas tierras —concluyó el rey.

El marqués se había quedado sin habla. México no era lo que esperaba, ni tan siquiera había entrado en sus planes, pero la posibilidad de llevar a cabo una misión encomendada por el propio rey abría la esperanza de recuperar no solo su confianza, sino prosperar con nuevos títulos y cargos. Era un honor que le permitiría además enriquecerse, tanto o más que en Perú, así que recuperó la compostura y le respondió:

—Hasta Madrid habían llegado noticias sobre las pendencias del hijo mayor del conde, mi señor. Y de los problemas ocasionados especialmente con algunas damas casadas, duelos y situaciones muy comprometidas derivadas de tales conductas. Sin duda, mi señor, un asunto muy desagradable que no beneficia en absoluto al reinado de Su Majestad —comentó el marqués.

—Y mucho más que os contarán en la propia corte de México y que será revisado en el juicio de residencia: abusos de poder y enriquecimientos ilícitos, al parecer. Entenderéis que necesito a alguien templado como vos para apaciguar los ánimos en aquella corte. Devolved la tranquilidad a aquellas tierras, organizad la administración, haced cumplir las órdenes, organizad fiestas, conciertos y representaciones teatrales, invitad a toda la nobleza criolla de la capital, concluid las obras de la catedral y devolved esplendor y sosiego a esa corte. Viajaréis con vuestra esposa y con vuestra hija, ya está todo preparado. Y evitad a toda costa cualquier gesto de desenfreno y baraterías de ningún tipo, no puede repetirse la situación anterior bajo ningún pretexto.

—Por supuesto, majestad... —comenzó a responder el marqués de Mancera.

—Además, marqués... —El rey alzó una mano para advertir que aún no había concluido, y haciendo una pequeña pausa continuó—: Tras conocer el contenido de la carta de sor Ágreda, he de añadir una nueva y confidencial misión a vuestro desempeño. —El rey hizo una nueva pausa, miró hacia los lados nuevamente, se acercó a la mesa y, bajando la voz, le dijo—: Debéis investigar, con absoluta reserva, qué ocurre en los dominios novohispanos del septentrión con los indios chichimecas. Ahí encontraréis también la manera de cifrar los mensajes para mantenerme informado. ¿Queda claro? Investigad lo que sea preciso, sobornad a quien corresponda para conseguir la información precisa, utilizad cuantos medios estén a vuestro alcance... Es razón de Estado —concluyó el rey.

Aprovechando una pequeña pausa del monarca, el marqués le preguntó también bajando la voz al máximo posible.

—Majestad, ¿qué es lo que debo investigar sobre los indios chichimecas? ¿Deseáis saber cuáles son los grupos más hostiles? ¿Es preciso conocer los motivos de algún nuevo alzamiento o la forma de sofocarlos? ¿Los nombres de sus cabecillas?

El rey continuó hablando, ensimismado, sin escuchar las preguntas del marqués:

—Marqués. Buscaos a alguien de confianza para recabar toda la información precisa e insisto en que no podéis revelar esta misión a nadie más. Ni tan siquiera a nuestra querida Leonor. ¿Me explico? Sucesos extraños están acaeciendo allí y hacen peligrar incluso mi vida. Se escuchan rumores sobre cierta agrupación de enemigos, reunidos en una sociedad secreta que llaman La Rueda, una comunidad que pretende acabar desde dentro con este imperio cristiano, pero desconocemos aún quiénes la forman o qué es lo que ambicionan realmente. Desde luego ha de ser un asunto de Estado muy grave, pues ojos y oídos acechan por todas partes... y no me cabe duda alguna que otras naciones están involucradas. No debéis confiar en nadie —volvió a incidir el rey, mirando hacia todos los lados y bajando aún más el volumen de voz hasta hacerse casi inaudible.

El marqués dudó si todo lo que escuchaba no sería más que una burla del rey, un nuevo juego en la corte, o algún otro asunto embarazoso en venganza por lo de Viena. E incluso, como la voz del monarca se había convertido en un susurro casi inaudible, si el rey no le habría estado hablando de algún otro asunto totalmente distinto y se habría imaginado aquella conversación.

—Pero... —El marqués trataba de volver a encauzar las preguntas que ya le había hecho, pues desconocía el grave asunto del que se trataba, mientras tragaba saliva y con ella todas las dudas que le asaltaban. —¡Por supuesto, majestad! Cumpliré vuestro mandato, aunque me vaya en ello la vida.

—Podéis retiraros. Preparaos para partir inmediatamente. Buena suerte, marqués, mi vida queda en vuestras manos.

6

La abeja reina

Madrid, 30 de diciembre de 1663

El marqués de Mancera se estremeció atribulado por la misión que le había encomendado el llamado rey Planeta, el Grande Felipe IV, rey de todos los reinos de España y de las Indias, Portugal, Nápoles, Sicilia y Cerdeña, duque de Milán, duque de Borgoña, soberano de los Países Bajos, conde de Flandes. Tan solo atinó a expresar de nuevo su insondable agradecimiento e iniciar titubeante el recorrido inverso al que le había llevado hasta allí, caminando hacia atrás para no dar la espalda al rey.

Sus zapatos pronunciaron quejumbrosos llantos de despedida que obligaron al monarca a cubrirse con las manos los oídos, con expresión de desagrado y nuevos temblores en su labio inferior. Al salir de la estancia, las cortinas del extremo del pasillo se agitaron violentamente, y el marqués supuso que el viento se había colado por alguna rendija. Un criado le recogió allí mismo para acompañarle hasta el exterior del palacio, a través de una estrecha escalara secundaria, en la que evitar miradas indiscretas.

En el rellano fueron abordados por una joven dama, que interpuso su propio cuerpo como barrera impidiendo el paso.

Sin mediar palabra y con un simple gesto de su cabeza, acompañado de una gélida mirada, la joven hizo desaparecer al criado. Mientras uno se iba y la otra aguardaba antes de iniciar un nuevo desplazamiento, el marqués se distrajo observando entre los vidrios escarchados de los ventanales un panal de abejas que había anidado bajo un saliente del edificio. Las obreras entraban y salían presurosas para atender a la reina madre, el alma de la colmena y sin la cual, toda la colmena sucumbe. Su tarea fundamental, pensó el marqués, la verdadera razón de su misma existencia es poner huevos para aumentar la colonia, mantener la cohesión de esta, pero por encima de todo crear nuevas reinas que perpetúen nuevas colmenas en otras partes.

La joven aguardó inmóvil y en silencio, hasta que comprobó que el otro criado se había alejado lo suficiente y, en ese momento, se dio media vuelta para dirigirse al marqués con una reverencia:

—Seguidme, excelencia. Su majestad la reina desea saludaros.

El marqués libre ya del perturbante soniquete de las suelas de sus zapatos, pues habían dejado atrás las estancias de ladrillos cocidos, siguió los pasos de aquella dama, más preocupado en realidad por retener todo lo que el rey acababa de referirle y por el alarmante objetivo de su misión, además de los volátiles pensamientos sobre las abejas.

Al entrar en los aposentos, el marqués se encontró a la reina rodeada de cojines de sedas de diferentes colores, de escritorios de maderas aromáticas y de diferentes y brillantes cajas de nácar, de plata, y de maderas exóticas. A su derecha, sobre una caja-escritorio de Núremberg con escenas de caza embutidas en maderas de distintos colores, se había colocado una bandeja de plata con una jícara de porcelana azul de China, con labios de chocolate sombreando el borde, y un pequeño búcaro rojo brillante, exudando agua fresca por su superficie.

—Tomad asiento, marqués —dijo la reina, mientras la misma joven que le había conducido hasta allí acomodaba una silla para el marqués, fuera del estrado, frente a la reina, pero a cierta distancia y, por supuesto, por debajo de ella.

Una vez que la joven se retiró, la reina se dirigió al marqués en perfecto castellano, aunque este, casado también con una mujer alemana, percibía entonaciones, giros y ciertas pronunciaciones que delataban el origen germánico.

—Majestad. En nombre de nuestra querida Leonor y en el mío propio, deseam... —comenzó a proferir el marqués.

—Marqués. El asunto requiere dejar de lado, por esta vez, los modales cortesanos. Es urgente que tratemos presto el motivo por el que os he hecho venir. Sé que pronto partís como virrey de México. Mi amado esposo ha atendido de nuevo mis sugerencias. Y yo os necesito también allá para que cumpláis con una misión de Estado, la estabilidad del reino de España corre grave peligro...

—Podéis confiar en mí, señora —respondió el marqués tragando saliva, titubeante y atónito ante lo que escuchaba ahora de la reina.

Por un lado, el rey de España le había encargado una misión secreta de la que dependía la prosperidad del reino de España y su propia vida, y ahora la reina tenía previsto que se ocupara también de otra misión, de la que de nuevo pendía nada menos que la estabilidad de todos los reinos de España.

—He de comentaros un asunto muy delicado, marqués. Leonor os tiene por hombre de honor y sé que deposita toda su confianza en vos, como yo en ella. Pero ¡he de advertiros, marqués! ¡Cualquier indiscreción sobre lo que voy a referiros a continuación será considerado alta traición y lo pagaríais con vuestra vida! —expuso la reina con serenidad.

—Majestad —comenzó a decir el marqués hincando una rodilla en el suelo, con la cabeza baja y su mano derecha sobre el pecho—, me hacéis la mayor de las mercedes y, por mi honor y por mi vida misma, prometo respetar vuestra real confianza, como el más humilde y leal servidor vuestro que soy —añadió el marqués solemnemente.

—Bien, marqués. Es la comidilla en esta hastiada corte que no consigo quedarme nuevamente encinta tras el nacimiento de mi hijo Carlos y que no he podido engendrar un heredero capaz para la sucesión de nuestro amado rey Felipe. La salud y condición del príncipe Carlos, que acaba de cumplir dos años, sin duda se deben a un castigo divino por mis pecados, o los de mi esposo, y habrá de ser mi penitencia mientras perdure su existencia, que no será larga.

La reina hizo una pausa y el marqués pensó si debía intervenir. Aguardó a que tomara un sorbo de agua del búcaro que volvió a dejar sobre el escritorio y continuó:

—Pero no es esta corte la que me preocupa, pues se bien cómo acallar esos comentarios y críticas, sino las repercusiones de estado que este asunto tiene y que estoy segura de que no se os escapan. Mi amada hija Margarita Teresa, que hasta el nacimiento de Carlos era la heredera del imperio español, pronto habrá de contraer matrimonio y el esposo que sea elegido para ella podría hacer tambalear el delicado equilibrio en Europa, decantando la balanza entre Francia o el imperio austriaco. Y, si mi querido hijo Carlos fallece y no logro engendrar antes otro hijo varón, ¿qué ocurrirá con el imperio español? Ninguna de las otras naciones se resignará a perder esa oportunidad. La salud extremadamente delicada del príncipe hace suponer que no sobrevivirá mucho tiempo más. Así que, España necesita con urgencia el nacimiento de un varón, marqués. ¡Estamos al borde de una guerra, si no consigo darle un heredero a España! —A pesar de la gravedad de sus palabras, la reina había aprendido a mantener su compostura, por lo que no le tembló la voz, ni expresó gesto alguno que delatara la gravedad del asunto del que trataba.

50

—¿Pero cómo podría mi humilde persona asistir en un asunto tan delicado y trascendente para el reino, mi señora? —respondió el marqués, procurando no anticipar posibles respuestas que empezaron a agolparse en su mente.

—Confío en que me haréis llegar aquellos bálsamos y cocimientos que utilizan los indios de la Nueva España para concebir y sobre todo para parir varones fuertes y sanos. He probado todas las sangrías, bebedizos y oraciones que se conocen en estas tierras y de nada ha servido. Tampoco los remedios más usados en Alemania, Italia e incluso Francia. Con todo eso que he bebido, comido, ayunado, rezado o conjurado, todo lo más que he conseguido engendrar es a mi querido y menesteroso Carlos. Así que sois mi última esperanza, marqués, y la de todos los reinos de España —sentenció la reina, haciendo una nueva pausa para beber otro sorbo de agua rica del búcaro.

Se produjo de nuevo un silencio muy incómodo para el marqués, pues aún no sabía si debía o no intervenir. Pero la reina continuó hablando.

—Además, el rey, mi esposo, siente ya la fatiga de la edad avanzada. Y necesita el auxilio de remedios que le proporcionen fortaleza y vigor a su cansado cuerpo ¿Me entendéis, marqués? En las Indias, según parece, todo es fecundo y fructífero y nace sin auxilio alguno, ya sean animales, frutas, indios y españoles, y todo crece fuerte, sano y vigoroso. Allí, la muerte no arrebata a sus hijos en tan tiernas edades como en estas tierras, acechándolos desde sus cunas y sus andadores. —Una sombra nubló los azules ojos de la reina, que seguía inmutable, sin parpadear siquiera, sentada en su estrado. La nube provocada por el recuerdo de todos sus hijos muertos, los que no llegaron a nacer y los que murieron en su más tierna infancia.

—Removeré cielo y tierra para hallar los bálsamos, remedios, medicinas y cocimientos que se utilicen allá con esos fines y alejar a España del peligro que nos cierne —sentenció el marqués solemnemente haciendo un nuevo juramento, inclinando su cabeza y colocando su otra mano también sobre su pecho y si haber levantado aún su rodilla del suelo.

—La absoluta discreción en este asunto es imprescindible, marqués. Nadie puede tener conocimiento del envío de los bálsamos, ni del destinatario de estos o del objetivo que con ellos se persigue. El más mínimo indicio de flaqueza en la corte de Madrid, en torno al rey o al príncipe Carlos, será una nueva excusa para que Inglaterra, Francia u Holanda traten de nuevo de debilitarnos, apropiándose de territorios y provocando nuevos conflictos diplomáticos e incluso la temida guerra.

—Hallaremos el modo de hacer llegar los bálsamos sin levantar sospechas, mi señora —respondió el marqués.

—Todo está ya previsto, marqués. Espero de vos envíos regulares de cajones con chocolate y búcaros de olor de Guadalajara de Indias. En su interior podréis esconder los bálsamos contenidos en pequeñas ampollas. Etiquetad los vidrios como bálsamo de tolú si es para la fortaleza del cuerpo, o como purga de Jalisco, si es ayudar a concebir, para saber cuál debe tomar mi esposo o cuál es para mi persona... Si tuvierais algo que añadir, ha de ser cifrado, aquí tenéis el código que habréis de usar para transmitir cualquier mensaje. Saludad a Leonor y mantenedla al margen de todo esto. Eso es todo. Podéis iros —remató la reina señalando unos documentos que la dama había dejado sobre otra silla.

—Dios guarde a Su Majestad por muchos años y os proteja —respondió el marqués haciendo una larga reverencia a la reina Mariana de Austria. Esta sonrió aunque en sus ojos se adivinaba la profunda tristeza y soledad que la invadían.

El marqués se irguió lentamente de su genuflexión y, evitando dar la espalda a la reina, se dirigió hacia la puerta caminando hacia atrás, hasta que salió de la estancia. Al volver al pasillo que daba entrada a la estancia observó, de nuevo, un extraño movimiento entre las cortinas de terciopelo rojo que vestían un rincón. Se acercó a comprobar que no hubiera nadie oculto tras ellas. Al descorrerlas accedió a la escalera de servicio. Prestó atención por si se oían pasos o movimientos precipitados, pero no atinó a percibir más que el silbido del viento.

7

Viudas libres

Madrid, 30 de diciembre de 1663

Al amplio patio que llaman del rey desembocaban como ríos a la mar múltiples puertas que comunicaban a través de infinidad de pasillos con los diferentes ámbitos del vetusto edificio del Alcázar. Una de las puertas de servicio vomitó a una atribulada dama de mejillas encarnadas. Pegada a los muros para evitar miradas indiscretas, la joven cubrió su cabeza con el manto negro que llevaba sobre los hombros, ocultando así la mitad de su rostro y metamorfoseándose de dama en tapada. Se calzó los chapines que colgaban de una mano y respiró profundamente antes de orientar sus pasos hacia el exterior del edificio. Recorriendo algunas de las callejuelas de Madrid, se detuvo frente a la entrada de la iglesia San Salvador, próxima a la plazuela de la Villa. El reloj de la torre de esta iglesia, la conocida como Atalaya de la Villa, acababa de tocar una campanada.

La tapada entró en la iglesia con paso firme, dejando caer su manto sobre los hombros y haciendo retumbar, en el vacío de la nave, el leñoso eco de sus chapines. Tras detenerse y contar un par de veces las filas, se sentó en el extremo izquierdo del quinto banco, tomó aliento, pues aún respiraba agitada, se santiguó y al terminar el gesto ritual sobre su pecho extrajo entre los dedos índice y corazón, y con disimulo, un papel oculto en un bolsillo secreto de su vestido.

Con la otra mano palpó bajo el asiento y tomó un papel doblado que, tras intercambiarlo por el otro, escondió inmediatamente en el pliegue oculto de su vestido. Recorrió con la mirada los laterales, e incluso se volteó para buscar en el coro a algún testigo de su presencia. Suspiró al comprobar que la iglesia estaba vacía. Se arrodilló en el reclinatorio y se santiguó, rezó una breve oración, volvió a santiguarse, besó un relicario que colgaba de su cuello, se levantó y se fue retumbando ecos por el mismo pasillo por el que había accedido, con el mismo paso con el que entró.

Apoyando su espalda en el muro de una de las casas de la plaza, a un costado de la iglesia, y cubriendo su rostro con un ancho chambergo y su cuerpo con una desmedida capa, descansaba indolente un embozado. Mientras jugaba con un estilete, y por debajo de la amplia ala del sombrero, seguía los movimientos de la dama, nuevamente tapada. Entró en la iglesia y se dirigió hacia el mismo banco donde había estado sentada la joven. Sin disimulo alguno metió la mano bajo el asiento y al estirar la manga asomó una gruesa cicatriz en forma de aspa en el antebrazo derecho. Tomó el papel que la dama acababa de esconder, lo desdobló y trató de leerlo. No podía distinguirse nada escrito en él. Estaba en blanco, o eso parecía. Lo olió, sonrió y pensó: «¡Ha nacido para este juego!». Guardó el papel doblado en el bolsillo de su jubón y salió de la iglesia perdiéndose entre las calles de Madrid.

Al mismo tiempo, en otro lugar de la ciudad, Leonor de Carreto, esposa del marqués de Mancera, aguardaba impaciente su regreso, desplazándose de uno a otro lado de la casa con grandes zancadas, al tiempo que retorcía ansiosa sus manos, intranquila por el nuevo destino de la familia. En cuanto atisbó la carroza, salió rauda al encuentro de su esposo, a quien dio alcance en la misma entrada de la casa…

—¿Por qué te has demorado tanto, querido? ¿Qué ha ocurrido? ¿Es Nápoles? ¿No? ¿No será Roma, verdad? —inquirió nerviosa y esperanzada Leonor, tratando de interceptar el paso del marqués, que continuaba moviéndose dentro de la casa en dirección a su estudio.

—¡México! ¡Nos vamos a México! En tres semanas partimos para Sevilla. Deshazte de los muebles que no llevemos, véndelos o regálalos, pues estaremos varios años fuera de Madrid —le respondió el marqués sin siquiera mirarla, cerrando a su paso la puerta de su despacho. Inmediatamente se entreabrió la puerta y el marqués asomó la cabeza, añadiendo—: Por cierto, querida, la reina te envía saludos.

Antes de que volviera a cerrar la puerta, ante una Leonor que no solía quedarse sin palabras, a esta solo le dio tiempo a decir:

—Querido, ¿habría algún destino más lejano con el que el rey te hubiera podido honrar? —respondió al tiempo que la puerta se cerraba de nuevo. Y dándose la vuelta continuó diciéndose a sí misma—: México… ¿qué será de la niña en aquellas tierras? ¿Qué será de nosotras entre los salvajes?

Leonor regresó al estrado, donde su hija Lisy jugaba atendida por dos de las criadas de mayor confianza, Lorenza, que llevaba más de una década a su servicio, y Abigail, una hacendosa joven muy dispuesta que se había incorporado unas semanas atrás por recomendaciones varias. Esa tarde precisamente le contaría a su amiga la marquesa de Brumas el giro de destino, pues estaba convencida de que los nombrarían embajadores en Nápoles y ya había preparado el ajuar para llevarse. Pero ¡se tenían que ir a México! Una difícil ubicación demasiado alejada de la corte…, y aquello no podía ser casualidad.

Desde que regresaron de Viena, las relaciones sociales de los marqueses de Mancera se habían reducido. Creyendo que habían caído en desgracia para los monarcas por aquel fulminante cese, sus conocidos se mostraban siempre ocupados. Leonor mantenía solo a dos o tres amigas íntimas, pero sobre todo una con la que tomaba chocolate casi a diario y que se había vuelto su confidente, la más animada y perspicaz, doña Enriqueta Pullastres, marquesa de Brumas.

Esta noble dama era algo más joven que Leonor y había enviudado recientemente de un noble leonés, trasladándose a vivir a la corte de Madrid, donde el cerrado círculo de la nobleza cortesana la consideraba una advenediza. Como no tenía hijos ni otra familia, gastaba la fortuna que había heredado de su esposo en llevar una vida más que cómoda. Leonor consideraba a Enriqueta cariñosa y atenta, también con la niña, pero sobre todo disfrutaba escuchándola, pues su conversación era provocadora y a veces un poco insurrecta, algo que Leonor no podía permitirse por su posición y el peso familiar.

Al llegar la tarde, Lorenza se acercó hasta el estrado para anunciar a Leonor la visita de la marquesa de Brumas, e hizo su aparición la eficiente Abigail, guardando el equilibrio de rodillas, como marca el protocolo, con una bandeja de plata en la que se habían dispuesto dos mancerinas con jícaras cargadas de chocolate y enmarcadas por bizcochos azucarados. Lisy entró como un torbellino, saludó a la marquesa de Brumas con un beso, tomó un par de bizcochos y se fue tan rápido como llegó.

—Querida, estoy desolada. El rey ha decidido enviarnos a tierras de indios. ¡A la Nueva España! —comenzó explicando Leonor.

—¿México? ¿Pero no preferíais Nápoles o Sicilia? —preguntó Enriqueta mientras acercaba una jícara con chocolate a sus labios.

—Eso había considerado… ¿Será un castigo por lo de Viena…?

—¿Y tu primo qué dice? —continuó preguntando la marquesa de Brumas con media sonrisa.

—Querida, si Antonio supiera que te refieres a él como «mi primo», entraría en cólera —respondió Leonor divertida, dando un breve sorbo de chocolate para ocultar una sonrisa maliciosa.

—Pero ¿te ha mencionado los motivos? —insistió la marquesa de Brumas, imitando el gesto de Leonor.

—No, querida. Antonio llegó del Alcázar y se encerró en su despacho, sin comer siquiera, hasta ahora.

—Y ¿por qué os habría de enviar el rey tan lejos? —preguntó la marquesa de Brumas dando otro pequeño sorbo a su chocolate y frunciendo su ceño.

—Ni palabra. Ni una explicación…, nada —añadió Leonor con los ojos muy abiertos, incrédula, tomando un búcaro con agua fresca.

—He de confesarte que en ocasiones siento cierto alivio al ser viuda… —Rio la marquesa de Brumas ocultando sus dientes con la servilleta con la que trataba de eliminar el cerco de chocolate de sus labios.

—Deberías buscar nuevo esposo, ya lo hemos conversado. Una mujer no debe estar sola, pues comienzan las habladurías sobre ella. Tú eres aún joven y hermosa, no te han de faltar pretendientes. Ya sabes lo que dicen: «Mula buena, como la viuda: gorda y andariega» —respondió Leonor poniendo su mano derecha sobre la falda de su amiga.

—¿Crees que estoy gorda? —preguntó la marquesa sonriendo mientras se miraba el vientre plano y sus delgados brazos cubiertos por manillas de perlas y las anchas mangas a la moda—. No estoy sola, querida de mi vida. ¡Estoy contigo! —respondió la marquesa de Brumas, colocando su mano cariñosamente sobre la de su amiga y apretándola suavemente.

—Ya me entiendes…, no me refiero a la compañía. Además, precisamente, ahora me iré tan lejos que pasarán años hasta que vuelva a verte. ¿Qué harás entonces? —añadió Leonor.

—Pues, querida. Otra ventaja añadida a no tener esposo a quien cuidar, o al que solicitar permiso para cualquier cosa... Yo decido sobre mi vida... y me voy contigo a México. ¿Qué te parece? —comentó la marquesa de Brumas.

—No te burles. Estoy tremendamente disgustada —respondió Leonor visiblemente afectada por la situación.

—Pero ¿qué mejor oportunidad tendré para conocer México? Arropada por el mismísimo virrey... Si a vosotros os parece bien, claro. ¿Qué crees que dirá tu primo? —añadió la marquesa de Brumas.

—¡Qué va a decir..., nunca dice nada! Yo creo que es una idea maravillosa. Lisy y yo estaremos allí tan solas... —respondió Leonor abrazando a su amiga.

—¿Lisy ya lo sabe? —preguntó la marquesa de Brumas mientras mojaba un bizcocho en el chocolate que quedaba en la jícara.

—Sí. Está ilusionada con el viaje y, de seguro, un cambio de aires puede ayudar a paliar alguna de sus... excentricidades infantiles.

Si todo iba bien y no se alargaba el nombramiento, estarían al menos un lustro fuera de la corte, cinco años de ausencia que habrían sido esenciales para encontrar un marido apropiado y ventajoso para Lisy. Esta negociación debía hacerse antes de partir o, cuando menos, sería conveniente conversarlo con la reina antes de iniciar tan largo viaje.

El marqués, sentado tras su austera mesa de nogal de despacho, oscura, equilibrada y recta, sin adornos superfluos, como correspondía a su carácter, terminó de leer los papeles que el rey le había entregado y los dejó a un lado de la mesa. Acercó con ambas manos la pesada escribanía de plata del Potosí que su padre la había regalado cuando residían en Lima y escribió una nota con letra apresurada. Vertió la arena para secar la tinta fresca y sopló con fuerza. Dobló la hoja y anotó en la cara visible un destinatario, Tarquinio, y una dirección escueta, Ejércitos. Badajoz. La selló con lacre. En el relieve carmesí del sello se distinguía el contorno de un pez de agua dulce, un lucio.

8

Una libélula roja

Madrid, 30 de julio de 1660

Leonor nunca comentaba en qué consistían las excentricidades de Lisy, ni tan siquiera con la marquesa de Brumas. Simplemente, en ocasiones, apuntaba que la niña era un poco especial, que le gustaba fijarse en los colores e inventarse historias y que tomaba excesiva confianza con personas desconocidas, saltándose las formalidades básicas. Por otro lado, Lisy era una criatura inocente, dulce y cariñosa. La marquesa de Brumas quitaba importancia a las preocupaciones de Leonor, advirtiendo que no se trataba más que de niñerías. Y aunque Leonor procuraba que no se notara su inquietud, le angustiaba pensar en el futuro de su hija, pues consideraba que aquello restaría candidatos para su casamiento.

Tras sobrevivir a las difíciles circunstancias de su nacimiento, quizá por haber vuelto del más allá, por haber transmutado su piel en casi todos los colores del arco iris, porque la habían embadurnado con todos los aromas posibles, o por intervención divina que evitó su muerte, la niña contaba con una facultad muy especial. Desde que nació, dos de sus sentidos se combinaron de forma sinergética y natural, de manera que cuando olía a las personas, en realidad veía el color de sus *resplandores* o de sus *alas*, como refería ella misma a veces. Los denominaba «resplandores» porque los percibía incluso a oscuras o con los ojos cerrados y porque, por lo general, se trataba de destellos luminosos, refulgentes, como un humo de colores en constante movimiento alrededor de los cuerpos.

Cuando conseguía percibir completamente el aroma de algunas personas, se representaban en su mente como mariposas con las alas desplegadas, pues de sus cuerpos se expandían hacia ambos lados los resplandores luminosos, en combinaciones de colores que recordaban a las alas de aquellos insectos. Unas las percibía más hermosas, luminosas y amplias que otras, que las intuía como polillas grises o pardas, con toda una gama intermedia de variaciones.

A sus padres ya les había parecido bastante extraño que siendo tan solo un bebé de unos pocos meses, Lisy mostrara tanto interés en olisquearlo todo. A algunas personas les fruncía el ceño y torcía la boca en gesto de repugnancia, como si acabara de chupar una naranja amarga, a otras las sonreía feliz, o se reía a carcajadas con ellas, aunque no hubieran hecho mueca o comentario alguno, con otras quedaba impasible, y con unas pocas mostraba confusión o intriga, como si no supiera bien la manera en que debía reaccionar.

Leonor llegó a inquietarse seriamente por el destino de su hija tras un acontecimiento sucedido años atrás, cuando Lisy no llegaba a cumplir los cuatro años. El marqués de Mancera era embajador en Venecia, y Leonor junto con la niña regresaron a Madrid por asuntos familiares. Recibió entonces una cordial invitación para almorzar en la residencia de los duques de Béjar, doña Teresa Sarmiento y don Alonso Diego López de Zúñiga. Lo más probable es que los duques solo desearan estar al corriente de las últimas novedades acaecidas en Italia y es posible que le sugiriesen algún nombre para ocupar un cargo en la embajada de su esposo, pero Leonor pensó que sería una excelente oportunidad para que conocieran a su hija. Así podrían considerarla como candidata para el matrimonio de alguno de sus nietos, en un futuro próximo, pues sin duda apreciarían su alma candorosa y su carácter alegre, honesto y confiado.

Lisy y su madre se presentaron en la casa de los duques a las once de la mañana del 30 de julio de 1660. Los duques las esperaban en el jardín de su residencia en las afueras de Madrid para tomar un refrigerio. Leonor hizo las presentaciones formales, tal y como lo había ensayado con la niña:

—Excelencias, estamos honradas y complacidas por vuestra gentil invitación. Disfrutar de estos magníficos jardines nos trasladan al mismísimo Edén sin abandonar la ciudad de Madrid —comenzó Leonor haciendo una reverencia a los duques y señalando el entorno paisajístico con un delicado movimiento de sus brazos, mientras recuperaba su postura erguida.

—Gracias…, bonitas flores —dijo Lisy, haciendo la misma reverencia que su madre y moviendo igualmente los brazos hacia los lados al levantarse, pues se había olvidado lo que habían ensayado que tenía que decir sobre las belleza de las flores.

La duquesa, sonriendo por el gesto de la niña, se acercó a ofrecerle su mano, y al romper así el rígido protocolo, Lisy vio la oportunidad para abalanzarse sobre ella, abrazarla y besarla, con intención de comprobar su resplandor, que era púrpura con matices verdes.

—¡Qué bonito! ¡Es púrpura! —le dijo. Ante la cara de sorpresa de todos los presentes. El duque rompió a reír a carcajadas por la espontaneidad de la niña, y esta aprovechó la oportunidad, como una leona tras una gacela, para abalanzarse sobre él con la misma intención.

—Señor. No hay color. Se marcha pronto —le espetó Lisy dándole otro beso como apenada despedida, antes de que su madre la cogiera de un brazo y la alejara con fuerza de la ducal pareja.

Los ojos azules de Leonor se habían tornado de un gris frío y sombrío, por la efervescencia de la rabia contenida en el frasquito de vergüenza que estaba a punto de reventar. Y su incisiva mirada de acero se proyectó sobre las pupilas castañas de Lisy que inclinó obediente la cabeza.

—A la niña le gusta inventarse juegos —trató de justificar Leonor ante los duques—. Para recordar mejor a las personas, las asocia con colores —continuó explicando atribulada a los atónitos duques.

—Claro, querida. Excentricidades de niños. Probad estos dulces de miel y contadnos, ¿cómo es la vida en Venecia? —le respondió educadamente la duquesa, alargando una bandeja con el ala de plata repujada, que contenía bizcochitos de miel. Y continuaron la velada degustando el exquisito chocolate de Oaxaca y la infinidad de dulces que tenían preparados para agasajar a sus invitadas, sin dar mayor importancia a lo sucedido y conversando sobre trivialidades relacionadas con Italia y las embajadas.

Sin embargo, la perspicaz Leonor se dio cuenta de que Lisy había sido descartada como posible candidata para el matrimonio con alguno de sus nietos, pues les debió de parecer demasiado extravagante para formar parte de la tradicional familia ducal. Había llegado el momento de contener seriamente aquellas excentricidades de su hija. Con su mirada plomiza le advirtió que ese tipo de conductas resultaban intolerables en privado, pero sobre todo y absolutamente cuando se encontraran en público. Nunca más podría volver a abalanzarse sobre otras personas de aquella manera, no debía nunca mencionarles los colores con los que decía ver a los demás porque la tomarían por demente y nunca encontraría esposo. Lisy tampoco entendía aquella obsesión de su madre por comprometerla.

El momento más crítico para Leonor llegó un par de días después del incidente en los jardines, al recibir una nota firmada por la duquesa de Béjar. En ella informaba del fulminante fallecimiento del señor duque y de su próximo funeral. Leonor se llevó la mano a la boca para ocultar su turbación y su miedo al recordar la advertencia de Lisy. Y no era la primera vez que la niña asociaba a una persona con el vacío o con la falta de color, y esta fallecía poco después.

9

Polillas atraídas por la oscuridad

Jerez de los Caballeros,
Badajoz, inicios de febrero de 1664

Después de más de un mes de viaje, de idas y venidas, Cristóbal, el fiel criado del marqués de Mancera localizó entre los ejércitos acampados en Jerez de los Caballeros, cerca de la frontera con Portugal, al grupo de mercenarios donde suponía que podría estar Taranis de Cárabes, o Tarquinio para los mensajes del marqués. Rodeó la imponente fortaleza templaria, y se dirigió a una de las cantinas que se habían habilitado para atender las necesidades de los soldados y mercenarios.

Al abrir la puerta tuvo la sensación de precipitarse en los mismísimos avernos. Por un lado, sintió la trompada del calor húmedo que desprendía la plétora de gente, y el atronador ruido de gritos, risas y voceríos, retumbar de vasos, platos de metal, espadas o puñales batiéndose entre ellos o contra el suelo, y bancos y mesas castañeando. Pero, sobre todo, le sobresaltó la fétida bofetada de olor a vino barato, comida recocinada y fermentada, pegajosos vómitos marchitos, orines, sangre y sudor rancio de hombres y mujeres de todas las edades y condiciones.

De forma instintiva, y para evitar desfallecer y arruinar su elegante chupa de viaje restregándose en el viscoso suelo, arrimó el dedo índice enguantado a su nariz. Calzaba el único par de guantes que poseía, regalo del propio marqués cuando, según aquel dijo, se le había ido el ámbar, pese a que en opinión de Cristóbal aún olían suficiente. Esos guantes representaban lo más cerca que podía estar de su ascenso social. En la Península nunca cambiaría su situación, para valer más tendría que irse a América.

Cristóbal, a pesar de haber cumplido ya los treinta años, mostraba un aspecto juvenil, con rostro imberbe y mejillas sonrosadas, complexión delgada y menuda, y un fino cabello pajizo. Con su modesta presencia, trató de acercarse a alguno de los vociferantes parroquianos de aquella cantina a fin de conseguir información sobre el paradero de Taranis, pero todos estaban enfrascados en sus propias y vehementes conversaciones. Tras varios infructuosos intentos, buscó a la cantinera más próxima y se dirigió hacia ella. Esta se le escabullía con constantes quiebros sorteando aquel laberinto de gentes, mesas y bancos, moviéndose ligera, alzando los brazos por encima de su cabeza sosteniendo jarras y vasos en equilibrios imposibles y contoneando su cuerpo. Hacía tambalear sus caderas más de lo necesario para captar la atención de potenciales feligreses deseosos de probar algo más que el vino aguado. Finalmente, Cristóbal logró cortarle el paso, arrinconándola entre dos mesas y un banco atestado de vocingleros soldados haciendo aspavientos con sus brazos en todas las direcciones.

—Mesonera, si me hace la merced, ¿podría indicarme si se encuentra aquí el soldado Taranis de Cárab...? —comenzó a decir Cristóbal, sin poder terminar su frase.

—Uy..., mace la mercé, dice el papanatas... ¿Pa qué ha de ser? ¿Te debe alguna cosa? No quiero líos, ¡eh! —respondió la mujer encarándosele de frente y con los pechos, las jarras y vasos como escudo o revellín de baluarte.

—Debo tratar con él un asunto urgente, joven —remató Cristóbal sonrojado.

La cantinera recorrió con su mirada de arriba abajo al escuálido cuerpo de Cristóbal, deteniéndose en sus estrechos hombros, los guantes reutilizados, los bolsillos vacíos y en la aparentemente poco abultada entrepierna y calculando si merecería la pena invertir tiempo en seducirle y cuánto es lo que podría sacar a cambio de un potencial encuentro con este personajillo, y no le rentaron las cuentas. Su experiencia le permitía hacer estos cálculos y apreciaciones de forma rápida, con pocos errores en su haber y alguna confusión en el debe. Con un mohín en sus labios finos, resecos por haber apurado los posos de muchos vasos de vino, y apuntando con la pronunciada barbilla a modo de flecha direccional señaló hacia un banco en el que estaba sentado un hombre solo, medio oculto por una densa penumbra. Sin aguardar respuesta, dio un giro y se zafó de su cristobalina cancela sumergiéndose como una nereida en aquella marea de manos, brazos, bocas, jarras y vasos alzados que la engulleron hasta que desapareció.

En la mesa en la que Taranis se había sentado se resolvían asuntos escabrosos mediante respetuosas puñaladas entre las costillas, despachando viejas deudas y rubricando pactos con charcos de sangre como cruentos protocolos notariales carmesíes.

Taranis había llegado hasta aquella mesa, aislada por una densa tiniebla, hastiado de patrañas heroicas, de oprobios, gritos y bravuconadas. Prefería tomarse un vino con la tranquilidad que aquella opacidad le brindaba, sumándola a la propia, como las capas y los chambergos ocultaban las identidades de los embozados. Como un umbrío y solitario embozado de cantina, así se sentía aquella tarde.

Con su mano izquierda estrangulaba un vaso de cerámica en honor a Baco, sucio por fuera y más mugriento, si cabe, en su interior, cuya oscura costra acumulaba estratigrafías de caldos fermentados espesos y poco filtrados. Y con su mano derecha contenía los asaltos y arremetidas de Marina, otra de las cantineras, entrada en carnes, casi tanto como en años, y ungido el rostro de aceites y polvos para simular la apariencia juvenil como falso reclamo de mercancía defectuosa. Los ojos de Taranis centelleaban con una profunda luz interior como avisos costeros de un faro que le guiaba entre sus propias tempestades. Y Marina, cual polilla, arremetía una y otra vez contra aquellos destellos luminosos en un intento de contagiarse de su luz, pues la suya hacía muchos años que se había apagado. Arremetía contra él como la última balsa a la que aferrarse tras el trágico naufragio de su existencia.

—¡Basta! Con esa peluca encandilarás a algún bisoño que no conozca los trucos baratos para esconder el mal francés. ¿Crees que no he visto las manchas rojas de tu cuerpo y las úlceras en tu sexo? Deberías untarlas con bálsamo de mercurio —le respondió Taranis sin inmutarse, sin moverse de su sitio y mirándola fijamente a los ojos.

—¡Sabrá el galeno! Resulta que también será dostor en midicina. Búscame la pústula tú mismo, o piérdete, marión. Ahí que te den higa —dijo Marina mientras daba la vuelta y se alejaba de él mostrándole un dedo levantado en un impúdico gesto aprendido de alguna antigua saga de meretrices en algún otro lupanar en el que, siendo más joven, Marina había enterrado toda su frescura y dignidad.

Los ojos de Taranis se posaron por fin en el escuálido personaje que observaba perplejo la existencia de pelucas púbicas y que aún no había sido capaz de separar de su nariz el dedo índice enfundado en su guante de olor.

—Y tú, ¿qué quieres? —le espetó Taranis mirándolo de reojo.

—¿Cómo? Busco a Taran… Tarquinio, traigo un recado de mi señor marqués de M…

—¡Calla! ¡Aquí no, insensato! —respondió Taranis, al tiempo que se levantaba—. Sígueme…, pero mantén la distancia —le indicó mientras estiraba su poderoso brazo marcar la separación mínima.

En cuatro zancadas Taranis salió de la cantina, pues a su paso todos los cuerpos, las mesas y los bancos parecían deshacerse de su materialidad y eran traspasados como fantasmas por el firme envite del joven. Una vez en el exterior, inhaló el fresco aire para rellenar de nuevo sus pulmones y se detuvo a unos pasos de la entrada, sin voltearse. Sabía que el criado tardaría bastante más en franquear el laberinto de cuerpos, mesas y bancos resolidificados para él en aquella cantina. De reojo, con una extraordinaria visión periférica desarrollada a lo largo de los años, Taranis vio asomar un guante de marqués reutilizado por el filo de la puerta. «Seguimos», pensó.

Taranis caminaba con paso firme balanceando su cuerpo grande y bien formado, marcando el ritmo con sus firmes caderas, aunque con una intención diferente a la de la cantinera, pues no había más obstáculos a su derredor que su pasado y su futuro. Con la mirada al frente, la cabeza alta, la espalda bien erguida y la zancada larga, los vigorosos músculos se iban dibujando a cada paso y parecían intuirse cada uno de ellos a través de su ropa, pues el mundo se había convertido en una extensión de sí mismo.

O, más bien, Cristóbal se los estaba imaginando así, siguiéndole como un perrillo, acelerando en pasitos cortos y rápidos para poder recuperar el trecho perdido con cada zancada de Taranis. Los holgados gregüescos atados en las rodillas que vestía aquel Adonis querían estallar de gozo y deshacerse en jirones en cada una de las zancadas, para anunciar al mundo que ellos eran los guardianes de unos muslos fuertes y de unas nalgas generosas, rotundas y firmes. El jubón se ajustaba a su cintura y dejaba asomar la camisa a punto de reventar sobre su pecho. Los hombros oscilaban redondos en aquel ritmo acompasado, perpetuando la cadencia de su cadera, oscilando de uno a otro lado como una danza hipnótica.

Cristóbal observaba cada movimiento de los músculos de Taranis con creciente interés, anhelando poseer una presencia semejante, pues desde niño se enfrentaba con temor a su entorno, forzado a esconder sus deseos y convicciones. Un deseo que, con cada zancada de Taranis, se iba haciendo más concreto, palpitante y firme.

Al llegar a las afueras de la aldea, tomando un camino adyacente, Taranis, seguido a unos metros por Cristóbal el Embelesado, se aproximó a una casa de piedra en ruinas, rodeada por círculos de zarzas, testimonio de consecutivos años de abandono. Taranis abrió la puerta de una patada, dejándola temblorosa de estorbar su paso. La mitad de aquella casa era una escombrera de tejas y piedras sobre las que la maleza luchaba por aferrarse y sobresalir. Pero las vigas de la otra mitad aún sostenían el tejado y la alta chimenea. Una pequeña mesa tocinera con algunas sillas estaban desparramadas por el suelo y levantó una de ellas para sentarse.

Cristóbal le había seguido hasta el interior de la cocina abandonada, y sofocó un agudo grito con sus guantes, dando un respingo a su cuerpo al ver cómo varias arañas, asustadas por la presencia de Taranis, huían en su dirección. Taranis esbozó media sonrisa, y colocó sobre la mesa sus torneadas y poderosas piernas·

—¡Ahora sí! Explica el asunto que te trae hasta aquí.

Manteniendo aún ambas manos en la boca, el criado se movió lentamente hacia la mesa, y mordió la punta del dedo anular del guante derecho para quitárselo. Con la mano derecha ya desnuda, sacó el papel que había escondido en el puño del guante izquierdo. Se lo entregó a Taranis, que le observaba divertido.

—¿Hace mucho que conocéis a su excelencia el marqués? —le preguntó Cristóbal, intrigado por la historia que habría detrás del encuentro entre el marqués y aquel hombre. Colocó una mano en el quicio de la desvencijada puerta, comprobando previamente que no había más arañas aguardando para saltar sobre él. Y, apoyado de esta guisa, esbozó una amplia y seductora sonrisa.

Taranis no respondió a la pregunta, ni siquiera prestaba atención al contoneo de Cristóbal. Tomó el papel y comprobó primero que él era el destinatario de la carta, que el sello de lacre se correspondía con el acordado y que estaba intacto. Lo partió y leyó el contenido:

63.

Diciembre, 31
En tres meses a la fecha, en Triana
Prepárate para un largo viaje
Discreción
Lucio

Lo volvió a leer por si se le hubiera escapado algún dato de interés, pero el mensaje era breve y claro. Debía estar apurado, ya que no utilizó el libro de códigos que llevaban años empleando para comunicarse y tenía que ser urgente pues había enviado al mismísimo Cristóbal para entregárselo. Levantó con su mano derecha el papel hacia la luz de la luna, para confirmar que no se habían utilizado tintas invisibles al ojo. Y lo acercó a la nariz por si podía detectarse olor a limón o cebolla, los más habituales. No parecía que hubiera nada más, así que rompió el mensaje en pedacitos y los esparció por diferentes lugares de la casa. Su destino estaba también sellado: partía a un largo viaje.

—Mejor, ocúpate de tus propios asuntos —le espetó Taranis mirándole fijamente al rostro, respondiendo a su última pregunta, y Cristóbal se estremeció entre temeroso y excitado—. Te has demorado demasiado en encontrarme. Debo darme prisa. —Cristóbal bajó la vista y se sonrojó—. Allí estaré sin falta. Díselo, ¿vale? —concluyó Taranis utilizando una de las expresiones más frecuentes entre los soldados para despedirse. Después salió de la casa y desapareció engullido por la espesura de la noche.

A la mañana siguiente Taranis recogió sus escasas pertenencias. Guardó una camisa limpia en un zurrón e introdujo allí mismo los libros que siempre viajaban con él. Dos sobre el cuidado de los caballos y otras monturas: *Albeytería* de Pedro López Zamora, publicado en 1587, y el de Fernando Calvo, de 1657. Otro de aventuras caballerescas: *Orlando Furioso* de Ludovico Ariosto, de 1575, y los dos volúmenes de la *Historia General de España* de Juan de Mariana, de 1601.

Taranis había llegado hasta Badajoz como mercenario, infiltrado para obtener información para el marqués sobre los movimientos de los ejércitos. Si desaparecía, renunciaba a cobrar los pagos pendientes, pero nadie le preguntó. Ninguno esperaba saber ni de dónde venían ni adónde iban los demás. Se libraba de participar en el envite que estaba a punto de producirse contra las tropas angloportuguesas. Pero no tenía miedo a morir en la guerra. En realidad, Taranis no había sentido nunca miedo.

Palpó su pecho y comprobó que aún colgaba el único objeto que echaría en falta. Era una sencilla cruz de plata esmaltada que había pertenecido a su madre, a quien no llegó a conocer. Taranis se juró a sí mismo, y por el alma de su madre, que solo se separaría de esa cruz cuando encontrara el amor. Más que un recuerdo, era un talismán protector frente a todos los males que le acecharon desde que salió, siendo un niño, de la remota aldea de Alles, en las tierras de Asturias. De seguro lo iba a necesitar para cumplir con la nueva misión que le encomendaría el marqués.

10

Invitados

Madrid, febrero de 1664

La casa de los marqueses de Mancera parecía un enjambre de avispas excitadas. Un tropel de criados correteaba de uno a otro lado del jardín, entrando y saliendo para colocar luces, muebles y flores. Leonor y Enriqueta comandaban aquel ejército de sirvientes, dándoles órdenes a unos, frenando y supervisando lo que los otros traían e indicando exactamente dónde y cómo debían dejarlo, con el fin organizar la celebración de despedida de los Mancera. Quizá no volverían a encontrarse de nuevo con sus seres queridos, aquellos que habían reaparecido tan pronto como se supo que había recibido el nuevo nombramiento como virrey.

En todas las estancias se dispusieron candelabros con cirios que aguardaban a ser encendidos al momento en que llegaran los invitados. Leonor había supervisado también la colocación estratégica de los búcaros portugueses que había adquirido para aromatizar el agua y para ambientar los salones. Y se había untado el rostro con una gruesa capa de polvos, como hacía en las celebraciones más señaladas. Sobre un fondo blanco de albayalde o carbonato de plomo, se aplicaba el solimán de intenso color rojo, elaborado con mercurio. Este colorete no solo se aplicaba en las mejillas, también en el cuello y otras partes del cuerpo a resaltar, como las orejas, las palmas de las manos o los hombros.

Los diferentes invitados fueron llegando. Algunos apuraron casi hasta la hora prevista de la cena, a las nueve en punto. Cuarenta minutos más tarde hizo su aparición el último de los invitados, fray Bernardo Gómez Ciruelo, el capellán de la casa de los Mancera que los acompañaría en el viaje a la Nueva España para cantar misa diaria, oficiar los domingos y los sacramentos de la familia. Había ido a despedirse de su hermana, pero un bache desencajó una de las ruedas de la carroza en que viajaba y le hizo demorarse más de la cuenta.

Entró apurado a la vivienda, para tomar su sitio en el salóncomedor, pero se interpusieron dos de los lacayos vestidos de libreas azul y plata, con Cristóbal detrás de ellos. Este le indicó que ya no podía acceder al comedor.

—¿Cómo? ¡No es posible, me aguardan! —protestó el capellán, empujando con sus brazos a los dos lacayos que le cerraron el paso.

—La señora marquesa ha dado instrucción precisa de retirar los cubiertos y que, si deseaba cenar alguna cosa, os acompañemos a las cocinas—respondió Cristóbal.

—¡Esto es inaudito! Exijo…

—¡Son órdenes de la señora, reverendo! —interrumpió Cristóbal el nuevo alegato del capellán, señalando el camino hacia la cocina.

Airado y decepcionado, pero terriblemente hambriento, fray Bernardo prefirió no continuar desperdiciando sus quejas entre los criados. Era una nueva afrenta y exigiría una reparación, pues los marqueses no apreciaban lo suficiente toda su cristiana labor.

En el improvisado comedor de los Mancera la conversación de los invitados fluía alegremente, sin que nadie se hubiera percatado de la ausencia del capellán. Los criados comenzaron a servir como entrantes unos altos y voluminosos pasteles de caza, cuya masa dorada se había rellenado con carne mechada de venado, liebre y perdiz, aromatizada con abundantes especias importadas de las Malucas.[8] A continuación fueron trayendo platos rebosantes de cordero asado con romero y tomillo y otros con codornices trufadas acompañadas de nabos, castañas y espárragos. Al llegar a los postres se sirvieron frutas confitadas en almíbar y tarta de almendras con un toque de canela que era la especialidad de la cocinera. Tomaron vino y agua de azahar, de menta, de canela y aloja con miel, además del agua de búcaro de las fuentes, la mayor parte de ellas digestivas además de aromáticas.

Concluida la cena, Leonor trató de localizar a la marquesa de Brumas, para compartir impresiones sobre los platos y los invitados. Distinguió su hermoso vestido de brocados verdes y dorados junto a uno de los tapices y le pareció que gesticulaba disgustada en conversación con alguien más, así que se le acercó y le preguntó:

—¿Va todo bien, querida?

—Sí, sí. Todo ha sido excelente. La cena francamente deliciosa. En especial el pastel de carne. Primoroso, querida —respondió Enriqueta.

—¿Pasamos entonces a tomar un agua aromática? —continuó Leonor, mirando alrededor.

—Por supuesto, querida. ¡Vamos! —añadió la marquesa sujetándose del brazo de Leonor y comenzando a andar.

—¿Conversabas con ese que llaman el duende de palacio? —preguntó Leonor mientras daba palmadas en el dorso de la mano de su amiga y caminaban hacia el otro salón. Le había parecido que la marquesa de Brumas estaba hablando con el

---

[8] En la época se referían con frecuencia con esta forma «Malucas», a las islas Molucas, o también conocidas como islas de las Especias.

joven Fernando de Valenzuela, quien, aunque no había sido invitado a la fiesta, hizo su inesperada aparición con la excusa de despedirse de los marqueses.

—Sí, un joven con mucha proyección en la corte, según dicen —respondió la marquesa de Brumas alzando una ceja que mostraba curiosidad por la pregunta que le hacía Leonor.

—¿Y qué quería? —insistió la marquesa de Mancera, intrigada.

—No te lo vas a creer, querida. Me estaba haciendo proposiciones —dijo Enriqueta entre risas, cubriendo la apertura de su boca con la mano.

—¡Qué desfachatez! ¡Es un atrevido! —añadió la marquesa de Mancera indignada—. ¿Y tú qué le respondiste? —preguntó con cierta sorna en su expresión.

—Pues que soy una mujer honesta, y que él es un hombre casado. Que busque apagar su sed en otro lado, porque esta fuente está cerrada para él.

—Muy bien. Aguarda… ¿Para él? ¿Está abierta tu fuente para otros? —preguntó Leonor riéndose a carcajadas.

—Quién sabe, querida… —Rio la marquesa de Brumas, poniendo su mano sobre el brazo que Leonor había entrelazado con el suyo.

11

Un parto «colorido»

Madrid, 13 de septiembre de 1656

Lisy era la única hija de los marqueses de Mancera y hasta el mismo momento de su nacimiento fue especial. Nació un 13 de septiembre de 1656 en Madrid, después de interminables horas de un parto extraordinariamente complicado. La niña llegaba de nalgas y con el cordón umbilical alrededor de su minúsculo y delicado cuello, por lo que parecía sentenciada a la muerte. Y ese hubiera sido su fin, de no haber sido por el buen hacer de la matrona que la asistió. Ella supo cómo tratar el cuerpo de la madre para no perderla durante el alumbramiento y, casi de forma velada, dar las friegas necesarias sobre el pecho de la criatura tras el alumbramiento, para volverla a la vida. Por supuesto, todos creyeron que había sido el doctor que atendía a la marquesa quien les había salvado la vida, un hombre superado por las circunstancias que solo supo recetar un bebedizo para abrir el canal y tener preparadas sus sanguijuelas por si fuera necesaria su aplicación.

Leonor, la marquesa de Mancera, siempre había tenido fijación por los perfumes. Al igual que otras muchas de las damas de su círculo cortesano, creía que los aromas actuaban como escudo protector frente a los miasmas que contagiaban las enfermedades, en una miscelánea entre conocimientos científicos y esotéricos, que aceptaban a pies juntillas como verdades incuestionables.

—No, no… Ahí no lo pongas, Lorenza. El brasero para el vinagre de olor debe ir en la puerta para impedir que entre el miasma —ordenaba Leonor, entre quejidos de intenso dolor que le producían las contracciones.

—Señora, ¿dónde quiere entonces que ponga la poma de ámbar? —preguntó su criada Lorenza de Chaves.

—Pues, esa sí, Lorenza. ¡Qué cosas tienes! Cerca de la cabecera ¿dónde la vas a poner si no? —respondió Leonor entre jadeos y gritos. —¡Justa, necesito agua fresca! ¡alcánzame ya el búcaro! —continuó dando órdenes en el estado de nerviosismo que ya había contagiado a todo el personal que la atendía.

—Venga aquí, señora, deje el búcaro y agáchese sobre este *afumamento* de laurel y palosanto. Abra las piernas… así. Con este vapor húmedo de hierbas se le abrirá el canal, señora. Muy bien, un poco más, sin quemarse, sin quemarse, sujétese a mi brazo… así —le fue indicando Lorenza, siguiendo una tradición ancestral gallega.

Como el parto se consideraba un momento de debilidad física, pues el cuerpo de la madre quedaba expuesto y abierto, y el recién nacido herido por el corte del cordón umbilical, se creía que espíritus malévolos, efluvios y miasmas aprovecharían para invadirlos provocándoles enfermedades y muerte. Para evitarlo, por un lado, Leonor había colocado en la estancia búcaros de olor, pomas de ámbar, incensarios, vinagres de olor y aceites diversos. Lorenza estaba también asperjando perfume en las sábanas de la cama donde reposaría la parturienta llegado el momento. Existía el riesgo para la mujer, abierta y sangrante, de que los espíritus funestos reconocieran su estado de debilidad y la atacaran, por lo que cada región ideaba diferentes fórmulas o maniobras de distracción.

—¡Tráeme el sobretodo viejo de mi esposo! —ordenó Leonor, con precisas instrucciones para sus asistentas.

—Señora, ¿para qué necesita ahora la ropa del señor marqués? No os distraigáis con necedades —le respondió Lorenza que era quien mayor confianza tenía con la marquesa.

—Para que la muerte no me reconozca, como hacen las mujeres en Renania, ¡tráelo! —respondió Leonor mientras Lorenza se iba y regresaba con el abrigo del marqués.

—Venga, ponéroslo en tanto os voy atando al muslo esta protección —dijo Lorenza al tiempo que le anudaba un pañuelo rojo con una piedra de águila cosida en el centro, de las que se creía que facilitaban el parto.

—Quita, Lorenza, ¡no me aprietes tanto! —protestó Leonor, pese a que la sirvienta seguía atando y susurrando oraciones en las que no quedaba muy claro si invocaban a alguna santa protectora de parturientas o a espíritus ancestrales, o posiblemente una mezcla sincrética entre ambas.

Durante horas, Leonor se estuvo desplazando por toda la estancia, descalza y sujetándose el vientre con ambas manos, sorteando cada rincón entre un amuleto y el siguiente, como estaciones de un vía crucis, pasando de una sirena a una campanilla, de una cruz a un rosario bendecido colgando, de una garra de tejón sobre un mueble a un lienzo de la Virgen del Rosario, de una estampa de santa Ana, madres de la Virgen, a un relicario con cabello presuntamente de la barba de santa Librada. Todos estos objetos expresaban el miedo atroz a morir que sentía Leonor, a no estar preparada para ese momento por más rezos que todas hacían, o a que su bebé, el deseado, no viera la luz.

De vez en cuando entraba el doctor, revisaba si había dilatado lo suficiente y volvía a salir de la estancia, mareado de tanto olor. Cuando las contracciones se lo permitían, en esos cortos paseos por la habitación Leonor podía ir percibiendo los diferentes aromas que había colocado estratégicamente.

Y cada vez que una nueva contracción le hacía retorcerse de dolor y agacharse sujetándose a un mueble o a las columnas del dosel de su cama o clavar sus dedos sobre la espalda de alguna de las criadas que pasaran a su lado, las fragancias correspondientes se combinaban entre sí para ofrecer sublimes momentos de gozo o de pena, alegrías y lloros, reavivando recuerdos, sensaciones, placeres o angustias, según las vivencias que con cada una de ellas había tenido.

Tal y como podrían atestiguar todos los que asistieron al parto de la marquesa, haciéndose señales de la cruz en agradecimiento a Dios o para alejar algún tipo de mal, la niña llegó a estar muerta, y por algún motivo, o alguna fuerza misteriosa, regresó del limbo adonde van las criaturas no bautizadas. Con Leonor en cuclillas intentando expulsarla, y al borde de la extenuación, se produjo un prolapso del cordón umbilical que asomó antes que el cuerpo del bebé, que además venía de pies. El doctor preparó entonces las herramientas para extraer en pedazos el cuerpo de la criatura y tratar de salvar a la madre. Pero Manuela, la experimentada comadrona, se adelantó, evitó que el cordón estrangulara el cuello de la criatura con movimientos de los dedos en el interior del útero, mientras tiraba del cuerpecito del bebé por los minúsculos tobillos. La niña vino al mundo con un color amarillo membrillo y sin signos de vida.

Pese al color, las criadas que atendían el parto y la matrona comprobaron que Leonor había dado a luz a una hermosa niña. La comadrona la envolvió con un lienzo de lino fino perfumado, y lavó su cuerpecito con agua de rosas y azahar, y con el agua contenida en uno de los búcaros de Portugal que refrescaban la estancia. Sin embargo, al instante, el cuerpo del bebé se tornó rojo ciruela, pues continuaba sin tomar aire, por lo que su carita y el resto de su cuerpecillo viró a continuación al azul arándano. No contenta con aquella nueva coloración, su piel pasó al violáceo tono de la zarzamora, casi negro, e inmediatamente ultimó con un tono gris ceniciento, que la hacía parecer un higo maduro. Así que, tras aquel frutal derrotero de entonaciones hacia la muerte que se había celebrado en menos de un credo, todos pensaron que el color higo era ya la inequívoca e irrefutable señal de que la criatura había pasado al más allá. El doctor la observó, palpó su cuerpecito, miró a las criadas y negó con la cabeza, sentenciando que la niña había muerto.

Se produjo entonces su milagroso regreso a la vida, provocando que todas las mujeres se santiguaran asombradas y temerosas, y que especularan si habría sido el ámbar y la algalia, o el agua fría del búcaro y el olor del azahar, o el calor del humo de incensarios y los vapores de vinagres y aceites, los que devolvieron el color carne al del higo. Y continuaron discurriendo: que si había sido una fuerza superior la que había traído de vuelta a la niña para que cumpliera alguna importante misión cristiana en la vida. Que si el maligno había pasado de largo al no poder identificar a la madre, confundida con la ropa de su esposo, y por eso no se percató de que había una niña recién nacida tampoco. Que si fueron los amuletos y precauciones que habían dispuesto Leonor y Lorenza. Que si habían sido los rezos de todas ellas. Ninguna, sin embargo, había considerado que aquellas suaves fricciones que estuvo practicando Manuela, la comadrona, sin perder la esperanza, mientras una acercaba la esencia de rosas y la otra se llevaba el vinagre de olor tuvieran algo que ver.

Sea como fuere, la niña era todo un milagro, para los padres y para toda la casa del marqués, y como tal casi la reverenciaban, atendiéndola y cuidándola como algo sobrenatural. Y, en realidad, así era, pues fue tan milagroso que la niña reviviera como que Leonor no falleciera en aquel parto, aunque las secuelas de una y otra fueron muy distintas. Leonor siguió sufriendo por el desgarro producido, interno y externo, con secuelas permanentes en su estado de salud, mientras que Lisy podía oler los colores de los resplandores de las personas, desplegándose como alas de mariposas multicolores a su alrededor. Ella misma parecía contagiada por un halo luminoso que bordeaba su cuerpo con una luz radiante y dorada que nadie podía percibir aunque, algunos, los menos, intuían un destello brillante que emergía del cuerpo de la niña. Por supuesto, los padres no querían escuchar este tipo de comentarios que no hacían sino restar candidatos a posibles enlaces matrimoniales con una niña tan extravagante.

12

Viejas y sabias

Andalucía, marzo de 1664

Taranis partió a caballo desde Jerez de los Caballeros a Triana, para encontrarse con el marqués de Mancera, y procuró no descansar más que lo imprescindible. El trayecto no era demasiado largo, y si se apuraba lo podía recorrer en tan solo dos jornadas. En la soledad del camino, le asaltaban recuerdos sobre las decisiones que le habían conducido hasta ese preciso momento desde su más temprana infancia. Su padre le culpaba por la muerte de su madre, Ximena, durante el parto. Ella había sido una mujer de sobresaliente belleza y sabiduría ancestral, y su linaje, según le contaban las viejas de la aldea, se remontaba a los clanes matrilineales de sacerdotisas astures, antes de los moros e incluso antes de los romanos.

La pequeña aldea de Alles en la que Taranis había llegado a este mundo estaba embutida en una pequeña meseta en el oriente de Asturias, rodeada de montañas y bosques y tan alejada de todo lo demás, que hasta allí nunca llegaban a tiempo ni el cirujano ni el galeno, como tampoco lo hacían ni el invierno ni el verano. Por ese motivo, y porque así lo habían dispuesto los hados, su madre Ximena falleció dando a luz un gélido día de febrero de 1634 al que fuera su primer y único hijo, a quien había querido llamar Taranis, el dios del trueno astur, representado tradicionalmente con un dorado rayo en su mano. El cuerpo de la mujer, mortecino y lechoso, parecía flotar exangüe, como Ofelia, en un espeso charco bermellón que su propio plasma había formado sobre las sábanas en las que descansaba tras haber dado a luz. Santiago, esposo y padre, descargó entonces sobre aquel hijo toda la culpa por la muerte del ser que más amaba. Pero el continuo desprecio hacia Taranis no había hecho más que reforzar su carácter independiente y su fortaleza de espíritu.

Al caer la tarde, cansado de la jornada a caballo y con el animal casi exhausto, Taranis llegó a la aldea de Santa Olaia, en la frontera entre Badajoz y Andalucía, y buscó alojamiento. Le señalaron la casa de una anciana que, en ocasiones, alquilaba camas y ofrecía comidas. Tras llamar al portón de madera desvencijado, asomó una pequeña señora con un blanco moño y de pies a cabeza vistiendo un apagado marrón oscuro. Taranis la siguió a lo largo del patio, aunque la mujer se movía con lentitud, arrastrando sus cansadas piernas. A cambio de unos pocos cobres, aceptó la alcoba y el guiso de conejo que acababa de preparar. Desensilló al caballo en el cobertizo, lo cepilló y le dio bien de comer, para que descansara del viaje, y regresó a la cocina donde le aguardaba la cena.

La anciana estaba sentada en una silla baja de madera, junto a la lumbre. En un cesto de mimbre iba arrojando hábilmente las habas que extraía con el dedo pulgar de las judías verdes cuyas vainas vacías se acumulaban en un montón a sus pies. La escena le recordó a Francisca, una de las ancianas criadas que ayudaban en la casa de su padre y a quien Taranis debía su vida.

Según la habían contado, tras la muerte de su madre, Ximena, su padre había tomado al niño recién nacido, que no mostraba señales de vida, o más bien prefirió no reconocerlas, y llevó su cuerpecito hasta la cuadra, donde lo arrojó, confiando en que Saturno, el cerdo que estaban criando para la matanza, hiciera gala de su nombre, y devorara su tierno cuerpo. Armada con una vara de avellano, Francisca entró en la pocilga, como Zeus transfigurado, para recoger al recién nacido antes de que sufriera daños. Abrió su jubón desgastado y áspero, para colocar al bebé en su seno y compartir el escaso calor que aún conservaban sus adustos y marchitos pechos, alimentándolo con la leche de una cabra al calor del hogar de la cocina. El niño, complacido y reconfortado por la vetusta piedad, la leche de cabra y el calor de la chimenea, había revivido y agitaba al aire sus pequeños brazos y piernas. Cuando Santiago se dio cuenta de que Francisca había salvado al niño, no pudo más que tragarse la rabia que iba envenenando y corroyendo su cuerpo, pues el niño había decidido sobrevivir, por encima de la voluntad de su padre y de los designios divinos.

—¿Cuál es su nombre, joven? —preguntó la anciana de Santa Olaia mientras recogía el plato vacío que Taranis había rebañado con unas migas de pan, y sacándolo de sus pensamientos.

—Tarasio, señora. Mi nombre es Tarasio de Cárabes para serviros —respondió Taranis con una amplia sonrisa.

—Guapo chico —añadió la anciana dándole unas palmaditas en la cara a Taranis y a continuación sirviéndole una copa de un espeso vino tinto—. No es un nombre que se oiga mucho, Tarasio.

—No, señora. Al parecer fue un santo obispo de Constantinopla. ¿Y el suyo, abuela? —respondió Taranis.

—Magdalena Gómez, para serviros, joven. Si precisas alguna otra cosa, no tengáis cuita en llamarme, duermo poco y mal, aunque caiga la noche —respondió la anciana.

Las preguntas de la anciana le trajeron el recuerdo sobre un nuevo enfrentamiento de Francisca con su padre, Santiago.

Este se negaba a bautizar al niño, por lo que, a las pocas semanas de nacer, la vieja Francisca lo llevó a escondidas ante el párroco y entre ambos eligieron el nombre de Tarasio. Era el más parecido al pagano deseo de su madre de llamarlo Taranis, y así quedó anotado en los registros parroquiales. Pero al niño nadie le llamaba por su nombre de bautismo, sino por el que Ximena propuso poco antes de morir.

Se despertó casi al alba, pero la anciana ya le había preparado un desayuno con pan y leche con una espesa nata y un poco de queso de oveja. Taranis dejó sobre la mesa unas monedas por la hospitalidad o quizá porque le había recordado a Francisca, lo más parecido a una madre en sus primeros años.

El trote iba acompasado por los golpes de la cruz de plata esmaltada sobre su pecho y al atardecer había llegado a su destino, Sevilla, donde suponía que, si el marqués le convocaba a un largo viaje, sin duda sería para atravesar el océano hasta América, que se dibujaba en su mente como un horizonte de oportunidades y aventuras.

13

Arañas tejiendo sus redes

Sevilla, finales de marzo de 1664

El rey había tomado las medidas oportunas para evitar cualquier retraso en la incorporación del marqués como virrey. Dado que estos cargos se desplazaban con un considerable número de personas y enseres, era habitual que el viaje a América fuera costeado con cargo a la avería[9] y eso también agilizaría los trámites. La familia del virrey se alojaría en los Reales Alcázares sevillanos aguardando el inicio del viaje de la forma más cómoda posible. Allí transcurrieron las semanas previas al embarque, acompañados de la marquesa de Brumas, que había mantenido su promesa.

Para la pequeña Lisy, escapar del frío invierno de Madrid y disfrutar de la templada ciudad de Sevilla suponía un adelanto de la primavera y una oportunidad para disfrutar de nuevos olores y aromas desconocidos. En los meses de invierno, su actividad se veía reducida a interminables y aburridos encierros en interiores domésticos, de la cocina al estrado y

---

[9] Impuesto sobre todas las mercancías que iban o venían de las Indias.

de ahí al dormitorio, aderezados con esporádicas y fugaces salidas al jardín helado.

En los Reales Alcázares se entretenían recogiendo las flores de azahar que habían comenzado a brotar a finales de febrero y salpicaban ahora el suelo del jardín. Cada mañana temprano acumulaban los pétalos que ponían a secar a la sombra. Y cada dos o tres días encendían el alambique para extraer las esencias, de estas y de otras flores y plantas que crecían en aquel jardín sevillano. El objetivo de Leonor era poder llevar un buen suministro de bálsamos a México, pues temía no poder encontrarlos allí. Además, una ampolla de vidrio rellena con la esencia de azahar podía ser un apreciado presente para las damas de la corte novohispana, en caso de que fueran aficionadas, como ella, a este arte.

Todas las tardes, las otras damas del séquito que viajaban a México con la marquesa de Mancera, doña Catalina de Almenara, doña Isabel del Castillo, doña Justa Pastora o doña Isabel María de Lara, junto a la marquesa de Brumas, tomaban chocolate y conversaban sobre preparativos del viaje, la organización de vituallas, de muebles, de criados, y de novedades y chismes que llegaban de la corte madrileña. Lisy no tenía nada que organizar, ni le interesaban aquellas historias, así que se desesperaba de aburrimiento y más aún porque tenía terminantemente prohibido jugar a su afición preferida, la de adivinar colores de las personas.

Uno de esos tediosos días en que aguardaban la fecha de embarque, a finales de marzo, el marqués tuvo una ocurrencia:

—Mañana iremos a conocer la ciudad, ¿te parece, querida? —propuso el marqués—. Podemos visitar la catedral, el puerto y el puente de barcazas hasta Triana.

—¡Maravilloso, Antonio! Llevamos demasiado tiempo sin hacer otra cosa que recoger flores, ¿verdad, Lisy? —respondió su esposa tratando de hacer partícipe a la niña de la conversación, que asintió con la cabeza y una emocionada sonrisa.

—Excelente oportunidad para conocer esta hermosa ciudad —añadió la marquesa de Brumas, sumándose a la explosión de alegría.

—Querida marquesa. En otra ocasión tendremos el privilegio de gozar de su agradable compañía —respondió el virrey, procurando dejar claro que no estaba invitada.

—¡Antonio! Enriqueta se viene, ¡por supuesto! —añadió Leonor, indignada.

—Querida, tu esposo tiene razón, más cómodo solo para la familia, ¿verdad Lisy?, ¿no estás deseando ir? —respondió la marquesa de Brumas sonriendo y alegre, sin dar importancia a este desplante del marqués.

—Sí..., me gustaría ver barcos en el puerto —confesó Lisy.

—Cielo —respondió el marqués entre carcajadas—, vas a estar metida en un barco durante meses, pero si quieres ver barcos, ¡mañana los veremos!

Lisy estaba emocionada e inquieta por la idea de ir a conocer la ciudad, pues significaba arrebatarse con miles de olores nuevos, personas y coloridas impresiones, aunque eso le costara algunas miradas de reproche y algún pellizco suave de su madre, si dejaba de actuar como la educada jovencita que se esperaba que fuera. Así que, cuando su padre le confirmó que verían barcos, brincó y aplaudió emocionada correteando por el Alcázar. Su alegría contagió también a sus padres, que eran contenidos en emociones, y a todos con los que se iba topando por el camino.

La mañana del 31 de marzo, Lisy se despertó muy temprano y corrió descalza hasta el cuarto de su madre. Llevaba la camisa de dormir completamente arrebujada, y su cabello parecía una extensión de aquel, plegado, arrugado y desgreñado, testigos de la emoción que le impedía conciliar el sueño, hasta que cayó rendida. Leonor también había madrugado y se acicalaba sentada en una almohadilla, un banquito bajo con tapa forrada con un cojín rojo que contenía toallas y paños de aseo. Había colocado un pequeño tocador sobre un bufetillo ubicado enfrente de ella, para que, al abrir su tapa, el espejo que contenía quedara a la altura de su rostro. Cuando Lisy apareció corriendo descalza, ya se había limpiado debajo de las uñas, y se encontraba cepillando su cabello.

—Yo, yo. ¿Puedo hacerlo yo, madre? —dijo Lisy mimosa mientras se colocaba por detrás de Leonor y extendía su mano derecha para recoger el peine doble de púas muy apretadas que alisaban los cabellos, pero también lo limpiaban de briznas o, en su caso, de piojos. Sentada en el taburete bajo, la cabeza de Leonor quedaba a una altura en la que Lisy podía peinarla cómodamente de pie.

—Toma, querida, pero tranquilízate —respondió Leonor, tratando de calmar la excitación de la niña por la excursión. En cuanto termines, te peino yo a ti, ¿quieres? —le dijo Leonor a su hija tiernamente.

—No, no…, tú no, madre…, me mancas…, que me peine Abigail. —Esta había procurado convencer a la inocente niña de que solo ella sabía peinarla sin hacerle daño, y que tanto Leonor como Lorenza le daban tirones, lo que era bien cierto cuando lo traía tan enredado como aquella mañana.

—Como prefieras. Pero que te arregle ese cabello encrespado. Así no puedes salir a la calle. ¡Qué vergüenza! No pareces sino una salvaje. ¡Qué dirían en la corte si te vieran de esta guisa! —sentenció Leonor disgustada, y continuó acicalándose sin percatarse de que a la sensible Lisy aquel reproche le había calado y sus ojos se inundaron de lágrimas. Tras lavar su rostro con un trapo humedecido, Leonor lo untó con albayalde de mercurio y se dio colorete con rojo de plomo.

—¡Qué guapa estás, madre! ¿Puedo ponerme un poco? —dijo Lisy, aún con los ojos encharcados y contemplando a su madre en silencio.

—No, Lisy. No eres más que una niña. Ya lo harás cuanto te llegue el momento. ¿Por qué no vas preparándote tú también para el paseo? A tu padre no le gusta que le hagan esperar.

Leonor recibía la ayuda, por lo general, de dos de sus criadas, la fiel Lorenza de Chávez, que había asistido en el parto de Lisy, y Abigail Salcedo, que no llevaba mucho tiempo con la familia pero destacaba por su modestia y ganas de aprender y que, además, según Lisy, sabía hacer unos peinados preciosos. Lorenza dio un sorbo a un buche de vidrio con perfume de ámbar, que extrajo de una caja en la había ordenados en dos filas una docena de ellos. Entreabriendo sus labios, escupió por entre los dientes minúsculas gotas olorosas que impregnaron la piel y la ropa de Leonor. La costumbre desgastaba y ennegrecía los dientes de Lorenza, pero al parecer este estado mejoraba incluso las notas de perfume.

—¡Madre!… Lorenza te está escupiendo… —dijo Lisy llevándose ambas manos a la boca para tapar su risita y con expresión de asco.

—¡Bueno, ya está bien, Lisy! ¡Abigail, llévate a la niña y vístela que Lorenza está ocupada! —ordenó Leonor de forma autoritaria y enfadada.

—Sí, señora —respondió obediente Abigail cogiendo a la niña de la mano al tiempo que le guiñaba un ojo y le sonría—. Vámonos, Lisy, verás qué guapa vas a ir al paseo —continuó diciendo la criada mientras la conducía a la alcoba de la niña—. Siéntate aquí que te voy a ir peinando, ¿vale? —le propuso.

—Tú no me das tirones, Abigail —respondió Lisy distraída al observar cómo una araña se descolgaba, juntando rítmicamente sus patas, para tejer su red en un rincón de las paredes de su dormitorio.

—Así que… os vais hoy de paseo —continuó Abigail para dar conversación a la niña.

—Sí —dijo Lisy, aproximando su dedo a la afanosa araña que corrió despavorida a esconderse en una grieta.

—¿Ves, Lisy? A que no te hago daño al cepillarte… Y ¿adónde tenéis pensado ir? —le preguntó Abigail distraída.

—¡A ver barcos! —respondió Lisy mientras seguía entretenida viendo a la araña que había vuelto a salir y se balanceaba de un hilo.

—¿No vais a ningún otro sitio? Con lo bonita que es la ciudad de Sevilla —insistió Abigail.

—Ay, no sé… Vale ya, ya. Abigail, no me tires más. Me estás mancando —respondió Lisy con una mano en la cabeza, frunciendo su ceño y saltando de la silla para correr hacia el arcón a elegir el vestido que se pondría—. Este. El verde. ¿Me lo pones? —dijo Lisy.

—Claro. Ven —respondió la joven criada—. Verás qué guapa vas a estar con este vestido tan bonito.

—Vale… Ah… Sí. Luego vamos a Trana —añadió Lisy, recordando otro punto del itinerario que había comentado su padre, mirando distraída sus medias.

—¿A Triana? —respondió Abigail a la vez que aplastaba con su pie a la pobre araña a la que había tirado al suelo y correteaba tratando de escapar sin éxito.

—No, no, no la mates… —suplicó Lisy al tiempo que Abigail estrujaba a la araña.

—¿Y qué vais a ver allí? —dijo Abigail intrigada.

—No sé. Vamos a pasear —concluyó Lisy—. ¡Ya estoy! Voy a ver a madre—. Salió corriendo de la habitación con el vestido a medio abotonar, una media caída y el pelo alisado pero con dos de los lazos colgando.

Abigail se quedó pensativa. Se arregló el vestido y se enfiló hacia las cocinas del Alcázar ubicadas en la planta inferior. Esperó a que no hubiera nadie y revolvió por encima de las mesas. Había montañas de naranjas, pero no encontró ningún limón. Fastidiada, y por no perder más tiempo, tomó una cebolla y salió disimuladamente de la cocina.

De la forma más sigilosa que pudo se encaminó hacia la alcoba que compartía con el servicio en las buhardillas. Se cruzó con fray Bernardo, el capellán, que la saludó amablemente, y repasó de arriba abajo su cuerpo con ojos libidinosos. Al llegar a su cuarto, se arrodilló junto a su cama. Comprobó de nuevo que no la habían seguido y se agachó para introducir un brazo debajo de ella para extraer una caja con llave. La abrió para sacar un trozo de papel en blanco, una pequeña pluma de ave recortada, un salero y un pequeño cuchillo afilado con el que sajó la cebolla por la mitad e hizo incisiones a una de las mitades añadiendo sal para que exudara su jugo. Con esa tinta invisible escribió el mensaje y sopló para que se secara. Tras comprobar que no podía leerse nada a simple vista, por el otro lado, anotó una breve lista de cosas que pensó podría necesitar para su viaje a América. Lo guardó en uno de los bolsillos ocultos de su vestido. Respiró satisfecha y, tras recogerlo todo, salió del Alcázar por una portezuela lateral de la muralla que lo rodea para perderse por las calles de Sevilla.

14

Encuentros casuales

Venecia, septiembre de 1659

Taranis, acusado de herejía, había sido encadenado en una celda de las prisiones nuevas de Venecia, cerca de la plaza de San Marcos, tan húmeda y lúgubre que el verdín que coloreaba los muros colonizaba también las pieles de los presos allí arrojados. Los largos encarcelamientos preventivos en aquel sótano suponían la condena a la podredumbre del cuerpo y del alma. Las confesiones se extraían aplicando fuego en los pies o, si se detectaban contradicciones, sometían a los reos al *strappado*, elevándolos por las manos atadas a la espalda en una garrucha y dejándolos caer de golpe, para dislocar los hombros entre terribles dolores.

A Taranis no le había dado tiempo a pudrirse, aunque su nombre ya había sido incluido en la lista de los próximos *strappados*, cuando hizo su aparición el embajador español, el marqués de Mancera, en aquella lúgubre mazmorra. Buscaba a alguien que pudiera servirle, infiltrándose en los bajos fondos para extraer información. Al ver las condiciones en que estaba encadenado Taranis, sintió una punzada en el corazón y, tras una breve conversación, le agradó la mirada limpia, el corazón sincero, y su lengua breve y certera, además de la gran experiencia militar y mundana pese a su juventud. Por algún motivo, o por todo lo anterior, este hombre le ofrecía absoluta confianza y cumplía con las expectativas de lo que estaba buscando.

Averiguó que la denuncia de Taranis tenía más que ver con los desvelos de un marido celoso, un comerciante veneciano que formaba parte del «consejo de los diez de Venecia»[10] y había ejercido sus influencias para conseguir un desproporcionado castigo al amante de su esposa que sirviera de advertencia a otros. Entre los ruegos de una y la sustanciosa suma que ofreció el marqués al ofendido esposo, se retiraron los cargos.

El joven Taranis era consciente de que si hubiera quedado algo de su cuerpo después del encarcelamiento, habría terminado directamente en galeras o en el patíbulo, de no haber sido por la intervención del marqués. Conoció los detalles de las gestiones y desvelos del embajador por mediación de la dama, con la que se reencontró pese a su preventivo distanciamiento afectivo. En todo caso, la dama ahora tenía mayor libertad para moverse a su antojo, pues el marido consideró que, en el peor de los casos, resultaba rentable reclamar este tipo de compensaciones de honor. Taranis se presentó en el palacio del embajador español y solicitó audiencia.

—Buenas tardes, Taranis. La comida y el reposo te han sentado muy bien, a juzgar por tu aspecto —reconoció el marqués de Mancera al verlo.

—Señor —expresó un sentido Taranis, hincando una rodilla en el suelo y colocando su mano sobre el pecho—, os debo la vida y desde hoy y hasta mi último aliento mi espada está a vuestro servicio.

---

[10] Órgano de gobierno de la ciudad, entre 1310 y 1797 con diez integrantes que el Gran Consejo de Venecia elegía cada año para proteger la seguridad del Estado. Se ocupaba de corrupción política o de espionaje.

—Muy bien Taranis, acepto el ofrecimiento. Me gustaría confiarte una misión —añadió el marqués tras comprobar que no había nadie más en la estancia.

—Aun a costa de mi vida, si es preciso, señor —confirmó Taranis, sintiéndose obligado de por vida con el marqués.

—Bien, no será necesario llegar a tanto. Como sabes, Venecia está en guerra con los turcos y Francia presiona para que esta república se convierta en su aliada y abandone el apoyo español. Preparo una leva de hombres desde Sicilia y Nápoles, y espero la autorización de nuestro amado rey para desplazarlos. Pero es preciso conocer lo que se comenta en las tabernas, lo que conversan los soldados o predican los vagamundos, y averiguar qué pasos darán los mercenarios de la república de Venecia o los ejércitos franceses. Tengo la impresión de que no te costará averiguarlo. ¿Estás de acuerdo? —preguntó el marqués.

—Sí, mi señor. Contad conmigo para averiguarlo —añadió Taranis.

—¿Sabes leer? ¿Conoces esta publicación? —le indicó el marqués entregando el libro a Taranis. Se titulaba tratado de *Albeytería* de Fernando Calvo.

—No conozco el libro, señor. Pero se leer, escribir y algo de números y mapas —respondió Taranis.

—¡Excelente! Esta edición de 1587 no es fácil de encontrar y la usaremos para comunicarnos en adelante. Cada uno tendrá un libro, por lo que es preciso que nunca lo pierdas y lo protejas con tu vida si fuera necesario, pues es la clave para cifrar la información que nos enviemos.

—Entiendo, señor —confirmó Taranis, afirmando con un gesto de su cabeza que había comprendido la finalidad del libro y su uso como clave.

—Tú firmarás como Tarquinio, y yo como Lucio, el general romano o el pez de río, si prefieres. Cada mensaje será una secuencia de números y letras que señalarán palabras concretas en las páginas, columnas y filas de este libro —dijo el virrey justo antes de pasar a explicarle el intrigado sistema de transcripción en el que cada elemento se correspondía con una posición de letras en la obra.

—Entiendo, señor —asintió Taranis.

—En adelante no deben vernos juntos, ni saber que trabajas para mí. Te contactaré a través de alguien de confianza y cada vez que tengas información, me la harás llegar de esta forma. Ve a descansar, Taranis, te esperan días intensos.

—Señor, me honráis con vuestra confianza. No os defraudaré.

—Toma esto para los gastos. Costearás rondas de vino y cerveza para soltar las lenguas o para cubrir los sobornos y propinas que consideres. Si lo precisas, te haré llegar más —añadió el marqués extendiendo una bolsa con monedas a Taranis, quien la puso a buen recaudo antes de salir de la estancia.

15

Vacas y cabras

Barrio de Triana, Sevilla, 31 de marzo de 1664

La familia del marqués de Mancera asistió a misa en la catedral de Sevilla y desde allí se dirigieron al puerto para que Lisy contemplara las labores de atraque de las embarcaciones. El siguiente destino era Triana, y Leonor percibió cómo su esposo se tensaba mientras ocultaba unos documentos que venía leyendo en un compartimento del asiento. Aunque su familia lo ignoraba, la excursión había sido organizada por el marqués únicamente con el propósito de encontrarse, de manera reservada, con Taranis de Cárabes.

Como solo podrían acceder a través del puente flotante de barcazas, Taranis se había ubicado frente al castillo de San Jorge, en una perpendicular a la calle que bordeaba la orilla del río, desde donde podía controlar el acceso. El castillo era utilizado también como prisión del Santo Oficio, lo que le hizo recordar sus días en la prisión de Venecia y el encuentro con el marqués.

Al divisar una elegante carroza cruzando lentamente el puente de barcazas, se levantó despacio, se sacudió el polvo del calzón y se encaminó hacia la iglesia de Santa Ana. Taranis había estado recorriendo Triana durante los días anteriores para reconocer la zona y el único lugar a donde el marqués se podía dirigir en carroza sin levantar sospechas era aquella iglesia. Aguardó el momento oportuno en la esquina de la calle Ancha, mientras frente a la fachada del edificio descendían de la carroza primero el marqués, luego Leonor y finalmente una niña.

Lisy estaba intranquila, y quizá contagiada por el estado del marqués, había agudizado su nerviosismo al acercarse a Triana. Leonor supuso que se le habrían juntado de golpe la angustia por las novedades de la ciudad, el cambio de aires y la emoción de los preparativos del largo viaje. Quitándose los guantes le puso la mano izquierda en la nuca y la derecha en la frente para ver si tenía calentura. La temperatura de Lisy era normal. Así que le preguntó directamente:

—¿Te ocurre algo, Lisy?

—Estoy mareada. Tengo miedo y me duele la tripa, madre —dijo Lisy entre temblores.

—Yo también estoy mareada por atravesar ese espantoso puente flotante que se movía hacia todos lados. Entremos en la iglesia y descansemos en un banco —indicó Leonor colocando una mano en el hombro de la niña para que se moviera.

Lisy cerró los ojos y respiró profundamente, sintiéndose entonces invadida por una paz extrema, todos sus miedos e incertidumbres cesaron de repente. Un destello de luz dorada la inundó de calma. Taranis atravesaba en ese momento un ángulo de la plaza, procurando ser visible solo para el marqués.

—Querida, ahora os doy alcance —advirtió el marqués al reconocer a Taranis—. Id rezando vosotras a la Virgen y a su santa madre para que nos protejan durante el largo viaje que nos aguarda.

Leonor y Lisy encendieron algunas velas y se sentaron en uno de los bancos delanteros para rezar frente a las imágenes de vestir de la Virgen y Santa Ana que, adornadas con ricos ropajes de sedas y coronas de plata, presidían el altar.

Tras comprobar de reojo que el marqués le seguía, Taranis giró por la calle del costado de la iglesia. Con su habilidad para integrarse en las sombras, desapareció sumergido en la oscuridad de uno de los portales y habló desde las tinieblas:

—Señor, he tratado de alistarme como soldado en la flota que parte para Veracruz, con su excelencia como virrey. Pero me exigen un certificado de limpieza de sangre que no podré conseguir a tiempo —expuso Taranis preocupado.

—No hay problema. Te incluiré en la lista con mis criados. Usarás tu nombre de bautismo y el apellido materno: Tarasio de Mier, y embarcarás en la nao Capitana —respondió el marqués mirando a ambos lados de la calle.

—¿Algo más que deba saber? —preguntó Taranis.

—Por el momento, cuanto menos sepas, mejor. Nadie debe sospechar que nos conocemos. Tan solo sabe de ti, Cristóbal, en quien tengo plena confianza, y si hubiera alguna indicación, él te la haría llegar. En Veracruz nos volveremos a encontrar y te daré instrucciones más precisas —explicó el marqués.

—Sí, señor —respondió Taranis.

—¿Sabes ordeñar una vaca? —preguntó el marqués mirando al vacío como si hablara consigo mismo.

—Mi señor, me crie rodeado vacas y cabras —indicó Taranis.

—Toma. Compra una vaca lechera y un par de cabras con buenas ubres para el viaje. Embarcarás en la Capitana como vaquero y deberás vestir y comportarte como tal. Habrás de hacer la mayor parte del viaje en los establos de las bodegas de la nao, a salvo de miradas indiscretas, aunque podrás salir a cubierta durante la noche, si lo necesitas. Lisy y Leonor dispondrán de leche fresca a diario y nadie sospechará de tu incorporación de última hora con este cometido —explicó el marqués, introduciendo un brazo entre las sombras para entregar la bolsa con monedas—. Taranis, confío plenamente en ti, nadie debe saber quién eres.

El marqués regresó sobre sus pasos para recoger a Leonor y a Lisy en la iglesia y Taranis aguardó hasta que estuvo suficientemente lejos para disiparse engullido por las calles de Triana. Leonor y Lisy, que había recuperado su color y compostura, salían de la iglesia cuando el marqués les dio alcance.

—Tengo hambre, madre —comentó Lisy mirando sonriente a Leonor.

—¡Pues vámonos! Tu padre ya habrá terminado de tratar lo que sea que nos trajo hasta este lugar —dijo Leonor mirando de reojo al marqués, dándole a la niña una respuesta más bien dirigida a su esposo.

—Yo también estoy hambriento —dijo el marqués con el bigote estirado de medio lado, confiando en la discreción de su esposa y de nuevo admirado por su perspicacia.

Al entrar en la carroza para iniciar su regreso, el marqués buscó y rebuscó los papeles que había dejado en el compartimento oculto del asiento. Pero estaba vacío.

—¡Cochero! —gritó el marqués—. ¿Qué ha ocurrido con los papeles que dejé aquí mismo? —inquirió con voz firme y enérgica.

—¿Cuáles papeles, zeñor? —respondió el cochero.

—¡No están! ¿Los has cogido? —continuó el marqués indignado y rebuscando en el suelo de la carroza.

—Yo… No, mi zeñor, zi no zé leer —respondió el cochero con expresión de asombro en el rostro.

—¿Pero no has visto a nadie acercarse a la carroza?

—Poz no, zeñor, naide.

—¿Pero te has movido de aquí? —inquirió el marqués.

—Un momentico, zeñor, pa una maldita ahí mizmo.

—¡Volvemos al Alcázar! —ordenó el marqués de mal humor. Y pensó: «¡Maldición! ¡No estamos solos! Debo tener más cuidado. Espero que no hayan visto a Taranis»—. Leonor se percató de la preocupación y el mal humor de su esposo y prefirió permanecer en silencio durante el resto del trayecto.

En el Real Alcázar, agotados por la intensa jornada de emociones, se sentaron a la mesa que les tenían preparada y comieron acompañados de algunos invitados, como la marquesa de Brumas, doña Isabel y doña Justa. Las cocineras habían madrugado para elaborar uno de los platos favoritos de la familia: manjar blanco, que se cocinaba lentamente durante horas a fuego muy lento. Debían remover sin parar la leche con el arroz, la carne, la gallina y el azúcar, hasta que se deshiciera todo en una crema espesa, dulce, suculenta y muy reconstituyente. El manjar blanco era protagonista habitual de mesas de reyes y príncipes y les proporcionaría fuerzas y energías para el viaje que estaba por llegar.

—¡Qué rico está, madre! —dijo Lisy mientras se relamía el manjar que le había quedado alrededor de la boca.

—¡Lisy! Una señorita nunca muestra su lengua. ¡Usa la servilleta! —la reprendió su madre, mientras le limpiaba la boca bruscamente.

Unas horas después, en las caballerizas del Alcázar, el cochero que había llevado de paseo a los marqueses, cepillaba a uno de los caballos. Un hombre con chambergo y voluminosa capa con la que cubría su rostro, se le acercó por detrás:

—¿Los tienes? —preguntó con voz firme.

—El parné primero —le respondió el cochero extendiendo la palma de la mano. El hombre extrajo del bolsillo una pequeña bolsa con unas monedas y contó cuatro reales. Se los entregó al tiempo que el cochero levantaba su chaleco raído, y extraía de debajo de la camisa y de los pantalones unos papeles arrugados.

—¿Te han visto cogerlos? —le preguntó el embozado.

—No. El zeñorito preguntó, pero le dije que non zabía —respondió el cochero contando las monedas y mordiendo desconfiado una de ellas, mientras el hombre hizo amago de girar sobre sus talones para irse pero dio la vuelta y miró fijamente al cochero. Este preguntó extrañado—: ¿Dezea algo má?

—¡Sí! No dejar cabos sueltos —respondió mientras le clavaba con profundidad una fina daga en el ojo. El cochero cayó muerto al instante con expresión de desconcierto. El hombre lo arrastró hasta sentarlo detrás del caballo y pinchó al animal con la punta de la daga en las ancas. La coz del animal destrozó la cara del cochero y lo aventó un metro atrás—. ¡Ahora, sí! —se dijo el hombre del chambergo al tiempo que recogía las monedas que acababa de entregarle.

El marqués aún tenía que rematar ciertos asuntos con el comandante de la flota y decidir el reparto de los miembros de su casa en los distintos galeones. En este caso, para agilizar trámites, el rey había ordenado que no les solicitaran los pertinentes documentos acreditativos de «limpieza de sangre», obligatorios e imprescindibles para cualquier otro que fuera a viajar a América. En su lugar, indicó que se admitiera un simple certificado del propio marqués y en la lista inicial que le iba a facilitar al comandante acababa de incluir otro nombre: Tarasio de Mier, treinta años, Peñamellera/Asturias, vaquero.

Todo estaba listo. Los Mancera se iban a Nueva España junto con cincuenta criados, quince de ellos mujeres, a las que sumar a otra dama del séquito de la virreina, doña Enriqueta Pullastres, marquesa de Brumas, que iba por voluntad propia. Esta y dos criadas acompañarían a Leonor durante el trayecto, el resto se distribuían en otras naves. Solo Cristóbal, su criado de confianza, y el capellán de la familia, fray Bernardo, un hombre enjuto y torpe, cuya agilidad renacía tan pronto se encontraba fuera del alcance de las miradas ajenas, viajarían en la Capitana, además del vaquero que acababa de contratar.

16

Azahares y camaleones

Sevilla, 1 de abril de 1664

Leonor disfrutaba con uno de sus pasatiempos favoritos: recoger los pétalos de azahar entre los naranjos del jardín del Alcázar de Sevilla y elaborar el preciado elixir que usaba después en sus recetas de perfumes e incorporaba también en los postres. Quería inculcar este arte a su hija.

—¡Lisy! Ven —dijo Leonor, arrodillada en el suelo mientras iba echando los pétalos a un cesto, con una entonación acaramelada que empleaba solo con su hija.

—¡Lisy! —repitió irguiéndose y con un tono más autoritario, pues a Leonor no le gustaba que no se obedeciera a la primera.

—¡Madre! —dijo la niña, apareciendo de un salto desde detrás de un naranjo para intentar dar un susto a Leonor—. ¡Mira! ¡Una lagartija que cambia de color! —le indicó mientras extendía su mano derecha abierta con un pequeño camaleón sobre ella.

—¡Deja esa cosa y compórtate, que ya tienes casi ocho años! Y no es una lagartija, es un camaleón —señaló Leonor molesta por la presencia del animal.

—Un camaleón... ¡Qué bonito! ¿Qué come? —preguntó Lisy con curiosidad.

—Aire. No come otra cosa, casi como tú. No, no me lo acerques. ¡Aleja esa cosa de mi cara! —exclamó Leonor apartando su rostro hacia el otro lado, ante el gesto de Lisy de acercarle el reptil.

—¿El aire puede comerse? Pues está gordito. ¿Me lo puedo llevar? Si no come nada más que aire, no necesitará nada para el viaje —apostilló Lisy tocando con un dedo la panza del animal.

Lisy se quedó pensativa y en silencio tras dar varios bocados al aire, con intención de comprobar si tenía algún sabor y si había llenado su estómago. El camaleón volvió a cambiar de color al trepar lentamente por el tronco del naranjo donde lo había dejado obedeciendo a su madre.

—¡Madre, mira! Ha vuelto a cambiar de color! ¡Mira! ¡Mira! —gritó Lisy emocionada al compartir un mundo de colores cambiantes con otro ser.

—¡Ayúdame con las flores! —dijo Leonor con la misma voz aterciopelada y cariñosa, e ignorando el tema de los colores, mientras le señalaba la cesta donde debía ir echando los pétalos.

El suelo parecía un tablero de ajedrez, alternando entre el albero oscuro de la tierra alrededor de los naranjos y el blanco de los pétalos de azahar que cubría las zonas enteladas para su recogida.

—¿Dónde está México, madre? —preguntó Lisy al tiempo que se llevaba una flor a la nariz y aspiraba profundamente con una enorme sonrisa.

—Lejos, Lisy. Muy lejos. Hay que cruzar el mar océano en barco, durante semanas —le aclaró su madre—. Y allí no puedes decir a la gente que ves sus colores. Te tomarán por demente. ¿De acuerdo, Lisy? ¿Lo prometes? —le respondió su madre con un tono misterioso.

—Madre, yo no los veo... —respondió Lisy entre risitas contenidas—, los huelo. Y ¡se aparecen aquí! —respondió Lisy, señalando su cabeza con el dedo índice—, pero no sé qué hacer para que no aparezcan —continuó explicando.

Lisy cerró los ojos y abrazó con ternura a su madre. Se acercó a su cuello e inspiró hondo.

—¿Ves, madre? Hueles a verde claro con manchitas moradas y rosas. Qué bonito, es como un humo de colores moviéndose por aquí y por aquí —siguió explicando con los ojos cerrados, moviendo los brazos alrededor de Leonor, de forma circular, primero a un lado y luego al otro.

—Y padre huele a marrón anaranjado con azul celeste, que es también muy bonito...

—¡Calla! ¡Por Dios te lo ruego! ¡No sigas! —interrumpió Leonor acongojada mirando hacia los lados por si alguien lo había escuchado.

Leonor apretó muy fuerte a la niña contra su pecho. Temía que algo grave le estuviera ocurriendo en la cabeza a hija e incluso que, realmente, estuviera poseída por algún demonio. Como consecuencia del difícil parto que fue el nacimiento de Lisy, Leonor ya no podría volver a concebir más hijos, así que había volcado en su única hija todas sus expectativas y aspiraciones sociales y temía que esta cualidad que poseía las limitara.

Los que conocían a Lisy coincidían en que era una niña extremadamente cariñosa y veían con simpatía esa manía de besar y abrazar a todo lo que se moviera. Pero también eran conscientes de que aquellas demostraciones de afecto indiscriminadas debían interrumpirse cuanto antes porque la niña estaba convirtiéndose en una señorita y debía aprender los modales cortesanos que se esperaban de ella.

Leonor temía que la interrupción de la educación cortesana de Lisy pudiera suponer un perjuicio importante en su futuro, pues le impediría estrechar lazos con otras hijas de la alta nobleza, cuyos esposos llegarían a ocupar importantes posiciones. Aquella gema en bruto se iba tan embrutecida y salvaje como antes de su nombramiento como menina, que Leonor había conseguido de la reina para Lisy unas semanas antes de partir para Sevilla.

Al llegar la tarde, Abigail ayudó a Lisy a cambiarse y, a solas en el cuarto, inició su habitual interrogatorio:

—¿Cómo fue el paseo, Lisy? Nunca me cuentas nada. ¿Estás enfadada conmigo? —dijo Abigail mirándola tiernamente, con la cabeza entornada.

—Fuimos a la catedral, rezamos y después al puerto —explicó Lisy distraída.

—Y luego ¿fuisteis a algún otro sitio? —continuó la joven.

—A Trana.

—¿Y visteis algo bonito allí?

—Otra iglesia. —Lisy estaba aburrida de tanta pregunta y respondía casi con monosílabos o de la forma más breve que podía.

—¿Nada más?

—No.

—¿Y tu padre estuvo con vosotras todo el rato?

—Sí.

—¿Tu padre se entretuvo con alguien? —preguntó Abigail interesada.

—No sé, no sé, Abigail. ¿por qué me preguntas tanto? —respondió Lisy ya cansada del interrogatorio.

—Solo quiero saber si disfrutaste del día. Bueno, Lisy. Ya estás, mira que guapa te pongo siempre. ¿A que sí?

—Sí.

—¿Lo hago mejor que Lorenza?

—Así, así —indicó Lisy, moviendo una mano a un lado y a otro, para indicar que le gustaba también como lo hacía Lorenza.

Abigail se quedó pensativa. Lorenza, que contaba con mayor confianza por parte Leonor, accedía al círculo más reducido de la familia y eso era un obstáculo para sus planes.

—Ay, Lisy…, no sé si decírtelo, pero… —dijo Abigail en tono misterioso y haciendo una larga pausa.

—A madre eso no le gusta. Si se empieza, se acaba —corrigió Lisy molesta mientras terminaba de ajustarse las mangas en el pequeño jubón.

—Lorenza prefiere no seguir vistiéndote ni cuidándote, porque dice que estás muy nerviosa y que le contagias los nervios y que luego le sale todo mal por tu culpa —dijo Abigail.

—¿Te ha dicho eso? Pero yo no estoy nerviosa, no es verdad —respondió Lisy, primero apenada y luego enojada.

—No, claro que no Lisy. Es lo que Lorenza piensa. Ella está cansada porque también tiene que atender a tu madre, lleva cosas de la casa y no tiene tanto tiempo como yo para cuidar de ti —añadió Abigail.

—Lorenza me quiere mucho y yo a ella. Me ayudó a nacer cuando yo era más pequeña —indicó Lisy.

—Claro, Lisy. Lorenza es muy buena, si no fuera por… —volvió a interrumpir la frase para crear la expectativa que deseaba en Lisy.

—¿Por…? —insistió la niña, molesta otra vez por tener que preguntar para que terminara la frase.

—Nada, no puedo decirte. No eres más que una niña y hay cosas que no debes saber —añadió Abigail para evitar dar más explicaciones.

—Ya no soy tan niña. Puedes confiar en mí —dijo Lisy con los ojos muy abiertos.

—No sé, Lisy. Seguro que se lo cuentas a tu madre.

—No, Abigail. Si no quieres, no lo cuento a nadie, ni siquiera a madre. Será nuestro secreto.

—Pues Lisy, confío en ti y espero que me digas la verdad. Lorenza bebe a escondidas y luego hay cosas que desaparecen.

—¿Bebe?¿Qué bebe? —preguntó Lisy sorprendida, pues ella también bebía y le parecía lo más normal.

—Vino o licores, no sé. Pero lo que toma hace que se confunda y se equivoque... —explicó Abigail.

—Ah. Y ¿cómo hace desaparecer las cosas? ¿Hace magia? —Se interesó Lisy aún sorprendida.

—Lisy, ya me entiendes. Que Lorenza se apropia de lo ajeno y no la culpo, porque a veces ella misma no sabe si va o viene. Y seguro que las coge confundida después de tanto beber—añadió Abigail haciendo un gesto con el dedo pulgar de la mano derecha, imitando el gesto de empinar el codo.

—¿De verdad, Abigail? ¿Dices que Lorenza se emborracha y roba? —resumió Lisy asombrada.

—Yo no te he dicho eso, Lisy. Solo he mencionado que bebe y que hay cosas que desaparecen. No la he acusado de nada —dijo Abigail, confundiendo a la niña.

—Pues yo creo que madre lo debería saber. Tienes que decírselo. Seguro que no es como tú crees, pobre Lorenza —le dijo Lisy.

—No. Yo no puedo decirle nada. Y tú tampoco. La pobre Lorenza tiene tanta carga de trabajo atendiéndoos a tu madre y a ti que seguramente bebe para sentirse mejor. Lo hace por ti.

—¿Bebe por mi culpa? —dijo Lisy con cara de preocupación.

—Bueno, para poder llegar a todo, a tu madre, a ti y a la casa —añadió Abigail.

—Pues que se ocupe de madre solo. Tú te ocupas de mí, y arreglado —dijo Lisy encontrando la solución a la que Abigail trataba de conducirla desde hacía un rato.

—¿Sí? ¿Te gustaría que yo me ocupara de ti? —le dijo Abigail.

—Quiero mucho a Lorenza, y voy a tratar de darle menos trabajo —respondió Lisy cabizbaja.

—Me parece muy buena idea. Si quieres ayudar a Lorenza, dile a tu madre que quieres que solo yo me ocupe de ayudarte. ¿Te parece? —dijo Abigail.

—Sí —respondió Lisy.

—Pero no le comentes lo de la bebida y eso..., pobre Lorenza —añadió Abigail.

—No, no diré nada —dijo Lisy mientras atravesaba corriendo la puerta sin mirar atrás.

17

Embustes

Sevilla, 1 de abril de 1664

Abigail salió del dormitorio de Lisy con una sonrisa de medio lado y los ojos maliciosamente entornados, y se dirigió hacia el jardín, pasando por la cocina. Tras rebuscar un rato, encontró una botella con aguardiente. Le quitó el corcho y olfateó el orujo con hierbas. Parpadeó por el vaho del alcohol y guardó la botella. Cerca de la puerta se cruzó con Lorenza cargada con un cesto de ropa húmeda.

—Abigail, ayúdame, por favor. ¡Esto pesa una barbaridad! —le dijo Lorenza con el rostro enrojecido del esfuerzo y la frente perlada de sudor.

—Claro, espera —respondió Abigail sujetando el cesto por el borde y colocando una rodilla por debajo de su base para ayudar a levantar el peso.

—Gracias. ¡Pensé que se me caería! —dijo Lorenza aliviada.

—¿Por qué lo lavas tú? ¿No están las lavanderas hoy? —preguntó Abigail.

—Sí, sí están, pero la señora quería que las lavara yo porque es ropa blanca muy delicada, llena de blondas y puntillas y aquí parecen un poco brutas... —respondió Leonor sonriendo y aún colorada del esfuerzo.

—Claro. No es raro que la señora confíe en ti, Lorenza, lo haces todo tan bien, que me gustaría mucho poder aprender contigo, aunque... —Abigail comenzó de nuevo con su estrategia.

—¿Aunque qué...? —preguntó Lorenza, esperando a que su amiga hablara.

—No sé, quizá no escuché bien —respondió Abigail.

—¿Qué ocurre...?

—Nada..., solo que hace un rato la señora hablaba con el señor de ti...

—Ah, ¿y? ¿Qué decían? —preguntó con interés.

—Pues que eres muy buena, y llevas muchos años con ellos, pero que Lisy se pone contigo muy nerviosa, y no saben el motivo... y están preocupados —aclaró Abigail simulando pesar.

—¿Se pone nerviosa conmigo? —preguntó Lorenza de forma inquisitiva.

—Eso dijeron, hija. No sé...

—¿Por qué habría de ponerse nerviosa conmigo, si la trato desde que nació?

—Yo qué sé, Lorenza..., decían que a la niña no le sentaban bien esos ánimos en esta etapa...

—Pero ¿quieren que deje de atender a mi niña? —preguntó Lorenza indignada.

—Ay, no sé, Lorenza, no lo creo, mujer. Supongo que querrán simplemente que cuando vayas con ella estés más descansada y no se ponga nerviosa la criatura... —aclaró Leonor.

—Otra vez..., que no creo que se ponga nerviosa conmigo, Abigail. No es eso. Ha de ser otra cosa.

—Seguro que no, pero los señores piensan que sí..., no sé, quizá no debí comentarte nada, lo siento, Lorenza.

—No, no…, has hecho bien en decirme… Pero es que no puedo creerme que estén pensando eso de mí, después de todos estos años… —señaló Lorenza con rostro demudado.

—Si tú crees que yo puedo ayudarte en algo, me dices.

—Qué buena eres Abigail. A lo mejor puedes ocuparte más de la niña, hasta que se le pasen los nervios que tenga o lo que sea que le ocurre, imagino que será por el viaje, pobrecilla —explicó Lorenza que siempre pensaba bien de todo el mundo.

—Como tú quieras Lorenza, si a ti te parece bien y eso te ayuda, yo encantada… —respondió Abigail sin poder evitar que aflorara una sonrisa de medio lado.

—Pues sí, hagamos eso.

—Claro, Lorenza, seguro que a Lisy se le pasa pronto. Mejor así, no te preocupes, yo me ocupo de vestirla y asearla y de atenderla en lo que pueda, y si te parece bien a ti, te pediré ayuda cuando no sepa cómo hacerlo…

—Gracias Abigail, qué suerte tengo contigo.

El rostro de Abigail se iluminó de nuevo con una sonrisa aún más amplia que la anterior. Se dirigió a la habitación de Lorenza y colocó debajo de su cama la botella con el orujo y un anillo que había extraído del cofre de concha de tortuga, uno de los que utilizaba la marquesa como joyero.

18

Gato polizón

Sanlúcar de Barrameda, 15 de mayo de 1664

Las embarcaciones que componían la flota de Indias se habían concentrado en aguas profundas alrededor del puerto de Sanlúcar de Barrameda y en el golfo de Cádiz, para zarpar hacia Veracruz, en México. Las barras de arena que se formaban en la desembocadura del río Guadalquivir impedían que los barcos de gran calado pudieran navegar río arriba, hasta Sevilla. Por ello, todos los miembros de la casa de los marqueses tuvieron que desplazarse en un par de jabeques de vela triangular para llegar a Sanlúcar. El viaje por río resultaba mucho más cómodo y rápido que en carromato, pero aun así les tomó más de seis horas. Aquella era la primera vez que Lisy pisaba una embarcación y estaba emocionada surcando las aguas del caudaloso río Guadalquivir.

En previsión de posibles incidencias, porque el marqués era precavido y prefería anticiparse a los problemas, llegaron al puerto de Sanlúcar el día anterior al previsto para zarpar. Había dispuesto ya un alojamiento cómodo para las damas y para él. Los enseres se habían ido embalando, transportando y cargando los días previos, distribuyéndose en los galeones, así que en cuanto el comandante de la flota diera aviso, los pasajeros embarcarían rumbo a su destino. Aquella mañana temprano el marqués, acusando los nervios de un largo viaje, apuró a su familia:

—¡Vamos! Hay que salir ya o la flota zarpará sin nosotros —advirtió el marqués a Leonor que aún estaba acicalándose.

—Querido, no van a dejar en tierra al virrey —alegó Leonor tratando de calmar los nervios de su marido y mostrando disgusto por que la apremiaban.

—La flota zarpa cuando la marea esté alta y los vientos sean propicios. Eso no lo decide el virrey… ni su esposa. Si perdemos esta ocasión, puede que hasta dentro de varios días no se vuelvan a producir estas condiciones. ¡Vámonos! —sentenció el marqués molesto por la espera.

Leonor se apresuró cuanto pudo y a regañadientes llegaron al puerto con tiempo más que suficiente, pues aún estaban embarcando víveres y agua fresca en algunos de los galeones. El comandante de la flota, el general Francisco Martínez de Granada, con quien ya había hecho buenas migas el marqués en días previos, los recibió.

—¡Ya están aquí! ¡Qué bien! ¡Han llegado con mucha antelación! Aún queda faena para tres o cuatro horas de carga del matalotaje —comentó el general Martínez.

Leonor apretó sus labios y su entrecejo del coraje y se giró para abordar frontalmente a su marido, que prefirió sortear la tormenta y ya caminaba a cierta distancia. Simulaba supervisar la carga de unas decenas de barriles que aún estaban aguardando a embarcar y movía su bastón en el aire, como si diera las oportunas órdenes.

Se había engalanado una falúa para trasladar a la familia del virrey desde el puerto hasta la nao Capitana, atracada en aguas más profundas. Leonor y Lisy habían embarcado y se disponían a hacer el recorrido, cuando un estrépito las sobresaltó.

—¿Qué ocurre? ¡Qué es eso! —exclamó Leonor sobresaltada por el estruendo de unas cajas y fardos que se desplomaron en el muelle.

Un gato, con la cola erguida completamente encrespada, salió disparado de entre las cajas que caían, y se enfiló hacia la falúa de forma decidida.

—Madre, mira. ¡Viene hacia nosotras! —gritó Lisy emocionada y con los brazos extendidos. Leonor cubrió a Lisy con su cuerpo, temerosa de que las atacara.

Sin embargo, el gato, una vez saltó dentro de la falúa, se detuvo apacible frente de Lisy, la miró, entornó sus enormes ojos verdes, y se acurrucó debajo de ella. Leonor trataba de que la niña no tocara al gato, por si tenía pulgas, aunque Lisy lo acariciaba de manera furtiva. Al llegar al costado del galeón, el ágil felino fue el primero en trepar por la escala de abordaje y, con dos saltos más, se perdió entre cajas y toneles en la cubierta, ante sorpresa de todos. Se había vuelto a asustar cuando la tripulación recibió a la virreina entre vítores y alegrías, entonando canciones con chirimías.

Un par de horas más tarde, cuando el marqués consideró que su esposa habría mudado de humor, y porque la flota levaría anclas en breve, hizo el mismo trayecto que su familia en la falúa. Al abordar la Capitana, de nuevo hubo salvas de artillería y algarabía con las chirimías para recibirle. El galeón tan solo disponía de dos camarotes privados, uno reservado para la familia del marqués, y el otro, para el comandante de la flota.

Lisy y su madre estaban en cubierta, viendo el ajetreo del puerto y al unirse el marqués para las despedidas del puerto, su hija le preguntó:

—Padre, ¿cuánta gente cabe en el barco? —preguntó Lisy, asomándose a proa y a popa para calcular a ojo el número de personas que veía.

—Es un galeón, Lisy. El más grande de todos los barcos, es como un castillo flotante con muchos cañones, oficiales, pilotos, soldados, marineros, y todos nosotros. Tiene varios pisos y en total, habrá más de trescientas personas a bordo —respondió el marqués—. Querida, ¿te encuentras bien? —continuó el marqués, dirigiéndose a su esposa.

—Estoy sintiendo terribles náuseas y todo me da vueltas —atinó a decir Leonor, antes de vomitar lo poco había en su estómago.

Lorenza fue a preparar una tisana de manzanilla y hierbas a la marquesa en un hornillo improvisado en la cubierta y Abigail se le acercó:

—Lorenza, han dado aviso para que vayas al castillo de popa —mintió Abigail.

—¿Y eso dónde es? —preguntó inocente Lorenza.

—Pues, para ese lado, supongo. La popa es la parte de delante del barco, ¿no? —respondió sorprendida de la pregunta.

—Yo qué sé, Abigail…, y ¿quién pregunta por mí? —añadió Lorenza intrigada.

—No sé. Será el marqués. Venga, muévete que parecía urgente…, ve ya —apremió Abigail mientras Lorenza miraba a la taza de tisana y luego a su interlocutora, sin saber qué hacer—. ¡Venga…, trae! Ya se lo llevo yo a la señora. Ve donde te han dicho, a ver qué quiere el marqués de ti.

En el camarote de Leonor, Abigail reiteró que ella había preparado la tisana de manzanilla y hierbas, señalando que Lorenza había descuidado sus obligaciones. La marquesa, casi sin fuerzas, la tomó para asentar el estómago, sin éxito. En estos menesteres, se escuchó el tiro de leva, un cañonazo que indicaba que la flota levaba anclas.

El viento, que había impulsado las naves a salir del puerto, amainó repentinamente, dejando las velas flácidas y los cascos de madera flotando en calma chicha. El capellán, fray Bernardo, advirtió que era señal divina e indicó al virrey la necesidad de expiar los pecados de tripulantes y pasajeros para que la Providencia permitiera soplar al viento.

—Hay cientos de personas a bordo, capellán. ¡Expiar miles de culpas nos llevará una eternidad! —respondió el marqués incrédulo y alarmado por la propuesta.

—¡Queda advertido! Dios se ha manifestado a través del viento, mostrando su disconformidad con este viaje —amenazó fray Bernardo con una sonrisa maliciosa y alzando el dedo índice hacia el cielo.

Para no desairarle, ni enfrentarse a la ira divina o para entretener a la tripulación y al pasaje mientras el viento regresaba, el marqués ordenó una confesión y comunión general. El capellán fue empapándose de las faltas y pecados de marineros y pasajeros, disfrutando con los temores y deslices de todos ellos. Después de varias horas de fervor religioso, arreció un viento del nordeste que permitió avanzar rápidamente a la flota adentrándose en el golfo de las Yeguas. El capellán sonreía ufano y satisfecho ante el virrey.

La flota navegaba encabezada por la nao Capitana, en la que viajaba la familia del marqués y que, tanto por su tamaño como por el armamento con el que estaba equipado, era el galeón principal. El resto del convoy estaba formado por un buen número de embarcaciones mercantes y buques de escolta. Y cerrando la flota viajaba la nao Almiranta, otro galeón semejante a la Capitana, fuertemente equipado también con cañones y soldados. Todos los oficiales, marineros y, por supuesto, la casa del marqués se habían tenido que distribuir, entre la cubierta y las bodegas. En el piso inferior de este espacio, en las tripas del galeón, además de mercancías, se había dispuesto la cuadra para trasladar a los animales que se llevaban a América, caballos, vacas, ovejas y gallinas, para acrecentar la ganadería, así como el personal a su cuidado.

Cuando Lorenza se reencontró con Abigail, esta quiso disimular su embuste previo y le preguntó:

—Lorenza, ¿qué quería de ti el marqués? ¿Para qué te mandó a la proa?

—El señor no estaba en la proa —respondió Lorenza.

—Quizá me dijo popa. ¿Me habré confundido? Perdona, Lorenza —se justificó Abigail con expresión inocente.

—No importa. Me lo encontré y le pregunté «¿Qué desea Su Excelencia?» —dijo Lorenza haciéndose burla a sí misma por poner voz melindrosa.

—¿Y qué te dijo?

—Me miró fijamente y, tras pensarlo un instante, me dijo, literalmente: «Un título de duque». No entiendo nada, Abigail. ¿Para eso me llama? ¿Estará perdiendo la cabeza? —reflexionó Lorenza.

—Ha de ser una broma que no entendemos las que estamos aquí abajo. Te estaría tomando el pelo, Lorenza. Quién sabe —concluyó Abigail sonriendo satisfecha.

Leonor continuó sintiéndose terriblemente mareada y no fue capaz de salir del camastro. Lisy, por su parte, sin la atención de su madre pero encerrada en el mismo camarote con ella, se aburría aún más que en Madrid en invierno. Algunos días, su padre la llevaba al castillo de popa donde iba a diario a comer con el comandante y los oficiales. De hecho, su padre se pasaba el día conversando, engullendo y debatiendo con los mandos de la flota o leyendo informes y redactando cartas. La flota siguió la derrota del sudoeste hasta el llamado cabo Cantín, en las costas de Marruecos.[11] Con su madre mareada y su padre ocupado, Lisy no solo estaba aburrida, se sentía encerrada.

---

[11] Hoy conocido como cabo Beddouza.

19

Espacios encogidos

Océano Atlántico, finales de mayo de 1664

Taranis había embarcado también en la Capitana, haciéndose pasar por vaquero, como le indicó el virrey. Cuidaba de una vaca pinta y dos cabras blancas de grandes ubres a las que tenía que ordeñar a diario. Disfrutaba con el cuidado de estos animales, por lo que no le costaba echar horas muertas allí. Le daba conversación a la vaca, recordando su infancia en la sierra del Cuera, y cepillaba también a los caballos del marqués para entretenerse, pese a que estos tenían sus propios cuidadores.

Ordeñaba a los animales practicando un arte que casi había olvidado, pero con suficiente destreza para que la familia del marqués, e incluso el comandante, disfrutaran a diario de leche fresca. A medida que transcurrían los días, la alimentación de los animales iba siendo más frugal y más seca, y les daba menos agua para no acabar con las reservas, por lo que la producción era cada vez más escasa.

Aunque la situación de Lisy y de Taranis era muy diferente en el galeón, ambos sentían en ciertos momentos la necesidad de salir del reducido mundo en el que se habían recluido para respirar aire fresco. Enclaustrada en aquel pequeño camarote, Lisy sentía que su espacio había encogido, tanto que ella misma se estaba achicando para acoplarse a él. Y, para no desaparecer, reduciéndose poco a poco hasta convertirse en una mota de polvo, debía salir a explorar lo que hubiera fuera de aquella celda de madera.

Planeó su escapada durante días: saldría del camarote solo lo justo para que sus padres no se preocuparan demasiado. Se asomaría a la cubierta, cogería aire, recompondría su tamaño original y volvería al cuarto. Esperó a que su madre se quedara dormida, y abrió sigilosamente la puerta del camarote decidida a escabullirse. Pero el gato que había entrado correteando días atrás en Sanlúcar estaba allí tumbado. Tenía el pelo largo y sedoso, de color blanco con algunas manchas negras y jaspeadas y unos brillantes ojos verdes.

El gato miró curioso a la niña, pero no se inmutó. Lisy pensó que, si continuaba con su plan de estiramiento, quizá a su regreso el gatito ya se hubiera ido, así que optó por hacer lo contrario a lo que tenía previsto, si ella no podía escapar de su mundo, procuraría expandirlo incorporando al gato dentro de él.

—Ven gatito, ven —le dijo al gato haciendo gestos con la mano como si tuviera alguna delicia que al animal le pudiera interesar.

Y el gato no lo pensó dos veces. Con un elegante movimiento se plantó dentro del camarote con el rabo bien erguido y la puntita doblada a un lado, y volvió a tumbarse mirando con interés a Lisy y entornando sus párpados. Se trataba en realidad de una gata preñada, a punto de parir y en esa postura no se encontraba cómoda. Así que se levantó y se sentó sobre los cuartos traseros de forma muy simpática apoyándose en la madera. Parecía un borracho abatido exhibiendo toda su inflada panza. Extendió sus patas traseras y dobló sus patitas delanteras para apoyarlas en la barriga.

122

—¡Qué gordo estás! —comentó Lisy mofándose a carcajadas—. ¡La de ratones que habrás comido! Toma, bebe un poco —dijo, poniéndole un cuenco con leche que bebió ansiosa, dando lametones al tazón. Cuando se cansó, volvió a su posición entronada.

Lisy estaba emocionada con su nuevo amigo. Todavía no se había percatado de que se trataba de una gata preñada, ni de que había elegido ese camarote como el lugar más confortable y seguro para traer al mundo a sus gatitos.

—Madre..., mira —advirtió Lisy, para que se fijara en la gata, a la que ahora sostenía por los sobacos, haciendo aún más evidente, si cabe, la enorme panza rellena de gatitos.

—Sí —respondió Leonor con la voz entrecortada. Abrió un ojo para ver qué era lo que hacía Lisy y se encontró de golpe la barriga de la gata frente a sus narices—. Lisy, por favor. ¡Estará llena de pulgas! ¡No pongas a ese animal en la cama! —advirtió Leonor sosteniendo un grito sordo y grave, y haciendo un esfuerzo para poder articular tanta palabra seguida sin que su estómago se proyectara fuera de la boca ni su cabeza se deshiciera en pedazos.

—Pero si está todo el rato lavándose, como tú, pero con esa lengüita rosada tan pequeñita y tan bonita... —respondió Lisy con voz melindrosa, mientras un prolongado quejido fue la única respuesta que Leonor pudo articular—. ¿Cómo te voy a llamar? Trano, sí... ¡Trano! —sentenció Lisy con voz mimosa.

La gata se sentía tranquila y confiada al lado de Lisy, que pasaba las horas acariciándola, peinándola o jugando con ella, mientras ronroneaba gustosa. Procuraba no hacerle daño tirándole del pelo, pues sabía lo molesto que podía ser. Al contrario, la gata pedía constantemente que la cepillara, empujando la mano de Lisy con su cabecita y levantando con su naricilla rosada el cepillo de Leonor.

—¿Otra vez, Trano? ¡Qué molesto eres...! Toma este trapo para que te arropes... Pero no lo pises..., lo estás arrugando todo… ¿Y eso de ahí qué es?… ¿Te has hecho pis? Trano, pero ¡qué puerco!… —le reprochaba Lisy con gestos de repulsión.

La gata seguía absorta en su quehacer, a su ritmo, preparando de manera instintiva la cama donde se disponía a parir. Tras romper aguas, que Lisy confundió con orines, la gata se tumbó sobre el trapo que había elegido como cama y comenzaron a nacer los gatitos.

—¿Qué te pasa, Trano? ¡Madre, madre…, madre…! ¡Trano se está muriendo! ¡Se le salen las tripas! —gritó Lisy llorando desconsolada y angustiada.

Leonor tenía bastante con procurar que sus propias entrañas no escaparan de su cuerpo por la boca, así que abrió un ojo, vio la escena y se dio la vuelta.

—¡Pero, no te comas tus tripas! ¡No, no! —insistía Lisy preocupada por los lametones que daba a la bolsa primordial.

A medida que la gata lamía, iba asomando la forma de un gatito que se movía. Lisy se quedó perpleja y muda durante un buen rato, procesando todo lo que estaba viendo.

—¿Y ahora? ¿Otro gatito más? ¡No te lo comas! ¡Madre! ¡Ahora sí, Trano está comiéndose a… su gatito…! ¡o… algo! —Lloriqueaba Lisy asustada y sintiendo repugnancia por lo que veía, mientras la gata, pacientemente y sin alterarse lo más mínimo por los gritos de Lisy, masticaba la placenta de su primer parto.

A continuación fue pariendo otros cinco gatitos más, aunque dos de ellos nacieron muertos, rematando cada parto de igual forma. Cuando concluyó, la gata se tumbó a descansar exhausta y rodeada de cuatro minúsculos gatitos aferrándose desesperados a sus pezones para mamar.

Así estaba Leonor dormitando y la gata, otro tanto, con dos cuerpecitos tiesos y fríos que ella misma había alejado con su hocico para separarlos del resto, cuando se oyó llamar a la puerta del camarote, y entraron el marqués y el comandante de la flota.

—¿Querida, cómo estás? El comandante te ha traído un remedio que toman los marineros para asentar el estómago —comentó el marqués a Leonor, que seguía sintiéndose morir y que no pudo más que emitir un pesaroso quejido—. ¡Toma! ¡Bébetelo! —añadió el marqués, incorporando un poco la cabeza de su esposa para que pudiera volcar el contenido de un frasquito.

—En unas horas sentirá mejoría, señora —confirmó el comandante, satisfecho.

Con otro lastimoso gemido, Leonor parecía querer agradecer al comandante su interés por su bienestar y por haber facilitado aquel brebaje.

—¿Qué es eso que hay ahí, Lisy? —preguntó el marqués observando a los cuatro gatitos moviéndose en torno a su madre.

—El gato, que ha tenido gatitos, padre —respondió Lisy ufana y satisfecha.

—Entonces no ha de ser gato, sino gata, ¿no? —añadió el comandante burlonamente.

—Ah, ¡claro! —respondió Lisy, después de pensárselo un tiempo—. ¡Es una gata! Se llamaba Trano…, pero ahora que es mamá se llamará Trana, como el sitio que fuimos a ver —añadió la pequeña Lisy, risueña.

—Sí, cielo, ¡Trana! —Rio el marqués cariñosamente.

—Con permiso, me llevo estos dos gatitos —advirtió el comandante mientras recogía los dos cuerpecitos muertos que la gata había alejado—. Les haremos un funeral marinero —añadió encerrándolos en su puño y con intención de arrojarlos por la borda en cuanto llegara a cubierta, aunque sin mortaja ni solemnidades.

Al inclinarse para recogerlos, asomó un chifle de oro colgado de una cadena de igual metal en su cuello, que correspondía al mando de la flota. Algo simbólico, pues quien realmente transmitía las órdenes era el contramaestre, cuyo chifle era de plata, y servían más para remarcar la distancia social y la jerarquía que impregnaba todos los aspectos de la sociedad hispana.

—¡Qué silbato tan bonito, capitán! —observó Lisy viendo el chifle de oro pendiendo del cuello, y él le devolvía una sonrisa.

—Tendrás que buscar nombres para el resto de los gatitos —añadió el marqués sonriendo y colocando una mano cariñosamente sobre la cabeza de su hija.

—Ya lo tienen. Trana es la madre, así que este es Trane, este es ahora Trano, este será Trani y este otro Tranu —dijo Lisy muy convencida señalando con su dedo índice a cada gatito a medida que los nombraba.

Cuando mencionó al tercero, Trani, por la manera en que alargó la r, quizá a imitación de su madre, parecía realmente que decía Tarani…, y el marqués dio un respingo.

—Será que recuerdes cuál es cuál, si todos parecen iguales, negros y blancos —advirtió el comandante mientras guardaba el chifle de nuevo bajo la camisa.

—¡Es fácil! Trane es azul; Trano es blanco; Trani es dorado como su madre y Tranu es carmesí… —respondió Lisy muy convencida de lo que decía.

—¿Querida, te sientes mejor? —desvió el marqués la conversación, pues cuantas más explicaciones tuvieran que dar sobre el tema de los colores, mucho peor, según su experiencia.

—Buena idea, si les pones collares a los gatitos, los reconocerás mejor. Buscaremos algo de tela de esos colores para que se los pongas —continuó el comandante.

—Gracias, capitán —respondió Lisy, degradando de nuevo, sin pretenderlo, al comandante del chifle de oro—. Sí, sí, así no los confundiré —continuó diciendo mientras observaba de reojo a su padre que se estaba asegurando con severa mirada de que iba a seguirle la corriente al comandante.

20

Complicadas lecciones

Océano Atlántico, finales de mayo de 1664

Pasaron los días y, gracias a Trana y a los gatitos, Lisy se sentía mucho más tranquila, pues siempre encontraba algo que hacer o en qué pensar. Cada jornada podía comprobar cómo crecían, despegando las orejitas, alargando sus finísimas y curvadas uñitas todavía blandas, o creciéndoles el pelito sedoso, aunque mantenían los ojos cerrados y no se alejaban de su madre. Esta, después de mamar, les lamía el dorso de uno en uno, para que hicieran sus deposiciones, y limpiaba todo con su lengua áspera para no dejar ni rastro, siguiendo su instinto. Y cuando a ella le tocaba el turno de hacer las suyas propias, se paraba frente a la puerta, miraba a Lisy y maullaba para que le abrirá.

La gata salía y regresaba al rato rascando la puerta para volver a entrar. Trani, el más grande de los hermanos, era también el más tranquilo, pues se aferraba siempre al mismo pezón de su madre mientras los demás pugnaban para robarse los pezones con más leche en una maraña de boquitas y patitas rosadas que se entrelazaban y pisoteaban nerviosos. Lisy tomaba a los gatitos en su mano para acariciarlos, con el consentimiento de Trana, que la observaba con mucha atención, para comprobar si la niña, queriendo o sin querer, hacía algún daño a sus pequeños. El preferido de Lisy era Trani, sin duda. Y este se sentía también a gusto en sus manos.

Leonor mejoraba día a día gracias al remedio que le había administrado el comandante, se movía con dificultad, pero disfrutaba contemplando a su hija jugar con los gatitos. Había dado por perdido el cepillo, pues no tenía ninguna intención de volver a usarlo. Lo primero que hizo en cuanto tuvo fuerzas fue dar órdenes a Lorenza y Abigail para que asearan bien a los gatitos y a su madre, limpiaran el trapo donde dormían, repasaran el camarote, revisaran la cama en la que Trana se subía y todo lo demás, y que les aplicaran a todos ellos, incluida Lisy, los remedios ancestrales elaborados con dientes de ajo para eliminar tanto las pulgas como los parásitos intestinales que pudieran tener.

Trana era tan cariñosa que se ganó pronto la confianza de Leonor, pues empatizaba con ella el desvelo por sus crías, y se asombraba de cómo permanecía tan atenta a todo lo que hacían aquellos revoltosos hijitos. Esa protección la había extendido también hacia Lisy, a la que parecía que había adoptado como una más, y a la que lamía y aseaba como hacía con el resto de sus hijos, pese a los gritos desesperados de su madre cuando las veía a ambas en aquella amorosa tarea de limpieza. En el fondo, Leonor sentía admiración por la devoción que la gata mostraba por Lisy y se reconocía que su presencia había hecho más soportable el viaje a una niña que no había aún cumplido los ocho años.

Una de las tardes ociosas Lisy se quedó mirando fijamente a su madre, desde el suelo y rodeada de gatitos y le espetó:

—Madre, ¿cómo ha podido meter Trana a sus hijitos en la barriga?

Leonor llevaba un tiempo barruntando la respuesta a una pregunta que sabía que tarde o temprano iba a llegar. Así que, con naturalidad, le respondió:

—Lisy, las madres llevan dentro a los hijos y los paren después de un tiempo. Pero primero han de estar casadas, porque para ello necesitan de la participación de sus esposos.

—¿Trana está casada, madre? ¿Dónde está su esposo? —respondió Lisy.

—Quién sabe Lisy, quizá se subió a otro barco o quizá la está esperando en Veracruz, o a lo mejor se quedó en Sanlúcar —explicó Leonor, que prefirió no continuar con esa conversación.

—Pero si no está aquí con ella y se necesita al esposo, ¿cómo ha podido Trana tener gatitos? —insistió Lisy.

—Bueno, el padre no está aquí ahora, pero antes de embarcar habría juntado sus humores con los de Trana, que fueron creciendo y dieron forma a los gatitos. Cuando se subió al barco, Trana ya venía preñada —le explicó su madre, procurando medir muy bien sus palabras, y continuó diciéndole—: Lisy, durante este viaje tú y yo tendremos tiempo de ir practicando la lectura. Será bueno que leas por ti misma algunos libros. En ellos explican cómo la hembra es fría y húmeda y el macho es seco y caliente, y cuando ambos humores opuestos se suman, se conciben los hijos…, siempre por la gracia de Dios… y después del matrimonio —respondió Leonor recordando haber leído algunos autores que seguían la filosofía aristotélica e incidiendo, por supuesto, en la intervención divina.

—Entonces ¿si se junta calor y frío nace un bebé? —simplificó Lisy, resumiendo lo que había entendido, y frotando sus manos al tiempo que soplaba entre ellas para ver si se producía el milagro de la vida.

—No, Lisy. Ha de haber una simiente, un humor. Una del hombre y otra de la mujer. Se tienen que mezclar ambas e intervenir el influjo divino para conferirle un alma —continuó Leonor tratando de explicar lo poco que le habían contado a ella al respecto.

—¿Y cómo se mezclan las simientes, madre? —añadió Lisy con curiosidad.

—Pues lo primero, la simiente tiene que madurar, como la fruta. Cuando tú estés madura para ello, si Dios lo quiere así, tu simiente también lo estará y con el ciclo lunar te descenderá el flujo y sangrarás, como lo hacemos todas las mujeres desde nuestra primera madre Eva. Cada mes se repetirá lo mismo, por eso lo llamamos «la costumbre» y esa es la señal de que tu simiente está ya lista. A la reina Mariana le llegó cuando tenía tu edad más o menos, pero a la mayoría el aviso nos llega a los diez, a los doce o incluso a los catorce años, depende de cada una. No tengas prisa por ello. La simiente de los hombres igual, o más tarde..., supongo —añadió Leonor, preocupada por haber introducido el tema de la anatomía masculina en el relato, sin tener muy claro qué es lo que sucede en el cuerpo del hombre. Confiaba en que su hija no quisiera ahondar en ello.

—Entonces ¿tengo que sangrar para tener un hijo? ¿Duele, madre? —siguió preguntando Lisy, aunque perdiendo interés por el tema, porque eso de que doliera no le parecía conveniente.

—A veces sí, a veces no. Pero es un recuerdo de las mujeres del castigo de Dios a la madre Eva, por el pecado original. Y aquellas que no tienen la costumbre sufren locuras melancólicas y pierden el color vivo y rosado que hermosea a la mujer. Y ahora vamos a descansar —concluyó Leonor tratando de zanjar el tema de nuevo recurriendo a lo divino, reclinándose en el camastro y haciéndose la dormida.

21

Ratoncitos escurridizos

Océano Atlántico, finales de mayo de 1664

Ocho días después de haber zarpado del puerto de Sanlúcar de Barrameda avistaron la isla de la Gran Canaria, y siguiendo ese derrotero, llegaron a Tenerife. Después de repostar en las islas para abastecerse de agua y alimentos frescos, continuaron con la parte más complicada del trayecto, pues debían atravesar el océano Atlántico.

Durante el inicio del viaje Taranis había pasado desapercibido, oculto en las bodegas. Como vaquero no se entremezclaba con los soldados con quienes tendría más afinidad en temas de conversación, pero tampoco se relacionaba con la tripulación ni con los pasajeros. El caballerizo del marqués, al cuidar caballos de raza, se había contagiado de la categoría de los equinos frente a las vacas y cabras, responsabilidad de Taranis, y se consideraba de mayor rango que el vaquero, por lo que tampoco le prestaba atención.

Para respirar aire fresco y evitar encontrarse con el virrey o con Cristóbal, Taranis ascendía a la cubierta solo por las noches. A esas horas sabía que el marqués y su familia se habrían retirado al camarote y el resto del pasaje estarían dormidos, o en algún otro de los pisos de las bodegas. A pesar del enrejado que permitía la ventilación de los pisos inferiores, el hacinamiento llegaba a hacer el aire tan espeso y cargado que costaba rellenar los pulmones. Con el acompañamiento de la brisa nocturna, el cielo estrellado y el vaivén de la embarcación, Taranis conseguía dormir algunas horas. Se tumbaba sobre algún fardo, o simplemente las pasaba contemplando las estrellas. De madrugada volvía a su refugio en la cuadra habilitada en las bodegas, donde continuaba dormitando otro buen rato o haciendo algo de ejercicio con la espada, para no agarrotar sus músculos.

Una de las noches, encaramado sobre unas cajas y arcones y cubierto por unos sacos para dormitar, escuchó pasos y susurros que parecían sospechosos. Con la luz del fanal de popa de la Capitana, encendida para guiar al resto de embarcaciones, percibió dos siluetas. Uno de ellos era Cristóbal y parecía discutir con un marinero. Ambos se internaron sigilosamente por la escalera que conducía a las cocinas, donde ya no había nadie, porque todos dormían.

Taranis se descolgó de su nido improvisado procurando no hacer ruido alguno, y siguió a los dos hombres.

—No. No es posible. Basta. ¡No! —decía Cristóbal susurrando. Mientras gesticulaba para reafirmar su negativa.

El marinero abrazó a Cristóbal y le susurró:

—¡Venga...! ¡Como el otro día...! ¡Será rápido...! —insistía el joven marinero casi como una súplica, con una amplia sonrisa que conservaba aún todos sus dientes, sujetando a Cristóbal por la cintura y mirándolo desde unos profundos y tiernos ojos negros encerrados en larguísimas pestañas del mismo color, que entornaba solícito y seductor—. Ya estamos aquí, ¿no? Si no me desearas también, no habrías bajado conmigo, ¿no? —añadió el marinero, arrimando su cuerpo aún más al de Cristóbal, que pudo sentir su cálido aliento en el cuello y su tremenda erección palpitante como un ariete sobre su muslo, lo que terminó de derrumbar su resistencia.

—¡Juan...! Vale, ¡pero, sin ruido! Si alguien nos descubre, no solo perderé mi trabajo, iremos presos de la Inquisición y, como poco, excomulgados —añadió Cristóbal estremecido, mientras desataba y bajaba complaciente sus calzones, y se inclinaba tremendamente excitado sobre la mesa, elevando un poco sus nalgas y abriendo sus piernas para poder ser penetrado por el marinero.

Este no se hizo más de rogar, y sin más preámbulos, escupiendo sobre su mano para lubricarse, penetró a Cristóbal, que se estremeció de placer, conteniendo el gemido con un mordisco en su brazo, y cerrando con fuerza los párpados en cada arremetida del joven.

Un pequeño ratón huyó despavorido y se escondió a través de una grieta en la pared de madera junto a Taranis, que tras comprobar que no se trataba de ninguna conspiración, sino de dos hombres en busca de un furtivo intervalo de intimidad, se volvió sigiloso a la bodega. No era la primera vez que, durante sus años de servicio como mercenario en múltiples ejércitos, había sido testigo de encuentros similares entre compañeros que no podían resistir la soledad o el deseo. En un viaje tan largo como aquel, con la imposibilidad de relacionarse con las mujeres, pese a los reiterados intentos de algunos, que habían sido descubiertos y duramente castigados, no le resultó extraño aquel encuentro, aunque personalmente él prefiriese optar por la abstinencia.

A pesar de los esfuerzos de ambos por contener sus jadeos, se les podía escuchar desde fuera de la cocina. Abigail, que tampoco podía conciliar el sueño, había oído ruidos, y bajó sigilosa a observar después de que Taranis se fuera, y encontró la misma escena: al joven marinero con los pantalones bajados sujetando las caderas desnudas de Cristóbal mientras le embestía rítmicamente. Se quedó observando entre las sombras, pues era la primera vez que veía así a dos hombres, hasta que el marinero se derramó dentro de Cristóbal, entre jadeos contenidos y espasmos de placer, a la vez que este lo hacía sobre la mesa. Abigail sonrió maliciosamente.

22

Secretos difíciles de ocultar

Océano Atlántico, inicios de junio de 1664

Cada día que transcurría, Lisy desarrollaba más sus habilidades pese a que su madre trataba de reprimirla duramente por ello. Antes de iniciar el viaje, tan solo podía oler a las personas cuando aproximaba su nariz a sus pieles, de ahí los abrazos y besos que prodigaba. El encierro en el camarote durante día y noche junto a su madre le permitió detectar el olor de esta a mayor distancia y comprobar además los pequeños cambios que se producían en su coloración.

—Madre, estás empezando a brillar otra vez. ¿Te sientes mejor de los mareos? Hay nuevas motitas azules y verdes, como plumas de pavo real—dijo Lisy, y añadió tapándose con la mano izquierda ambos ojos y señalando con la derecha—: Mira, mamá. Puedo encontrar a los gatitos sin verlos. Allí está Trano, debajo de la cama Trana, y Trani y Tranu están juntos allí, dormitando.

—Lisy, por lo que más quieras. Déjate ya de sandeces —respondió Leonor airada y preocupada.

La marquesa de Brumas había estado tan enferma como Leonor. La purga del comandante que le había conseguido su amiga no había tenido el mismo efecto en ella. Tan pronto como se recuperó fue a visitar a la virreina a su camarote, e iniciaron sesiones de bordado, para que Lisy practicara. Las marquesas estaban rematando unos cojines para el estrado, aplicando hilos de sedas de colores luminosos sobre un tejido de seda color crema enmarcado en un bastidor. Leonor le mostraba a Lisy cómo se podían bordar flores y aves con estilos chinescos, que entonces estaban de moda.

—Así no, Lisy… No hay que alargar tanto la puntada, es más fácil controlar el punto si es más corto. Mira, de este modo… —le indicaba Leonor dando puntadas cortas muy rápidas sobre el bastidor.

—Querida niña —añadió la marquesa de Brumas—, has de ser paciente. Al comienzo resulta tedioso, luego te ayuda a pasar el tiempo, y cuando ves el resultado final, te sorprende que tú misma hayas podido crear algo tan hermoso. ¡Mira, Lisy! ¿Te gusta? —le dijo mientras mostraba el cojín con un espléndido bordado de aves y flores de vistosos colores.

—Sí, es muy bonito, marquesa —respondió Lisy, educadamente, mirando a otro lado, y deseosa de arrojar la aguja y el hilo por la borda. Se imaginó entonces a sí misma arponeando con la seda a algún pequeño pez para dar de comer a los gatitos, y sonrió.

Durante los siguientes días se repitió la enseñanza del bordado, aunque a Lisy le aburría sobremanera. No tenía paciencia para ir insertando la aguja con hilo en pequeñas puntadas y se distraía con cada movimiento que hacían los gatos. Así que procuraba terminar lo antes posible la tarea, alargando las puntadas e inventándose nuevos diseños con combinaciones de colores que a Leonor le espantaban. Esta trataba de disimular su disgusto ante su hija y no se atrevía a preguntar de dónde habían surgido semejantes combinaciones para no dar pie a conversaciones incómodas.

En cubierta soplaba la brisa, Cristóbal estaba tomando un poco el aire. Sonreía satisfecho y enamorado. Abigail observó con envidia su expresión de deleite, y se acercó por la espalda para susurrarle al oído:

—La otra noche te lo pasaste muy pero que muy bien, ¿verdad, Cristóbal...?

—¿Cómo dices? —respondió Cristóbal sorprendido.

—Ya sabes... No te hagas el inocente... —añadió Abigail con un gesto de desprecio, y señalando con un gesto de su cabeza a Juan, el marinero con el que tenía un romance.

Cristóbal se sonrojó, miró hacia ambos lados para comprobar si alguien les prestaba atención...

—Por favor, Abigail... —dijo Cristóbal azorado.

—Ya, ya... Tú disfrutas de tu galán ¿Y yo? Aquí aburrida —respondió Abigail mirando fríamente a Cristóbal y sin borrar su expresión de desprecio.

—Esto nada tiene que ver contigo, Abigail —añadió Cristóbal extrañado. Hasta entonces la relación con ella había sido cordial, no tenían vínculo alguno, pero no se imaginaba que aquella muchacha dulce y trabajadora tuviera ese doble fondo.

—Podría denunciarte, Cristóbal... Me daría pena, porque pareces un buen hombre, pero... así mataría este aburrimiento —continuó Abigail, indolente.

—De acuerdo, dime qué quieres y trataré de consegu... —remató Cristóbal antes de que terminara su frase.

—Bien. ¿Lo ves? Eso es lo que quería ¡Me debes una! Te la pediré cuando llegue el momento —susurró Abigail al oído, burlándose.

En aquel encierro y después de tanto tiempo en alta mar, ya resultaba complicado mantener los secretos. Fray Bernardo quería conocerlos todos, y solicitaba confesiones a diestro y siniestro. Soñaba con ocupar algún día un obispado, e incluso un sillón cardenalicio, aunque estaba fuera de su alcance, pues no tenía los contactos necesarios para ello. Culpaba a los marqueses de Mancera por no introducirlo en la alta sociedad para conseguirlos y, por tanto, eran la causa de que no hubiera progresado. Mientras tanto, se esmeraba, a pesar de ser un simple capellán, en simular la grandeza de otros, calzando guantes de cuero finos, adobados, como los del marqués, o cubriendo sus brazos y manos con seda blanca o de colores como los cardenales. Casi siempre se le veía aferrado a una Biblia que lo mismo le servía para matar alguna mosca impertinente, que para sacudir en la cabeza a algún feligrés testarudo, como visera para otear el horizonte e incluso como almohada en alguna ocasión en que se quedaba traspuesto en cubierta.

Por aburrimiento, más que por devoción, fray Bernardo oficiaba una misa diaria solo para los marqueses y su séquito, además de otras a las que asistían la mayor parte de los pasajeros. Muchos de ellos continuaban después rezando el rosario, motivados también por hallar formas de anular el tedio del viaje. Y, de vez en cuando, organizaban una procesión por la cubierta del galeón, encabezada por alguna imagen religiosa que formara parte del equipaje de algún pasajero. También leía pasajes de la Biblia, pero elegía aquellos en los que alguna terrible desgracia acechaba a los inocentes y solo la intervención divina conseguía salvarlos. Inculcar miedo era la única manera que conocía para controlar a los feligreses y disfrutaba viendo los rostros asustados de las más jóvenes, y los temores aflorando en los hombres hechos y derechos, cuyos oscuros secretos ya conocía gracias a las confesiones. El capellán se sentía más cerca de Dios que el resto y, por lo tanto, su protección le mantendría a salvo de cualquiera de los males que pudieran acecharlos.

23

Ratas gordas y gatos flacos

Océano Atlántico, mediados de junio de 1664

En la cubierta de la nao Capitana, como en el resto de las embarcaciones de la flota, se repetían día tras día y de forma casi invariable las mismas escenas. Agrupaciones de pasajeros, junto con algunos marineros, alternaban en ranchos en los que matar el tiempo, además de las misas y rosarios, ya fuera jugando a las cartas, compartiendo comidas, o estallando en carcajadas con chistes y ocurrencias que se tornaban, en ocasiones, en encolerizadas discusiones sobre asuntos militares o de cualquier otro tipo. También se formaban pacíficos ranchos de lectura con aquellos que disfrutaban con los pasajes de algunos libros interpretados en voz alta por algún lector voluntario. Y, en los días más radiantes, proliferaban los ranchos corales en los que se compartían improvisados instrumentos musicales, acompañados con las chirimías que llevaban los marineros.

Se repitieron de forma esporádica y clandestina los noctámbulos encuentros íntimos entre el galán marinero y Cristóbal, que se había vuelto más cauto tras la amenaza de Abigail. De todas formas, si le iba a denunciar, lo mismo le condenarían por una vez que por ciento. Aquellos no eran los únicos encuentros furtivos de la nao, por lo que la mayoría prefería ignorarlos, anhelando en el fondo encontrar desahogos similares. Así pasaron las semanas, hasta que de nuevo se escuchó:

—¡Tierra a estribor...! —gritó un marinero desde la cofa del palo mayor.

Lisy salió apresurada del camarote tirando de la mano de su madre para que se diera prisa y poder comprobar cómo aparecía la tierra en el horizonte.

—¡México! ¡Qué verde! —exclamó Lisy extasiada al contemplar la frondosa vegetación de la isla.

—No, Lisy... Ha de ser la isla de la Dominica, cielo —respondió el marqués entre risas, pues disfrutaba de las ocurrencias de su hija—. Todavía estamos en las islas de las Antillas. Atracaremos en el puerto para repostar agua y comida, como hicimos en Canarias, y en unos días más llegaremos a Santo Domingo, en La Española, y a Cuba, y otras islas.

—¡Y luego seguimos hasta Veracruz! —añadió Lisy risueña, mostrando que se había aprendido la ruta o al menos el destino final.

—En Cuba la flota se dividirá en dos, Lisy. Nosotros continuaremos hasta Veracruz, pero otra parte se irá a Cartagena de Indias. No desesperes, Lisy, aún nos queda otro mes más de viaje, si Dios quiere que no haya contratiempos como hasta ahora —añadió el marqués mirando de reojo a su esposa para comprobar la cara de decepción de su mujer al escuchar que aún les quedaba otro mes más de viaje.

Los gatitos ya correteaban dentro y fuera del camarote, Trana se ocupaba pacientemente de vigilarlos. En una de estas aventuras por cubierta, tres de los pequeños no regresaron. Trana maullaba desesperada. Tan solo Trani, que parecía la sombra de su madre, pues no se despegaba de ella ni de Lisy, continuaba en el camarote. En cuanto el marqués entró, Lisy se abalanzó sobre él sollozando:

—¡Padre! —dijo Lisy, casi sin poder articular palabra—, no han regresado ni Trane ni Trano ni Tranu, con collares azul, blanco y rojo. Por favor, padre, pídele al capitán que los busquen, no pueden estar lejos, son muy pequeñitos. Estarán muy asustados y perdidos en algún rincón —continuó gimoteando Lisy.

—Lisy, no te preocupes. Como llevan los collares, si alguien los ha encontrado, seguro que los traerán—le respondió mientras salía del camarote.

Lisy se sentía culpable por la desaparición de los pequeños porque ella les abría la puerta para que salieran y estaba pendiente de su vuelta. Nunca se iban tan lejos. Los remordimientos la consumían: ¿Y si habían vuelto, y no escuchó sus maullidos? ¿Y si no los hubiera dejado salir del camarote? Se asomó a la puerta del camarote para ver si podía olerlos, pero la confusión de aromas en el barco era demasiado grande, tanto tiempo en alta mar, olía a comida, sudoración, orines y a cuerpos y pieles extrañas. Y los colores se entremezclaban también en su cabeza, hasta el punto de sentir mareos.

Consternado por la congoja de su hija, el virrey deambuló por la cubierta, con intención de recuperar a los gatitos extraviados, y le pidió a Cristóbal que hiciera lo mismo por los pisos inferiores del galeón, para ampliar la búsqueda, especialmente en la cocina, terreno que, por otras circunstancias, Cristóbal había ya explorado y conocía muy bien.

Después de un buen rato, el marqués desistió en la búsqueda. De regreso observó en la cubierta cómo uno de los ranchos de marineros estaba calentando, sobre un anafre, una vasija plana de barro, en la que se asaban con un poco de manteca rancia, los cuerpecitos destripados de tres pequeños animalitos sin cabezas y un cuarto algo más grande que los anteriores que conservaba el arranque de una larga cola pelada. Se acercó y preguntó:

—Buen día, marinero —dijo el marqués con el tono más formal y serio que podía poner en esas circunstancias para tratar de impresionar al grupo—. ¿Qué está cocinándose y huele tan sabroso?

—Asado de carne, señor —respondió el marinero con gesto de desconcierto por la pregunta, pues era evidente lo que estaban cocinando.

—¿Y qué carne es la que estáis asando? —continuó el marqués, aunque notó que se incomodaban varios de los marineros, temiendo que les fueran a arrebatar su almuerzo.

—Una rata gorda que cazamos y unos animalejos que nos dieron.

—¿No se trataría de gatos por casualidad?

—Gatos y rata, así es. En el plato ya no pelean, señor —apuntó sarcásticamente el marinero mostrando una fila de dientes con más encía que piezas.

—¿Y los gatos llevaban collares, por casualidad? —insistió el marqués a punto de explotar de ira.

—No, no. Nos los dieron así, sin collares y ya muerticos, señor —respondió el marinero.

—¿Quién os los entregó? —quiso averiguar el marqués.

—Un hombre embozado los dejó en cubierta y nos avisó. No sabemos quién —expuso el marinero.

—¡Vale! ¡Queden con Dios! —finalizó el marqués, dándose la vuelta airado, conteniendo su rabia y considerando si comentarle a Lisy la triste noticia.

De regreso al camarote, el marqués no sabía cómo confesarle a su hija que los gatitos estaban muertos.

—Cielo, los gatitos se han extraviado y ya no van a volver. Pero, a partir de ahora, no dejaremos que ni Trana ni Trani salgan del camarote hasta que lleguemos a tierra. No queremos que se caigan al mar —dijo el virrey a su hija.

—¿Se cayeron al mar? ¡No! ¡Ay, no...! —respondió Lisy con el rostro descompuesto de llorar, llevándose las manos a la cara para ocultar lo que era inevitable, que seguía rompiéndose de dolor y culpa.

—Vamos a rezar para que todo vaya bien en adelante para todos nosotros, gatos incluidos —dijo Leonor, abriendo las portezuelas del altar portátil y arrodillándose frente a la Virgen del Sagrario, de media vara en cuadro, que presidía el mismo.

La tristeza se apoderó de Lisy aquel día, aunque nunca supo cuál fue el verdadero destino de los gatitos. La culpa enturbió su dorada luz, como una pequeña mancha oscura que ya le acompañaría para siempre y en ocasiones, cuando se ponía triste, se expandía.

Siguió practicando, a escondidas de su madre, con su sorprendente capacidad para captar los colores y relacionarlos con los caracteres y ánimos de las personas. Ya conseguía dejar de oler a su antojo, cuando lo pretendía y, por el contrario, si cerraba los ojos y se concentraba podía sentir el color de las personas. Un día, al llamar a la puerta del camarote cerró los ojos para concentrarse, para adivinar quién podría ser. Los abrió de golpe pues era Abigail, y le resultaba muy confuso pues su resplandor siempre estaba cambiando de color, como los camaleones.

Cuando Leonor estaba de mejor humor o menos dolorida, procuraba realizar alguna actividad con Lisy. Tenía dos pasatiempos favoritos, uno era leer junto a su hija y el otro los perfumes.

—Vamos, Lisy, continuamos donde lo dejamos ayer, para terminar el capítulo del martirio de san Lorenzo. —Leonor llevaba consigo un libro de santos que había pertenecido a alguna de sus antepasadas vienesas y estaba escrito en alemán. Solo ella lo consultaba, porque solo ella entendía alemán. Pero le leía a su hija párrafos para que fuera aprendiendo su lengua materna.

—No, no, madre, hoy no, por favor, háblame mejor de las esencias.

—De acuerdo. Hoy conversaremos sobre los perfumes y las esencias que se usan en la corte, las que debemos saber preparar las damas y cómo debemos usarlas. Acércame el estuche —remató Leonor mientras señalaba con su índice una caja de madera recubierta de cuero en la que se contenían diversos frascos y pomas.

24

Confusión

Santiago de la isla de Cuba, junio de 1664

Una vez atracados en Santiago de la isla de Cuba y, tras visitar la tienda de tejidos en la que había recogido el mensaje de La Rueda, Abigail seguía dándole vueltas a la orden recibida. Terminar con la vida de la marquesa de Mancera y también de su pequeña hija, solo con la finalidad de desestabilizar al virrey le parecía cruel. Pero estaban en guerra, una lucha contra el rey Felipe y su imperio, y los sacrificios serían inevitables. Le preocupaba más cómo poder llevarlo a cabo sin que la culparan y condenaran.

Atravesó las calles de la ciudad de regreso al malecón para reencontrarse con Lorenza, con la que había salido a pasear y de la que se había deshecho con engaños. De pronto se sintió arrebatada por una potente luz blanca que la atrapaba y pensó si aquello sería una señal. La intensa luminosidad provenía de un establecimiento, y no era otra cosa que el reflejo del sol en los espejos interiores, pugnando por no desaparecer y abrirse paso a través de las tinieblas para llegar hasta ella.

Aquellos espejos eran parte de la decoración de lo que parecía ser una botica y consideró que era proverbial dar con el establecimiento. Con la cabeza cubierta por su chal, como una tapada, entró. Al fondo, en la trastienda, distinguió a dos mancebos, casi niños, que se afanaban por moler hierbas y pesar polvos repartiéndolos en pequeños sobres de papel.

—Buenos días —dijo la joven en voz muy alta, para captar la atención de alguno de los mancebos que seguían absortos en sus tareas manuales, machacando y entremezclando el contenido de albarelos cerámicos marcados con nombres de diferentes sustancias.

—Buenos nos dé Dios, señorita. ¿Qué puedo hacer por usted? —respondió el boticario, un pequeño hombre de pelo canoso encrespado, enorme nariz aguileña y grandes orejas, que se irguió desde una silla baja entre los espejos, detrás del mostrador de mármol, bostezando mientras se restregaba los ojos.

La joven dio un respingo porque no se había percatado de su presencia.

Por un instante, pensó si no habría invocado a algún duende con su saludo que, surgiendo de las entrañas de la tierra, saltaba presto a concederle algún deseo a cambio de su más preciado don.

—Mi..., mi señor padre me ha encargado adquirir polvos y esencias varios..., pero no recuerdo bien qué era lo que precisaba..., un momento, con permiso, señor boticario..., lo guardo aquí anotado para recordar bien el encargo —indicó la joven mientras extraía un papel del pliegue del vestido, con una receta de cocina.

La receta incluía los ingredientes para preparar conejo con hierbas, que había tenido que anotar por la insistencia de otra de las pasajeras, de origen malagueño, en compartir una ancestral receta de familia. Ahora la lista resultaba de utilidad para ganar tiempo y fingir el supuesto encargo paterno.

—Sí. Aquí está. Necesitaría dos onzas de polvos de raíz de columbo,[12] señor —añadió la joven tratando de parecer ingenua y acomodando el cuerpo en una postura tímida y vergonzosa, con los hombros hacia delante y los pechos hundidos, dejando sus brazos caídos y las manos juntas bajo el regazo.

—Lo lamento, señorita. No nos queda, ni este, ni ningún otro género de Castilla. Pero acabamos de recibir del Perú los «polvos de los jesuitas» o de la condesa,[13] si lo que busca es remedio para fiebres y calenturas.

—No sabría decirle, señor apotecario. Padre me indicó que comprara la raíz de columbo, pero desconozco el motivo para el que la precisa, creo que comentó algo sobre el flujo de la sangre —respondió la joven sin levantar la vista del suelo y desviando la mirada hacia su izquierda, haciendo memoria—. ¿Cree usted que eso otro que recomienda tendría el mismo efecto? Padre dijo que le pidiera consejo... Él me dijo: «Ve a la botica, que el señor boticario, como es hombre y sabio, sabrá indicarte bien». Así que voy a confiar y me llevo entonces las dos onzas de polvos de la condesa..., y también necesitaría, por favor, aceite de lombriz para la piel y diez onzas de arsénico para desparasitar.

—¡Diez onzas de arsénico! Señorita, con eso tendría suficiente para desparasitar entero al barco de Henry Morgan, con toda su maldita tripulación de miserables ratas! —respondió el boticario mientras se santiguaba al pronunciar el nombre del corsario, y escupía hacia un lado del mostrador, como si del mismísimo demonio se tratara.

---

[12] El columbo o colombo (*Cocculus palmatus*) es una liana trepadora utilizada en Asia contra la disentería (o como la denominaban en el siglo XVII, el flujo de sangre), enfermedad producida por amebas y parásitos intestinales.

[13] Se trata de la quina, corteza de un árbol. La virreina que le da nombre fue Francisca Enríquez de Rivera, segunda esposa del conde de Chichón, que curó las fiebres con este remedio.

—¿Sí? Uy, pues habré de tener extrema cuita para no tocar esa ponzoña tan peligrosa. Padre siempre me repite que nosotras, las mujeres, no seríamos hábiles en el manejo de estos espíritus activos que habitan los minerales y que tampoco tendríamos sentido para su aplicación. Gracias al cielo, la sabiduría de mi señor padre compensa con creces mi torpeza y falta de cabeza. ¿Qué me aconsejaríais, entonces, buen señor?

—Con una onza tendréis de sobra para desparasitar varios caballos, señorita, si ese es el objetivo…

—Sí, señor, caballos, vacas, ovejas y perros. Así sea, señor, tres onzas, pues. Vos conocéis bien las medidas y cantidades que se precisan.

—Aquí tiene, señorita. Suman seis maravedíes. Tened cuidado, pues el arsénico es un poderoso veneno. Bajo ninguna circunstancia debe ser ingerido, pues provocaría la muerte sin remedio. ¿Deseáis alguna cosa más?

—Uy, a ver…, no, en la lista no tuviera nada más…, no, muchas gracias. Luego padre diría que me cargo de cosas inútiles porque me pudiera mi impulso de gastar y que este resultaría vicio femenino como ninguno.

—Sabio hombre es vuestro padre, señorita —concluyó el boticario volviendo a desaparecer sobre su asiento bajo.

De camino al malecón, Abigail se salió de la ruta con una sonrisa en los labios. El veneno era una opción menos sangrienta, y quizá de esta forma podría cumplir con la misión. Será rápido, ellas no sufrirán en exceso y no habrá sangre, que era algo que le incomodaba. Ahora debería buscar alguna excusa que encubriera la muerte por arsénico. Cerca ya del puerto, se desvió para acceder a un solar abandonado, internándose entre las zarzas y las piedras enardecidas por el sol:

«Malditos alacranes. Cuando no lo esperas te pican a traición, pero si los buscas, se esconden como cucarachas», pensó.

Después de un buen rato, y tras remover varias piedras, localizó a un alacrán azul de buen tamaño, que huía atemorizado por su acosadora. La joven le arrojó el fino pañuelo de encaje enganchando la cola del animal entre los puntos. Lo recogió con cuidado para evitar que le clavara el aguijón y para no dañarle. Aunque su picadura no solía ser mortal, le serviría como chivo expiatorio, si su plan salía como tenía pensado. Lo tomó por el extremo de la cola, sujetándolo por debajo del aguijón, y lo liberó del pañuelo, mientras el arácnido se resistía, retorciéndose y moviendo sus pinzas en el aire. Lo introdujo en un pequeño frasco que cubrió con el mismo pañuelo que había usado como red. Lo ató bien y lo guardó, junto con los productos de botica, en una bolsa que llevaba consigo.

De vuelta al malecón localizó a Lorenza, que no se había alejado del lugar en el que la había abandonado hacía ya más de dos horas. Al divisar a Abigail desde lejos, se acercó corriendo:

—Abigail, ¿adónde has ido? —preguntó Lorenza, asustada y muy molesta.

—Te busqué, Lorenza, pero no te vi. Entonces pensé que te habrías ido cansada de esperarme. Me fui tras de ti, para tratar de encontrarte entre las tiendas —respondió mirándola fijamente a los ojos.

—¿Cómo que no me viste? Si no me he movido del sitio que me indicaste. Aquí mismo estaba —añadió la primera.

—Lo lamento, Lorenza. Llegué hasta la ronda de las tiendas buscándote, ¿quieres que volvamos allí? —respondió Abigail.

—Mejor busquemos alojamiento para esta noche, pero lejos del puerto, no nos confundan con mundanas —añadió Lorenza abrazando a la otra joven que sonrió complacida y le devolvió el abrazo.

De regreso ya en el galeón, Abigail estuvo considerando la mejor forma de administrar el letal veneno a Leonor sin levantar sospechas. Conocía la receta del agua tofana[14] y la his-

---

[14] Arsénico en disolución utilizado como veneno.

toria de aquella mujer napolitana que la vendía a las mujeres malcasadas que deseaban deshacerse de sus esposos, y aunque no dejaba rastro, lo que debía tener en consideración, su efecto era bastante lento. Podría untar con el arsénico el lomo o algunas páginas del libro que la marquesa leía a diario, impreso en alemán, pues en contacto con la piel de sus manos haría también efecto. Aunque era preferible la ingesta. Con suerte, si chupaba su dedo para levantar las hojas, el efecto sería más rápido. Sin embargo, lo descartó, pues podría dejar huellas en el papel o en las yemas de los dedos, y si alguien lo examinara se darían cuenta de que había terminado con su vida y buscarían al culpable.

Cumpliría su misión, terminaría con la vida de la marquesa y de su hija, desestabilizaría al marqués, y ayudaría a destruir desde dentro el imperio español y a terminar con su indigno monarca. Se vengaría de Felipe IV, cumpliendo la promesa hecha a su padre, y se resarciría por lo que habían sufrido en el pasado.

25

Alacrán, alacrán

Santiago de la isla de Cuba, junio de 1664

Abigail había logrado engañar a todos en la casa de los Mancera, representando su papel de fiel sirvienta. Incluso la incauta Lorenza, con quien se sentía más unida, la había protegido y amparado desde que, unos meses atrás, entrara al servicio de la marquesa. Cuando le pidieron que se infiltrara en aquella familia para obtener información, no imaginó que tendría que realizar tan largo viaje ni que se complicaría su misión de aquella manera. Pero estaba decidida a continuar.

Extrajo uno de los sobres con el arsénico para eliminar primero a la marquesa. Administraría el arsénico diluido en la esencia del perfume. El ritual de acicalamiento de Leonor y su obsesión por perfumarse con agua de azahar era la forma idónea de envenenarla, pues no compartía sus perfumes con nadie más. Leonor guardaba la esencia en unos buches dentro de una cajita de madera encorada y dividida en el interior en doce compartimentos, con un frasquito de vidrio en cada uno.

Entremezclado con esa esencia sería más difícil detectar el veneno y confiaba también en que los espíritus florales no hicieran perder sus propiedades mortíferas, sino que las potenciaran. Cuando el arsénico fuera absorbido por la piel de Leonor o cuando lo tomara en su infusión, sería su fin. Y su muerte se produciría antes de atracar en Veracruz, como le ordenaron, ya que la marquesa usaba aquella esencia a diario. Guardó en un recipiente parte del agua de azahar para volver a rellenar las ampollas y eliminar así cualquier rastro o accidentes futuros.

La tarde del día siguiente la familia del marqués volvió a la embarcación descansada y relajada tras la estancia en tierra firme. La flota zarpó de nuevo rumbo a Veracruz, y tripulantes y pasajeros retornaron a las rutinas aprendidas a lo largo de las semanas anteriores. A la mañana siguiente Leonor inició su ritual de belleza diario:

—¡Acércame el candelero, Lorenza! —le ordenó mientras se pasaba un peine de púas muy prietas y revisaba con atención por si hubiera liendres o piojos en el mismo.

—¡Ese vestido no, Abigail! Mejor el de algodón que es más fresco, ya se notan los calores sofocantes de estas tierras. Y prepárame los perfumes —remató Leonor.

Lorenza iba desplazándose como autómata por el camarote, siguiendo las indicaciones de Leonor, pero sin responderle ni palabra, pues había percibido el mal humor con el que se había levantado la marquesa. Ambas se conocían desde hacía mucho tiempo, y se tenían mutuo aprecio. Leonor le solicitó a continuación que le asperjara el perfume, como Lorenza hacía algunas pocas veces, y esta se dispuso a introducir el perfume en su boca para escupírselo entre sus dientes.

Abigail no había previsto que Leonor optaría por esa forma de aplicarse el perfume, en lugar de untarse ella misma unas gotas en su cuerpo como hacía a diario. La proximidad de su destino y el descanso en la isla le habían proporcionado el deseo de acicalarse mejor. Corrió al encuentro de Lorenza, para derramar el contenido del frasco y evitar una víctima no deseada, pero chocó contra ella produciendo el efecto contrario al que buscaba. Lorenza se tragó el contenido del frasco que ya había introducido en su boca.

—¡Estás muy torpe hoy, Abigail! ¡Ten cuidado! ¡Continúa, Lorenza! —añadió Leonor mientras la criada tomaba un buche de agua de azahar y lo asperjaba.

A mediodía, Lorenza se agitó entre vómitos y dolores abdominales intensos, calambres y convulsiones. Abigail estaba con ella, pero en lugar de atenderla en aquellos últimos minutos, rebuscó en su bolso, y sacó del interior del frasco al alacrán que había capturado en Santiago de Cuba. Le quitó un zapato a Lorenza, que la observaba estupefacta, sin poder moverse, y apretó al escorpión sobre su cuerpo. El alacrán clavó su aguijón sin piedad, vengándose en la pobre Lorenza de su encierro y murió aplastado por el zapato que Abigail había retirado del pie de Lorenza. Esta exhaló su último aliento, atónita por el extraño comportamiento de la que había considerado su amiga y sin comprender lo que ocurría.

Tras comprobar que había expirado, Abigail gritó, se restregó los ojos para irritarlos y se mesó los cabellos. Los marineros alertaron al comandante y este envió al cirujano naval, más habituado a amputar miembros y coser heridas que a detectar la presencia de venenos u otras causas de la mortandad femenina. A pesar de ello, reconoció algunos síntomas que alertaban de envenenamiento, pero tras hallar la picadura en el tobillo, y el cuerpo aplastado determinó que Lorenza había muerto por causa del veneno del alacrán azul.

26

Muerte en el galeón

Golfo de México, rumbo a Veracruz,
inicios de julio de 1664

Como Leonor conocía a Lorenza desde hacía muchos años, la explicación sobre la causa de su muerte no le resultó satisfactoria. Recordaba que, en Úbeda, en la casa natal de los Mancera, donde el marqués tenía la yeguada, a Lorenza le había picado anteriormente un escorpión, en más de una ocasión, y solo le había producido una leve hinchazón en la mano. Aunque el alacrán jiennense no era el mismo que el alacrán azul cubano, dudaba que estos fueran más letales. Y se obsesionó con la posibilidad de que Lorenza hubiera sido envenenada, temiendo ser ella misma el verdadero objetivo.

Atolondrada, revolvió en uno de los arcones donde guardaba sus joyas más preciadas, y extrajo una piedra bezoar, que se suponía detectaba veneno. Desde ese momento, la piedra, engarzada en una cadena de oro, no se separó de su cuello. Se sentía también indispuesta, tenía calambres y dolores abdominales que temía procedían del mismo veneno. Abigail le trajo una tisana, y Leonor sumergió la piedra en la bebida, aunque sin efecto alguno.

—¿Crees que Lorenza pudo ser envenenada, Abigail? —preguntó Leonor apática.

—Quién sabe, señora. ¿Por qué lo dice? ¿No murió por la picadura del alacrán? —respondió la joven tratando de parecer lo más calmada posible.

—No. Esa no pudo ser la causa —añadió Leonor, con la mirada perdida, moviendo la cabeza a ambos lados, mientras sorbía un poco de la tisana sosteniendo la taza con ambas manos.

—Bueno, señora, no quise comentarlo antes, por no perjudicar la memoria de Lorenza, pero cuando estuvimos juntas en Santiago, me dejó sola con embustes. Se internó por las calles de la ciudad, buscando a alguien o a algo. Quizá en otra de las embarcaciones viaje un amante despechado o tenía algún un negocio fallido…, nunca lo sabremos, señora. ¡Pobre Lorenza! ¡Con lo buena que era! —dijo Abigail mientras se santiguaba y a continuación retiraba la taza vacía.

—Ya. Nunca sabemos qué secretos esconden los demás, ¿verdad? —remató Leonor, alzando la vista para encontrarse con la de Abigail y provocando un respingo en esta, que pensó que había sido descubierta. Leonor seguía torturándose para sus adentros—: ¿Estarán tratando de envenenarme? ¿Por qué? ¿Quién?

A Lorenza le improvisaron un funeral marinero, pues aún quedaban muchos días de viaje hasta llegar al puerto de Veracruz, y el cuerpo no aguantaría sin descomponerse por causa del calor tropical y la alta humedad. El capellán ofició una misa rápida a los asistentes, y arrojaron sin miramiento el cuerpo amortajado de Lorenza a las aguas del golfo de México. El marqués y su esposa habían asistido al fugaz funeral y fue una de las escasas ocasiones en que se les vio juntos en cubierta.

Lisy aún no había regresado al camarote. Sus padres estaban tan alterados que no se habían percatado de ello, aunque le habían indicado a Abigail que no soltara la mano de la niña bajo ninguna circunstancia, esta le sugirió a Lisy ir a la popa a ver delfines, aunque lo único que se divisaban eran algunas aletas de los tiburones que, de vez en cuando, seguían a los barcos de la flota.

—¿Qué son, Abigail? —preguntó Lisy señalando las aletas que seguían a la embarcación.

—Delfines, o quizá sirenas. Asómate a ver que yo te sujeto. ¡Mira cómo nadan! Te están saludando con las manos, Lisy. ¡Son sirenas! —le respondió Abigail sosteniendo a Lisy por el vestido.

Abigail miró alrededor para comprobar que nadie estaba prestando atención, y soltó el vestido de Lisy, retrocediendo para tomar impulso y empujar a la niña al océano. Lisy, inconsciente, asomaba medio cuerpo peligrosamente por encima del borde de la cubierta, cuando una enorme mano la tomó por la cintura. Un marinero de gran tamaño la levantó y la dejó cubierta sin esfuerzo:

—¡Niña! Los tiburones nadan esperando que te caigas ¡Ten más cuidado! —dijo el marinero de piel oscura, con la cabeza rasurada y cicatrices que formaban un diseño en el rostro delatando sus orígenes africanos. Había aparecido casi milagrosamente en el último momento. Abigail debía continuar con su farsa.

—Gracias, joven. No se preocupe, ya me hago cargo yo. Qué traviesa es esta niña, soltarse así, sin temor a caer. Si hubiera pasado algo, no me lo perdonaría nunca… Vámonos, Lisy —dijo Abigail tomando a Lisy de la mano y arrastrándola hacia el camarote.

El marinero miraba fijamente a los ojos de Abigail mientras esta le hablaba, y continuó observándola al tiempo que se perdía en las sombras del barco. Se internó entonces en las entrañas del galeón hasta llegar a las cuadras, para encontrarse con Taranis. Se habían conocido en una taberna durante la escala en las islas Canarias, iniciándose una amistad entre ambos que compartían caracteres sobrios y sinceros, honestos y valerosos que les hicieron conectar al instante. Cada vez que podía, Tafuré visitaba a Taranis para tomarse juntos unos tragos de grog.

El asturiano estaba sentado sobre el taburete de ordeñar, rodeado de paja seca y trenzando esparto para fabricar una soga para atar a la vaca.

—Taranis, amigo, tenías razón —dijo el marinero, acomodándose en el suelo frente a Taranis tras apartar un poco de paja. Quería evitar, como ya le había ocurrido, sentarse sobre alguna olorosa y pringosa sorpresa dejada por la vaca.

—¿Sobre qué? —le preguntó Taranis mientras se afanaba en retorcer las hebras de esparto.

—Algo raro está ocurriendo en el galeón —respondió el marinero.

—¿Qué has visto? —continuó Taranis sin poner atención a su amigo, centrado en el anudado del esparto.

—He visto a la niña del marqués —mencionó Tafuré mirando fijamente a su amigo.

—¿Está bien? ¿Qué ha ocurrido? —inquirió Taranis, poniendo ya toda su atención en Tafuré.

—Sí, está bien. Casi cae entre tiburones… Si no es que la sujeto —explicó Tafuré reproduciendo el gesto de levantar a la niña por la cintura.

—Pues es una suerte que estuvieras allí, amigo —añadió Taranis.

—Había un extraño hombre con capa y sombrero, observando —explicó Tafuré.

—¿Observaba a la niña? —preguntó Taranis.

—No sé. O a mí. Me acerqué, pero se desvaneció —advirtió Tafuré, haciendo un gesto en el aire con ambas manos.

—No es lógico que un pasajero vaya embozado, aunque algunos tienen encuentros amorosos secretos. ¿Podría ser eso?

—¡No! No es eso. ¡Ese hombre no me ha gustado! —añadió Tafuré preocupado.

—Habrá que poner atención, entonces —añadió Taranis
torciendo el gesto y chasqueando la lengua.

—Sí, amigo. Y algún día me tendrás que explicar qué te
traes entre manos con el virrey y con su familia —señaló Tafuré sonriendo y mostrando sus grandes y blancos dientes.

—Algún día te contaré todo, amigo. Hoy mejor juguemos
quínolas —respondió Taranis devolviéndole la sonrisa.

27

«Una es pasada y en dos muele...»

Golfo de México, rumbo a Veracruz,
finales de julio de 1664

El tiempo transcurría lentamente para todos. Leonor poco a poco superaba la desaparición de su asistente de confianza y el impacto de su supuesto accidente. Aunque habría preferido mantenerse en el camarote durante todo el viaje y prohibir a Lisy que saliera, la proximidad del destino y la claustrofobia del camarote la impulsaron a salir más a menudo a cubierta a respirar aire fresco. Pero seguía sospechando, y había llegado a la conclusión de que el extraño comportamiento de Abigail con Lorenza podría tener relación.

—Abigail, siéntate. Tomemos una infusión —ordenó Leonor, mientras Abigail se sentaba en el suelo del camarote y le colocaba una jícara con hierbas.

—Sí, señora —respondió complaciente Abigail.

—Toma, pero aguarda, vas a probar algo delicioso —añadió Leonor mientras sacaba de la caja de perfumes una ampolla con azahar. Había pensado que quizá Abigail había empujado a Lorenza, por algún motivo, antes de que esta tragara su contenido, y eso significaba que lo conocía. Le sirvió un chorrito en la infusión.

—Gracias, señora. Y su excelencia ¿no se sirve un poco también? —respondió complaciente Abigail. No estaba preocupada, pues hacía días que había vaciado el contenido de las ampollas, las había lavado y había vuelto a introducir la esencia de azahar con un poco de agua para rellenar lo que faltaba.

—Acabo de tomar. ¿Te gusta? ¿Quieres más? —preguntó Leonor, mientras analizaba los gestos y expresiones de Abigail, que solícita pidió repetir la infusión con el azahar. Leonor descartó entonces como sospechosa a Abigail. Quizá se estaba volviendo loca, tanto tiempo en alta mar. Conversaron sobre el viaje y lo que esperaban encontrar cuando llegaran a la Nueva España.

La hora del almuerzo era, para todos los pasajeros, una forma de entretenerse charlando, y no solo de llenar el estómago con bizcocho recocido, tocino o carne salada y quizá pescado, si hubo suerte con la pesca. En La Habana habían repuesto de nuevo agua, pero estaban ya acostumbrados a tomarla avinagrada, para eliminar el mal sabor que adquiría el agua estancada. Lisy y Leonor tenían el privilegio de tomar la leche de vaca y de oveja, por lo que se salvaron de tener que ingerir semejante mejunje.

Cuando el navío se quedaba en silencio, agotados los unos de los duros trabajos y los otros aburridos de las mismas conversaciones o juegos, solo se escuchaba, de rato en rato, al paje encargado de la ampolleta gritando de forma monótona las frases aprendidas con las que anunciaba las medias horas, dando vuelta al reloj de arena:

—«Buena es la que va, / mejor es la que viene; / una es pasada y en dos muele; / más molerá si Dios quisiere» —gritaba el grumetillo mientras respondían solo algunos de los marineros que debían permanecer atentos.

Si aún no era tarde, Lisy se asomaba desde la entrada del camarote para ver cómo el pobre grumetillo se desgañitaba para ser escuchado en todo el galeón. Y le hacía mucha gracias cuando el joven remataba los cánticos con estridentes agudos, porque su voz estaba cambiando y era incapaz de ajustar el tono.

Una de las veces se acercó hasta el grumete para verlo más de cerca y, al regresar, Lisy tropezó con el pie de un marinero que asomaba detrás unas cajas. Le pareció extraño no percibir ningún olor de la persona, y la curiosidad fue demasiado grande. Se encontró entonces con el cadáver de un hombre con el rostro desencajado, la boca y los ojos muy abiertos. Del susto, Lisy gritó angustiada y repitió el grito cada vez más agudo, como el grumetillo. Reconoció entonces el rostro del marinero que le había salvado de caer entre los tiburones semanas atrás.

—¡Padre, padre! —volvió a gritar Lisy, afligida y entre lágrimas.

Enseguida aparecieron varios marineros y el propio virrey, que corroboraron que Tafuré yacía muerto con un puñal clavado en el esternón. Sujetaba este con su mano derecha y parecía que se había dado un golpe certero cerca del corazón, pues apenas había derramado sangre.

El marqués se llevó a su hija hasta el camarote. Era la primera vez que se encontraba frente a un cuerpo humano sin vida, pues no le habían permitido acercarse a Lorenza antes de que arrojaran su cuerpo al mar. A Lisy le hubiera gustado pedirle perdón por haber estado pesada y nerviosa, pero sus padres consideraron que sería mejor que mantuviera el recuerdo de la Lorenza bonachona y alegre que la había criado.

El comandante, deseoso de concluir el viaje sin más incidencias, determinó que la muerte de Tafuré había sido un suicidio. A pesar de ello, la mayor parte de la tripulación estaba convencida de que había muerto en alguna reyerta por dinero o por asuntos personales, pero a nadie le importó. Lo que todos ansiaban era llegar a puerto lo antes posible y continuar con sus vidas sin interrupciones, ni más preocupaciones que las propias.

Con aquella sentencia se dieron por satisfechos todos, excepto Taranis. Este se había percatado de que su amigo sostenía el puñal con la mano derecha, pero jugaba a las cartas con él y sabía que era zurdo. Y recordó que le había mencionado el encuentro con aquel extraño hombre que lo vigilaba. Recorrió el galeón, de un extremo a otro, buscando al hombre embozado, sin éxito. Si el hombre se había quitado su chambergo y su capa, volvía a ser otro pasajero más.

Lisy continuó afligida y temerosa los días siguientes y el comandante quiso animarla llevándole nuevos retales de colores para que hiciera otros collares para sus gatos. Al comprobar que sentía miedo, le regaló su chifle de oro y le dijo que si en algún momento se sentía en peligro, podía llamarle con el silbato, y acudirían todos los marineros en su rescate. Lisy dejó de llorar. Se colgó el chifle al cuello y sonrió con los ojos aún inundados en lágrimas.

Los días restantes hasta Veracruz transcurrieron sin más incidentes ni altercados. Aquellas dos muertes del galeón habían dejado a toda la tripulación y a los pasajeros más silenciosos y reflexivos. El marqués limitó las salidas de su mujer y su hija para evitar más riesgos, y la marquesa de Brumas se acercaba a conversar con ellas a diario.

Al cabo de unos días, por fin, se escuchó:

—¡Tierra a babor! —gritó un marinero desde la cofa del palo mayor. Lisy salió del camarote y fue al encuentro de su padre.

—¡México! —gritó Lisy, mirando a los ojos del marqués, que asintió con la cabeza y una amplia sonrisa.

—Ahora sí, Lisy. ¡Por fin hemos llegado a Veracruz! Dentro de poco desembarcaremos. Ve a ver si tu madre está bien. Pero no te sueltes de la mano de Abigail —le dijo el marqués sonriendo satisfecho, pues los principales peligros ya habían pasado. O eso pensaba.

Pasajeros y tripulantes gritaban de júbilo, y algunos lloraron de emoción. Tomando rumbo al sudoeste, se divisó el volcán de Orizaba que, aunque muy lejos de la costa, por su altura[15] se divisaba desde el mar. También distinguieron el Cofre de Perote,[16] y las sierras de Villa Rica. Al otro lado, por babor, las sierras de San Martín. Poco después divisaron la fortaleza de San Juan de Ulúa, ubicada en un islote que protegía el acceso a la ciudad de la Villa Rica de Veracruz.

Habían alcanzado la ciudad de Veracruz a finales de julio de 1664, después de dos meses y medio de travesía marítima. A Lisy, encerrada prácticamente todo ese tiempo en un pequeño camarote, se le había hecho casi eterno. Ya no se percibía a sí misma como la niña que había partido de Madrid unos meses antes, aunque el resto de su familia la viera exactamente igual. Leonor, pese a encontrarse mejor, seguía con el malestar general de su cuerpo, y temía estar siendo envenenada, así que extremaba las precauciones con todo lo que ingería o tocaba. De hecho, aunque poco, el veneno asperjado por Lorenza en su piel había afectado a su salud y le provocaba vómitos y malestar que no hacían sino ratificar su teoría. Y el marqués estaba ahora más preocupado por organizar el encuentro con Taranis en algún lugar discreto y transmitirle las órdenes del rey. Su vida, su cargo y el bienestar de la nación dependían únicamente del éxito en la misión de Taranis. Debía confiar en él.

---

[15] Conocido como *Citlaltépetl*, es el pico más alto de México, con 5.636 metros sobre el nivel del mar.

[16] También llamado «montaña cuadrada», *Nauhcampatépetl*.

PARTE II
Agape. Compasión y ternura

28

Bienvenidas

Camino de Veracruz a México,
agosto de 1664

Una oleada de pasajeros desembarcó de las diferentes naves de la flota que acababa de atracar en el puerto de Veracruz, entremezclándose con un torbellino de personas que los aguardaban para venderles todo tipo de productos, ofrecerles alojamientos o servicios, recoger correspondencia o simplemente recibir noticias recientes de la situación en Sevilla o Madrid y la correspondencia de parientes y amigos, enviada meses atrás.

Uno de los cientos de pasajeros que desembarcaron con rostros rebosantes de esperanza, era Taranis. Llevaba consigo la vaca y las dos cabras, casi irreconocibles por lo esqueléticas y demacradas que llegaron. Sus cuerpos, y en especial sus ubres, se habían ido consumiendo y colgaban flácidas y arrugadas, y sus pellejos se habían incrustado entre las costillas, elevando, si cabe, al altura de los huesos de las caderas. Algunos de los pasajeros también tomaron tierra en condiciones similares a la de estos animales, pues las raciones no habían sido suficientes para sustentar sus cuerpos. La falta de higiene, las pulgas y otras plagas se sumaron al hambre para minar los lustres de muchos de ellos.

En contraste con el famélico desembarco de miserias de los pasajeros y marineros, el virrey debía exhibir la majestad que exigía su nuevo cargo. Desde la Capitana, el marqués de Mancera y su familia se trasladaron en una falúa entoldada con un rico tejido de damasco de color carmesí, como correspondía al representante del rey más poderoso de la tierra. Habían llegado a tierra firme, pero aún les quedaba al menos otro mes más de trayecto por tierra hasta la ciudad de México y entonces podrían descansar en la comodidad del palacio de los virreyes.

En cuanto alcanzaron tierra, Trana miró a Lisy con los mismos ojos verdes entornados con los que se había presentado en Sanlúcar, y maulló como despedida. Corrió para perderse entre las cajas que se apilaban en el puerto, tal y como había aparecido tiempo atrás. Lisy gritó sorprendida y atónita para tratar de detenerla, y tomó en brazos a Trani para evitar que la siguiera, aunque era demasiado pequeño para correr detrás de su madre y sus grandes ojos escudriñaban a Lisy, asustado y sin comprender qué estaba sucediendo. Leonor abrazó a Lisy y la marquesa de Brumas a Leonor y las tres rompieron a llorar, cada una por un motivo diferente. Las lágrimas disolvieron el miedo y la tensión acumulada durante las semanas de viaje pasadas, como un rito de purificación. Entraban así en aquella tierra liberando sus almas de todas las penalidades acumuladas.

Las autoridades locales, regidores, nobles y vecinos más prósperos tenían preparados fastos para recibir al virrey y ganarse su favor. Como desconocían que el marqués traía dos yeguas andaluzas y sus potros, pero le precedía su amor por los caballos, le habían preparado como presente de bienvenida un hermoso corcel blanco ricamente engalanado. El marqués agradeció el gesto, aunque prefería el brío y el porte de los caballos andaluces.

El mismo virrey se había engalanado para la ocasión, vistiendo sedas de color tan negro y lustroso que reflejaba la luz como un espejo, resaltado con luces bordadas en plata, cabos blancos y plumas. Remató su atuendo con una banda roja atravesando su pecho. Oyeron misa para agradecer que la flota hubiera llegado sana y salva, aunque el virrey rehusó utilizar el palio reservado a la autoridad, pese a la insistencia de los prelados. Como conocedor de los protocolos justificaba que no le correspondía tal uso, sino al virrey saliente. Terminada la ceremonia, se dirigieron a las Casas Reales, donde ya habían preparado sus aposentos. El resto de los acompañantes del marqués se fueron alojando en casas particulares.

Los festejos que siguieron para celebrar la bienvenida del nuevo virrey durante toda una semana incluían corridas de toros, luminarias en las calles, entregas de ramos y cadenas de flores que portaban los indígenas de los pueblos y aldeas de alrededor, música y danzas, comidas y celebraciones varias. A los pocos días de su llegada, en el mes de agosto, atracó en puerto un barco correo, que había partido de España en solitario siguiendo a la flota y que traía correspondencia también para el virrey y la virreina. Después de leer las cartas cada uno por separado, como hacían habitualmente, Leonor y su esposo se reunieron para comentar las noticias recibidas:

—¿Cómo es posible? ¿Aún no hemos llegado y ya te están exigiendo cuentas, querido? ¿Tanta necesidad de plata tiene el reino? —inquirió Leonor a su esposo mientras este releía la carta que le enviaba el rey, todavía sin dar crédito a que el correo hubiera llegado a Veracruz casi al mismo tiempo que ellos. Un barco en solitario viaja mucho más rápido que toda una flota, en la que los más veloces deben aguardar a los que se mueven más lentos.

—Debo dar respuesta a su alteza de inmediato, querida. Y será ocasión para enviar a nuestros amados reyes un presente de agradecimiento por confiarnos en este cargo. ¿Qué crees que podría ser del agrado de la reina? —comentó el marqués.

—¿Qué te parecen unas arquetas lacadas de china? O un biombo. Y unos kimonos de seda del Japón —sugirió Leonor.

—El galeón de Manila no llega hasta enero. No podemos esperar tanto tiempo —respondió el marqués.

—¿Les enviamos entonces unos cajones con chocolate y algunas jícaras y pocillos de los que se usan para tomarlo caliente? Ah, y unos búcaros para el agua rica de la tierra —añadió entonces Leonor.

—Seguro que chocolate y búcaros serán bien recibidos, adelante, querida —respondió el marqués, que obtenía así la esperada respuesta, pues necesitaba los búcaros para enviar los mensajes, según lo convenido con la propia reina.

—Tengo entendido que el mejor cacao es el de Oaxaca y que los búcaros fabricados en estas tierras son delicados y aromáticos, tanto los de Guadalajara como los de la ciudad de Natá de los Caballeros. En fin, querido, veré qué puedo encontrar —señaló Leonor que se había estado informando.

—Excelente, querida, como siempre. Compra lo que consideres de interés, tu gusto es inigualable.

—Por supuesto. Yo me ocupo de todo —remató Leonor satisfecha por el cumplido de su esposo y encantada de poder adquirir el regalo regio.

El marqués había encargado a Cristóbal, sin indicar cuál era su destinatario final, que consiguiera las pócimas que la reina le había solicitado. Este, que nunca hacía preguntas incómodas, supuso que serían para el propio virrey y recorrió todas las boticas de la ciudad, sin éxito. Finalmente, preguntando a unos y otros, le condujeron hasta un puesto de indios de Chiapas en el mercado, donde consiguió hacerse con los productos que buscaba.

Desde su alojamiento en las Casas Reales, el virrey escribió la respuesta comunicando a los reyes su feliz llegada a tierra firme, el escaso tiempo transcurrido para poder dar respuesta a las remesas de plata, y agradeciendo el nombramiento:

Hállome con la carta de VV. MM. de 19 de Agosto y su-
mamente obligado a la atención y fineza con q. VV. MM. me
dan el parabién deste puesto, donde habiendo tan pocos días
q. llegué, no he tomado todavía el pulso a la materia de aço-
gues y assi abré de diferri â otra ocasión el satisfacer al cap°
que pertenece â ella, pudiendo asegurar a VV. MM. que en
todas desearé q. VV. MM. conozcan la buena voluntad q. me
deben. Gde. Dios a VV. MM. dhosos años.

Veracruz, 21 de agosto de 1664.[17]

---

[17] Esta carta fue enviada por el virrey marqués de Mancera a poco de llegar a México. Se encuentra en el Archivo Histórico de la Real Caja de Zacatecas. Correspondencia. https://repositorio.tec.mx/handle/11285/641282

29

Planes y objetivos

Veracruz, agosto de 1664

Después de unos pocos días comiendo y bebiendo abundantemente, la vaca y las cabras casi habían recuperado su lustre original.

Camino del mercado, le ofrecieron un excelente precio por los animales, con el que no solo recuperó lo invertido en Sevilla, sino que obtuvo sustancioso beneficio. Regresó al puerto, esperando instrucciones, y vio a lo lejos cómo Cristóbal, compungido, se despedía del marinero con el que había confraternizado íntimamente durante el viaje.

Por su parte, Cristóbal no pudo evitar percatarse de la imponente presencia de Taranis observándole. Se acercó hacia él, atraído por la gravedad de la masa de su cuerpo, por el deseo, o por el vórtice de su vacío, para hacerle entrega del recado que el marqués le había encomendado para él.

—Buenos días, mi señor Taranis —comenzó Cristóbal educadamente, con los ojos aún vidriosos por la despedida previa, pero con un tono de seductor consuelo.

—Buenos días, Cristóbal. No soy señor de nadie —respondió Taranis, que prefería resultar incisivo ante las aparentes insinuaciones de Cristóbal ahora que había ratificado sus gustos, para evitar confusiones.

—Os traigo un mensaje de quien ya sabéis —añadió Cristóbal con una sonrisa de oreja a oreja por haberle sacado más de cuatro palabras seguidas. Entornó los ojos entre misterioso y cautivador y adoptó una postura relajada. Pensó que los meses en el barco sin otros con quienes conversar le habrían aflojado algo más la lengua a aquel hombretón fornido.

—A la sombra de tejados. Sígueme —añadió Taranis al tiempo que inició a caminar viendo de reojo si Cristóbal le seguía. Se metieron por unas callejuelas y en un soportal grande y vacío se detuvo—. Ahora, Cristóbal —remató Taranis.

—¡Cómo os gusta que os sigan, Taranis! Y yo, pues encantado de hacerlo. ¡Ten! Mi señor me pide que os entregue esta nota y esta bolsa con monedas para que os hagáis con una cabalgadura —respondió Cristóbal con un respingo al entrar en contacto con la cálida mano de Taranis.

—Entregado y recibido —respondió Taranis mientras se daba la vuelta y se alejaba.

A través de la nota escrita con la clave que habían acordado años atrás en Venecia, el marqués de Mancera citaba a Taranis en un lugar apartado de la ciudad, lejos de posibles observadores. El virrey salió a la hora convenida de las Casas Reales con la excusa de poner a prueba las aptitudes del hermoso caballo que le habían regalado. Taranis, por su parte, había adquirido una montura apropiada, en la que no fue necesario hacer uso del dinero que le entregó el marqués, pues le bastó invertir parte de lo que había obtenido con la venta de la vaca y las cabras. Una vez juntos, el marqués explicó con detenimiento el objetivo de su misión, o lo poco que sabía sobre ella, pero recalcando que había sido el propio rey de España quien advertía que se trataba de una cuestión de Estado. Hablaron durante un buen rato:

—Cabalgarás hacia el norte, hasta territorio de indios chichimecas y allí recabará la información necesaria —concretó el virrey.

—Eso parece fácil, señor. ¿Qué debo averiguar y dónde? —señaló Taranis con desconcierto.

—Aquí están señaladas las villas por las que comenzarás a buscar información: el presidio[18] de Cadereyta y la Villa de Cerralbo, en la frontera con las naciones bárbaras. Te entrego además unas cartas de presentación para el Justicia Mayor y el capitán al cargo de cada presidio. Deberán facilitarte cuanto precises —dijo el marqués de Mancera abriendo un mapa de la región con las localizaciones marcadas.

—Gracias, señor. ¿Me presento como soldado? —dudó Taranis, ansioso.

—Si te preguntan, que lo harán, dirás que tu señor quiere adquirir tierras para una extensa hacienda ganadera. Así podrás reconocer el terreno, si hay pastos y agua, la situación con los indígenas, etcétera, y hacer preguntas sin levantar demasiadas sospechas. Debemos saber qué está ocurriendo en aquellas tierras con los indios —señaló el marqués.

—Sí, señor. Así lo haré. ¿Hay guerra con los indios? —continuó preguntando Taranis.

—Los indios están alzados y asaltan las caravanas que parten desde Nueva Vizcaya hacia Nuevo León o de allí hacia México. El estado de alerta es permanente y se considera tierra de guerra viva en los últimos treinta años —continuó explicando el virrey.

—Señor, no tengo claro aún qué es lo que debo averiguar, si ya se conoce que están alzados y la situación viene de antaño —expuso Taranis con franqueza.

—Hay que investigar cuál es la situación real. Si los indios están actuando de forma coordinada o no. Si ellos inician la

---

[18] El presidio es un tipo de fuerte o guarnición de soldados.

guerra o responden a los ataques premeditados e intencionados, hostigándolos para que se alcen. Necesito que consigáis pruebas de ello o los nombres de los que lo impulsan, para poner en conocimiento de sus majestades y actuar. Debes averiguar si se somete a estos indios a esclavitud, y en ese caso dónde se venden, qué rutas tienen, quién se beneficia de todo esto, y todo lo que en torno a esta cuestión puedas reconocer —explicó el marqués de Mancera, aunque tampoco tenía muy claro qué debían averiguar.

—Entendido, señor. Me centraré en el asunto de la venta de esclavos indios —confesó Taranis satisfecho, al haber podido concretar su misión.

—Nuestro amado rey Felipe recibió un extraño aviso de una monja que le escribió desde un convento en Ágreda. Ella dijo haber viajado en sueños o en espíritu hasta esas tierras de Coahuila y Texas, y dijo haber visto a un hombre velado sobre un caballo blanco llevando un indio atado. Sea como fuere, su curiosa historia o sus fantasías han despertado el interés del rey por los esclavos chichimecas y ha prendido un miedo desatinado sobre una conjura contra él mismo —añadió el marqués con expresión de incredulidad.

—Buscaré pruebas de lo que está ocurriendo en aquellas tierras con los indios, señor —dijo Taranis.

—Seguirás siendo Tarasio de Mier en el norte. ¡Que Dios te bendiga y te proteja! Espero noticias pronto.

—Gracias, señor. Que Dios proteja a su excelencia y a su familia —respondió Taranis.

30

Búcaros envenenados

Veracruz, agosto de 1664

De regreso a Casas Reales, el marqués comprobó que Leonor tenía el ánimo más alegre y que su dos grandes preocupaciones, el matrimonio de su hija Lisy y el envenenamiento, no afloraban ya en cada comentario. Se había distraído con la compra de búcaros, el nuevo aire y la tierra firme:

—¿Hubo suerte en el mercado? —preguntó el marqués sonriente.

—Hemos disfrutado de todas las curiosas frutas y animales extraños que se venden en los puestos del mercado. Lisy quería hacerse con todos los loros y monos que allí había. Le dije que su responsabilidad ahora era ese gato que no se separa de ella. Y con relación a lo que preguntas tenemos buenas nuevas, Antonio. Hemos conseguido varios cajones de chocolate de Oaxaca, aunque he tenido que pagarlos a precio de oro. Los comerciantes de esta villa son unos auténticos piratas. También encontré unos maravillosos búcaros de Natá, de los que están ricamente perfumados, que son una delicia. No nos ha dado tiempo a más... ¿Qué te parece? —expuso Leonor, satisfecha de todo lo que habían logrado reunir.

—Magnífico, querida. Es magnífico. ¿Dónde están los búcaros? —solicitó el virrey.

—Aquí mismo, en esta otra sala. ¡Mira! —respondió Leonor, guiando a su esposo hasta la habitación contigua—. ¿No te parecen maravillosas estas dos tinajas de Natá? Lástima no tener tiempo para encargar los adornos de filigrana de plata para asas, bases y tapas.

—Ciertamente son espléndidas. Es un regalo regio, sin duda alguna —dijo el marqués, mientras recorría con una mano la suave superficie bruñida roja de una de las tinajas por encima de los relieves esféricos en forma de caritas que salpicaban el cuerpo acorazonado. Aun sin estar relleno de agua, el búcaro desprendía un perfume inconfundible.

—Y a las tinajas podemos añadir estas otras también. En particular, este búcaro negro que creo que también será de su agrado —señaló Leonor.

Leonor se refería a un búcaro abullonado pintado con flores doradas y con su pie decorado con ramas y flores en verde y amarillo y un listón de puntilla de blonda, extraordinariamente fino y delicado.

—La selección es magnífica, Leonor. Parecería imposible encontrar búcaros tan delicados en tan poco tiempo y en tierras tan alejadas de la corte —alabó el virrey.

—Querido, eso es debido a la feria que se organiza en torno a las flotas. Los comerciantes traen mercancías para que los que regresan a España adquieran los más espléndidos ajuares y dejen aquí parte de sus fortunas. Hay obras hermosísimas que no creía que podríamos hallar en estas lejanas tierras —explicó Leonor.

—Pues los enviaremos mañana mismo, junto con los cajones de chocolate. Voy a escribirles la nota —remató el virrey.

Al salir el marqués tropezó con Abigail que se acercaba a la puerta con una bandeja con chocolate y bizcochos para la marquesa. En realidad, Abigail había estado tratando de escuchar sin éxito y el chocolate estaba ya frío. Así que, en cuanto el marqués se alejó lo suficiente, dejó su excusa sobre un bufete y trató de obtener información con Leonor.

—Señora, ¡qué hermosos son estos búcaros! ¿Los llevan a México? —preguntó Abigail mientras admiraba la belleza de los búcaros.

—Unos sí y otros no —respondió Leonor sin interés en darle explicación a la criada, con el búcaro negro brillante con diseños pintados y dorados aún en sus manos.

Durante la noche, cuando todos dormían, Abigail regresó al cuarto donde se almacenaron los búcaros. Vació una parte del arsénico adquirido en Santiago sobre la copa negra pintada que parecía la favorita de Leonor, y puso otra parte en uno de los búcaros rojos más sencillos y pequeños, elegido al azar, uno con estampillados y cuerpo de triple altura, muy diferente de los demás, para poder recordar cuál era. Guardó el resto del arsénico y esperó a que la porosa cerámica se empapara completamente hasta que el veneno desapareció absorbido por las paredes.

De madrugada, el virrey se acercó también hasta la estancia de los búcaros para esconder en ellos los bálsamos que Cristóbal había adquirido en el mercado, y los textos en clave que había preparado para la reina. Los fue distribuyendo en algunos de los más llamativos, tal y como había acordado con ella ocultos entre la paja con la que rellenó el interior. Les colocó las tapas, metió unos dentro de otros, embaló todo lo mejor que pudo y se volvió a su estancia. A mediodía, Cristóbal y los criados terminaron de embalar los búcaros guardándolos en cajas de madera de cedro para que conservaran el aroma, con paja apretada a su alrededor para que no se desplazaran y se quebraran con el traslado, y a su vez dentro de cajones más grande de pino. Se marcaron con destino al Alcázar Real de Madrid, y las llevaron a puerto para embarcarlas en la nao correo que regresaba a España.

Cuando Abigail se dio cuenta de que los búcaros iban dentro de las cajas que partían con destino a España, su rostro se encendió y se clavó las uñas en las palmas de las manos de rabia. De nuevo fracasaba en su intento, y tendría que pensar otra manera de acabar con la vida de la virreina y de su hija. De lo que no se había percatado Abigail es de que una parte de los búcaros quedaron en posesión de Leonor, entre ellos un pequeño búcaro rojo estampillado con soles, que también contenía arsénico. No todo estaba perdido aún para sus planes.

31

Agua rica

Nueva España, agosto de 1664

Desde la antigua Veracruz, donde el marqués tuvo un breve encuentro con su alcalde, la comitiva continuó su camino hacia el pueblo de la Rinconada, aliviados de tomar distancia de las molestas nubes de mosquitos y de los vientos cargados de arena que azotaban la ciudad antigua. A causa del calor, los viajeros llegaban sedientos, y el dueño de la venta de la Rinconada ofrecía un agua tan fresca como si acabara de derretir nieve y tan sabrosa como la de los búcaros. Leonor, después de apagar con ella su sed, estaba intrigada sobre la forma en que había conseguido enfriarla en un lugar así de cálido, y le preguntó directamente al ventero:

—Este agua es deliciosa. ¿Cómo consigue refrescarla en un sitio tan caluroso?

—En grandes tinajas, señora —respondió el ventero orgulloso.

—¿En búcaros? —continuó Leonor tratando de sonsacar la información.

—Sí búcaros han de ser, de Natán creo que vinieron. Pero, señora, el secreto de que estén así frescas es que las entierro en arena, a la sombra, y las riego en derredor con abundante agua. Eso hace que se enfríe el contenido como si fuera un manantial de una cueva.

—Déjeme verlo. Deseo repetir ese mismo sistema tan pronto nos instalemos en la ciudad de México —añadió Leonor entusiasmada con la idea de poder tener agua tan fresca y sabrosa.

—Allá no habrá esta misma arena, mi señora, ni este mismo calor. Pienso que esas cosas hacen gran parte del trabajo. Pero vengan, acompáñenme.

Junto a la virreina caminaban la marquesa de Brumas y Lisy, que portaba al pequeño Trani en sus brazos, además de algunos soldados que protegían a las damas. El gato estaba tan cómodo que se había adormilado y ronroneaba complaciente. Al llegar a un cobertizo les mostró las famosas tinajas de agua fresca y junto a ellas les esperaba de pie una joven, Micaela de la Cruz, con dos jarros vacíos, uno en cada mano.

—Buen día, señorita Micaela —comenzó diciendo el ventero con un destello en la mirada y una amplia sonrisa con la que pretendía embelesar a la joven Micaela, cuya hermosura era ya legendaria en la región. Los profundos ojos negros como el azabache y el cabello del mismo color, así como la sedosa piel aceitunada evidenciaban su ascendencia indígena y romaní.

—Buen día, maestro. Padre me envía a llenar un par de jarros de agua para los invitados. ¿Me da su permiso? —respondió Micaela con la mirada fija en el suelo, los colores subidos por la candidez e inocencia y con una voz angelical.

—Siempre que gustéis, señorita. Podéis tomar cuanta necesitéis. Precisamente, venía diciéndole a las señoras... —En ese momento el ventero se dio cuenta de que su interés por Micaela había resultado descortés hacia la virreina y la marquesa de Brumas—. Me debo disculpar con las señoras..., permítanme presentarle a la señorita Micaela de la Cruz. Es hija del señor de estas tierras y de una mujer oriunda de España. ¿No es así?

—Así es, señor —respondió Micaela, y dirigiéndose a la virreina, hizo una inclinación con tal gracia y donaire, aun con un jarro en cada mano, que quedaron prendados por el garbo y elegancia con que se movía.

—¿Cómo puede brotar tan hermosa flor en estas tierras tan calientes e inhóspitas? —dijo la virreina poniendo su mano sobre la delicada piel cobriza de la joven.

—Excelencia —respondió la joven, ruborizándose—. Esta tierra produce las flores más hermosas que pueda imaginar, quizá precisamente por ser tan calurosa y húmeda. Si os deleitan las flores, os ruego nos acompañéis aquí al lado, a la casa de mis padres a contemplar las más primorosas que encontraréis en estos parajes. —Leonor miró a la marquesa de Brumas, y ambas a Lisy, y ninguna de las tres podía resistirse a las palabras de Micaela. Como hipnotizadas por su voz, y seducidas por sus movimientos, la siguieron, junto con el resto de los guardas que acompañaban y protegían a las damas.

Micaela, sin esperar respuesta, o sabiendo que esta no sería contraria a su voluntad, ya había rellenado las jarras de agua y había iniciado el camino de regreso a la casa. Esta era la mejor construcción de toda la aldea, y se ubicaba muy próxima a la venta. Con los muros levantados con maderas aromáticas, y el tejado de palma, sus estancias estaban ordenadas, como las casas españolas, alrededor de un gran patio. Este estaba repleto de macetas con flores y hierbas aromáticas. Al entrar el aire arrastraba sus perfumes que se sumaban a las fragancias del cedro y otras maderas, deleitando los sentidos. Leonor estaba extasiada. En el centro del jardín se había plantado un floripondio, un árbol de mediano tamaño con unas gigantescas y hermosas flores blancas que colgaban de sus ramas abriéndose en forma de copa y con los extremos de los pétalos rizados. El padre de Micaela, cacique indígena de la región, casado con una mujer gitana española, les dio la bienvenida.

—Excelencia. Honráis esta casa con vuestra presencia —dijo el cacique que aguardaba junto a su esposa en la entrada.

—Sentimos importunarles, pues parece que esperan visita. Micaela nos ha hablado de las maravillas del jardín y sentimos curiosidad —se justificó la marquesa de Brumas, oteando si había otras personas en la casa.

—Querida señora, no esperamos más visita que la de sus excelencias. El agua fresca que ha ido a recoger Micaela era para darles la bienvenida.

—¿Cómo sabían que vendríamos? —preguntó Lisy intrigada y risueña, pues todo aquello le parecía de lo más divertido. Trani abrió un ojo y volvió a cerrarlo relajado, aún en brazos de Lisy.

—Micaela, siempre sabe, querida niña —dijo Sara, la madre de Micaela—. Te ha preparado un regalo muy especial, ve con ella.

Micaela se acercó a Lisy y acarició la cabeza de Trani. Este la miró de reojo, ronroneó y dio un ágil salto al suelo. Entonces la joven tomó la mano de Lisy y en otra estancia le dijo:

—Este collar de flores de *guiechachi* es para ti, y esto otro también —dijo Micaela, introduciendo por la cabeza el collar de flores que había cosido ella misma y a continuación, tomando una mano de Lisy, le abrió la palma y dejó sobre ella unas bolitas blancas.

—¿Son melindres? Me encantan, gracias —preguntó Lisy.

—Debes comer solo uno cada día. Solo uno. ¿De acuerdo? Guárdatelos. —Y colocando una mano en la cabeza de Trani, que observaba curioso toda esta escena con sus grandes ojos verdes, Micaela le dijo—: Vigila que solo tome uno, no más, gatito ¿Lo harás? —Trani respondió con un pequeño maullido que le hizo mucha gracia a Lisy.

Leonor seguía conversando con Sara, la madre de Micaela y le solicitó algunas semillas de las hermosas plantas que adornaban el patio, en especial de aquel espléndido árbol de campanillas que presidía el mismo. Pudo reconocer muchas de las plantas cultivadas en las macetas, pues eran las mismas que utilizaba para completar sus recetas de perfumes. Había juncias, rosas mosquetas, jazmines, y otras como hinojo, cilantro, albahaca, musgos diversos, gardenias chinas, nardos y lirios de la Nueva España, lavandas de Francia y otras sobre cuyos principios y usos estuvieron conversando.

Tan fascinada estaba con el conocimiento que Sara tenía sobre las plantas y la fabricación de esencias que la invitó a acompañarlas a México. Sara rehusó educadamente, pero insinuó que su hija Micaela tenía sus mismos conocimientos y algunos más, a los que ella no alcanzaba. Micaela, de nuevo anticipándose, ya había preparado un petate con sus cosas. Lisy sonrió satisfecha, pues estaba fascinada con aquella misteriosa y cariñosa joven. El olor de su resplandor era el más puro que había visto, nunca había olido uno tan blanco y tan luminoso, con algunas manchitas azul celeste.

32

Floripondios

Nueva España, septiembre de 1664

Abigail permanecía atenta a los movimientos de las personas del entorno. Sobre sus cosas aparecían papeles en blanco que, al ponerlos cerca de la llama de una vela, mostraban mensajes escritos con limón o con cebolla. El último, bajo su almohadón, era contundente: «¡Hazlo ya! Deshazte de la niña».

Desesperada, e inspirada por lo que había escuchado en la zona sobre el floripondio, Abigail ideó una nueva estrategia. Un preparado con las hermosas flores blancas o rosáceas del floripondio podía anular la voluntad del que las ingiriese.[19] Si controlaba los movimientos de Lisy, podía ordenarle que se arrojara a un río o a algún barranco. Y nadie sabría que ella la había inducido, creerían que fue un accidente.

En la noche, a Lisy le entró hambre. Recordó que había guardado los melindres que le había entregado Micaela, y se comió uno. Estaba dulce y muy sabroso, así que pensó comer-

---

[19] El floripondio (*Brugmansia spp.*) también conocido como borrachero, o trompetas de ángel, era un potente psicotrópico utilizado por comunidades indígenas, y del que hoy en día se obtiene la burundanga, una droga que anula la voluntad.

se otro más, pese a las indicaciones que había recibido. Cuando se llevaba a la boca el segundo, Trani se subió a su regazo y se restregó contra su cara.

—Vale. De uno en uno. ¡Pero mañana me como otro! —dijo Lisy riéndose y tomando a Trani por los sobacos para levantarlo en el aire, mientras el gato se revolvía porque aquello no le estaba gustando. Lo dejó en la cama, y se fueron a dormir.

Esa tarde Abigail había hecho una prueba con uno de los indígenas cargadores que los acompañaban. Le hizo tomar un chocolate previamente adulterado con la esencia del floripondio. Cuando hizo efecto, le pidió que la siguiera hasta un lugar alejado. Allí ordenó que se quitara la camisa y luego que golpeara su cabeza contra la pared hasta sangrar. Lo instó a continuación a que tomara un cuchillo por el filo y cerrase el puño, y que con la otra tirase del mango, sin gritar. El joven iba cumpliendo sin darse cuenta de lo que hacía, cada instrucción recibida. Al día siguiente no recordaba nada. El joven preguntaba a su entorno si alguien sabía cómo se había hecho las heridas de la cabeza o el profundo corte de su mano. Abigail estaba entusiasmada con el resultado, y preparó el mismo chocolate con esencia de floripondio para Lisy al día siguiente.

Después del desayuno, la comitiva se puso en marcha. Abigail iba prestando atención al paisaje para localizar el lugar donde ejecutar su plan. Al atravesar un frágil puente de madera que atravesaba un ancho río plagado de caimanes, Abigail se acercó a la niña.

—Lisy, ¡cuando me dé la vuelta, salta al río! —dijo Abigail susurrando al oído de Lisy.

—¿Por qué habría saltar al río, Abigail? —respondió Lisy sorprendida, girando su cabeza para mirar a los ojos a Abigail.

—¿Estás bien, Lisy? —preguntó esta, confusa al comprobar que la niña desobedecía la orden y continuaba mostrando voluntad propia.

—Sí, pero ¿por qué quieres que me caiga en el río? —inquirió de nuevo la niña, extrañada y frunciendo el ceño.

—No, cielo, lo que te he dicho es que tengas cuidado, cuando me dé la vuelta, de no saltar al río, Lisy, has entendido lo contrario de lo que te he dicho —respondió Abigail.

—Ah, vale —respondió Lisy satisfecha con la respuesta. A fin de cuentas, para qué iba a ordenarle Abigail que se tirara al río lleno de caimanes, y, sobre todo, cómo creer que iba a obedecer algo tan absurdo.

—Pero ¿te sientes bien? —volvió a preguntar Abigail mostrando rostro de preocupación y ocultando su rabia por ver frustrado su plan.

—Sí. ¿Por qué preguntas tanto? —respondió Lisy extrañada.

—Por nada, por nada —añadió Abigail frunciendo el ceño, y clavándose las uñas en las palmas. Se preguntaba cómo es que no había funcionado el floripondio en una niña si había podido tumbar la voluntad de un hombre adulto.

Los «melindres» preparados por Micaela eran, en realidad, un antídoto contra los efectos del floripondio. En una visión, poco precisa, había soñado que usarían esta planta para hacer daño a la niña, y se había anticipado para protegerla. También sabía que debía acompañar a la familia a México y que allí le aguardaban grandes penalidades, pero no tenía forma de evitarlas, pues era su destino. Los conocimientos aprendidos de su madre y toda una herencia gitana que le acompañaba, además de las tradiciones y saberes indígenas por parte de su abuela paterna, no solo la hacían conocedora de los efectos de las diferentes plantas, y versada en las voluntades humanas, sino que le proporcionaban sueños y visiones que en ocasiones le resultaban difíciles de interpretar.

33

Deudas y engaños

Nueva España, mediados de octubre de 1664

La comitiva del virrey continuó la siguiente jornada hasta Venta del Río, ya en Jalapa, donde les aguardaba el alcalde mayor con una ofrenda de frutas, aves y dulces. En cada pueblo, la comitiva atravesaba arcos triunfales trenzados con hierbas y flores, y les agasajaban con música y algarabía, como sucedió también en Lencero y en Jalapa, donde se detuvieron varios días a descansar, acomodándose en el convento de San Francisco. Más adelante pernoctaron en el hospital real de Venta de Perote, y se sorprendieron de los trece majestuosos aparadores de plata que habían dispuesto adornando las estancias de la familia del marqués. En la cámara destinada al virrey, la más amplia, habían colocado dos camas, una para el día y otra para la noche, según le indicaron, ambas cubiertas de holandas y ricas telas.

Cristóbal estaba supervisando los bultos y embalajes, como hacía en cada etapa, marcando en un listado que se descargaba todo en perfectas condiciones, y Abigail se acercó sigilosa por su espalda. Durante el viaje había preferido evitarla, y cuando la veía acercarse cambiaba de dirección, pues temía que llegara el momento en que le reclamara el favor prometido.

—¿Adónde vas? Aguarda Cristóbal, tengo que hablarte —le indicó Abigail cuando Cristóbal, tras un cortés saludo con la cabeza, arrancaba a caminar para escapar de sus garras.

—Estoy ocupado ¿Qué se te ofrece? —le respondió Cristóbal con una agria sonrisa y desviando la mirada.

—Estoy pensándolo… Por el momento me gustaría que te arrodillases… Pero que conste que este no es el favor que me debes. Solo quiero comprobar hasta dónde llega tu deseo de conservar tu puesto y, por tanto, de agradarme… —pidió Abigail con una maliciosa sonrisa y los ojos entornados, señalando con su dedo índice el frío suelo de piedra del hospital.

A Cristóbal le invadió una terrible duda. Si obedecía, quedaría a merced de esta mujer, pero en caso contrario pondría en riesgo su trabajo y puede que su libertad y su vida. Tembló y miró hacia los lados buscando alguna salida. En ese instante, Micaela se acercó canturreando.

—Buen día. El marqués busca con urgencia a Cristóbal —dijo Micaela sonriendo.

—¿Para? —preguntó Abigail malhumorada y con malos modos, pues acababa de iniciar su juego y Micaela se lo arruinaba.

—Con respeto, Abigail, el motivo del marqués no es asunto de mi incumbencia y tampoco ha de ser de la tuya —respondió Micaela con suave voz y sin inmutarse, ante el incrédulo Cristóbal que por fin veía a alguien que hacía frente a aquella mujer.

—Pues dile que está ocupado y que irá dentro de un rato —respondió Abigail con desprecio.

—De acuerdo. Le digo al señor virrey que su urgencia puede esperar porque tú lo has ordenado así. Adiós —respondió Micaela risueña.

—¡Espera! ¡Tú! ¿A qué aguardas? ¡Vete ya! —le dijo Abigail a Cristóbal con un mohín de desprecio.

Tras alejarse de Abigail, Micaela miró de reojo al compungido Cristóbal.

—En realidad el marqués no te precisa para nada, Cristóbal. Solo me pareció conveniente sacarte de aquel embrollo —dijo Micaela sonriendo.

—Y no sabes bien cómo te lo agradezco, Micaela —respondió Cristóbal con los ojos llenos de lágrimas. Cubrió su rostro con las manos y echó a correr para esconder la vergüenza que sentía por no haberse enfrentado a Abigail, pero aliviado de haber escapado de esta tela de araña en la que había caído. Tendría más cuidado para no toparse con ella de nuevo a solas.

La comitiva se desplazaba con lentitud debido al gran número de personas y a la cantidad de enseres que se transportaban en mulos y en carromatos tirados por bueyes. Parecía casi una peregrinación ritual que recorría cada jornada etapas de entre cuatro y siete leguas.[20]

Pese a que Abigail buscaba con avidez una nueva ocasión para eliminar discretamente a la virreina o a la niña, no encontraba la oportunidad, pues ambas estaban rodeadas en todo momento de otras personas. Había probado de nuevo el floripondio, sin resultado; parecía que la niña era inmune a sus efectos. No tendría más remedio que aguardar a que se asentaran en la capital o esperar nuevas instrucciones.

El itinerario continuó por las localidades de Puebla de los Ángeles, donde les recibieron con hermosos arcos triunfales en los que se mostraban pinturas con las alegorías de las virtudes del marqués, y la ciudad de Otumba, donde descansaron otros tres días. Como marcaba la tradición también, el virrey predecesor debía salir al encuentro del nuevo virrey en esa ciudad y le hacía entrega del bastón de mando que representaba la máxima autoridad.

Al llegar al santuario de Guadalupe, se hizo una recepción pública en la basílica de la Virgen, y una ceremonia privada en el palacio virreinal, donde les esperaban todos los integrantes

---

[20] Entre veinte y treinta kilómetros diarios.

de la Real Audiencia, vestidos con togas, ubicados en la escalera del patio de los virreyes para acompañar al nuevo virrey a la Sala del Real Acuerdo. El canciller del reino presentó, sobre un azafate de plata cubierto por un tafetán, los títulos de virrey de la Nueva España, gobernador del reino de México, capitán general y presidente de la Real Audiencia. Leyéndose todos ellos en voz alta para que fueran jurados por el virrey, uno por uno, frente a los Evangelios y a un crucifijo que se habían dispuesto sobre la mesa de la sala.

Tras el nombramiento oficial, quedaba tan solo organizar su entrada pública en la capital. La comitiva regresó al palacio de Chapultepec, donde permanecieron otros ocho días más realizando los preparativos. La etapa final les permitía entrar en la ciudad de México con todo el esplendor que correspondía a una corte virreinal y ya con el nombramiento formalizado. Para que todo el protagonismo recayera en la figura del virrey, como se venía haciendo en otras ocasiones, Leonor y su hija se adelantaron, y acompañadas de las damas de la corte mexicana, actuaron como espectadoras de la entrada triunfal de don Antonio Sebastián de Toledo en la ciudad de México.

34

Viaje a la Gran Chichimeca

Nueva España, finales de septiembre de 1664

Taranis también había abandonado, tan pronto como pudo, la ciudad de la Nueva Veracruz. Cabalgó durante varias jornadas, durmiendo cuando no encontraba otro lugar, a la intemperie, ya que el temple del clima lo permitía. Llegó a una hospedería próxima a la villa de Santa María de Papantla, regentada por un español desnutrido y medio desnudo, de larga barba y cuerpo enjuto, cuya figura recordaba más a la de un anacoreta que a la de un posadero.

—Buenos días. Busco habitación para pasar la noche —preguntó Taranis.

—Buen día, señor. ¡Venga conmigo! —respondió el tabernero sin pensarlo, pues tenía todo disponible.

—Me gustaría también algo de cenar. ¡Estoy hambriento! —solicitó Taranis con una amplia sonrisa.

—Eso no va a ser posible, señor. No queda nada. No esperaba huéspedes y no he repuesto la despensa. Hace demasiado calor y todo se echa a perder —explicó el posadero, limpiándose las mugrientas manos en su indumentaria más pringosa aún.

—¿Sabe dónde puedo encontrar algo para comer? —demandó Taranis, decepcionado y con el ceño fruncido por la contrariedad.

—Pues por los alrededores no va a encontrar más que alguna fruta silvestre, pero si camina un poco más por el sendero, dará con una cabaña de un viejo esclavo, que quizá tenga algo que ofrecer. Yo le preparo la habitación mientras tanto —indicó el posadero sin mucho interés.

A juzgar por su aspecto, el ventero parecía sustentarse tan solo del aire, como los camaleones. Taranis dio de comer un poco de hierba seca al caballo, pues esa aún quedaba en el establo y estuvo considerando ingerir él mismo un poco también, pues el hambre le estrujaba el estómago. Fue a dar una vuelta por los alrededores de la hospedería y tratar de localizar la cabaña.

Además de las aldeas de indios, la región estaba salpicada por casas dispersas, perdidas en el monte, en las que se habían instalado mulatos y negros, unos fugados y otros abandonados por sus amos cuando consideraban que ya eran demasiado viejos para seguir cumpliendo con la tarea asignada. Talando las arboledas, despejaban sus pequeñas milpas o huertos y levantaban sus humildes cabañas.

Taranis llegó, siguiendo el sendero, hasta la que le había indicado el ventero. Era la modesta vivienda de un anciano esclavo horro, liberado en testamento, como era también habitual cuando fallecía el amo. Esto que revestía un espíritu cristiano y de agradecimiento por servicios prestados, en ocasiones era una excusa para que los herederos pudieran librarse de mantener a los esclavos viejos, a los que tras conceder la libertad echaban de la casa sin contemplaciones. Encontró al anciano sentado en la entrada sobre un banco de madera rústica, comiendo una especie de arroz con leche de cabra y coco, aromatizado con vainilla, cuya dulce fragancia perfumaba todo el entorno de la vivienda.

—Buena tarde, señor —dijo Taranis.

—Buena tarde, señor —respondió el anciano.

—En la hospedería no les queda nada que comer y estoy muy hambriento. ¿Tendría alguna cosa para venderme? —comentó Taranis con una mano sobre el estómago para apaciguar los ruidos que hacía.

El buen hombre, sin mediar palabra, se levantó de su silla y entró en la cabaña, saliendo con otra cuchara de madera, similar a la que estaba utilizando y también tallada por él. Se la ofreció a Taranis al tiempo que le acercaba su propio plato, para compartir su escasa cena. Taranis dio un par de cucharadas por no desairar la invitación, y por entretener al estómago.

—Aunque no es dulce, la vainilla y el coco dan un rico sabor. Estoy muy agradecido por su hospitalidad, pero no pretendo privarle de su cena ¿Tendría algún pan, maíz o arroz cocido que pueda venderme?

—Lo que tengo lo comparto con gusto, señor. La cosecha de la milpa aún no está para recoger y ahora no tengo otra cosa. Pero le puedo ofrecer algo de lo que recojo —respondió mientras se volvía a levantar y lentamente entraba en la cabaña y salía con una bandeja tejida con paja en la que había ocho o diez bolas de cacao—. Acabo de preparar cacao. Si gusta..., le preparo.

—¿Cacao para chocolate? Es perfecto —respondió Taranis esperanzado y con los ojos muy abiertos, pues el chocolate le encantaba. Es reconstituyente, por lo que le vendría bien para el cansancio y para el hambre.

—Coja pues, pero hay que mezclarlo con agua o leche y azúcar —le dijo el anciano acercándole la bandeja con las bolas de cacao que había amasado.

—Le parece bien si le doy un cobre, no..., dos, por estas dos bolas. ¿Está bien así? —dijo Taranis.

—Lo que usted quiera, señor. Llévese otra más. El cacao crece por aquí, como la vainilla, no cuesta más que el tiempo de recogerlo y el conocimiento de dónde se cría.

—Tomo tres, entonces —añadió Taranis con la boca hecha agua de pensar en un sabroso chocolate. Sin dar tiempo a que el buen hombre le refrenara, dio un mordisco a una de ellas.

—¡No, no! —trató de detenerle con los retorcidos dedos por la artrosis sobre la firme mano de Taranis.

—¡Es pura hiel! ¿Qué es esto? Es amargo como un vómito de bilis —gruñó Taranis mientras escupía lo que quedaba en su boca, entre sonidos de desagrado.

—Yo le dije... —respondió el anciano riéndose—. El cacao así no se puede tomar. Hay que mezclarlo con agua o con leche, y añadir azúcar o miel, vainilla o pimienta o chile si lo prefiere picante. Pero así, en crudo, no. No se puede comer así...

—Desconocía que existiera algo tan amargo —dijo Taranis, escupiendo los últimos restos del cacao que quedaban en su lengua.

—Si desea, le caliento un poco de agua y puede echarle la vainilla y un poco de miel que también recojo en el bosque de unas abejas de tierra chiquitas y negras, que son como mosquitas. Su miel es más dulce que el azúcar incluso.

—No, no..., gracias. Como fuere, ha hecho su efecto. La hiel me ha quitado el hambre. Gracias, señor —expresó Taranis.

—¿De dónde viene? —preguntó el anciano.

- De los reinos de España.

—Ah. Eso ha de estar bien lejos, ¿no es así?

—Lejos, muy lejos, señor. Así es. ¿Y usted? —preguntó Taranis.

—Yo ya no me acuerdo. Nací lejos también, luego me vendieron allí en Veracruz —dijo el anciano señalando a una dirección en la que se supone que estaría la ciudad antigua de Veracruz.

—¿No tiene esposa o hijos? —le preguntó de nuevo Taranis, interesado por la vida del anciano solo en aquellos parajes.

—No señor. No quise hijos que fueran esclavos como yo. Conmigo muere esta estirpe —respondió el anciano sonriendo y mostrando sus encías.

—Lo lamento —se compadeció Taranis.

—Pero pronto llegará el rey negro y todo cambiará —advirtió esperanzado el hombre, con los ojos llenos de lágrimas.

—¿El rey negro? —preguntó Taranis intrigado.

—Así es. El rey Congo todo lo cambiará para nosotros, señor —añadió el anciano, levantándose torpemente de la silla en que estaba, para despedirse de Taranis. Este comprendió que ya era hora de volver.

—Espero que cambie. Agradezco su hospitalidad, señor.

—¡Vaya con Dios!

Tras la extraña despedida del amable anciano, Taranis regresó a la hospedería regentada por el posadero macilento, ya un poco menos desesperado por el hambre, aunque sin haberla saciado y aún con el zurrón vacío, salvo las bolas de cacao restantes. Sin desearlo, compartía el cuarto con una infinidad de insectos voladores y terrestres, de todo género y tamaño. Amaneció con el cuerpo cubierto de picaduras, y decidió salir huyendo de aquella infernal fonda en la que tenía que pagar para morir de hambre y servir de alimento a los insectos.

Cabalgó unas millas más y al atardecer buscó algún lugar despejado donde acampar. Trepó sobre un montículo y observó alrededor numerosas ruinas de piedra cubiertas de tierra y vegetación, entre las que destacaba una gigantesca pirámide con varios pisos de curiosos nichos. Aquel parecía un buen lugar para pernoctar, así que se dispuso a encender un fuego con el que calentarse pero sobre todo poder espantar a las alimañas.

En la selva, pese a la exuberante vegetación, no era capaz de encontrar nada comestible. Tampoco era tan hábil como para cazar algún mono o algún pájaro de los que veía moverse entre las ramas. Y se sentía vigilado día y noche por animales que parecían acecharle escondidos entre la densa vegetación. Volvería a tomar el camino de la costa que era más largo, pero menos peligroso y aislado.

Llegó así hasta un convento en Huejutla de Reyes. La vegetación seguía siendo muy abundante, pero no tan densa como en la selva. Y allí, previo pago de un monto tan elevado como si se tratara del mismísimo alcázar real, los monjes les facilitaron un remedio para el terrible estreñimiento que le había causado la ingesta de unos mameyes verdes que había encontrado por el camino, además de una copiosa y suculenta comida tanto para él como para su famélica montura. También pudo asearse y disfrutar de una cama con sábanas recién lavadas, un poco ásperas, pero, sobre todo, libres de chinches y mosquitos que le habían estado chupando la sangre, el ánimo y la salud las noches previas.

Después de retomar fuerzas durante unos días, y adquirir comida para continuar viaje, siguió rumbo hacia la villa de Tampico, una pequeña aldea de pescadores que no conseguía prosperar por causa de los continuos asaltos de los piratas. Más que insectos o alimañas, la piratería era con diferencia la mayor de las plagas en todo el Caribe.

35

Damas o brujas

México, 15 de octubre de 1664

La población de la ciudad de México, una de las más bullicio-
sas del mundo, superaba los cien mil habitantes, distribuidos
en sus seis millas de circunferencia. Esta urbe se había funda-
do sobre la ciudad indígena de Tenochtitlán, capital del imperio mexica, construida sobre unos islotes que sobresalían en
una laguna que se había ido rellenando con el tiempo. Y por
este motivo era una ciudad casi totalmente plana, sin cuestas.
Tampoco estaba amurallada, ni había puertas que dieran acceso. Se accedía únicamente a través de cinco anchas calzadas
terraplenadas, que conducían hasta el corazón de la ciudad.
Esta era la capital del enorme territorio del virreinato de la
Nueva España que abarcaba desde la gobernación de Filipinas,
en oriente, los reinos del septentrión (desde California y Nuevo México, hasta Texas y Florida), la costa pacífica y la costa
atlántica, con las islas del Caribe, y por el sur hasta Panamá.

—Como puedes comprobar, la ciudad de México no des-
merece frente a cualquiera de las de Italia o España —dijo
orgulloso el marqués a su esposa mientras contemplaban la
explanada de la ciudad.

—Sí, querido. *Eindrucksvoll*[21] —respondió la virreina gratamente sorprendida por lo que veía a cada paso.

—¿Es como imaginabas? —preguntó el virrey con curiosidad por conocer los pensamientos de su esposa.

—No. Me imaginaba más bien un pueblo grande, con cabañas de indios por todos lados. Pero veo que hay muchas iglesias y conventos —respondió Leonor satisfecha de lo que veía.

—Veintinueve de religiosos y veintidós de religiosas de todas las órdenes, y a cada cual más rico —respondió el virrey orgulloso de su memoria, pues lo había leído en uno de los informes y no sabía cómo podía recordar esos datos.

—También pensé que haría más calor —añadió la virreina sonriendo.

—La temperatura en la ciudad es bastante templada. Pero el aire no es malo —describió el virrey tratando de explicarse lo mejor que pudo.

—Al sol, resulta caluroso; a la sombra, más bien fresco —apuntó la virreina por poner alguna pega al clima—. Pero he de reconocer que, de momento, lo que veo me agrada.

—Es un gran paso, querida —reconoció el virrey aliviado de que al menos su esposa no estaría quejándose de la ciudad donde tenían previsto pasar varios años.

El día 15 de octubre de 1664, el marqués de Mancera y su comitiva entraron formalmente en la ciudad de México, exhaustos tras los meses de viaje que había durado su periplo desde Madrid. La ciudad de México les había preparado otros dos arcos triunfales con arquitecturas efímeras similares a las de Puebla, para dar la bienvenida a los nuevos virreyes y toda la ciudad se había engalanado para la ocasión: las calles, las ventanas y azoteas de las casas mostraban colgaduras de tejidos vistosos, tapices e incluso pinturas; las personas vestían sus

---

[21] Impresionante.

mejores galas para recibir al nuevo virrey, que saludaba desde la carroza oficial, acompañado por el virrey saliente. Tan solo un virrey estaba autorizado a utilizar el carruaje tirado por seis caballos, con los cocheros descubiertos, aunque todos recordaban cómo meses atrás, los hijos del conde de Baños hacían temerarias carreras entre ellos por la ciudad con esas carrozas.

Cuando el sol se puso, comenzaron los fuegos artificiales frente al palacio de los virreyes, y un grupo de niños danzaron el *tocotín*, al ritmo de tambores y maracas, que llaman *teponaztlis* y *ayacachtlis*, vestidos todos ellos como aztecas con plumas y piedras de colores.

Leonor y otras damas de la corte, entre las que se encontraba la marquesa de Brumas, y la joven Micaela eran también espectadoras del desfile y de la celebración cuyo protagonismo solo correspondía al virrey. En uno de los momentos de descanso, Abigail se acercó a la virreina que se había quedado sola, y con intención de conocer alguna de las debilidades del marqués, inició una conversación aparentemente trivial:

—¡Qué maravilloso desfile, señora! ¡La entrada del señor virrey en la ciudad será recordada por siglos! —dijo Abigail, entusiasmada.

—El Cabildo se ha volcado para agasajar a mi esposo —respondió Leonor visiblemente emocionada por todo lo que significaba esta ceremonia y cómo se estaba desarrollando.

—Es un honor servir en tan honorable casa, excelencia. ¿El señor marqués necesitará algo cuando todo termine? —añadió Abigail inclinándose en una especie de reverencia.

—Cristóbal estará pendiente de todo. Seguramente querrá un chocolate caliente.

—¿Cómo toma el chocolate el señor?

—Lo toma en la mañana y en la noche, con leche, pero no siempre. Dice que es fortificante y le da energía para… atender sus… distracciones —añadió Leonor absorta.

—¡Querida! —intervino la marquesa de Brumas acercándose velozmente con intención de rescatar a su amiga Leonor de la conversación con una criada en público que se estaba alargando más de lo estrictamente necesario—. ¡Estamos esperándote! ¿Vamos?

Abigail interpretó que las «distracciones» del marqués eran devaneos amorosos para los que necesitaba un refuerzo energético. Satisfacer los deseos carnales con amantes o prostitutas no era algo extraordinario, ni en la corte novohispana ni en Madrid, e incluso por parte del mismo rey de España, como era bien sabido. Esas distracciones, esporádicas o duraderas, eran habituales para los hombres y para algunas mujeres, pues los matrimonios concertados no implicaban contratos de amor, tan solo se pactaban acuerdos familiares con la finalidad de hacer prosperar el linaje y de tener descendencia. Una vez cumplida esta obligación, los esposos tenían libertad de movimientos para satisfacer sus necesidades cada uno por su lado, con discreción.

Pero el comentario de Leonor, en realidad, se refería a los enredos diplomáticos de su esposo y a sus secretillos como embajador, que siempre le traían distraído o ausente. Ni se le había pasado por la imaginación que tuviera algún devaneo amoroso, ni siquiera que le abrigara el más mínimo interés en ello. Se daba cuenta de las responsabilidades administrativas o de otra índole de su esposo, como la excursión a Triana o su salida a caballo en Veracruz, pero nunca le preguntaba por ello. Confiaba plenamente en él.

Pocos días después, la virreina aguardaba a Micaela. La proximidad de ambas había despertado las envidias de Abigail, quien también había estado acechando a la virreina para conocer sus movimientos y pretendía ganarse su confianza.

—Micaela, Micaela. ¡Espera! —le gritó Abigail desde el otro lado del pasillo, justo cuando la joven romaní se disponía a entrar en la sala en que se encontraba la virreina.

—Dime, Abigail —preguntó directamente Micaela.

—Te buscan en la entrada —indicó Abigail.

—¿Quién me busca? —preguntó Micaela con una ceja alzada y expresión de incredulidad.

—El capellán, creo…, con un joven muy apuesto —añadió Abigail al leer en el rostro de Micaela la falta de interés por el capellán.

—Bueno, pues quien me busca me encuentra. ¡Gracias! —Y cerró la puerta dejando fuera a Abigail que trataba de alejar a Micaela de la virreina con excusas, como había hecho con Lorenza. Como no le había dado resultado, se fue refunfuñando y advirtiéndose a sí misma de que debería tener cuidado con aquella joven. Lo mejor sería deshacerse de ella.

Leonor estaba sentada en el suelo, a la morisca, y a su alrededor había desplegado todo un arsenal de frascos, redomas, botellas, ampolla, pomos, tarros y vasos de vidrio, plomo, cerámica y otros materiales como piedras semipreciosas, alabastro, ágata y otras. Estaba tratando de ordenar los aromas que había traído de España y de completar aquellos que le faltaban, y para ello había solicitado el apoyo de Micaela, pues confiaba en su olfato y en su buen hacer con la alquimia de los olores.

—¿Te arrepientes de haber venido? —le preguntó la virreina mientras recogía algunas otras pomas y las guardaba en cajas.

—No, no, excelencia. Tenía que venir. Así lo soñé.

—¿Soñaste con venir?

—Soñé con su excelencia y con su hija unos días antes de que vinieran —respondió Micaela.

—¡Micaela! ¿No temes que te acusen de brujería por decir estas cosas?

—No hago hechizo alguno, ni siquiera promuevo que me vengan estos sueños. Simplemente, los siento dentro.

—¿También lees la mano y echas las cartas?

—Excelencia. Puedo hacerlo, porque he aprendido esas artes de mi madre y mi abuela, pero yo no lo practico. En realidad, he de confesaros, que ahí no hay más adivinación que interpretar las señales del cuerpo.

—¿Qué señales? —preguntó con interés la virreina.

—Las posturas del cuerpo o los pequeños gestos en el rostro de la persona a la que adivinamos su futuro. Sin darnos cuenta, nos movemos o hacemos muecas que, cuando se saben interpretar, nos ayudan a ir reconduciendo la conversación.

—¿Por ejemplo? Hagámoslo ahora —solicitó la virreina.

—Excelencia, no quisiera que os incomodarais conmigo —respondió Micaela dubitativa.

—No lo haré. Me intriga.

—De acuerdo. Usaremos una prenda que tenga algún significado para su excelencia.

—Toma. Este pañuelo me lo…

—No, no…, no debe contarme nada, debo adivinarlo, ¿recuerda? —advirtió Micaela.

—Cierto, cierto. Adelante —indicó la virreina poniéndose muy seria pero entusiasmada.

—Vamos a concentrarnos. Piense en… —Micaela tuvo de pronto un escalofrío y vio a Leonor adquiriendo este pañuelo en un mercado en una placita rodeada de calles anegadas de agua. Se dio cuenta de que era un ardid de la virreina para averiguar el alcance de sus capacidades, pero prefirió guardar disimulo—. Pensad en la persona que le ha regalado este pañuelo, que ya no está cerca. —Micaela miró sin disimulo las reacciones de los ojos, los movimientos involuntarios de las manos, del cuerpo, y fue añadiendo información o cambiando el relato—. Ha quedado atrás, le aguarda desde el cielo. La quería mucho, aunque no se veían muy a menudo y sentía dolor por ello… La amaba pero le causó mucho dolor cuando era niña, y no tan niña. Tenía otros favoritos, sus hermanos, porque su madre era muy estricta con su excelencia y no siempre comprendía sus decisiones.

—¡Impresionante! Pero este pañuelo me lo compré en Venecia hace unos años, y no tiene ninguna relación con mi madre. Solo estuve haciendo gestos y movimientos para ver cómo los interpretabas. Pero sí, ha sido impresionante, querida.

—No siempre se acierta, excelencia. Si hubiera adivinado que lo compró en Venecia, su excelencia ahora tendría miedo de mí, porque pensaría que sería capaz de adivinar sus secretos.

—Eso sería terrible. Así es. Daría mucho miedo —advirtió Leonor.

—Por ese motivo se persigue a las brujas. No porque ofendan a Dios, sino porque los hombres las temen. ¿Qué diferencia hay entre los ungüentos que preparan las ancianas en las aldeas, o las indias sanadoras a las que acusan de brujería, y los que fabricamos nosotras en el alambique? —preguntó Micaela.

—¿A qué te refieres? —dijo la virreina confundida.

—Utilizamos las mismas plantas y los mismos procesos para extraer los espíritus de sus pétalos y hojas. Los mezclamos con esencias animales, con grasas y ceras para poder untarlos mejor, o para que perduren más tiempo. ¿No es acaso lo mismo que hacen las mujeres a las que acusan de brujería? Sus conocimientos son más rústicos, usan materias más sencillas, que no vienen de Oriente, o de las profundidades de los océanos, pero sirven para lo mismo.

—¿Cómo habría de ser lo mismo, Micaela? —añadió indignada la virreina, al pensar que se comparaba su arte en perfumería con la brujería.

—El aroma de esta poma de olor —dijo señalando un frasco—, además de ser delicioso, en realidad lo utilizáis para aliviar las jaquecas. ¿O me equivoco?

—Así es. Cuando tengo un terrible dolor de cabeza, su olor me relaja —confirmó la virreina.

—Y ese otro, seguro lo utilizáis para combatir el miasma, o prevenir alguna enfermedad y aquel para ayudaros a respirar mejor. Quiero decir, excelencia, que no solo mezcláis sustancias por el gusto que se obtiene, sino que lo hacéis siguiendo antiguas recetas que os habrán transmitido vuestras antepasadas y que, a su vez, las heredaron de antepasadas y las mejoraron. Pero que en el fondo son recetas para combatir dolencias, mejorar la salud, prevenir enfermedades… ¿Y no es eso lo mismo que las que preparan curanderas y brujas? —explicó Micaela pacientemente señalando a unos y otros frascos, pues conocía bien el uso de cada uno de ellos.

—Micaela, lo que dices puede parecer que tiene sentido, pero mejor no lo comentes en voz alta fuera de estas paredes. Estás arriesgándote ante el Santo Oficio y con eso haces peligrar a muchas mujeres —advirtió Leonor muy seria.

—Callo entonces, excelencia —constató Micaela bajando la mirada.

—Mejor volvemos a los perfumes, sí —concluyó Leonor, disgustada por la conversación y por verse comparada con una hechicera.

Continuaron el resto de la tarde reconociendo aromas, pensando en mejorar algunas recetas añadiendo más juncia, o más mosqueta, o reduciendo la murta, o el benjuí y eliminando alguna onza de algalia o algún grano de ámbar gris, para economizar la receta. Y entre los papeles donde Leonor anotaba sus recetas, leyó una para fabricar el «bálsamo de vinceguere» en la que tenía anotado que había que echar polvos de sapo. Al leerla en voz alta, levantó la vista para centrar la mirada en Micaela. Esta sonreía ante la atónita mirada de Leonor.

36

Camino del norte

Montemorelos, Nuevo León,
finales de octubre 1664

Había perdido la cuenta de los días transcurridos desde que salió de Veracruz, cuando su caballo comenzó a echar espumarajos por la boca, señal de que lo había estado forzando y que era hora de descansar.

En el borde del mapa que le había entregado el virrey, había anotado de su puño algunos datos que consideró de interés: «El capitán Alonso de Tovar Guzmán pacificó a los indios chichimecos de cerro Gordo en 1640 y fundó la villa de Cadereyta».

Llegó a una pequeña villa denominada Montemorelos, en el valle del río Pilón, y allí consideró que lo más oportuno era buscar la taberna. En este tipo de espacios Taranis se movía con natural soltura, como si hubiera nacido para habitarlos. Pidió que le sirvieran un trago, como acostumbraba y el dependiente, sin mirarlo siquiera, asió la botella de pulque, una bebida fermentada del jugo de maguey que se toma en algunas regiones mexicanas, y le sirvió un vaso lleno. Al dar el primer trago comprobó que, como un fuerte aguardiente, aquel licor le abrasaba la garganta.

Taranis trató disimuladamente de poner atención a las conversaciones de las diferentes mesas, como solía hacer en las cantinas de soldados para elegir dónde obtener mejor información. Aquel ambiente cargado de olores acres y ruidos sordos le trajo recuerdos de sus tardes en Jerez de los Caballeros, tan solo hacía unos meses, aunque le parecía que había transcurrido más de un siglo:

—¿Cuántas piezas tomaste, pues? —dijo en voz baja uno de los cinco españoles sentados a una mesa jugando a los naipes, de nombre Alonso García.

—Dieciséis. Pero la mitad no valdrán nada, no son más que viejas inútiles —reconoció Tomás de Aroche,

—Con este paso, nunca terminaremos de solucionar el problema—señaló Pedro Berrocal, también oriundo de Huelva como la mitad de sus compañeros de mesa.

—A los virreyes estas tierras les importan una mierda, salvo para recaudar la plata, y los gobernadores no quieren meter mano en el asunto más que para forrársela —manifestó Alonso mientras Taranis se le acercaba por detrás.

—Buenas tardes, amigos —intervino en ese momento Taranis, para tratar de participar de la conversación.

—¿Qué coño quieres? —le respondió Fernando de forma desafiante. Aunque era el más callado, por su expresión corporal, Taranis se había percatado de que era el cabecilla del grupo.

—Me llamo Tarasio de Mier. Vengo de Veracruz, donde arribó la flota hace algunas semanas—se presentó Taranis amigablemente.

—Y ¿qué cojones vienes buscando? —continuó Fernando sin siquiera mirarle.

—Tengo encomendada la tarea de encontrar tierras para disponer una hacienda —indicó Taranis sonriente.

—¿Para? —interpeló Alonso, intrigado.

—Para incrementar una fortuna con el ganado si hay buenos pastos. Y quizá para explotar alguna mina de plata, si se da el caso —añadió Taranis, exponiendo abiertamente sus supuestas intenciones.

—Ya veo, Tarasio. No eres más que otro incauto que busca hacerse rico de forma rápida, pero que se va a encontrar con que estas tierras son las más duras que existen —advirtió Alonso mirando fijamente a Taranis, que no parecía querer contar mucho más.

En realidad, allí, todos tenían algo que ocultar, así que tampoco dieron mayor importancia a sus imprecisiones. Extendiendo el brazo con la palma hacia arriba y sin mediar palabra le invitó a que tomara asiento.

—¿Y cuál es el problema que os preocupa por aquí, señores? —añadió Tarasio, tratando de tirarles de la lengua, mientras acercaba una silla y se sentaba con ellos.

—Pues ¿cuál va a ser el problema de estas tierras, Tarasio? Los putos indios que se niegan a civilizarse, aceptar la verdadera fe y el dominio español. Ese es el problema —reveló Tomás indignado.

—Habría que pelarles los cabellos a todos. Obligarlos a llevar balcarrotas,[22] como hacen los indios civilizados —añadió Fernando con una sonrisa de medio lado.

—A las mujeres no, que tienen un hermoso cabello por donde sujetarlas cuando se quieran escapar —dijo Alonso, riéndose a carcajadas y tosiendo flemas.

—¿Cortarles el cabello, con qué fin? —preguntó Taranis sorprendido, antes de dar otro trago de pulque.

—Los cabrones de los indios cuidan su melena como si fuera su más preciado tesoro. Incluso se las arrancan unos a otros como trofeos —respondió Tomás.

—También arrancan las nuestras, largas o cortas, eso les da igual. Y las cuelgan de sus cinturones como trofeo —alegó Alonso con desprecio.

---

[22] Falta nota 22

—Mejor que te cortan eso que otra cosa… —intervino Tomás de nuevo entre carcajadas y carrasperas.

—Si ya estoy muerto, que me corten lo que les venga en gana y que se lo pongan de colgante al cuello o que se lo coman, tanto más me da —sentenció Pedro mientras se llevaba un vaso de pulque a la boca y se bebía todo el contenido de un solo trago.

—El problema es que los indios son insolentes y salvajes, están constantemente alzados, son violentos y no hay forma de someterlos —explicó de nuevo Alonso, echándose hacia atrás en la silla y doblando los brazos para poner las manos detrás de la nuca.

—Y que en realidad no sirven para nada…, no les gusta trabajar —continuó Pedro, dejando el vaso sobre la mesa con un sonoro golpe e imitando la pose de su compañero.

La cantina se saturaba de conversaciones de jugadores vociferando y riñendo. El tabernero parecía no sentir molestia alguna a pesar de los ruidos o estaba ya acostumbrado a los mismos.

—Bueno, yo les admiro, en verdad —añadió Jerónimo Sánchez, el quinto español en la mesa, y más entrado en años que el resto—. Hasta que no llegamos los españoles, no tenían caballos. Míralos ahora. Parecen centauros. Son capaces de montar a estos animales en formas que uno ni imagina. Yo los he visto galopar en cuclillas sin perder el equilibrio y, a la vez, disparar flechas con sus arcos y dar con temible precisión en el blanco. Y los caballos parecen obedecer sus mismos pensamientos.

—Pues que sigan haciendo sus acrobacias, pero con los mechones tapando las orejas como a los indios civilizados y el cráneo pelado —insistía Fernando, con la obsesión de cortarles el cabello, mientras tiraba una carta, robaba otra del montón y echaba su apuesta al centro de la mesa.

—El amor que tienen por sus melenas es casi como idolatría. ¿Pensáis que permitirán plácidamente que se les corte?

Proponlo y será otro motivo para que se agiten con aún más energía —ratificó Tomás mostrando todas sus cartas sobre la mesa y recogiendo las ganancias.

—Los muy hideputas quieren pactar para estar cerca de los presidios y misiones, y comerciar con las pieles y piedras bezoares, pero al mismo tiempo seguir viviendo como salvajes, a su aire. Y en cuanto pueden mienten y engañan, porque nos venden esas piedras bezoares que fabrican ellos mismos a imitación de las naturales, aunque tan bien hechas que cuesta distinguirlas de las verdaderas —añadió Jerónimo tirando las suyas con un gesto de desesperación porque casi nunca ganaba una mano.

—¿Pactar con nosotros? Lo dudo. No se fían ya…, parecen gazmoños, pero se han dado cuenta de que también les tomamos el pelo a ellos —continuó Pedro tratando de romper la tensión que se había generado.

—Si les dejamos un poco más de tiempo, ellos solitos rematarán el trabajo y acabarán unos con otros. Unas naciones empujan a otras, se secuestran, se roban y se matan, y van y vienen todo el año sin estarse quietos. Los únicos que podemos poner orden entre estas behetrías somos nosotros, eso es así y todos aquí lo saben, aunque no les guste —aclaró Jerónimo, queriendo mostrar su conocimiento y experiencia en el terreno.

—Ese es el problema. No hay quien les retenga a vivir en una aldea, sino que prefieren cambiar de lugar sus rancherías cada poco tiempo. Van de uno a otro lado persiguiendo a los ciervos o a esas cíbolas o a lo que sea que busquen los malditos —corroboró Fernando—. Y aquellos que toman las buenas costumbres y se dedican a cultivar, como los jumanos, son asaltados, robados y muertos por los otros más salvajes, como los lipán —remató su intervención con un buen trago de pulque.

—Con razón nos piden que les defendamos contra ellos, porque esos apaches lipán son lo peor que os podéis encontrar —indicó Tomás mirando a Taranis y asintiendo con la cabeza.

—Así es. Tarasio, si os cruzáis con un apache, daos por muerto y hay más de trece naciones apache distintas. Los lipán son solo una de ellas —explicó Jerónimo haciendo un gesto con su dedo atravesando la garganta, como si fuera degollado y luego otro corte en la frente para indicar que le arrancarían el cuero cabelludo.

—Pues yo creo que aún peores son los tobosos y salineros, gente bruta, fiera, lacerados, bárbaros y crueles. Y de esos se cuentan también varias naciones de cada uno —señaló por su parte Alonso, sonriendo de medio lado.

—Si no son unos, son los otros, pero son todos iguales. En el 54 nos pidieron ayuda los jumanos para defenderse de los cuitaos. Cuando les vencimos allá por el río Concho, en Texas, recogimos cientos de pieles de las cíbolas que cazaban. Hicimos una pequeña fortuna vendiendo aquellas hermosas pieles que les tomamos, pero la perdimos jugando. Como ahora, que estoy perdiendo lo poco que he ganado estos días —rememoraba Jerónimo añorando pasados botines de guerra.

—¿Cíbolas? ¿Son como armiños o martas? —preguntó Taranis mirando a Jerónimo, que era quien parecía más propicio a las explicaciones y quien tenía un conocimiento más preciso.

—¡No, hombre! Una cíbola es esa vaca peluda gigantesca —le respondió Jerónimo riéndose y dándole una palmada en la espalda.

—Los jumanos también andan ahora pidiendo misiones cristianas para que los bauticen, ¿no? —dijo Pedro mientras terminaba de barajar y repartía de nuevo.

—Hablan de una señora vestida de azul que les visitaba y les pedía que así lo hicieran. A saber lo que verán esos yerbateros en sus borracheras después de atiborrarse a peyote y mezcal —expuso Tomás entre carcajadas.

—Entonces. Si estos indios son cristianos y pacíficos y tienen sus cultivos, ¿por qué se les hostiga? —preguntó Taranis.

—Nosotros solo cumplimos órdenes —contestó Tomás poniendo su mirada en el vaso vacío que sujetaba con ambas manos sobre la mesa y mirando furtivamente a Fernando.

—¡Fin de la cháchara! Mañana al alba hay que partir en busca de la ranchería. Toda mano viene bien, Tarasio. Si te apuntas, tendrás paga fija y un beneficio de lo que se obtenga. Pero te advierto que no es trabajo para alfeñiques y melindres —advirtió Fernando escupiendo un gargajo hacia un lado de la silla y acertando de pleno en la escupidera de metal a cierta distancia.

—¡Me apunto! ¡Claro! —Taranis pensó que con aquella partida de hombres podría conseguir información relevante, además de todo lo que habían contado en un rato de juego. Al llegar a su alojamiento, anotó la conversación, los nombres de los grupos indígenas y las costumbres que había escuchado, para ir preparando el informe que tendría que enviar al marqués.

37

Exploración del palacio

México, noviembre de 1664

El palacio de los Virreyes se erguía majestuoso junto a la catedral, que aún se encontraba en construcción, ocupando todo el lateral de la gran plaza. El edificio donde residía la familia del virrey se extendía una cuadra completa del centro de la capital, con una planta rectangular, con una fachada que medía ciento noventa y dos varas de largo, pero alargándose hacia el fondo con tres patios sucesivos.

Desde el primer patio, llamado de los virreyes, se accedía por la escalera principal al piso donde se ubicaba la contaduría real de Hacienda. En el segundo piso se había dispuesto la residencia palaciega de los virreyes. Los espacios femeninos, a la derecha de la escalera, que también daban al exterior, contaban con el estrado como sala principal, y desde allí se podía observar la plaza, asomándose al llamado balcón de la virreina, cubierto de celosías para observar sin ser vistas. El resto de los espacios de la planta pertenecían al ámbito del virrey, donde realizaba recibimientos oficiales, incluyendo el Salón de Juntas Generales y la Galería de Audiencias Públicas. Leonor y las damas habían decidido salir a conocer el palacio.

—Pasemos al segundo patio, al jardín —dijo Leonor. Este era un espacio privado recogido y ajardinado, donde disfrutaban del buen tiempo las damas y especialmente Lisy, o recogían pétalos o frutos—. No corras, Lisy. ¿Adónde vas? —preguntó Leonor molesta al comprobar que su hija seguía sin comportarse como una dama.

—No, este ya lo tenemos visto. Vamos al otro patio, madre. Mejor veamos qué es lo que hay en la capilla, ¿no? —les decía desde el extremo del jardín que comunicaba con el paso al siguiente patio, haciéndoles gestos con las manos.

Lisy estaba colorada y agitada pensando lo que le había sucedido aquella mañana en el jardín. A escondidas, bien temprano, había bajado a Trani al jardín para que este hiciera sus necesidades en la tierra y para que fuera aprendiendo aquel camino. Estaba dando vueltas cuando se percató de que un niño de grandes ojos negros, labios gruesos, nariz ancha, piel oscura y pelo negro y rizado, la miraba fijamente con una sonrisa bobalicona en los labios. Era el aprendiz de jardinero que se había quedado fascinado al ver aquella hermosa y refinada criatura correteando con un gato, de un lado a otro del jardín. Pero Lisy sintió tremenda vergüenza y rabia al ser observada de forma tan impertinente. Y, en previsión de que siguiera por allí aquel insolente muchacho, instaba a las otras mujeres a saltarse esa zona. Con recordar aquel encuentro, Lisy se ponía colorada.

En el tercer patio estaba la capilla Mayor, con cuatro bóvedas de arista con impostas doradas. Eran los dominios de fray Bernardo que desde que llegó procuró expandir, colocando elementos litúrgicos fuera del espacio de la capilla a modo de mojones que marcaban su territorio. Obsesionado con el estatus y la obediencia de los fieles, no conseguía ni uno ni otro, y esto le amargaba cada día más su carácter hosco.

A continuación estaba la Sala de Real Acuerdo, donde el virrey había prestado su juramento y en la que se reunía con los oidores de la Audiencia a modo de consejo de gobierno. La presidía el retrato oficial del monarca reinante, Felipe IV, que se iba sustituyendo con cada sucesión al trono español. Cada nueva imagen se sacaba a la plaza Mayor para la jura pública y legitimaba el poder en aquellos territorios, como sustituto simbólico del mismo rey. En la misma sala se disponían retratos de monarcas anteriores, Carlos V a caballo de Tiziano copia del que representa al emperador en la batalla de Muhlberg que adornaba el Real Alcázar de Madrid, o los veinticuatro retratos de virreyes desde Hernán Cortés hasta el predecesor del marqués de Mancera. Allí tendría que colocar su retrato el marqués.

38

Asalto a la ranchería indígena

Nuevo León, noviembre de 1664

Taranis estuvo cabalgando varios días acompañando al grupo de hombres que había conocido. Por el camino, en dirección al poniente, al bolsón de Mapiní, se cruzaban con familias ganaderas que les referían la presencia de distintos grupos chichimecas, y de esta forma dieron con la ranchería que buscaban. Desde una colina observaron el campamento indígena asentado cerca de un hermoso arroyo cuyo cauce se curvaba en el centro del valle.

Aquel pequeño rancho improvisado lo formaban unas veinte cabañas construidas con palos y ramajes sobre las que se ataban pieles de venados y bisontes. Debían llevar allí solo tres o cuatro días. Algunos jóvenes, sentados delante de las tiendas, tallaban puntas de flecha, afilaban varas o conversaban. Un grupo de caballos blancos con manchas marrones y negras resopló, lo que alertó a las mujeres que destripaban y despellejaban los conejos que acababan de cazar, y cuyas pieles secaban sobre una empalizada. Casi al unísono, todas gritaron de pánico al ver aproximarse velozmente a los españoles en sus caballos.

Fernando de Oñate dirigía el grupo y para no perder la ventaja de la sorpresa, había ordenado atacar. Taranis preguntó el motivo del asalto, pero no obtuvo respuesta, pues ya habían salido al galope. Alancearon a los más ancianos y a todo el que se cruzara en el camino, procuraban aturdir a los jóvenes, pues la intención era capturarlos como esclavos y obtendrían mejores precios por ellos. Algunos indios consiguieron huir cruzando el arroyo e internándose entre arboledas y magueyales, pero la mayor parte del grupo, incluidas mujeres y niños, fue cercado por los caballos y las lanzas.

Una de las jóvenes de aquella ranchería, que se había alejado para recoger leña, al escuchar el alboroto, arrojó a un lado la carga y corrió recogiéndose el vestido de piel. Con la agilidad de un puma, en tres o cuatro saltos, cada vez más altos, se encaramó sobre la espalda de Jerónimo, que desde su caballo alanceaba indiscriminadamente a todo indio que se encontraba a su paso. Tirando del escaso cabello de Jerónimo hacia atrás con la mano izquierda, le rebanó el cuello con su cuchillo de pedernal antes de que se diera cuenta. Arrojó su cuerpo a un lado para hacerse con las riendas, y galopó hacia el grupo de mujeres y jóvenes que estaban siendo rodeados.

En cuclillas sobre la silla y sosteniendo las riendas con los dientes, saltó al galope sobre el caballo de Pedro, que huía del envite de aquel demonio de mujer indígena. Del impulso ambos cayeron y rodaron por el suelo, pero la joven clavó el cuchillo en el corazón de Pedro con ambas manos. Se levantó ensangrentada, algo aturdida, consumida por la rabia, buscando a otro más que derribar. La furia le cegaba casi tanto como la sangre que le había salpicado el rostro, por lo que no se dio cuenta que se acercaron por su espalda. Solo sintió un golpe seco en la nuca y cayó inconsciente.

Taranis se había quedado atrás en el asalto a la indefensa aldea, así que, tras la refriega, cuando se reunieron los españoles supervivientes, nueve en total contando a Taranis, no le correspondió nada del reparto. Cuatro habían caído, la mitad a manos de aquella joven impetuosa, pero había, al menos, quince indios muertos, sobre todo ancianos. La refriega había sido un éxito para sus intereses, pues el número de «piezas» tomadas ascendía a veintiséis adultos y varios niños. En el reparto, cada uno tomaría una o dos esclavas mujeres, algún niño de distintas edades y al menos un hombre joven, que son los que alcanzarían un precio más elevado en la venta. Fernando, el que dirigió el asalto, se quedó con tres hombres jóvenes y tres mujeres, las que consideró más hermosas.

Atada a un árbol, separada del resto, habían dejado a la joven guerrera aún inconsciente por el golpe. Su cabeza desplomada sobre el pecho, y cubierta por la sangre propia y de los cuerpos sin vida de Jerónimo y Pedro. A pesar del aspecto mugriento, la joven mostraba unos rasgos delicados, piel tostada, tersa y suave, ojos almendrados, con grandes pupilas negras, labios carnosos y dientes blancos que mostró con rabia durante la lucha.

El grupo decidió acampar allí mismo para evitar cabalgar durante la noche, organizándose en tres turnos de vigilancia de tres hombres cada uno. Después de revisar el interior de las cabañas, para rescatar las pieles de animales, que venderían a buen precio, les prendieron fuego. El primer grupo estaba formado por Fernando y otros dos de los españoles que habían conversado con Taranis la otra noche, Alonso y Tomás. Los otros se echaron a dormir, mientras las mujeres y niños indígenas, atadas por las manos y pies al cuello, lloraban y gemían desconsoladas por las muertes de sus esposos, hermanos y padres y por su incierto futuro, y los jóvenes guerreros mordían sus labios hasta sangrar por la vergüenza de la derrota.

Los tres vigías nocturnos se aproximaron al árbol en el que estaba atada la joven que había dado muerte a Jerónimo y a

Pedro. Fernando golpeó con su pie el costado para que se moviera.

—Despierta, zorra —gruñó Fernando mientras la pateaba.

—Tírale de los pies, Tomás. Tumbemos a esa ramera —vociferó Alonso babeando y con la mirada excitada—, vamos a vengar a Jerónimo y a Pedro.

—Voy —respondió Tomás, acercándose a la joven atada e inconsciente.

Este cortó la cuerda que ataba sus pies y arrastró por un tobillo a la joven, tirando de ella para dejarla tumbada en el suelo boca arriba, aún inconsciente y con las manos juntas atadas al árbol. La joven estaba esperando la ocasión propicia, pues en un descuido de Tomás, rodeó con la pierna el cuello de aquel, y lo inmovilizó para propinarle un tremendo cabezazo, derribándolo y tratando de estrangularlo con las cuerdas que la tenían presa.

Fernando y Alonso fueron en ayuda de Tomás, y con el forcejeo la joven ya había conseguido aflojar la cuerda que la ataba al árbol. Con agilidad felina, esquivó varios de los golpes que le destinaba Fernando con una gruesa rama a modo de improvisada maza.

Fernando y Alonso reían a carcajadas, cada vez más excitados con la idea de forzar a la joven. Cada uno por un lado, la acosaban iluminados tan solo por las llamas de las cabañas que aún seguían ardiendo. Ella no podría huir, así que giraba alrededor del árbol para zafarse de sus atacantes. Tomás fue recuperando la conciencia, y sujetando su cabeza con una mano para mitigar el dolor y con la otra acariciando su garganta, se acercó sigiloso y la inmovilizó por detrás aprisionándola entre sus brazos.

—¡La tengo! —gritó. Tomás y Alonso ayudaron a reducir a la joven, y a tumbarla en el suelo. Cortaron las cuerdas que la retenían junto al árbol, y que estorbaban a sus propósitos. Entre los tres ya no tendría posibilidades de volver a burlar su destino.

—¡Sujétala! ¡Que no se te escape otra vez, inútil! ¡No te resistas más, zorra! —añadió Fernando rechinando los dientes, mientras se aflojaba los pantalones.

La joven se resistía y pataleaba, pero era incapaz de moverse, pues Tomás cargaba su peso arrodillado sobre su brazo derecho, y Alonso había hecho lo mismo en el izquierdo. Fernando se había sentado en el extremo de sus piernas, mostrando a la joven su erección.

—Estate quieta, por tu bien… —le decía Fernando mientras le abofeteaba la cara para que dejara de moverse—. ¡Mira lo que te voy a clavar! —le decía al tiempo que le mostraba orgulloso su miembro erecto.

—Dale, dale… —le incitaba Alonso, jadeando.

Fernando levantó poco a poco el vestido de piel de la joven, restregando con sus manos las piernas hasta que sintió sus muslos. En ese momento, por primera vez desde que había comenzado la lucha, la joven gritó. Fernando, babeando de excitación, humedeció su pene para guiarlo entre las piernas de la joven, pero, en lugar de eso, se vio dando volteretas por los aires con los pantalones en los tobillos.

Taranis había ido a dormir como el resto del grupo, pero el griterío le había despertado y contempló con indignación cómo los tres hombres trataban de violar a aquella joven. Se acercó con sigilo, tomó a Fernando con tan solo una mano y, con una fuerza casi sobrehumana, lo arrojó hacia atrás, por encima de su cabeza. Mientras los otros dos contemplaban el vuelo de Fernando, Taranis le propinó una patada en el pecho a Tomás, liberando el brazo de la joven, y ella misma, con un golpe seco en el cuello de Alonso, se deshizo de este, dejándole inconsciente un buen rato.

Fernando y Tomás desenvainaron sus cuchillos para acabar con Taranis y rematar lo que habían comenzado con la joven. Fernando se abalanzó cuchillo en mano sobre Taranis, que aguardó sin moverse. Al llegar a su altura, Taranis se desplazó hacia un lado y la inercia le hizo perder el equilibrio a Fernando, lo que permitió a Taranis darle una patada, que le impulsó de cabeza contra un árbol. Del golpe cayó también inconsciente y chorreando sangre.

Alonso embistió a Taranis por la espalda, levantando el cuchillo para clavarlo en su costado, pero recibió un golpe en la nuca de la joven con la misma maza improvisada con la que la habían atacado a ella. Con los tres hombres inconscientes en el suelo, Taranis pensó que lo mejor sería salir de allí lo más rápido posible.

—¡Vete! ¡Debes irte ya! —le dijo Taranis a la joven con los ojos muy abiertos—. Toma un caballo y huye —insistió.

Pero la joven no se movió. Colocó su mano izquierda en su corazón y la derecha en el corazón de Taranis. Señaló al grupo donde estaban las mujeres y niños.

—¡Entiendo! ¡Hay que rescatar a tu gente! —dijo Taranis mirando de reojo al campamento.

Los otros aún dormían plácidamente, y acostumbrados a escuchar gritos y forcejeos de otras incursiones ni se habían inmutado. Así que la joven y Taranis se acercaron hasta donde se encontraban los demás chichimecas atados. Ella les susurró algo en su lengua mientras cortaba las cuerdas que los sujetaban. Tomaron los caballos españoles sin ensillar y los caballos indios manchados y huyeron sigilosamente. Taranis había recogido sus alforjas, y ensillado su caballo y cuando se disponía a escapar, la joven, de un salto se encaramó a la grupa del caballo, sujetándose a su cintura. No dijo nada. Salieron al galope hasta que el caballo quedó exhausto:

—Ahora sí. Debes ir. Eres libre. Ve con tu gente —dijo Taranis.

—*Maquaan tivira ngnaza* —contestó la joven.

—No sé qué dices. Vamos, vete —repitió Taranis haciendo un gesto con ambas manos, moviéndolas hacia delante. Ella volvió a poner su mano izquierda en su pecho y la derecha en el de Taranis—. ¿Otra vez? Pues ahora sí que no sé qué quieres. Venga, salgamos de aquí. Mejor será que no den con nosotros. En cuanto despierten y encuentren caballos, querrán vengarse. Vámonos. —Caminaron un rato hasta que la montura descansó suficiente y continuaron lo más rápido que el animal pudo.

La joven rodeó la cintura de Taranis con sus brazos y pegó su cuerpo a su espalda. Un escalofrío recorrió todo su cuerpo al sentirse abrazado de aquella manera, un aroma le invadió y un extraño sentimiento.

39

Romaníes

México, enero de 1665

Leonor se entretenía buena parte del día fabricando o combinando perfumes con la inestimable ayuda de Micaela de la que aprendía cada día más, aunque sospechaba que no quería compartir todo su conocimiento con ella. A Lisy este tema le interesaba tanto como el bordado y otras de las actividades femeninas a las que le obligaban a asistir, así que tan pronto como podía, ella y Trani se escabullían. Abigail, por su parte, había logrado ganar confianza con la virreina tras la muerte de Lorenza, pero la estaba perdiendo por culpa de Micaela, a la que se refería despectivamente como «la gitana mestiza».

Una tarde que volvían de los sótanos de palacio en los que Leonor había ordenado instalar unos alambiques y redomas y otros materiales para la producción de espíritus florales, Leonor se dirigió al estrado a tomar su chocolate mientras Micaela realizaba algunos recados. Abigail había estado preparando un nuevo ataque y aprovechó la ocasión:

—Señora, he escuchado que han detenido a una tal Catalina Jiménez, que llaman *la Pilota*, una gitana morisca hechicera que hacía adivinaciones con habas.

—Así parece —respondió Leonor indiferente mientras seguía enfrascada en sus cosas.

—Dicen, señora, que los gitanos son «gente mágica», y que ya nacen vinculados con el diablo, pues este les hace marcas en el cuerpo para afirmar su propiedad. Se dice incluso que están preparando la mismísima venida del maligno entre nosotros —continuó Abigail con un tono dramático.

—¡Abigail! ¡Por favor! No puedes de dar crédito a semejantes pamplinas. Si te escuchara el marqués, le entraría la risa —respondió la virreina divertida.

—Señora, a la niña y a otras personas de palacio les preocupa convivir con gitanas, y más aún cuando se les permite preparar pócimas y lanzar hechizos —continuó Abigail.

—¡Abigail, Micaela no prepara pócimas! Lo que hacemos en el sótano son perfumes con esencias florales. Y no lanzamos ningún hechizo para ello, te lo aseguro. Nos intercambiamos y mejoramos las recetas. También dudo que a Lisy le moleste su presencia, sino todo lo contrario —explicó Leonor indignada.

—Pero, señora, las otras criadas en palacio tienen miedo. Quizá ella no debería estar aquí, su influencia puede ser perniciosa para Lisy. Yo lo digo por su bien —añadió Abigail con las cejas muy elevadas tratando de mostrar inocencia.

—No veo en qué puede ser perniciosa Micaela para Lisy. Se lleva bien con todos y ha mostrado su virtud y honradez en más de una ocasión. ¡No consiento que sigas hablando mal de ella! —concluyó Leonor zanjando el tema.

—Sí, señora —respondió Abigail con una sonrisa en la boca pero la mirada fría buscando venganza y clavando sus uñas en las palmas de las manos.

Fray Bernardo Gómez, capellán de los Mancera, seguía tratando de adueñarse de nuevos rincones de palacio, en su mezquina carrera para poder destacar en algo. En la capilla tenía acceso no solo a todas las joyas con las que podía hacer brillar los sacramentos y su persona. Y a diario se adornaba con cruces de esmeraldas, y sortijas de piedras y oro en todos sus dedos, para pasear triunfante por los pasillos de palacio.

En una de sus exploraciones se internó por unas estrechas escalinatas para comprobar hasta dónde conducían y escuchó canturrear a Micaela que volvía del sótano donde se había quedado recogiendo el material utilizado con Leonor. En ocasiones, Micaela continuaba un par de horas más después de que la marquesa regresara al estrado, y con sus propias flores, añadiendo floripondio u otras hierbas, elaboraba, como temía Abigail remedios ancestrales transmitidos por las mujeres de su familia que no eran perfumes, cuyos constituyentes y aplicaciones prefería no compartir con la virreina para evitar malos entendidos.

Micaela subía ligera las escaleras, estirándose las mangas que se había recogido para trabajar, cuando se percató de la presencia del capellán que parecía aguardarla en el rellano de la escalinata. El espacio era demasiado angosto y aquella era la única salida del sótano. En cuanto Micaela estuvo a su altura, frenó su paso con el brazo contra la pared, y dejó caer su peso contra el de Micaela aprisionándola contra el muro.

—¿De dónde vienes sola? ¡Confiesa! Has estado fornicando, pecadora —incriminó fray Bernardo lleno de rabia.

—¡Dejadme pasar! —ordenó Micaela, sin alterarse.

—Te daré algo para que tengas que confesar —exclamó el capellán mientras acariciaba los pechos de Micaela con la mano.

—No me diga —respondió Micaela tranquilamente con expresión de hastío.

—¡Soy tu confesor! ¡Pórtate bien! —continuó el capellán excitado. Micaela no se había alterado lo más mínimo, pese a que las manos del capellán estaban ya arremangando su falda a la altura del muslo, tomó de un bolsillo de su jubón un frasquito, con los dientes retiró el tapón, aguantó la respiración y arrojó los polvos que contenía al rostro del capellán. Este inmediatamente cesó en su empuje, deslizó el brazo y quedó de pie con la mirada perdida.

—Bien, capellán, ahora prestad atención: no volveréis a molestar a nadie. Nunca más volveréis a sentir deseos. ¿Lo habéis entendido? Nunca —ordenó Micaela al aturdido capellán.

—Sí —respondió el capellán con los ojos dirigidos al infinito.

—Perfecto. Podéis iros ya, pero antes de regresar a vuestra habitación, subid y bajad cien veces las escaleras hasta el sótano. Luego podréis descansar —concluyó Micaela mientras se iba.

Abigail bajaba las escaleras del sótano para buscar pruebas que incriminaran a Micaela como bruja y contempló el asalto del capellán a la joven. Retrocedió en silencio para observar en silencio y cuando Micaela se retiró, bajó de nuevo sonriente, para encontrarse con el capellán. Le pareció extraño, que no cesara de subir y bajar las escaleras exhausto pero sin poder detenerse. Como ella también había usado el floripondio, reconoció los efectos de la planta que anulaba la voluntad. Sin embargo, el preparado de Micaela era mucho más potente y efectivo.

Al día siguiente fray Bernardo no podía siquiera levantarse de la cama, sus piernas no respondían por causa del esfuerzo realizado el día anterior. A duras penas pudo recordar que había tenido un encuentro con Micaela pero no sabía qué había ocurrido realmente entre ambos. A la hora de la comida, Abigail fue a visitarlo llevándole un poco de chocolate y bizcochos en una bandeja, y le explicó lo sucedido: que él había intentado abusar de la joven y que ella le había arrojado una pócima para anular su voluntad.

—¡Bruja! ¡Es una bruja! —gritó fray Bernardo con la cara enrojecida de ira.

—Así es. No debe quedar sin castigo. Pero su señoría no puede declarar que ella os arrojó la pócima cuando tratabais de abusar de su inocencia, ¿verdad?

—No, no. Claro que no. Pero tú sabes que eso no fue lo que ocurrió. Es un mal entendido... —titubeaba el capellán.

—Me hago cargo de la confusión —interrumpió Abigail—. Yo me ocupo, capellán. Yo haré la denuncia al Santo Oficio, pero debéis asegurarme de que cuento con vuestro apoyo para deshacernos de esa bruja gitana.

—¿Gitana? Desconocía que además de bruja era gitana. ¡Denúnciala! Cuenta con mi apoyo, Abigail. Hay que acabar con ella y desacreditarla, no sabemos qué embustes irá contando sobre mí.

Abigail salió sonriente y se fue al encuentro de Cristóbal para rematar su plan. Este acababa de vestir al marqués, y salía del dormitorio llevando alguna ropa sucia para que se hicieran cargo en la lavandería del palacio.

—Cristóbal, Cristóbal..., ven aquí —susurró Abigail.

—¿Qué quieres, Abigail? —le respondió Cristóbal, fastidiado. Desde el último encuentro había procurado tener el menor contacto posible, temiendo que este día llegara, y había llegado.

—Te acuerdas de... —comenzó a decir Abigail con los ojos muy abiertos y sonrisa de medio lado.

—Sí, sí. Al grano. No es necesario ejercitar la memoria. Dime qué quieres de mí —preguntó Cristóbal ofendido.

—Quiero que declares que Micaela te ha leído tu futuro, te ha dado una pócima de amor y que se dedica a la brujería y la adivinación.

—¡Pero eso no es cierto! —protestó Cristóbal ofuscado.

—Si fuera cierto no sería un gran favor, ¿verdad, Cristóbal? Con esto quedará saldada tu deuda.

—¿Qué deuda? ¡Esto es una fechoría! —añadió el criado indignado.

—Llámalo como quieras. O lo haces, o le comento al marqués cómo disfrutabas con... —describió Abigail.

—¡Basta, basta! Que Dios te perdone, Abigail. Eres malvada —respondió Cristóbal mientras se santiguaba.

—¿Eso es un sí?

—Sí, sí. Pero no vuelvas a dirigirme nunca más la palabra. No quiero saber más de ti.

—Vale. Tú di lo que te he dicho cuando te pregunten —concluyó Abigail.

Cristóbal sentía remordimientos por lo que tenía que hacer, pues la joven romaní no solo no había hecho nada malo, sino que le había ayudado en más de una ocasión. Estaba atrapado, debía acusarla, pero podría advertirla para que la joven huyera. Así que fue en su busca.

—Micaela —advirtió Cristóbal—, están preparando una trampa contra ti, basada en embustes. ¡Y yo soy uno de los embusteros que declararán en tu contra! ¡Debes irte de aquí cuanto antes! —confesó Cristóbal con las manos temblorosas ante una Micaela que le observaba impertérrita.

—Lo sé, Cristóbal. Pero, vistas todas las opciones, siempre termina todo igual. No hay otra salida para mí. No debes apurarte. Lo que ha de ser, será —respondió Micaela con mirada soñadora.

—¡Pero debes huir ahora! El Santo Oficio te apresará para interrogarte y te torturarán hasta obtener la información que desean —añadió Cristóbal con quiebros en su voz por la preocupación.

—Cristóbal, gracias por advertirme. Ya estás en paz con Abigail, y también lo estás conmigo. No te dejes pisar más, no has hecho nada malo —añadió Micaela poniendo su mano en el rostro de Cristóbal, y recogiendo las lágrimas que brotaban por los años de injurias que él mismo había sentido y por el miedo a un futuro incierto.

Decidida a acabar con Micaela, Abigail presentó una denuncia ante el Santo Oficio por brujería. Juró haber visto cómo la joven gitana realizaba adivinaciones y pronunciaba conjuros en su lengua materna para dañar a otras personas. Y declaró que eran testigos fray Bartolomé y Cristóbal, dos reputados miembros de la casa del virrey. La joven romaní fue inmediatamente apresada por el Santo Oficio y, pese a los intentos de Leonor y hasta del propio virrey, no fue posible liberarla.

40

Marión, marión

Nuevo León. Enero de 1665

Taranis y la joven cabalgaban sin descanso y cuando se detenían para descansar, ella tomaba una rama de un arbusto y barría la tierra que dejaban tras de sí, para borrar las huellas del caballo y sus propias pisadas, y confundir a los posibles rastreadores. Taranis la observaba con admiración, pues la joven se afanaba en dejar pistas falsas hacia otros senderos, romper ramas, mover rocas, pisar en otros lugares con direcciones contrarias y volvía saltando de piedra en piedra para no dejar nuevas huellas.

Taranis y la mujer indígena llevaban ya juntos varias semanas y se había ido consolidando entre ambos un vínculo profundo. Casi podían adivinar los movimientos uno del otro, el hambre o el cansancio les llegaban al mismo tiempo. Cuando le había preguntado su nombre, ella le indicó que era Azdsáán atsáhaa, que en su lengua significa «Águila real-hembra». Tras intentar pronunciarlo correctamente, Taranis renunció y simplemente la llamó Achán. Ella también tenía problemas para pronunciar correctamente el nombre de él, así que se refería como Talani.

A la hora de dormir juntaban sus cuerpos para combatir el frío nocturno, y Taranis se embelesaba con el aroma de la piel de Azdsáán, y aprovechaban el frescor de la mañana para continuar su camino por aquel paraje semidesértico evitando el sol del mediodía refugiados en algún cobijo con sombra que pudieran encontrar. Se estaban quedando sin agua y Azdsáán oteó el horizonte:

—Allí —señaló mostrando con su brazo extendido la presencia, aún lejana, de un saliente rocoso con suficiente sombra para pasar la calurosa tarde.

—Vamos —confirmó Taranis.

—*Tó*. Agua —explicó Azdsáán haciendo un gesto con su mano, moviéndola en horizontal de forma ondulada, indicando que detrás del saliente había una pequeña charca de agua cristalina.

Tardaron varias horas en alcanzar lo que parecía mucho más próximo a la vista, que se hicieron eternas. Cuando llegaron, Azdsáán volvió a comentar:

—*Chaa' báhooghan* Talani *Wolizhi*. Talani bañar. Oler perro muerto —añadió Azdsáán riéndose a carcajadas y mostrando unos blanquísimos dientes, haciendo un gesto con la mano para tapar su nariz, mientras cerraba fuertemente sus ojos y reía. Taranis miró hacia un lado tratando, disimuladamente, de olfatear sus axilas.

—Me baño, entonces. Pero tú no hueles mal, Achán. No lo comprendo. ¿No sudas? —respondió avergonzado.

—Azdsáán allí, Talani aquí —dijo señalando dos partes de la charca que estaban separadas por una gran roca, lo que daba cierta intimidad a cada una de ellas.

Buscó un lugar donde sentarse para quitarse las botas y la ropa. Subió unos metros por la ladera de la roca, y sin pretenderlo, al darse la vuelta, pudo ver a Azdsáán que ya se había introducido en el agua y chapoteaba desnuda refrescando su piel de espaldas a él. Taranis se quedó inmóvil, avergonzado por no poder dejar de mirarla. Ella se deshizo las trenzas y desplegó su largo y negro cabello mojado por encima de uno de sus hombros, lo que dejó a la vista un esbelto cuello, los hombros rectos y anchos y una espalda muy robusta.

Los ojos de Taranis recorrieron el cuerpo de Azdsáán deteniéndose en sus brazos, bastante musculados, y su cintura que se estrechaba para dar paso a unas nalgas que intuía reverberando bajo el agua como dos hermosas lunas llenas vibrantes. El agua se deslizaba por su piel provocando juegos de luces y resaltando su sedosa perfección morena. Un palpitante deseo se estaba haciendo más y más evidente en Taranis, mientras seguía con la mirada a Azdsáán. Esta se dio media vuelta colocándose frente a él.

Embelesado como estaba, no podía dejar de contemplar el hermoso rostro de la mujer indígena, su brillante cabello negro con reflejos casi azulados como las plumas de las alas de los cuervos, sus hermosos hombros redondeados, su potente brazo doblado sobre el torso para exprimir el agua sobrante de su cabello, cuyo antebrazo ocultaba los pezones de unos senos que intuía pequeños, y el hermoso y terso vientre plano y fibrado. Su ombligo diminuto. Sus manos perfectas, con dedos largos y rectos se movían de forma acompasada y elegante. Al descender su vista un poco más... no podía dar crédito a lo estaba viendo. Azdsáán tenía pene y testículos. Y cuando bajó su brazo dejó al descubierto un pecho musculoso.

«¡Es..., es un..., un marión! —pensó Taranis confundido y enojado—. ¡Me ha estado engañando todo este tiempo! ¡No es posible...!».

Taranis quedó petrificado. No había dudado que la destreza guerrera de Azdsáán, o la forma de cabalgar, o su fuerza física y su puntería fueran también cualidades femeninas, pues había oído hablar de las indias guerreras e incluso de las amazonas. Pero no esperaba, no concebía, que aquella mujer, por la que sentía una atracción especial, no fuera tal. Incapaz de moverse, o de articular palabra, no pudo siquiera desviar la vista hacia otro lado, quizá en un deseo de confirmar que no había sido más que un error de su vista cansada, un mal sueño y que aquella imagen desaparecería en algún momento.

Veía a Azdsáán como una mujer, no como un hombre. Y era una mujer fascinante o a él le había fascinado, o quizá fuera una bruja y estaba hechizado. Pero claramente su oscuro pene colgaba de su entrepierna y no desaparecía. Mientras se agolpaban en su mente estos pensamientos, Azdsáán llegó hasta Taranis. Las gotas de agua reflejaban la luz sobre su hermoso cuerpo, resaltando aún más su belleza. Había cubierto sus genitales y su pecho con dos tiras de piel de venado. Parecía una escultura clásica de una amazona en bronce dorado salpicada de aljófares. Se tumbó para secarse junto a Taranis que seguía sin moverse.

—¡Talani, bañar! —dijo Azdsáán sonriendo y tumbada boca arriba, apoyada en sus brazos doblados y mirando a Taranis de reojo, a la vez que fruncía su ceño para recordarle que olía como una mofeta.

Este no sabía qué hacer. Como un autómata sin pensamiento propio, terminó de quitarse la ropa para meterse en el agua, de espaldas a Azdsáán, porque sentía vergüenza, sobre todo al darse cuenta de que, pese a todos sus nuevos pensamientos y la reciente decepción, su sexo había tomado vida propia y continuaba anhelando el contacto con aquella persona. Se metió rápidamente en el agua hasta la cintura, y frotó su piel con inusitada fuerza para deshacerse de la mugre, pero también de aquella sensación que le abatía.

Azdsáán se secó en un instante porque los rayos de sol libaron con brío el rocío de su cuerpo, pero continuó en aquella posición entornando sus ojos y sonriendo a las caricias solares, disfrutando de una agradable sensación de calidez. Parecía que su piel quería absorber cada una de las ráfagas de luz, para volverse más tersa y suave, y resaltar un hermoso color acaramelado en todo su cuerpo.

Taranis seguía mirándola desde el agua, sintiéndose sobrepasado por primera vez en toda su vida, sin decidir lo que debía hacer o qué podía decir. Cerró también sus ojos y sin pretenderlo, visualizó la forma almendrada y oscura de la mirada de Azdsáán, las negras pestañas enmarcando sus profundas y brillantes pupilas observándole fijamente desde lo más profundo de su misma alma, cautivándole y trasladándole hacia los rincones más recónditos de su propio ser.

Aprovechó que Azdsáán tenía los ojos cerrados para salir del agua y tumbarse cerca de ella, pero a cierta distancia, boca abajo, por si acaso su miembro se la volvía a jugar. Azdsáán contempló sin pudor el cuerpo de Taranis, maravillada del volumen de los gallardos y musculosos glúteos, embelesada al comprobar que estaban salpicados de vello. Su atracción hacia él era poderosa, pero debía confirmar si él la sentía también, como parecía.

41

Sor Juana en palacio

México, abril de 1665

Leonor entró como una exhalación en el dormitorio de su esposo, como hacía cada mañana, mostrando una gran excitación, desplazándose resuelta de un lado a otro, regresando para girar en torno a sí misma y continuar con este baile frenético alrededor de la habitación. El marqués seguía su rutina de vestirse en solitario, pues en cuanto Leonor accedía a la estancia, Cristóbal discretamente se retiraba.

—¿Qué te ocurre, querida? ¿Qué es lo que te agita hoy el ánimo? —preguntó el virrey.

— Antonio, ¿me lo preguntas? ¡Micaela lleva semanas detenida por el Santo Oficio! ¡Y, además, hoy es el día en que llega la joven Juana de Asbaje a palacio! *Es ist zu viel.*[23] ¿Te parecen pocos motivos? —respondió Leonor alterada.

—¿Y qué te preocupa de esos asuntos? —continuó preguntando el marqués, mientras seguía alisando su vestimenta con ambas manos frente al espejo.

---

[23] Es demasiado.

—De Micaela, Antonio, me angustia pensar si la estarán torturando y no poder hacer nada. Y de Juana, si lo encontrará todo a su gusto. ¿Se sentirá cómoda en palacio? Temo que no estemos a su altura, Antonio. Esa joven es un prodigio, aprendió a leer sola con tres años.

—No podemos inmiscuirnos en los asuntos del Santo Oficio, ya lo hemos conversado. Solo hay que esperar a que se haga justicia. Y sobre el otro asunto, tú eres la virreina de la Nueva España…, si algo no le pareciese bien a Juana, como dama de la virreina, quizá la propia virreina pueda hacer algo para que lo encontrase todo de su agrado. ¿verdad, querida?

—Juana prodiga conocimientos que están fuera de lo común. Ya se ha leído la *Mística Ciudad de Dios* de aquella monja de Ágreda, sor María de Jesús, dice que para prepararse espiritualmente antes de recibir a Cristo en el día de la Encarnación —expuso Leonor sorprendida de la erudición de la joven Juana.

—Si lee desde los tres años y tiene catorce, sin duda habrá consultado un buen número de obras —interrumpió el virrey—. No sé si una mujer tan leída va a encontrar marido.

—¡Antonio! Yo también he leído mucho y tengo esposo —protestó Leonor.

—Por supuesto, querida…, tienes el esposo que mereces… —añadió el virrey con una sonrisa de medio lado.

—Lisy, de seguro habrá de estar tan emocionada como yo…

—Pues eso. Ve y coméntale… —remató el marqués considerando que en el tema de Juana no podía hacer nada para apaciguar el ánimo de Leonor.

El virrey repasó varios asuntos con su secretario, entre los que resurgió una demanda que venía arrastrándose desde la etapa del virrey anterior. Se hizo pasar a la sala al pintor Antonio Rodríguez y su suegra que aguardaban audiencia.

—Indicad vuestro nombre y el asunto de referencia que os trae hasta aquí —dijo el secretario en nombre del virrey.

—Excelencia. Mi nombre es Antonio Rodríguez, pintor. Acudimos ante vos, yo como testigo y en nombre de mi difunto suegro, el pintor José Juárez y por voz de sus herederas, mi suegra, doña Isabel de Contreras, aquí presente, viuda del referido pintor y su hija doña Antonia, mi legítima mujer —respondió el pintor dirigiéndose al virrey y mirando al secretario que tomaba nota del asunto.

—¿Y qué es lo que venís a demandar y testificar? —preguntó el virrey.

—Su excelencia, ya hará casi tres años falleció mi suegro, y hasta el día presente no se ha realizado el cobro por los retratos que le había encargado pintar su predecesor, su excelencia el conde de Baños —añadió el pintor.

—¿Y por qué motivo no le reclamáis a él? Aún continúa residiendo en la ciudad de México, al menos mientras tenga lugar el juicio de residencia —preguntó de nuevo el virrey.

—Señor, hemos reclamado a su excelencia, el conde, en diversas ocasiones, sin resultado. Y ya ni siquiera nos recibe cuando vamos a averiguarle. El señor conde argumenta que se trató de un encargo realizado siendo virrey y, por tanto, guarda carácter oficial y no particular. Y que, por este motivo, tras su cese, no le corresponde a su patrimonio hacerse cargo de ellos. Y que habiendo muerto el interesado se terminó la deuda con él —aclaró el pintor.

—Muy bien. Antes de iniciar ningún trámite, le recordaré personalmente al conde que debe hacerse cargo del coste de las pinturas. En caso de que se hubiera tratado de un encargo oficial y el gasto lo hubiera de asumir la caja, los retratos habrían de permanecer en el palacio Virreinal y aquí no se halla ninguno de ellos —manifestó el virrey gesticulando con los brazos para aludir al espacio del palacio.

—Excelencia, mi suegra y yo mismo le estamos muy agradecidos y rogamos interceda por nosotros, pues la deuda del trabajo realizado es demasiado elevada para personas humildes como nosotros, si bien se trate de una cantidad menor para el patrimonio del señor conde —expuso el pintor inclinándose de nuevo y con la mano derecha sobre su pecho.

—Mi secretario le irá informando de los avances. En todo caso, mi intención es encargar mi retrato oficial como virrey para completar la galería de la Sala de Real Acuerdo, y por supuesto otros de mi señora esposa y mi querida hija —anunció el virrey sonriente.

—Será un honor retratar a tan insigne familia, excelencia —reconoció el pintor, mientras miraba de reojo a su suegra, que acababa de palidecer pensando que de nuevo trabajarían en balde para otro virrey.

—Por supuesto, os adelantaré parte de su coste y el resto a la entrega de los retratos. Recibirán noticias pronto. Eso es todo —declaró el marqués, mientras doña Isabel volvía a tomar aire relajada, pues había estado conteniendo la respiración al verse aún más empobrecida.

42

Imán en la piel

Área chichimeca, enero de 1665

La mente de Taranis daba vueltas buscando una respuesta sobre lo que debía hacer. El sol era demasiado intenso para su piel poco acostumbrada a exponerse de forma tan directa, y tan pronto se secó, sintió los arañazos de los abrasadores rayos de sol. La luz había entrado en combate contra la oscuridad procurando no ser repelida por esta. Taranis tomó entonces la decisión de despedirse e irse. Se dio media vuelta para recoger su ropa, pero Azdsáán hacía ya un rato que la había tomado para lavarla, tratando de sofocar el intenso olor rancio que desprendía, así como retirar la sangre seca e inmundicias adheridas a lo largo de aquellos días.

No tendrían más remedio que continuar desnudos hasta que su ropa se secase. Dos hermosos cuerpos deseándose mutuamente, pero sin atrever a aproximarse uno al otro. Taranis observaba el cuerpo de Azdsáán en la orilla del agua frotando y golpeando la ropa contra el agua y estrujándola con fuerza, riendo y jugando como si combatiera fieros enemigos, y sintió de nuevo una descomunal excitación. Se ruborizó y trató de tapar con ambas manos su miembro erguido, dándose la vuelta lo más rápido que pudo para que Azdsáán no se percatara. Esta había advertido de reojo toda su evolución, y sonrió.

Para evitar quemar su piel bajo el intenso sol, a quien culpaba del acaloramiento sufrido, Taranis se desplazó a un terreno más alto, a la fresca sombra de un saliente rocoso, y volvió a tumbarse boca abajo, evitando que Azdsáán se percatara de su continuado estado de excitación. En su mente seguían agolpándose pensamientos que le torturaban al sentirse como un sodomita deseando el cuerpo de otro hombre y la condena eterna de su alma. Quizá no fuera marión, pues había oído casos de hermafroditas, o personas que tenían ambos genitales. Azdsáán tenía cuerpo de hombre pero parecía una mujer. No entendía quién era ella, y sobre todo no comprendía lo que le ocurría a él.

Azdsáán tendió la ropa en el suelo para que se secara y se tumbó junto a Taranis, mirándolo fijamente. Apoyaba su cabeza en el brazo derecho, y con su mano izquierda acarició el hombro desnudo de Taranis y sonrió al comprobar cómo toda su piel se erizaba y el vello del final de su espalda se ponía enhiesto, incluso los tersos glúteos se cubrieron de pequeñas protuberancias, como piel de un ave sin plumas. Azdsáán pasó entonces la palma de la mano sobre este vello erizado casi sin tocarlo, sintiendo su poder para alterar la piel de Taranis.

Él se hacía el dormido. El contacto de la mano de Azdsáán le producía un escalofrío, una descarga eléctrica que debilitaba la densa sombra que le rodeaba desde niño. Iba a exigirle que no le tocara y pensó moverse bruscamente, separando su hombro, o su cadera, chasqueando su lengua para hacerle entender que no estaba conforme, es más, que le desagradaba esa intimidad con un hombre. Pero su cuerpo reaccionaba de forma independiente a sus pensamientos y no pudo moverse ni articular palabra, tan solo continuó reaccionando como limaduras de hierro a los movimientos de la piedra imán que era la mano de Azdsáán.

Ella se deleitaba explorando con las yemas de sus dedos los recodos de la musculosa espalda de Taranis, y descendió de nuevo por su espina dorsal hasta sus glúteos, sus muslos, sus gemelos y sus pies. Taranis contenía su respiración para evitar que su cuerpo, al inspirar aire, aumentara de volumen y que su pecho o toda su piel entraran en contacto con la mano de Azdsáán, y no pudiera ya despegarse o que fuera tal el placer originado por ese roce que no pudiera controlar sus deseos. Pero sus pulmones no pudieron retener por más tiempo la respiración y expelió de golpe todo el aire brotando vibrante con la frecuencia y el ritmo de un jadeo de placer. Volvió a tomar aire antes de que Azdsáán avanzara un nuevo movimiento. Ella se iba sintiendo cada vez más segura, observando y controlando las reacciones del cuerpo de Taranis, y al comprobar que este no le pedía que se detuviera, continuó.

Ella sentía que conocía a aquel hombre desde siempre, que sus espíritus eran afines y que sus cuerpos se atraían como la tierra atrae al agua de lluvia contenida en las nubes. Juntos eran barro, una mezcla de tierra y agua que no podrían evitar unirse, mezclarse, y que nunca volverían a ser lo que eran antes, la tierra sin agua sería tan solo barro seco, y el agua nunca regresaría pura a su estado. También estaba sintiéndose excitada, pero Taranis no se atrevía a mirarla.

—¿Seguir? —preguntó. Pero Taranis no podía responder, porque el aire había vuelto a quedarse aprisionado en el interior de sus pulmones, refrenado como sus sentimientos en lo más hondo de su ser.

Del tremendo esfuerzo por contenerse, o por aguantar la respiración, o por sofocar los dolorosos pensamientos que se agolpaban en su mente, no pudo articular una respuesta, y sus ojos enrojecieron y se inundaron de lágrimas. Quería decirle que no siguiera, pero no pudo. Al expeler su aliento Taranis rompió a gemir con llanto incontenible, pues ya no podía seguir reteniendo ni el aire, ni tampoco sus sentimientos. Después de tres décadas de existencia, las lágrimas por fin habían encontrado su camino hacia la emancipación. Aquellos eran sollozos acumulados a lo largo de los años y surgían ahora entrecortados, junto a otra sensación también nueva para él. Nunca había llorado ni por los desprecios de su padre, ni por sus latigazos con varas de avellano, ni al dejar la casa siendo un niño, ni por la muerte o la mutilación de sus compañeros de batallas, ni por la soledad del guerrero. Lloraba sin entender el motivo. Se había desarmado ante esta mujer indígena y sentía vergüenza. Pero su mayor temor era que ella nunca le volviera a mirar como lo había hecho hasta entonces, con la ternura y admiración de esos ojos profundos en los que podía bucear hasta encontrar el reflejo de su propia alma.

Se sentía indefenso a su lado, pero también se sentía amado y protegido. No sabía cómo afrontar estas nuevas sensaciones y sentimientos que ahora estaba experimentando. Nadie le había acariciado de aquella forma su piel ni le había hecho sentir de aquella manera. Ella no había hecho más que apoyarle y guiarle, realmente, ella no le había dicho que fuera una mujer. Ella no le había dicho nada. Él se lo había imaginado todo de ella y ahora la culpaba por ello.

La penumbra que rodea a Taranis desde su nacimiento y que se había ido alimentando con las continuas humillaciones de su padre, seguía diluyéndose, reduciéndose en extensión y haciéndose más y más transparente con la luz de Azdsáán. Se había plantado una semilla de luz en el umbrío recinto de su alma que luchaba por germinar.

—Nunca antes me he sentido así, Achán. No puedo explicarlo. Pero... Tú... eres un hombre, como yo y nuestros cuerpos no pueden... estar juntos. Es pecado mortal. Me tortura el deseo que siento... hacia ti —explicó Taranis cuando pudo armarse de valor.

—¿Pecado mortal? —preguntó Azdsáán, que prefirió detener la exploración del musculoso cuerpo de Taranis, al percibir que estaba incomodándose.

—Dios condena el alma a penar durante toda la eternidad.

—¿Dios no querer o tú no querer?

—No sé. Ninguno.

—Decir… —solicitó Azdsáán buscando una respuesta más clara y con un gesto invitándole a continuar su explicación.

—Porque naciste hombre, aunque pareces mujer y te comportas como mujer y actúas como mujer, y en realidad te veo como a una mujer. Pero eres hombre.

—Azdsáán atsáhaa no ser hombre. Y no ser mujer tampoco.

—Achán, lo que tienes entre las piernas te hace ser hombre.

—Azdsáán ser guerrero. Diosa decir sueños no ser más guerrero. Tener dos espíritus. No ser hombre.

—¿Tu gente te ve como una mujer?

—Azdsáán ser dos espíritus. No mujer. No hombre. Azdsáán poder elegir esposo. Elegir Talani. ¿Talani elegir Azdsáán?

—Nunca me he sentido atraído por hombres, Achán.

—¿Azdsáán ser hombre para Talani? —inquirió entristecida.

—Sí —contestó Taranis sin reflexionar su respuesta.

—¿Azdsáán ir? —preguntó Azdsáán a Taranis, tratando de que este le mirara a los ojos? Pero Taranis no respondió. Ni la miró siquiera, avergonzado.

Hundió su cabeza sobre los brazos cruzados, pues seguía tumbado boca abajo, para que Azdsáán no se diera cuenta de que las lágrimas seguían acumulándose en sus ojos saturándose de la rabia, la angustia, el miedo y el amor que hervían en su interior. La sombra a su alrededor volvió a hacerse densa. Ella percibió el sufrimiento de Taranis, y con el rostro entristecido, y los ojos vidriosos, se levantó para comprobar si la ropa se había secado. Se vistió y se fue, sin decir nada, y sin despedirse de Taranis, que seguía tumbado, de nuevo envuelto en una densa penumbra.

43

Redes infames

México, abril de 1665

Tras la sesión con el pintor y su suegra, cuando quedaron a solas el virrey continuó la conversación con el secretario:

—¿Qué opinión os merece el caso? —preguntó el virrey sin ambages.

—Señor, no es extraño que los condes de Baños eviten afrontar la deuda.

—¿A qué os referís?

—Señor. No sé si debo... —respondió con temor el secretario.

—Ya es tarde para que calléis —advirtió el virrey.

—De acuerdo. Es bien conocido que la señora marquesa de Leyva, la anterior virreina, tiene desmesurado interés en acumular riqueza y ninguna intención en soltarla.

—Os ruego que seáis más explícito —indicó el marqués.

—Señor..., la excelentísima señora virreina concedía favores a aquellos que estuvieran dispuestos a pagarlos a buen precio. Vendió importantes cargos, como alcaldías o corregimientos —aclaró el secretario colorado del esfuerzo que hacía para denunciar asuntos tan delicados.

—Rodearse de personas de confianza no es una práctica extraña y, en ocasiones, obtener un beneficio de ello, no es inusual tampoco. Sin embargo, me sorprende que fuera la virreina quien negociara para ofrecer los cargos en la administración y no el virrey. ¿Cómo es esto posible? —preguntó el virrey.

—Ella se ocupaba del negocio, pero su marido validaba sus propuestas. No puedo afirmar si él conocía o no qué era lo que estaba firmando, pero ratificaba con su sello todo lo que su esposa proponía y supongo que compartían beneficios —explicó el secretario.

—Entiendo...

El virrey se levantó de la silla, preocupado. El rey le había advertido que le informarían de detalles sobre la nefasta gestión del conde de Baños y sospechaba que había aún mucho más. Miró al secretario con rostro inquisitivo y le pidió que continuara.

—Existe otro asunto, señor. Una considerable cantidad de plata sin marcar, ni quintar, que la señora virreina vendió por mano de un allegado suyo y que nadie conoce de dónde procedía —continuó el secretario que encontró el momento propicio para denunciar lo que habían venido sufriendo los últimos años.

—¿Plata sin quintar? Eso es un grave asunto. ¿Y quién la vendió? —preguntó el virrey mostrando un gran interés por el tema.

—Don Diego de Peñalosa, señor.

—¿El gobernador de Nuevo México? ¿Se le detuvo y se le requisó la plata? ¿No es así? —señaló el virrey contrariado.

—Entonces no era aún gobernador, señor. Efectivamente, la plata se requisó pero se le devolvió en cuanto se conoció que quien estaba detrás era la misma virreina. Así que lo dejaron pasar pese a que, señor, ¡se trataba de más de diez mil pesos de plata sin quintar! No ha de ser casualidad que poco después de aquello, el señor Peñalosa fuera nombrado gobernador de Nuevo México —explicó el secretario mientras recogía unos papeles y observaba de reojo la reacción del virrey.

—Inaudito. ¿Le pagó a la virreina con plata sin quintar para obtener el cargo de gobernador? ¿Los oidores o los obispos no denunciaron esta situación? O ¿es que todos se beneficiaron de esta trama? —volvió a preguntar el virrey.

—Al contrario. Todos nos sentíamos a disgusto con aquel baboseado negocio. Nadie se atrevía a hablar. La virreina organizaba fiestas por todo lo alto y sorteaba, entre los asistentes, quién se haría cargo de costearlas, como si se tratara de un honor, beneficiándose a continuación con favores, claro está —indicó el secretario.

—Parece que lo tenía todo bien organizado para lucrarse y sin gastar ni un peso.

Don Antonio Sebastián volvió a sentarse, el bigote le empezaba a temblar de indignación. Se acomodó en la silla mientras el secretario continuó hablando:

—No solo obtenían ese beneficio económico, señor. Encontrándose delicada de salud, pues a sus cuarenta y cinco años la virreina había vuelto a quedarse en cinta, ordenó desviar la procesión del Corpus, cambiando su recorrido habitual solo para que ella y sus damas pudieran contemplarla desde el balcón del palacio, el que da al estrado. En este caso, el Cabildo reclamó y se condenó al virrey a pagar la suma de doce mil ducados —siguió explicando el secretario.

—¿Todos estos asuntos atañen solo a la virreina? ¿Y el resto de la familia? —preguntó el virrey con curiosidad.

—Pues también procuraba enriquecerse de manera tan poco íntegra como rápida. Por ejemplo, con el galeón de Manila o con una red de sobornos que implantó el virrey. Pero, señor, excusadme de seguir hablando, os lo ruego… —solicitó el secretario compungido y más colorado aún que antes.

—¡Vamos! Concluid vuestra historia sin recelo —ordenó el virrey—. Hasta Madrid llegaron las pendencias de los hijos del conde. Pero deseo conocer vuestra opinión y lo que vivisteis.

—Señor. Los hijos del conde son la peor plaga que jamás ha asolado a esta ciudad. Deben de ser un castigo divino por nuestros múltiples y gravísimos pecados, sin duda alguna.

—Fue una excepción que el conde consiguiera licencia real para venirse a la Nueva España con sus hijos mayores de edad y uno de ellos, además, casado. ¿Participaban de los negocios de la madre? —se interesó el virrey, pensando que la trama era familiar.

—Ninguno ha mostrado nunca el mínimo interés en esforzarse ni por los negocios maternos, ni por ningún otro asunto, más allá de su propio deleite. Organizaban sonadas celebraciones, con frecuencia, que no solo suponían un gravamen a las arcas, sino que eran un insulto a la decencia, un escándalo incluso para esta corte que, según tengo entendido, no es tan rígida y protocolaria como otras... —respondió el secretario desolado.

—Continuad —ordenó el virrey apoyando el codo en la mesa y sosteniendo su barbilla sobre el dorso de la mano doblada, mientras esbozaba una sonrisa maliciosa de medio lado.

—Señor..., nunca fui invitado a dichas celebraciones. Así que solo puedo referir lo que otros me han contado, sin poder confirmar la veracidad de ello.

—Así todo, querido secretario, eso es mucho más de lo que yo puedo conocer al respecto, que es nada. Continuad, os lo ruego.

—¿Sabéis que los ciudadanos de esta corte llegaron a apedrear a la familia a la salida de una misa en la catedral, verdad? —preguntó el secretario sin poder evitar una maliciosa sonrisa de medio lado.

—No, no tenía conocimiento de este hecho. Pero me parece una barbaridad terrible e injustificada, fuera lo que fuera que hubieran hecho. No hay que tolerar linchamientos de este tipo —respondió el virrey, irguiéndose, pensando que algo semejante pudiera ocurrir a su esposa e hija—. Estuve presente en aquella corrida de toros en la que, al entrar la familia del conde de Baños en la plaza, todos les silbaron y se mofaron a gritos. ¡Me parece terrible! ¡Terrible!

—Pues todo eso tiene también relación con don Pedro, el hijo mayor, que tiene un carácter endemoniado. Parece ser que insultó a uno de los criados del conde de Santiago de Calimaya y este debió responderle con algún agravio, porque el señorito Pedro, le atravesó con su estoque, llevándolo a la muerte —continuó el secretario.

—¿Y no se hizo justicia? —añadió el marqués.

—Eso es lo peor del caso, señor. Los oidores quisieron hacer justicia, pero el virrey, por tratarse de su hijo, lo impidió. Todo este asunto fue un auténtico escándalo, que supongo debió de llegar hasta Madrid, pues tiempo después, el día 28 de junio de 1664, bendito sea ese día para estos reinos, llegó el cese fulminante para el virrey. Al enterarse, entre toda la familia casi dan muerte a golpes al mensajero, pues se veían ya privados de sus negocios. Se nombró entonces como interino al obispo de Puebla, quien le hizo entrega a vuestra excelencia del bastón de mando —explicó el secretario tratando de no mostrar la sincera emoción que le colmaba.

—Me sorprende que esta corte no haya ardido en llamas con todo lo que habéis referido. El inminente juicio de residencia del virrey valorará sus actuaciones y se esclarezcan todos estos asuntos, condenándolos si es preciso —afirmó el virrey sin convencimiento de lo que decía, pues sabía que como mucho le impondrían una multa.

—La corte y toda la Nueva España agradece al rey os haya designado como sustituto, pero sobre todo que se lleven bien lejos a esa espantable familia.

44

Sombra que va y viene

Área chichimeca, enero de 1665

Taranis continuó un tiempo inmóvil, absorto en sus pensamientos. En esa posición creía que podía reflexionar mejor sobre lo que le estaba sucediendo. Le hubiera gustado dar marcha atrás en el tiempo para evitar haber descubierto que Azdsáán no era mujer... ni hombre. O, más aún, no haberla conocido. Ahora se sentía quebrado en su interior, como si su alma se hubiera dividido o estuviera luchando por asimilar algo que no era capaz de comprender. Se había producido una fisura entre su cuerpo y su alma. Había llegado a sentir una extraordinaria conexión con Azdsáán que suponía que no podía ser otra cosa sino amor, sentimientos que nunca antes había tenido por nadie.

Aunque había deseado a otras mujeres, no había padecido esa necesidad de diluirse en ella, de fusionarse. Tras la fisura del alma, su cuerpo actuó de manera independiente a lo que su cabeza dictaba. El deseo por Azdsáán era evidente y se mantuvo recio incluso tras haber descubierto que no era la mujer que imaginaba. Pero algo le impedía moverse. No era consciente del tiempo que transcurrió así, quizá fueron horas, quizá días, sin sentir hambre, ni sueño, ni ganas de continuar su existencia. De pronto escuchó voces alrededor, y se levantó para vestirse:

—Ahí está el hideputa —gritó Fernando, que tras la huida había hecho todo lo posible por darles caza.

—¡Tomás! ¡Que no se escape! El muy cabrón quiere vestirse... ¡Dale, Tomás! ¡Aprieta, que lo tenemos! —dijo Alonso riéndose a carcajadas, mientras lanzaba pedradas a Taranis para evitar que cogiera los pantalones.

Taranis no tuvo tiempo más que para ponerse los zaragüelles y meter los brazos en las mangas de la camisa, pues antes de calzarse se le abalanzaron los tres hombres al unísono, dándole de puñetazos y patadas. Volvió a sorprenderse por la reacción de su cuerpo, porque este no presentó batalla. Su cabeza quería luchar, pero su cuerpo permaneció inmóvil, quizá se infligía así una penitencia, o aceptaba que su existencia había llegado a su fin. Tras golpearlo violentamente, lo ataron. Lleno de tierra y sangre, Taranis parecía un títere inanimado, un pelele inerte al que su espíritu le hubiera abandonado.

Con la expresión de dolor retorciendo su rostro, Taranis se resignó a su destino. Su sacrificio no iba a salvar a la humanidad, pero quizá le salvaría de sí mismo, pues se sentía un despojo cobarde, un cuerpo vacío que no había sabido comprender ni retener a un alma que había sabido conectar con la suya, que no fue capaz de aceptarla como era, ni de enfrentarse a las dificultades que le vinieran por ello. No merecía seguir viviendo.

Ataron un extremo de una soga a la silla de montar y el otro a las manos de Taranis y le obligaron a caminar, con la camisa abierta y descalzo. Cuando caía agotado, el caballo arrastraba su cuerpo por la tierra, hasta que con enorme esfuerzo y despellejándose las rodillas, conseguía levantarse de nuevo, más magullado, empolvado, herido y sangrante que en la caída anterior.

250

Azdsáán había sentido la aflicción que corroía por dentro a Taranis y su incapacidad para asimilar quién era ella. Se había alejado no por enojo o resentimiento, sino para evitarle más dolor, y librarle del daño que su presencia le causaba. Ella sabía bien quién era y lo que quería, y no quiso contagiarse de la incertidumbre de Taranis. Este tenía que hacer frente por sí solo a sus propios demonios.

Alejarse de su lado fue un sacrificio para Azdsáán, pues desde el momento en que le vio por vez primera, arrojando por los aires al hombre que intentaba forzarla, reconoció y aceptó un vínculo permanente. Estaba segura de que él sentía lo mismo por ella, pero era incapaz de reconocerlo. ¿Acaso Taranis no había sentido nunca el amor y no sabía reconocerlo?

Cuando Azdsáán escuchó los cascos de los caballos galopando y el olor que arrastraba el viento le advirtió de que se aproximaba un grupo de españoles, ya estaba demasiado lejos para avisar a Taranis. Se aproximó sigilosa para observar desde lo alto de un promontorio, constatando cómo golpearon, capturaron y ataron a Taranis, sin que este ofreciera resistencia, aunque cada golpe retumbaba en su ser como si los recibiera directamente en sus propias carnes. Estaba unida a él, y nada podría romper aquel lazo, ni siquiera las dudas de Taranis. Rastreó al grupo con facilidad, pues se movían lenta y torpemente. Su único miedo es que llegara demasiado tarde para Taranis.

Al llegar la noche, aseguraron a Taranis en un árbol, con la apariencia de un Cristo flagelado y sangrante atado a la columna. Su rescate de la mujer india fue una traición imperdonable para ellos, y pagaría con su vida. Querían humillarlo, por lo que le escupían y se orinaban sobre él mientras reían a carcajadas o le arrojaban tierra a patadas para que se adhiriese a su piel amalgamada con orines y sangre. Taranis parecía ya un muerto.

Tras comprobar que le dejaban bien atado, los hombres se acercaron al calor de una hoguera que uno de ellos acababa de prender. Mientras cocinaban una frugal cena, conversaban sobre la forma en que harían sufrir a Taranis:

—¿Qué habrá sido de la zorra que escapó con este cabrón? ¿Dónde se habrá metido la muy puta? —dijo Alonso.

—Habrá huido con su gente —respondió Tomás elevando los hombros para responder con una incógnita mientras arrojaba una rama seca a la hoguera para avivarla.

—Al menos… Al menos hemos podido coger a este cabrón. Mañana le cortamos las orejas por traidor, lo enterramos en la arena y le echamos miel en la cabeza. Ya se ocuparán las hormigas y alacranes del desierto de rematar la faena —propuso Tomás enseñando los dientes de rabia.

—¿Y nos vamos sin comprobar si queda bien muerto? No. Le colgamos del pescuezo de la rama de ese árbol hasta que quede seco —añadió Alonso más calmado.

—No —respondió Fernando con la autoridad que había manifestado en ocasiones anteriores—. Al amanecer le rebanaremos el cuero cabelludo en vivo, como hacen los putos indios, y después le dispararemos algunas flechas. Llevaremos su cuerpo mutilado a Cadereyta, y así tendremos una nueva declaración de guerra y más esclavos.

—¡Bien pensado! Tendremos licencia para asaltar sus rancherías —dijo Tomás.

—¿Qué flechas usamos? ¿Tepehuanes? —preguntó Alonso.

—Tepehuanes quedan tres o cuatro; kikapú, otras dos o tres, y lipán, dos. Mañana decidimos —contó Tomás mientras revisaba el carcaj, y movía las flechas como si de bolillos se trataran, para diferenciar su procedencia por la forma de atar las plumas y los colores utilizados. Continuó—: ¿Qué haremos con las piezas que capturemos? ¿Adónde las llevaremos esta vez? Y, por cierto, ¿qué cojones hacen con esos indios?

—Ni lo sé ni me importa. Los dejaremos en La Escondida como las otras veces. Y ahí se acaba nuestro encargo. El resto no es asunto nuestro, ¿no? —respondió Alonso, aunque la pregunta iba más bien dirigida a Fernando que parecía ser quien entendía los tratos con los traficantes.

—Pues dicen que a unos los venden en las islas del Caribe y que a otros se los llevan a las minas de plata del Parral... ¿Por cuánto los venden? ¿Quién se beneficia de esa venta? —añadió Tomás que pasó de la rabia a la indignación.

—Tú, idiota. ¿No te dan acaso diez maravedíes por pieza? —respondió Fernando.

—Una mierda, Fernando. Tomás tiene razón. Cada indio sano vale cien veces más que lo que nos pagan —indicó Alonso.

—Mucho más, se podrían sacar hasta quinientos reales. Todo el beneficio es para otros, pero nosotros arriesgamos la vida con los putos salvajes. ¿Dónde está Jerónimo? ¿Y Pedro?... ¡Muertos! Si a nosotros nos dan una mierda de cobres por ellos, ¿quién se lleva los miles de reales de plata del beneficio? —dijo Tomás.

—Pues el mismo que te contrata a ti, imbécil —respondió Fernando.

—¿El señor Velasco? —preguntó Alonso mientras avivaba el fuego.

—¿Ese es el vizcaíno de Cadereyta? —añadió Tomás mirando fijamente a Alonso.

—Pero callaos, idiotas. No mentéis nombres —reprochó Fernando arrojándole un madero que tenía en la mano listo para añadir a la hoguera y que rebotó sonoro y seco en la cabeza de Tomás, seguido de un quejido de este—. Yo soy quien os paga y el que os contrata y punto. Tomás, por cretino, haces el primer turno de vigilancia. Alonso, mentecato, harás el segundo. A dormir. Que mañana tenemos que cortar una linda cabellera.

Taranis, pese a estar golpeado, dolorido y magullado, con los ojos hinchados y amoratados, y sin poder distinguir quién hablaba, escuchó toda la conversación. Recordó entonces el verdadero objetivo de aquel viaje, la misión que le había hecho cruzar el océano y que le había encomendado el marqués de Mancera. Sin pretenderlo, había recibido información precisa, datos concretos que le permitirían continuar su indagación, un nombre que no debía olvidar, Velasco, vizcaíno, que al parecer era quien encargaba los esclavos, un lugar, Cadereyta, y un punto de reunión, La Escondida, donde los juntaban o recogían. Y le sobrevino un nuevo objetivo: sobrevivir.

Azdsáán se acercó al campamento sigilosa, en cuanto Alonso y Fernando se durmieron. Tomó el cuchillo de pedernal que llevaba atado en su antebrazo. Temía que hubieran acabado ya con la vida de Taranis y su corazón se aceleró al pensar que quizá no volvería a sentir su abrazo nunca más. Tomás, el supuesto vigía, daba cabezadas sobre su pecho arropado con la manta que se había echado sobre los hombros y aturdido por el calor de la hoguera. Azdsáán se acercó moviéndose a gatas y, pegada al suelo para no ser vista, alcanzó a Tomás por su espalda. Tapó su boca para que no gritara y le rebanó el cuello con el cuchillo que empuñaba en la otra mano. Sin hacer ningún ruido, dejó el cuerpo dando sus últimas convulsiones, sentado tal y como estaba, pero con la sangre brotando a borbotones y con la cabeza desplomada sobre su pecho. Y se internó de nuevo en la oscuridad.

Amparada por las sombras, se acercó hasta Taranis, que, agotado y dolorido, había caído exhausto y dormía para recuperar fuerzas. Le tapó también la boca para evitar que gritara o se asustara, y con el cuchillo cortó las cuerdas que lo mantenían prisionero. Puso el dedo índice sobre los labios de Taranis para que no hiciera ruido y regresó a la hoguera, después de haber sentido una descarga eléctrica por aquel contacto. Taranis también la había sentido.

Alonso, tumbado al otro lado de la hoguera, se dio media vuelta buscando una postura más cómoda para dormir. Abrió los ojos al percibir que algo no iba bien, y se encontró con el pie y la espinilla de Azdsáán frente a su nariz. Esta, con la rapidez de un puma, se arrodilló sobre su pecho y le cubrió la boca para cortar también su cuello de un solo tajo mientras Alonso pataleaba.

Fernando se despertó al escuchar el forcejeo, tomó la espada con la que dormía abrazado y se levantó para atravesar con ella a Azdsáán. Esta lanzó su cuchillo con certera y mortal precisión atravesando el corazón de Fernando antes de que aquel llegara a golpearla con su acero. El golpe seco de su cuerpo cayendo de espaldas sobre la hoguera levantó una nube de chispas, y se fundió su expresión de sorpresa por lo que acababa de suceder, que una india, una mujer, hubiera terminado con su vida.

Tras verificar que los otros dos estaban también muertos, retiró a Fernando de la hoguera, pues al chamuscarse estaba provocando una humareda negra que llamaría la atención en la distancia. Volvió a buscar a Taranis que continuaba inmóvil y pegado al árbol. Lo ayudó a levantarse, pero las plantas de sus pies y sus rodillas estaban en carne viva, así que cargó aquella mole humana sobre su espalda, para llevarlo junto a la hoguera y evitar que se quedara helado.

—Talani. Fuego —le dijo mientras lo levantaba. Aunque Taranis era mucho más grande que Azdsáán, esta lo alzó sin dificultad.

Añadió más leña al fuego, le lavó con un trapo para retirarle de la piel la suciedad e impurezas y le cubrió con otra manta. Acercó su cuerpo al suyo, arropándose a su vez con la tercera de las frazadas que los muertos habían dejado sin uso.

La piel de Taranis no estaba acostumbrada al contacto con el calor humano. Durante su infancia, a excepción del cuerpo de la anciana Francisca, no había tenido un acercamiento físico verdadero con otra persona, piel con piel. En el ejército los compañeros le abrazaban o le golpeaban, pero sin provocarle emoción alguna. Y los arrumacos con mujeres casadas y alguna prostituta con las que había intimado no eran más que descargas en busca de placer fugaz que le dejaban tan vacío como antes.

Sin embargo, el calor del cuerpo de Azdsáán a su espalda, la cálida respiración sobre su nuca, su vivo aliento, su enérgico abrazo, su aroma envolvente le inducían una sensación desconocida. La firmeza con la que los brazos de Azdsáán rodeaban su cintura avivó un nuevo escalofrío, evitando que siguiera cayendo en el abismo de la desesperación. Sentía la convulsión de cada una de las gotas de su sangre trotando aceleradas por su cuerpo, se estremecía al sentir correr su vida a través de sus extremidades, de su torso, de su cabeza. Esa agitación le devolvió el calor perdido de su cuerpo y le restituyó el deseo de continuar existiendo. Por vez primera sintió el verdadero contacto con otro ser humano. La joven apoyó la cabeza en la espalda de Taranis, lo que provocó un nuevo torrente de escalofríos en su cuerpo.

45

Narcisos

México, junio de 1665

Juana de Asbaje había nacido en San Miguel de Nepantla, un pueblito al sureste de la ciudad de México, en la misma provincia, pero en el límite con el estado de Morelos, aunque hacía ya unos años que su familia se había trasladado a la capital del virreinato. Su incorporación como dama de la virreina evidenciaba, por un lado, que ya había dejado la edad infantil de menina, y por otro, que se esperaba de ella no solo que aprendiera modales cortesanos, sino que encontrara un marido próspero.

Cuando Lisy tuvo conocimiento de que llegaba otra joven al palacio se había entusiasmado casi tanto como su madre, o quizá se había contagiado de la emoción que inundaba a aquella. Micaela había estado muy poco tiempo con ellas, y desapareció sin que nadie le explicara adónde se había ido o por qué motivo. Se sentía sola y había depositado toda su esperanza en la llegada de esta joven. Sin embargo, tan pronto como se hizo presente en la corte mexicana, Juana se convirtió en un martirio para Lisy, pues las atenciones de todos, hombres y mujeres, y en especial las de su madre, se centraron en

257

aquella joven hermosa y con tanto talento de la que todos solo hablaban maravillas, olvidándose de la existencia de la que había sido la niña, el centro del mundo.

Leonor, sin pretenderlo, alimentaba el sentimiento de soledad y aislamiento de Lisy y sus celos hacia Juana, cada vez que alababa la hermosura y compostura de esta, o reiteraba una y otra vez lo inteligente y culta que era, y relataba las conversaciones tan amenas que ellas dos tenían. El nuevo sentimiento se fue haciendo más profundo en Lisy y su angustia se ancló en su pecho, con una devastadora fuerza que trataba de escapar de su encierro desgarrando su envoltorio. El luminoso halo dorado que envolvía a la niña desde su nacimiento se resquebrajó, como le sucede a una taza cuando recibe un líquido demasiado caliente. Si alguien hubiera prestado atención en ese momento, incluso habría percibido un leve sonido al quebrarse en dos, al fracturarse su alma. Esa oscura grieta en su luz se fue ensanchando con el tiempo y ya no permitiría a Lisy volver a ser la misma de antes.

Juana le dedicaba versos a Leonor, a quien llamaba Laura en sus juegos de complicidad, y la virreina sonreía complacida y halagada, iluminándose el rostro cada vez que la joven recitaba, cantaba o conversaba con ella. Cada día que pasaba, Lisy se retraía más y más. A diferencia del trato hacia su madre, Juana mostraba hacia Lisy total indiferencia, se dirigía a ella lo imprescindible y la trataba como a una niña pequeña, si no la ignoraba por completo, aunque estuviera presente en las conversaciones con su madre.

La diferencia de edad, en esta etapa, resultaba un abismo impracticable. Juana con catorce años, consideraba a Lisy, que aún no había cumplido los diez, como una molesta mocosa rubicunda que buscaba protagonismo entre los adultos e interfería en su relación con la virreina. Lisy, al inicio se esforzaba por participar en las tertulias de Juana con su madre, pero se le escapaba el sentido de las metáforas y desconocía o no comprendía las citas eruditas que aquella joven enunciaba una vez detrás de otra, y que, al parecer, encandilaban al resto de las damas, aunque quizá tampoco ninguna de ellas las comprendiera. Aquellas conversaciones a Lisy le aburrían sobremanera. No alcanzaba a entender qué era tan gracioso o por qué se emocionaban con aquella serie de palabras incomprensibles que Juana hilvanaba. La alegría de Lisy se fue apagando, como su brillo, sin que nadie se percatara de ello.

46

Reparación del alma

Área chichimeca, febrero de 1665

Azdsáán temía por la vida de Taranis, que respiraba dolorido con las costillas rotas y tenía la temperatura muy alta, los labios blancos, ásperos y resecos. No había más opción que buscar ayuda.

Después de cabalgar durante varios días por el desierto, casi sin agua y sin comida, uno de los caballos cayó exhausto. No pudo ya levantarse por más intentos que hacía. Azdsáán acarició su hocico y le dijo algunas palabras al oído, y a continuación le clavó su puñal en la vena cava del cuello para recoger su sangre en un cuenco.

—Talani beber —ordenó Azdsáán dejándole la sangre aún caliente del caballo. Sacó el corazón para enterrarlo como agradecimiento a los espíritus por aquel alimento y cortó trozos de los músculos de las ancas del animal para llevar provisión para el camino, aunque fuera cruda.

—No, no. Toma tú, Achán —contestó Taranis dejándose caer su brazo al suelo arenoso y ardiente del desierto.

—No, Talani beber —insistió Azdsáán obligando a tomarse el cuenco.

Taranis estaba demasiado débil para masticar la carne cruda del caballo, así que Azdsáán introducía pequeños trozos en su boca y los masticaba hasta ablandarlos lo suficiente para que él los pudiera tragar. Días más tarde, otro de los caballos cayó rendido también por la sed y el cansancio y Azdsáán repitió la operación, salvándose de morir. Ella iba a pie y Taranis en otro de los caballos que aún aguantaba. El territorio se hizo menos inhóspito, había algunos cactus y plantas, como la lechuguilla, con los que beber y comer, y refrescar y curar las heridas de Taranis. También pudo recoger abrojos y cambrones para hacer una hoguera y asar la carne de las cabalgaduras.

Taranis se sentía una carga inútil, acrecentando así su pena y su vergüenza. Estaba gravemente herido, y no podría valerse por sí mismo, y además no conocía el terreno, ni a nadie en miles de kilómetros alrededor, no sabía adónde ir, ni siquiera dónde se encontraban. Así que, por primera vez en su vida adulta, estaba por completo a merced de la voluntad y la generosidad de otra persona. Le estaba costando hacerse a la idea de aquello.

Continuaron sin rumbo hasta que encontraron tunas o higos de la tierra en las pencas de los cactus, y el territorio dejó por fin de ser tan extremo. Los caballos buscaron desesperados algunas hierbas que ramonear, y con el agua de las lechuguillas y las tunas, a las que Azdsáán con paciencia quitaba las espinas para dárselas a los caballos y a Taranis, se fueron manteniendo unos y otros.

Después de varios días más al límite, divisaron en el horizonte a unos indios rayados que regresaban de una expedición de caza. Azdsáán les hizo señales. Desde lo alto de sus caballos, los rayados se apiadaron de las condiciones en que se encontraban tanto las personas como los caballos, y les invitaron a acompañarlos hasta su campamento.

El cuerpo de Taranis estaba cubierto de laceraciones y, aunque las heridas ya no fluían, había perdido mucha sangre y se estaban infectando. Tenía el rostro hinchado y amoratado y los derrames le impedían ver, aunque prefirió ocultárselo a Azdsáán para no preocuparla aún más. En cuanto entraron en la aldea de los rayados, Taranis perdió el sentido, ella trató de sujetar su cabeza e intentó reanimarlo sin éxito. Los ojos de Azdsáán se llenaron de lágrimas temiendo no haber sido lo suficientemente rápida. El anciano del poblado se acercó al cuerpo de Taranis y comprobó que aún respiraba. Ordenó que lo introdujeran en su tienda y con paciencia casi gota a gota, le fue suministrando una infusión de hierbas que fue equilibrando el ritmo de su corazón.

Pese a la sencillez de los materiales, las viviendas de la aldea eran firmes y cómodas. Su interior resultaba acogedor y aislaba del calor del día y del frío de la noche. En el centro de las cabañas se encendía el fuego del hogar, y su humo escapaba por una pequeña abertura en el techo. Al interior de cada una de estas cabañas cabían hasta diez personas sin dificultad.

Pasaron los días y Taranis no se despertaba, pese a los cuidados diarios de los ancianos de la aldea. Azdsáán permanecía día y noche en la entrada de la tienda, esperando confirmación de que seguiría con ella en este mundo. El anciano preparaba emplastos con diferentes hierbas y plantas para sus heridas, y le obligaba a tomar cucharadas de una espesa sustancia que guardaba en uno de los zurrones hechos de piel de conejo curtida y a beber infusiones que preparaban con otras hierbas.

Cuando finalmente despertó, Taranis no era consciente del tiempo que había transcurrido. Miró a su alrededor extrañado de encontrarse en el interior de una choza, pues no recordaba cómo había llegado allí. Buscó a su alrededor forzando la vista para adaptarla a la penumbra interior, y solo distinguió a una mujer anciana de pequeña estatura, vestida con una piel que cubría casi todo su cuerpo, ligeramente encorvada y con una larga y encrespada cabellera blanca, que estaba preparando un emplasto de hierbas, dando golpes y restregando una piedra cilíndrica sobre otra plana.

—Buenos días —dijo Taranis intentando parecer amable con la anciana.

Esta lo miró de reojo, sin levantar la cabeza y tras recoger algunas hierbas, se le acercó. Con sorprendente agilidad se arrodilló a sus pies, hablándole en una lengua que él no comprendía. Taranis la miró con ojos tiernos y una leve sonrisa, moviendo la cabeza a los lados para darle a entender que no entendía lo que le decía.

Ella, sin prestarle atención, tomó un cuenco que estaba al lado de la cabeza de Taranis, donde el anciano le servía la sustancia espesa, y echó en su interior las hierbas que estaba majando. Lo mezcló bien, removiendo su contenido con un dedo con una larga uña. Ayudándole a erguir su cabeza, la anciana lo obligó a beber el contenido, sin delicadeza alguna y derramando buena parte de este por el pecho desnudo de Taranis. De nuevo sin mirarlo siquiera, ni advertirle de lo que iba a hacer, la anciana retiró de golpe la piel que le arropaba con un veloz movimiento que tomó a Taranis desprevenido. En ese momento vio que su cuerpo estaba completamente desnudo y se sonrojó. No tenía fuerzas para resistirse y tan solo le dio tiempo a tapar con ambas manos sus genitales, por vergüenza o por instinto. La anciana le tomó entonces uno de los pies, sobre el que, sin tanto cuidado como había hecho Azdsáán días atrás, le extendió el emplasto que había estado preparando, parecido al que le había dado a tomar, mediante golpes con las palmas de sus manos y dejando sus pies totalmente embadurnados.

El rostro de Taranis aún estaba encendido de rubor, brillando en la oscuridad de la tienda como una luciérnaga roja, cuando entraron Azdsáán y otras dos jóvenes del poblado. Azdsáán sonrió aliviada en cuanto vio a Taranis despierto, iluminado de aquel hermoso y brillante tono bermejo y cubriendo sus genitales con ambas manos. Se rio y compartió con las otras su pensamiento sobre el hermoso cuerpo de Taranis, a pesar de estar deshidratado y demacrado. Las tres rieron a carcajadas. Tras terminar de untarle los pies, la anciana continuó subiendo, esmerándose en las zonas más castigadas. Cuando terminó, le había restregado el ungüento por casi todo el cuerpo salvo los genitales, porque no hubo forma de que Taranis retirara las manos con las que los cubría, ya que opuso toda la resistencia de la que fue capaz. La anciana desistió por imposible. Volvió a cubrirlo con la piel a modo de manta y el rojo encendido de Taranis por fin se desvaneció.

Las tres jóvenes le traían algo de comida que habían preparado: un poco de conejo asado molido con tunas para que pudiera tragarlo sin necesidad de masticarlo. Pero la anciana les indicó que Taranis aún no debía comer nada sólido. Este tenía mucha hambre como reivindicaron sus tripas rugiendo enfadadas. Las mujeres salieron y volvió a quedarse dormido, despertando de vez en cuando, sobre todo cada vez que la anciana entraba en la cabaña para darle de beber el mejunje del cuenco o para untarle el cuerpo con el emplasto. Uno de los días entró en la cabaña un anciano, seguido por la mujer de blancos cabellos encrespados. El hombre llevaba puesto un tocado con plumas de aves y entonó un cántico rítmico con una voz ronca y profunda. La mujer, detrás de él, le marcaba el ritmo acompañando con una maraca. El anciano tomó entonces un cuenco que llevaba en una mano y con la otra, también adornada con plumas, le dedicó a su contenido un cántico.

Azdsáán había entrado también siguiendo a la anciana y se había arrodillado en un rincón de la cabaña. La mujer anciana giró la cabeza para llamar a Azdsáán y le pidió, en su lengua, que le tradujera a Taranis lo que el hombre-medicina iba a decirle. Azdsáán se arrodilló junto a la cabeza de Taranis, que observaba intrigado todo lo que estaba sucediendo a su alrededor.

—Talani tomar espíritu peyote —dijo Azdsáán tratando de traducir lo que el hechicero quería transmitirle.

—No entiendo —respondió Taranis.

—Tomar —repitió Azdsáán señalando con una mano el cuenco que le ofrecía el anciano y con la otra haciendo el gesto de beber—. Talani viajar mundo espíritus. No miedo.

—No tengo miedo, Achán —respondió Taranis esbozando una dolorida sonrisa.

—Espíritu peyote sanar heridas —concluyó Azdsáán mientras sujetaba por la parte inferior el cuenco para evitar que se le cayera y ayudando a empujarlo para que tomara todo el contenido. Los párpados apretados de Taranis y el gesto de su boca acreditaban el mal sabor de la bebida que ingería, amarga como la hiel que le recordaron al cacao que había ingerido en Veracruz.

47

Seducción

México, Palacio virreinal, agosto de 1665

Abigail se despertó aquella mañana de agosto con un claro objetivo en su mente. Había estado dando vueltas toda la noche a un nuevo plan que le permitiera volver a actuar. Los mensajes de La Rueda que había recibido las últimas semanas indicaban que el virrey estaba tramando algo, y que era imprescindible conocer sus movimientos.

Leonor no utilizaba el búcaro envenenado, pese a las constantes insinuaciones de Abigail sobre la hermosura y el aroma de aquel vasito en particular. Su nueva estrategia se centraría directamente en el marqués, en conseguir información útil y en desestabilizar su matrimonio seduciéndole. Se visitó lo más elegante y voluptuosa que sus posibilidades le permitían y salió al encuentro del marqués. Preparó un poco de chocolate con agua y un poco de leche, agregando vainilla y azúcar, como le gustaba al marqués, y colocando cuidadosamente unos bizcochos en la bandeja, se dirigió al dormitorio del virrey. Llamó a la puerta, pero como no recibía respuesta, Abigail se atrevió a iniciar la conversación, a través de esta.

—Señor. Le traigo chocolate —comentó Abigail en voz susurrante, pensando que resultaría más seductora.

—Gracias. Llévaselo a Leonor o a Lisy —respondió el marqués desde el otro lado.

—Pero, señor, la señora ya se ha ido de visita el convento con la niña. Se enfriará y ya tiene vainilla y azúcar, como le gust...

—Estoy muy ocupado. Gracias Abigail, puedes irte —remató el virrey abriendo la puerta levemente, cogiendo la jícara con dos dedos y cerrándola de nuevo de golpe.

Abigail regresó a su habitación roja de ira. Se había acicalado para nada, pues el virrey ni tan siquiera la había mirado. Pero era joven y hermosa, estaba limpia y perfumada, y solo tenía que dejar claro que estaba dispuesta a cumplir sus deseos. Lo abordaría cuando saliera y se le insinuaría. Regresó a la puerta de la habitación del virrey con un cubo y un cepillo, y aguardó varias horas aburrida, sentada en el suelo y bostezando.

Al oír ruidos en la puerta del dormitorio, se arrodilló, remangándose las faldas hasta por encima de las rodillas y se descalzó para mostrar aquella parte íntima que enloquecía a los hombres y que las damas seductoras solo destapaban ligeramente con intención voluptuosa: los pies. Con un cepillo de cerdas gruesas y el cubo con agua jabonosa se dispuso a fregar el suelo.

Hacía fuerza con el cepillo dando mayor impulso en cada arremetida, por lo que, con cada movimiento, su cadera oscilaba de uno a otro lado, lo mismo que sus senos, que bailaban con rotundos movimientos circulares a punto de derramarse de su aprisionador escote. Pensaba que ese movimiento insinuante de sus nalgas, su posición arrodillada y sumisa, y la contemplación de sus pies serían irresistibles al mostrar partes de su anatomía que no estaba permitido para ninguna mujer decente.

—Buenos días, señor. Siento las molestias…, me voy… si así lo desea —susurró Abigail, girándose sin levantarse de su posición arrodillada, mirando de reojo al marqués y apretando sus senos con ambos brazos para resaltarlos aún más.

—Esta no es tarea tuya. ¿Te ha pedido Leonor que lo hagas? Qué extraño. ¿Por qué no friega el suelo alguna de las criadas que están para ello? Y ¿por qué motivo te has vestido así para fregar? Vas a estropear ese vestido —Se preguntaba el marqués frunciendo el ceño, sin mirar a la joven, mientras pasaba por su lado tratando de no pisar las partes mojadas.

—¡Maldita sea! —pensó Abigail, arrojando el cepillo dentro del cubo—. ¿Debo sentarme desnuda en su regazo para que me preste atención?

Cuando el marqués regresó a su dormitorio para cambiarse de ropa, después de varias horas de reuniones, se encontró a Abigail apoyada en la mesa de trabajo, cuyos papeles había estado previamente curioseando, aunque sin encontrar nada relevante. El marqués había aprendido la lección y desde el viaje a Triana ya no dejaba ningún papel importante a la vista. Los guardaba siempre en un cajón secreto de la mesa y bajo llave, y la llave siempre iba colgada de su cuello. Abigail se había bajado aún más los hombros del vestido para mostrar el arranque de sus firmes brazos, y resaltar también sus voluptuosos senos firmes. Continuaba descalza, y levantaba una parte de la falda para mostrar la pantorrilla, en una postura que a ella le parecía de lo más sensual e insinuante.

—¿Necesita Leonor alguna cosa? —dijo el marqués, sin contactar visualmente con la joven.

—Señor… Ardo en deseos. Hacedme vuestra aquí y ahora. Quiero complacer vuestros más íntimos deseos… —añadió Abigail, con una postura sensual y rasgando la voz para seducir.

—Pues mi deseo más ardiente, querida, es que salgas de esta habitación. Buenas tardes —concluyó el marqués, abriendo la puerta del dormitorio con la mano derecha, mientras seguía sosteniendo el libro sobre las acequias en México y observaba un plano de estas.

Abigail, enrojecida, se vio obligada a salir, fracasando su plan por tercera vez, y henchida de deseos de venganza. Ya no se trataba solo de cumplir con una misión, sino de reparar su orgullo femenino herido. De una u otra forma, estaba dispuesta a dañar al virrey. De nuevo en su dormitorio, buscó bajo la cama la caja con papel y pluma para enviar un nuevo mensaje. Le habían indicado previamente que dejara los recados y notas en el paseo de la alameda dentro del hueco de un árbol en concreto. Escrito con jugo de cebolla, solicitaba ayuda para terminar con la vida de la familia del marqués.

48

Pecados y presagios

México, Palacio virreinal, agosto de 1665

El domingo, después de escuchar la misa en la iglesia del convento de las Conceptas, Leonor y el virrey sentados en la carroza de regreso al palacio, conversaron después de varios días alejados por sus ocupaciones.

—Querido, ¿te he mencionado lo que dice mi prima en su última carta? —mencionó Leonor.

—No. Creo que no —respondió el marqués observando por la ventanilla a un grupo de mujeres mexicas ataviadas con sus huipiles, conversando en la calle.

—Pues parece que la salud del rey es preocupante —añadió Leonor que sostenía la carta en las manos.

—Así es. Esa noticia llegó también por otras vías. Pero ¿qué es lo que comenta tu perspicaz prima? —preguntó el marqués.

—Pues dice que el rey ha expulsado sangre por la boca y tiene vahídos que le privan de la vista y congojas mortales —respondió Leonor, leyendo literalmente los párrafos, con gran dificultad por el traqueteo de la carroza.

—Pero no es la primera vez, querida. En el 61 padeció la misma enfermedad, que atribuyeron a ciertas fiebres y se recuperó.

—Pues no parece que, en esta ocasión, vaya a recuperarse. Que Dios lo proteja y nos proteja a todos si el rey muere —dijo Leonor mientras se santiguaba.

El virrey descorrió de nuevo la cortinilla para comprobar el lugar por el que la carroza se desplazaba y continuó hablando, cerrando la misma de un golpe tras comprobar que apenas habían avanzado unos metros:

—Confiemos en la fortaleza del rey Felipe... y en la voluntad divina, más que en los pronósticos de tu prima.

—Quizá está siendo envenenado, Antonio —especuló Leonor con expresión de preocupación, que no se debía tanto a la salud real como a sus propios temores personales.

—Querida... —declaró el marqués cortante, alzando la cabeza para mirar frontalmente a su esposa—. Debemos tener precaución con las afirmaciones que hacemos. ¿Envenenado por quién y cómo?

—Bueno, no sé..., esos síntomas... Es evidente que algo no va bien en el cuerpo del rey... Ah, también comenta el milagroso suceso de Nápoles —añadió Leonor cambiando de tercio al ver que su esposo había saltado malhumorado.

—¿Y eso? —preguntó el virrey apático.

—En marzo llovió sangre durante horas... ¡Como las plagas de Egipto! —comentó Leonor compungida.

—Querida, lo que llovió en Egipto fue granizo. La sangre bíblica a la que te refieres tiñó las aguas del río Nilo, pero no caía del cielo. Incluso a la hora de hacer milagros, resulta más sencillo teñir de rojo las aguas que hacerlas llover... —afirmó el virrey convencido.

—*Natürlich*,[24] Antonio, pero siento que... algo terrible nos acecha. El rey enfermo, la lluvia de sangre en Nápoles, el incendio de la plaza Mayor de Madrid o el terrible huracán que

---

[24] Naturalmente.

asoló derribando torres y edificios,[25] o las catastróficas tempestades en Galicia, Vizcaya y Andalucía, ¿qué más puede ocurrir? Estoy con mi prima, Antonio, algo terrible acecha, son presagios del año entrante, el de los tres seises.

El marqués ya se estaba incomodando con esta conversación. Era bastante escéptico en cuanto a los acontecimientos fuera de los normal. Creía que muchos de los milagros o de los acontecimientos extraordinarios debían tener una explicación natural, pero era más sencillo y rentable hacer creer lo contrario y fomentar la superstición.

—Bastantes son los males que afligen a estos territorios que me competen, para ocuparnos de los ajenos —remató el marqués malhumorado y con el ceño fruncido.

---

[25] El incendio de la plaza Mayor de Madrid se produjo el 20 de mayo de 1673 y el huracán azotó en el mes de septiembre en Madrid y otras partes, derribando torres y casas, y arrancando árboles de raíz. Mayor daño causó la tempestad en Galicia, Vizcaya, Castilla, Granada y otras regiones de Andalucía.

49

Visiones

Área chichimeca. Febrero de 1665

Taranis terminó de beber el denso licor parduzco del cuenco que le ofrecía el hombre-medicina. Lo había fabricado con el cactus del peyote, secado, molido y remezclado con agua y otras yerbas.

Tras el esfuerzo por erguirse, se dejó caer de espaldas resoplando de alivio.

No pasó mucho tiempo cuando la escasa visión que tenía se nubló, emborronándose todo a su alrededor. Los objetos parecían moverse de un lado a otro, las personas se estiraban y encogían, y estaban al mismo tiempo dentro y fuera de la cabaña. Sintió que toda su piel se incendiaba, ardiendo como si le aplicaran brasas encendidas en cada uno de los poros de esta, y le pareció que caía en un profundo pozo sin fin.

La velocidad a la que descendía por la tenebrosa fosa era cada vez mayor, sumergiéndose en una oscuridad que reconocía a la vez cercana y confiable, pues era la misma que le acompañaba desde su infancia, pero que ya no aparecía rodeándolo, sino que ahora era una parte de él mismo. Frenó repentinamente y su cuerpo quedó suspendido en el aire, flotando, pues podía ver el suelo, pero no podía alcanzarlo por más que intentaba ponerse en pie.

Mientras agitaba piernas y brazos para avanzar, un estruendo ensordecedor retumbó en su cabeza e inició una ascensión mucho más vertiginosa aún que la caída. En la subida, su cuerpo iba girando en todos los sentidos, y un terrible vértigo le produjo ganas de vomitar, aunque no había nada en su estómago que arrojar. Cerrar los ojos no le servía, porque aquella sensación de mareo era absoluta, y no se trataba solo de lo que veía u oía, era también lo que percibía en su piel, el roce del aire acariciando su pellejo mientras se desplazaba a gran velocidad.

Escuchaba un ruido ensordecedor de tambores lejanos que iban y venían hasta aturdirlo, y que se entremezclaban con risas y voces retumbando en su cabeza. Un intenso gusto amargo rasguñó su lengua, tornándose de pronto de un dulce embriagador y sintiéndolo ácido o salado a continuación, saboreando en su boca todos ellos por separado y a un mismo tiempo. Y percibía un aroma intenso, un olor que nunca antes había sentido pero que le resultaba familiar. Cuando cesó el vertiginoso ascenso, sintió haber alcanzado algún lugar apacible y sereno, con tanta luz que hería sus ojos. Los protegió cubriéndose con su antebrazo. El aroma se fue haciendo más y más intenso, hasta producirle angustia, pues le oprimía la nariz y le colmataba los pulmones.

En el centro de la luz se bosquejó el perfil de una figura que se fue haciendo cada vez más nítida hasta reconocerse a una mujer vestida con una túnica blanca y una capa azul que brillaba casi tanto como la luz que la envolvía. Ella le sonrió, posó su mano sobre su cabeza y le dijo:

—Taranis. Déjate guiar. Verás lo que yo vi.

La figura se desvaneció despacio, de igual forma que había hecho su aparición, dejando un intenso aroma a flores y un estallido de luces multicolores, que fueron perdiendo intensidad hasta tornarse en destellos totalmente blancos de nuevo. De estos fogonazos surgió otra figura que fue haciéndose visible entre los resplandores. Una que Taranis no recordaba haber visto, pero que pudo reconocer en el mismo momento en que hizo su aparición. Era su madre, que colocando la mano sobre su corazón, le dijo:

—Taranis. Busca dentro de ti. Déjate llevar.

Taranis lloró. Sintió el intenso amor de su madre fluyendo a través de su corazón hasta inundarle por completo, mientras ella se desvanecía sonriéndole. Una pregunta resonaba como un eco en su cabeza: ¿Cómo? Taranis se preguntaba ¿qué he de buscar? ¿Llevar adónde? Un águila real con el plumaje completamente dorado y mirada ígnea se apareció frente a él y le habló:

—Taranis. Tu corazón es tu guía.

—¿Mi corazón? Mi corazón está roto. No puedo amar… —se respondía Taranis desde su interior.

—Tu corazón no está roto, Taranis. Déjate guiar por tu corazón.

El águila real se transformó en Azdsáán que, mientras se erguía, abría sus brazos y lo miraba fijamente rodeada de una intensa luz dorada. Puso una mano en su pecho y con la otra acarició el rostro de Taranis con dulzura y la posó en su corazón mientras le decía:

—Taranis. Soy tuya y tú eres mío.

Alrededor de Azdsáán fueron apareciendo otras figuras, unas que acababa de conocer, entremezclándose con otras que trataba desde hacía tiempo, como la anciana indígena que la había colocado el emplasto que se fue transformando o confundiendo con Francisca, la mujer anciana que había salvado su vida al nacer, o al marqués de Mancera que al girarse se transmutó en el viejo hechicero, la dama azul de nuevo transformándose en la niña, la hija de los marqueses, irradiando colores y sonriéndole, y todos ellos le decían:

—Búscalo. Dentro de ti.

Las figuras se iban desvaneciendo, y cada una le hacía un gesto y señalaba que debía profundizar en el deseo de su corazón. El marqués-chamán añadió otra sentencia, con un guiño del ojo: «Recuerda tu misión. El camino es el mismo». Las imágenes se desvanecieron en delicados colores que fluían en espiral hacia su centro para colmatar una nueva figura que emergía nítida, la de un gran ciervo blanco con una luz más dorada y brillante que las anteriores. El ciervo, que mostraba una llama flameando en el centro de su cornamenta, lo miró fijamente con la serenidad de unos grandes ojos negros y brillantes, y se desvaneció. Pero la llama que prendía en su cornamenta se quedó titilante en el aire y se desplazó flotando lentamente hasta ser absorbida por el pecho de Taranis.

En ese momento regresó la oscuridad, las sombras lo invadieron todo de nuevo. Entre lo más profundo y siniestro de aquellas tinieblas pudo distinguir una figura acurrucada, con las manos cubriendo el rostro y llorando desconsolado. Al elevar su cabeza, distinguió los pequeños, tristes y redondos ojos azules, de párpados cansados, de su padre, Santiago. Con su mirada suplicante anhelaba el perdón de Taranis, por el trato injusto e inhumano durante años. Pero, cada vez que se disponía a hablar, sus labios no se despegaban. Santiago era incapaz de pedir perdón, se angustiaba y lloraba desolado por ello cubriendo su rostro por la vergüenza y el dolor. Fue incapaz de hablar, como Taranis fue incapaz de hacerlo con Azdsáán para expresar lo que sentía.

La chispa de luz que Azdsáán había sembrado en la oscuridad de Taranis días atrás, y que la visión del ciervo blanco inyectó en su pecho, se avivó dentro de él. Taranis cubrió con su mano la luz que irradiaba desde su corazón y se sintió entonces invadido por toda la compasión, todo el amor y toda la verdad que sustenta el universo. La llama, al comienzo pequeña y tenue, se ancló finalmente en su pecho, anidando en su corazón con inusitada fuerza.

Taranis se acercó entonces a la figura de su padre y lo abrazó. Comprendió su dolor y le perdonó de todo corazón. La luz y el calor de la llama viva de su pecho se prendió en él e hizo desvanecer su figura entre las sombras. La claridad invadió el vacío que habían dejado el rencor y el dolor acumulados durante años. Se esfumó también el dolor ronco y sordo del abandono, de la ausencia de amor y de la humillación que oprimían y ensombrecían su corazón. Había perdonado a su padre, pero sobre todo se perdonaba a sí mismo. Taranis sonrió. Estaba en paz consigo mismo. No buscaba ya la aprobación paterna, ni la de ninguna otra persona, ni para haber vivido su vida en el pasado, ni para poder vivirla en el futuro.

Sintió que aquella llamarada seguía rebasando su pecho, ardiendo cada vez más intensamente, iluminando a su alrededor y contagiando todo con su candor. Contempló la sombra que con las afiladas garras había tenido preso su corazón desde su niñez, ocultado miedos y resentimientos, y esta se retorció diluida por aquella radiante luz que le indicaba ahora cuál era su camino hacia su felicidad. Con esta revelación de paz, se quedó dormido y completamente exhausto.

A la mañana siguiente entraron en la choza en que aún dormitaba Taranis el anciano hombre medicina, la anciana mujer medicina y Azdsáán, y le pidieron que narrara lo más detalladamente posible la visión. Habló primero del descenso vertiginoso y del ascenso aún más rápido, de la luz y las figuras, y de lo que cada una le indicaba, del águila dorada, de Azdsáán, del venado blanco y de la llama y de nuevo del descenso, del abrazo a su padre, de la paz… Y se sorprendió a sí mismo por haber recordado todo con tanta precisión.

El anciano miró a Azdsáán y le preguntó bastante sorprendido en su lengua. Ella asintió con la cabeza. Tomó su mano y con la otra, la mano de Taranis, y recitó un cántico. Salieron a continuación, dejando a los jóvenes solos.

—¿Qué ha dicho? —preguntó Taranis.

—Hombre medicina muy contento. Talani ya conocer su camino —respondió Azdsáán.

—Achán, creo que he visto a la Virgen con su túnica azul. Pero es extraño, pues siempre se la representa joven, pero yo la he visto como una mujer anciana y diminuta —continuó diciendo Taranis, pensativo, mientras describía la indumentaria de la figura que había visto.

—Talani ver dama azul —afirmó rotundamente Azdsáán—. Madre venir en espíritu. Velar por nosotros. No diosa. Talani comer. Talani descansar —dijo Azdsáán acercándole un cuenco de madera con algo de comida fría. Le dejó comiendo y salió de la tienda.

Al cabo de unos días más, la vigorosa constitución de Taranis le permitió levantarse sin ayuda y salir de la cabaña apoyándose en sus maltrechos pies, cuyas heridas casi habían cicatrizado. Aún se sentía dolorido, pero las costillas habían fusionado y su piel, cuajada de heridas, cicatrizaba rápidamente sin complicaciones, gracias al emplasto aplicado con tanto esmero por la anciana.

Al reducirse la hinchazón de los párpados, también había recuperado la vista. Se calzó las botas que Azdsáán había recogido junto a sus pertenencias y salió. Le costó acostumbrarse de nuevo a la luz del exterior de la choza. Al cabo de un rato se acercó a Azdsáán, que conversaba alegre con las dos jóvenes que le habían visitado anteriormente. Ella iluminaba el entorno con su brillante sonrisa. Quiso agradecerles las atenciones.

—Buenos días, Achán... y compañía —dijo Taranis con media sonrisa, mientras se aproximaba hasta ellas lentamente, para no forzar su cuerpo ni herir las plantas de sus pies.

—Talani —respondió Azdsáán iluminando su rostro con una maravillosa sonrisa.

—Quiero daros las gracias por vuestros atentos cuidados —mencionó Taranis mientras las jóvenes sonreían, pues no entendían lo que les decía. Él continuó—: En cuanto recobre las fuerzas debo atender la misión que me trajo hasta aquí —explicó Taranis con el rostro entristecido y un tono de despedida.

—Azdsáán ir Talani —afirmó Azdsáán convencida.

—No, Achán. Tu sitio es este —contestó Taranis, con una sombra en su mirada que Azdsáán pudo reconocer.

—Azdsáán ir —remató ella con un movimiento horizontal de su mano izquierda, para advertir que se cortaba esa conversación. Taranis no insistió.

Uno de los guerreros jóvenes se acercó al grupo y comenzó a flirtear con otra de las muchachas que conversaban con Azdsáán. Ella sonrió y asintió con la cabeza, miró de reojo a sus compañeras y volvió a reír esta vez a carcajadas mientras entraba en una de las chozas. Durante un buen rato se escucharon risas, arrumacos y jadeos. Cuando salieron, el guerrero mostraba su pecho inflado como un pavo y sonreía vanidosamente, y la joven de nuevo riéndose se acicalaba el cabello con el rostro encendido de color.

—¿Es su esposa? —preguntó Taranis a Azdsáán.

—No. Cuervo gris no elegir esposo, aún —respondió Azdsáán—. Ser dos espíritus. Guerreros querer a ella como esposa —continuó, haciendo un gesto con el brazo para abarcar toda la aldea—. Antes Cuervo gris tener que probar —explicó Azdsáán.

Taranis la miraba cada vez más perplejo, y no estaba seguro si lo había entendido bien, pues le sorprendía la naturalidad con la que mantenían relaciones sexuales.

—¿Ella puede amancebarse con cualquier hombre soltero del poblado? —preguntó Taranis con gran interés.

—¿Mancenarse? Ella elegir guerrero para encuentro y ser honor para guerrero. Ella ser sagrada. Dos espíritus. No solteros. Guerreros tener varias esposas. Todos querer Cuervo gris. Esposas pedir a maridos que casar Cuervo gris —respondió Azdsáán divertida por la idea de que solo los solteros la cortejaran, que precisamente son los que menos estatus tendrían y recalcando que para la familia incorporar a una mujer dos espíritus era un gran privilegio.

—¿Y Achán? —preguntó Taranis.

—Azdsáán sagrada también. Ya elegir.

—¿Quién es el afortunado? —preguntó Taranis bajando la mirada, sintiendo clavarse y retorcerse en su corazón el puñal de celos, que provocó también que su rostro se encendiera de un rojo intenso.

—Talani —afirmó Azdsáán con rotundidad, pero con voz suave, sonriendo y mirando tiernamente a los ojos de Taranis.

Este no supo qué responder, simplemente, le devolvió la sonrisa. Quiso abrazarla y aspirar el aroma de su piel, pero se mantuvo alejado, pues acababa de experimentar una enorme excitación. Azdsáán se dio cuenta y sonrió.

PARTE III
Phobos. Amores prohibidos

50

Virtutem seminalem

México, noviembre de 1665

Leonor se despertó más temprano de lo habitual y se arregló con esmero, como hacía cuando planeaba salir del recinto de palacio. Pidió a los criados que preparan la carroza para acudir a su periódica visita a las monjas capuchinas de Toledo, quienes gracias a su apoyo llegaron a México para instalar una filial del convento de la Purísima Concepción toledano. Con ella pretendían recaudar fondos para el sostenimiento de la orden y en particular de la casa madre. Lisy la acompañaría, pues el aire del convento proporcionaba paz de espíritu y veía un comportamiento cada vez más extraño y distante en ella.

Las hermanas capuchinas alcanzaron la ciudad de México a inicios del mes de octubre y habían sido acogidas en otro convento, el de la Purísima y Limpia Concepción, el más próspero de todo México, hasta que concluyeran las obras de su propia sede conventual. Esa clausura era la más demandada por las damas criollas por el prestigio que a sus familias suponía ingresar allí y contaba con alrededor de ochenta monjas, aunque cada una tenía además dos o tres criadas a su servicio.

Las visitas de la virreina al convento de concepcionistas habían sido autorizadas por la madre superiora, y unas veces acudía para conversar con las hermanas conceptas y otras con las capuchinas. Además le motivaba un interés personal, pues doña Catalina de Almenara, una de las damas del séquito de doña Leonor, había ingresado allí como monja de velo negro, al poco tiempo de haber llegado a la ciudad de México, sorprendiendo a todo su entorno. Y le preocupaba el estado de Micaela, que el Santo Oficio había ordenado ingresar allí para servir en la lavandería como penitencia por sus faltas, ya que no se pudo demostrar que practicara la brujería.

Después de un corto viaje en la carroza desde el palacio de los Virreyes, se detuvieron en la puerta principal del convento de las Conceptas y entraron la virreina y su hija.

—¡Seáis bienvenida, señora virreina! Su excelencia nos hace grande honor y mucha caridad, visitando tan a menudo esta casa —señaló la madre superiora, saliendo al encuentro de la virreina.

—Su casa me es muy grata, así como la conversación con las hermanas y el sabroso chocolate que aquí preparan. Pero hoy solo me alcanza para visitar a sor Felipa María, vuestra invitada capuchina. Deseo saber cómo avanzan las obras de la nueva sede —respondió la virreina con una amplia y cálida sonrisa.

—Por supuesto, excelencia. Por favor, permitidme acompañaros hasta su celda —le indicó la madre superiora.

—Gracias, madre. Os hemos traído algo de pescado —dijo Leonor, señalando al criado que había quedado fuera y que dejaba en el torno una cesta repleta de frescos peces de la laguna—. ¿Os encontráis bien? Os noto algo abatida —continuó Leonor.

—Muy tristes, querida virreina. Aún lloramos la muerte de sor María de Jesús de Ágreda, una gran pérdida para nuestra orden y para la obra de Dios en la tierra —expuso la madre superiora compungida.

En torno a un patio secundario se disponían algunas de las celdas más espaciosas, con dos plantas y vista al huerto. Llamaron a la puerta de la celda de la madre sor Felipa María, la prelada capuchina de Toledo, mujer de carácter fuerte y temperamento áspero, cuya mirada hacía sentir bajo el constante juicio de Dios.

—¡Entre! —ordenó sor Felipa desde el interior de la celda.

Cuando abrieron la puerta, encontraron a la superiora capuchina fruncida sobre sí misma, arrodillada y rezando frente a un altar portátil. El hábito capuchino, arrebujado a sus pies, era de áspera lana de color marrón oscuro, sin teñir. El uso de este rústico tejido no solo pretendía ser un reflejo de la humildad de la orden, sino que su rozadura sobre las delicadas pieles servía como penitencia y martirio a las hermanas recordándoles el sufrimiento en la tierra por la salvación del alma. La capucha, que da nombre a la orden, colgaba apática sobre su espalda, y se ataba el hábito a la cintura con una basta soga, recalcando también su propio temperamento.

—Buenos días, madre. No deseo importunarla en sus rezos —indicó la virreina desde la puerta.

—Excelentísima virreina. Jamás importunáis. ¡Hoy no la esperábamos! Buenos días tenga también esta preciosa niña que nos acompaña —respondió la madre Felipa María, incorporándose del reclinatorio donde estaba rezando, de forma más ágil de lo que se esperaba por su complexión y edad.

Se acercó hasta la visita y dio unas secas palmaditas en los mofletes de Lisy, que la observaba con los ojos muy abiertos, pues trataba de entender a qué se debía la sensación de rechazo que le producía el color que percibía. Miró a su madre de reojo, que frunció el entrecejo como advertencia, así que Lisy ni se molestó en comentar que le escocía aquel tono marrón apagado, áspero y triste como su propio hábito, con el que se fundía en uno.

—Buenos días —alcanzó a decir Lisy, al tiempo que retrocedía un par de pasos para esconderse detrás de su madre, huyendo de las palmaditas de sor Felipa y de la desazón que le producía su presencia.

Al igual que su padre, la intensa mirada de sor Felipa María, le hacía sentirse sometida a un mudo interrogatorio que siempre se saldaría en su contra, fueran o no inocentes de la acusación que fiscalizaban aquellas pupilas.

—¿Cómo os encontráis hoy, madre? ¿Se han repuesto ya las hermanas después de tan largo viaje? —continuó Leonor, tratando de desviar la mirada de sor Felipa que se había posado como un ave carroñera sobre Lisy, y temiendo que advirtiera las excentricidades de la niña.

—En verdad, he de reconoceros, excelencia, que hasta que no tengamos casa propia, no estaremos cómodas —respondió sor Felipa con aflicción—. Niña, ve a las cocinas a que te compartan algún dulce y chocolate —remató agria sor Felipa, poniendo la mano sobre el hombro de Lisy y empujándola suave, pero firmemente, fuera de la celda en que se encontraba.

La madre invitó a la virreina a acompañarla escaleras arriba a la sala de estar, decorada con pinturas al fresco sobre la vida de la Virgen y amueblada como si se tratara de la habitación de recibir de una casa noble, aunque venida a menos.

—¿No os encontráis cómodas en este convento, madre? —continuó Leonor mirando alrededor, y expresando una severa preocupación por la situación de las monjas toledanas.

—No, excelencia. ¡Ansiamos terminar las obras de nuestro propio convento lo antes posible! Demasiado relajo, demasiada comodidad y desahogo se respira en estos muros, excelencia —añadió sor Felipa siguiendo con la mirada el recorrido que había hecho la virreina.

—Paciencia, madre. Os traigo un pequeño presente que espero que lo disfrutéis —le respondió Leonor mientras le extraía un vasito de búcaro rojo con estampillados, envuelto en un pañuelo humedecido con perfume. Leonor desconocía que se trataba del mismo búcaro que Abigail había untado con el arsénico y que aún no había utilizado.

—Muy agradecida, excelencia. Contamos con muy pocas pertenencias personales pero este es ya mi más estimado bien —dijo sor Felipa dejando el vasito sobre la mesa, y, girándose bruscamente hacia la virreina, añadió, demudando el rostro—: Excelencia, debo confesaros algo…, estamos aterrorizadas.

—¿Aterrorizadas, madre? ¿Qué os ocurre? —preguntó Leonor agitada y colocando su mano sobre el brazo de la religiosa.

—El Maligno… hace presencia en esta casa de Dios para asaltar a las hermanas —soltó finalmente la madre superiora capuchina entre forzados sollozos.

—¡Madre! ¡El Señor nos ampare! ¿El Maligno? ¿Estáis segura? —respondió Leonor con expresión de pánico y dando un salto atrás estremecida.

El rostro de la virreina palideció, sus manos quedaron gélidas y su cabeza hormigueaba anunciando un desvanecimiento. Sor Felipa la tomó de un brazo y la acomodó en una silla. Tomó una jarra y sirvió el agua fría a la virreina en el pequeño búcaro rojo con estampillados, que esta acababa de traer.

—Bebed, excelencia. No os preocupéis. Por el momento, nosotras nos hallamos a salvo de sus garras, pues el Maligno se ceba solo en una de las hermanas conceptas —confesó la madre superiora aliviada.

—¡No doy crédito, madre —respondió la virreina cubriendo sus ojos con manos temblorosas—. No tengo sed. Tomad y contadme con detalle qué es lo que está ocurriendo en este convento —añadió con los ojos muy abiertos y empujando el vasito de búcaro hacia la madre capuchina.

—Pues, según parece, presencias demoniacas atacan a la hermana Adoración de María. Esta, ya sea encontrándose sola o acompañada de otras de sus hermanas, es asaltada por las horrendas tentaciones carnales que le provocan esos demonios, de día o de noche, al andar o al sentarse, al acostarse o al oír misa, en todo momento, llegando incluso a expeler su eficacia *virtutem seminalem*.

—¿Cómo es posible? ¿Qué le sucede? —preguntó la virreina sorprendida y medrosa.

—Bueno, ella dice sentir que se abrasa sin sosiego, que su piel arde y que ese ardor se condensa aún más en su... sexo, y con cada movimiento, con cada paso o cada roce siente cómo desciende a los infiernos por causa de un gozo intenso, pero su mayor castigo es el remordimiento que eso le produce.

—Madre, ¿no pudiera tratarse de alguna enfermedad de sus partes pudendas y no del ataque del Maligno? —preguntó Leonor pensando en que su esposo le plantearía en primer lugar esta misma duda.

—No, excelencia. La quemazón abrasa todo su cuerpo, no solo en sus partes. Le arden los dedos de manos y pies. Dice también que tiene visiones en las que un ferocísimo demonio, que toma forma de hombre negro alto y fuerte, se le aparece convidándola a tener actos carnales. Y también que ve a su alrededor hombres y mujeres realizando actos impuros y deshonestos.

—¿La hermana ha recibido ya a su confesor? ¿Es conocedor el Santo Oficio de lo que aquí está sucediendo, madre? —añadió la virreina mientras se santiguaba.

—Aún no, excelencia. Aquí procuran manejar esta situación lo más discretamente posible para no ahuyentar a posibles novicias de las familias poderosas de México, que son las que sostienen este convento. Y sin su apoyo, no habría cómo mantener esta casa ni a los ejércitos de criadas que aquí sirven

—explicó con desdén sor Felipa, más partidaria de la austeridad y del trabajo propio.

—Pero no pueden dejar que siga martirizándola. ¿Hace algo al respecto? —reflexionó la virreina con la voz quebrada.

—Excelencia, el demonio no cesa en su intento de dañar a nuestro amado señor Jesucristo, a través de sus esposas, por más que estas traten de resistirse. La hermana Adoración hace cuenta está en su mano por evitarlo, se mortifica, ayuna y hace penitencia. Pero cuanto mayor es su sacrificio, más grande es su martirio, hasta sentir el terrible ardor del *membrum virile intra vas*. Dice ver una serpiente espantosa del grosor del cuerpo de un hombre que la persigue, y desde que no se levanta de su camastro porque no la sostienen las fuerzas, siente que ese horrendo monstruo se recuesta allí junto a ella. Y con sus mesmas manos, para arrancarse la serpiente que entra dentro de ella, se refregaba su *partibus vericundia*, hasta alcanzar de nuevo polución.[26] Señora, me violenta contaros todo esto, pero... —añadió sor Felipa con expresión de repulsa, santiguándose reiteradas veces— no cabe duda de que es obra del Maligno.

—Por favor, madre, os agradezco la confianza. ¿Desde cuándo viene sucediendo? —preguntó Leonor intrigada.

—Desde la llegada de la joven romaní, según dicen. Todas creen que esa joven abrió las puertas de este convento al demonio. Y este ha elegido a la hermana Adoración de María, la más hermosa y lozana de todas, para su disfrute carnal —concluyó sor Felipa.

—Conozco a Micaela y ella no ha podido pactar con los demonios. La causa ha de ser otra distinta. ¿Qué sugiere hacer al respecto, madre? —solicitó la virreina.

---

[26] Este caso fue real, aunque no sucedió en México, sino en Perú, en el convento de Santa Clara en Lima. La monja, Luisa Benites, apodada «la Pacora», declaró padecer todos esos tormentos y otros más. Parecería tratarse de un antiguo caso documentado de *furor uterino*. Véase Proceso de fe de las religiosas de Santa Clara de Trujillo (Perú). Archivo Histórico Nacional, INQUISICIÓN,1648, Exp. 6.

—Nosotras, las capuchinas, deseamos salir cuanto antes de esta casa y os rogamos impulséis la terminación de las obras de nuestro convento. En cuanto a las conceptas, no es mi incumbencia, excelencia, pero el mal ha de atajarse cueste lo que cueste para evitar que se propague. Habría que traer un exorcista... —reflexionó para sí misma la madre sor Felipa, con un brillo extraño en su mirada, pues aquello beneficiaría a su convento, y continuó—: Además, habría que sacar a la gitana de aquí y quemarla si es culpable de pactos con el Maligno o en cualquier caso, desterrarla de las tierras—concluyó sor Felipa.

—Comentaré todo ello al virrey, con discreción, para que se aceleren las obras de la casa de Simón de Haro para la fábrica de vuestro convento. Me voy con desazón por lo espantable que aquí sucede, madre. Entenderéis que no volvamos a visitaros hasta que se haya resuelto todo. Mantenedme informada y que tengáis un buen día y Dios las proteja a todas —añadió Leonor santiguándose mientras bajaba las escaleras y salía de la celda mirando de reojo a los lados por si se le aparecía alguna monstruosa figura que la asaltara como a la hermana Adoración.

51

Annus mirabilis

México, diciembre de 1665

Con la llegada del año de 1666, para algunos, el demonio haría acto de presencia y dominaría la tierra pues era el año de la Bestia, y se presentaría mediante una cruenta batalla espiritual. Para otros, las preocupaciones eran más terrenales, y tenían relación con la liberación de los esclavos. A finales del año 65 todos los habitantes de la ciudad de México y de la Nueva España ya habían escuchado y contribuido a la difusión del insistente rumor que pronosticaba la llegada de un rey Congo que acabaría con la opresión a la que se sometía a negros y mulatos.

Aunque la creencia en la llegada del rey Congo era bien conocida por los esclavos desde tiempo atrás, en los últimos meses se había reavivado y extendido, al parecer debido a la distribución de unos pasquines impresos que aparecían en todas partes, y cuyo origen se desconocía. La misma virreina se había encontrado uno de los pasquines sobre la bandeja en la que habían quedado los restos de su desayuno, sin poder explicárselo. En aquel pasquín se había representado de forma muy simple, casi burda, la coronación de un rey negro, en un trono, con una corona con cinco estrellas alrededor de su cabeza y detrás una rueda con cinco radios.

Lo tomó y observó los grabados frunciendo el ceño para entender su significado. Y, como cada mañana, si dirigió, esta vez blandiendo el pasquín en su mano, al encuentro de su esposo, a quien estuvo cuestionando sobre dicha representación:

—Pues sigo sin entenderlo, querido. Si las cinco estrellas se refieren al quinto reino, ¿es que hubo cuatro reyes negros anteriores? ¿A qué reyes se refiere? Si nuestro amado rey Felipe es el IV de ese nombre, ¿es porque el rey Congo se llamará también Felipe? Tampoco puedo imaginar qué significado tiene la rueda de un carro —advirtió Leonor entre sorprendida e indignada.

—La elección del rey o la reina es una antigua tradición en las cofradías de negros que repiten cada año. También en carnaval...

—Antonio, esto nada tiene que ver con carnestolendas. Está tornándose peligroso —añadió la virreina agitando el papel en su mano derecha.

—Así es. Alguien está circulando este rumor de la venida del rey Congo en el año de 1666, con intención de provocar un alzamiento de la población mulata y negra, haciéndoles creer que gobernarán en estas tierras de manera inminente —respondió el marqués.

En la base del grabado se podía leer una inscripción, destinada a los pocos que sabían leer, pero que todos y cada uno de los afrodescendientes conocía y repetían de oídas, esperanzados y temerosos, pues anunciaban la pronta llegada del rey negro, el Quinto Reino.

—¿Y los indios qué opinan, Antonio? —preguntó la virreina.

—Nada, están expectantes... —respondió el virrey.

—¿Expectantes? No creo que se sientan cómodos con esta perspectiva tampoco. Y ¿cómo comenzó? —continuó preguntando la virreina.

—Pues no se sabe bien, querida, pero parece que los pasquines se empezaron a distribuir desde aquí mismo, en palacio o en las proximidades. Eso ha hecho creer incluso que la historia cuenta con el beneplácito de las autoridades. ¡La mía!

—Habrá sido alguno de los mulatos que trabajan en palacio, ¿no?

—No es tan sencillo, querida. Hemos interrogado a criados, jardineros, portadores y otros mulatos y esclavos negros que trabajan o entran en palacio, y todos niegan saber algo.

—Esto es grave, querido. *Ich bin sehr besorgt*[27] —añadió Leonor arrugando el papel entre sus manos.

La primera vez que al virrey le llegó el rumor de la llegada del rey negro ni se inmutó. Había considerado que se trataba de una patraña. Sin embargo, los acontecimientos posteriores le hicieron reconsiderar las consecuencias que el rumor acarreaba para toda la población del virreinato y para su gobierno e incluso para el propio reino de España.

—Sea como fuere, hay una gran inestabilidad y se están produciendo revueltas. Algunas esclavas negras responden a sus amas, e incluso las agreden con golpes, otros negros insultan a criollos o españoles que pasan a su lado, y se producen situaciones violentas.

—Antonio, ¿acaso lo de la esposa de Alonso Gómez tiene que ver con esta profecía? ¡Qué horror! Se dice que su esclava trató de apuñalarla, pero eso ocurrió al poco tiempo de que llegáramos. Creí que solo pretendían provocarnos miedo… —confesó la virreina.

—Así es, querida. Doña Jerónima de Robles fue agredida por su esclava, pero al parecer sus propios amos solicitaron su indulto y el obispo virrey, mi predecesor, Diego de Osorio, la indultó. Pero, no podemos afirmar que estuviera relacionado con el inicio de este alzamiento.

---

[27] Estoy muy preocupada.

—Pues lo que menos necesitamos ahora es una revuelta de los negros. Y si se le unen los indios, no quedará otra que huir de estas tierras, Antonio.

—Lo sé, querida, lo sé —corroboró Antonio dándole palmaditas en la mano a su esposa para procurar tranquilizarla.

—Es terrible. ¿Qué será de nosotros, Antonio? —interpeló Leonor preocupada.

—Bueno, querida. Confío en que este rumor se extinga por sí solo. Llegará el año nuevo y lo más probable es que continúe todo como hasta ahora, sin reyes negros en estas tierras, salvo los caciques de los palenques. Pronto se darán cuenta de que todo fue una burla de alguien.

El marqués se había quedado pensativo mientras su esposa salía airada de la habitación. Poco después, Cristóbal se encontró al virrey preocupado observando el impreso.

—Señor, ¿le preparo ya la cama? —preguntó Cristóbal.

—No, aún no —indicó el virrey ensimismado.

—Como deseéis, señor. ¿Este es el impreso sobre el Quinto Reino?

—¿También te han llegado?

—Sí, señor. A todos nos llega de una u otra forma. La imprenta que los produce ha debido estar trabajando día y noche.

—¿Qué imprenta? —cuestionó el marqués de Mancera.

—La que los imprimió, señor —respondió Cristóbal sorprendido de la pregunta.

—¿Sabes qué imprenta los hace? —preguntó el virrey esperanzado de contar con alguna pista.

—No, señor. Pero antes de entrar a su servicio, siendo muy joven, trabajé a las órdenes de un impresor en Madrid. Puedo tratar de decirle algo sobre su fabricación —reconoció Cristóbal orgulloso.

—¡Por amor de Dios, Cristóbal! ¡Dime lo que sepas! —exclamó el virrey sorprendido mientras el criado colocaba el papel cerca de la llama de una de las velas que iluminaban la estancia.

—Poca cosa puedo decir, señor. Vea la filigrana de la marca de agua —señaló Cristóbal apuntando con el dedo—. Es un unicornio, así que yo diría que el papel es inglés.

—¿Te parece poca cosa esta información? ¡Los enemigos de España están fomentando este alzamiento! ¿Qué es esto que se ve ahí? —añadió el marqués subrayando con el meñique unos diseños que se distinguían en la marca de agua del papel que aún sostenía Cristóbal.

—Eso representaría un libro abierto rodeado de tres coronas, señor. Es la marca del papel que se utiliza en Oxford. Señor, la impresión tampoco parece de estas tierras, ni siquiera diría que española. Las tintas de color marrón oscuro, y el acabado, y si se fijan en estos detalles del diseño y la impresión, yo diría que todo es trabajo inglés.

—¡Por supuesto! —respondió el marqués pensativo—. ¡Así tiene más sentido el texto en la base del panfleto! ¡Cómo no lo he pensado antes!

—¿A qué os referís, señor?

—La supuesta profecía relaciona el reino de los negros y mulatos con la llegada del nuevo año que está formado por tres seises. El texto es parte de una profecía publicada por ciertos adivinos ingleses y portugueses cuya intención es desestabilizar al reino de España.

—Pero ¿los tres seises no es el número de la Bestia? Yo he escuchado que será el año del Maligno, señor —preguntó Cristóbal mientras se santiguaba.

—Pues sí, eso dicen otros también. Ya hay rumores de posesiones. Pero, en la Cábala judía se trata de un número muy especial, el que se repite siempre si sumas infinitamente de tres en tres todos los números.

—No lo alcanzo a entender, señor —confesó Cristóbal.

—Pues, sumas uno, dos y tres y tienes seis. Sumas cuatro, cinco y seis, y da quince, que es uno más cinco, es decir, seis. Lo mismo siete, ocho y nueve, y así de tres en tres, consecutivos, todos darán siempre seis. Y, según la profecía que te comento, el año próximo en números romanos es MDCLXVI. Este número contiene en orden descendente todos los números posibles y esto lo hace ser extraordinario, lo llaman *annus mirabilis*. En fin, juntando un poco de unas creencias y otro poco de otras, a todos les conviene que haya una profecía y todos lo creen a pies juntillas.

—Por lo que dice, el que viene parece un año muy especial —advirtió Cristóbal pensativo con la mirada perdida hacia el techo, tratando de imaginar un futuro incierto.

—No es más que un número, Cristóbal, y no hay que darle mayor crédito a ese que a cualquier otro. Pero el caso es que por todo México, hombres, mujeres y niños, negros y mulatos, repiten insistentemente a todo el que los escucha, que ellos serán quienes gobernarán este año que entra —añadió el virrey preocupado.

—Se hace muy peligroso para estos reinos, si se produce una revuelta —dijo Cristóbal pensativo.

—Hay un traidor en la corte, Cristóbal. ¡Y está vinculado a Inglaterra! —concluyó el virrey sonriendo. La conjura de la que hablaba el rey Felipe IV estaba comenzando a hacerse visible.

52

Preocupaciones cortesanas

México, mayo de 1666

Leonor estaba impaciente por conversar con su esposo, pues acababa de revisar la correspondencia y tenía demasiadas nuevas. Los asuntos del virrey parecían no tener fin y como no podía esperar hasta la mañana siguiente, ya que aquello requería atención inmediata, aguardó a que saliera de la sala de juntas y le abordó.

—Querido, tenemos que hablar. ¡Es terrible! —dijo Leonor, con las manos entrelazadas y frotándolas como signo evidente de su nerviosismo.

—¿A qué te refieres en concreto, querida? ¿Otra ataque del Maligno? —respondió con sorna el marqués, si bien conocía perfectamente la respuesta que le daría su esposa.

—Antonio, las pobras hermanas llevan meses aguardando a que tú hagas algo al respecto. Pero, no, no es eso sobre lo que te quería comentar. ¡Ha muerto! ¡Qué será de nosotros!

—Sí, querida, el rey ha muerto. La reina ha escrito para comentar el deceso de su esposo el pasado 17 de septiembre.

—Esto lo cambia todo, Antonio. Nos afecta directamente, querido. Debemos volver a Madrid de forma inmediata. Es preciso reclamar nuestro lugar en la corte. ¿Qué pasará con la reina Mariana? —terminó Leonor con un sincero gesto de preocupación.

Leonor estaba muy afectada y preocupada, y el marqués de Mancera procuró calmarla, mostrando su habitual tranquilidad que no hacía sino enervarla más aún. Abigail atendía a Lisy, y cuando vio llegar a sus padres, se hizo la remolona para poner atención a lo que conversaban.

—Querida. Junto al pésame oficial que le he enviado a la reina Mariana, ya le he hecho saber mi deteriorado estado de salud y mi intención de renunciar a este puesto y regresar a España —respondió el marqués y añadió—: Habrá que aguardar la respuesta y tardará meses. No podemos irnos sin más. Disfrutemos mientras tanto de estas hermosas tierras.

—No puedo disfrutar pensando que nos arrebatan nuestro sitio en Madrid. Nos desplazarán, Antonio. La nueva corte se va a reorganizar en los próximos meses y los que no estén allí perderán la ocasión de ocupar los puestos de importancia. Y, lo que es peor, y mi mayor desvelo, no podremos casar a Lisy como se merece —insistió Leonor, preocupada por el futuro de su hija, y por el suyo propio.

—Nadie arrebatará nada a nadie, querida. Mariana te tiene en gran estima y buscará tu bien y, por ende, el mío propio como hasta ahora, y, sin duda, el de la pequeña Lisy —respondió el marqués, que conocía bien a su esposa.

—Sí, Antonio, pero ¿si arrinconan a Mariana? ¿Y si ella muere? Dios no lo permita. ¿Y qué pasa con el príncipe Carlos? ¿Reinará? ¿Ha habido alguna mejoría de lo suyo? —insistió Leonor.

—No la van a arrinconar, al menos no de momento. Felipe la nombró en testamento tutora y curadora del príncipe Carlos, hasta la mayoría de edad para gobernar, cuando cumpla los catorce. Hasta entonces Mariana no corre peligro alguno. Y no tiene por qué morir, porque está sana. Solo tiene treinta y un años, es más joven que nosotros, querida. Y, en cuanto al príncipe, sigue viviendo su pobre existencia sin mejoría alguna. Los tutores han preferido dejarlo por imposible, y no perder más el tiempo formándole como rey. Lo que sea que se alargue su existencia, al menos disfrute de cosas mundanas.

—Las criadas rumorean que la muerte del rey se debió a una maldición. Que le habían hecho brujería a él y a su hijo, y por eso... es así —reveló Leonor bajando la voz para que Abigail o Lisy no lo escucharan.

—¿Hasta estas tierras ha llegado la teoría de la maldición catalana? Paparruchas, querida. El rey murió por una enfermedad intestinal infecciosa. Los catalanes sublevados hace ya años nada tienen que ver y dudo que cuenten con poderes sobrenaturales.

—Pero Felipe no tendría muchos más de cincuenta, ¿verdad?

—Sesenta. Y padecía de perlesía que le impedía usar el brazo derecho desde hace años, aunque lo disimulaba bien, pues ni me percaté de ello. Sí, vi que le temblaba constantemente una mano y el labio inferior... —esclareció el virrey entornando los ojos para hacer memoria.

—Pero, Antonio, la perlesía y los temblores son cosas de ancianos, y no era tal... —añadió la virreina pensativa.

—Tenía otros achaques, como el mal de orina o la destemplanza de hígado. Los cirujanos que abrieron su cuerpo para comprobar la causa de la muerte hallaron la mitad del riñón derecho completamente seco y una piedra del tamaño de una castaña llena de carnosidades en forma de púas.

—Antonio, ¡no hace falta detalles repugnantes! Me queda claro. ¿Qué va a suceder con los otros hijos del rey? Es sorprendente la facilidad de Felipe para engendrar bastardos sanos y la poca dicha que ha tenido con los legítimos —comentó Leonor, bajando de nuevo el volumen de voz.

—Ese es otro tema, querida. Ya se verá. Por el momento todo seguirá igual.

—Te lo ha dicho así Mariana, ¿querido?

—En su carta no menciona nada de ello, bien sabes que es mujer muy discreta. Me contó el último día del rey, que había almorzado y había tomado agua fresca precisamente en uno de los búcaros que les enviamos desde Veracruz. ¿Recuerdas? Poco después le dio el ataque y murió.

—Sí, querido. Mariana me agradeció el envío de aquellos barros, muy de su gusto. Los dos jarrones grandes de Natá, el rey los envió a un pariente en Austria, pero el bernegal de bocados de color negro brillante y dorado, con flores pintadas se convirtió en su favorito, según parece.

La muerte del rey había cambiado las prioridades, y ya no era necesario continuar enviando ni búcaros ni bálsamos. Así se lo indicaba expresamente la reina en una carta cifrada. Habían perdido aquella batalla y sería necesario centrarse en los nuevos frentes que se abrían.

—Ese mismo. Pero, cuéntame querida, ¿qué te cuenta tu prima de la corte? —preguntó el marqués, sin entrar en más detalles de sus conversaciones epistolares con la reina, pues no podía contarle que en realidad recibía otra correspondencia en clave.

—Nada en particular, querido. Está devastada. Me dice que todo el Alcázar se ha recubierto de telas negras, los espejos, las sillas, las mesas, y todos los muebles. Que siente que está viviendo dentro de un catafalco. Que, a la pobre reina, por el riguroso luto que ha de seguir, no le permiten hacer prácticamente nada —respondió Leonor—. ¿Volveremos a la corte de Madrid pronto, Antonio?

—Claro, querida. Volveremos, pero antes debemos terminar algunos asuntos en estas tierras…

—Tú y tus asuntos, Antonio… —reprochó la virreina antes de irse de la habitación.

53

La Escondida, descubierta

Nuevo León, diciembre de 1665

Una vez recuperadas sus fuerzas, Taranis y Azdsáán abandonaron la aldea. Comprobó que en sus alforjas aún se encontraba el mapa y las cartas de presentación que le había entregado el marqués, con el camino a seguir. Ahora solo le quedaba averiguar en dónde se encontraban, pues estaba perdido. Recordó entonces que, en su visión, la dama azul le advertía que se dejara guiar, así que soltó las riendas confiado y susurró a su caballo que eligiera el rumbo.

Después de muchos días tierra adentro, Azdsáán se detuvo en seco al oír ruidos de caballos y relinchos acercándose.

—¿Qué ocurre, Achán? —respondió Taranis en voz baja. Iba distraído hablándole a su montura y acariciando su cuello y el caballo estaba también entusiasmado con lo que le decía, por lo que ninguno había prestado atención a las señales.

Escondieron a los caballos y buscaron un lugar desde donde poder observar. Distinguieron un par de figuras a caballo arrastrando a trompicones a tres indios chichimecas atados.

—Solo dos —dijo Azdsáán sopesando la situación y viendo claramente que podría derribar y vencer a los dos jinetes, y rescatar a los chichimecas capturados, aunque no hubiera necesitado la ayuda de Taranis.

—No, no. Aguarda —indicó Taranis deteniéndola, pues ya se levantaba para rodearlos—. Sigámosles.

Azdsáán expresó su fastidio torciendo la boca, pero asintió con la cabeza. Los jinetes se adelantaron lo suficiente para que les siguieran sin ser vistos. Recuperaron los caballos, y Azdsáán demostró de nuevo sus excelentes dotes como rastreadora.

—Ahí —dijo Azdsáán, con la vista en las huellas en la arena y señalando con la mano un pórtico de un espacio amurallado con adobe, semiderruido. El tablón caído aunque emborronado, mostraba aún el nombre del lugar.

—¿Qué pone? «La Escondida». Un momento…, este es el lugar al que se referían aquellos hombres… —dijo Taranis sorprendido y entusiasmado. Abrazó el cuello de su caballo y le susurró—: ¡Gracias por traernos! ¡Lo has hecho muy bien! —El caballo resopló de satisfacción y Azdsáán sonrió.

El lugar parecía una antigua misión, con una iglesia de adobe a un lado, y un edificio principal anexo, todo dentro de un recinto amurallado alargado. Se tuvo que haber abandonado hacía mucho tiempo, a juzgar por el estado de las puertas y tejados.

—Huellas —señaló Azdsáán hacia el interior de la iglesia.

—¿Han entrado en la iglesia a caballo? Aunque esté abandonada no parece muy respetuoso —comentó Taranis, siguiendo las huellas hasta el altar mayor, donde desaparecían.

La iglesia tenía una única nave con una cabecera con altar de madera dorada, y en los laterales un par de capillas menores. Aún se apilaban unos cuantos bancos de forma irregular a ambos lados de un amplio pasillo central que el viento había alfombrado con una gruesa capa de arena en la que se marcaban las huellas de los caballos y pies arrastrándose. El altar mayor estaba formado por tres calles, la central más ancha, con una pintura rasgada y caída del martirio de san Lorenzo, seguramente el patrón de aquella iglesia y de la misión, rodeada de tallas burdas y relieves.

Las hornacinas de las calles laterales guardaban esculturas de madera, de factura también bastante tosca. La de la derecha representaba a Santiago matamoros reconvertido en Santiago mataindios, pisoteando con su caballo la figura de un indígena. La de la izquierda era una escultura de san Antonio Abad, o san Antón, con el hábito franciscano, sosteniendo en una mano un libro en el que se erguía en pie el Niño Jesús bendiciendo, al que le faltaba el brazo, y en la otra mano una campanilla colgando.

—¿Qué llevar? —preguntó Azdsáán señalando el objeto en sostenía la mano de san Antón.

—Una campanilla, haciéndola sonar se supone que el santo conjuraba a los demonios —respondió Taranis haciendo el gesto de mover arriba y abajo una campanilla imaginaria.

—¿Asustar espíritus? —preguntó Azdsáán.

—Bueno, sirve para otras cosas, pero, al parecer, para eso también.

Al acercarse para ver con detalle la talla, Azdsáán sintió una corriente de aire que salía de detrás del retablo. Lo empujó y tiró de él para tratar de moverlo, sin resultado.

—Tendremos que aguardar algún otro movimiento. Ya saldrán —indicó Taranis mientras salían a explorar el entorno.

—Esconder caballos —dijo Azdsáán comprobando cuánta comida y agua quedaba.

Llevaron sus caballos a un lugar apartado, cerca de una pequeña charca y les quitaron las riendas. Regresaron a pie a la misión y se acomodaron para pasar la noche en el interior de la capilla, escondidos, por si había algún otro movimiento.

A la mañana siguiente exploraron de nuevo el entorno. Detrás del recinto amurallado solo se erguía una montaña rocosa y yerma de paredes verticales e impracticable. El frente del recinto, su acceso, era más bien estrecho, pero la muralla se prolongaba hacia el fondo, hasta fusionarse con la misma roca de la montaña.

—Es una construcción curiosa. No se puede rodear. Está pegada a la montaña —observó Taranis releyendo el mapa con intención de localizar alguna montaña a cuyo pie se hubiera pintado una misión.

—Allí montañas también. Y allí más —advirtió Azdsáán mostrando una visión prodigiosa para distinguir formas a lo lejos que sorprendió a Taranis.

—Si aquello es una cordillera, y eso otro otra que la corta, este monte podría corresponder al Cerro de Vega. Estamos entonces cerca de Saltillo, en el Camino Real de los Texas —concluyó Taranis satisfecho y mirando sonriente a Azdsáán que lo observaba con los ojos muy abiertos y risueña.

Dieron la vuelta por un lado a la muralla, hasta topar con la ladera del cerro y luego por el otro lado, con idéntico resultado. No encontraron ninguna otra puerta de acceso. Solo se podía entrar al recinto por la puerta principal de la misión.

Se había levantado el viento y este, además de arena, trajo sonidos que Azdsáán reconoció como el relinchar de un caballo. Se escondieron, tras borrar sus huellas con unas ramas y vieron acercarse a un hombre elegantemente vestido, cabalgando un hermoso caballo blanco. Para filtrar el polvo y la arena que arrastraba el viento y a fin de refrescar el aire seco y caliente que respiraba, el hombre había cubierto su rostro con un tejido de arpillera fina que humedecía de vez en cuando con el agua de su cantimplora. Lo sujetaba bajo el sombrero y por la humedad se adhería a la mitad inferior del rostro, lo que le hacía parecer un velado. Atado a la silla jalaba de un indígena chichimeca con la piel de su espalda arrancada a latigazos. Sus piernas casi no podían sostenerlo en pie, y de su cabeza, caída sobre su pecho, colgaba a un lado una larga cabellera negra cubierta de sangre seca y tierra. Tenía el rostro rayado con líneas verticales de color gris azulado, lo que permitía identificarlo en la región como «borrado» o «rayado», grupos de indios pacíficos que, teóricamente, no estaban en guerra con los españoles.

—¡Verás lo que yo vi! —A Taranis le vinieron estas palabras a la mente que había dicho la aparición de la Dama de Azul con el peyote... Y las conversaciones con el virrey en Veracruz.

—¡Ir! —susurró Azdsáán haciendo gestos para indicar que debían seguirlo de cerca para averiguar cómo desaparecían dentro de la iglesia.

Jinete, caballo y prisionero entraron en la capilla, y Azdsáán fundida con el suelo se coló hacia un lateral. El jinete, sin desmontar, tiró de la campanilla que sostenía la figura de san Antón, que presidía la tercera calle del retablo, y saltó un resorte. Empujó entonces la madera y se abrió un estrecho pasillo hacia la penumbra. La puerta-retablo se cerró tras ellos.

Azdsáán salió a buscar a Taranis, que aguardaba afuera escondido y le explicó la forma en que se había abierto el altar. Lo colocó frente a la escultura y, de un salto, se subió sobre los anchos hombros de Taranis con enorme agilidad. Azdsáán tiró entonces de la campanilla hacia abajo, y se abrió de nuevo la calle del retablo. Una vez que sus ojos se habían acostumbrado a la penumbra, distinguieron un cañón abovedado con arcos de piedra, que conducía hasta la entrada de una cueva. El acceso parece haber estado cerrado por un muro, que se había derribado para volver a entrar en el cerro. El nombre de La Escondida hacía referencia a aquella cueva oculta.

A intervalos regulares en las paredes de la galería abovedada se disponían cadenas y argollas donde habrían esposado a los esclavos. Taranis y Azdsáán se adentraron hasta la boca de la cueva y se sorprendieron al asomarse al enorme espacio del interior. Parecía que la montaña estuviera hueca, y se oía con claridad el eco de picos metálicos clavándose en las entrañas de la roca, así como voces, latigazos y ruidos. Aquel no era solo un punto de recogida de esclavos, se trataba de una explotación minera clandestina. Así no pagaban el quinto real y los impuestos que grababan la minería, pero escondía algo más.

Taranis comprendió que aquel lugar era la prueba que el virrey necesitaba para confirmar la existencia del comercio clandestino e ilegal de esclavos indios y también de una conspiración minera a espaldas de la Corona. Necesitaba completar esa información con un dato fundamental, antes de regresar a la ciudad de México, para informar de todo ello. Debía averiguar quién estaba detrás. Tenía un nombre para comenzar: el vizcaíno, y una localidad: la ciudad de Cadereyta.

54

Revuelta

México, junio de 1666

Aquella mañana Leonor entró como un ciclón en el dormitorio del marqués. Se había levantado de muy buen humor, pues se había hecho a la idea de que pronto regresarían a España. Canturreaba en alemán y movía rítmicamente las caderas con sus largos pasos. El marqués seguía de reojo sus desplazamientos, mientras terminaba de abotonar su camisa blanca.

—¡Estás radiante, querida! —comenzó advirtiendo el marqués, en vista de que Leonor no arrancaba la conversación, como solía hacer de manera habitual, lo que le estaba resultando incómodo.

—Gracias, Antonio. ¿Se ha podido averiguar algo sobre el caso del convento de las Conceptas? —susurró Leonor con aire misterioso.

—No, ya lo hemos hablado. Pero no parecen sino delirios de una monja, querida. Y, en cualquier caso, no atañe al virrey sino al Santo Oficio. Poco puedo hacer —respondió el marqués, cruzando una pierna sobre la otra y colocando ambas manos sobre la rodilla, aguardando la tenaz respuesta de su esposa, torciendo la cabeza a un lado y sonriendo.

—El demonio sigue acechando a las monjas, querido y ellas están aterradas…

—¿Continúan residiendo allí las capuchinas de Toledo, querida? —preguntó el marqués con su bigote torcido hacia un lado en un esbozo de media sonrisa.

—Sí, allí siguen —confirmó Leonor.

—Bueno, entonces no hay que alarmarse. Si realmente creyeran estar recibiendo los ataques demoniacos como dicen, ¿crees que continuarían tanto tiempo bajo el mismo techo? —señaló el marqués con aquella lógica que descomponía los argumentos de Leonor.

—*Wohin könnten einige arme Nonnen gehen?*[28] No tienen a dónde ir. ¿Y cómo explicar esa huida sin delatar a las otras por el caso de posesión? Querido, te ruego que no restemos importancia al caso, *bitte*.[29] Y te recuerdo que culpan de ello a Micaela, no lo olvides. Nosotros la trajimos a la corte y es nuestra responsabilidad —concluyó Leonor tratando de contener la preocupación de su voz.

—Lo recuerdo. Volveré a tratar el tema, querida —respondió el virrey.

El jardinero y su aprendiz llevaban desde el canto del gallo trabajando sin descanso, quitando malas hierbas, añadiendo tierra, podando setos, cambiando plantas. A mediodía, al salir del palacio, el jardinero tropezó con un hombre embozado, y cuando se volteó para pedir disculpas, había desaparecido. Se percató entonces de que su joven aprendiz estaba mirando el pasquín que le habían colocado en uno de los sacos con tierra que el muchacho cargaba sobre el hombro.

El virrey había ordenado a la guardia que revisaran a todo aquel que entrara o saliera, buscando al portador de los impresos, pero no daban con él. Así todo, el aumento de vigilan-

---

[28] ¿Adónde podrían ir unas pobres monjas?

[29] Por favor.

cia fue efectivo, pues los pasquines disminuyeron dentro de palacio. En cambio se multiplicaron en los mercados. El embozado tenía la habilidad de camuflarse entre la multitud y desaparecer sin que nadie se percatara de ello. Introducía los pasquines en los cestos de la compra que llevaban las mujeres negras, o los sujetaba con alfileres a los sacos de harina o maíz que cargaban los hombres mulatos y negros, o los dejaba a la vista en lugares donde fueran a pasar algunas otras personas, de preferencia grupos de negros o mulatos.

Afanado en colocar el mayor número posible de pasquines, se acercó a un aguador que tiraba de las riendas de su mulo saliendo del mercado. Por el rabillo del ojo vio a un hombre con ancho sombrero manipulando los arneses de su acémila.

—¿Qué estás haciendo? ¡Deja eso! —gritó el aguador, sujetando con la rapidez de una serpiente de cascabel la muñeca del hombre—. ¿Pretendes arruinarme el día?

—¡Soltadme o arrepentíos! —exclamó el hombre, sujeto aún con gran fuerza por el brazo del aguador que tiraba de él, dejando visible una gruesa y brillante cicatriz en forma de aspa.

—¡Vaya, mira qué…! —Fue lo único que le dio tiempo a pronunciar al aguador, después de soltarlo y reírse. Sin mediar más palabra, el hombre le asestó una certera estocada en el esternón que dejó al aguador muerto a los pies de su carga.

A pesar de ser un mercado populoso, nadie se percató de la reyerta. Pero, al descubrir el cadáver, la tensión se disparó produciéndose nuevos altercados. Los criollos temían que los negros se rebelasen, y estos, que los criollos los estuvieran apuñalando miserablemente como habían hecho con el aguador. El temor se extendió y provocó que unos abandonaran sus trabajos y otros despidieran a los contratados si su piel era oscura, por miedo a represalias. Se aumentó el control y la vigilancia sobre los esclavos.

El joven Simón, hijo de negro e india, estaba trabajando en el jardín cuando recibió la noticia de que se prescindiría de sus servicios durante un tiempo, hasta que las cosas se calmaran. En silencio y sin comprender lo que estaba ocurriendo, recogió las cosas, y se fue sin poder decir adiós a la niña del gato.

Durante las últimas semanas, Lisy había pasado cada vez más tiempo en el jardín. Ya no le incomodaba aquel niño impertinente que la miraba fijamente, al contrario, si no lo encontraba labrando la tierra o podando setos, se sentía decepcionada. El olor de su resplandor le había llamado la atención y se sintió intrigada por aquel joven. Había averiguado su nombre, y lo repetía incansable cuando estaba a solas: Simón, Simón… Cuando bajó al jardín con intención de observar furtivamente al joven, no estaba, y los siguientes días tampoco. Cuando preguntó, le advirtieron que había sido despedido. Lisy regresó a su dormitorio devastada y lloró desconsolada, volvía a estar sola. No se sentía tan triste desde la muerte de Lorenza.

55

Cadereyta

Área chichimeca, abril de 1666

La villa de Cadereyta había sido fundada treinta años atrás sobre una isleta entre dos ríos, y próxima a dos cerros, el Pilón y la Silla, nombrados así porque su forma recordaba vagamente.

—Averiguaré lo que pueda en la taberna, pero es mejor que tú esperes fuera —dijo Taranis preocupado.

—Antes, buscar dormir, Talani —sugirió Azdsáán con sensatez.

—Cierto. Y mejor nos presentamos como esposos, Achán. Es más seguro para ti, pero debemos compartir habitación —explicó Taranis, y Azdsáán sonrió afirmando con la cabeza y frunciendo el ceño, pues no entendía por qué le parecía un problema compartir habitación cuando habían dormido abrazados al aire libre.

El posadero, un afable cántabro con casi tantos lamparones en la ropa como años en sus espaldas, les dio una de las mejores habitaciones, y les preparó un baño con agua caliente. Compraron algo de ropa limpia y, a su vuelta, la tina estaba llena de agua humeante, con jabón, toallas y trapos para restregarse bien el cuerpo y rascar el polvo que se adhería a los poros como una segunda piel.

En el dormitorio solo había una cama. Taranis se ofreció a dormir en el suelo, y Azdsáán saltó de espaldas sobre la cama, pero se hundió en el colchón, demasiado blando e incómodo para ella. Así que se levantó no sin dificultad y tomando de una mano a Taranis, le cambió la posición, dejándole a él tumbado en el colchón. Al pie de la cama, Azdsáán colocó unas mantas sobre el suelo, y se durmió rápidamente.

Taranis se sentía desconcertado. Por un lado, le gustaría que Azdsáán compartiera el lecho con él, pero tenía miedo de su reacción, si ella se le acercaba o volvía a acariciar su cuerpo como en la montaña. Deseaba sentir aquella electricidad recorriendo su cuerpo de nuevo. Se durmió con una sonrisa en el rostro.

Se dirigieron al cabildo, donde preguntaron por Nicolás López Prieto, justicia mayor, pero le indicaron que estaba ausente, seguramente en Monterrey, donde era procurador general también, o en alguna de sus haciendas, y que debía aguardar unos días a su regreso.

Cuando por fin lo localizó, Taranis le hizo entrega de la carta de presentación firmada por el virrey dirigida a la autoridad que representaba como justicia mayor. En ella, el virrey solicitaba que se apoyara en todo lo necesario a aquel hombre de su total confianza.

—Así que el marqués de Mancera dice ser el nuevo virrey, y le envía para que reconozca estas tierras para un pariente que quiere establecer una hacienda ganadera por aquí. Pues es la primera noticia que recibimos de que se haya nombrado un nuevo virrey. ¿Qué ocurrió con el conde de Baños? Si la caravana no llega, no contamos con información de la capital… En fin, daremos por cierto el nombramiento, pues no quiero enemistarme con el supuesto virrey —comentó el justicia mayor receloso.

—Señoría, compruebe el sello —justificó Taranis sorprendido de las dudas que se generaban.

—Pues bien, me dirás en qué puedo ser de utilidad... ¿Tarasio? —continuó el justicia, haciendo una pausa mientras buscaba en la carta el nombre de su interlocutor.

—Quizá su señoría pueda facilitar algunos detalles de la región para comenzar a buscar las tierras adecuadas y las posibilidades de negocio.

—¿Por ejemplo?

—Pues convendría conocer el número de pobladores españoles de esta ciudad —preguntó Taranis.

—Ahora somos unas cuarenta familias, diez más que cuando se fundó hace unos años. El resto, otros tantos, son indios y mulatos cuyo número no sé si también te interesa para algo —señaló con reticencia el justicia.

—¿Y cuáles son las principales familias en la ciudad? —continuó Taranis mientras tomaba nota de estos datos en un papel para luego enviárselo al virrey.

—Digamos que son los León, los Velasco y la mía propia. Y, aunque no sea español, añada también a la familia del irlandés Connor Smith, que se juntan poco con los españoles y comercian con la lana de inmensos rebaños que ha juntado por estas regiones —respondió extrañado el justicia.

—¿Dónde podría encontrar a los León y a los Velasco, señoría? Me gustaría conversar con ellos para conocer su opinión sobre la región, los límites de sus tierras o las cabezas de ganado que poseen —continuó preguntando Taranis con la coartada convenida.

—Pues todos tienen casa aquí, en Cadereyta, pero seguramente los hallará con más facilidad en las fincas de recreo en el valle del Pilón. Te daré las indicaciones para que llegues —respondió Nicolás.

—Mientras me ocupo de recoger esta información para mi señor, ¿me daría una recomendación para algún trabajo mientras estoy por estas tierras? Eso me permitiría conocer mejor la tierra y sus gentes, y ya sabe, siendo dos, el sustento es mayor —añadió Taranis sonriendo.

—¿Trabajo para ti o para la india que te acompaña? —preguntó el justicia dejando claro que había estado indagando sobre él antes de su encuentro.

—Solo para mí, gracias. Mi esposa queda al margen —advirtió Taranis cambiando su expresión, evidenciando su desagrado por el tono con el que se había referido a Azdsáán.

La familia León no le interesaba, aunque el capitán del presidio pertenecía a ella y quizá debería entrevistarle también, pero Taranis prefirió ir directamente a la hacienda del tal Velasco, el que habían mencionado sus torturadores. Siguiendo las indicaciones del justicia mayor, llegaron a la posesión de Sancho Velasco en el valle. Por el camino fueron preguntando sobre él a los vecinos, que le confirmaron que se trataba de un vizcaíno, originario de Oyarzun, Guipúzcoa, que había llegado do hacía más de dos décadas como soldado y había visto la gran oportunidad de negocio como mercader y ganadero en aquellas remotas tierras. Se había enriquecido gracias a la explotación de una cabaña de ovejas que cada año se extendía y cuya lana era exportada a la capital para los obrajes y la carne de las ovejas viejas o los corderos las vendía a las minas. Contaba con un ejército de mestizos e indios trabajando para él, además de un buen número de españoles.

Taranis y Azdsáán acordaron que ella indagaría en el exterior de la vivienda mientras que él trataría de conversar con su propietario. Aunque la hacienda estaba llena de hombres armados hasta los dientes, Taranis se fue resuelto a la puerta con intención de obtener la información necesaria.

56

Muertes y presagios

México, palacio virreinal, junio de 1666

El viernes 4 de junio de 1666 comenzaron los pésames por la muerte del rey Felipe IV. El marqués de Mancera, como virrey y representante del rey en aquellos territorios, fue recibiendo a las diferentes autoridades locales. Al igual que en el Alcázar, en el palacio de los Virreyes, se cubrieron todos los muebles con paños negros como señal de luto. Los primeros en llegar fueron los miembros de la Real Audiencia y de otros tribunales civiles y, ya por la tarde, lo hicieron los integrantes de la Inquisición, el cabildo eclesiástico y las distintas órdenes religiosas en la corte.

La muerte del rey fue aún más traumática para las monjas capuchinas de Toledo que residían en el convento de las Conceptas Franciscas de México. Se habían concluido las obras del nuevo convento de San Felipe y las hermanas estaban a punto de trasladarse cuando se impuso el forzado luto real, que impedía cualquier tipo de celebración y fastos. Sor María Felipa, deseando salir del convento en que se alojaban para instalarse en casa propia, recurrió a la virreina y esta le recordó a su esposo que no había hecho nada con el caso de endemoniamiento y que, cuando menos, era imprescindible el traslado con urgencia de esta comunidad, saltándose el luto real. El virrey transmitió al Cabildo la solicitud de la pertinente licencia, y se autorizó la mudanza, pero no podía darse ningún tipo de celebración ni hacer el traslado durante el día, por respeto al luto.

La noche del 26 de junio de 1666 se produjo el esperado traslado. Las damas de la corte fueron recogiendo en sus propios carruajes a las diferentes hermanas capuchinas y sus ajuares para conducirlas hasta su nueva residencia. El mismo virrey, acompañado de Leonor y de su hija, llevaron en su carroza tirada por seis caballos, a sor María Felipa y a la madre vicaria.

Sin embargo, la madre María Felipa no pudo disfrutar de aquel esperado nuevo emplazamiento, pues falleció poco después, el 21 de septiembre, tras una rápida y dolorosa enfermedad que creyeron consecuencia del agotamiento del viaje y un sufrimiento que nadie supo explicar, salvo Leonor y las hermanas que conocían la presencia del Maligno en aquellos otros muros.

Al revisar las pertenencias que dejó en su celda, se halló en la alacena el búcaro que le había regalado la virreina. Abigail, sin saberlo, había logrado su propósito, aunque de nuevo sobre la persona equivocada. La madre vicaria devolvió el búcaro a la virreina, cumpliendo el deseo de la difunta de que su excelencia pudiera volver a disfrutar de aquel preciado bien.

57

Los embustes de don Diego

México, agosto de 1666

En la mañana, el marqués atendía diversos negocios y recibía personas que solicitaban prebendas y favores. Durante algunas semanas no se habían vuelto a encontrar pasquine ni advertencias sobre el rey Congo, y esto le permitió centrarse en otras cuestiones. Entre ellas, la visita del gobernador de Nuevo México, don Diego de Peñalosa Briceño, que solicitaba audiencia con el virrey. Antes de recibirlo, el marqués de Mancera recabó más información a su secretario sobre aquel individuo arrogante del que ya habían conversado anteriormente:

—Si mal no recuerdo, este caballero suministró la plata sin quintar a la anterior virreina, ¿verdad? —comenzó preguntando el virrey.

—Así es, señor. Y de seguro pretende que lo confirméis en el cargo.

—Entiendo. ¿Al menos su mandado ha sido próspero?

—Señor, para él, sin duda. Don Diego como otros gobernadores ejercen su autoridad obligando a los indios a cumplir tareas que no les corresponden, y sacar rendimiento de ello. El descontento es general, y ha provocado alzamientos como el de Tehuantepec en el año de 61, en el que mataron al corregidor Juan de Arellano.

El virrey se levantó del asiento y estuvo dando vueltas por la sala mientras continuaba escuchando. Estaba pisando una mullida alfombra de fabricación local decorada con grandes y hermosas flores azules y rojas sobre fondo blanco.

—En descargo del conde de Baños, por lo que he visto en los informes, el malestar en Tehuantepec se había iniciado antes de su llegada. No todos los males de este virreinato habrán de ser su culpa —comentó el virrey pensativo.

—En ese caso, así es, excelencia. Pero podríamos poner otros muchos ejemplos. Los virreyes nombraron a su hijo, don Pedro, alcalde de Villa Alta, como sabéis es una localidad rica y próspera, con la que se obtienen grandes beneficios en la fabricación de muebles de taracea. Sin embargo, el joven ni tan siquiera llegó a visitar la villa, pues la deja en manos de un teniente, que facilita el abuso por parte de los corregidores hacia los indios. La corrupción y el malestar se acrecientan por las malas cosechas...

—De nuevo, en descargo del virrey, si hubo malas cosechas, tampoco es responsabilidad de mi predecesor, sino de una asoladora sequía, ¿verdad?

—Correcto, excelencia. Pero sí hay responsabilidad en la mala administración que se hace del grano acumulado y que desequilibra aún más las diferencias existentes en la población, y provoca mayor hambruna que lo que correspondería solo a una mala cosecha. Los que tienen menos pasan más hambre aún, mientras que el que lo puede permitir, por haber abusado, lo derrocha frente a las propias narices del hambriento, o le pone precios abusivos para enriquecerse...

El secretario estaba azorado, y el virrey se plantó delante de él, colocó las manos sobre la mesa y le dijo:

—No os reconozco..., parece que la situación realmente os indigna. Podéis hablar con franqueza.

—Pues con franqueza os diré que el aumento del precio del grano de trigo y de maíz tuvo relación con el favor concedido a uno de los mayores sinvergüenzas que he tenido la desdicha de encontrarme, señor.

—¿Quién? —preguntó el virrey intrigado.

—Excelencia, hablo del corregidor de Metepec, Eustasio Salcedo Benavides, otro sinvergüenza más en esta trama corrupta que ha asolado estas tierras. El corregidor, amparado por la virreina, obligaba a los indios de su corregimiento a que le compraran a él a precios desorbitados los productos que él había adquirido por muy poco, ya fuera chocolate o mantas, obteniendo enormes beneficios de este abuso. Por estos y otros cargos, la Audiencia le suspendió de su corregimiento, pero la virreina lo invitó a la fiesta de cumpleaños,[30] y ella y su esposo, el virrey conde de Baños, le brindaron aquí mismo, en palacio, atenciones señaladas para que todos conociéramos que contaba con todo su apoyo. Y como recompensa, no sabremos nunca el verdadero motivo, pero podemos imaginar que después de un buen pago a la señora virreina, unos días después lo nombraron corregidor de México, aplicando los mismos negocios y estrategias de abuso aquí también. Y se sospecha que don Diego hace lo mismo en su gobernación.

—¡Por todos los santos! El abuso y la corrupción parecen haberse enquistado en estas tierras. ¡No sigáis! Me ha quedado claro. Haced pasar a este don Diego. Veamos qué pretende —remató el marqués.

Don Diego se movía intranquilo por el pasillo frente a la sala donde esperaba ser recibido, y en una de sus idas y venidas se cruzó con Abigail y Lisy, que iba seguida por Trani. Al pasar a su lado, Trani le rozó la pierna y don Diego le dio una patada que provocó un maullido estridente. Lisy se detuvo en seco para recriminarle su conducta, pero olió su resplan-

---

[30] Celebrado el 25 de mayo de 1662.

dor, y demudó el rostro. Trani bufó con desprecio y los tres continuaron caminando. En ese momento, el secretario anunció la siguiente vista: don Diego de Peñalosa. Abigail seguía concentrada en sus asuntos, ni se había dado cuenta o no le importó que patearan al gato, pues con ella era muy antipático.

El virrey aguardaba sentado en una posición extraña. Se le había dormido una pierna y no podía moverse, ni levantarse sin sentir dolor y cosquilleo. Don Diego aguardó de pie y en silencio a que el virrey le indicara y ese tiempo se le hizo eterno. Cuando el marqués sintió de nuevo su pierna, arrancó a hablar:

—Apreciado don Diego, sentaos y decidme. ¿Cuánto hace que ocupáis vuestro cargo de gobernador? —inquirió el virrey sabiendo ya la respuesta.

—No ha mucho de ello, señor. Fui elegido en el 60 por el virrey conde de Baños, vuestro predecesor —expuso don Diego.

—¿Anteriormente habíais desempeñado puestos similares en el virreinato? —volvió a preguntar el virrey.

—No, señor. Para esta elección fui avalado por mis antepasados.

—Explicaos, os lo ruego, don Diego.

—Señor, soy descendiente del insigne Pedrarias Dávila, por una parte y de don Pedro de Valdivia, por otra, ambos descubridores y grandes hombres en estas tierras, en tiempos pasados —respondió don Diego inflando su pecho, entornando los ojos de orgullo, con sonrisa fanfarrona de medio lado.

—Ya veo… Sí que son remotos vuestros avales —comentó el virrey torciendo su bigotito y entornando, a su vez, sus ojos a imitación de don Diego.

—Otros más recientes me refrendan igualmente. Mi padre y mi abuelo ocuparon altos cargos en el virreinato del Perú.

—Vaya, en Perú. ¿Cuánto tiempo hace de eso? —curioseó el virrey, irguiéndose, pues él había vivido en Lima durante años siendo su padre el mismo virrey.

—Treinta años o más, cuando mi padre fue la mano derecha del virrey.

—¡Qué casualidad! Mi padre fue el virrey de Perú hace más de veinticinco años y yo estuve allí. ¿Cuál es el nombre de vuestro padre? Seguro que he de conocerlo —preguntó el virrey.

—Don Diego Peñalosa Valdivia, señor —respondió contrariado.

—Pues no. No recuerdo ninguna persona cercana a mi padre con ese nombre. Ni siquiera a nadie en la corte que respondiera al mismo —observó el virrey torciendo el gesto.

—Quizá fuera antes de que su padre llegara como virrey… Señor —advirtió don Diego con seguridad y aplomo.

—Por supuesto. ¡Tuvo ser antes! Parece que el tiempo siempre juega a vuestro favor —añadió el virrey mirando al secretario de reojo, de lo que se percató el perspicaz don Diego.

—Yo nací en Lima cuarenta años atrás. Mi padre y mi abuelo sirvieron en la corte durante muchos años. Así que, sí, sin duda habría sido con anterioridad de la llegada del padre de su excelencia.

Don Diego percibía cierta hostilidad que achacó a la presencia del secretario, con quien había tenido ya algunas discusiones previas, así que le lanzaba continuas miradas de desprecio.

—¿Y sois casado?

—Señor, mi amada esposa es descendiente del mismísimo conquistador de estas tierras, Hernán Cortés —volvió a contestar don Diego, entornando de nuevo los párpados e inflando el pecho.

—Ahora entiendo lo de vuestros avaladores. ¿Y contáis con alguna hazaña propia que sea reseñable? —advirtió el virrey.

—Si excluimos mis cargos como regidor y alcalde provincial en La Paz, y adelantado en Chile, no hay nada reseñable, excelencia. La confianza del puesto de gobernador con que me honraron y confío en que me siga honrando su excelencia, es lo más reseñable de mi carrera..., hasta el momento.

—Supongo que comprenderéis que prefiera contar con hombres de mi plena confianza en estos puestos...

—Por supuesto, señor —interrumpió don Diego, adelantándose para mostrar el pesado cofre que sujetaba—. Y para que me veáis como amigo de confianza, me he permitido traeros un presente...

Don Diego, aún de pie, dejó sobre la mesa el cofre y levantó su tapa curvada para mostrar su contenido repleto de monedas de plata y oro.

—Pues, con franqueza..., no veo en qué forma ese cofre pudiera influir en mi decisión —dijo el virrey acariciando la barbilla con una mano y extendiendo la otra para frenar el avance de don Diego, que empujaba el cofre hacia él.

—No me malinterpretéis, excelencia. Se trata de un simple presente, sin condición. Quizá me haya expresado mal. Os ruego que lo aceptéis —insistió don Diego con una amplia sonrisa, que lucía hermosos dientes blancos, y que parecía sincera.

—No quisiera que me malinterpretarais mal vos a mí, don Diego, por si llevara a confusiones inadecuadas. Pero no deseo aceptar semejante presente —expuso el virrey incisivo.

—Como deseéis. Aunque el peso de los doblones y reales de oro y plata que contienen es un incordio para cargarlo de vuelta. Lo dejaré aquí, si os parece —añadió don Diego buscando una alternativa para que se quedara el soborno sin remordimientos.

—Mejor llevároslos, pues quizá esos doblones os vengan bien, ahora que tenéis que abandonar el cargo de gobernador, don Diego —añadió el virrey.

—No los necesito, pero, por supuesto, excelencia, los retiro. Confío en ganarme vuestra confianza en adelante como hiciera con la de sus predecesores —advirtió don Diego, manteniendo la sonrisa amplia y seductora.

—Hemos concluido entonces —dijo el virrey zanjando la cuestión.

—Señor —concluyó don Diego con una reverencia y llevándose bajo el brazo el cofrecillo lleno de monedas.

Una vez salió de la sala, el virrey continuó conversando con el secretario sobre él.

—¿De dónde procede la fortuna de la que alardea? —se cuestionó el virrey colocando la mano derecha bajo la barbilla en un gesto reflexivo.

—Nadie lo sabe, señor. No tiene o no tenía tierras, ni ganados, ni minas…, ni su esposa tampoco. Se inventó también un supuesto viaje de exploración al norte, a Quivira, unos años antes de que su excelencia llegara a estas tierras. Apareció después por la corte haciendo alarde de sus ilustres ancestros y de una sustanciosa fortuna que dilapidaba sin miramiento.

—¿Quivira es el lugar mítico del Dorado, donde se suponen los tesoros de Cíbola? ¿Ha estado en la región chichimeca entonces? —preguntó el virrey.

—Sí, señor. Estuvo fuera unos años, luego regresó de la supuesta expedición, aunque nadie da crédito a que hubiera descubierto nada. Pero sí que parece que hizo ciertos negocios por aquellas tierras, aunque no hay quien pueda averiguar de qué tipo son.

—Como sea, no es hombre de fiar. Mejor tenerlo vigilado.

58

Un mirlo sagaz

México, noviembre de 1666

El virrey estaba calzándose una de las medias de seda blanca de su atuendo habitual, cuando irrumpió Leonor como un mirlo que anuncia el arranque de la mañana. Su cuerpo se ondulaba al ritmo de las sedas de la basquiña y su jubón amusco[31] refulgía con rutilantes bordados de seda dorada y botones de oro.

—Querido, hay que hacer algo y de forma inmediata—comenzó diciendo Leonor, intranquila.

—¿A qué te refieres, querida? —respondió el marqués, continuando con su rutina de vestirse sin inmutarse ni posar su mirada sobre su esposa.

—Te dije ya, Antonio. Me refiero a Juana... La pobre Juana...

—¿Qué le ocurre ahora? ¿No es de su gusto la vida en el convento? —preguntó el virrey torciendo su bigotillo.

—¡Se marchita, Antonio! Las carmelitas tienen normas tan estrictas que están acabando con su delicada salud y le restan tiempo de escritura —expuso Leonor consternada.

---

[31] Pardo oscuro.

—Pues, no veo problema. Que se traslade a otro convento que cuente con una regla más laxa, ¿no? ¿Acaso la tienen presa allí? —continuó diciendo el virrey indiferente.

—El problema, querido, es que las carmelitas no tienen intención de devolver la dote de ingreso de Juana, que es una pequeña fortuna —explicó la virreina agitada.

—Vaya…, la plata también dispone en la casa de Dios —dijo el virrey con media sonrisa.

—Querido, estoy decidida a pagarlo de mi propia dote para evitar su sufrimiento —añadió la virreina, sofocada al pensar en la pequeña fortuna que estaba dispuesta a entregar.

El virrey había concluido su acicalamiento y estaba rematando la colocación de su jubón. Se miraba en el espejo mientras hablaba con su esposa, y a través del reflejo buscó su mirada para decirle:

—No será necesario, querida. Su confesor, el padre Núñez de Miranda, le buscará algún donante.

—Como sea, no puede volver a ese convento, Antonio —remató distraída Leonor mientras sacudía con los dedos un pelo blanco de Trani adherido al jubón amusco y se preguntaba cómo habría llegado hasta allí.

El virrey se dio la vuelta, alejándose del espejo y se acercó a su esposa con una sonrisa de medio lado:

—¿Volver, querida? ¿Es que ya ha dejado el convento? —preguntó el virrey examinando las pupilas de su esposa, que desvió la mirada hacia un lado.

—Ha huido acongojada y se ha refugiado en esta que fue su casa, Antonio… No he sido capaz de obligarla a regresar —confirmó Leonor, que prefería no continuar la conversación y se entretenía en aplanar la almohada de la cama del marqués.

—Resuelto entonces, querida —concluyó el virrey.

—Y lo más importante, querido. ¡Por fin los duques de Pastrana han decidido a cuál de sus hijos proponer para enlazar con Lisy! —anunció la virreina cambiando de tercio.

La mirada del marqués se oscureció. No le convencía aquella unión, pero no había argumentos en contra que lo justificaran. Salieron del dormitorio y continuaron conversando por el pasillo.

—¿Crees que ese enlace es buena idea? —preguntó directamente el marqués, verbalizando sus dudas.

—No te quepa duda alguna, Antonio. Es la familia más importante de la corte, y su matrimonio abrirá de par en par las puertas cuando Lisy regrese a Madrid.

—Y bien, ¿cuál de los jóvenes será el afortunado? —preguntó el virrey mostrando entonces cierto interés.

—Don Joseph de Silva y Mendoza. El tercerogénito. Pues Gregorio, el primogénito, ya se ha casado, y a Gaspar, el segundo, deben estar reservándolo para un enlace más ventajoso para ellos —explicó la virreina.

—Ah, ofrecen al benjamín, que no tiene títulos, ni bienes, ni nada que aportar. Pero cumplen de ese modo con lo que, a todas luces, parece más bien un mandato real, y qué casualidad, querida, que el duque sea el mayordomo mayor de la reina Mariana, tu amiga... ¿Será cosa de ella? ¿Cómo se le habrá ocurrido? —añadió el virrey con un gesto complicidad.

—Antonio, aunque Joseph sea el menor, este enlace nos beneficia a todos —advirtió al virreina contrariada por el gesto de su esposo.

—Y no crees que podríamos encontrar un marido más ventajoso aquí en México, e incluso pedir opinión a la propia Lisy al respecto.

—¿Aquí?, Antonio, ¿has perdido el juicio? ¡Imposible! Ya está todo hablado y pactado. No empieces con tus cosas. La propia Mariana lo ha dispuesto así —corroboró la virreina, airada y cortando cualquier posible desviación a su plan.

—Si la reina lo quiere así, tú ya lo has organizado y Lisy está de acuerdo, yo no tengo nada que objetar... ni tendría posibilidad alguna... —claudicó el virrey.

El marqués se retiró a su despacho a revisar la correspondencia. Entró entonces un Cristóbal sonriente de satisfacción, con una carta recibida por la vía secreta. El virrey se entusiasmó al pensar que su remitente era Taranis, pues no habían tenido noticias suyas desde que se separaron en Veracruz hacía ya dos años. Sin embargo, la carta procedía de Madrid y le daban instrucciones para que extremase las precauciones, ya que se esperaban atentados de los ingleses como represalias al devastador incendio de la ciudad de Londres.[32] Aunque las fuentes oficiales señalaban como causante el descuido de una criada en un domicilio particular, los espías ingleses sugerían que había sido intencionado y que detrás de él se encontraba el espionaje católico español o francés. Por este motivo, se producían linchamientos callejeros a los emigrantes católicos y encontraron un chivo expiatorio para el descontento general que arrastraban de las hambrunas y la terrible peste del año anterior. Al leer sobre esta situación, el virrey dedujo que los pasquines sobre la coronación del rey Congo debían tratarse de la contraofensiva inglesa. Pero volvía a la misma cuestión, ¿quién actuaba como enlace con los ingleses en México? ¿Cómo se comunicaban con Inglaterra?

---

[32] La destrucción de Londres por el fuego se produjo el 2 de septiembre de 1666.

59

Pulgas y picores

México, noviembre de 1666

Por indicación del virrey, dos soldados de la guardia acompañaban a Lisy en todo momento y a todo lado y otros dos se habían dispuesto para Leonor, así que cuando la familia se reunía prácticamente contaban un batallón propio. Sentada en la jardín, con la única compañía de Trani, que dormitaba casi todo el día, y los distantes soldados, Lisy se sentía desamparada y triste.

Desde el regreso de Juana, y aunque Lisy sabía que volvería a irse pronto, tanto Leonor como el resto de la corte, se desvivían para atenderla. El sentimiento de soledad volvió a invadir a la pequeña Lisy. Sentada en el jardín, con Trani en su regazo, se apretó el pecho al sentir un dolor punzante, causado por una angustia que no sabía explicar, pero que le avivaron imparables ganas de llorar. Sus lágrimas se escurrían por la mejilla, entre sollozos entrecortados, y caían sobre las orejas de Trani, que las sacudía agitándolas con vehemencia, mientras miraba de reojo a Lisy extrañado.

—Buenas tardes, señorita —escuchó decir por detrás de ella, y sobresaltándose. Se secó las lágrimas con un pañuelo que llevaba en una castaña de barro y se giró. Un muchacho de pelo rizado y con los brazos y las piernas desproporcionadamente largas en relación al cuerpo, que no había aún rematado el estirón, le miraba fijamente con el sombrero de paja sujeto entre las dos manos y la cabeza gacha. Era Simón, el joven jardinero que acompaña al maestro en algunas ocasiones y que había desaparecido meses atrás.

—Hola —respondió Lisy perpleja.

—¿Le molestaría, señorita, si paso a recoger la herramienta? —preguntó con timidez aquel muchacho cuya voz estaba también mutando, y a la que, para evitar los agudos que la aderezaban, le inducía afectadamente un tono más grave.

—Claro, adelante —respondió Lisy sonriendo. Al pasar a su lado, Lisy percibió su aroma. Cerró los ojos para concentrarse y le embargó una oleada de sensaciones nuevas. Sonrió—. Has vuelto —afirmó con una mirada cálida.

—Solo estaré unas semanas. Muy agradecido, señorita. Con permiso —explicó el muchacho.

—Casi no te reconozco. Has crecido mucho.

—Sí, señorita. Me disculpa. No debe hablar conmigo —dijo avergonzado.

—¿Por qué? —preguntó Lisy con curiosidad.

—Pues… no está bien —respondió el joven Simón mientras recogía un rastrillo y una pala.

—¿No? Por una cosa u otra, parece que aquí nadie quiere hablar conmigo —rezongó Lisy de forma inaudible.

—Me perdonará, la dejo con sus cosas —insistió Simón, contrariado.

—¡Espera!… ¿Cómo te llamabas? —preguntó Lisy indiscreta, aunque recordaba su nombre.

—Simón, señorita.

—Yo soy Lisy, Simón. Espero verte el próximo día —se despidió con una amplia sonrisa en su rostro, y el brillo nuevo en sus ojos. Quizá aquella había sido la conversación más larga y profunda que había tenido con nadie que no fuera Trani.

—Tenga una buena tarde, señorita —dijo el muchacho sonrojado por el compromiso que le había causado la situación.

Aquellos encuentros esporádicos con Simón devolvieron la alegría a Lisy. Una mañana se sentó en el estrado ufana y sonriente junto a su madre. Esta, con un gesto de la cabeza, indicó a Isabel María y a Justa que las dejaran a solas.

—Ven más cerca, Lisy, quiero hablarte —arrancó Leonor en un tono apaciguado y cariñoso que anunciaba algún tipo de conversación delicada.

—Sí, madre. —Obedeció Lisy, frunciendo el ceño intrigada por la gravedad con que su madre lo había propuesto.

—Sabes que una de las funciones más importantes de la mujer es honrar a su familia con su virtud y culminarla en un buen matrimonio que de frutos para continuar la estirpe.

—Sí, madre. Casarme y tener hijos con quien padre decida —asintió Lisy resumiendo.

—Eso es, Lisy. Nos han propuesto tu matrimonio con uno de los hijos de los duques de Pastrana e Infantado, ¿qué te parece? ¿No es maravilloso? —preguntó solemnemente Leonor, como si Lisy tuviera alguna elección al respecto.

—No sé, madre. ¿Me tiene que parecer bien o mal? —respondió contrariada.

—Pues, bien, Lisy, por supuesto. Se trata de un joven de excelente posición. Es el tercero de los hijos de los duques, Joseph. Tiene unos años más que tú y estoy segura de que juntos seréis muy felices y tendréis unos hermosos y sanos hijos.

—Si, madre. Así será. Aunque… preferiría no casarme… —respondió Lisy.

Cuando llegaron a México, todo le resultaba nuevo y excitante y se entretenía procurando olfatear y adivinar los colores de todas las personas del entorno. Ahora ya las conocía a todas e incluso podía reconocerlas con los ojos cerrados. Si se acercaba un resplandor naranja apagado y púrpura, debía ser el ama de llaves; si era rosa y verde, seguramente doña Isabel María, o si era verde con visos azules, diña Juana. Pronto se cansó de aquel juego y el sentimiento de soledad anidó en su corazón. Dejó de interesarse por olerlo todo y percibir su universo de colores. Sentía que había entrado en esa habitación siendo una niña, y después de aquella conversación con su madre sobre su matrimonio y la franqueza con que había abierto su corazón a su madre señalando que preferiría no hacerlo, se había visto obligada a convertirse en una mujer adulta, aunque su cuerpo aún no mostrara signos de tal cambio.

60

Hacienda de Velasco

Nuevo León, abril de 1666

Taranis entregó la carta de presentación que le había preparado el justicia mayor al criado que le recibió en la casa del señor Velasco. Aguardó hasta que al cabo de un rato regresó sonriente, y lo acompañó hasta la sala donde lo recibiría el señor de la casa.

El señor Velasco era un hombre corpulento, con unas grandes patillas, bigote y perilla de poblado cabello nacarado. Parecía bastante campechano, pero detrás de la sonrisa y de los dos pequeños ojitos negros brillaba una luz siniestra, que a Taranis le parecieron como luces de un faro advirtiendo de los peligrosos arrecifes nocturnos a los navegantes.

—Estimado Tarasio. ¡Emisario del mismo virrey! Dime en qué puedo ayudarte, le dijo con una amplia sonrisa a la que le faltaban varias piezas, mientras se le acercaba. —Taranis se percató de que el justicia mayor había incluido que lo enviaba el virrey, y eso le cerraría de golpe todas las puertas para obtener información. Si estaban cometiendo irregularidades, ahora desconfiarían de él.

—Señor, mi señor pretende traer a la región una cabaña importante de ganado —respondió Taranis.

—¿Quién dices que está interesado en ocupar estas tierras con ganado? ¿Para quién trabajas, Tarasio?

—Permitidme no desvelaros esa información aún. Llamémosle el marqués, para referirnos a él, por el momento. Es probable que la ganadería no sea el negocio que deba iniciar en estas tierras.

—En cualquier caso, Tarasio: ¿un marqués queriendo abrir un negocio? Mucho están cambiando las cosas por España, según veo.

—Demasiadas guerras, señor. Todo está en cambio —añadió Taranis mientras observaba salir de una habitación de la primera planta a dos jóvenes indígenas, casi niñas, vestidas tan solo con un camisón blanco que transparentaba sus cuerpos infantiles. Como autómatas sin voluntad, se movían sin saber qué hacer. Al distinguir la figura de Sancho Velasco a través de la barandilla de la escalera se abrazaron de terror y huyeron despavoridas.

Aunque Taranis disimuló, Sancho se percató de que aquel hombre era demasiado observador y prefirió deshacerse de él lo antes posible.

—¿Y en qué podría colaborar mi humilde persona con tan importante señor marqués? —continuó Sancho Velasco.

—Pues necesito conocer la región y las posibilidades del oficio, me preguntaba si podría entrar a trabajar con su cuadrilla —respondió Taranis.

—Ya veo. Te alojas en la hospedería del pueblo, ¿verdad? Por el momento, no hay trabajo para alguien con tus talentos. Con honestidad, no parece inteligente que yo mismo facilite la instalación de otra hacienda de ganado que arrebataría parte de mi negocio. Aguarda en la hospedería y recibirás noticias —respondió Sancho con una sonrisa irónica.

—Así haré, señor —añadió Taranis mientras se despedía con un apretón de manos, notando la de Sancho fría, esquiva y flácida, y un escalofrío recorrió su espalda.

Azdsáán y Taranis se alejaron galopando lo más rápido posible sin mediar palabra, con todos los ojos posados sobre ellos, hasta que alcanzaron un paraje alejado de la hacienda de Sancho Velasco.

—¿Pudiste averiguar algo, Achán? —preguntó Taranis mientras sacaba de las alforjas un poco de bizcocho seco para compartir y recogían agua fresca del arroyo.

—Todos tener miedo hablar. Indias esclavas, solo mujeres —respondió Azdsáán con una mirada que Taranis comprendió en el momento.

—Dentro de la casa había dos jóvenes, casi niñas, aterradas. Debo informar de esto al virrey, inmediatamente, Achán.

—Azdsáán y Talani guerreros —añadió ella mientras lavaba y rellenaba la cantimplora de barro.

—Pero no podemos asaltar la hacienda, Achán. Hay más de veinte hombres armados alrededor de la casa, sin contar los de la mina y los que hacen incursiones por tierras indias. Es un pequeño ejército. Y Sancho no es quien controla la mina, su ocupación parece centrarse en la captura y venta de esclavos indios. Debemos averiguar más —dijo Taranis.

—Azdsáán matar Sancho —dijo Azdsáán tocando su puñal en el brazo, en una solemne promesa que repitió en su propia lengua.

Había sido un error haberse presentado con las credenciales del virrey al justicia mayor sin averiguar previamente si formaba parte de aquella trama corrupta. Volvían a partir de cero y trataría de recabar información en la cantina antes de que se corriera la voz que estaba de parte del virrey. Acordó con Azdsáán que vigilaría la salida de la cantina y que seguiría al hombre al que Taranis señalara con la mano sobre el hombro.

En la cantina, Taranis observó de reojo los diferentes grupos de personas bebiendo y jugando a las cartas. Eligió una mesa en la que había tres hombres con un aspecto poco recomendable. Se acercó a ellos con una botella en la mano y cuatro vasos:

—Amigos, ¿cuál es el juego? ¿Se aceptan envites? —preguntó Taranis, acercando una silla. Los otros se separaron para dejarle espacio.

—Quínolas. Únete, estamos deseando sacarte los cuartos, amigo. Y deja la botella aquí —añadió uno de ellos.

Después de varias manos y varios mezcales más, los hombres fueron ganando confianza con Taranis, que se dejaba el dinero para aflojar las lenguas.

—Y cuál es el oficio de sus mercedes, además de jugar a quínolas... —dijo Taranis haciéndose el borracho y dándoles un tratamiento que era evidente que no era el apropiado para estos hombres.

—Negocios varios, amigo —respondió otro indiferente.

—Pues yo también busco negocios varios para invertir. Alguno con el que me pueda enriquecer rápido... —añadió Taranis.

—No todo el mundo vale, amigo. Para prosperar hay que dejar los miramientos a un lado —añadió otro que se veía que no había prosperado mucho quizá por tener demasiados escrúpulos pero que era consciente de ello.

—¿Qué negocio buscas? —preguntó el primero dando un trago.

—Supongo que lo mismo que todos. Una buena mina con la que hacerme rico... y vivir como un marqués —respondió Taranis.

—¡Una mina, dice! Eso es lo más fácil. Por allá hay montones de vetas de plata. Lo difícil es sacarla, cuando no son los putos indios que te acribillan a flechas, son los tributos, o los ganaderos, que dicen que les ensucias el agua y el ganado no quiere beber y muere, o la falta de mineros, o de azogue, o cualquier otra cosa... No son más que contrariedades —expuso otro riéndose.

—Parece que conocéis bien las dificultades de la minería. ¿Ya lo intentasteis? —preguntó Taranis.

—Hicimos amago, hace tiempo. Ahora no interesa. Hay otros negocios más rentables… —respondió otro que agachó la mirada al cruzarla con la de uno de los compañeros de mesa y darse cuenta de que iba a largar más de la cuenta. Taranis decidió apostar todo a una única baza:

—Lo que quiero es participar del negocio de alguna mina escondida, que nadie conociera, que no tribute y en la que trabajen indios esclavos, ¿será posible, amigos? —añadió Taranis, para ver las reacciones del grupo.

Aunque había tenía sus ojos posados en las cartas, con la visión periférica siguió los gestos y reacciones de cada uno de ellos. Estos se miraron entre sí tratando de disimular su sorpresa, pero era evidente que aquel hombre les había engañado, pues conocía el sitio de La Escondida. Alguien se había ido de la lengua y debían advertir cuanto antes de aquello.

El juego se volvió aburrido, ninguno ya quería bromear, no gritaban, ni quisieron seguir bebiendo y procuraban no dar más conversación a Taranis. Este se dejó perder algunas otras manos, pero ya era demasiado tarde. Desconfiaban de él, y no soltaron prenda. Se despidieron y en la puerta, Taranis puso la mano en el hombro a uno de jugadores, el que le pareció el cabecilla de los tres. Azdsáán entendió el gesto y lo siguió, amparada por las sombras y su silencioso movimiento.

61

Conspiraciones

México, noviembre de 1666

En su opulento palacete mexicano, don Diego Peñalosa, exgobernador de Nuevo México, aguardaba impaciente instrucciones. Se había recluido allí porque presentía que algo no iba bien. Con un batín de seda verde estampada, adaptado de un lujoso kimono ceremonial japonés, recorría su despacho como un león enjaulado. La cabeza le iba a estallar al no saber qué hacer. Habían acordado que nunca escribiría, ni trataría de contactar, y que debía limitarse simplemente a recibir órdenes. La remesa de plata tendría que haber llegado ya y se estaba demorando demasiado.

En caso de que todo se torciera, don Diego ya había planeado su huida de México, y para ello quiso impresionar a sus contactos ingleses. Les ofreció información vital sobre la Nueva España si le ofrecían asilo en Londres, aunque en realidad no tenía esa información. Como se aceptó su oferta, debía darse prisa en encontrar algo valioso, una información a la que solo el virrey tuviera acceso y que debilitara el virreinato. Arrojó el batín de seda sobre una silla y se preparó para salir.

No era el único que estaba desazonado. Abigail llevaba más de dos años advirtiendo de cada paso que daba el virrey, o su familia, y tan solo recibía escuetas instrucciones anónimas, sin haber contactado con otras personas o haber visto algún cambio en su posición. Estaba decidida a averiguar quién estaba detrás, y se dirigió al lugar convenido para dejar un nuevo mensaje pero bajo sus ropas de mujer vistió un traje masculino.

Tras dejar el mensaje y cambiarse a galán, se sentó en uno de los bancos cerca del árbol y aguardó hasta que un hombre elegantemente vestido introdujo disimuladamente su mano en el hueco del árbol. Lo siguió a través de las calles hasta que, al doblar una esquina, chocó contra el hombre que la tomó por el cuello empujándola contra la pared. Con la otra mano empuñaba una daga cuya punta apoyó con fuerza sobre un costado de Abigail.

—¿Por qué me sigues? —dijo el hombre apretando los dientes de rabia.

—No le sigo, señor —respondió Abigail procurando poner la voz lo más masculina que pudo.

—Te he visto en la alameda. Habla o te atravieso —advirtió el hombre, mientras hincaba la punta del puñal sobre el costado de Abigail.

—Señor… Permitidme quitarme el sombrero… —solicitó Abigail, dejando caer su cabello sobre los hombros y mirándolo de forma seductora—. Me llamo Abigail y, como vos, formo parte de La Rueda… Solo quería saber quién recogía mis mensajes. Solo eso… —explicó con una sonrisa y entornando los ojos.

—¡Abigail! ¡No vuelvas a cometer semejante estupidez! Si no hubiera sido yo quien recogiera el mensaje, estarías muerta, no lo dudes. ¡Así que me debes tu vida! Que esto te sirva de advertencia y de recordatorio —sugirió don Diego mientras con el cuchillo le hacía un corte en el dorso de la mano que comenzó a gotear sangre. Cuando alzó la vista, el hombre ya no estaba.

62

Santo Oficio

México, diciembre de 1666

Aunque trataba de quitarle importancia frente a su esposa, el virrey estaba preocupado por el caso de endemoniamiento en el convento de las Conceptas.

Temía, sobre todo, las consecuencias para el buen orden en la ciudad o el reino si se difundía la noticia de que el Maligno rondaba la misma. Y ya sabía de qué era capaz la población cuando sentía miedo. Como hombre práctico, debía preparar un protocolo para que, fuera o no real el caso de endemoniamiento, supieran cómo actuar y, sobre todo, prepararse ante cualquier indicio de revuelta que pudiera suceder a continuación.

Tras revisar varios asuntos en la Sala del Crimen que centralizaba la administración de justicia, flanqueado por diez oidores, alcaldes y fiscales, el virrey solicitó al oidor supernumerario, Ginés Morte Blázquez, que aguardara al terminar la sesión, y mandó llamar al inquisidor apostólico, Juan Ortega Montañés, que esperaba para entrar. Quería tratar el asunto que le venía preocupando sobre la forma de actuar en casos de posesiones demoniacas.

—Deseo conocer vuestra opinión sobre el Maligno y los casos de endemoniamiento —indicó el virrey con una sonrisa de medio lado.

—Excelencia, dicen que nació en Babilonia en el año de Nuestro Señor de 1595, de una hermosísima mujer. Que aprendió a andar y a hablar a los ocho días y que tiene ojos espantosos —indicó el inquisidor.

—Pero eso fue en tierras de Babilonia, y mucho tiempo atrás. ¿Aquí, en la Nueva España, conocéis algún caso de presencia demoniaca en estas u otras jurisdicciones? —preguntó de nuevo el virrey.

—No solo está el Anticristo, sino los ejércitos de demonios que le sirven. En la gobernación de Guatemala se produjo un caso recientemente, pero el más aparatoso se dio en el Perú, hace unos años —añadió el inquisidor gesticulando gravemente.

—¿Y cómo actúan los demonios que sirven al Anticristo en esos casos? —Se sorprendió a sí mismo el virrey haciendo esta pregunta que asumía la presencia de esas fuerzas demoniacas, o espirituales, de las que solía dudar.

—Los demonios se aparecen por lo general provocando gran ruido y estruendo, adoptando feas y espantables figuras, con cadenas, garfios, azotes y bastones de hierro, infligiendo martirio a los cuerpos de las personas a las que poseen. Prefieren los conventos, como en el caso de Perú que refería, donde a la hermana poseída la arrojaban por las escaleras, le arrancaban dientes y muelas y las uñas de los pies, martirizándola todo lo posible para que renunciase a Dios —continuó el inquisidor.

—¡Por Dios bendito! ¿Los poseídos pierden dientes y uñas? —preguntó el marqués azorado mirándose las manos.

En ocasiones, ya fuera por la posición que adoptaba su fino bigote, por la expresión de su rostro o por la entonación que utilizaba, algunos de sus comentarios parecían descolocar a sus interlocutores, que no eran capaces de distinguir si se trataba de una ironía o una pregunta grave.

—Dios tolera este sufrimiento para poner a prueba la santidad de sus hijos e hijas —respondió el inquisidor huraño.

—Según tengo entendido, excelencia, el demonio intenta debilitar la castidad de las hermanas, que es la mayor virtud de las esposas de Cristo, tentándolas de mil formas —añadió Ginés, el oidor, interviniendo en la conversación para aclarar los motivos del Maligno.

—¿Y se supone que esos demonios tienen trato carnal con las hermanas? Recuerdo el caso de una hermana que se embarazó, según decía ella, tras una posesión demoniaca, pero luego se demostró que estaba amancebada con el capellán —añadió el virrey.

—¡Por supuesto que lo tienen! ¡Sin duda alguna! —afirmó el inquisidor indignado por la incredulidad del virrey, que parecía restarle autoridad a él mismo.

—Bueno, sí y no. En algunos casos podría tratarse de enfermedad natural que padecen las mujeres. Por tanto, como primera acción convendría descartar, a través del juicio de doctores en medicina, que no se halla causa natural en esas situaciones —dijo Ginés, el oidor, que tenía ciertos conocimientos o interés en asuntos médicos.

—¡No! ¡Rotundamente no! Estos asuntos competen con exclusividad al Santo Oficio. Su excelencia diferencia los casos de obsesión, aquellos en los que el demonio no ha entrado en el cuerpo de su víctima, no la ha poseído aún, pero la martiriza de igual forma desde afuera. A fin de cuentas, se trata de demonios seduciendo mujeres —explicó el inquisidor indignado y escupiendo al hablar de la excitación.

—¿Y cómo haría el excelentísimo inquisidor para dictaminar si se trata de uno u otro? O mejor, ¿cómo podrían distinguirse las cuestiones médicas, llámeseles obsesiones, de las, digamos, verdaderas posesiones? —preguntó el virrey al oidor cuyo planteamiento le parecía más interesante que el del inquisidor.

—Pues, como sugería, excelencia. Un médico debe dictaminar, en primer lugar, si el cuerpo se encuentra en perfecto estado y sin alteración física, y, descartando causa natural, determinar si lo que aflige a la persona solo puede tratarse de enfermedad del alma. Ahí, el segundo paso sería contar con testigos que cuenten lo que han visto al respecto y luego se procedería al interrogatorio del enfermo o poseído y finalmente al exorcismo, si procede—añadió Ginés, el oidor, temiéndose la reacción del inquisidor de nuevo.

—Sana o enferma, cuando la persona ha practicado la brujería, abre la puerta de entrada del demonio a su cuerpo. De nada servirían aquí los médicos. Es una cuestión de Dios —manifestó el inquisidor aún irritado.

—Decidme, inquisidor, ¿qué mérito le supondría al Maligno poseer a un brujo a quien ya tiene de su parte? —preguntó el virrey, volviendo a descolocar a los contertulios, que no supieron qué responder.

—El endemoniado debe ser atendido solo por un exorcista de la Santa Iglesia o por la propia Inquisición. Solo él puede averiguar el nombre de la miríada de demonios que nos acechan y, por tanto, tan solo el Santo Oficio debe actuar en estos casos —insistió el inquisidor, temeroso de perder uno de sus principales cometidos.

—Gracias. Me queda claro. Podéis iros —concluyó el virrey, pensativo.

63

Chichimecas

Área chichimeca, abril de 1666

Taranis se había tumbado sobre la cama aguardando que regresara Azdsáán y le contara adónde se había dirigido el jugador marcado. En cuanto entró, Taranis se levantó ágilmente y sonrió.

—¿Le seguiste? —preguntó Taranis aliviado de que no hubiera tenido ningún percance, pese a la tardanza.

—Sí. Azdsáán seguir.

—Pero ¿adónde fue? —se interesó Taranis intrigado.

—A casa de hombre, cicatriz en rostro —respondió Azdsáán, haciendo un gesto en su cara para indicar que lo cruzaba de un lado al otro. Sonrió a Taranis y entornó sus grandes ojos negros al ver cómo Taranis le prestaba toda su atención.

—¿Y? —siguió Taranis respondiendo a la mirada de Azdsáán con una sonrisa.

—Decir algo y volver. Azdsáán esperar a hombre cicatriz. Seguir. Llegar a gran casa —añadió ella, cerrando sus ojos deleitada con la sonrisa de Taranis.

—¿Gran casa? —continuó Taranis.

—Casa de hombre pelo rojo, rico, extranjero —respondió ella.

—¿El Irlandés? ¿Pero cómo sabes que era su casa? —observó Taranis deteniéndose a mirarla de nuevo.

—Azdsáán preguntar —respondió levantando los hombros. Sonrió y se sentó en el suelo, pues la cama le parecía demasiado incómoda.

Se habían expuesto demasiado con el justicia mayor y con Sancho Velasco. Temían recibir alguna visita indeseada durante la noche, así que acordaron turnarse para vigilar. Mientras Taranis dormía, un hombre trepó hasta el balcón de la habitación llevando en un grueso saco una serpiente de cascabel que arrojó sobre la cama, huyendo a continuación. Azdsáán había advertido el ruido con tiempo suficiente para despertar a Taranis, y preparar un señuelo en la cama con almohadones.

—Estamos en peligro. Necesitaremos refuerzos —señaló Taranis mientras acababa con la serpiente.

—Azdsáán, tepehuanes, rayados y borrados, ir a matar Velasco.

—¿Podrás reunir a los guerreros de esas naciones? Tengo entendido que se odian unos a otros. Sin embargo, es mejor que ataquéis a la mina Escondida. Podréis liberar a los esclavos que allí tienen encerrados y destruyéndola cortaremos la fuente de recursos —señaló Taranis pensando en voz alta.

—Azdsáán ir —respondió ella, inquieta por actuar cuanto antes.

—¡Aguarda! De madrugada saldré primero, para que me sigan si nos vigilan. Iré a la cantina y podrás huir, sin que te vean, como sabes hacer. Nos encontraremos en cuatro días.

Montada sobre su yegua, Azdsáán inició la búsqueda de rancherías de los grupos indígenas de la región. Se generó una llamada en cadena, pues unos fueron avisando a otros, de manera que al tercer día, como proponía Azdsáán, se habían juntado en la entrada de La Escondida un ejército de más de ochenta aguerridos guerreros de diferentes naciones bajo las órdenes de la mujer dos espíritus y su sagrada visión.

Mientras tanto, Taranis procuraba no salir de la habitación. Dormía de día y vigilaba las noches para darle tiempo a Azdsáán a reunir a su ejército. Iría a presionar a Nicolás López-Prieto, el justicia mayor. Sospechaba que no solo debía conocer lo que estaba sucediendo en la región, sino que participaba de los beneficios de la mina y la trata de esclavos. Solo esto explicaría que no se hubiera atajado antes aquellas tropelías y que le hubiera advertido a todos de que venía de parte del virrey. Esa era ahora su baza.

—El virrey me ha dado poderes, como habrá deducido de la presentación que le entregué, para tratar en su nombre. ¡Pongamos las cartas sobre la mesa de una vez! —dijo Taranis saliendo desde una sombra donde se había ocultado para cortar el paso a Nicolás.

—¡Santo Dios! ¡Me habéis dado un susto de muerte, Tarasio...! De qué habláis —respondió Nicolás, sorprendido de que aún estuviera vivo. Aceleró el paso, pero Taranis le seguía pegado a sus talones, comentando en voz lo suficientemente alta para que otros pudieran oír también.

—No será complicado para el virrey ordenar el cierre de la mina Escondida y acabar con el tráfico de indios para el servicio de esta...

Nicolás frenó repentinamente, con el rostro demudado y arqueando las cejas de asombro.

—¿Estáis loco, Tarasio? ¿Pretendéis que nos maten a los dos aquí mismo? —advirtió encarándose a Taranis.

—He de reclamar lo que es justo... El virrey debe contar con una participación de los beneficios, como se ha venido haciendo. ¿No creéis? —añadió Taranis con intención de ganarse la confianza del justicia mayor, haciéndole caer en una trampa.

—Haber comenzado por ahí, amigo. Seguidme, pues. Y cerrad la boca, por lo que más queráis —concluyó Nicolás mirando hacia ambos lados.

Llegaron hasta el despacho del justicia mayor, fuera del alcance de oídos no deseados:

—Bien, Tarasio, ¿de qué cantidad de plata estamos hablando? —preguntó Nicolás, frotándose las manos y en un estado de nerviosismo evidente.

—Proponed y se verá si resulta satisfactoria para el virrey —añadió Taranis lo más tranquilo y natural que pudo decir. Se sentó en una silla y plantó las botas sobre la mesa del justicia.

—Eso garantizaría la continuidad de todos los negocios, ¿verdad?... ¡Quitad los pies de mi escritorio! —señaló el justicia mayor, empujando, sin éxito.

—Los virreyes vienen a estas tierras con el único objeto de enriquecerse, como cualquiera de nosotros. Por supuesto, podréis seguir con vuestros negocios —añadió Taranis, sin inmutarse.

—De acuerdo, lo consultaré y le propondremos una cifra sustanciosa —respondió Nicolás satisfecho.

—No hay nada que consultar. El irlandés y el vizcaíno estarán de acuerdo en ceder pacíficamente una participación equitativa de los considerables beneficios que obtenéis en plata sin quintar y en la venta de esclavos —añadió Taranis jugándose todo a esa baza, pues desconocía si realmente ambos formaban parte de la misma trama. Había dado con el eslabón más débil y pretendía quebrar la cadena por él para descubrir quién estaba detrás de todo ello.

—Sin duda, claro, claro —añadió Nicolás, al creer que Taranis conocía el negocio, y más preocupado por la parte de las ganancias que tocaría repartir.

—Pero, para calcular la participación, debo conocer todos los negocios en que estáis metidos, además de La Escondida y el tráfico de indios —dijo Taranis en un nuevo intento de aflojar la lengua del justicia.

—No hay más, solo la mina y la venta de esclavos… Yo no sé si hay más, no creo —mintió el justicia mirando hacia un lado.

Taranis, como jugador de cartas, sabía cuándo no decían la verdad. Veía además la necesidad de liberarse de un gran peso que cargaba sobre su espalda y le estaba quebrando. Solo necesitaba un poco de presión más para soltarlo.

—Querido justicia mayor… —añadió Taranis, bajando voluntariamente las piernas de la mesa e inclinándose hacia delante. Torció hacia un lado su cabeza para hacer ver a Nicolás que sabía que había mucho más—. ¡No me dejáis otra opción! Enviaremos las tropas para terminar con todo, ya que no ha existido la voluntad de colaboración esperada.

—Os lo juro, Tarasio. Ni el vizcaíno ni yo tenemos nada que ver con los otros negocios del Irlandés… —respondió Nicolás, tratando de parecer inocente.

—¿De qué negocios se trata? —añadió Taranis en un gesto dramático, levantándose de la silla y golpeando indignado la mesa.

—No puedo…, mi vida, mi familia —respondió Nicolás mirando hacia los lados.

—Bien, no me dejáis alternativa… —amenazó Taranis dándose la vuelta para salir del despacho.

—De acuerdo…, de acuerdo… El Irlandés… sostiene con esa plata una red de…, una red de espías que llega hasta la corte de México e incluso en Madrid… que llaman La Rueda. Pero no sé más, no hay más que pueda deciros, y ya he hablado demasiado… Os aseguro que no tengo conocimiento de quiénes forman parte de ella —respondió Nicolás alterado al haberse ido de la lengua, aunque liberado por la confesión del peso de la traición.

—¿Atentáis contra el mismo rey? La alta traición se pena con la muerte para todos, como bien sabe su señoría… justicia mayor —afirmó Taranis recalcando el cargo de Nicolás, mientras trataba de disimular su sorpresa por el giro inesperado.

—Pero debéis creerme. Nada tengo que ver con ello… —insistió Nicolás lastimero.

—Habéis tolerado que se haya fraguado una conspiración contra el rey Felipe…, veremos si los que lo han de juzgar creen también que vos y toda vuestra familia nada tenéis que ver… —amenazó Taranis para calcular hasta dónde podía exprimir.

—No…, yo…, no. Ellos no…, mi familia no sabe nada. —Sollozó Nicolás.

—Sois cómplices. ¿Con quién trata el Irlandés? ¿Quién está detrás de todo esto? ¿Cómo consigue sacar la plata de estas tierras sin los registros oficiales de minas, sin sellar…?

—Solo…, solo sé que lo hace a través de corsarios ingleses…, pero… —respondió Nicolás tratando de culminar así las ansias de Taranis de conocer quién estaba detrás.

—Un nombre… Ahora… —insistió Taranis con voz firme.

—De acuerdo, pero debéis hablar al virrey de mi colaboración con vos para acabar con esta conspiración. ¿Lo haréis?

—Le explicaré al virrey esta conversación, no lo dudéis —confirmó Taranis.

—… El Irlandés, no es tal, ni siquiera es católico. Es, en realidad, inglés y protestante. La plata de La Escondida es conducida por barcazas por el río Santa Catarina y por el San Juan hasta la costa, y en carromatos hasta la playa donde la recoge un inglés…, y luego ya no sé qué hace con ella…, se la lleva de estas tierras.

—¿Qué inglés?

—… Henry Morgan, el pirata. Desde que se perdió Jamaica en el 55 tiene allí su base de operaciones y cuenta con patente de corso del rey de Inglaterra. La plata se va a Jamaica, junto con parte de los esclavos indios, y luego se redistribuye, pero ya no sé cómo… No sé más, lo juro.

—¿Os dais cuenta de la gravedad de esta traición contra vuestro rey?

—Sí, sí…, lo sé. Esto se nos ha ido de las manos. La Escondida empezó a funcionar con el Irlandés. El negocio que teníamos nosotros consistía solo en atosigar a algunas rancherías chichimecas para que se alzaran en guerra, y luego capturarlos y venderlos en las plantaciones de las islas del Caribe o para servir en otras de las minas del interior. Morgan y el Irlandés quisieron ampliar el negocio de la venta de esclavos y con esa mano de obra pudieron reabrir la mina abandonada y dar con una extraordinaria veta de plata. El negocio se multiplicó, cada vez se capturaban más indios… En la mina mueren de agotamiento o en los frecuentes derrumbes, pues es muy peligrosa de trabajar, por eso se había abandonado con anterioridad y se creó la misión… y también se abandonó. Tarasio, debéis creerme, no sé cómo hemos podido llegar a esta situación. Ya no puedo más… Prefiero confesar y terminar con esta angustia que me reconcome… —dijo Nicolás, con la voz entrecortada y el remordimiento y el temor acumulados durante años.

—La participación del virrey en el negocio que os proponía no era más que una patraña, como ya habréis supuesto. Si deseáis conservar vuestra vida y la de vuestra familia, no podéis mencionar esta conversación a ninguno de vuestros socios. Y no penséis que acabando con mi vida se terminará el riesgo. Si no respondo de inmediato al virrey, enviará nuevos refuerzos para averiguar lo que aquí sucede. Se os acaba el tiempo.

—No diré ni palabra. Lo juro. Pero, Tarasio, os ruego que le habléis bien de mí al virrey. Nunca quisimos llegar a esta situación, ni pensamos en la traición, solo queríamos obtener un dinero fácil. Una cosa nos llevó a la otra…

—Vuestra avaricia y vuestra falta de escrúpulos es lo que os llevó a ello… —sentenció Taranis—. Tendréis noticias del virrey. ¡Vale! —concluyó Taranis, levantándose para salir de allí asqueado por lo que había visto y oído en aquellas tierras.

En ese preciso momento golpearon la puerta del despacho. Nicolás se recompuso, se secó las lágrimas y trató de relajar su expresión.

—¡Adelante…! —gritó Nicolás, con un falsete agudo que subrayaba su estado alterado.

La puerta se abrió y se asomó uno de los secretarios que, con el rostro demudado y pálido informó:

—Señor, indios salvajes de diferentes naciones se han agrupado y han atacado en la madrugada una antigua misión abandonada. Van encabezados por una mujer que lucha como un demonio. Han rescatado a decenas de indios esclavizados y ahora se han unido a ellos… Dicen que son más de doscientos en total. Unos y otros han acabado con todos los españoles que los tenían presos, salvo uno, el más joven, al que perdonaron la vida cortándole los dedos de la mano derecha para que no pueda disparar, y la nariz para que nunca olvide. Lo ataron a un caballo para que viniera a contar lo allí sucedido.

64

Coincidencias

México, diciembre de 1666

En el convento de las Conceptas la situación se había vuelto insostenible. Las hermanas temían quedarse a solas, o desplazarse en la oscuridad y se alteraban, gritando y corriendo, ante cualquier extraño ruido como si estuvieran siendo atacadas por hordas demoniacas. Todo las trastornaba, ya fuera un pequeño murciélago sobrevolando sus cabezas, una araña que se les cruzaba o alguna viga de madera que crujía a su paso. Sentían la presencia del Maligno por derredor, siempre dispuesto a atacarlas.

La hermana Adoración de María había decaído y sufría terribles dolores, con los dedos ennegrecidos y sin poder ya moverse. El galeno había diagnosticado que su mal no era terrenal y que él no podía hacer más. Aconsejaba a las hermanas que rezaran para ayudarla a recobrar la salud, pero por más misas, avemarías y súplicas a la Virgen, sor Adoración no mostraba mejoría.

Todas volcaron su ira y sus miedos hacia Micaela, castigándola con trabajos más severos. Las más decididas la increpaban a diario, exigiéndole entre insultos que abandonara el convento y que instara a su amo, el Maligno, a que cesara en sus ataques a la hermana Adoración. Micaela prodigaba una leve sonrisa de comprensión que era interpretada como soberbia y burla por parte de las hermanas. Consciente del destino de los chivos expiatorios en procesos de histeria colectiva que contaban su antepasados gitanos, a los que culpaban reiteradamente de todos los males sucedidos en España, Micaela decidió escapar.

La tarde en que la hermana Adoración de María estaba agonizante, varias de las monjas y criadas acorralaron, entre insultos, improperios y algunas lanzando piedras, a Micaela. Ninguna sin embargo tenía el valor de atender a la enferma, pues temían que el Maligno abandonara el cuerpo de la moribunda para poseer otro nuevo.

Tan solo la hermana Julia, una mujer entrada en carnes y en años, era la que, en los últimos meses, se ocupaba de cuidar y alimentar a la hermana poseída. Decía que si el Maligno hubiera tenido intención de poseerla, lo habría hecho tiempo atrás, cuando era joven y hermosa, y no ahora que se veía entrada en años y ajada.

Esa noche, Micaela huyó entre las sombras. Si la hermana Adoración de María fallecía, se produciría un linchamiento. Su destino era esconderse en la casa paterna, en La Rinconada, pero debía despedirse de la virreina.

Al amanecer, cuando los criados salían al mercado y entraban los jardineros, Micaela entró en palacio y aguardó escondida en la antecámara del estrado hasta que llegara la virreina. Escuchó acercarse a dos mujeres conversando, una de ellas la virreina, pero prefirió aguardar a encontrarse a solas. No confiaba en nadie más.

—Querida, es terrible. Han vuelto a aparecer por todos lados esos pasquines que anuncian la llegada del rey Congo —dijo Leonor preocupada, abanicándose con un par de ellos, recogidos a su paso.

—¿No es extraño que no se sepa quién los deja, querida? —preguntó la marquesa de Brumas.

—Antonio sospecha que se trata de alguien de palacio, pero han interrogado a todos los negros y mulatos y ninguno dice saber nada —explicó la virreina mientras colocaba unos cojines.

—Pues alguno miente. Quizá tu *primo* tendría que actuar con mayor severidad y contundencia —propuso la marquesa golpeando una mano sobre la otra.

—¿A qué te refieres, querida? —preguntó la virreina con curiosidad.

—Debe aplicar castigos ejemplares para retomar el orden, querida. Tiene que condenar a los sospechosos a azotes, prisión o a la hoguera. ¡Son rebeldes! —dijo la marquesa de Brumas muy alterada.

—Querida. Pero, la mayoría de ellos no son culpables, no se puede castigar solo por tener o por leer un pasquín, nosotras también los hemos encontrado —respondió Leonor, contrariada.

—¡Tu *primo* sabrá lo que hace, querida! O corta de raíz este problema o se volverá incontrolable. Y entonces ¿qué será de nosotras? ¿Qué será de Lisy si asaltan el palacio? Prefiero no pensarlo —finalizó la marquesa de Brumas dándole un beso en la mejilla y saliendo airada del estrado.

Micaela se asomó para comprobar que la virreina se había quedado sola y se le acercó.

—Querida Micaela. Qué grata sorpresa. ¿Te han permitido venir a visitarnos? —preguntó la virreina.

—Vengo a despedirme, excelencia —explicó Micaela.

—¿Te vas? ¿Adónde? ¿Dejas el convento? —inquirió confundida la virreina.

—He huido del convento, y es mejor que no sepan más. Me gustaría despedirme también de Lisy.

—Claro. Estará en su habitación y de seguro le encantará saludarte. Espero que vaya muy bien, Micaela, y que nos volvamos a encontrar —terminó la virreina colocando una mano sobre la de Micaela.

Se dirigió hacia el cuarto de la niña y llamó a la puerta antes de entrar. Al verla, Lisy corrió a abrazarla, llorando de emoción.

—Lisy. Escucha. Debo decirte algo importante. No debes preocuparte, no estarás sola. Llegará una persona muy especial para ti.

—¿Quién viene? ¿Cómo se llama? —preguntó Lisy ilusionada.

—La reconocerás por su luz, mi niña. Será tu guía. Y otra cosa. —Micaela hizo entonces una pausa y se separó de Lisy.

—¿Sí? —preguntó Lisy, intrigada.

—Conocerás el amor, y tendrás un gran dolor, Lisy. Me gustaría poder evitártelo, pero no es posible. Está escrito en tu destino. Solo quiero que sepas que eres más fuerte de lo que todos creen.

—¿Has visto a mi futuro esposo? —preguntó inocentemente Lisy entusiasmada.

—Mi niña —dijo Micaela con lágrimas en los ojos—. Tendréis tres hermosos hijos, pero…

—Pero ¿qué ocurre Micaela? —dijo Lisy extrañada.

—Recuerda. A tu ventana asomarán el amor y el dolor. No tengas miedo a vivirlos. Deja pasar a uno y, cuando oigas al tecolote cantar de día en tu ventana, sentirás el desgarro de tu corazón. No podrás evitarlo. Mi niña.

—¿Debo tener miedo, Micaela? —preguntó Lisy convencida.

—No, mi niña ¡Guardianes poderosos te protegen! Recuerda, abre las puertas al amor y no temas sufrir el dolor. Te harás más fuerte. Debo irme ya, está viniendo gente.

—¿Tan pronto? —protestó Lisy con mueca de disgusto.

—Adiós, mi niña —se despidió Micaela besando a Lisy en la frente.

Había tanto que contarle a la niña…, sus sueños le mostraron a Lisy adulta, casada y madre, pero siempre afligida. Conocería el amor y eso la haría muy feliz, pero no en su matrimonio. Y sufriría, tendría que superar duras pruebas antes de abandonar la Nueva España para ir al encuentro de su futuro esposo.

65

Janambres

Nuevo León, mayo de 1666

En la mañana redactó una carta cifrada para el virrey informándole de que seguía vivo y contando lo que había averiguado hasta entonces, por si acaso terminaban con su vida. En la posada le indicaron que debía aguardar a la caravana que, de tiempo en tiempo, circulaba de norte a sur y traía y llevaba el correo. Por un módico precio, el posadero se ofreció a hacerse cargo, junto a otra correspondencia pendiente. Taranis pensó que la información era demasiado importante y urgente y debía llegar hasta el virrey, así que utilizaría una doble vía, buscaría además a alguien que hiciera el viaje. Regresó a la habitación y copió una segunda carta, con la clave acordada. Solicitaba para Azdsáán una recompensa por su significativo apoyo en la misión y el valeroso rescate que había hecho de su persona, sin el que la misión habría concluido hacía tiempo. En una de las cantinas indagó entre unos y otros hasta dar con un joven que viajaría a la ciudad de México próximamente y a quien entregó un real y prometió otro si llevaba la carta a su destinatario lo antes posible.

Taranis alcanzó el arroyo donde se habían separado unos días antes y donde habían acordado reencontrarse. Azdsáán había llegado antes, y le aguardaba desplumando un par de aves que había cazado. Cuando le interrogó sobre cómo había podido juntar a las naciones enemigas, ella confesó que la dama azul había predicho que una mujer dos espíritus les guiaría a la libertad. El mito la había ayudado a persuadir a los líderes de las diferentes naciones para unirse.

Azdsáán relató con más detalle cómo entraron en la iglesia abandonada y abrió la puerta secreta del altar, ante el asombro de todos; cómo asaltaron la mina y fueron liberando a los esclavos, algunos tan delgados y demacrados que necesitaron de ayuda para moverse, y cómo alcanzaron la salida del otro lado de la montaña e hicieron explotar la pólvora de la mina para derrumbar la montaña. Sin la mano de obra esclava, aquella mina nunca volvería a ser rentable.

Taranis se había acostumbrado a la presencia de Azdsáán y estos días sin ella la había extrañado:

—Debo ir a la villa de Cerralbo para comprobar la situación y de ahí partir a la ciudad de México para informar al virrey en persona.

—Sí —respondió Azdsáán.

—Prometo regresar —añadió Taranis.

—Talani ir —contestó Azdsáán sonriendo.

—Pero ¿nos volveremos a encontrar? —insistió Taranis temiendo la separación final.

—No —respondió ella sin borrar su sonrisa.

—¿No? —repitió Taranis irguiéndose para mirar frontalmente a Azdsáán.

—No. Azdsáán ir —añadió ella sonriendo y girándose para arroparse. Taranis sabía que aquello era el final de esa conversación.

Rodeó a Azdsáán con su fuerte brazo y respiró profundamente para llenarse de su aroma. Tumbados, contemplaban el hermoso cielo completamente estrellado, y la paz que se respiraba, lejos de los peligros de unos y otros. Solos los dos.

Después de pasar varias semanas haciendo averiguaciones en las inmediaciones de Cerralbo, cabalgaron rumbo a México durante días, atravesando la sierra de Tamaulipas. Allí se encontraron con el grupo de los janambres que les recibieron con vítores, porque se había corrido ya la voz del rescate de la mujer dos espíritus y hasta los más pequeños conocían ya el nombre de Azdsáán y su esposo español, Talani. El pequeño grupo se había unido a la gran caravana que se dirigía, por el Camino Real, hacia México. En estas caravanas se aparcaban temporalmente todas las rencillas, pues todos compartían el mismo objetivo, llegar sanos y salvos a su destino.

—Achán, las marcas de tu rostro son como a las de ellos —afirmó Taranis mientras señalaba con el dedo índice las dos líneas que había a los lados de su rostro.

—Azdsáán, janambre. Capturada y vendida a otros que criar como guerrero —explicó ella orgullosa.

—¿Y por un sueño te… convertiste en dos espíritus? —preguntó Taranis con curiosidad.

—Espíritu de la luna hacer ver que Azdsáán siempre ser dos espíritus, antes no saber, y tener que vivir como dos espíritus en adelante —explicó ella.

—Achán, quiero que tengas esto —dijo Taranis mientras se quitaba del cuello la cadena con la cruz que le había dejado su madre—, es lo único que conservo de mi madre, pero quiero que lo tengas tú.

—Talani —susurró Azdsáán con ojos seductores y una amplia sonrisa.

66

El final del año del rey Congo

México, agosto de 1666

Los meses transcurrían con normalidad en la capital novohispana, al menos toda la que podía esperarse para una familia tratando de adaptarse a la nueva vida en el palacio de los Virreyes.

—Señor, traigo la correspondencia que esperaba —anunció Cristóbal con una amplia sonrisa en los labios y los ojos brillantes de emoción.

—¡Por fin! ¿Dónde se encuentra nuestro amigo? —preguntó el virrey.

—El recado llegó con un joven desde Cadereyta —señaló Cristóbal, cerrando las puertas tras de sí, para dejar solo al marqués.

Tras descifrar el mensaje, constató la existencia de una red de espías, una trama que llegaba desde el norte chichimeca hasta la misma corte mexicana y quizá también a Madrid. Había conseguido la información, nombres, lugares. El virrey se quedó pensativo. Faltaba encontrar las uniones de esta trama, en especial con la corte de México.

Al pasar tanto tiempo entre los janambres, Taranis había asimilado algunas de sus costumbres e incluso su aspecto, si no fuera por el tamaño y corpulencia, y en particular el vello de su cuerpo que lo diferenciaba del resto. Había aprendido a moverse como ellos, a disparar el arco con precisión, y hasta sabía aullar con aquel aterrador grito de guerra. En lugar de las incómodas botas, calzaba unos mocasines de piel, que le había confeccionado Azdsáán decorándolo con púas de puercoespín, como hacían las esposas, y se había pintado rayas en el rostro con carbón para que por la noche no destacara tanto a la luz de la luna. Olía a ahumado, a leña de cactus secos y a desierto, como todos los compañeros de viaje en la caravana.

Algunos otros españoles le instaban a que abandonara el campamento de los indios y se uniera al suyo, pero Taranis prefería continuar con Azdsáán. Transcurrieron así varias semanas más sin otros percances hasta alcanzar la ciudad de México en diciembre. Los jefes janambres y otros chichimecas procedentes de El Parral solicitaron audiencia con el virrey y el secretario los convocó en palacio en tres días.

El virrey fue atendiendo a los capitanes españoles llegados en aquella misma caravana para conocer de primera mano la situación en el norte y si alguno le podía dar referencias de Taranis. El capitán Tomás García presentó al virrey una probanza de méritos para conseguir una encomienda y le quiso hacer un presente:

—Excelencia, esta india enana puede servir a la señora virreina. Permitidme entregárosla —señaló el capitán García, empujando hacia delante a una mujer indígena de pequeña estatura que caminaba cabizbaja.

—¿En calidad de qué traéis a esta mujer, capitán?, ¿es esclava? —preguntó el virrey de manera grave y removiéndose en su asiento.

—No, excelencia. Es un depósito que se había asignado a doña Ana Núñez de Rojas, viuda de mi compadre, el capitán don Pedro Hurtado de Mendoza. Esta noble y caritativa señora tiene a su cargo varias jóvenes chichimecas, a las que enseña la religión católica y la conducta cristiana que ha de llevar una mujer honesta. Les muestra el castellano y aprenden a tejer y otras labores. Doña Ana me la ha cedido en depósito, y yo la cedo a su excelencia, si lo estima oportuno.

—Ya veo —respondió el virrey. Y dirigiéndose a la mujer indígena le preguntó—: ¿Cuál es vuestro nombre?

—Mi gente me puso por nombre Kétemáúbó'kích'ahrín, «Hermoso amanecer» en español. Me dicen también Iyali, que en náhuatl quiere decir «Corazón de la tierra». Y la señora doña Ana me llevó a bautizar con el nombre de Isabel, señor, cuyo significado no conozco.

—Si no me equivoco, quiere decir algo como «prometida a Dios». ¿Y cuál de esos nombres prefieres usar? —preguntó el virrey.

—Iyali es más corto, señor.

—Iyali, eres libre para irte. O para quedarte en palacio si lo deseas —expuso el virrey mirando fijamente a los ojos a la mujer.

—Señor, no tengo adónde ir —respondió Iyali.

—¿Dónde has aprendido el castellano, Iyali? —preguntó el virrey.

—Con la dama azul y con la señora doña Ana Núñez, señor.

—La dama azul... Es la monja que se escribía con el rey que la tenía en gran aprecio. Ella misma es quien me ha traído a estas tierras —añadió el virrey recordando la conversación con el rey de España, la carta de sor María de Jesús y el viaje hasta México.

—Querida también por chichimecas, señor —contestó Iyali sorprendida de que la dama de azul tuviera cuerpo físico en España y viviera en un convento.

—Gracias, capitán, Iyali se queda entonces. ¡Podéis retiraros! Revisaremos los documentos que aportáis —comunicó el virrey dirigiéndose de nuevo al capitán García que aguardaba la respuesta a su solicitud.

Iyali acompañó al virrey hasta la planta segunda de palacio, donde le presentó a Leonor y a Lisy. La primera frunció el ceño sin decir palabra, y lanzaba frías miradas de reojo al virrey, pero Lisy la abrazó sorprendida al percibir el color de su resplandor, que era de un hermosísimo dorado luminoso, con reflejos plateados y cobrizos. Es un color casi metálico casi puro, muy raro. Lisy había comenzado a distinguir no solo colores, sino la manera en que estos se presentaban, pues había colores metálicos, que eran muy planos y brillantes, muy escasos. Algunas personas tenían colores terrosos, en los que apreciaba texturas granulosas o arcillosas, con manchas y relieves con sombras y tonos distintos. Otros, aunque fueran de igual color, parecían sin embargo aguadas diluidas, ligeras y casi transparentes, y otros se le representaban celajes de colores diferentes, se movían incluso como humos o nubes. Ese mundo de colores, que parecía muy básico cuando era niña, se estaba volviendo cada vez más complejo y aún no comprendía todo lo que sentía con cada forma, pues el mismo color le producía sensaciones distintas según la calidad, o la combinación con otros tonos.

—Querida, mañana podríamos ir a dar un paseo por los canales que llaman el Posilipo mexicano, ¿te apetece? —propuso el marqués.

—Por supuesto, Antonio. Al paseo Jamaica acuden todas las damas de la ciudad para lucirse, y Lisy y yo aún no lo hemos hecho. La marquesa de Brumas nos acompañará también. Esto no es negociable, querido —respondió Leonor.

Cristóbal se acercó con disimulo y le susurró al marqués que tenía un mensaje de Tarquinio. Le informaba que este se encontraba en México y que necesitaba reunirse con urgencia. El virrey acordó encontrarse con él, después de su regreso del paseo en barca.

En la mañana siguiente, los cielos anunciaban una luminosa jornada, muy apropiados para un tranquilo paseo por los canales. Trani se había quedado con Iyali, con quien había hecho muy buenas migas y no se coló en la carroza para acompañarlos.

—Elige la que más te guste, Lisy —propuso el marqués señalando hacia un grupo de canoas o trajineras que estaban atracadas en la orilla adornadas con arcos de flores. Leonor miró con expresión de desagrado a su amiga Enriqueta. Aunque el día era soleado, el ánimo de Leonor no lo acompañaba y anunciaba tormenta, pues seguía disgustada por la decisión de su esposo de que la mujer enana acompañara a Lisy y la influencia negativa que podría tener en su educación cortesana.

—Esa de ahí —indicó Lisy señalando con el dedo índice como prolongación de su brazo extendido, a una que tenía flores blancas y rosas.

—Lisy, es de mala educación señalar de esa forma. Alguien tendrá que ocuparse de tu educación… —indicó Leonor bajándole el brazo a su hija y pensando en el final de la frase que no pronunció, sobre el interés paterno en ella.

Los canales y el paseo de Jamaica rebosaban de gentes de todo tipo, y las damas en particular acudían vistiendo sus mejores galas, pues era un lugar para ver y ser visto, ocupando las orillas de los canales y las trajineras con el colorido de sus vestidos y adornos. Algunas de las barcas eran ocupadas por músicos y cantores, que amenizaban la jornada con su arte. Las trajineras competían unas contra otras por demostrar quién entonaba la canción más armoniosa o quién danzaba mejor al son de la misma. Enriqueta se sentía bastante molesta con aquella algarabía y miraba contrariada a su amiga Leonor. Los marqueses, acompañados de sus guardas, prefirieron alejarse del bullicio y navegaron por una parte del canal más solitaria:

—¡Lisy! ¡Mira allí! ¿Ves esas calabazas flotando entre los patos? —añadió el marqués, tratando de cambiar la conversación.

—Sí, padre —afirmó Lisy.

—No pierdas de vista a los dos patos que hay junto a una de las calabazas —continuó el marqués.

—¡Ay, padre…! Se ha hundido y no sale. Y… ahora el otro… ¿están buceando? —preguntó Lisy.

—No, Lisy. Los patos no saben que debajo de la calabaza hay un cazador, que se acerca así con disimulo. Así camuflado, no sienten peligro, y cuando el pato está a su alcance, lo agarra por las patas bajo el agua y los hunden hasta que los ahogan. Es una técnica de caza ingeniosa —explicó el marqués de Mancera a su hija, que le escuchaba atenta y con los ojos muy abiertos.

—Sí, Antonio, muy ingeniosa… Qué cosas le enseñas a la niña —dijo Leonor avergonzada de que la marquesa de Brumas escuchara aquellas lecciones.

—¡Mira, padre! Ahora las calabazas vienen flotando hacia la barca —señaló Lisy señalando tres calabazas que nadaban velozmente hacia ellos. Miró a su madre y bajó rápidamente el brazo recordando que no debía señalar.

—¡Qué extraño, aquí no hay patos! —dijo el virrey, buscando con la mirada a la trajinera en la que les seguía la guardia.

—Tres hombres con las calabazas cubriendo sus cabezas emergieron del agua y se aferraron al extremo de la embarcación en que viajaba el virrey, zarandeándola de un lado a otro. El marqués abrazó a su hija Lisy, para evitar que se cayera al canal, pero uno perdió el equilibrio hacia un lado de la barca y Lisy se tambaleaba hacia el lado opuesto, cayendo ambos al agua en lados contrarios de la embarcación. Leonor gritaba desconsolada mientras que con una mano se aferraba al banco en el que estaba sentada y con la otra trataba de alcanzar a su hija. La marquesa de Brumas también se cayó de espaldas al agua por la popa y se aferró al borde de esta, gritando desesperada. Uno de los hombres-calabaza, tomó a Lisy, que vociferaba angustiada pidiendo auxilio a su padre y agitaba sus brazos para tratar de aferrarse a algo, y huyeron nadando con la niña pataleando.

Varios soldados se habían arrojado al agua para intentar socorrerlos, pero los tres hombres con las cabezas de calabaza nadaban mucho más rápido. Otros de los soldados apuntaron con sus escopetas a los secuestradores, pero el virrey les gritó que no disparasen, pues podrían herir a Lisy. Los hombres salieron a la orilla con Lisy sobre el hombro de uno de ellos, y se internaron en el bosque. El tercero se detuvo y se volvió hacia a la barcaza del virrey gritando: «¡Viva el rey Congo!», y desapareció en la espesura.

Los soldados llegaron a la orilla para seguirlos, pero no encontraron ni rastro y el virrey les alcanzó aturdido y furioso, y por vez primera no sabía qué debía hacer. Leonor lloraba desesperada abrazada a la marquesa, que había subido a la trajinera empapada. Continuaron la búsqueda sin resultado y el sol se fue poniendo, por lo que la visibilidad se redujo y no tuvieron más remedio que regresar a palacio. El virrey, trastornado, fue al encuentro de Taranis para solicitar su ayuda:

—¡Se la han llevado! —refirió nada más llegar, con el rostro demudado y la angustia derramándose en cada una de sus palabras—. ¡Han secuestrado a Lisy! Taranis, por favor, necesito tu ayuda —añadió con mirada purpúrea conteniendo lágrimas de desesperación.

—¿Cómo? ¿Cuándo ha ocurrido? —preguntó Taranis.

—Hace unas horas. ¡La providencia te ha traído justo hoy! Ayúdame. ¡Estará aterrada! Mi pobre niña —añadió entrecortando las palabras para evitar romper a llorar y tragando saliva con cada una.

—Por supuesto, señor. Achán es una excelente rastreadora. Si alguien la puede encontrar, es ella.

Recogieron a Achán y regresaron a la luz de los faroles con un refuerzo de la guardia hasta el lugar donde habían desaparecido. Cuando saltaron a tierra, la luz del alba proyectaba sombras de los árboles sobre el canal.

Leonor, en palacio, estaba desolada y angustiada. Su amiga la marquesa de Brumas la apaciguaba como podía, pero no encontraba palabras para su consuelo. ¿Estaría bien? ¿Le habrán hecho daño? ¿Qué buscan? ¿Un rescate? Repetía una y otra vez Leonor.

—Querida, yo estaba allí y lo he visto. Te dije que debía actuar con contundencia con el tema del rey Congo... —señaló la marquesa de Brumas.

—Ahora no, Enriqueta, por favor... —advirtió Leonor mortificada por haber accedido a dar aquel paseo, por haber montado en la barca, por sugerir pasear por aquel lugar aislado... Se habían llevado a Lisy... por su culpa.

67

Rastreo y rescate

México, palacio virreinal, diciembre de 1666

Azdsáán encontró huellas de pies descalzos de varios hombres, y unas se hundían algo más que el resto, por lo que supuso que eran las del hombre cargaba con Lisy. Se entremezclaban con otras huellas erráticas de botas y zapatos que imprimían desplazamientos errabundos. En el bosque reconoció señales entre las ramas partidas en la carrera y todos siguieron a Azdsáán, que se desplazó rápida y segura. El virrey estaba en silencio, para no distraer a la rastreadora, y Taranis y los guardias se prepararon desenvainando sus espadas.

Las huellas les condujeron hasta una cabaña abandonada. Taranis entró para comprobar que no estaba vacía. Los demás se acercaron a continuación.

—Noche aquí. Salir allí —señaló Achán comprobando restos de barro en el suelo de la cabaña y unas calabazas rotas en un rincón de la habitación.

—Pero ¿Lisy estuvo aquí? ¿Está bien? ¿Le han hecho daño? —añadió el virrey compungido y avanzando hacia el exterior. Taranis le frenó y con el gesto de su mirada le indicó que escuchara a Azdsáán.

—Niña aquí estar viva —dijo señalando una soga cerca de una silla, donde supuso que la habían atado. Se agachó para oler unas manchas que goteaban por toda la habitación y que teñían la base de las calabazas. El marqués se temió lo peor.

—Señor, estas son las huellas de barro de los pies, pero hay manchas de lodo oscuro, diferente. No es fango es más bien ceniza que hubiera goteado acompañando al barro. No tiene sentido —dijo Taranis mirando a Azdsáán que encogía sus hombros y hacía un gesto con la mano moviendo dos dedos sobre su rostro, para recordar cómo se pintaban con ceniza.

Salieron por la puerta trasera y tras caminar unas decenas de metros guiados por Azdsáán, esta se detuvo en seco.

—Oír —advirtió con la mirada perdida y una mano para que el resto se detuviera y no hiciera ruido.

—No oigo nada, Achán —susurró Taranis, mientras el virrey se desvivía también por poner atención mirando hacia todos lados y frunciendo el ceño.

Azdsáán fue guiándose por su fino oído y a medida que caminaban, se fue haciendo más y más fuerte el sonido de un silbato, al comienzo muy débil y lejano, y que se percibía hueco o cavernoso. Llegó hasta una pila de ramas cortadas y miró a Taranis para que la ayudara a retirarlas. Con esfuerzo, entre todos, dejaron al descubierto la boca de un pozo, que era de donde emergía el pitido entrecortado, cada vez más débil. Taranis ató una cuerda y descendió con ayuda de Azdsáán. El virrey estaba anhelante, cubría su boca con ambas manos y observaba con los ojos muy abiertos todos los movimientos sin atreverse a pronunciar palabra. Al cabo de un rato, Taranis asomó la cabeza sonriente, llevando a una macilenta Lisy colgada de su cuello, tiritando de frío y empapada de agua.

Los secuestradores la habían arrojado a aquel profundo pozo y para que no la localizaran habían ocultado su boca con ramas. No contaban con que Lisy no dejara de soplar el silbato que colgaba de su cuello, hasta casi quedarse sin fuerzas, ni con la pericia rastreadora y el fino oído de Azdsáán. Si hubieran tardado más tiempo, quizá habría sido demasiado tarde. La mano de Lisy continuaba agarrotada sobre el chifle de oro que le había regalado el comandante, y buscaba consuelo con sus ojos castaños en las miradas de todos, hasta que dio con las de su padre. El marqués se abalanzó sobre ella para tomarla en brazos.

—¿Estás bien, Lisy? ¿Te han hecho daño? —preguntó el marqués mientras la estrechaba en su pecho.

—Padre…, tengo mucho frío ¡Pasé muchísimo miedo! —declaró Lisy rompiendo a llorar, tiritando y sin soltar el chifle de su temblorosa mano.

—Ya pasó todo. Achán oyó que nos llamabas con el silbato —dijo el virrey, calmando a su hija.

—El capitán me dijo que lo soplara si sentía peligro —respondió Lisy intentando sonreír temblorosa, mientras su padre la cubría con su chupa, ambos rompiendo a llorar desconsolados por la emoción. Taranis miró agradecido, satisfecho y orgulloso a Azdsáán por su esfuerzo, entornando sus párpados y asintiendo con la cabeza.

Los soldados, acompañados por Taranis, exploraron los alrededores, mientras Azdsáán cuidaba del marqués y de la niña con otros guardias. Llegaron hasta un rancho de mexicas que solían practicar la caza de patos, quienes señalaron que habían visto a unos hombres llevando unas calabazas como las que ellos utilizan en la caza. Negaron que fueran hombres negros, todos eran blancos.

Cuando llegaron a palacio y Leonor vio a Lisy, no sabía si romper a reír o a llorar. Su rostro estaba demacrado por la angustiosa noche sin dormir y la preocupación constante. El doctor revisó a Lisy y confirmó que se encontraba en perfecto estado. Comió abundantemente y se acostó, e Iyali veló su sueño, con dos guardias en la puerta.

—¿Qué pretendían esos hombres, Antonio? —preguntó Leonor recuperándose de la emoción.

—No lo sé. No entiendo. Podrían haber terminado con nuestras vidas, ahogándonos como a los patos, pero solo quisieron llevarse a Lisy —señaló el virrey.

—Hay que mostrar un castigo ejemplar para evitar que se repita, Antonio. Enriqueta tenía razón con esos levantiscos negros. *Sie müssen aufgehängt werden![33]* —añadió la virreina enfurecida.

—Pero, querida, ¿a quién castigamos? ¿A todos los negros? Ni siquiera podemos afirmar que los atacantes fueran negros o mulatos, pues no hemos podido encontrarlos. Al contrario, parece que eran blancos. ¿Quemamos a todos los españoles también?

—Antonio, yo los vi cuando salieron del agua, eran negros como el carbón —replicó Leonor alterada.

—Querida. Había restos de cenizas y barro en una cabaña. Lo que parece es que se trataba de hombres embadurnados para aparentar ser negros, así que podrían ser blancos o indios pintados o los mismos negros protegiendo sus pieles con cenizas, y ocultando sus cabezas con calabazas. Nadie los vio, ni siquiera Lisy —reflexionó el virrey.

—¡Antonio! No lo niegues. Esos hombres gritaron «viva el rey Congo». Lo recuerdo perfectamente —añadió Leonor, indignada por el comentario de su esposo.

—Precisamente… ¿No te parece lo más extraño? Todo parece organizado precisamente para tomar represalias contra los negros, querida. Actuar de forma violenta e injustificada contra ellos, después de este año de pasquines y esperanzas del rey Congo, solo puede acarrear un levantamiento —señaló el virrey.

---

[33] Deben ser colgados.

—¡Pues, tú verás lo que haces, Antonio! —dijo Leonor contrariada.

—Otra cosa, querida, ¿no te resulta extraño que estuvieran esperándonos allí? ¿Cómo sabían que pasaríamos por allí?

—No sé adónde quieres ir a parar, Antonio —dijo Leonor indignada.

—Pues creo que alguien cercano tuvo que advertirles de nuestra intención de ir al paseo. Y eso significa que el traidor está muy cerca, querida, en nuestro círculo cercano —dedujo el virrey.

—¡Eso no es posible, Antonio! —exclamó Leonor llevándose ambas manos a la boca para ocultar su sorpresa.

—Es preferible no comentar nuestras intenciones de salida con nadie. Y reducir las visitas a los conventos o fuera de palacio, por el momento. ¡Averiguaremos qué es lo que ocurre en esta corte! No te preocupes, querida —afirmó el virrey convencido.

—¡Que no me preocupe, Antonio...! Hay un traidor entre el personal de palacio y me pides que no me preocupe —concluyó la virreina abrazándose a su esposo mientras el virrey le deba unas palmaditas en la espalda para consolarla y miraba hacia otro lado.

Iyali entretuvo los días siguientes a Lisy enseñándole algunas palabras en náhuatl y no la dejaba ni de día ni de noche. Conversaban en uno de los pasillos de palacio, cuando Lisy percibió el mismo olor que había sentido en Triana. Se sumaba a una miríada de aromas diferentes y de colores nunca vistos. Sorprendida, se lo comentó a Iyali, que ya se había percatado de que Lisy percibía las cosas de manera diferente al resto.

Siguiendo al olfato de Lisy, se asomaron al salón donde entraban, por un amplio pasillo el grupo de chichimecas. Iyali le fue explicando en voz muy baja a Lisy el sentido de lo que estaban viendo: quiénes eran aquellas personas, de dónde venían y por qué desfilaban de aquella forma. El grupo se movía al unísono, siguiendo al cabecilla, en una danza hipnótica. Este no tenía que dar órdenes, pues los guerreros intuían sus movimientos y los ejecutaban sin mirarlo.

Ante los ojos de Lisy desfilaron con nitidez los colores terrosos anaranjados más hermosos que nunca había visto, junto con tonos amarillos, rojos y púrpuras intensos en forma de nubes. Parecía un despliegue de lujosas sedas, suaves, vivas, ondeantes, esfumándose y recomponiéndose a cada rato, con cada movimiento del grupo. Entre ellos distinguió el color que había notado y fijó su atención en Taranis. Este devolvió la mirada a Lisy de reojo y sonrió al comprobar que ya estaba bien. No lo había reconocido cuando la sacó del pozo porque estaba demasiado alterada. Junto a él danzaba la mujer que la había encontrado. Cerró los ojos y olió su púrpura metálico brillante con matices dorados. Sintió cómo esos tonos se entrelazaban con el dorado de Taranis para crear nuevos e indescriptibles tornasolados brillantes. Era la primera vez que vía dos resplandores unirse para formar otro nuevo y maravilloso, y quedó extasiada y boquiabierta.

Con cada movimiento, los chichimecas hacían sonar las tobilleras y pulseras hechas con pezuñas de animales secas, que entrechocaban acompañando el ritmo de sus danzas y del tambor. Estos los tañía otro grupo de indígenas en la retaguardia, ataviados con pieles de venados cerrando aquel desfile. Todos en la corte, incluida Leonor, que se había reunido para recibirlos, estaban hipnotizados con aquella danza, mucho más marcial y poderosa que el *tocotín* azteca que habían contemplado en múltiples ocasiones.

Tras escuchar sus demandas, que coincidían con lo que ya conocía a través de los informes de Taranis, prometió ponerle fin a los ataques y a la esclavitud. Escribió a la reina Mariana de Austria confirmando las sospechas de su esposo, el rey Felipe IV, fallecido. Habían logrado descubrir que un grupo de españoles hostigaban a los chichimecas para que se alzaran incitándolos a la guerra y justificar así la toma de esclavos. En otra carta cifrada le contaba con mayor detalle todo lo averiguado y le advertía de la conspiración inglesa que se cernía sobre la Corona.

PARTE IV

Eros. El descubrimiento de la pasión

68

Esperanza

México, marzo de 1667

El jardín interior se había convertido para Lisy e Iyali en el lugar favorito, dentro del palacio, donde pasar el tiempo, en especial desde que no les permitían abandonar el recinto. Allí mantenían conversaciones interminables sobre las flores o sus frutos, las aves, las gentes de México o sus costumbres, sobre los animales y sus comportamientos, sobre el tiempo, el amor o sobre la vida misma. Trani siempre las escoltaba, pues no se separaba de Lisy, aunque había encontrado en Iyali un nuevo aliado confiable. Solo a ella, además de Lisy, le permitía pasarle el antiguo cepillo de pelo de Leonor, o que lo tomara en brazos sin revolverse bufando como un demonio.

Iyali aguardaba plácidamente, sonriendo con los ojos cerrados, para poner mayor atención a los distintos sonidos que el viento le traía. Había acordado el día anterior que conversarían sobre las aves del jardín y Lisy estaba emocionada. Disfrutaba con aquellas lecciones, procurando retener cada enseñanza y reflexionando sobre lo aprendido, aunque en ocasiones tardaba algún tiempo en darse cuenta de lo que realmente significaba la historia que Iyali le había contado.

—Niña, escucha... —dijo Iyali, alzando su pequeña mano rayada para que Lisy prestara atención al canto de un pájaro que se oía a lo lejos.

—¿Qué ave es, Yayi? —respondió Lisy, después de un rato en silencio, buscando con sus pupilas la procedencia de aquel canto.

—Es un *Centzontli*, mi niña —añadió Iyali. Quiere decir «cuatrocientas voces» porque tiene infinidad de cantos diferentes. Imita el canto de otras aves, así que resulta difícil, en ocasiones, saber quién canta en realidad...

—¿Ese es...? ¡Pero si es muy pequeño! —dijo Lisy sorprendida cuando el pajarito en cuestión se posó en una rama próxima a ellas—. Como tiene esa voz tan fuerte, pensé que sería más grande y de muchos colores. Pero solo es un pajarito gris... que se parece a los tordos de España.

—Mi niña, no hay que juzgar a nadie por su tamaño ni por sus colores... —dijo Iyali riendo a carcajada y haciendo que Lisy riera también. Y continuó—: Fíjate que cuando este pajarito se siente en peligro, canta una melodía y acuden en bandada otros para ayudarle. Su fuerza no está en su tamaño, mi niña.

—Me gustaría tener uno en una jaula, para escucharlo a diario y oír cómo cambia su canción... —dijo Lisy cerrando los ojos para tratar de percibir mejor el canto del ave.

—No, mi niña. Eso no. Cuentan los ancianos que una joven de hermosa voz fue apresada por un rico comerciante que se había enamorado de su bello canto, y la encerró en su palacio. Pero la joven no quiso cantar más. Ni tan siquiera quería hablarle, pese a que le ofrecía todas las riquezas imaginables. La joven prefirió morir, y los dioses convirtieron su espíritu en este pequeño pájaro que siempre ha de permanecer en libertad. Mi niña, este pajarito no puede estar enjaulado, se moriría.

—¿Por qué la había apresado? —inquirió Lisy, intrigada por conocer el motivo del comerciante.

—¡Quería apropiarse de su voz! —sentenció Iyali.

—¿Y hacerla su esposa y encerrarla? —preguntó Lisy, pues en los cuentos que había escuchado generalmente los héroes pasaban pruebas para terminar casándose.

—No quería solo encerrarla, sino cortar sus alas, su voz —explicó Iyali con profundidad y mirando hacia el suelo.

—Quizá sea mejor que no me case —añadió Lisy apretando los labios.

—Cuando aparece el verdadero amor, hay que atraparlo, mi niña —continuó Iyali.

—¿Lo encierro como al pajarito?

—No, el amor no se puede encerrar tampoco, se muere. Solo se puede disfrutar si es libre, como el ave. Si encuentras el amor verdadero, debes alimentarlo para que crezca. Debes vivirlo sin ataduras. ¿Lo harás?

—Lo prometo. Pero ¿cómo puedo saber cuándo es un amor verdadero y no un engaño, como hace el pajarito imitando otras voces?

—Lo sabrás, mi niña. De seguro, lo sabrás reconocer… —Sonrió Iyali.

Mientras en el jardín conversaban, en los sótanos del palacio estaba Manuela, una de las doncellas encargadas de la limpieza. Le habían ordenado recoger y limpiar una de aquellas estancias que parecía abandonada desde hacía tiempo, acumulando muebles, polvo y decrepitud. Llevaba varias horas recogiendo trastos viejos caídos, y quitándoles la mugre, y estaba ya cansada y aburrida. Miró alrededor y como no había nadie más, tomó un candelero de bronce y se sentó en el suelo. Estaba ensimismada sopesando cuánto le darían por aquel objeto pesado y brillante en el mercado, y si alguien lo echaría en falta y se sobresaltó al escuchar un ruido seco en una estantería. La estantería se desplazó sola, y de la pared emergió raudo un hombre vestido con chambergo y capa, que iba desnudándose a medida que avanzaba. Manuela trató de ahogar un grito sordo de sorpresa, con la mano, pero eso delató su presencia. El hombre se giró, la miró, sonrió y le tendió una mano enguantada apuntando con el dedo hacia el candelero de bronce. Manuela, avergonzada pensando que había descubierto sus intenciones, se lo entregó y el hombre lo sujetó por el astil. Sin que se lo esperara, lo levantó y con gran fuerza golpeó en la sien a la joven con la pesada base maciza del candelero. La sangre de Manuela regó la estantería y encharcó el suelo.

Tras limpiarlo todo, el hombre envolvió el cuerpo de Manuela en una alfombra raída abandonada. Aguardó allí hasta la noche y amparándose en las sombras, fue arrastrando el fardo por las escaleras de servicio hasta alcanzar el último piso. Con los primeros rayos de sol iluminando el patio, arrojó el cuerpo al vacío a través de una de las ventanas. El golpe seco del cuerpo de Manuela al desplomarse sobre el piso alertó a los criados que se arremolinaron en su derredor especulando si había resbalado o se había suicidado porque estaba embarazada, si lo habría hecho por despecho porque su prometido no quiso cumplir su palabra, si su amante la había abandonado al saber su estado, si ese amante no sería algún alto cargo de palacio, e incluso si no sería el propio virrey. La historia espumaba a medida que se traspasaba de boca en boca.

Al día siguiente no se hablaba de otra cosa en palacio. La virreina y la marquesa de Brumas tomaban plácidamente chocolate:

—¿Qué es lo que le habrá pasado a esa joven, de la que todos hablan, para arrojarse así al vacío? —dijo la marquesa de Brumas angustiada.

—No imagino, querida. *Verzweifeln*[34] —respondió la virreina.

---

[34] Desesperación.

—Recuerdas a aquella esclava que se tiró también desde lo alto de la azotea. Supusimos que su vida sería insufrible, pero esta joven aquí, en palacio, no debía estar tan mal para ello. ¿Por qué lo habrá hecho? —continuó cuestionándose la marquesa de Brumas.

—Los que la conocían no encuentran explicación aunque sugieren desamores y embarazos inesperados —comentaba la virreina mientras tomaba un sorbo de chocolate.

—Y recuerdas a aquella mujer que había adquirido solimán para terminar también con su vida. Por la gracia de Dios, el muchacho de la botica se confundió y le vendió en su lugar alumbre y no tuvo el efecto deseado... Pero la pregunta es la misma. ¿Por qué desearía esta mujer terminar con su vida? —dijo la marquesa de Brumas.

—No sé, querida..., supongo que también llevaría una vida miserable, como la mujer esclava, aunque no tuviera la misma condición —contestó Leonor nerviosa.

—Tienen en común que son mujeres, querida. Y, seguramente, que han perdido la esperanza —indicó la marquesa de Brumas.

—*Die Hoffnung*.[35] Habría que ayudar a las mujeres viudas o jóvenes, para que puedan tener una dote con la que contraer matrimonio o entrar en un convento —anunció la virreina satisfecha de la ocurrencia.

—Sí, querida. Si crees que esa es la esperanza que necesitan... —concluyó Enriqueta torciendo el gesto.

El virrey había dado orden de que indagaran, por mar y tierra, el origen de los pasquines. El capitán de una nao, Arcadio de Urtasola, guipuzcoano, de unos treinta años, había capturado un bergantín que navegaba desde Jamaica con la bodega cargada de cientos de fardos con pasquines. El virrey convocó al capitán para escuchar de primera mano su infor-

---

[35] Esperanza.

me y no dejar demasiada información que pudiera interceptarse.

—Señor, el bergantín capturado traía miles de pasquines en ciento diez cajones. Los marineros arrojaron la mayor parte de la carga tan pronto como nos divisaron y en cuanto los abordamos se tiraron también ellos para procurar huir, pero capturamos a su capitán y recuperamos más de la mitad de su carga —explicó el capitán.

—¿Le habéis interrogado? ¿Adónde se dirigían? —preguntó el virrey, intrigado.

—Así es, señor. Nos contó que atracaban cerca de Veracruz, en alguna bahía libre del control, cargaban los fardos en carromatos y continuaban su trayecto por tierra hasta la ciudad de México.

—Entiendo. ¿Había otra mercancía en el bergantín?

—Contrabando, señor. Licor, tejidos ingleses y baratijas. Es lo habitual desde hace tiempo, como bien sabe, y los principales agentes son corsarios holandeses, franceses y, por supuesto, los malditos ingleses —expuso el capitán.

—¿Ha confesado quién le encargaba traer la mercancía y a quién se la entregaba?

—Señor, bajo tortura ha mencionado algo de una rueda. Nos dijo que, en Jamaica quien se ocupaba de la imprenta y de la carga es un tal James Cowlee, pero afirma que el promotor es el mismo Henry Morgan.

—Bien, volved a Veracruz, manteneos alerta sobre posibles ataques y procurad rastrear otros bergantines que trafiquen en estas costas. Enviadme un informe mensual con lo que halléis y lo que preciséis para continuar. ¡Id con Dios, capitán!

69

Camuflajes

México, marzo de 1667

Los pasquines habían seguido circulando a inicios del año 1667, pese a la incautación del último suministro, pues debía existir un buen depósito en la ciudad o llegaban por otras vías. Continuaban materializándose de forma misteriosa en las viviendas, sobre los trastos e incluso en las mismas personas, que se sorprendían al hallarlos en sus bolsillos o adheridos a sus ropas.

Pero, a medida que avanzaban las semanas, los altercados se fueron reduciendo. El rey Congo no había hecho su aparición el año que se había pronosticado y nada había cambiado. La euforia inicial fue decayendo y, de forma paulatina, todo volvió a ser como antes. A mediados de año eran ya muy pocos los que confiaban en la llegada de un salvador negro que libertaría a los esclavos. Había sido un gran acierto no emplear la mano dura, como le aconsejaban al virrey una y otra vez, pues el asunto del rey Congo se estaba diluyendo por sí solo.

Lisy e Iyali escuchaban en el jardín los cantos de las aves cada mañana, olían los diferentes aromas de las flores y de las plantas y practicaban también con el don de la niña. Acompañada de Iyali, Lisy ya no se sentía tan sola y volvía a brillar como meses atrás.

—¡Qué bonitas plumas rojas…! Pero su pico es morado —comentó emocionada Lisy elevando la voz, tanto que Trani, que dormitaba tranquilamente junto a un árbol, levantó la cabeza para ver qué era aquello que tanto le entusiasmaba. Al comprobar que se trataba de otro pájaro, emitió un extraño ruido, una especie de chirrido entrecortado, y volvió a dejar caer su cabeza aburrido.

—Es el *chichiltototl*, al que llamáis «cardenal» por su hermoso plumaje color púrpura —le explicó Iyali señalando con el dedo.

—… Pero ¿le está dando de comer a otro? ¿Es su hijo? —preguntó Lisy sorprendida y divertida de la escena.

—No, no. El macho *chichiltototl* busca alimento para su hembra y se lo lleva. El rojo es el macho, la hembra es marrón, aunque tiene el copete también en la cabeza —respondió Iyali sonriente.

—¿Las hembras no cantan?

—Pueden hacerlo igual de bien, pero no lo hacen. Solo muy de vez en cuando. El que canta es macho —explicó Iyali.

Las explicaciones sobre la naturaleza se alargaban para disfrute de Lisy variando de las aves de colores a las flores y plantas, que competían con aquellos por mostrar los tonos más brillantes.

—Mi niña, cierra los ojos. Ahora dime qué colores hueles, hay una persona que se acerca —solicitó Iyali.

—Pero debe de estar muy lejos, Yayi. No huelo nada —respondió Lisy.

—Vamos, inténtalo. Si usas tus oídos para escuchar a los pájaros que están lejos, ¿por qué no vas a usar tu nariz también en la distancia? Es cuestión de práctica —argumentó Iyali.

—Sí, lo veo. Son colores azules, verdes y lilas, como gotas que caen en el agua y van extendiéndose y que no dejan de moverse. Es bonito —añadió Lisy sonriendo satisfecha.

—Eso es lo que ves, pero ¿qué te hacen sentir sus colores, mi niña? —insistió Iyali.

—Hay un color, el azul, que trata de ocultar a los otros y parece que se pelean. Es como si no hubiera paz, y hay dolor, pero no es por enfermedad, es otra cosa, no sé explicarlo —comentó Lisy, que aún tenía los ojos cerrados.

—Yo también veo que es una persona que sufre ocultando ser quien es, mi niña —confirmó Iyali sonriendo.

Cristóbal se acercó para indicar que el virrey no podría acompañarlas como le había asegurado en la mañana, pero que las damas las aguardaban en el estrado y que se les estaba haciendo muy tarde para comer. Lisy e Iyali regresaron muertas de hambre. Les habían preparado codornices, pero después de tanto conversar sobre los pájaros, las dos se miraron y rieron, porque no pensaba comer lo que había en plato.

Al caer la tarde, Cristóbal, libre ya de sus obligaciones con el marqués, salió de palacio, cruzó la plaza y se internó por una de las calles. Abigail disfrazada de mancebo había decidido seguirlo. Después de caminar un buen rato, cerca de la pequeña ermita de Montserrate, al lado del convento de San Jerónimo, Cristóbal dobló una esquina y tras mirar a ambos lados para comprobar si le seguían, llamó a una puerta. Abigail anotó la ubicación de la vivienda, y las siguientes semanas, cuando podía escaparse, vigilaba aquella entrada y comprobaba quién accedía o salía de la casa. Había reunido suficiente información. Cuando llegara el momento, si no obtenía lo que quería, lo denunciaría al alcalde del crimen.

70

Un perro rabioso y un gato valiente

México, palacio virreinal, abril de 1667

En una de las discretas habitaciones del primer piso del palacio, cuyas ventanas permitían contemplar el hermoso jardín, el virrey se había reunido con Taranis para planificar la organización de la contraofensiva con la que desenmascarar a los traidores infiltrados en la corte. El marqués ojeaba orgulloso por la ventana de vez en cuando, y sonreía al constatar cómo su hija había crecido y lo feliz que se la veía al lado de Iyali.

Conversaban distraídas y relajadas señalando flores o aves, entre risas, cuando se escuchó un altercado en la puerta del palacio que las dejó en silencio. Los guardias fueron a la puerta para comprobar qué sucedía, y poco después, un gigantesco perro gris, con la mandíbula desencajada, el lomo erizado y espesas babas blancas columpiándose en las comisuras de su boca, se plantó frente a ellas. El perro agachó la cabeza y las miró fijamente, gruñendo para mostrar sus enormes colmillos y preparándose para atacar. Centró su atención en Lisy, que consideró más débil, y corrió hacia ella. Iyali, aterrorizada, se colocó por delante de la niña con los brazos en cruz, y los ojos cerrados aguardando resignada su fin, pero milagrosamente el perro no llegó a alcanzarlas.

Trani, emergiendo de entre las plantas a una velocidad asombrosa, saltó sobre el lomo del rabioso animal con espeluznantes gruñidos y bufidos. Arañó su rostro con las patas traseras, y clavó sus uñas y colmillos en las orejas y cuello del perro, haciéndole aullar de dolor. Del impulso que llevaba uno y la inercia del otro, al chocar rodaron por el suelo. El perro trataba de alcanzar a Trani con sus diente, pero este, pese al tamaño y corpulencia que ya había adquirido, mostraba una agilidad nunca vista.

Lisy lloraba desconsolada, no solo por el miedo que sentía por la presencia del perro rabioso, sino temiendo que este alcanzara a Trani, y gritaba una y otra vez su nombre angustiada. Tomó el chifle de su cuello y sopló una y otra vez. El gato daba sorprendentes saltos al aire, giraba sobre sí mismo para caer sobre el lomo del perro con sus zarpas abiertas y clavándole sus afiladas garras. La lucha estaba siendo encarnizada, ambos gruñían, chillaban y aullaban como posesos, y cada vez que el perro parecía que iba a darle la dentellada mortal a Trani, este hacía otro quiebro acrobático sobre sí mismo, retorciéndose en el aire para caer una y otra vez, sobre la espalda del animal, o en el suelo y atacar de nuevo con un salto, para desgarrar su pellejo.

Al escuchar primero los gritos y después el sonido del silbato, el virrey y Taranis se asomaron por la ventana y quedaron impresionados ante aquella dantesca escena del perro rabioso y la defensa encarnizada que el gato hacía. El virrey corrió por las escaleras para ir en auxilio de su hija, mientras que Taranis, se descolgó por el alféizar para alcanzar el jardín lo antes posible y evitar que el perro las mordiera, pues conocía la consecuencia del ataque de un perro rabioso, y lo que le esperaba era la muerte.

El perro, ensangrentado y babeando espumarajos por la boca de la excitación, retrocedió para tomar distancia, volviendo a centrar su objetivo en las dos pequeñas humanas a las que estudiaba con ojos inyectados en sangre. Trani, con la cresta del dorso y el rabo erguido completamente erizados, e irguiéndose sobre las patas totalmente extendidas para aparentar mayor tamaño, se desplazó despacio sin quitar la vista del perro y se colocó delante de ellas. Lisy nunca lo había visto comportarse de esa forma y no había sentido tanto miedo ni siquiera dentro del pozo. ¿Y si Trani no volvía a ser el mismo? Sopló el silbato más fuerte para que alguien fuera en su auxilio y del esfuerzo cerró los ojos y gritó de nuevo su nombre. Olió entonces un resplandor que ya conocía, tan dorado como el de Trani.

Taranis corrió hacia ellas, con el pie partió la rama baja de un árbol, para procurarse algo con lo que poder defenderse. Se colocó al lado de Trani, que seguía defendiendo a Lisy e Iyali, interponiéndose entre el perro y ellas. Iyali percibió la conexión que existía entre los tres seres, hombre, niña y gato.

El perro se abalanzó entonces sobre Taranis, que le esquivó ágilmente echándose hacia un lado al tiempo que le golpeaba en la cabeza con la rama. El animal aulló de dolor. Del impulso, Taranis rodó por el suelo y el perro aprovechó para arrojarse sobre él, que tan solo tuvo tiempo a introducir la rama en su boca para evitar que le alcanzara un mordisco. Con enorme fuerza apartó al perro y consiguió erguirse sin soltar la rama, evitando las dentelladas con las que el furioso animal trataba de alcanzar las manos de Taranis, mientras se retorcía gruñendo. Taranis lo empujaba para alejarlo de las mujeres, que seguían petrificadas sin atreverse a mover.

El virrey alcanzó al jardín junto a los guardias, que regresaron alarmados por el griterío. Al pie de la escalera había arrancado una cortina con su cordón, para inmovilizar al animal. Mientras el perro seguía mordiendo la rama que sujetaba Taranis, lo rodearon por la espalda y lo cubrieron con la cortina, cerrando la misma por debajo del animal y atando el saco improvisado con el cordón de esta.

Leonor llegó también advertida por alguna de las criadas. Estaba pálida, con los ojos inundados en lágrimas y con la boca entreabierta para que el aire llegara a sus pulmones, pues le costaba respirar, en parte por el susto y sobre todo porque la moda imponía a las damas el uso de jubones con apretadas láminas de plomo en el pecho, que impedía llenarlos de aire. Estaba corriendo, en contra de sus principios, y se había levantado el vestido por delante para no pisar el bajo y caer rodando con los chapines. Se había saltado todas las normas de decoro en una dama y era consciente de ello.

Cuando entró en el jardín, alcanzó a ver el final de la espeluznante escena, los criados sacando un animal revolviéndose y aun gruñendo, envuelto en una cortina roja; Iyali envolviendo con su pequeño cuerpo a Lisy, abrazadas y llorando de miedo y angustia; un animal con el rabo y el lomo erizados, al que tardó en reconocer como Trani, pues casi había duplicado su tamaño; un hombre fornido doblado sobre sí mismo respirando entre jadeos con las manos en las rodillas, y su esposo Antonio con los ojos desencajados dirigiéndose hacia la niña. Aunque la amenaza había cesado, Lisy e Iyali aún temblaban aterradas por lo que acababan de vivir. Trani y Taranis seguían en alerta, inmóviles, clavados al suelo como dantescas estatuas del jardín.

Lisy temblaba de miedo. Mientras Leonor la abrazaba, el marqués le preguntó a Iyali si las había alcanzado el rabioso animal. Esta le confirmó que el perro ni tan siquiera había podido acercarse, porque aquel valiente gato lo había impedido. Taranis, ya recompuesto, revisó las puertas, preguntó a los criados, y reconstruyó los posibles accesos del animal, para concluir que solo pudo tratarse de un nuevo atentado: alguien había introducido al perro rabioso en el jardín para acabar con la hija del virrey.

Taranis se acercó al marqués y le explicó lo que había averiguado, mientras Leonor se llevaba a Lisy, aún paralizada por el miedo y que empezaba a recuperar el color en el rostro.

—Señor. Todos los accesos de la calle estaban cerrados, y el perro no pudo haber entrado.

—¿Dónde estaba la guardia? Había dos guardias vigilando a Lisy, pero no estaban aquí —dijo el virrey nervioso y preocupado.

—Señor, parece que se produjo un ataque coordinado. Alguien provocó un altercado en la puerta principal de palacio, lo que atrajo la atención de los soldados que salieron a ayudar a poner orden en la calle. Precisamente los guardias cerraron las puertas y que no entrara nadie sin su supervisión, por lo que el perro tenía que estar dentro —explicó Taranis, con la información que había podido reunir.

—¡Santo Dios! ¡En mi propia casa! —Su bigote perdió vigor y temblaba acompasando a su labio, y tuvo que sentarse para procurar recomponer su ánimo.

¿Tan cruel podía ser esa persona que arrojó a una niña a un pozo o que le soltó un perro rabioso que la hubiera destrozado o cuando menos contagiado una enfermedad mortal? De no haber sido por aquel gato, y su inesperada intervención, el rabioso animal habría logrado fácilmente su objetivo. Lisy estaba sentenciada, pero nadie pudo imaginar que Trani la defendería de aquella manera, ni que nadie acudiría tan rápido como Taranis en su ayuda. De pronto el marqués pensó en el gato.

—Taranis, ¿has comprobado si el gato está bien? Quiera Dios que el perro no le haya llegado a morder.

—Señor, en este momento nadie puede acercarse a ese bravo animal. Está demasiado excitado, y no distingue de dónde viene la amenaza. Bufa y ataca a todo el que se le acerca. En cuanto me lo permita, lo revisaré con detenimiento.

—Si tuviera alguna herida, debéis aislarlo, que no se acerque a Lisy hasta comprobar que no está contagiado. Y, en ese caso, hay que acabar con él…, pero que no sufra. ¿Está claro? —añadió el virrey con los ojos muy abiertos.

—Sí, señor. Si en estos días repele el agua, me ocuparía de él sin causarle sufrimiento, señor —confirmó Taranis.

71

Trampas y planes

México, abril de 1667

Unos días más tarde, procurando regresar a la normalidad, el virrey convocó de nuevo a Taranis para concluir un informe detallado sobre la situación en Cadereyta y la conjura que se había fraguado e informar a la reina Mariana de Austria. Con ello solicitaría la liberación de todos los chichimecas previamente esclavizados en la Nueva España e incluso los que se habían trasladado a otras regiones. Las explicaciones que daba Taranis sobre estos grupos indígenas mostraban su profunda admiración por ellos, la destreza con los caballos, su carácter afable y natural, la habilidad con las armas y su fiereza en el combate. Los consideraba indomables y astutos, aunque también terriblemente crueles cuando se lo proponían.

Al narrar la historia de cómo llegaron Azdsáán y él a La Escondida, describió la escena del hombre sobre un caballo blanco, con el rostro cubierto por un pañuelo humedecido y llevando un indio chichimeca atado entrando en la iglesia. El virrey recordó el contenido de la carta que le mostró el rey Felipe con la visión sor Ágreda y se sonrojó por haber tratado de desacreditar a aquella mujer. ¿Cómo era posible que hubiera tenido aquella visión? ¿Sería realmente una iluminada? Ella y su carta habían motivado al rey aquella investigación que le había conducido hasta aquellas tierras.

A continuación el virrey envió dos regimientos a Cadereyta, dando instrucciones precisas al capitán para registrar la casa de Velasco y buscar pruebas, documentos y testimonios que abalaran su complicidad en la trama de la venta de esclavos. Debían, además, liberar a las muchachas retenidas en aquella casa y apresar a todos los culpables. Sin la mina, y capturando a los cabecillas de la red de venta de esclavos, la operación del norte estaba acabada. No desvelarían que conocían la trama de espionaje y su extensión en la capital, pues era preciso dar con los implicados antes de que huyeran.

Durante horas redactaron el informe y definieron lo que les quedaba por resolver, por un lado conocer quiénes formaban la trama de espionaje en México, dentro del palacio, pero, por otro, el asunto de los piratas ingleses y, en particular, Henry Morgan. Para matar dos pájaros de un tiro, acordaron tenderles una trampa: harían correr el rumor de que el virrey había recibido cierta información vital para el virreinato, y observarían los movimientos.

—Todo lo que me has contado encaja con las noticias que he recibido de Madrid, Taranis. En España han descubierto a falsos católicos exiliados irlandeses e ingleses que trabajan como espías al servicio de Inglaterra. Y, por lo que dices, han llegado hasta estas tierras.

—El llamado Irlandés, Tomas Connor, señor, debe ser el nexo de unión entre la mina, la venta de esclavos y el pirata Morgan —añadió Taranis.

—Desde la corte de Madrid recomiendan difundir noticias falsas sobre una próxima invasión a Irlanda, así se producirán movimientos extraños y solo hay que seguirlos. Debemos pensar qué información vital de la Nueva España podría sacar de su escondrijo a los espías infiltrados en esta corte

—expuso el virrey con la mirada perdida y una mano sobre la barbilla.

—Para atraer a los piratas, se podría difundir falsa información sobre la debilidad de alguno de los ricos puertos de comercio y prepararles allí una emboscada. Pero ¿lo creerán? —propuso Taranis.

—Para que sea creíble, debemos manejar información y documentos auténticos que expongan la debilidad de las defensas de alguna villa, por tanto, ha de ser real y esto es un riesgo, pues facilitaríamos su asalto. Para minimizar el riesgo, el cebo debe contar con excelentes defensas que garanticen su resistencia —continuó el virrey.

—Y sería preferible sacar a los piratas del mar, pues allí son imbatibles. En tierra será más sencillo acabar con esas ratas de agua —advirtió Taranis.

—¡Exacto! Y debería tratarse de algo inverosímil que nadie haya pensado antes que pudiera realizarse… ¡Eso es, Taranis! Mostraremos el camino por tierra para la conquista de la ciudad de Panamá. Déjame ver estos planos… Sí. Aquí está. Desde el Caribe, por el Camino de las Cruces, a través del río Chagres pueden alcanzar la ciudad de Panamá en el lado del Pacífico. La ciudad está muy bien fortificada y habrá que advertir al gobernador para que tenga preparadas emboscadas para impedir que lleguen a asediar la ciudad. El riesgo es que sacrificaremos el fortín de San Lorenzo del río Chagres, y debemos reducir la defensa, lo que llamará la atención. Difundiremos el rumor de que se han solicitado tropas para enviar a España y preparar una supuesta invasión y no sospecharán si reducimos la guardia en San Lorenzo. Como los espías conocerán noticia de la falsa invasión de Irlanda, será más creíble —añadió el virrey sentándose para seguir observando el plano.

—Señor. La posibilidad de éxito en un asalto a la próspera ciudad de Panamá y la idea de obtener el gran tesoro de la flota que allí se custodia, provocará alianzas de los enemigos de la Corona. No sabemos el número de piratas que podrían llegar a sumar y es demasiado arriesgado, pues cabría la posibilidad de que lograsen su objetivo —advirtió Taranis.

—Pero Panamá está bien fortificada por mar. Su punto débil real es por tierra. Así todo, cuenta con defensas naturales, pues la rodean pantanos insalubres. Los piratas no se atreverían a asaltarla si no contaran con algún tipo de información sobre los caminos, el número de hombres en la defensa de la ciudad y el cebo de un sustancioso tesoro aguardándoles. Hacerles salir del mar, como bien has dicho, es esencial para la victoria. Con este plan descubriremos a los traidores de la corte, que querrán hacerse con los planos y documentos, y acabaremos con la plaga de piratas.

—Sacrificar el fuerte de San Lorenzo en el río Chagres y poner en riesgo la ciudad de Panamá parece demasiado arriesgado, señor. Si los piratas tomaran la ciudad, podrían destruirla y, si se asientan allí, cortar la comunicación entre Nueva España y Perú.

—Taranis, te voy a confiar un secreto de Estado. Se está considerando desde hace tiempo la urgente necesidad de trasladar la ciudad de Panamá a Ancón, otro emplazamiento que cuenta con mejores defensas naturales, un puerto más amplio y sobre todo está rodeada de tierra más saludable en lugar de pantanos. En el peor caso, si se perdiera la ciudad de Panamá, tan solo entregaríamos lo que ya teníamos intención de abandonar. El riesgo es aceptable, si con ello logramos acabar con esos malditos piratas —explicó confidencialmente el virrey.

—Señor, el gobernador ha de tener conocimiento del plan, ¿pero cómo informarle sin riesgo a que se descubra que es una trampa? —insistió Taranis.

—Por supuesto. No podemos enviar mensajeros a Panamá, así que no hay otro remedio que aguardar a que se fragüe el plan y llegado el momento, Taranis, tendrás que partir tú mismo para advertir a su gobernador.

—Desde luego, señor. Cuando considere necesario, partiré hacia Panamá.

—Queda otro asunto. Don Diego Peñalosa Briceño, que fue gobernador en Nuevo México, posee una inmensa fortuna pero no tiene haciendas, ni minas, ni negocios conocidos. Esa trama chichimeca podría haberse extendido desde Texas hasta las Californias —señaló el virrey.

—Podemos apresarlo y hacerle confesar, para que dé los nombres de los traidores. Sería una forma rápida… —exponía Taranis cuando el virrey le interrumpió.

—Todavía no. Nadie tiene conocimiento aún de que hemos descubierto la existencia de la trama, ni de los espías ingleses y la conjura, ni siquiera imaginan que sospechamos de la relación del Irlandés con Henry Morgan. El ataque a La Escondida se cree que fue cosa de los indios para rescatar a su gente. Y los regimientos de tropas que he enviado, aunque el capitán va con órdenes concretas contra las personas que mencionas en tu informe, parecería que van a sofocar precisamente el alzamiento chichimeca. Por el momento nadie sospecha y debe seguir así. Aún no podemos detener a don Diego, pero hay que vigilarlo de cerca cuando pongamos el cebo, pues seguramente será uno de los que se moverá por conseguir la información.

—De acuerdo, señor. Una última cosa, el gato está sano y tranquilo. Puede volver con la niña cuando desee —añadió Taranis sonriente y complacido.

—Lisy se pondrá muy contenta. Llévaselo tú mismo, voy a darle la buena nueva. Gracias Taranis.

Cuando Taranis hizo su aparición en el jardín llevando en los brazos a Trani, Lisy lloró de emoción. Se abrazó a Trani y abrazó también a Taranis, los dos guardianes que habían salvado su vida.

72

Celebración en palacio

México, mayo de 1668

La inquietud de Abigail había ido en aumento, pues con el ataque del perro se había expuesto demasiado y temía ser descubierta, o terminar convirtiéndose en el chivo expiatorio de unos u otros. Había vuelto a fracasar, pero ¿cómo podía imaginar que el maldito gato evitaría el desenlace previsto? ¿Lo entenderían en La Rueda? Rebuscó en la caja que escondía bajo la cama, donde escondía el papel y las plumas para los mensajes secretos, y aún le quedaba arsénico. Era preferible deshacerse de todos aquellos objetos que podían incriminarla.

Pero, en lugar de vaciar el contenido de buche de arsénico, se planteó usarlo en un último intento. Eligió otro de los búcaros que Leonor había adquirido recientemente y que exhibía en uno de sus bonitos escaparates. Era una colección impresionante de barros de distintas formas y tamaños que, junto a los muebles de laca asiática traída en el galeón de Manila, enorgullecían a su propietaria. Con estos objetos, así como con conchas nacaradas y caracoles nautilos con plata en forma de copas, campanillas de oro y plata, pezuñas de la gran bestia, figuras de todo tipo hechas de filigrana de La Habana y de Nicaragua, porcelanas, leones Fo chinos, y multitud de pequeños objetos, la marquesa había conseguido llenar cuatro o cinco escaparates que serían la envidia de otras damas a su regreso a Madrid.

Leonor alternaba el uso de los búcaros por temporadas, según le apetecía más el aroma de unos u otros, pero entre sus favoritos estaban el búcaro estampillado con tapa de igual hechura, uno que era algo más grande que las otras docenas similares y que parecía pareja del que le había regalado a sor María Felipa, aunque este había perdido la tapa. Abigail estuvo dudando entre echar el veneno a ese o elegir otro búcaro rojo brillante de Natá, con dos cuerpos, el inferior, ovalado, y cubierto con esferas y gallones en relieve, y recubierto de filigrana de plata. Finalmente, como no se decidía, vertió el arsénico en el interior ambos y los removió en círculos un buen rato para que impregnara bien todo su interior. Ahora no había más remedio que esperar a que Leonor eligiera alguno de ellos para tomar el agua.

También había llegado el momento de descubrir a Cristóbal. Este no colaboraba facilitándole la información que le pedía sobre el virrey o sus despachos, así que iba a acabar con él, y el escándalo que estaba a punto de descubrir salpicaría al propio virrey.

Con el fin de continuar con su plan, el virrey encargó a su esposa de las preparaciones de una fastuosa celebración en el palacio. Esta, junto con la marquesa de Brumas, se afanaron en la decoración de las estancias, ordenar un menú variado y exótico y convenir distintas actuaciones de entretenimiento.

El virrey también había estado filtrando información sobre la existencia de una documentación de gran trascendencia y del más alto secreto que acababa de recibir. Cuando se lo comentó a Cristóbal, mientras este le abotonaba el jubón, lo miró sorprendido, pues era la primera vez que el marqués le hacía partícipe de este tipo de cuestiones saliéndose de su habitual discreción. En el entorno de su esposa procuró también que las criadas escucharan susurrarle algo importante y Abigail remoloneó al lado de Leonor tratando de escuchar la conversación con su esposo, disimulando que le subía las medias a Lisy:

—Querida, efectivamente es mucho más grave de lo que pensamos, podría ocasionar nuestra ruina —continuó el virrey susurrando mientras se inclinaba hacia delante en la silla para aproximar su cuerpo al de su esposa.

—Antonio, ¿de qué hablas? —respondió la virreina en voz alta sorprendida, y mirando hacia los lados por si fuera algún tipo de broma de su esposo.

—Si los enemigos de la nación se hicieran con esos informes y planos que acaban de llegarnos, sería la ruina, querida, ¡la ruina! No te quepa duda —continuó el virrey.

—¿Qué planos, Antonio? Tú y tus misterios…, no hay quien te entienda —refunfuñó Leonor molesta porque no sabía de qué le estaba hablando.

—Querida, ya te lo he contado… Si perdemos esa plaza fuerte, vital para la navegación…, es el fin —El virrey insistió aunque sin mencionar la ciudad de Panamá.

—Pues no recuerdo que me hubieras comentado nada, querido —añadió Leonor tratando de hacer memoria.

—Abigail, Lisy, por favor, nos podéis dejar a solas —dijo el virrey para crear mayor expectación.

Ambas salieron de la habitación, pero tras cerrar la puerta, Abigail le pidió a Lisy que se acercara al jardín, y que la recogería allí, pues ella tenía que hacer un recado. Cuando la niña se había ido, pegó la oreja a la puerta para continuar escuchando. El virrey supuso que podrían estar escuchando a escondidas, así que continuó con la trampa.

—Las defensas no podrían contener un ataque organizado. Hay demasiados puntos débiles… Terrible, querida. He guardado los documentos bajo llave… —añadió el virrey tirando de la cadena de oro que colgaba de su cuello y en la que pendía una pequeña llave de plata.

—¿Desde cuándo llevas esa llave al cuello, querido? ¿Te encuentras bien? ¿Debería preocuparme? —le preguntó Leonor que seguía sin entender de qué le hablaba su esposo.

—No has de preocuparte, querida. Mientras tenga la llave en mi poder, el puerto no corre peligro y estamos a salvo —concluyó el virrey echándose hacia atrás en la silla y elevando un poco más la voz.

—Me quedo más tranquila, Antonio —respondió Leonor con sorna y con expresión de desinterés.

El día de la celebración, Abigail se escondió detrás de unas cortinas para ver pasar a los invitados. Con un ligero movimiento del terciopelo rojo, podía observarlo todo con un ojo, como una tapada. Tan pronto como entraron las primeras invitadas con sus vestidos de sedas y grandes mangas abullonadas, adornados con joyas de pecho en las que brillaban diamantes y esmeraldas engastadas en oro y con sus elegantes y apuestos acompañantes, el estómago de Abigail se encogió y sintió palpitar la sangre en las sienes, invadida por un profundo sentimiento de envidia. Poco después llegó la sorpresa, y tuvo que ahogar un grito con ambas manos al reconocer al hombre de la alameda que la había amenazado con el puñal. ¿A qué había venido?

Escondida tras la cortina pensó que si conseguía los documentos podría venderlos al mejor postor o quizá La Rueda le encargara otra misión lejos de la familia, pues estaba ya cansada de atender a la niña y servir a la virreina. Aquella celebración era la oportunidad que esperaba para lucirse y le permitiría deambular por el palacio sin llamar la atención e incluso entrar en el despacho del virrey, a donde se dirigió, pues todos los sirvientes estaban pendientes de los invitados y no habría nadie vigilando pasillos ni despachos.

Cuando Abigail llegó al despacho del virrey, estuvo curioseando las estanterías y observando los documentos dispuestos sobre su escritorio, pero ninguno parecía trascendente. Al escuchar pasos acercándose, trató de ocultarse:

—Puedes salir de ese escondrijo, querida. Te he seguido y sé que tú también me has visto —dijo don Diego, entrando en el despacho del virrey y cerrando la puerta detrás de él.

—Señor —respondió Abigail emergiendo por detrás del escritorio.

—¿A qué has venido aquí? —inquirió don Diego.

—¿Puedo preguntarle lo mismo, señor? —respondió Abigail con un tono desafiante.

—Ya te lo he dicho, querida. Te he seguido. ¿Por qué me has traído hasta el despacho del virrey? —añadió don Diego mirando alrededor.

—Señor, escuché al virrey confesándole a su esposa que custodia unos documentos muy comprometedores para el reino. Así que vine a tratar de encontrarlos para entregároslos —confesó Abigail, que sabía que aquel hombre podía ser peligroso.

—Adelante. ¿Dónde están?

—En un cajón de un escritorio. Ha de ser este que parece más sólido y tiene cerradura de plata. El virrey lleva la llave al cuello y no se desprende de ella nunca —añadió Abigail intentando abrir el cajón con una aguja del pelo.

—No lo fuerces, majadera. Estás haciendo rozaduras a la cerradura, ¿no lo ves? Se va a dar cuenta de que alguien lo ha intentado abrir —gruñó bruscamente don Diego empujándola con violencia a un lado y haciéndola caer.

—¡Pues entonces consiga la llave…, señor! —respondió Abigail desde el suelo, con cierto tono de indignación y burla, y enfrentándole la mirada.

—Yo me encargo. Ahora vete —indicó don Diego con desprecio—. No. Aguarda —ordenó, sujetándola por la muñeca y tirando de ella hacia su cuerpo—. ¿No me has traído hasta aquí buscando otra cosa? ¿Crees que no me doy cuenta de cómo me miras? ¿Para qué querías que te siguiera? —sugirió mientras con el dorso de la otra mano acariciaba su rostro y aproximaba su cuerpo al de ella, separando con sus rodillas las piernas de Abigail.

—Señor…, no…, no es eso —respondió Abigail azorada y nerviosa y empujando con sus manos el avance de don Diego.

—Sí… Y ahora has logrado excitarme, así que tendrás que apagar mi fuego —susurró don Diego besando su cuello.

—¡No, no…! ¡Deténgase! —gritó Abigail haciendo fuerza con sus brazos para alejarse de él.

Don Diego la empujó contra un bufete y tomándola de la cintura le dio la vuelta y levantó sus faldas:

—Quieta, deja de moverte. Y no grites, o te descubrirán. Tú tienes todas las de perder, no yo. Si nos descubren, diré que me has seducido y me has traído hasta aquí para esto —hablaba entre dientes, jadeando de excitación y acariciando sus pechos.

—No, señor, no, por favor… ¡Basta! —suplicaba Abigail entre sollozos intentando zafarse.

Inmovilizándola con su propio peso, don Diego oprimió la cabeza de Abigail contra el tablero y con la otra se aflojó el pantalón. Con sus piernas separó las de Abigail, en un gesto que evidenciaba múltiples ensayos y repeticiones anteriores. Ella trataba de resistirse pero no pudo evitar que don Diego cumpliera sus deseos, aunque terminó dentro de ella rápidamente. Complacido de sí mismo y sonriente, se recolocó su indumentaria y se arregló el cabello, mientras Abigail, con los ojos inyectados en sangre y lágrimas, despeinada por la violencia del forcejeo, le clavó su mirada y espetó con toda la rabia contenida:

—¿Eso ha sido todo? ¿Tanta furia para tan poca cosa? Me hubiera esperado algo más, señor —soltó entre dientes, apretándolos de cólera, con intención de hundir su masculinidad.

Don Diego terminó de acicalarse y sonrió. Miró a Abigail, que le desafiaba apoyada en el bufete jadeando de rabia y de vergüenza por el ultraje, y sin que lo esperara, cruzó su rostro con una sonada bofetada con el dorso de su mano, retumbando en la habitación.

—Debes aprender a tratar a tus superiores con más respeto, querida —advirtió don Diego mientras se alejaba. Y, desde la puerta, se giró y añadió—: Conseguiré la llave y tú me traerás los documentos. Y la próxima vez que nos veamos procurarás ser menos arisca.

73

La llave

México, mayo de 1668

Para obtener la llave, tendría que arrebatársela al virrey sin que se diera cuenta, pero no podía usar la violencia en su propia casa. Don Diego se palpó el jubón, para comprobar si seguían allí unos pequeños envoltorios de papel con polvos que a veces usaba con algunas damas que se resistían a sus encantos. Guardaba un sobrecito de papel con un preparado de hongos alucinógenos molidos, que llaman *teonanácatl*, y floripondio para anular la voluntad con otras hierbas.

Taranis se había camuflado vistiéndose como otro guardia de palacio, con su alabarda incluida, para pasar desapercibido en la celebración, prestando atención a los movimientos de los invitados y atendiendo al sospechoso encuentro de Abigail con don Diego.

Con gestos convenidos con el marqués, le iba advirtiendo de cada paso que aquellos daban y acordaron dejarles que continuaran con su farsa. Cuando don Diego se acercó al virrey ofreciéndole un trago, este aceptó de buen grado y simuló que bebía, pero vertió su contenido en otro vaso que entregó a Taranis y este ordenó a otro guardia que lo tomara. Tras observar el comportamiento de este, le comunicó al virrey cómo debía simularlo.

—Todo el mundo pretende sacar ventaja de la proximidad al virrey… —dijo el marqués acercándose a don Diego, bostezando y dejando caer los párpados y como si le hubiera hecho efecto la bebida.

—Imagino, excelencia. Valéis más por lo que calláis que por lo que contáis. ¡Qué posición tan difícil! —Respondió don Diego tratando de conducir la conversación hacia el asunto de su interés.

—Exacto, don Diego. Exacto. Los secretos me abruman, pesan sobre mi espalda como la gran cruz de Cristo camino del calvario. Mirad, esta es mi cruz. Esta llave supone un tremendo peso para mí —señaló el marqués sacando la llave del cajón que llevaba colgada al pecho.

—Guardáosla, señor. Más de uno daría su vida por poseer la llave de los secretos de las gobernaciones de la Nueva España —añadió don Diego entre risas, como si se tratara de una ironía, cuando en realidad los ojos no podían dejar de mirar aquella llave.

—Está a muy buen recaudo, querido don Diego, solo yo la tengo —dijo el marqués abrazándose a Diego y continuó—: Tengo sueño, estoy muy cansado. Quiero ir a descansar.

—Permitid que os acompañe, excelencia. Me vais indicando… Eso es, apoyaos en mí, no os vayáis a caer, señor —indicaba don Diego mientras conducía al virrey hasta su alcoba y este obedecía las indicaciones sin voluntad. Taranis los siguió a cierta distancia para no ser descubierto y había dado órdenes a los criados que les dejaran pasar.

El marqués, continuando con su actuación, se dejó caer de espaldas sobre la cama, con la ansiada llave colgando a un lado. Don Diego no podía arrebatársela porque habría despertado sospechas si desaparecía, así que debía hacerse con una copia. Buscó a su alrededor y tomó una de las velas del candelabro, apagó la mecha y la colocó sobre las llamas de las otras procurando que se reblandeciera lo suficiente para amasarla formando un par de bolas blandas que aplanó y calentó de nuevo.

Una vez tuvo la consistencia precisa, colocó la llave encima de la masa de cera, apretando fuertemente para imprimir su huella. Luego colocó el papel que tenía sobre los bordes y cubrió la otra mitad con el otro fragmento de cera. Despegó las dos partes, separadas por el papel, sacó la llave, la limpió bien y la volvió a colocar en la cadena del marqués. Se guardó en el bolsillo las dos partes de cera, y abandonó el dormitorio en silencio.

Cuando comprobó que se había ido, Taranis entró en la alcoba del marqués:

—Señor, don Diego ha salido ya de palacio —dijo Taranis sonriente.

—Ha sido demasiado peligroso, Taranis. Temía que rebanara mi cuello en un momento dado. Supongo que no quiso arriesgarse a que lo detuvieran y la información secreta es demasiado tentadora. Ha hecho una copia de la llave con cera, muy ingenioso por su parte —explicó el virrey, sorprendido.

—Señor, Abigail ha de ser la persona que comunicaba vuestros movimientos. Estuvieron juntos en vuestro despacho —advirtió Taranis furioso por el engaño de la joven a la familia.

—Le hará llegar la llave a Abigail, para que se ocupe de robar los documentos. Le será más fácil a ella que a cualquier otro —añadió el virrey, pensativo.

—Achán y yo vigilaremos vuestro despacho los próximos días, señor —concluyó Taranis, mientras el virrey asentía con la cabeza, dándole vueltas a algo.

A la mañana siguiente Abigail recibió un paquetito con un lazo de seda roja que contenía un bizcocho. Confirmó su sospecha, al partirlo extrajo una copia en bronce de la llave. Don Diego había llevado las dos partes de cera a un artesano de fundición, que rellenó la huella con cera negra y la cubrió con arcilla refractaria para su fundición. Abigail olisqueó el bizcocho, y aunque olía a limón y canela, lo arrojó lejos. No confiaba en ese hombre, que la había utilizado sin escrúpulos y se llevaría el mérito de haber obtenido esa información. A ella la acusarían de traición si era descubierta y terminaría en el patíbulo, pero él no arriesgaba nada.

—¡Padre! La venganza está cerca. Debo continuar —pensó Abigail mordiéndose un labio y decidiendo continuar adelante. El objetivo no era don Diego, sino La Rueda y su misión.

La copia en bronce de la llave cumplió su cometido y abrió el cajón. Sacó los papeles que se custodiaban dentro y procuró no desordenarlos. Los puso sobre el escritorio y los repasó uno a uno. Había demasiados. Además de alguna carta del rey, eran planos de la ciudad de Panamá, largos informes con la explicación de la fortificación, y sus puntos débiles. Otros sobre las necesidades y refuerzos de las defensas actuales. Otros sobre el camino por tierra y los riesgos de un ataque. Aquello no tenía precio, pues describía con detalle la forma de acceder a uno de los mayores tesoros de la América Virreinal. Y había, además, valiosos datos sobre una próxima invasión a Irlanda que, seguro que podría interesar a los ingleses y pagarían un alto precio por ello. Demasiada información para poder retenerla en su memoria, y no tenía más remedio que ir copiándola. Tendría que ir cada noche y hacerlo por partes para no levantar sospechas.

Taranis y Azdsáán se escondían cada noche en una sala contigua al despacho del virrey que este utilizaba con biblioteca. Después de varias noches copiando los documentos sin ningún percance, Abigail se sentía más confiada. Decidieron seguirla esa noche.

—Descansemos por turnos, Achán. Duerme un poco, yo te aviso. Abigail estará varias horas copiando documentos, la seguiremos al amanecer —susurró Taranis al tiempo que

Azdsáán asentía con la cabeza y buscaba un lugar donde tumbarse.

Azdsáán se sentó en el suelo apoyando su espalda contra la pared al lado de la puerta y cerró los ojos. Al cabo de unos minutos sintió la mano de Taranis sobre su boca, despertándola con suavidad. La miró a los ojos y con gestos le indicó que guardara silencio. Alguien estaba tratando de entrar en aquella sala a esas horas de la noche. Taranis la ayudó a levantarse, y se escondieron en el oscuro hueco que quedaba entre la estantería de libros y la pared, a un lado de la puerta. El espacio era angosto y sus cuerpos se apretaron el uno contra el otro. Taranis podía oler el cuerpo de Azdsáán, sintiendo el movimiento de su pecho con la respiración, el roce de su piel. Ella había colocado su mano abierta sobre el pecho de Taranis y notaba su corazón latiendo cada vez con mayor fuerza y agitación. Sonrió al pensar que su cuerpo seguía influyendo en el de Taranis. Cerró los ojos. No quería retirar su mano, estaba muy a gusto sintiendo el rítmico bombeo del corazón de Taranis y el calor de su cuerpo le producía una enorme sensación de placidez.

La puerta se abrió, una cabeza asomó para ver si todo estaba en orden, y volvió a cerrarla. Debía tratarse del guarda haciendo una ronda. A pesar de que el peligro había pasado, ambos continuaron sin moverse de aquella posición, de pie y más juntos que nunca. Taranis miró a los ojos de Azdsáán para sumergirse de nuevo en sus pupilas y acercó su boca a la de ella, acariciando su cuello, mientras la excitación de ambos aumentaba. Las manos de Taranis ardían de pasión contenida, y con su palma abierta rodeó la nuca de Azdsáán, lo que hizo que ella se estremeciera de placer con el contacto cálido de aquella poderosa mano. Con sus labios Taranis fue rozando su pie, sintiendo el pálpito de las venas del cuello de Azdsáán y cubriendo de besos cada pulgada.

Abrazados aún, excitados y sin dejar de besarse, salieron del escondrijo. Con ambas manos Taranis retiró el vestido de piel de venado que llevaba Azdsáán recorriendo de forma ascendente su cuerpo poco a poco hasta dejarla desnuda. Taranis se estremeció al contemplar el hermoso cuerpo de Azdsáán y poder recorrer cada rincón con sus manos. Se quitó la camisa con la ayuda de Azdsáán y dejó caer sus zaragüelles al suelo tratando de descalzarse las botas de caña pisando el talón de un pie con el otro. Por la prisa, el calzado se había atorado con los zaragüelles, y Taranis tuvo que sentarse en el suelo para terminar de descalzarse.

Para ayudarlo, Azdsáán se arrodilló junto a él y tiró primero de una bota y luego de la otra, sacando los pantalones con ambas manos, mientras Taranis se estiraba para dejar también toda su piel al descubierto. Azdsáán continuó arrodillada, contemplando el hermoso cuerpo de Taranis tumbado, y su miembro excitado y palpitante, y sonrió. Se tumbó entonces sobre él, sujetándole ambos brazos por encima de la cabeza, besando su boca, y su cuello, respirando la masculinidad de sus axilas, acariciando con sus labios los músculos de los brazos, las manos, los dedos, los pezones. Taranis cerró los ojos para dejarse llevar.

Azdsáán se sentó entonces sobre el vientre de Taranis, acarició sus muslos con suavidad con la punta de sus dedos y el dorso de su mano y al llegar a la entrepierna, sujetó el pene erguido y duro de Taranis. Lo humedeció con su propia saliva, y lo acarició con movimientos circulares. Se inclinó para besar a Taranis y se sentó sobre su pene sintiendo una dura brasa hirviendo de placer. Azdsáán se movió entonces con lentos desplazamientos circulares de su cadera y el miembro de Taranis fue penetrando en su cuerpo poco a poco, al tiempo que ambos gemían.

Con los movimientos de Azdsáán ambos se estremecían de placer. Taranis colocó sus manos sobre los muslos de Azdsáán, y se movió lentamente, observando las reacciones de su amada. Ella se apoyaba en los vigorosos pectorales de Taranis, tensos de placer. Después de un rato en esta posición, Azdsáán se tumbó al lado de Taranis, de espalda a él. Le miró de reojo y entornó sus párpados. Taranis tomó entonces la pierna derecha de Azdsáán, acariciando sus glúteos y la dobló, colocando su fuerte brazo sobre la corva, a modo de ancla en el suelo sobre el que sostener la apertura de Azdsáán.

Taranis introdujo su miembro de nuevo, se inclinó para besar su cuello, su nuca, su espalda para impregnarse de la sensualidad que emanaba de ella. La postura les resultaba un tanto incómoda, así que se sentó y tomó a Azdsáán en brazos, como si no tuviera peso alguno, sentándola frente a él. Azdsáán entornó los ojos, y volvió a recibir a Taranis, moviéndose rítmicamente sintiendo cada avance de su cuerpo. Colocó sus manos rodeando el fuerte cuello, acercando su cuerpo y abrazándole con ternura y él sujetó con sus manos las nalgas de Azdsáán, ayudando en los movimientos ascendentes y descendentes. Se besaron con fruición y, de forma instintiva, continuó acariciando el miembro de Azdsáán hasta que los contenidos gemidos de placer de esta le indicaron que se vendría pronto. Cerró sus ojos para derramarse dentro de ella a la vez. Con las bocas entreabiertas, pegadas la una a la otra, silenciando los jadeos de placer, alcanzaron el éxtasis a un mismo tiempo. Taranis no quería separarse del cuerpo de Azdsáán, y continuaron con sus cuerpos ardientes, juntos, sudorosos y satisfechos. La besó de nuevo y se tumbaron de espaldas, mirando satisfechos al techo. Después de reponer el aliento, Taranis comentó:

—Deberíamos vestirnos. Abigail estará a punto de salir, hoy podemos seguirla —dijo Taranis mientras se erguía y contemplaba desde su posición, ya sin pudor, el hermoso y bien formado cuerpo de una Azdsáán plena, desnuda y satisfecha. Las piernas firmes y largas, sus pies perfectos, su cuerpo estrecho pero fibroso, y sus genitales, que ya contemplaba sin recato y disfrutaba sin remordimiento porque eran parte de ella. Azdsáán miraba con los ojos muy abiertos a Taranis. No había imaginado que pudiera sentir tanto placer y aún sentía a su amado formando parte de ella. Sonreía.

Esperaron a que Abigail saliera del despacho y la siguieron desde la distancia, con sigilo. Azdsáán iba marcando el ritmo y las pausas que debían hacer para no ser descubiertos. Ya había amanecido cuando Abigail dejó el palacio, cubriéndose como hacía en España, para convertirse en tapada y perderse por las calles hacia la alameda. Allí observaron que escondía los papeles en el hueco de un árbol. Azdsáán y Taranis se ocultaron para averiguar quién los recogía.

Una hora después, un hombre con sombrero y capa se acercó disimuladamente al árbol, metió su mano enguantada en el hueco del tronco tras comprobar que nadie le observaba, y continuó su camino. Taranis y Azdsáán le siguieron de lejos, separándose, hasta que le perdieron la pista en unos callejones cerca de palacio. Por más intentos de Azdsáán, las huellas eran demasiado confusas en aquella multitudinaria ciudad.

Taranis informó al virrey sobre todo lo que habían descubierto y acordaron que él se ocuparía en adelante de Abigail y ordenaría vigilar el punto de intercambio de información de la conjura, pues ellos debían partir hacia Panamá para ejecutar el plan trazado. El virrey consideró oportuno aguardar unos meses más aún antes de destapar la trama de traidores, para que los piratas llegaran a Panamá y acabar allí con ellos en la trampa que les tenderían.

Sin embargo, debía alejar a su esposa y a su hija de Abigail sin levantar sospecha. Pidió a su amigo el conde de Santiago de Calimaya que invitara a las damas a su hacienda en Coyoacán para que descansaran allí unos meses, lejos del ajetreo de la corte que las tenía demasiado alteradas después de los últimos sucesos y el agotamiento de la celebración pasada. Allí estarían más seguras y a salvo, podrían pasear en los jardines, y tomar ricas aguas aromáticas. Y, mientras tanto, ya pensaría qué hacer con Abigail.

74

Motivaciones

México, agosto de 1667

Abigail estaba cada día más y más desesperada e irritada. Había vuelto a recibir nuevos mensajes de La Rueda exhortándola a terminar lo antes posible su misión eliminando a la esposa y a la hija del virrey. Y ahora, el inesperado viaje de las damas a Coyoacán le impedía ejecutar las órdenes y la dejaba otra vez en evidencia. Aunque ya había copiado y entregado la información más relevante, le habían ordenado que continuara accediendo a aquel despacho por si se añadía nueva documentación, y eso la ponía permanentemente en riesgo de ser descubierta. El virrey, para tenerla ocupada y entretenida, cambiada los documentos cada día, añadía algunos falsos y otros auténticos aunque con contenidos intrascendentes.

Todo el esfuerzo que Abigail había hecho los años anteriores no servía para nada. En La Rueda parecían no reconocer su esfuerzo ni su dedicación. Repasó los motivos que la habían llevado hasta allí, además de la recompensa económica. La razón más poderosa para continuar tenía que ver con la reparación del honor y la venganza, un sentimiento que había sido inculcado por su padre desde su más tierna infancia.

El padre de Abigail, Martel Macip, había sido uno de los revolucionarios que participaron en la guerra de los Segadores en Cataluña[36] contra Felipe IV y el duque de Olivares en 1640. Felipe IV ordenó reunir tropas de mercenarios en la frontera con Francia con intención de invadirla. Los catalanes se aliaron a los franceses, incitados por el cardenal Richelieu que vio una excelente oportunidad para debilitar a su enemigo Felipe IV y desviar a las tropas que, en lugar de invadir Francia como tenían previsto, se quedarían pacificando Cataluña. Así que instigados por Francia, los catalanes se alzaron.

Las represalias entonces fueron terribles, generando el efecto contrario al que esperaban. Mercenarios napolitanos tomaron al padre de Abigail, uno de los líderes sublevados, y lo ataron a un poste, mientras golpeaban y violaban sucesivamente a su esposa, y a su hija mayor, frente a él. Ambas fallecieron como consecuencia del brutal ataque, y el padre de Abigail fue acrecentando su profundo sentimiento de odio hacia España y hacia el rey Felipe IV, a quien responsabilizaba de lo sucedido. En ese deseo de venganza educó a su hija más pequeña, Abigail, que entonces era una recién nacida, y quien, desde muy joven, supo que su destino sería sacrificarse por aquella causa. Ahora se preguntaba si el objetivo que había guiado toda su vida, que era acabar con Felipe IV, tenía ya sentido, pues el rey había muerto. Sangrar poco a poco a España haciendo sufrir a todos los que colaboraban para sostener el imperio, como el marqués de Mancera había dejado de ser prioritario para ella.

La familia Macip no eran los únicos resentidos contra el rey de España. Por diversos motivos, personas más o menos relevantes se conjuraron con un objetivo similar y entre todos ellos

---

[36] Guerra de Cataluña de 1640 o guerra de los Segadores. Concluye en 1652 con la rendición y la firma en 1659 del tratado de los Pirineos y la pérdida para España del Rosellón.

habían organizado La Rueda, una sociedad secreta que contaba con el apoyo e impulso también de los enemigos de la Corona española fuera de sus fronteras, en particular de Inglaterra. Su finalidad era acabar con el rey y hundir el poderío español y su influencia en Europa, en América y en Asia. Con las influencias que aportaron varios de los miembros de La Rueda, Abigail logró un puesto en la corte y desde allí logró la recomendación a entrar a trabajar con el marqués de Mancera, creyendo que continuaría su carrera diplomática en Europa. Un giro inesperado interrumpió los planes de La Rueda, pues el marqués no fue destinado como embajador, sino que el rey decidió enviarlo a la Nueva España como virrey.

Y con estos pensamientos Abigail volvió a abrir el cajón con la copia de la llave. Acabaría con su misión, y se vengaría del virrey y su familia, que representaban lo que su padre le había enseñado a odiar. Sonreía mientras seguía escribiendo y en su cabeza afloraban nuevos deseos de venganza, pues tenía otro objetivo, uno propio que añadía a su lista, debía pensar cómo iba a castigar a don Diego, llegado el momento, por su afrenta.

75

Enfrentamientos y juicios

México, marzo de 1668

Cristóbal terminó de abotonar el negro y brillante jubón del virrey. Como su esposa y su hija continuaban en la hacienda de Coyoacán, hacía meses que nadie irrumpía en su habitación, y culminaba su acicalamiento sin interrupciones. Ese día, Cristóbal estaba muy pálido y profundas ojeras y los ojos vidriosos advertían de que no había dormido, y la preocupación le había desencajado el rostro. Era la primera vez, desde hacía años, que tuvo que abotonarle dos veces el jubón porque se había equivocado de ojales, y el virrey se impacientó.

—Déjalo ya, Cristóbal. No estás a lo que estás. ¿Te sucede algo? —dijo el marqués abotonándose él mismo, y los ojos de Cristóbal no pudieron continuar reteniendo las lágrimas.

—Señor —respondió Cristóbal tomando aire para soltar todo lo que le estaba carcomiendo por dentro—. Llevo años a su servicio y siempre he sido una persona discreta y he cumplido todas sus órdenes con prontitud, sin dilación, sin hacer preguntas y de la mejor forma que he podido.

—Sí, Cristóbal. Doy fe de ello. ¿Qué te ocurre?

—Señor… No sé cómo decir esto. Pues soy consciente que después de esta conversación tendré que dejar de trabajar para su excelencia, lo que me rompe el alma y me entristece —dijo Cristóbal, nuevamente sollozando.

—Vamos, vamos. No será para tanto. ¿De qué se trata? ¿Qué has hecho?

—Señor. No he hecho nada malo. Bueno, a ojos de Dios quizá, señor —titubeó Cristóbal mirando hacia un lado.

—Me tienes en ascuas, Cristóbal. Por el amor de Dios, ¡habla ya! —ordenó el virrey.

—Señor…, han denunciado y apresado a unos ciertos conocidos que se reunían en cierta casa en México por…, por pecado nefando. Los están torturando para que confiesen con qué otros hombres han cometido semejantes faltas. Estoy temiendo que llegarán hasta mí, y me condenarán a la hoguera por… participar de ello —comentó Cristóbal de un rojo intenso de vergüenza y rompiendo a llorar, cubriendo su rostro con ambas manos.

—Pero… Cristóbal. No creerás a estas alturas que no estaba al tanto de tus preferencias, ¿verdad? Has sido siempre muy discreto y no has causado ninguna vergüenza a esta casa. Lo que hagas fuera de ella es asunto tuyo. No soy yo quien te ha de juzgar.

—Señor, pero el asunto es muy grave. El alcalde del crimen persigue con especial inquina este tipo de delitos… y suelen rematarlos en pena de muerte.

—Conozco a Juan Manuel Sotomayor, lleva más de veinte años como alcalde del crimen en la Audiencia de México… —añadió el marqués, más por recordarse a sí mismo quién era el alcalde del crimen que por compartir con Cristóbal esta información.

—Ese es, señor. Los castigos por pecado nefando son desproporcionados, si se los compara con asesinatos u otros crímenes atroces cuyos culpables salen mejor parados —señaló Cristóbal.

—Yo me ocuparé de este asunto, Cristóbal. Vete un tiempo a algún lugar lejos de la ciudad, sal de México mientras lo resolvemos. ¿Tienes adónde ir? —preguntó el virrey.

—Sí, señor. Con su permiso, podría ir a Nicaragua, a casa de un... conocido —explicó Cristóbal.

—Ve, pues, a Nicaragua. Está suficientemente lejos para que no te persigan. Déjame alguna forma de contactarte. Y te avisaré cuando todo haya pasado. No te preocupes, averiguaré lo que está ocurriendo en la Audiencia del Crimen.

—Gracias, señor. Gracias —dijo Cristóbal sollozando y besando las manos del marqués, que las apartó rápido solo porque no le agrada el contacto físico.

Un par de días después, el virrey se reunió con el oidor Juan Manuel de Sotomayor y Pantoja, alcalde del crimen de la Real Audiencia de México.

—Difícil debe de ser juzgar a los hombres por sus debilidades, ¿no es así, licenciado? —comenzó el virrey para tratar de reconducir la conversación al tema que había advertido Cristóbal tras haber abordado otras cuestiones.

—No tan dificultoso, excelencia. Se trata, simplemente, de aplicar las leyes que Dios ha inspirado a los hombres —respondió el alcalde del crimen.

—¿Quemar hombres en la hoguera se hace por inspiración divina? He revisado algunos de los casos que habéis ejecutado con gran celo e inquina, y veo que muchos de vuestros desvelos y los mayores castigos recaen una y otra vez en el pecado de sodomía. Si esto ofende a Dios, ¿no debería ser juzgado, como pecado que es, por el Santo Oficio de la Inquisición, más que por la Alcaldía del Crimen? —preguntó el virrey.

—No hay atrocidad más grande, excelencia, y mayor ofensa a Dios que el repugnante acto contra natura. Y no solo es pecado, pues al tratarse también de un crimen, habrá de ser juzgado por la alcaldía correspondiente, en este caso, la que ocupo. Y mi desvelo es procurar erradicar esa plaga —expuso Sotomayor con solemnidad.

—Lleváis veinte años quemando sodomitas y no parece que se extinga lo que consideráis una plaga, ni tampoco que semejante castigo sea ejemplarizante, pues parece que los casos continúan en igual o mayor número. El lunes 5 de este mismo mes, a las cuatro de la tarde, ordenasteis quemar a otro indio en el tianguis de San Juan, extramuros,[37] de nombre Juan de la Cruz, del barrio de la Lagunilla, según leo en la instrucción. Y el domingo, en la albarrada de San Lázaro,[38] a otros dos mulatos y tres negros por sométicos —comentó el virrey, leyendo unas anotaciones que había tomado.

—Como os he dicho, señor, Dios condena semejantes aberraciones. Solo cumplo con la voluntad divina. Efectivamente es un vicio continuado. Acabamos de enjuiciar a otros siete hombres, de nuevo en la Albarrada de San Lázaro, por pecado nefando.[39] Allí es donde se reúne esa gente abyecta a practicar sus perversos actos —expuso Sotomayor, intrigado, entornando los párpados en una mirada que denotaba desprecio y superioridad moral.

—Lo que quiero decirle, Sotomayor, es que para aplicar justicia con equidad hay que ir más allá de los hechos mismos, e incluso revisar los orígenes de las mismas denuncias. ¿Quién hace la acusación? ¿Existe algún interés particular? ¿Se beneficia otro de que el obraje de San Juan pierda a uno de sus mejores oficiales? O ¿hay otro platero o cantero al que favorece la eliminación de su competencia? —defendió el virrey.

—No entiendo adónde queréis ir a parar, excelencia. Si el delito existe, qué importa si la pena beneficia a otro o cómo

---

[37] Lo adelantamos un par de años, pues el suceso tuvo lugar en esa fecha pero de 1670.

[38] Esto se produjo el 25 de junio 1668.

[39] En realidad este suceso se produjo el 13 de noviembre de 1673.

se haya producido la denuncia —manifestó Sotomayor sorprendido.

—Y ¿cómo explicáis que la pena máxima se aplique solo a negros, indios, mulatos y mestizos? ¿No existe acaso pecado nefando o asesinos entre españoles o criollos? —señaló el virrey.

—Si no ha habido denuncia contra ellos… Si esto es por el nombre que está saliendo a relucir entre los nuevos encausados, y que se encuentra en su casa, no os preocupéis, excelencia, procuraremos separarle del resto —advirtió Sotomayor con expresión de desprecio y mirando a los ojos al virrey para advertir que conocía los gustos de Cristóbal.

—La justicia ha de ser imparcial y aplicable igual a unos y otros. Y las penas o castigos no pueden ser diferentes según la calidad de cada uno. Como virrey también soy presidente de la Real Audiencia y, en adelante, me encargaré de supervisar todos y cada uno de los casos y sentencias de la Alcaldía del Crimen. No toleraré trato diferente, ni para reducir la causa de unos, ni para cargar contra los más débiles. Y, si los delitos son de ofensa, como este caso, no pueden implicar la muerte para ninguno, por más ofendido que vos os sintáis o que penséis que lo está Dios. ¿Os queda claro? Nada más. Podéis iros —concluyó el virrey hastiado de la conversación que no le conducía a ningún lado e iracundo por el comportamiento del alcalde del crimen.

76

Presagios y dudas

México, agosto de 1668

Leonor había regresado ya de Coyoacán hastiada de tanta tranquilidad lejos de la corte, y retomó su costumbre de entrar sin llamar al dormitorio de su esposo. Parecía que deseaba encontrarlo en brazos de otra mujer, o incluso, como ella misma alguna vez llegó a pensar, del propio Cristóbal, aunque no hallaba más que al hacendoso marqués acicalándose.

El virrey debía deshacerse de Abigail, así que le ordenó desplazarse hasta Villa Alta, una aldea en la montaña en la provincia de Oaxaca, acompañada de un par de hombres de su confianza para encargar, como regalo para su esposa, la fabricación de los muebles de taracea más hermosos y vistosos, algunos que incluyeran el escudo de los Mancera. Se los llevarían a su vuelta a España como parte de los ajuares, el de Lisy para su nueva casa, tras su matrimonio, y el de Leonor para disfrutarlos ellos mismos. Le dio instrucción de que permaneciera en Villa Alta hasta que finalizaran los muebles y se ocupara de su empaquetado y transporte para que no sufrieran daños. De esta forma la mantendría muchos meses alejada de la corte.

Lisy, después de tantos meses alejada, aguardaba en el jardín que se produjera un reencuentro con Simón, para dedicarle nuevas miradas furtivas, pero aquella mañana no había aparecido a la hora habitual. Al regresar al estrado, lo encontró al pie de la escalera, sentado en un peldaño.

—Hola Simón. Cuánto tiempo sin verte. Creí que no vendrías —comentó Lisy, borrando la sombra que había nublado sus ojos.

—Me he retrasado. Me disculpo, señorita —respondió Simón entre gestos de dolor.

—¿Qué te ocurre? —Preguntó Lisy preocupada por la expresión de Simón.

—Me he torcido el tobillo, señorita. Se me ha hinchado y no puedo caminar. Terminaré de arreglar el jardín un poco más tarde, si me permite descansar aquí un rato.

—¡Déjame ver! —dijo Lisy agachándose sobre la pierna de Simón y embriagándose con el aroma intenso de su resplandor carmesí.

—No se preocupe, señorita. No es necesario… —respondió Simón rojo de vergüenza y extendiendo su mano para frenar el avance de Lisy.

—Seguro que mi madre tiene algún ungüento o emplasto para esa hinchazón.

—Ya casi no me duele… mucho —dijo el joven, intentando levantarse sin apoyarse en el pie torcido.

—Vuelvo ahora. ¡Espérame! —añadió Lisy iniciando una carrera y frenando de golpe, al darse cuenta de que la estaba mirando Simón y recordar que su madre siempre decía que una dama nunca corre.

Con las indicaciones que le dio, con mucha desgana, su madre, a la que alcanzó cuando se disponía a subir a la carroza para visitar a algún convento, Lisy fue en busca de un búcaro con agua muy fresca y tomó unos paños. De regreso se topó con Iyali, y le mencionó a Simón. Iyali se ocuparía de encontrar algún emplasto que ayudara a rebajar el dolor, mientras Lisy le atendía con paños de agua fría para procurar que no se hinchara. Al volver, Simón seguía allí sentado, sujetando con ambas manos el tobillo como si fuera a desprenderse de la pierna, y por la posición inclinado, la camisa caía permitiendo a Lisy ver toda la anatomía del pecho bien formado del joven. Se había convertido en un joven fibrado y muy atractivo. Acalorada, tomó el pie de Simón y, sin preguntarle, le descalzó la alpargata. Uno de los guardias que la acompañaban intentó impedirlo, pero Lisy lo miró desafiante y el guardia volvió dos pasos atrás. El contacto con la piel del pie del joven le produjo un cosquilleo por todo el cuerpo. Aplicó con cuidado el agua fresca y envolvió el tobillo en otro paño húmedo y fresco. Poco después llegó Iyali.

—Ya estoy —dijo Iyali sin resuello, que había ido lo más rápido que pudo, al pensar que los dos jóvenes estaban solos, pese a que hubiera guardias como testigos, ya que la corte estaba plagada de gentes mal intencionadas capaces de destruir la reputación de una joven por mucho menos que aquello—. Pongámosle este ungüento para que no se le hinche más el tobillo, déjame a mí, Lisy.

—No se preocupen, de veras. Estaré bien enseguida. Señorita. No es necesario…, muchas gracias —insistía el joven, acongojado por tanta atención.

—Yayi, ¿podemos ofrecer un chocolate a Simón? —preguntó Lisy, con intención de que Iyali le dejara terminar lo que ella ya había iniciado.

—No, no, de veras… —respondió con modestia. Aunque había deseado probar el chocolate que olía tan rico, cada vez que arreglaba el jardín.

—Claro, Lisy. Voy —indicó Iyali, levantando una ceja, al percatarse del propósito de Lisy y sorprendida por aquella decisión.

Cuando se volvieron a quedar a solas, Lisy tomó de nuevo el pie desnudo del joven y lo colocó sobre sus rodillas señalando que debía ponerlo en alto. Apretó con sus manos delicadas el tobillo del joven y acarició el empeine de su pie comprimiendo con suaves masajes para que circulara la sangre. De nuevo se tiño de rojo intenso el rostro de Simón, que tuvo que colocar un brazo cruzado sobre su entrepierna para disimular su excitación.

Como Lisy se había puesto en cuclillas, para sostener el pie de Simón sobre sus rodillas, al cabo de un rato perdió el equilibrio.

Se iba a caer de espaldas, y trató de equilibrarse alzando un brazo e intentando apoyar el otro en el suelo. Los rápidos reflejos de Simón la sujetaron y al tirar de ella, en lugar de caerse de espalda, Lisy se cayó encima de él. Para que no se hiciera daño, el cuerpo de Simón amortiguó la caída de la joven, y terminaron uno encima del otro, tumbados en el suelo, intercambiando sus alientos.

Ambos deseaban prolongar aquella situación, pero Simón se dio cuenta de lo impropio que resultaba y también de que si se iba a castigar a alguien por aquello, solo sería a él. Calculó que le caerían al menos veinte latigazos y el despido. Así que ayudó a levantarse a Lisy, aunque los guardias ya estaban en ello, y con el rostro encendido y una pierna doblada para evitar cargar peso en el tobillo se alejó cojeando. Iyali llegó entonces con una bandeja en la que guardaban equilibrios una jícara de chocolate y bizcochos, y le gritó:

—Espera, espera. El chocolate, joven —gritó Iyali.

—Gracias. No es necesario —respondió Simón. No sabía si continuar. Miró de reojo a Lisy y sintió un vivo calor en su rostro que se correspondió con un hermoso y luminiscente encarnado.

—Tómate el chocolate, por favor —dijo Lisy mirando al suelo y con el color carmesí vistiendo también su rostro.

—Gracias —respondió Simón, aún acalorado de la vergüenza y bajando su mirada ante el poder que tenía la voz de Lisy para él.

Tomó la jícara, y en tres sorbos, a pesar de que aún estaba muy caliente, se tragó todo el chocolate que contenía aquel pequeño vasito de porcelana. Al saborear la delicada textura y el aromático aroma a vainilla comprobó que en lo único que se parecía al mejunje amargo que había probado en otras ocasiones era en el nombre, y sus ojos se desorbitaron. Lisy rio al ver su expresión de sorpresa y agrado. Era la primera vez que Simón lo probaba hervido con leche, con azúcar, canela y vainilla, pues su madre lo disolvía en agua con un poco de ají y tenía un sabor completamente diferente. Dejó la jícara en la bandeja, mirando de reojo a las damas, y se dio la vuelta, dando de nuevo las gracias y regresando a su casa cojeando.

—¡Mañana no vengas, quédate a descansar el tiempo que haga falta! ¡Le diré a padre lo que ha ocurrido! ¡No te preocupes! —gritó Lisy mientras el joven se alejaba, y al mirar hacia Iyali, esta torció la cabeza y sonrió.

El contacto con el cuerpo del joven, con el calor de su piel morena, la contemplación de su anatomía desnuda, su pecho fuerte, el pie grande y robusto sobre sus piernas había producido en Lisy una serie de escalofríos y sensaciones nuevas.

Cuando aspiró su aroma, tumbada sobre él, sintió que sus propios colores se entremezclaban con los del joven creando un nuevo resplandor, que era más hermoso y puro que los suyos, y le recordó a lo que había contemplado entre Taranis y la joven india. Pero había además otra sensación extraña para ella, sentía la sangre recorrer todo su cuerpo y su respiración agitarse al pensar en él, y no podía describir qué le sucedía. Toda su piel se había erizado al contacto con la de Simón, cada músculo se había tensado, cada vena se había dilatado, y la sangre corría desbocada. La emoción nueva recorrió todo su cuerpo produciéndole una sensación extremadamente placentera y un deseo ineluctable de volver a sentir aquella piel sobre la suya y en su interior, para siempre.

77

Cocodrilos y otros peligros

Panamá, abril de 1670

Cuando el virrey consideró que era el momento oportuno, le indicó a Taranis que debía partir hacia Panamá, entregándole un anillo con el sello de su casa, y una carta de presentación, pero sin dar instrucciones del plan para que, en caso de ser apresado, no averiguaran que se trataba de una trampa.

Taranis y Azdsáán cabalgaron hasta el puerto de Veracruz donde estaban atracadas las embarcaciones de las llamadas flotas subsidiarias. Estos barcos, de menor calado que los que hacían la navegación hacia España, se ocupaban de repartir mercancías y personas a lo largo de la costa, conectando distintos puertos, sobre todo hacia el mediodía. Mantenían enlazados diferentes puertos del Caribe, como Portobelo y otros hasta Cartagena de Indias, y las islas.

Tras pactar el precio con una embarcación que los llevaría a Portobelo, la ciudad de la feria, y confirmar el día y la hora en que fletaría la nave, Taranis y Azdsáán se relajaron para disfrutar de la ciudad y buscaron alojamiento. En el mercado adquirieron algo de alimento y allí les abordó una mujer que leía la buena fortuna en las palmas de las manos. Esta tomó la mano de Taranis, que la retiró bruscamente. La joven gitana se le quedó mirando a los ojos:

—¿Prefieres no conocer tu futuro, soldado? —preguntó la gitana.

—No soy soldado, y lo que prefiero es conservar mi dinero a buen recaudo —respondió Taranis, desconfiado.

—Te puedo decir lo que te aguarda en tu viaje —insistió la joven romaní.

—Paparruchas. Vámonos —respondió Taranis ante el asombro de Azdsáán que hacía tiempo que no le veía tan tenso. Continuaron caminando, mientras Micaela sonreía de medio lado. No había visto el futuro de Taranis en su mano, pero sí veía todo en cómo miraba a la joven que le acompañaba.

—¡Espera, preciosa! Déjame ver tu destino —le dijo a Azdsáán, mientras tomaba su mano.

Azdsáán divertida por lo que veía de la joven gitana dejó que continuara, pese a que Taranis le lanzó una mirada de reproche.

—Veo que has encontrado el amor —dijo Micaela mirando hacia Taranis—. Pero conocerás el dolor y te hundirás en él. El amor te rescatará.

—Bueno, ya hemos escuchado bastante. Vámonos Achán —interrumpió Taranis visiblemente molesto.

—Id con Dios. Os aguardan peligrosos lances, pero os tenéis el uno al otro —se despidió Micaela, mientras Taranis, negando con la cabeza, y Azdsáán, sonriente, se alejaban.

Desde la ciudad de Portobelo se dirigieron por el largo y tortuoso camino de tierra hacia la ciudad de Panamá que se ubicaba en la vertiente pacífica del istmo. Se encaminaron directamente a la península en la que se erigía la casa del gobernador, cercada con madera y un foso y defendida por una batería de cañones, dentro del complejo que llamaban Casas Reales. Era uno de los tres edificios de mampostería y madera, con tejados a dos aguas, el central un poco más alto, correspondía a la Casa de la Audiencia y la cárcel, y el otro la Caja Real y Tesorería.

El gobernador de Panamá, don Juan Pérez Guzmán, era un hombre curtido y experimentado, que había sido destituido unos años antes del cargo de gobernador por una trama organizada por los oidores de la región, causada, según advertía, por las envidias y las malas artes de algunos de ellos que procuraban desacreditarle. Ante la falta de pruebas, se le restituyó en el cargo. Pero volvió más desconfiado y dolorido por el cese y la prisión a la que le habían sometido sin prueba alguna. Al recibir la visita inesperada, tan solo autorizó la entrada a Taranis y pese a la insistencia de este, se negó en permitir el acceso a Azdsáán a su casa.

—Excelencia, es importante que os transmita el mensaje del virrey Mancera —expuso Taranis.

—¿Y acaso hablas en su nombre? —observó el gobernador.

—Señor, el virrey no ha querido dejar por escrito el plan que ha ideado, por si lo interceptaban los enemigos. Me entregó este anillo con su sello junto a esta carta de presentación de mi persona. Me indicó que entonces me prestaríais la credibilidad que el asunto requiere.

—Veamos —respondió el gobernador, mientras tomaba en anillo entre sus dedos y lo observaba con detenimiento, dándole vueltas, para terminar guardándoselo en el bolsillo de su jubón y leer la carta rápidamente.

Taranis le expuso entonces el plan, en el que la ciudad de Panamá sería un cebo para alejar a Morgan del mar, y que sería preciso reforzar las defensas ante el inminente ataque por tierra. El gobernador, sujetando su crecida panza con ambas manos, se echó a reír a carcajadas. Le respondió que la flota de Morgan se encontraba al otro lado del istmo, en el lado del mar Caribe, y que le resultaría imposible atacar Panamá puesto que la ciudad se ubicaba en la costa Pacífica. Por más que Taranis trató de que comprendiera que habían elaborado planos e informes que señalaban precisamente la posibilidad de seguir el camino del río Chagres, el gobernador aseguraba que sería imposible movilizar a un número suficiente de personas por aquellas tierras para un ataque, y que con un grupo reducido no tendría ninguna posibilidad contra las defensas de la ciudad.

—Pero, señor, desconocemos el número total de hombres que ha podido reclutar Morgan. Quizá se trate de miles —señaló Taranis.

—Le resultará imposible movilizar a cientos de personas por el camino del Chagres, amigo —repitió el gobernador riéndose de nuevo—. Nadie en su juicio se atrevería a semejante delirio. No te preocupes, no vendrán —insistió, poniendo la mano sobre el ancho hombro de Taranis.

—Señor, insisto, el virrey me indicó que...

—¡No insistas más! Las defensas de Panamá son las más sólidas, contamos con regimientos diestros, e incluso he previsto una recua de toros, por si pretenden asaltarnos por tierra como dices —añadió el gobernador con tono áspero y molesto por la insistencia, retirando bruscamente el brazo del hombro de Taranis y alejándose.

—Señor. Otro asunto. En caso de que los piratas lograran alcanzar la ciudad, el virrey considera que es imperioso que la destruyáis para que no caiga en manos enemigas —añadió Taranis transmitiendo la información que había acordado con el virrey.

—Claro, claro. Parte tranquilo y transmite al virrey que no hay peligro alguno —concluyó el gobernador de forma condescendiente y hastiado, pues evidentemente no se había tomado en serio la posibilidad de un ataque por tierra. Taranis no tenía otra opción que encontrar pruebas de que Morgan asaltaría Panamá por esta vía.

Azdsáán y Taranis tomaron el camino de las Cruces que conducía desde Panamá hasta el río Chagres, que desembocaba en el Caribe, y por donde se esperaba que se produjera la invasión desde ese lado Atlántico. Llegaron así hasta el poblado del mismo nombre que el camino, Las Cruces, que contaba unas setenta casas, de las que más de veinte eran las viviendas de esclavos negros obligados a remar en grupos de veinte en los bongos o chatas. Estas embarcaciones de madera de cedro, que contaban con una gran capacidad de carga, eran las que trasladaban las mercancías y tesoros por el río hasta la desembocadura. Y el camino es el que conectaba las riquezas del Perú con la flota que partiría hacia Sevilla. El nexo entre ambas era la ciudad de Panamá.

Aquel terreno parecía idóneo para las emboscadas. El camino empedrado se estrechaba al atravesar gargantas en la roca, en las que solo cabía una mula y una o dos personas al mismo tiempo. Taranis fue marcando estos puntos en un improvisado mapa. Tomaron una pequeña canoa a remo para continuar la exploración río arriba. El río estaba plagado de cocodrilos que rondaban la embarcación. Uno de más de seis varas de largo golpeó con su poderosa cola la canoa haciéndoles caer al agua. Azdsáán no sabía nadar, pero moviendo brazos y piernas llegó hasta la orilla. Taranis desenfundó su puñal, manteniéndose a flote con el movimiento de sus piernas y su brazo izquierdo observando la superficie. El agua estaba demasiado revuelta y no podía distinguir por dónde vendría el ataque.

Con el cuchillo en la boca, nadó en dirección a la orilla, donde le aguardaba Azdsáán asustada, que corrió hacia él para ayudarle a salir del agua. En ese momento el cocodrilo emergió, y a gran velocidad giró sobre sí mismo golpeando a Azdsáán con el extremo de su cola. Tumbada seminconsciente en el borde del agua, el cocodrilo se abalanzó sobre ella y clavó sus mandíbulas en su hombro para arrastrarla a lo más profundo del río y devorarla. Taranis se lanzó gritando sobre el animal y hundió su puñal en el ojo. Siguió dándole puñaladas pero no tenían el mismo efecto, pues el animal estaba blindado por gruesas escamas. Al sentir el dolor en su ojo y perder la visión, el reptil soltó a su presa y se sumergió en el fondo del río. Taranis aprovechó para arrastrar a Azdsáán, sangrando a borbotones por su hombro, hasta un lugar alejado de la peligrosa orilla.

En tierra, suficientemente lejos del agua para que no volviera a sorprenderlo un repentino ataque del cocodrilo, Taranis sostuvo la cabeza de Azdsáán entre sus piernas. Respiró aliviado al comprobar que seguía viva. Entonces la tomó en brazos y se alejó corriendo hasta alcanzar un claro en la jungla. Allí cortó su vestido de piel de venado, para despejar la herida del hombro y lavó con agua de la cantimplora las profundas incisiones de los colmillos, de las que seguía manando sangre oscura y espesa como surtidores. No dejaba de sangrar y tenía que detener la hemorragia. Encendió un fuego y cuando una de las ramas mostró el extremo el rojo vivo, la aplicó en cada una de las heridas, como había visto hacer en las batallas para cerrarlas. Cuando dejó de sangrar, improvisó una cabaña con empalizadas y un techo de ramas y hojas y dejó descansar allí a Azdsáán. Es lo único que podía hacer por el momento, pero necesitaba encontrar ayuda, pues estaba malherida.

78

Teatro, puro teatro

México, junio de 1670

A mediados de año, el virrey organizó una gran fiesta para celebrar el final de la epidemia de tabardillo que diezmó a la población de México. Tanto Leonor como Lisy habían padecido también las fiebres y se habían salvado por los cuidados y unas hierbas denominadas como la enfermedad que había traído Simón al enterarse de que Lisy se había contagiado.

Aún no había cumplido los quince, y Lisy se había vestido con un jubón y una basquiña nuevas para la ocasión, seguía siendo una menina y no le permitían utilizar chapines. Estaba deseando llegar a la edad en la que dejarían de considerarla niña. Estas altas plataformas las hacían caminar de una manera delicada, casi arrastrando sus pies, pues al ser de madera pesaban bastante y Lisy disfrutaba al ver a las damas moverse de forma tan elegante que con los chapines ocultos bajo los vestidos, parecían deslizarse como esbeltos fantasmas por los pasillos de palacio.

Los invitados fueron llegando a palacio y se reunieron primero en el jardín. Habían contratado a un artista recién llegado de Filipinas, de nombre Tomás Bagani, y que hacía malabarismos con todo tipo de elementos. Sacaba verduras de la boca, hacía aparecer rábanos, o vomitaba vino o agua de azahar y otras cosas. La virreina casi se desmaya de la tensión que le produjo el malabarista cuando tomó tres de los jarros de Natá que decoraban la estancia y los lanzó al aire para hacerlos girar. La pericia y el equilibrio que mostraba Tomás Bagani evitaron que terminaran estrepitosamente rotos en el suelo. Cuando uno de los búcaros parecía que iba a estrellarlos contra el suelo, por lo que Leonor sufría angustiada, y se aliviaba cada vez que lo frenaba con suavidad con uno de sus pies y lo devolvía al circuito, reiniciando el ciclo de tensión para la virreina.

Cuando Tomás Bagani concluyó su actuación sin incidentes, se dieron inicio a las acrobacias en el patio contiguo. Era un arlequín volatín muy diestro, que atrajo la atención, entre sonoras exclamaciones de asombro, de todos los presentes, y otros dos equilibristas más, indígenas de la zona vestidos con unos calzones cortos, torsos desnudos y una especie de capas gruesas en la espalda que hacían malabarismos con un grueso tronco con sus pies.

—Querido, esta velada será recordada en México durante décadas —dijo Leonor con los ojos inundados de la emoción y recogiendo las lágrimas que se fugaban con el índice de su mano derecha.

—Todo el mérito es tuyo, querida. Se advierte tu refinado gusto allí donde uno mire… o respire —respondió el virrey mirando cariñosamente a su esposa y dándole leves palmaditas con las yemas de los dedos sobre el dorso de la mano izquierda de Leonor, que tenía reposada sobre la rodilla.

—Bueno, todos sentimos deseos de olvidar lo ocurrido y volver a disfrutar de la vida. Pero aún aguarda otra sorpresa, querido.

—¿De qué se trata?

—Una obra de teatro escrita por mi querida sor Juana Inés, que nos autoriza a representarla aquí en palacio, aunque ella no pueda asistir —dijo Leonor entusiasmada. La marquesa de Brumas se disculpó al encontrarse mareada y agitada por la tensión de tanto equilibrismo justo antes de iniciarse la representación.

En el segundo acto, Leonor, desde su asiento, observó discutir a dos personas en un lateral detrás del escenario. Reconoció a una de ellas como Tomás Bagani pero no alcanzaba a ver quién le acompañaba. Movía los brazos en aspavientos violentos y negaba con la cabeza. En lado opuesto, otra pareja no discutía sino que se fundía un abrazo amoroso mientras los actores recitaban los versos. Al finalizar la representación, con sonoros aplausos de los asistentes, pasaron a los salones para degustar una suculenta cena. La marquesa de Brumas, que se había recuperado descansando, aguardaba a la entrada del jardín la llegada de Leonor y, sonriente, se le acercó tomándola del brazo:

—Querida, me tenías preocupada —comenzó diciendo Leonor.

—Estoy bien. Solo un poco mareada con tanta emoción. Gracias, querida. Comamos algo —agradeció la marquesa de Brumas.

—Estoy aún impresionada por los juegos de saltimbanquis —añadió la virreina risueña.

—Ha sido impresionante, querida, una emoción detrás de otra —corroboró la marquesa de Brumas.

—Ahí está Antonio, voy a preguntarle qué le ha parecido la actuación —terminó de decir la virreina mientras se encaminaba hacia su esposo. El virrey atravesaba el jardín cuando sintió un golpe en su pecho.

Poco antes, mientras el público aplaudía y vitoreaba a los actores, riendo y felicitando a los conocidos, en su mayoría parientes y amigos, que habían representado la obra, Tomás Bagani se había escabullido hacia el jardín y había trepado ágilmente a uno de los árboles. Con los brazos extendidos en cruz se desplazó en perfecto equilibrio y a gran velocidad, por una de sus ramas casi hasta su extremo, como si la gravedad no tuviera efecto sobre él. Tomando impulso, saltó hasta el tejadillo que rodeaba al jardín, con una voltereta muy apropiada para haberse incorporado a su espectáculo. Allí se apostó, tumbado entre las tejas, esperando a que hiciera su aparición el virrey. Preparó su *fukiya*, una cerbatana corta japonesa, que se había traído consigo desde Filipinas, y en cuanto divisó al virrey sopló con precisión un dardo envenado directo al corazón.

La puntería de Tomás era infalible, pero no había previsto que, debajo de la capa, el marqués lucía un broche con una enorme venera de oro y diamantes, con su centro esmaltado de blanco y sobre él la cruz de Alcántara en verde. El dardo envenenado, que le habría causado su muerte instantánea, fue sin embargo a embutirse en el engastado de dos de los refulgentes diamantes.

El virrey sintió el leve golpe y al mirar en su pecho le extrañó descubrir la presencia de un bodoque atravesando su capa y clavado sobre su venera. Tomó el dardo entre sus dedos por la parte de las plumas estabilizadoras y comprobó el olor de alguna sustancia que impregnada su punta. Buscó la causa y distinguió una sombra huyendo por el tejadillo con gran agilidad, que se perdía en la oscuridad de la noche. Los guardias le persiguieron sin éxito y no podían distinguir hacia dónde había huido.

79

Larvas y peces

Panamá, septiembre de 1670

El cuerpo herido de Azdsáán se resentía cada vez que Taranis trataba de incorporarla o moverla y su hombro tenía muy mal aspecto. Si hubiera sido al contrario, Azdsáán habría sabido qué remedio debía aplicarle en esas heridas para ayudar a su curación, pero Taranis no tenía esos conocimientos y le afligía la culpa por no poder salvarla. Decidió ir en busca de ayuda, y dejó agua fresca y comida alrededor de Azdsáán para que pudiera valerse por ella misma uno o dos días.

Internándose en la húmeda selva de la región, y siguiendo el curso del río Chico, un afluente del Chagras, llegó a la quebrada del Barro Colorado, donde había visto humo que señalaba un lugar habitado. Llegó así hasta a un palenque, un poblado de esclavos fugados, en el que le recibieron cinco hombres negros con los torsos desnudos, altos y fuertes, armados con mazas y machetes. Taranis, sin mostrarse intimidado por la comitiva de bienvenida, les explicó brevemente la situación, el inminente ataque de los piratas, el ataque del caimán a Azdsáán, y su desesperación para buscar ayuda.

El grupo de guerreros condujo a Taranis hasta el capitán del palenque, un negro ladino que le ofreció comida. Taranis volvió a referir su historia, esta vez con mayor profusión de detalles, y cuando concluyó, el capitán, que había permanecido atento y en silencio, abandonó la cabaña. Regresó al cabo de un rato acompañado de un anciano encorvado y desdentado que cargaba una talega de piel cruzada sobre su pecho desnudo.

—Él puede curar a tu esposa. Solo si prometes regresar para ayudar a defender de los piratas. ¿Lo harás?

—Cuando Azdsáán esté recuperada. Lo juro por mi honor —respondió Taranis con la mano en el pecho.

Al regresar a la cabaña, se encontraron a Azdsáán sin sentido. La temperatura del cuerpo era muy alta por causa de la terrible infección. Al examinar el cuerpo de la joven, le sorprendió su anatomía y miró hacia Taranis extrañado. Este le devolvió la mirada fijamente y el curandero cabeceó sin decir ni palabra y se encogió de hombros. Un buen número de larvas de moscas estaban hurgando en las heridas. Taranis tomó una banqueta para sentarse a su lado y ayudar a retirarlas, echando la mano para coger una y dejarla en un cuenco.

—No. Déjalas hacer su tarea —dijo el anciano sujetando por la muñeca a Taranis para frenarle. El anciano preparó los emplastos y unas hierbas para recomponer el cuerpo de Azdsáán.

Al cabo de tres días de tratamientos y cuidados, la joven abrió los ojos. Estaba mareada y entumecida y sentía grandes dolores en el hombro que había sido golpeado por la cola y atravesado por los dientes del cocodrilo. El anciano sonrió, miró a Taranis, y le dijo:

—¡Vivirá! Te esperamos en dos días —dijo el anciano mientras recogía todos su bártulos.

—Allí estaré —respondió Taranis mientras el anciano salía de la cabaña.

Azdsáán llevaba días sin ingerir alimento sólido, tan solo los remedios del anciano, y los sorbitos de agua fresca que le filtraba Taranis con un paño, como ella había hecho con él en el desierto. Así que cuando Taranis la vio comer con apetito, se sintió aliviado. Hubiera dado su vida por ella, y ahora no tenía más remedio que abandonarla, pues había prometido regresar al palenque. El día de la partida Azdsáán estaba consciente y casi recuperada y Taranis le explicó la situación. Azdsáán sonrió y asintió con la cabeza.

Con el fin de que dispusiera de alimento fresco, Taranis capturó una tortuga viva y la ató a un poste, recogió huevos frescos y pescó unos chogorros, o peces vieja, que dejó vivos en una vasija, pues estos no necesitan mucha agua para sobrevivir. Y preparó alimentos para que pudiera comer los próximos días. No sabía cuánto tiempo estaría ausente.

Tras revisar que todo estaba bien, y comprobar dos o tres veces que Azdsáán tendría suficiente comida y agua para varias semanas, abrazó a su amada. Había temido tanto por su vida, que se sentía aliviado al verla recuperándose sonriente. La besó en los labios y colocó su cabeza junta a la suya. No dijeron nada. Taranis regresó al palenque.

80

Retrato y enfados

México, octubre de 1670

El marqués seguía pensativo, haciendo girar sobre el mantel uno de los cuchillos de plata que no había utilizado en la comida. Leonor venía aleccionando a Lisy sobre la forma correcta de caminar, y esta era seguida por Trani que imitaba sus pasos. Iban vestidas del mismo color y Leonor se detuvo frente a su esposo, girando para mirarle frontalmente:

—Querido, ¿cómo se llama el maestro pintor que vendrá mañana a retratar a la niña?

—Antonio Rodríguez —respondió el virrey.

—Lisy, pronto será tu gran día, tendrás tu primer retrato —añadió Leonor girándose hacia su hija.

—Me gustaría que el maestro Rodríguez nos retrate a las dos —respondió Lisy sonriendo.

—¿Qué dos, querida? —preguntó Leonor sonriendo de satisfacción al pensar que su hija le proponía posar junto a ella.

—A Iyali y a mí, madre —respondió Lisy sorprendida de la pregunta de su madre cuya respuesta le parecía bien evidente.

—Ni hablar, Lisy. El retrato es tuyo y esa pintura te acompañará toda tu vida —indicó Leonor espantada ante la idea.

—Por eso mismo, madre —justificó Lisy frunciendo el ceño.

—Recuerda que esta tarde vamos a probarte el vestido nuevo —señaló Leonor cambiando el tema de la conversación, lo que indicaba que había dado por zanjado el asunto.

—Iyali me está esperando en el jardín, madre. ¿Puedo irme ya? —apostilló Lisy cabizbaja mientras se iba lentamente hacia la puerta.

—¡Ve! —añadió Leonor con la furia asomando como destellos luminosos en sus ojos azules, pues no le gustaba que le llevaran la contraria, y Lisy había salido tan terca como su padre.

El virrey continuaba jugando con el cuchillo de plata en su mano. Se detuvo, lo dejó sobre la mesa con cuidado y miró complaciente a su esposa, visiblemente enojada.

—Querida, infantas y reinas se retratan con sus mujeres de confianza, algunas son enanas también. Si Iyali posa a su lado, Lisy parecerá mucho más esbelta —indicó el marqués, cuando ya Lisy se encontraba lejos.

—Pero Isabel es…, es india y tiene esas marcas horribles en su rostro —advirtió Leonor.

—Por eso. ¿No crees que a su lado Lisy lucirá mucho más blanca y resaltará su tez más hermosa aún? —continuó el virrey hablando con calma y tranquilidad desde la mesa, mientras la mente de Leonor parecía ir haciendo su reajuste en relación a esta nueva información.

—De acuerdo, Antonio. Le buscaré un huipil apropiado a Isabel —remató Leonor mientras en su cabeza se imagina a ambas juntas. Se dirigió hacia la puerta, convencida ya de que Iyali debía posar en el retrato, pero no porque fuera el capricho de Lisy, sino porque en la corte, las infantas lo hacían también.

Abigail acababa de regresar de su viaje a Oaxaca y traía más de treinta arcas, escritorios, arquetas y otros muebles de Villa

Alta, con escenas mitológicas taraceadas y perfiladas con fuego. Leonor se sorprendió maravillada cuando contempló los muebles que le regalaba su esposo y estuvo canturreando durante horas, abriendo y cerrando los arcones, oliendo los aromas a limoncillo y cocobolo de las maderas con las que se habían fabricado, y tratando de adivinar las escenas mitológicas representadas en ellos.

—Leonor, vamos a encargarle una nueva misión a Abigail. Estará ausente de nuevo durante un largo tiempo —dijo el virrey a su esposa.

—Antonio, no me acostumbro a su sustituta, preferiría que volviera Abigail —respondió Leonor.

—Lisy ya no la necesita, le acompaña Iyali y verás como te parece bien lo que le vamos a encargar —respondió el virrey sonriendo.

Abigail entró en la estancia, agotada por el largo viaje, pues no había tenido tiempo aún de descansar.

—Nos satisface enormemente la elección de muebles que has hecho en Oaxaca, Abigail. Son magníficos. Tienes muy buen ojo, sin duda. Tanto que mañana mismo partirás para Michoacán, allí queremos que adquieras muebles y bateas de laca en Uruapán y Peribán —dijo el virrey desde un extremo de la sala.

—Por supuesto, señor —respondió Abigail, con una mirada irreverente, antes de retirarse.

Abigail, sintió cómo la rabia se apoderaba de nuevo de ella. No tenía forma de desobedecer al virrey, pero sí podía hacer lo que mejor se le daba: sembrar discordia. Se vengaría haciendo daño a la más débil de la familia, que no era otra que Lisy. La buscó y esperó a que pasara a su lado.

—Buen día, Lisy —saludó Abigail amigablemente con una amplia sonrisa.

—Hola, Abigail, ¿cómo te fue en tu viaje? Te he echado de menos —respondió Lisy con sinceridad, tras dar un abrazo a la joven que no fue correspondido.

—Muy bien. ¡Verás qué hermosos muebles he traído para tu ajuar, para cuando te cases! Te van a hacer un retrato, ¿no? ¿Es para enviar a tu prometido? —preguntó Abigail sonriente.

—Sí, hoy viene el pintor, pero no, no es para Joseph. Es para mí, para la casa. Dice madre que será un recordatorio de mi nuevo estado de dama. ¡Cumplo catorce! —explicó Lisy entusiasmada con la idea.

—¿Ya tienes el vestido para el retrato? —preguntó Abigail, tratando de mostrarse interesada.

—Llevamos meses con las pruebas, eligiendo tejidos, y todo está terminado —respondió Lisy con inocencia y sonriendo satisfecha y emocionada.

—¿Por qué no te lo pruebas para que vea lo guapa que vas a estar? —añadió Abigail, con voz melosa. Lisy, obediente, la acompañó hasta la alcoba en la que habían dejado el vestido y se lo probó, ayudada por la propia Abigail.

—¿Qué te parece, Abigail? —dijo Lisy sonriendo y dando vueltas con los brazos abiertos para que se fijara en las amplias mangas.

—Lisy. Iyali va a tener razón —advirtió Abigail.

—¿Sobre qué? —preguntó Lisy confundida.

—Bueno, sabes que ella no lo dice por ti, porque tú no es que seas fea. Pero comentó que con ese vestido parecerías un repollo y no es culpa tuya que el color que eligiera tu madre le favorezca más a ella que a ti. Ella es una mujer elegante y hermosa, y luce bien cualquier cosa, aunque, claro, ese color no le sienta bien a cualquiera. Si no tienes los brazos largos como ella, las mangas te harán parecer una enana. Bueno, en todo caso, así no desentonarás con Isabel —añadió Abigail con tranquilidad arrojando un jarro de agua fría sobre la ilusionada Lisy.

—¿Iyali te ha dicho todo eso de mí? —dijo Lisy, entristecida.

—Bueno, no recuerdo bien lo que dijo exactamente, Lisy. Pero ya eres adulta, no te lo tomes así. Estos comentarios son habituales en la corte. Mencionó que te veía ridícula y hasta que le daba vergüenza tener que posar contigo en el retrato. Pregúntale —advirtió Abigail con mirada inocente.

—No es necesario. Se que Iyali jamás diría algo así —añadió Lisy casi enfurecida y muy dolida, pues las palabras seguían resonando en su mente: ridícula, fea, repollo.

Las estancias femeninas del palacio se alborotaron para organizar el que sería un gran día para la pequeña Lisy, a quien a partir de entonces la mayoría pasarían a llamar doña María Luisa de Toledo y Carreto. Las damas y las criadas correteaban de un lado al otro. Abigail había desaparecido, pero la criada que la había sustituido y otras damas estaban llegando para ayudar a la joven Lisy a vestirse y arreglarse para posar. Debía incorporar en su atuendo todos los detalles que evidenciarían su posición y su estatus, y su madre, como siempre, había supervisado que todo estuviera bien y acorde a las reglas de la corte.

A media mañana, el pintor Antonio Rodríguez, tal y como había acordado con el virrey, se presentó en palacio. Se había convertido en el artista más afamado en la capital, tras la muerte de José Juárez, su suegro, y recibía numerosos encargos de las iglesias, de los jesuitas y de la nobleza.

Después de ascar bien el cuerpo de Lisy, con trapos húmedos perfumados con algalia, comenzaron a vestirla.

—Madre, parezco una colgadura. Un buñuelo-repollo-cortina —añadió Lisy con los ojos inundados en lágrimas, mientras veía su reflejo en el espejo.

—Veo que has heredado el fino sentido del humor de tu padre. El maestro que lo ha cosido ha usado las telas que elegimos y ha seguido al pie de la letra las instrucciones que le hemos dado durante semanas. No entiendo qué te ocurre ahora con el vestido —señaló Leonor indignada por el comentario.

—Ha seguido tus indicaciones, en cualquier caso, no las mías, madre. Tú elegiste esta tela para ti. Yo hubiera preferido un color claro y un vestido ligero. ¿Me podría poner un huipil? —respondió Lisy con rabia contenida.

—¿Un huipil, Lisy? Anda, ven. Cuando te coloques las arracadas y el lazo de perlas en el pecho te verás de otra forma... Déjame ponértelo, no te muevas tanto. Ten cuidado con los lazos del cabello, querida —indicaba Leonor mientras le iba colocando los adornos en el peinado y las joyas.

—Me arrastra el vestido, madre. Voy a pisarlo y caer —añadió de nuevo malhumorada.

—Claro. Faltan los chapines, Lisy. ¡Qué impaciente estás! ¿Qué te ocurre? Toma, cálzatelos —le indicó Leonor acercándole dos chapines de un palmo de altura.

—Madre, estoy espantosa —concluyó Lisy ante el espejo con la expresión de tristeza y rabia.

—Lisy, estás realmente hermosa —dijo Leonor emocionada y con los ojos brillantes de lágrimas—. Los lazos de plata en tu cabello negro enmarcándote el rostro son preciosos. Tengo ganas de llorar de la emoción, cuando te vea tu padre... no te va a reconocer. Me cuesta verte así, como una mujer. Mi niña es ya una mujer —añadió Leonor emocionada.

Esa mañana, antes de partir de viaje, Abigail se había ido directa al encuentro de Iyali que también se probaba el huipil para el retrato.

—Pues, yo creo que ese huipil con mangas te queda bien, aunque Lisy diga lo contrario —espetó Abigail.

—¿No le gustan a la niña las mangas del huipil? No me dijo nada —preguntó Iyali.

—Sí, sí, pero dice que como eres así, ya sabes..., bajita, pues que las mangas te hacen parecer uno de esos pollos gordos de la tierra —continuó Abigail.

—¿Un pavo? —preguntó Iyali.

—Sí, eso es, un pavo. Dijo que estabas como inflada y que las mangas de rayas te hacían parecer estrafalaria —añadió Abigail.

—Vaya. No creo que Lisy haya dicho eso. Si no le gustan las mangas, o el huipil, no tiene más que decirme. A mí me da igual ponerme una cosa u otra —confesó Iyali.

—Seguramente, creo yo, Isabel, pero no me hagas mucho caso, lo ha dicho porque prefiere que no poses junto a ella. Quizá esté disgustada porque no sabe cómo decírtelo, pero no le des importancia —siguió Abigail, sembrando la duda.

—¿Prefiere que no me retrate con ella? No tengo ningún interés en hacerlo. Al contrario —dijo Iyali sonriendo ante la posibilidad de no tener que retratarse.

—Lo que sí dijo es que sentía vergüenza de que dentro de años la vieran a tu lado. Pero ya es tarde para echarse atrás, Isabel. El maestro os espera —añadió Abigail apurando a Iyali para que se moviera.

Lisy hizo su aparición por un lado, enfurruñada e Iyali salió por otra puerta, apenada y enfadada. Ambas se miraron con rencor pero no se dijeron nada. El maestro pintor las colocó sobre la alfombra y fue pidiéndoles que se movieran para encontrar la pose perfecta. Lisy prefería no estar demasiado cerca de Iyali, así si en un futuro le molestaba, podía cortar el cuadro por ahí y dejar el retrato de aquella mujer aparte. Iyali aguardaba el momento oportuno para poder conversar con Lisy sobre el retrato, y la rabia contenida de ambas iba en aumento.

—Mire, señorita, quítese el guante y coloque la mano sobre el hombro de Isabel —dijo el pintor. Pero quedaba una postura demasiado forzada y quedó pensativo mirando a las dos mujeres—. No, mejor colóquela sobre la cabeza y sujete el otro guante con dos dedos. Así. Eso es.

—La mano en la cabeza…, como si yo fuera tu perrito faldero —dijo Iyali susurrando para que el pintor o Leonor no pudieran escucharla y sin poder contenerse por más tiempo.

—Un perro jamás mordería la mano a su amo ni haría burla de él. Serás más bien un *tlacuache*[40] faldero —respondió Lisy indignada y también entre susurros.

—Señoritas, por favor, ¿podrían sonreír un poco? Están demasiado tensas —advirtió el pintor dejando la paleta a un lado.

—Lisy, ponte recta —dijo Leonor haciendo ella misma el gesto de estirar su espalda y lucir una sonrisa forzada.

—Comienzo con el esbozo, señoritas —indicó el pintor—. Así, perfecto… Pero no es preciso estar tan serias… De acuerdo, como gusten. Hoy termino el boceto y mañana continuamos —iba señalando el maestro pintor mientras daba pinceladas sobre el lienzo previamente preparado.

Lisy e Iyali continuaban distanciadas y enfadadas, heridas por los comentarios que les habían hecho creer que cada una había dicho de la otra. Repitieron la sesión y cuando el maestro mencionó que aplicaría la pintura de color y los detalles en el taller, Iyali le habló a Lisy para dejar el asunto zanjado.

—Lisy, si no querías que apareciera en tu retrato contigo, no deberías haberme pedido que posara —dijo Iyali aún dolida.

—Iyali, si te daba vergüenza posar junto a mí, porque parezco un repollo feo, no tendrías que haberte molestado en aceptar —respondió Lisy.

—No me das vergüenza, y creo que estás hermosísima con ese vestido —añadió Iyali tratando de encontrar la mirada de Lisy que se desviaba para no enfrentarse a ella.

—Claro —respondió Lisy con gesto de incredulidad.

—Pero, Lisy. ¿Por qué piensas que me avergüenza tu aspecto? —preguntó Iyali sorprendida.

—Se lo comentaste a Abigail —dijo Lisy a punto de llorar.

—Mi niña. Nunca le comenté semejante barbaridad ni a Abigail ni a nadie, porque no lo pienso. A mí me contó que

---

[40] Zarigüeya.

tú no querías que posara contigo y que me veías ridícula con las mangas de este huipil, que te parecía un pavo hinchado —explicó Iyali pensativa.

—¿Ridícula? No, Yayi, nunca. Estás maravillosa con ese huipil. ¿Cómo ha podido engañarnos? ¿Por qué lo haría? —se preguntó Lisy contrariada.

—¿Y cómo hemos podido caer nosotras, Lisy? Ya sabes el amor que te tengo, mi niña. No hay nadie más importante para mí —añadió Iyali sonriendo.

—Y yo a ti, Yayi. Te pido perdón por haber dudado. Me he comportado como una niña caprichosa más que como una mujer adulta que se supone que ahora soy. Lo siento. Cuando miremos el retrato juntas, nos reiremos recordando este momento. Vernos así de enfurruñadas nos recordará que son los demás los que intentan dañarnos, y lo consiguen solo cuando dudamos de nosotras —añadió Lisy.

—Sí, mi niña. No debemos dudar del amor. Casi no podía respirar de la angustia que sentía por tu enfado —concluyó Iyali acercándose a Lisy para abrazarla. Aunque esta, con los chapines estaba demasiado alta, y al agacharse para intentar abrazar a Iyali ambas cayeron rodando por el suelo riéndose a carcajadas.

Abigail se había ido satisfecha por haber sembrado su pequeña y miserable venganza entre las dos amigas. Partió rumbo a Michoacán, sin despedirse de nadie en palacio.

81

Reencuentros

Panamá, enero de 1671

Desde mediados del año de 1670, tras el regreso del pirata Morgan de un viaje a las costas de Nuevo León y los Tejas, en la desembocadura del río San Juan, un ajetreo de embarcaciones se agitó en el Caribe español. Morgan se había visto con el Irlandés, que no tenía preparada la plata y los esclavos indios, pero a cambio le entregó la documentación para acceder al tesoro más fabuloso que jamás nadie pudiera imaginar. Y, si lograban hacerse con la ciudad, podrían asestar un golpe mortal al imperio español, y el rey de Inglaterra le había prometido un título si lo conseguía.

La nueva sobre que el pirata Morgan preparaba un asalto final al imperio español circuló por todos los puertos de la región del Caribe. Con la intención de atraer voluntarios para el asalto, el propio Morgan, con ayuda del Irlandés, habían hecho correr el rumor de un fabuloso tesoro que les aguardaba en Panamá y que compartiría con quienes le acompañaran en aquella aventura. A final de año habían conseguido juntar treinta y siete grandes buques y más de dos mil hombres armados, contando a los marineros y mozos. La mitad del total eran experimentados piratas, más otros mil violentos hombres ansiosos por obtener el sustancioso botín de Panamá. El asalto ya estaba preparado y la flota pirata zarpó desde Jamaica rumbo a Chagres, como estaba previsto.

El 6 de enero de 1671 tomaron el fuerte de San Lorenzo de Chagres. Atracaron sus embarcaciones a distancia suficiente para que las balas de cañón no les alcanzaran y, como había indicado Morgan siguiendo las instrucciones del virrey, asaltaron el fuerte por tierra, pues, al igual que la ciudad de Panamá, por mar eran inexpugnables.

El fuerte abaluartado de Chagres se emplazaba en lo alto de un monte rodeado de pantanos que los piratas tuvieron que atravesar para llegar a su base. La disposición del emplazamiento y el armamento fueron causando al inicio grandes estragos en las filas de los asaltantes. Parecía que no lograrían su propósito, pero consiguieron prender fuego a uno de los tejados de palma de las construcciones del fuerte y eso provocó el caos. Cuando los españoles trataban de contener el avance del fuego y evitar que destruyera el fuerte, los piratas aprovecharon para entrar en el fortín. Pasaron a cuchillo a todos los oficiales y mataron a los casi trescientos hombres que defendían el fuerte, dejando vivos solo a treinta hombres, la mayoría heridos.

Bradley, que estaba al mando, envió el esperado mensaje a Morgan para confirmar que habían tomado el fuerte, y este embarcó entonces todo el maíz, cazabe y vituallas que había ido juntando los meses anteriores en las embarcaciones rumbo a Chagres, donde ondeaba una bandera inglesa. Dejó a quinientos hombres para defender el fuerte por si las tropas españolas pretendían recuperarlo, para asegurarse la salida de retaguardia a su regreso de Panamá, y el 18 de enero, junto con el resto del ejército integrado por más de mil hombres, se apropiaron de treinta canoas indias y otras tres pequeñas embarcaciones para navegar rumbo arriba por el río Chagres.

Taranis había regresado con Azdsáán tras preparar las trampas con los hombres del Palenque. Uno de los días que salió a cazar algo para comer, se encontró rodeado por un grupo de indígenas que espoleaban sus lanzas contra su nariz. Taranis no se inmutó, los miró sin parpadear y les dijo lo más calmado posible:

—¡Debéis iros de aquí! Están llegando cientos o miles de piratas que os tomarán como esclavos sin dudarlo —expuso Taranis.

—¿Es cierto entonces que el pirata Morgan pretende tomar Panamá? —preguntó una voz detrás de aquel muro de guerreros. Estos se desplazaron a un lado para dejar frente a Taranis a un hombre de pequeña estatura y con el rostro pintado de rojo, que parecía ser el jefe del grupo.

—Sí. Vendrán por tierra y asaltarán por sorpresa la ciudad, que cree que solo es accesible por mar. El engreimiento del gobernador será su perdición —añadió Taranis.

Tras retirarse a un lado y discutir acaloradamente formando un círculo unos con otros, la voces se calmaron y la figura del pequeño hombre con el rostro pintado de rojo emergió de nuevo del grupo y se acercó a Tarnis:

—Defenderemos nuestra tierra —dijo solemnemente.

—Hemos procurado alguna emboscada con los hombres del palenque. Pero no hay más refuerzo, pues el gobernador ha retirado a los soldados de esta región —explicó Taranis esperanzado, pues con ellos quizá tuvieran alguna oportunidad.

Al regresar a la choza, Taranis le contó a Azdsáán su encuentro y que debían planificar nuevas emboscadas. Ella se sentó a sus pies, como había venido haciendo para que le revisara el hombro. Las heridas habían cicatrizado bien, aunque la piel había quedado irregular, áspera, llena de hoyuelos y relieves y de un color diferente. Taranis acarició la piel deformada del hombro de Azdsáán. Y luego continuó por su cuello y su mejilla, y sus labios. Ella sonrió. Se dio media vuelta y lo abrazó.

—Azdsáán extrañar caricias Talani —dijo ella seductora.

—¿Solo mis caricias? Yo te he echado de menos a ti, Achán —respondió Taranis, rematando su reproche con un largo beso.

Pasaron la noche entre arrumacos, caricias y besos, recuperando el tiempo perdido y haciendo el amor casi hasta el amanecer, en que ambos se tumbaron exhaustos a la luz de la luna pugnando por no retirarse frente al avance del sol. Taranis le comentó las trampas que había planeado con el grupo del palenque y el apoyo de los indios. Ya habían llegado noticias de que Morgan y sus huestes habían desembarcado en Chagres y se habían hecho con el fortín. Solo tenían unos días para regresar a Panamá y avisar al gobernador.

Como ya conocían el camino, en dos días alcanzaron la casa del gobernador. Allí, Taranis explicó la situación, resumiendo lo que sabía. Cientos de hombres avanzaban en barcazas por el río Chagres rumbo la ciudad de Panamá para asaltarla. El ataque era inminente y para derrotarlos debía enviar a los soldados a enfrentarse allí donde el terreno ofrecía una ventaja defensiva. Le habló de las trampas preparadas con la población del palenque y los indígenas.

—¿Cómo? ¿Has hecho alianzas con negros sublevados e indios salvajes? —dijo el gobernador indignado e insinuando una traición.

—Me aliaría con el mismísimo demonio si con eso salvara la ciudad de ese pirata, señor. Ellos tan solo pretenden defender su tierra —advirtió Taranis enojado por la actitud del gobernador.

—¡La tierra del rey de España, no te confundas! Arriesgas nuestras vidas y la seguridad de esta ciudad al confiar en esa gente, temiendo la llegada del pirata por tierra —añadió el gobernador indignado.

—¡Señor, parece que aún no lo habéis comprendido! No se trata de una posibilidad. Morgan está de camino y lo arrasará todo. ¡Salvad a la población! —añadió Taranis.

—¿Dónde va a estar más seguros que aquí, dentro de la ciudad, Taranis? Parece que eres tú quien no lo comprendes —respondió malhumorado el gobernador.

—Señor, embarcad a las mujeres en naves y botes y que naveguen hasta alta mar. Los piratas no traen barcos y si no dejáis ninguno, no podrán seguirlas. A los que se queden los esclavizarán, y matarán a cuantos se resistan. Señor —insistió Taranis.

—Si logra entrar, nos ocuparemos de ello. Ahora puedes irte. Toma uno de esos barcos que dices o vuelve con los negros. No tienes obligación de permanecer en la ciudad —respondió el gobernador, que parecía culpar a Taranis del asalto de Morgan, o le reconcomía la vergüenza de no haberle prestado el crédito que merecía.

—Le debo lealtad al virrey hasta la muerte, señor. Vale —añadió Taranis antes de darse la vuelta y salir indignado de la casa del gobernador.

Los ciudadanos de Panamá fueron alertados del inminente ataque de Morgan y de la posibilidad de abandonar la ciudad en barcos. La mayoría trataron de esconder sus joyas en los lugares más insospechados e inaccesibles de sus viviendas o las guardaron cosidas a los dobleces de los vestidos, o escondidas en sus cuerpos. Se dirigieron en masa hacia el puerto de Panamá para tomar alguno de los barcos que estaban allí atracados. Las embarcaciones acogieron a los primeros pasajeros que pagaban sin regatear los precios que los capitanes les imponían. A medida que transcurrían las horas, y aumentaba el riesgo, el coste de los pasajes fue subiendo. Las últimas plazas se pagaban con auténticas fortunas, pero la vida valía más que todo el oro de Panamá, así que los barcos se llenaron a rebosar y salieron a alta mar.

82

Engaños mortales

México, octubre de 1670

Antes de abandonar la ciudad de México, Abigail se deshizo de los dos guardas designados por el virrey que la acompañaban para tomar la caravana hacia Michoacán, con intención de encontrarse con don Diego.

Quería explicarle que no había tenido tiempo, meses atrás, de advertir a La Rueda que se iba a Oaxaca y que ahora la mandaban a Michoacán.

Llamó a la puerta principal de la casa y le abrió un agrio criado que bloqueó el acceso y la revisó de abajo arriba con desprecio.

—¡Por la puerta de atrás! —indicó el criado con altivez, señalando con el dedo pulgar la dirección por la que debía dar la vuelta a la casa.

Tuvo que esperar indignada en la cocina, mientras el criado comunicaba al señor don Diego la visita y regresó al cabo de un buen rato.

—El señor indica que si la señorita tiene algún mensaje concreto, que me lo entregue para hacérselo llegar, pues no tiene tiempo para atenderla.

—Entiendo. Dile que parto para Michoacán, pero que no puedo esperar a su contestación —respondió Abigail airada mientras el criado la miraba extrañado porque no entendía de qué hablaba, aunque percibía que estaba enojada.

Cuando se disponía a salir, don Diego entró en las cocinas con el batín de seda del kimono japonés abierto, como su camisa, y los greguescos sin atar, el pelo ensortijado y las mejillas sonrosadas, como si se hubiera vestido a toda prisa o hubiera estado luchando por conservar esa poca ropa.

—Querida, ¿aún aquí? ¡Cuánto tiempo! Déjanos solos Juan, gracias —le indicó al criado —¿Te vas ya, querida? ¡Qué lástima! —señaló don Diego con un tono seductor mientras revolvía en unas cajas buscando una botella de vino.

—Vaya. ¿Has encontrado tiempo para bajar a las cocinas a saludar a los criados? —respondió Abigail, ofendida.

—Al grano querida, estoy ocupado. ¿Qué quieres? —preguntó don Diego, molesto por la ironía e irguiéndose le plantó una mirada de desprecio.

—Parto de nuevo viaje y estaré, otra vez, varios meses fuera de la ciudad —explicó Abigail con igual desdén.

—¿Has estado fuera? Sinceramente, querida, no me había percatado de tu ausencia —advirtió con burla don Diego retomando su búsqueda.

—¡Claro! Durante casi dos años no has recibido ningún mensaje y no te has percatado, ¿verdad? —respondió Abigail, airada y dolida.

—Hace tiempo que obtuve de ti todo lo que necesitaba. Si has dejado algún otro mensaje se habrán ido acumulado allí, pues a nadie interesa ya lo que tú puedas aportar. Y no he bajado a la cocina para verte, querida, sino a coger esta botella de vino —señaló don Diego con arrogancia y desaire, mirando hacia el techo para señalar que alguien le esperaba en el dormitorio, y con una sonrisa de medio lado—. Tengo visita.

—Bueno, mejor entonces. Me voy más tranquila sabiendo que no soy necesaria ni para ti ni para La Rueda —remató Abigail, con los ojos inyectados de rabia y el deseo de venganza quemándole la piel.

—Aún no tienes claro quién manda aquí, verdad, querida. ¿Vuelves a por más? ¿Tanto añoras nuestro encuentro? —añadió don Diego poniendo el dorso de su mano en la mejilla sonrosada de Abigail.

—Fue tan breve y tan escaso en el porte, que solo ahora que lo mencionas me acuerdo de aquel ultraje... —añadió Abigail. Don Diego intentó entonces abofetearla, pero Abigail detuvo su mano con el brazo y tomó un cuchillo de la mesa —No me volverás a hacer daño —añadió rabiosa mostrando sus dientes y dispuesta a atacar.

Don Diego sujetó la muñeca de Abigail que empuñaba el cuchillo y apretó hasta que ella lo soltó. La besó y la arrastró hacia la puerta.

—Tienes suerte de que ya tenga otros planes. Vete y no vuelvas —concluyó don Diego mientras empujaba fuera de la casa a Abigail y cerraba violentamente la puerta.

En ese momento hizo su aparición en el quicio de la puerta de la cocina el joven Tomás Bagani, semidesnudo, con una copa vacía en la mano.

—¿Qué pasa? ¿No hay vino en esta casa? —preguntó el acróbata.

—Claro, querido. Todo el que quieras —respondió don Diego tomando con una mano la botella y con otra la cintura del joven equilibrista mientras le conducía escaleras arriba.

En palacio, el capellán, fray Bernardo Gómez, estaba colocando algunos objetos litúrgicos en el altar de la capilla para la misa del día siguiente y sacando brillo a los de plata para que refulgieran más y contagiarse de su resplandor. Al mover el sagrario, varias hostias sin consagrar rodaron por detrás del altar. Se arrodilló con el copón en una mano para recogerlas.

—Pasa. No hay nadie. —El hombre del chambergo se había asomado a la capilla, y no se percató de la presencia del capellán, agazapado detrás del altar. Este, al escuchar voces, se ocultó mejor para prestar atención a la conversación a la que quizá podría sacar algún provecho. Junto al hombre del chambergo entró el joven filipino Tomás Bagani—. No puedes volver a utilizar ese acceso a palacio. ¡Estás loco! ¡Te pueden reconocer! —continuó diciendo el hombre del chambergo.

—¡Llevo meses aguardando que pagues el trabajo realizado! —respondió Tomás visiblemente molesto.

—¿Cómo pretendes que te pague por algo que no has hecho? Has fallado y, por tanto, no tendrás lo acordado hasta que acabes lo que comenzaste —respondió el hombre.

—¡Nunca fallo! El virrey debía de llevar algo debajo de la capa que detuvo el dardo —justificó Tomás, exaltado.

—¡Excusas! ¡Solo cobrarás por el trabajo realizado, no por vagos intentos! —añadió el hombre.

—Pero no tendré otra oportunidad como aquella. ¡Renuncio entonces! —respondió Tomás.

—Muy bien, anoto tu renuncia y procedo a la cancelación —añadió el hombre, mientras le clavaba un puñal en el costado ante la sorpresa de Tomás, quien, mostrando su agilidad, dio una voltereta hacia atrás, se deshizo de su asaltante y huyó. Este se disponía a perseguirlo para rematar su faena, pero oyó un ruido junto al altar. El capellán, temeroso por lo que acababa de presenciar, intentaba gatear para esconderse en la sacristía, pero golpeó el copón con las hostias, que rodó por el suelo de forma estrepitosa.

El hombre del chambergo se acercó sigiloso al altar, y encontró al capellán arrodillado, cubriéndose la cabeza con las manos temblorosas.

—Podéis levantaros. El peligro ha pasado —advirtió el hombre del chambergo.

—Gracias, señor... —respondió el capellán haciendo esfuerzos por levantar su cuerpo del suelo.

—Permitid que os ayude —añadió el hombre del chambergo situándose frente al capellán e inclinándose para ofrecerle la mano. Este, temeroso, se sujetó de la mano tendida y al erguirse miró que el hombre del chambergo sonreía. Le resultaba familiar.

—No os preocupéis..., señor..., no diré nada. Será como secreto de confesión —añadió el capellán irguiéndose de rodillas, guiñando un ojo y sacando su lengua con complicidad.

—Por supuesto que no hablaréis... ¡Nunca más! —reconoció el embozado, y, con la rapidez de movimientos que había demostrado en otras ocasiones, tiró de la lengua del capellán, y se la cortó sin darle tiempo a zafarse.

El capellán se desgañitaba con gruñidos guturales mientras una cascada roja se desparramó por el suelo. Con los ojos desorbitados suplicaba clemencia mientras el hombre se volvía acercar.

—Así ya no podréis gritar pidiendo auxilio. No está bien escuchar a escondidas —añadió el hombre del chambergo rebanando de un tajo una oreja completa y de otro movimiento parte de la otra. El capellán suplicaba con los ojos llenos de lágrimas, y expresión de angustia y miedo, mayor que el dolor que sentía, que le perdonara la vida. Se irguió apoyando las manos ensangrentadas en el blanco mantel de altar y golpeó su daga sobre la mano del capellán, cortando dos dedos. Sorprendido por la resistencia de este, que trataba de huir torpemente, se le acercó por detrás y le rebanó el cuello antes de que pudiera dar dos pasos. Sangrando por la boca, las orejas, el cuello y una mano, el capellán se derrumbó en el suelo.

—Nos veremos en el infierno, capellán —saludó. Tomó su chambergo caído en el suelo y se lo calzó. Limpió el puñal con el paño que cubría el altar y comprobó que el capellán yacía muerto. Era un testigo incómodo que había que eliminar.

Ahora tendría que perseguir a Tomás, para rematar lo iniciado. Pero este sería más difícil de cazar. Se lo encargaría a don Diego.

Arrastró el cuerpo del capellán hasta el centro del altar para extenderlo boca arriba con los brazos en cruz, y con el charco de sangre dibujó alrededor una rueda cuyos cinco radios partían de la cabeza y las cuatro extremidades abiertas. Colocó sobre los ojos la lengua cortada, sobre la boca las dos orejas, y en los oídos los dedos. Observó su trabajo y sonrió. Una advertencia para los que ven, oyen o hablan más de la cuenta. Se limpió y se alejó despacio canturreando. El asesinato fue la comidilla de palacio durante meses y advirtió al virrey que el enemigo continuaba cerca, aunque se hubiera deshecho de Abigail. La Rueda había salido a la luz.

83

La Rueda mortal

México, enero de 1671

Durante meses, tras el cruel asesinato del capellán, la esposa e hija del virrey estuvieron casi enclaustradas en palacio. Cuando se calmaron los ánimos, Leonor propuso a su familia ir a lucirse a la alameda, para que Lisy disfrutara como hacían las damas en sus paseos. Irían con la guardia, por supuesto. La marquesa de Brumas, aunque inicialmente había descartado acompañarlos, se sumó a última hora, pues deseaba pasar más tiempo con la familia y con su amiga Leonor en particular, en una tarde tan apacible, y también, según dijo, temía quedarse sola en palacio.

Trani acompañaba a Lisy a cualquier parte, y todos sabían que no había nada que pudieran hacer para llevarle la contraria. Además, los marqueses estaban tan agradecidos y orgullosos de ese gato, que colocaron una cesta cubierta con una suave manta para que Trani viajara a los pies de Lisy en la carroza. De vez en cuando, Trani se erguía sobre sus patas traseras para asomarse por la ventanilla, mostrando su gran envergadura, bostezaba rizando su lengua rosada y enseñando sus enormes colmillos, estiraba las garras, y si todo iba bien regresaba a tumbarse en la cesta. Esta tarde Trani estaba intranquilo y maullaba mirando con sus grandes ojos verdes a Lisy. En la alameda, la marquesa de Brumas insistió en pasear hasta la fuente.

—¡Qué fresca está el agua, Lisy, pruébala! —dijo la marquesa de Brumas tras sacar la mano de la fuente y sentir el frescor recorriendo su cuerpo, salpicando a Lisy.

Esta echó a reír e hizo lo mismo salpicando a la marquesa y a su madre. Mientras, el marqués respiraba relajado el aire fresco, que se filtraba entre las yemas de las ramas peladas de los fresnos y álamos del parque. Estaba sentado en un banco observando divertido a las damas jugando y riendo en la fuente, inclinado hacia delante apoyándose en su bastón con el puño de plata. Detrás de él se habían posicionado dos de los guardias que los acompañaban para protegerlos.

La marquesa de Brumas se quedó mirando unas bellas flores rojas que se distinguían a lo lejos, al otro lado de la amplia calzada y le comentó a Lisy lo hermoso que sería ver flotar esas flores en la fuente. Lisy se ofreció entonces a traer unas cuantas. Al moverse con los chapines se desplazaba aún de forma torpe y muy despacio. A cierta distancia la seguían dos guardias. Cuando había alcanzado la mitad de la calzada, una carroza que aguardaba escondida tras unos árboles, salió disparada al galope enfilada hacia ella. Del susto, y al pretender acelerar su paso, Lisy tropezó con los incómodos chapines y rodó por el suelo. Los cuatro caballos del siniestro carruaje resoplaban veloces bajo el restaño del látigo del cochero. La joven, sin poder levantarse, gritó y se dio por muerta, pero Trani hizo su aparición como un rayo saltando sobre la cabeza de uno los caballos, bufando y dándole zarpazos en el hocico y el cuello como había hecho meses antes con aquel perro rabioso. El caballo agitó su cabeza para librarse del gato, y torció su rumbo obligando a los demás animales a modificarlo también, pese a los latigazos del cochero que trataba de enderezarlos para arrollar a la joven caída. Todo ocurrió demasiado rápido, pues una vez giró el carruaje, Trani cayó entre las ruedas y fue aplastado por una de ellas, los caballos desbocados galoparon justo a un costado de Lisy, sin tocarla, pero arrollaron a una anciana que paseaba unos metros más allá por la calzada[41] y que se había quedado petrificada de terror observando toda la escena. La anciana murió en el acto y la carroza desapareció tal y como había surgido, perdiéndose entre las calzadas de la alameda.

Cuando los guardias alcanzaron a Lisy, ella estaba contemplando el cuerpo de Trani rodeado de un charco de sangre, aplastado y sin vida, y su corazón se quebró con un profundo alarido de dolor que arrancó desde lo más hondo de su ser. Su padre y el resto de la guardia habían iniciado una carrera para ayudarla en cuanto apareció la carroza, y llegaron justo en el momento en que Lisy se derrumbaba junto a Trani rota de dolor. Su padre la abrazó, interponiendo su cuerpo entre Lisy y Trani, para que no siguiera contemplando los restos del pobre animal sin vida. Leonor y la marquesa de Brumas continuaban estupefactas junto a la fuente, abrazadas una a la otra y petrificadas, rodeada de guardias alertas con espadas desenfundadas, pues no daban crédito a lo sucedido.

El virrey ordenó a uno de los guardias que le acompañaban que recogiera los restos de Trani para darle una sepultura en el jardín de palacio, bajo uno de los árboles favoritos de Lisy. Así continuaría protegiéndola desde el más allá, y disfrutando de las conversaciones que tenía con Iyali sobre los pájaros, las plantas y los insectos locales, las risas de ambas y el amor que fluía entre ellas. Mandó también al otro guardia a que interrogara a los testigos. Alguien debería poder identificar al cochero, o el carruaje o los caballos, pero nadie había visto nada.

---

[41] Las carrozas de caballos también atropellaban a transeúntes en el siglo XVII. La señora en cuestión fue arrollada por una carroza el 15 de diciembre de 1666 a las 7 de la noche, en el puente del Espíritu Santo.

Además de su corazón, el alma de Lisy se había escindido en dos, la grieta que había empañado su luz tiempo atrás, se había hecho en ese momento mucho más profunda y larga. Si ella pudiera percibir sus propios colores, comprobaría el cambio que había sufrido en ese mismo instante, y de qué manera esa mancha oscura atravesaba su resplandor dorado como una aguda hendidura que apagó su brillante luminosidad. Sin Trani había perdido una parte de su propia alma, un fragmento de su propio ser.

84

Asalto de los piratas y destrucción

Panamá, enero de 1671

Taranis le había pedido a Azdsáán que permaneciera en la ciudad de Panamá y colaborara en la defensa de las mujeres que no habían tenido recursos suficientes o tiempo para huir en los barcos. Pero ella se negó y, como no hubo forma de convencerla, refunfuñando, regresaron ambos por el camino de las Cruces, hasta el punto de encuentro acordado con los guerreros del palenque.

Morgan había preferido cargar las embarcaciones y canoas con hombres, y dejó todo el bastimento en Chagres, decisión que estuvo a punto de acabar con sus vidas. Durante días, sin nada que comer y con gran esfuerzo, navegaron río arriba hasta llegar al poblado de Las Cruces, el principal asentamiento del camino hacia Panamá y el último punto en que podían trasladarse por río. Allí se holgaron al divisar columnas de humo por encima de las copas de los árboles pues creyeron que se trataba de las cocinas de las casas, pero eran solo humaredas de las cabañas incendiadas. Los pobladores habían quemado todas sus pertenencias antes de huir.

463

El sendero por tierra desde Las Cruces hasta Panamá era angosto y peligroso, y se estrechaba aún más en el paso que llaman Quebrada Oscura. Se trataba de un camino abierto en la roca que atravesaba la montaña de un lado al otro. Morgan había recibido el soplo de que algunos grupos de resistencia estaban colocando trampas y emboscadas, y envió una avanzadilla de doscientos hombres para explorar el entorno. Efectivamente, este era uno de los puntos que Taranis y los indígenas habían elegido para tender la emboscada. En cuanto los piratas se aproximaron, una nube de flechas de los indios apostados en los lados de la quebrada llovió sobre ellos. Los piratas se dispersaron, pero muchos de ellos cayeron bajo las certeras flechas indígenas. Haciendo uso de sus pistolas y mosquetes lanzaron la contraofensiva, hasta que una bala segó la vida del jefe indígena. Sin su comandante, los indios supervivientes huyeron internándose en la selva.

Morgan, tras recibir aviso de que esa parte del camino estaba despejada, siguió avanzando, mientras, de nuevo, envió a un numeroso grupo adelante para comprobar si había más emboscadas. Algunos cayeron en trampas profundas con empalizadas en el fondo, y otras fueron descubiertas antes de causar daños.

Si el gobernador hubiera enviado refuerzos o hubiera ordenado defender aquella zona, en la que contaban con la protección de la vegetación y los pantanos, podrían haber terminado con el ataque pirata antes de que llegaran a Panamá, como pretendía el virrey, y se habrían librado de su presencia en el Caribe durante una buena temporada. Sin embargo, el gobernador don Juan Pérez Guzmán hizo lo contrario de lo esperado, solicitó a toda la población dispersa que se refugiaran en la ciudad de Panamá con el fin de contar mayor defensas para esta. Incluso había ordenado la retirada de los pelotones que defendían los puntos estratégicos como Las Cruces, que permitieron a los piratas avanzar sin mayores contratiempos.

Taranis y Azdsáán, junto con los palencanos, los esperaron en otra quebrada. Los piratas eran muchos más, y cada uno que caía, era reemplazado por otros tres, así que las fuerzas se estaban agotando. Los palencanos, viendo perdida la batalla, decidieron abandonar la lucha, dispersarse y huir. A ellos no les perseguirían, pues el objetivo era la ciudad de Panamá. Mientras lo discutían y Taranis trataba de frenarlos en la huida, una avanzadilla de piratas se abalanzó sobre ellos, capturándolos a todos, salvo a Taranis que se arrojó por un terraplén confiando en que Azdsáán le seguía. Ella lo intentó, pero la sujetaron por los pies cuatro de los piratas.

Entre golpes y risas, varios de los piratas trataron de violar a Azdsáán allí mismo, y al arrancarle las ropas se sorprendieron de que tuviera genitales masculinos. Contrariados, despechados y frenéticos golpearon a Azdsáán, dándole patadas en el rostro y en todo el cuerpo. Ella se encogió para cubrirse. Pero continuaron golpeando su cuerpo desnudo, con palos y ramas y con todo lo que encontraran. Uno se acercó con el cuchillo en la mano, levantó su cabeza tomándola del pelo y se lo cortó al ras, hiriéndole también con descuidados cortes del afilado cuchillo. Azdsáán quedó casi moribunda, desnuda y rapada.

Desde el fondo de la quebrada, Taranis aullaba de dolor escuchando los gritos de los palencanos que imploraban que dejaran de golpear a Azdsáán. Temió por la vida de ella, pues sabía que lucharía hasta morir. Lloró de impotencia. Intentó trepar por las laderas del barranco, pero caía una y otra vez. Pasó toda la noche tratando de regresar junto a Azdsáán, aunque hasta entrada la madrugada no logró rodear la quebrada. Exhausto, llegó al lugar donde los piratas habían capturado al resto, pero ya no estaban. Recogió el vestido de piel de Azdsáán, que le habían arrancado, y temió lo peor. Gritó y lloró de rabia sobre él, apretándolo contra su rostro. Les seguiría hasta Panamá para vengarse. La ira se apoderó de Taranis, y la oscura y densa sombra volvió a envolverlo.

Al sobrepasar el pico de montaña, Morgan y los piratas divisaron el mar del Sur. Allí estaba su objetivo, la ciudad de Panamá. Al descender la montaña encontraron algunas vacas, así como toros y caballos que por las prisas los lugareños habían abandonado y que correteaban libres a su antojo. Los piratas se abalanzaron sobre los animales para darles caza y, ligeramente asados, saciaron el vacío acumulado en sus estómagos. De este modo, a los diez días de su salida de Chagres alcanzaron la ciudad de Panamá.

Aguardaron la llegada del amanecer para iniciar el asalto a la ciudad, al son de gritos, trompetas y tambores. Pero en lugar de atacar frontalmente, que era la parte mejor defendida, Morgan se desvió por la llanura próxima, para sorpresa de todos, siguiendo las instrucciones de los documentos del virrey. Allí los aguardaba la caballería española, pero era tierra pantanosa y los caballos se movían con torpeza, los jinetes caían solos, por lo que la victoria de los piratas fue sencilla, casi sin resistencia.

La estrategia que había ideado el gobernador, por si intentaban el asalto por aquella llanura, fue la de dirigir contra ellos casi dos mil toros bravos que contenían en corrales a la entrada de la ciudad. Los hicieron salir en estampida, pero Morgan ordenó disparar no contra los toros, sino contra los picadores que los hostigaban desde atrás dirigiendo con sus lanzas, a caballo, la orientación de la estampida. Tan pronto como los animales se vieron libres de los picadores, contra todo pronóstico, no embistieron a los piratas que corrían hacia ellos gritando y haciendo el mayor ruido posible entrechocando sus sables y hachas, y tañendo bocinas y tambores para asustarlos, sino que se dispersaron y huyeron hacia el bosque.

Tras el fracaso de la caballería y de las manadas de toros, la infantería española avanzó ligeramente, pues ya pesaba el desaliento en las tropas, ante el número y el empuje del asalto de los piratas. La mayoría de ellos, temiendo por sus vidas, hicieron como los toros, tan pronto como pudieron, huyendo a la espesura del bosque y dejando campo abierto a las huestes de Morgan para tomar la ciudad. El pirata había perdido más de la mitad de sus hombres, pero las bajas en las filas españoles fueron muy superiores.

Se encaminaron hacia la ciudad cuya defensa estaba ahora solo en manos de los vecinos que se habían quedado, y que, aunque estaban bien armados, no tenían orden alguno. De modo que los asaltantes fueron haciéndose uno a uno con todos los fuertes que protegían el acceso a la ciudad y que los vecinos abandonaban despavoridos, temiendo por sus vidas, tan pronto como el combate daba inicio.

Aunque Morgan arrasó la ciudad, para evitar que los piratas se asentaran en ella y que encontraran cualquier material útil, en especial las armas de fuego, el gobernador ordenó que se prendiera fuego al polvorín. Al explotar, se provocó un devastador incendio en parte de la ciudad, pues las casas eran en su mayoría de madera de cedro. Así todo, los piratas consiguieron saquear la ciudad de Panamá durante cuatro semanas, y abandonaron sus restos el 24 de febrero,[42] cargando ciento setenta y cinco mulas con oro, plata y objetos preciosos robados, y casi seiscientos prisioneros, por los que Morgan exigió un rescate en oro. Sabía que no podría alimentar a tantos prisioneros de regreso, por suculento que fuera el beneficio de su venta como esclavos, así que se había planteado ejecutar a los más débiles y dio orden de facilitar el rescate de amigos o parientes: si alguien estaba dispuesto a pagar por alguno de los prisioneros, en el plazo máximo de tres días, podría liberarle sin represalias.

Así, se corrió la voz y parientes o amigos consiguieron recuperar de los escombros parte del oro y joyas escondidas por

---

[42] Por el asalto y destrucción de Panamá el rey de Inglaterra Carlos II condecorará a Henry Morgan con el título de sir y le recompensará con el cargo de vicegobernador de Jamaica.

los prisioneros o por ellos mismos, o descosieron de los dobladillos de sus vestidos las pepitas de oro y piedras preciosas con las que fueron liberando a la mayoría de los cautivos, salvo los religiosos, las personas con menos recursos y los esclavos que no tuvieron quién pagara por ellos.

Taranis entregó una bolsa de monedas que aún le quedaban como rescate de Azdsáán, confiando en que siguiera con vida. Tras contar el dinero, le permitieron acceder al interior de la iglesia donde custodiaban a los prisioneros. Allí olía a desesperación y angustia. Hombres y mujeres se sentaban cabizbajos en pequeños grupos, llorando y gimiendo. Los rostros de los que quedaban destilaban desesperación porque eran conscientes de que sus rescates no llegarían a tiempo, si acaso es que alguien los estaba gestionando. Tratando de localizar a Azdsáán, Taranis escudriñó en aquella montaña desmoralizada de humanidad. Buscaba una mujer esbelta, de largo cabello negro y brillante con una presencia que se hacía notar en cualquier parte, pero no la halló. Recorrió la nave central de la iglesia, deteniéndose en cada grupo, revisando persona a persona. Estaba angustiado, pues si no se hallaba entre los prisioneros es que había muerto y prefería no pensar que esto pudiera haber ocurrido, pues sentía una enorme presión en su pecho. En una de las capillas de las naves laterales yacía un joven solo, acurrucado y tapado con una manta. Su cabeza estaba mal rapada con algunos mechones más largos adheridos por costras de la sangre vertida en sus heridas y vestía un pantalón y una camisa raídas.

Iba a pasar de largo, pero algo le hizo detenerse junto a aquel joven. Se acercó de nuevo. Volvió a mirar, pero sus ojos no podían reconocer en aquella persona a Azdsáán. Tenía los ojos y los labios hinchados, toda la piel cubierta de moratones y sangre y el cuerpo colmado de magulladuras. Taranis cerró los ojos y respiró profundo. Sintió levemente el olor de Azdsáán, y aunque de forma muy débil se vio tocado por el resplandor de aquella persona. Taranis se arrodilló junto a ella, colocó su mano sobre su cabeza y lloró. La abrazó y sus lágrimas se escurrieron cayendo sobre el rostro de una Azdsáán dolorida, destrozada y humillada. Los piratas habían violado reiteradas veces a todas las mujeres, jóvenes, niñas o viejas, y a ella también. Cuando se hartaron, la vistieron como un hombre y la dejaron allí tirada. Taranis sentía que Azdsáán no quería seguir viviendo, pero también él era el único que podría ayudarla. Si Taranis se daba media vuelta, Azdsáán moriría. Ella no dijo nada, ni tan siquiera lo miró. No quería que Taranis se sintiera obligado a recoger el despojo que habían dejado. Él la tomó en brazos y notó que el cuerpo de Azdsáán se relajaba sintiéndose a salvo. Con él no volverían a golpearla, y su amor le devolvería las ganas de vivir.

85

Matrimonio o convento

México, enero de 1673

Las negociaciones de matrimonio de Lisy con la familia de los duques de Pastrana e Infantado se habían iniciado al menos un par de años atrás, cuando aún era menor de edad. Así todo, la reina no concedía el permiso necesario para que el virrey dejara la Nueva España, por más que argumentaba achaques de salud y pese a que Leonor escribía una y otra vez para solicitar un puesto en la corte para su esposo, desesperada por verse fuera del nuevo reparto de poderes.

—Lisy. ¡Por fin! Aquí están las capitulaciones de Joseph —dijo Leonor blandiendo orgullosa la carta en la mano que aseguraba el futuro de su hija, como si fuera el suyo propio.

—Con lo que ha tardado, no parece que tuvieran interés —respondió Lisy.

—No, querida. Aquí lo explican, enviaron las primeras hace un par de años, esperaron respuesta y como no llegaba supusieron que se extraviaron. Y ahora mandan las segundas —dijo Leonor complacida de la explicación.

—Bueno, si continuamos aquí, tampoco podré casarme, por más capitulaciones que nos envíen —respondió Lisy.

—No, Lisy. Tu prometido ha enviado un poder para tu padre, para que pueda actuar en su representación y te despose en su nombre por palabra —añadió Leonor complacida.

—¿Cómo? No, no. Prefiero esperar a regresar a España y conocer a mi prometido, madre —dijo Lisy.

—Es solo un trámite y así viajarás de regreso a España como una mujer casada perteneciente a la familia más ilustre de Madrid —señaló Leonor.

—Pero, madre. ¿En qué me beneficia casarme ahora, a toda prisa? —respondió Lisy. Leonor se quedó pensativa, pues en realidad tenía razón, si algo le ocurría durante el viaje, lo que era bastante frecuente, solo beneficiaba a su esposo. Parecía un poco interesado.

—Pero, Lisy, como mujer casada, te puedes mover con mayor libertad —indicó Leonor dubitativa.

—Sí, madre —concluyó Lisy con expresión que mostraba el fastidio que todo eso suponía para ella y la desconfianza que le generaba sobre su esposo.

Abigail reapareció en palacio cargada de objetos lacados adquiridos en Michoacán. Se había demorado más tiempo del esperado, pues tuvieron que fabricar algunos de los que había encargado. Pero eran auténticas obras de arte. Había merecido la pena la espera.

—Querido. ¿Has visto las bateas y muebles que ha traído Abigail? —preguntó la virreina entrando en la mañana temprano en la habitación del marqués, al que había pillado calzándose una media.

—¿Ha regresado ya? Bien, pues ahora ya podemos proceder a detenerla.

—¿Detenerla? ¿Por qué motivo? ¿Ha robado algo? —preguntó asustada Leonor.

—¡Por traición! Y probablemente por intento de asesinato. Ya te contaré con más calma en otro momento, querida —añadió el virrey.

—¡Antonio! Traición y asesinato de mi doncella, ¿no te parecen de interés suficiente para que me des una explicación?

—Luego, querida, luego —dijo el virrey dándole un beso en la frente.

Leonor se fue indignada de la habitación del marqués. Era la última en enterarse de todo y esto además incumbía a su propio personal. No era posible que no pudiera saber de qué se trataba. Se fue al estrado para tomarse un chocolate y comer algún bizcocho y conversar con la marquesa de Brumas.

—¿Qué te ocurre? Te noto indispuesta —preguntó la marquesa.

—¡Estoy indignada! Antonio ha vuelto a hacer otra de las suyas, excluyéndome de sus decisiones.

—Querida, él es el virrey —añadió la marquesa.

—Ya, pero esto me atañe directamente. Si quieren detener a una de mis criadas, debe explicarme el motivo, ¿no te parece? —preguntó Leonor.

—¿Quieren detener a una de tus criadas? ¿Te han robado algo, querida? —se extrañó la marquesa de Brumas.

—No, no. Es algo referente a una traición. Estoy indignada, *Ich bin empört*[43] —protestó Leonor.

—Bueno, querida, ya conoces a *tu primo*. Luego te contará los motivos. Debo irme, ¿comemos juntas? —preguntó la marquesa de Brumas.

—Claro, claro. Adiós —dijo Leonor agitando una mano para despedirse y con expresión de fastidio.

Cuando fueron a detener a Abigail, no estaba en sus aposentos. Se había esfumado. Y no se pudo hacer efectiva la detención.

No había otra opción y Lisy lo sabía. Si su madre se empeñaba, se saldría con la suya por más que se resistiera. Y ella ya había organizado la boda en la catedral de México, para apro-

---

[43] Estoy indignada.

vechar que se casaba como hija del virrey de Nueva España, antes de que llegara el ansiado cese, por lo que Lisy no tenía escapatoria. Pero había otro asunto que le preocupaba aún más:

—No. No hay más que hablar, Lisy. Iyali ingresará en el convento.

—Pero entonces no podrá asistir a la boda, madre —observó Lisy entristecida.

—Claro, de eso se trata, querida. ¿Te imaginas a Isabel con su rostro pintado de rayas, en tu boda? No —respondió tajante la virreina.

—Madre, te lo ruego… —insistió Lisy suplicante.

—No. Lisy. No insistas. La semana próxima hará su ingreso en el convento de las Conceptas.[44] No hay más que discutir —concluyó Leonor.

—Madre… Por favor… —añadió cabizbaja y llorando Lisy.

—Algún día me lo agradecerás. Lo hago todo por tu bien —terminó Leonor mientras se iba.

Las celebraciones del ingreso de Iyali en el convento de las Conceptas corrieron a cargo de los virreyes, lo mismo que la sustanciosa dote que tuvieron que pagar por adelantado, algo menor que la que consiguieron para Juana de Asbaje. A pesar del elevado precio de la dote, la madre superiora se negó a recibir a Iyali como monja de velo negro, aunque la aceptaba, sin rebajar la dote, como beata, pues argumentaba que era una mujer de origen chichimeca, no española, era enana y no pertenecía a una familia de bien de la ciudad, aunque a su favor, contaba con el apoyo de la virreina. Pero no podía ser esposa de Cristo.

Iyali con su hábito de monja, vestida de blanco y con el escapulario oscuro desde el cuello hasta el suelo por la espal-

---

[44] En realidad, la nota que dejó la virreina antes de regresar de México dice: «Dejo una india chichimeca que tengo en depósito en el convento de San Jerónimo».

da y por el frontal, que le hacía parecer más esbelta y más alta, se llevó a Lisy a un rincón para despedirse. Ambas lloraron cogiéndose de las manos.

—Mi niña. No llores. Tú te regresas a España pero yo no tengo a donde ir. Ya lo hemos hablado —dijo Iyali con los ojos llorosos.

—Es que... no sé si sabré vivir sin ti, Yayi —dijo Lisy gimiendo.

—Mi niña, pronto ni te acordarás de mí. Ya lo verás, no tendrás tiempo de recordarme —añadió Iyali poniendo su mano en el rostro húmedo por las lágrimas de Lisy y tratando de animarla.

—Me duele el corazón al pensar en que no voy a verte más, Yayi —añadió Lisy entre sollozos—. No podré perdonar esto a mi madre. —Una nueva grieta en su resplandor se hizo evidente, tan oscura como las anteriores, y anulando áreas de vivos colores. El alma de Lisy seguía dañada e Iyali lo percibía.

Iyali besó en la frente a Lisy, y se fue sin decir nada más y sin mirar atrás. No había palabras para la despedida. Sus corazones estarían siempre juntos. Temía por ella, pero nada podría hacer, era su destino.

86

Flores

México, febrero de 1673

Lisy estaba preocupada por su futuro, sin Iyali, cada día más enfrentada a su madre y con un futuro marido al que no conocía. Bajó al jardín más temprano que otros días, pues no podía dormir, y se encontró a Simón trabajando. Su espalda era ancha y fuerte y la camisa blanca se adhería al cuerpo por el sudor, permitiendo intuir su musculatura, un cuello poderoso y una cintura estrecha. Con un rastrillo recogía las ramas y hojas que habían caído, con la pala removía la tierra y podaba algunas ramas dejando ver los músculos de los brazos pegados a la camisa húmeda.

Lisy se había quedado mirando en silencio, sin atreverse a mover, como una estatua de sal que había visto lo que no debía. Sudando por el esfuerzo, el joven se quitó la camisa y dejó al descubierto unos hombros redondeados por el trabajo, unos brazos musculados y un pecho fuerte, salpicado por vello rizado y negro, sobre unos poderosos abdominales que reflejaban también muchas horas de tempranos esfuerzos físicos. Lisy cerró los ojos y percibió un hermosísimo color rojo intenso, puro, brillante, que le resultaba familiar:

—Buenos días —dijo Lisy. El sonido de su voz sorprendió al joven jardinero que soltó su herramienta y apresurado se vistió de nuevo la camisa.

—Señorita, no la había visto. Le pido disculpas —dijo el joven acalorado y rojo de vergüenza.

—¡Cómo has crecido en estos meses! ¿Acaso no me recuerdas Simón? —preguntó Lisy.

—Señorita. Claro que la recuerdo. ¿Desea que le traiga alguna cosa? —Lisy se sonrojó al darse cuenta de que no podía dejar de mirarlo y que deseaba acariciar aquel cuerpo. Nunca antes se había atrevido a reconocer semejante pensamiento, pero ansiaba comprobar si sus abdominales eran tan sólidos como parecían, y si su piel era tan suave y cálida, y sus piernas tan poderosas…

—No. Gracias, Simón —respondió sonriendo tontamente.

—Me retiro entonces, señorita, para que disfrute del jardín —añadió Simón, sofocado.

—No, no te vayas, Simón. No por mí, al menos. Solo estaré un momento, debo irme también y no quiero interrumpirte en tus tareas —dijo Lisy, radiante de felicidad por el encuentro.

—Si no es molestia, entonces, con su permiso, debo terminar esta parte hoy, señorita —comentó Simón.

—Adelante, por favor. Te dejo trabajar —respondió Lisy mientras se iba procurando mantener un paso firme y rítmico como le habían enseñado que correspondía a una dama.

Al día siguiente Lisy corrió al jardín tan pronto como le fue posible, aunque en su cabeza negaba que fuera el motivo, realmente quería volver a encontrarse con Simón, y sentir su aroma, pero no lo encontró. Y así los días siguientes fue cambiando las horas, hasta que finalmente volvieron a coincidir.

—Buenos días, señorita —dijo el joven mientras recogía las herramientas que había ido dispersando por el jardín.

—Hola, Simón. No, no te vayas, por favor. Continúa con tu trabajo —dijo Lisy con la cabeza inclinada hacia un lado y mostrando su sonrisa más seductora.

—Gracias, señorita. Ya terminé por hoy —dijo Simón sonrojándose.

—Antes venía mucho al jardín con Iyali y ella me contaba cosas sobre las flores, pero ya no está aquí.

—Sí, señorita. Las veía todas las mañanas —dijo Simón—. Ahora debo irme. No debemos hablar —añadió apurado.

—Adiós, Simón. ¿Te veré mañana? —preguntó Lisy mientras se sonrojaba de haber tomado esta iniciativa.

—Mañana no vendré, señorita… —respondió Simón—. Pero volveré el jueves —añadió sonrojándose aún más.

Una de las damas de Leonor salió al jardín y se acercó hasta Lisy. Miró de reojo al joven y apuesto jardinero y le hizo un gesto para que se fuera. Le indicó a Lisy que su madre la buscaba. La joven dama le comentó a Leonor aquel peligroso acercamiento, y esta decidió que lo mejor sería despedir al joven jardinero, para evitar cualquier malentendido que pudiera surgir con su hija, especialmente con su boda tan próxima.

Lisy se acercó el jueves, pero Simón no estaba y siguió acudiendo los días siguientes a diferentes horas, pero ya no le volvió a encontrar. Preguntó al nuevo jardinero y este le explicó que Simón había sido despedido sin explicaciones. Nadie supo dar razón de ello, salvo que era orden de la virreina y Lisy se sintió culpable. Sin dar ninguna explicación, pidió a su padre el equivalente al sueldo de un año de un jardinero, que no era mucho, y lo guardó en una caja de cedro, con una nota en su interior, que simplemente decía «Lo siento, Simón. Gracias por tu conversación», y una flor del jardín. Pidió a uno de los criados que lo llevara a la casa del joven jardinero y lo entregara sin dilación.

En las siguientes jornadas, Lisy bajaba abatida al jardín ya sin esperanza de encontrar a Simón, y sin Trani, ni Iyali, ni Lorenza, ni Abigail. Sola de nuevo. Un día, al acercarse al banco bajo el árbol en que estaba enterrado Trani le sorprendió encontrar allí una hermosísima dalia de color rosa.

—*Acocoxóchitl!* —dijo Lisy sosteniendo la gran flor entre sus manos y aspirando su aroma. Iyali le había hablado mucho de estas flores, las dalias, comunes en México y usadas desde tiempos de los gentiles para adornar los templos y altares y para teñir algodón.

Los siguientes días, cada vez que Lisy bajaba al jardín encontraba en el mismo banco una dalia de un color diferente.

—¿Será Simón quien las deja? —Pensó. Y su corazón se aceleró al pensar en él. Hacía tiempo que no le veía y sentía un vacío en su interior. Cada día ansiaba bajar al jardín para encontrar las flores que alguien le iba dejando.

Un domingo en que Lisy había decidido no acompañar a su madre a su visita al convento después de oír la misa en la catedral, regresó seguida por los guardias a palacio. La plaza estaba abarrotada de gente, con numerosos puestos y uno de ellos era especialmente hermoso por la cantidad de flores de vivos colores que se vendían. Se acercó a disfrutar de esas flores, que le recordaban a las que cada día encontraba en su asiento del jardín. El puesto, un simple toldo y unos tablones era atendido por una mujer indígena vestida con un huipil blanco y finas rayas grises, con cuello cuadrado bordado de color rojo. La mujer estaba sentada sobre sus piernas, arrodillada sobre una esterilla. De un lateral surgió un joven con un ramo de dalias. La camisa blanca se le había abierto casi al completo y mostraba su hermosa y robusta constitución. Por encima, vestía un jubón sin mangas de color amusco algo desgastado pero entallado en la estrecha cintura y unas calzas ajustadas que realzaban su figura del mismo tono y deterioro que el jubón. Era Simón, a quien se le cayeron las flores al suelo al ver a Lisy.

—Madre, madre. Ella es la dama a la que le debemos agradecer que hayamos podido poner este puesto de flores —dijo el joven sonriendo emocionado.

—Señorita. Dios la bendiga a usted y su familia —dijo la mujer levantándose de su posición y sosteniendo las manos de Lisy.

—Fue mi culpa que despidieran a Simón, y me sentí responsable. Simón lo lamento —dijo Lisy.

—Hemos mejorado, gracias a usted, señorita. Este negocio es muy próspero. Nunca hay mal que por bien no venga... —dijo Simón sonriendo con su seductora sonrisa.

—Ni dicha que cien años dure, Simón... —añadió Lisy mientras una nube gris nublaba su pensamiento—. Pero me alegro mucho. De verdad, estaba muy preocupada por ti y tu familia —terminó de decir Lisy aún sujetando las manos de la madre de Simón.

Uno de los guardias, que al inicio pensó que la joven solo quería comprar alguna flor, se acercó a Lisy para indicarle que debían continuar.

—Buena suerte. Adiós —dijo Lisy mientras se iba.

La madre se quedó mirando a Simón, que seguía con la mirada a la joven entrando ya en palacio.

—Hijo. Ella no es para ti. Lo sabes, ¿verdad? —le dijo la madre.

—Lo sé, madre. Siento una presión en el pecho cuando está cerca y más fuerte al verla partir, desde que era niño —respondió Simón.

—*Xochiquetzal* está haciendo de las suyas con tu corazón. Pero aunque ella sintiera lo mismo por ti, y en sus ojos veo que te aprecia de corazón, es imposible que podáis estar juntos. Hijo, déjala ir, por su bien... y por el tuyo —añadió la madre.

—Lo sé, madre —respondió Simón con una lágrima resbalando por su mejilla y su mano derecha sobre el pecho intentando frenar a su corazón, que quería salírsele y seguir a su amada.

El domingo 28 de mayo de 1673 la hija del virrey Mancera contrajo matrimonio con el tercero de los hijos de los duques del Infantado, don Joseph de Silva y Mendoza. La boda se ofició por poderes, pues el joven esposo no llegó a salir de la península. El arzobispo Payo, a regañadientes por tener que estar un buen rato frente al virrey Mancera al que detestaba, cantó la misa y hubo una celebración digna de una infanta real, con mucha fiesta según es la costumbre. A pesar de lo que significaba para todos el enlace, fue un día muy triste para Lisy. Leonor tuvo un fuerte achaque, con dolores de cabeza y vientre, y se retiró pronto. El virrey estaba ocupado con sus cosas y deseando huir de la celebración para no estar cerca del arzobispo, e Iyali no había podido asistir, pues estaba en la clausura del convento. Las damas de la corte que conocían y apreciaban a Lisy estaban más ocupadas en conversar con algún apuesto caballero, buscando sus propios enlaces matrimoniales, que en acompañarla en su día. Fue otra jornada más en soledad y un presagio de lo que le aguardaba en su matrimonio. Lo único que aquel día le alegraba el corazón era oler y ver los adornos florales que se habían incluido en la catedral y en todo el paseo desde el palacio, y pensar que, como había exigido —y aquel había sido su único requerimiento—, le encargaran todas las flores a Simón.

87

Llegada y muerte del nuevo virrey

México, agosto-diciembre de 1673

Por fin, el marqués recibió un aviso de la llegada a Veracruz de la flota de Indias en la que viajaba el nuevo virrey de la Nueva España, el duque de Veragua. Para recibirle envió una representación encabezada por don Pedro Hurtado de Castilla y don Gerónimo Arnalde que partió de México el día 1 de agosto de 1673. La comitiva llevaba consigo las literas y las carrozas virreinales que seguramente utilizaría el nuevo virrey y su familia para llegar hasta México haciendo todo el recorrido que era habitual.

Al mes siguiente, como estaba previsto, la flota atracó en el puerto de Veracruz, y se celebraron los fastos de bienvenida a don Pedro Núñez Colón de Portugal, duque de Veragua y de la Vega, marqués de Jamaica, y tataranieto de Cristóbal Colón, nuevo virrey designado desde Madrid para gobernar aquellos reinos de la Nueva España.

El domingo 15 de octubre de 1673 la familia del marqués de Mancera dejó oficialmente el palacio de los Virreyes y se trasladaron como invitados de honor al palacio del Conde de Santiago, acompañados por la real audiencia, el tribunal de cuentas, los oficiales reales, el cabildo del ayuntamiento y diversos caballeros criollos.

Lisy estaba desolada, pues abandonar el palacio significaba dejar de ver a Simón a través del balcón, en el puesto de flores de la plaza. Desde allí se asomaba con frecuencia, sin que la vieran, y contemplaba cada día cómo Simón cuidaba de su madre y atendía el negocio. En ocasiones, Simón ordenaba las flores en el suelo, haciendo dibujos de animales, pájaros o simplemente alfombras de colores. No sabía leer ni escribir, pero pidió a un cliente que le dibujara las letras de saludos hola y en náhuatl «niltse» y dejaba estos mensajes, un día con claveles rojos, otro con tagetes naranjas, otro con dalias rosas. Su madre negaba con la cabeza cuando lo veía así afanado, sabiendo lo que hacía y para quién, pues de reojo reconocía una figura emocionada tras la reja del balcón.

Como establecía el protocolo, el marqués de Mancera salió a recibir al nuevo virrey en Otumba y lo acompañó hasta el palacio de Chapultepec, donde se le había organizado una espléndida recepción. Como el resto de la corte, los marqueses de Mancera acudieron, sin su hija, para darle la bienvenida. La joven Lisy, desposada sin esposo, afligida y melancólica, aunque sin dar explicación del motivo, había preferido permanecer descansando en los aposentos del palacio del Conde de Santiago de Calimaya. Llevaba muchos días sin ver a Simón, aunque pensaba a diario en él, su ausencia le causaba una extraña desazón.

Estaba cansada y al llegar la noche vistió el camisón de dormir. Se tumbó, pero seguía dándole vueltas a la cabeza para pensar cómo podría ver, por última vez, a Simón para despedirse. Un ruido en el vidrio de la ventana de su habitación la sacó de sus pensamientos. Pequeñas piedrecitas chocaban contra la misma. Se asomó y vio al joven Simón al pie de su ventana tan galante y atractivo como le veía desde el balcón de la virreina. Este, aliviado por no haberse confundido de habitación, pues la única encendida de la fachada lateral, y supuso acertadamente que el resto estaría en la recepción de Chapultepec, la saludó muy efusivo y trepó por los muros del palacio hasta el primer piso.

No debía consentir que entrara en el dormitorio de una mujer casada. Su reputación estaba en juego. Su corazón se aceleró entonces al sentir que Simón la contemplaría con esos grandes ojos oscuros, enmarcados en las largas pestañas negras, y la acariciaría con sus grandes y cálidas manos, le quitaría el camisón y descubriría su cuerpo desnudo. Se angustió y su corazón se desbocó, al pensar en que podía resbalar y caer, y abrirse la cabeza al trepar por el muro. El joven alcanzó el alféizar de la ventana y se sentó con las piernas dentro de la habitación.

Lisy se sintió sepultada por el embriagador alud del aroma del joven que colmató toda la habitación y anegó su cuerpo. Se estremecía ante la presencia de aquella luz carmesí que desprendía Simón y que tenía una pureza y un brillo inusitados. Sentía que aquel resplandor se fusionaba con el propio, produciendo nuevos destellos de colores dorados más brillantes e intensos. Esa luz imbuía fortaleza a Lisy y ahogaba su ser, incendiaba su pecho y hacía hervir su corazón hasta rebosar de delirio. Una lágrima recorrió su mejilla hacia la boca y Simón se acercó y la recogió con uno de sus dedos.

—Lisy, ¿quieres que me vaya? —preguntó Simón entre suspiros de excitación. Su cabello rizado brillaba a la luz de la vela y sus pupilas dilatadas permitían a Lisy reflejarse en ellas como en espejos de obsidiana.

—No… No quiero que te vayas, Simón, pero no debes estar aquí, será mi condena y la tuya —respondió Lisy con la respiración agitada sin atrever a posar sus ojos en los de él.

—Entonces me iré. No quiero que te condenes por mi culpa. Solo quería despedirme de ti, Lisy —dijo Simón susurrando y acercando su cuerpo al de la joven.

—¡Simón...! —jadeó Lisy entre suspiros—. Prometí que si aparecía el amor lo retendría. Y lo haría mío. Tú eres mi amor —respondió Lisy aflojando el camisón que llevaba para dormir y dejando que cayera a sus pies, quedando desnuda frente a él.

No pronunciaron ninguna palabra más, tan solo permitieron a sus cuerpos que se entrelazaran siguiendo el instinto de sus pieles. Simón se quitó la camisa y dejó caer también sus pantalones y Lisy vibró excitada al sentir tan próximo aquel pecho moreno y tallado a cincel que la había embelesado en el jardín. Los cuerpos de los dos jóvenes, desnudos y agitados se fundieron en un interminable abrazo. Simón continuó recorriendo con sus manos y con su boca las partes más íntimas de Lisy mientras ella se estremecía entre suspiros y jadeos de gozo, cada vez que los dedos del joven apretaban sus pezones, o sus gruesos y definidos labios prendían en sus pequeños senos, o su aliento cálido derretía su vientre entre beso y beso, arropados por una húmeda y caliente lengua que acariciaba su sexo. Lisy sentía cómo aquella resplandeciente luz carmesí que emergía de Simón irrumpía en ella provocando el ardor más intenso y el flujo más cálido, como un torrente de lava volcánica que derretía a su paso su alma y la fundía con la de él. Simón la tumbó con delicadeza sobre la cama y se colocó encima con dulzura. Cuando penetró su cuerpo, gimieron con el gozo intenso.

Durante el resto de la noche hicieron el amor disfrutando al máximo y sin arrepentimientos. Sabían que no volverían a verse nunca más, así que exprimieron hasta el límite aquel furtivo encuentro. Y Lisy, tumbada desnuda, al lado del cuerpo de su amado, dejó por fin de sentirse una niña en este mundo. Era ya una mujer. Deseaba que aquello no terminara, volver a ser consumida por el placer, atravesada por aquella turgente antorcha ardiente. En la madrugada, Simón descendió por la misma ventana por la que había entrado sin que nadie se percatara de su presencia.

Unos días después de la celebración, el día 20 noviembre, el duque tomó posesión formalmente del gobierno del Virreinato de la Nueva España. Así todo, el duque prefirió retrasar su entrada pública en la ciudad de México, pues se encontraba muy cómodo en el castillo de Chapultepec. A inicios de diciembre se organizó su entrada triunfal, para hacerla coincidir con el día de la Purísima Concepción de Nuestra Señora. Toda la ciudad se había engalanado para ello, con loas en dos arcos.

El marqués de Mancera y su familia, acompañados por el hijo del duque de Veragua, contemplaron el recibimiento al nuevo virrey desde el balcón de las casas del conde de Santiago de Calimaya, donde se alojaban. Al día siguiente, el virrey fue a visitar a los condes de Santiago y a los marqueses de Mancera. Al llegar al comedor le ofrecieron todo tipo de viandas y bebidas, y la vajilla de porcelana china era la más lujosa, aunque Leonor llevaba en sus manos uno de sus propios búcaros para uso personal. El virrey duque de Veragua ya conocía el agua de búcaro portugués, y le sorprendió la elegancia y el primor de su forma y la decoración de plata del búcaro de la virreina.

—Querida marquesa. ¡Qué delicia! Conocía los búcaros de Portugal, pero estos, sin lugar a duda, los exceden —dijo el duque de Veragua.

—Querido duque. Si es de vuestro agrado, permitidme entonces daros la bienvenida a estas tierras con un pequeño presente de la maestría con que trabajan los talleres en estas regiones. Acompañadme para que elijáis como presente aquello que más os agrade —le respondió la marquesa de Mancera conduciéndolo hasta una habitación donde había ordenado llevar algunos objetos que había ido adquiriendo, como muebles de Villa Alta, bateas lacadas, platería de filigrana de La Habana y de Nicaragua, y búcaros producidos en Guadalajara y en Natá.

—Pues es una elección sencilla, marquesa, me quedo con el precioso búcaro perfumado con el roce de vuestras delicadas manos —añadió galante el nuevo virrey, tomando una de las manos de Leonor para besarla, mientras sostenía el búcaro con la otra, encandilado con el pequeño vaso rojo con relieves esféricos y adornos de plata de Natá.

Querido duque, no cabe duda que tenéis un gusto excelente. Este es sin duda uno de los más hermosos búcaros que se han fabricado en estas tierras. Es vuestro a partir de ahora. Sin duda el agua que contiene se tornará fresca y deliciosa —explicó la marquesa de Mancera mientras hacía entrega, no tan gustosamente como aparentaba, del búcaro de barro rojo de Natá con elaborados adornos de plata. Este era el mismo búcaro que Abigail, meses antes, había bañado con arsénico con intención de asesinarla y que la virreina no había querido utilizar esperando una ocasión especial.

El nuevo virrey le había cogido tanto gusto a este vaso de barro rojo con adornos de plata, que tomaba su agua a todas horas. Si se encontraba de visita en algún otro lugar y no lo había llevado consigo, enviaba a un criado a buscarlo para beber en él en toda ocasión, hasta tal punto que parecía obsesión.

Una semana después de la entrada en la ciudad, el día 13 de diciembre a las 5 de la mañana el duque de Veragua falleció sin haber podido tomar siquiera los sacramentos. Los médicos dijeron que ya venía enfermo y que el agotamiento del viaje había terminado con su vida. El hijo del duque, un joven de extrema educación y agradable trato, se hizo cargo de todo lo relativo al funeral y una vez terminado, recogió los bienes de su padre del palacio. Reconoció el búcaro entre los bienes personales de su padre, y su petición le había parecido un exceso de confianza de su padre, así que lo embaló en una caja de cedro aromático, cuyo interior estaba forrado en sedas tornasoladas y lo llevó personalmente a su anterior propietaria, añadiendo en su interior un presente de gran valor, una joya de pecho de diamantes negros que el duque dejó en herencia.

Leonor, a partir de entonces, utilizaba el búcaro envenenado para refrescar el agua que tomaba. Y, como le había sucedido al duque, se obsesionó con llevarlo consigo a todas partes, aprovechando el rico embalaje que le habían preparado. Afortunadamente para Leonor, el intenso uso con agua que había hecho el duque había diluido la fuerza del veneno.

88

Monja e india

México, enero de 1674

La llegada de Iyali al convento de la Purísima y Limpia Concepción de México había generado muchas reacciones dentro y fuera de sus muros.

Buena parte de las hermanas sentían pavor al ver a aquella mujer enana, de piel oscura y rostro y manos cubiertos por rayas negras.

Muchas pensaron que era una encarnación demoniaca y temían estar cerca de ella. Allí le volvieron a cambiar de nombre, conociéndola desde entonces como la beata Isabel de la Santa Cruz.

Después de unos días de luto por el funeral del nuevo virrey, Leonor fue de visita para despedirse de las hermanas conceptas, siendo recibida por la madre superiora del convento, sor Antonia del Espíritu Santo. Vio pasar cabizbaja a Isabel, vestida como el resto de la orden un ampuloso hábito blanco, cubierto por una toca larga y un escapulario de color marrón oscuro que era una tira de tela sobre los hombros que caía por delante y por detrás pero no hizo amago de saludarla.

—Querida virreina. Nos honra de nuevo con su visita a este convento —comenzó sor Antonia.

—Madre, me congratula verlas a todas. Hoy vengo a despedirme porque pronto partimos para España.

—Acompáñeme, excelencia. Vamos a mi despacho, he de hablaros de algo que nos inquieta... de nuevo. Desde que ingresó la hermana Isabel, algo terrible viene sucediendo...

—¿Qué ocurre, madre? —preguntó Leonor, asustada.

—Volvemos a estar sumidas en un grave peligro —respondió sor Antonia llevándose las manos al rostro como si quisiera ocultar unas lágrimas que realmente no hacían su aparición y parecían más dramatización teatral que sentimiento profundo.

—¿Ha regresado el Maligno a estos muros? —susurró Leonor aterrorizada abriendo los ojos.

—Así es, excelencia. Primero vino de la mano de aquella gitana y ahora con esta india pintada. Dios nos advierte, sin duda, que no desea esposas indias, negras o mulatas —añadió sor Antonia.

—No creo que se trate de la obra de Dios, madre, ni que ese sea su mensaje —respondió Leonor.

—Excelencia, esta vez no podremos volver a silenciar lo que aquí ocurre y será nuestro fin. ¿Podría el virrey hacer algo? —preguntó sor Antonia.

—Hablaré con mi esposo, entonces. Debo irme. Despídase de Isabel de mi parte, madre. Volveré en otra ocasión —respondió Leonor, dando la vuelta y apresurándose a salir del convento temerosa de que volviera a hacer su aparición el demonio.

Leonor trataba de disimular su estado de nerviosismo, y cuando se quedaron a solas, le relató a su esposo, en voz baja, lo que había escuchado aquella mañana en el convento de las concepcionistas. El virrey asentía, escuchando con atención.

—No te preocupes, querida. Yo me hago cargo. Hasta que concluya el juicio de residencia y podamos irnos, tengo mucho tiempo libre —remató el marqués de Mancera con una sonrisa de medio lado y deseando acudir al convento para comprobar la presencia del supuesto demonio que poseía a la hermana.

89

Desagravios y conspiraciones

México, enero de 1674

Unos días después, el marqués se estaba terminando de vestir en su cuarto en el palacio de los condes de Santiago de Calimaya donde seguían alojados, y entró apática Leonor, agotada y cansada, con ojeras y pálida. El marqués de Mancera se sentó en una silla, aún despeinado, con el chaleco entreabierto, pues el criado no le había afeitado aún, y con las medias agujereadas permitiendo asomar los dedos gordos de sus pies. A Leonor le dio un escalofrío de pensar que ese era su esposo y no el hombre pulcro, limpio y perfumado que encontraba cada mañana. Desde que no estaba Cristóbal, su marido había ido deteriorándose. El rostro de Antonio mostraba preocupación y desagrado.

—¿Qué te sucede, querido? No te he visto así de alterado desde lo de París. ¿Has visitado ya el convento de las Conceptas? ¿Es eso? ¿Qué has visto, por Dios? —dijo Leonor sentándose en una silla frente a su esposo.

—Leonor, he de confesarte que llevamos tiempo investigando una conjura en nuestro alrededor. En ella se haya implicado don Diego, pero también tu antigua criada, Abigail, como te advertí. No pudimos apresarla porque desapareció, y no hemos vuelto a saber de ella. Pero he movido mis hilos con las autoridades, y esta misma tarde apresarán a don Diego para desenmascarar al resto de traidores.

—Querido, nunca me llegaste a explicar lo sucedido con Abigail —señaló la marquesa.

—Espió y robó documentos de mi despacho para entregárselos a don Diego. Sospecho que ella fue quien introdujo al perro rabioso que atacó a Lisy y a Iyali. Entonces preferimos no actuar, pues teníamos también un objetivo mayor en Panamá. Ahora se le interrogará por su posible participación y veremos si habla o no —señaló el marqués.

—¡Antonio, no es posible! Estamos rodeados de enemigos. ¿Cómo hemos podido estar tan ciegos? ¿Tendría Abigail algo que ver con la muerte de Lorenza? —reflexionó Leonor cabizbaja—. Te dije que había sido envenenada. No me creíste, Antonio. No me creíste. *Du glaubst mir nie.*[45]

Leonor se había quedado pensativa. Seguía dándole vueltas en su cabeza a la traición de Abigail y eso explicaba algunas situaciones extrañas de los últimos años. Esa misma tarde había invitado a la marquesa de Brumas, a tomar un chocolate. Esta la saludó con una gran sonrisa y un cariñoso abrazo:

—Querida, ¿qué te sucede? ¡Hace tanto que no nos vemos! Parece que acabas de ver a un fantasma ¿te encuentras bien? —preguntó Enriqueta, la marquesa de Brumas, mientras le daba un beso en la mejilla.

—Estoy espantada. No encuentro otra palabra que lo describa mejor, ¡espantada! —respondió Leonor.

—¿A qué se debe tu espanto? —dijo intrigada Enriqueta.

—Una conjura de espías, aquí, en la corte —advirtió Leonor bajando la voz y mirando a ambos lados para ver si alguien la escuchaba.

---

[45] Nunca me crees.

—¿Aquí? Eso no es posible. ¿Contra el arzobispo-virrey? —preguntó la marquesa de Brumas alterada.

—¡No! Contra mi esposo, querida. Van camino de detener a don Diego de Peñalosa. ¿Puedes creer que ese hombre tenía un contubernio con Abigail, mi doncella, que lleva meses desaparecida? ¡Abigail! que ha estado a solas con Lisy y que ha sido capaz de atentar contra su vida. Qué terrible. *Schrecklich.*[46]

—Terrible querida, comprendo que estés alterada. Espero que, si son culpables, los condenen y apliquen los castigos más severos —respondió Enriqueta mientras tomaba la jícara de chocolate. Al estirar su brazo, las mangas del vestido de Enriqueta se desplazaron y, con las prisas, por primera vez la marquesa había olvidado ponerse las manillas de perlas, por lo que se veían sus brazos desnudos.

—Querida, ¿qué te ha ocurrido en ese brazo? —preguntó Leonor poniendo un dedo sobre una cicatriz en forma de aspa en el brazo de la marquesa de Brumas—. Es la primera vez que te lo veo, pues siempre traes los antebrazos cubiertos por las manillas de perlas. ¿No te las pones hoy?

—Con las prisas, se me olvidó. ¡Nada grave, querida! Siendo niña me quemé jugando con unos morillos en la chimenea. El fuego es peligroso. Nos vemos otro día, querida, tengo que hacer unos recados —añadió Enriqueta después de tomarse el chocolate a toda prisa.

La marquesa de Brumas fue tan rápida como el decoro le permitía para llegar hasta el sótano del palacio, donde conocía la existencia del pasadizo que le llevaba hasta una casa próxima. Era la vía de escape para la familia virreinal si se produjera algún asalto, como cuentan todos los castillos y palacios. Esta desembocaba, tras atravesar por un subterráneo una parte de la ciudad, en una vivienda particular que custodiaba un criado

---

[46] Terrible.

al que habían sobornado. Allí era donde Enriqueta se reunía con sus cómplices y donde guardaba las ropas de hombre, el chambergo y la capa, con las que realizaba algunas de sus misiones. Allí se escondía también Abigail, aguardando instrucciones para regresar a España o a Inglaterra, desesperada y sola.

La marquesa se vistió de nuevo con las ropas masculinas. Mantenía un porte delgado y aún era ágil, por lo que corrió hacia la residencia de don Diego. El palacete de este estaba lleno de ostentosos muebles por los que había pagado auténticas fortunas, pese a que se trataba de imitaciones de baja calidad de muebles alemanes o españoles. Entró por la puerta trasera para no llamar la atención, y accedió al primer piso, donde se encontró a Abigail y a don Diego discutiendo.

—¡No perdáis el tiempo! —dijo la marquesa—. Diego, te buscan. Prende fuego a la casa para borrar cualquier prueba, coge lo que sea imprescindible y partid para Inglaterra. ¡Ve! ¡Ahora! Y tú, Abigail, te dije que no abandonaras la otra casa. Alguien te puede reconocer por las calles y nos pondrás a todos en peligro —remató Enriqueta decepcionada por ver allí a Abigail y el riesgo que eso implicaba para la organización. Una vez advertidos, la marquesa huyó.

Don Diego fue abriendo los diferentes cajones de escritorios para guardar cartas comprometidas y tomando joyas y monedas de plata y oro que había guardado en arquetas y en lugares recónditos de la casa. Metió algo de ropa en una bolsa de viaje y salió huyendo a toda prisa. Cuando estaba todo recogido, don Diego miró hacia atrás, a la luz de unas velas, repasando los espejos, los cuadros de santos y los retratos de ilustres antepasados de otras personas que hacía aparentar como propios, los tapices y las alfombras y todos los muebles que estaba a punto de perder.

—Al diablo con todo. Volveré a hacer fortuna—. Y arrojó las velas contra los cortinajes. Estos comenzaron a arder, extendiendo el fuego a las paredes, los marcos de los lienzos, el suelo de madera, la escalara y pronto toda la casa se convirtió en una antorcha.

Diego huyó por la puerta trasera poco antes de que comenzaran los gritos de los vecinos, y antes también de que se presentara la guardia armada para tomarlo preso. No quedaba allí otra cosa que las colosales llamas lamiendo las estructuras de la casa.

Enriqueta sabía que no tardarían en averiguar que ella había estado detrás de algunas de las muertes y de la conspiración contra el anterior virrey. Así que debía inventar alguna excusa para alejarse del palacio virreinal y desaparecer. Regresó a su cuarto en palacio, pues seguía como invitada del nuevo virrey, para recoger todo y reunirse con Diego y Abigail. Aunque habían seguido caminos distintos, al entrar en su habitación, se encontró a don Diego aguardándola.

—¿Qué haces aquí? ¡Insensato! —susurró enfurecida la marquesa de Brumas, cerrando la puerta tras de sí apurada.

—No me fío de ti, querida. Sé que vas a huir, así que vengo a que hagas el último pago por los planos que os entregué y el botín de Morgan en Panamá. ¡Quiero mi parte! —dijo don Diego tumbándose en la cama con una amplia y seductora sonrisa.

—Date por servido con el aviso sobre tu prendimiento. Podría haber dejado que te llevaran preso. ¿No te parece suficiente para confiar? —respondió Enriqueta.

—¿Me has ayudado a mí o a ti? ¿Cuánto tiempo crees que tardaría en confesarlo todo, querida? No estoy acostumbrado al dolor, solo al placer. Si me torturan, hablaré —añadió don Diego doblando los brazos bajo la cabeza y colocando los almohadones debajo para erguir su cuerpo y poder contemplar a Enriqueta.

—Si es así, no sé si resultas de mucha utilidad, querido —añadió Enriqueta mientras seguía guardando joyas y monedas que tenía repartidas por la habitación.

—Sabes que sí. ¡En múltiples aspectos! —dijo don Diego levantándose de la cama y acercando su cuerpo al de Enriqueta, sujetándolo por la cintura e intentando besarla.

—¡Quita! Alguien se acerca. Quédate detrás de la puerta —ordenó susurrante la marquesa tras empujarlo con vehemencia. Alisó su vestido arrugado por el abrazo y arregló su cabello. Don Diego se escondió detrás de la puerta, para no ser visto y empuñó su cuchillo.

—Buenas, marquesa —dijo Lisy.

—Hola, Lisy. ¿Qué ocurre? —respondió Enriqueta bastante seca.

—Hemos venido a la catedral y madre me ha pedido que suba a avisaros que llegará tarde al chocolate en la casa de la condesa, pero que la esperéis —respondió Lisy.

Al cerrar la puerta tras despedirse, a Lisy le llegó el aterrador olor del resplandor de don Diego, el mismo que le había causado pavor años atrás. ¿Qué hacía en el cuarto de la marquesa de Brumas? Ese hombre era demasiado peligroso. También le pareció extraña la conducta de la marquesa, así que Lisy prefirió aguardar escondida por si aquel hombre la estaba amenazando. Al cabo de un rato, vio como la puerta se abría de nuevo y se asomaba la marquesa mirando hacia ambos lados para comprobar que no había nadie y empujó a don Diego fuera de su habitación. Este se encaminó con paso firme hacia los sótanos de palacio, donde, moviendo una estantería, se accedía al pasadizo que comunicaba con la casa por donde salía y entraba el hombre del chambergo, es decir, la marquesa de Brumas en traje de varón. Lisy le siguió los pasos de cerca y observó el acceso.

Don Diego, confiado en sí mismo y pensando que nadie lo seguía, colocó desde dentro del pasillo la estantería y luego cerró la puerta. Lisy esperó un par de minutos y entró, siguiendo el pasillo subterráneo hasta dar con otra puerta entreabierta y una luz en el otro lado. Entonces se dio cuenta de que hubiera sido mejor avisar o mandar a la guardia a explorar, pero la curiosidad no le había permitido pensar con claridad. Cuando se disponía a regresar, la agarraron del brazo y la arrastraron violentamente hasta el interior de la casa.

Don Diego sonreía y se le veía ufano, sujetando a Lisy por la muñeca con fuerza y apretando los dientes de rabia se dirigió a ella.

—Vaya, vaya. ¡Qué sorpresa! La niña ha estado espiando a los mayores —dijo don Diego con sarcasmo y entornando los ojos.

—Disculpe, don Diego. Me he confundido de lugar. Debo irme —explicó Lisy, asustada.

—No, no, querida. Sabes que ya no te puedes ir, ¿verdad? —advirtió don Diego mientras sostenía en alto el brazo de Lisy y acariciaba su rostro con la otra mano.

—Mi padre me está buscando —gimoteó Lisy temblando.

—Seguro que sí, querida. Es una lástima, pero aquí nunca te va a encontrar, esto no es el pozo, y a ver…, no, ya no llevas el silbato —constató don Diego riendo y haciendo luego pucheros de lástima, y restregando con su mano abierta el pecho de Lisy.

—¡Dejadme! He dejado la puerta del sótano abierta. Alguien la verá y descubrirán este pasadizo —gritó Lisy tratando de que la escucharan desde el otro lado.

—Cuando termine contigo, iré a cerrarla. Esta vez no vendrán a rescatarte, niña —respondió don Diego, con los ojos entornados, la sonrisa maliciosa y desabotonándose el pantalón. Sujetó a Lisy con fuerza por las muñecas y empujándola con su cuerpo contra la pared, mientras ella gritaba y pataleaba—. Por experiencia, querida, te diré que es preferible para ti que no te resistas —añadió don Diego mientras mordisqueaba su cuello tierno.

En ese momento, don Diego recibió un golpe en la cabeza que le hizo soltar a Lisy y llevarse una mano para comprobar si sangraba.

—¡Déjala! —gritó Abigail entre lágrimas, armada con un atizador de cocina de hierro. Estaba refugiada en aquella casa aguardando instrucciones, cuando escuchó los gritos de Lisy. Al bajar al sótano aquella escena le hizo revivir la del despacho del virrey unos años antes, y lo que había tenido que seguir soportando del infame don Diego cada vez que a este se le antojaba. Había jurado vengarse, y ese era el momento.

—¡Esto, no es asunto tuyo! La niña sabe demasiado y debe desaparecer. ¡Así acabarás lo que comenzaste! ¡Esta vez no hay excusas! La tendrás que matar —respondió don Diego palpándose la cabeza en donde había recibido el golpe y mirándose las yemas de los dedos—. «Es que yo no sabía que el gato la defendería, es que yo no sabía que ella no bebería del vaso, es que yo...». ¡Basta de excusas! —continuó don Diego burlándose de Abigail e imitando un tono infantil.

—¿Qué sentido tiene ahora matar a Lisy? El objetivo era impedir que su padre averiguara la trama, pero ya está todo deshecho. El rey muerto, el virrey es otro, y La Rueda, descubierta. ¡No sirve de nada! ¡Hemos perdido! ¡Asúmelo, Diego! —repitió Abigail golpeando de nuevo con el hierro a don Diego, que se sorprendió de la fuerza y la vehemencia con que lo hacía.

—Querida... Huiremos juntos. Sabes que dejaré a mi esposa y juntos nos refugiaremos en algún lugar donde nadie nos conozca. Solo tú me entiendes y sabes qué es lo que me gusta. Solo a tu lado... —Cambió el tono don Diego a Abigail, para convencerla con halagos.

—¡Cállate! —volvió a decir Abigail iracunda, golpeándole de nuevo con el hierro en el brazo para apartarlo de la entrada del pasadizo que estaba obstaculizando con su cuerpo para evitar que Lisy escapase—. Lisy, huye ahora. ¡Corre...! —gritó Abigail.

—¡No...! ¡No sabes lo que estás haciendo! ¡Si escapa, es nuestra perdición! —dijo don Diego temeroso.

—¡Yo ya estoy perdida! Y ella será tu perdición. Espero que te pudras en prisión y recibas tu castigo —respondió Abigail llena de rabia, con los ojos inyectados en sangre y lágrimas.

Diego se abalanzó sobre ella, pero esquivó el envite, empujando al agresor, que se cayó torpemente al suelo. El deseo de venganza y la rabia acumulada se desbordaron, anhelando vengar su afrenta, terminar con la vida del hombre que la había humillado, que se burlaba de ella, que la utilizaba, que la despreciaba... Levantó el hierro con ambas manos para asestar un golpe final a don Diego que, tirado en el suelo, entre sollozos y gimoteos, cubría su cabeza con los brazos. Pero se congeló al sentir la fría hoja del cuchillo afilado rebanando su cuello. La marquesa de Brumas apareció por su espalda vestida de hombre y, con el sigilo que le caracterizaba, la degolló.

—¡Vamos, levántate, Diego! ¡No es para tanto! Te dejas derribar por un pequeño golpe —le dijo la marquesa de Brumas.

—¡La niña lo sabe todo! —confesó aturdido.

—¡No perdamos tiempo! Salgamos de aquí —le apuró la marquesa.

Mientras tanto, Lisy había corrido de vuelta por el pasadizo, descalza, pues los chapines eran un estorbo, y aterrorizada, pues seguía escuchando a lo lejos voces y gritos. Lloraba angustiada por el miedo que había pasado con don Diego. Consiguió alcanzar el sótano del palacio, cerró la puerta y corrió la estantería, atrancándola con lo que encontró. Salió y buscó a Simón en la plaza. Le contó todo. Este la abrazó y la calmó como pudo y la llevó hasta la casa del conde de Santiago de Calimaya donde aguardaba su padre. Simón se despidió de Lisy con una tierna mirada. Ella le contó todo lo ocurrido a su padre y este se presentó con la guardia en palacio, atravesaron el pasadizo y encontraron el cuerpo sin vida de Abigail, pero ni rastro de don Diego ni de Enriqueta.

90

Otra endemoniada

México, enero de 1674

El marqués siguió insistiendo para que localizaran a don Diego y a la marquesa de Brumas, pero ambos estaban desaparecidos. De nuevo nadie sabía nada. Se habían esfumado. Y él tenía otro asunto urgente, pues a diario Leonor demandaba que atendiese el caso del endemoniamiento en el convento de la Purísima Concepción. La obsesión por la brujería se había instalado en la corte de Madrid décadas atrás y se extendía como una plaga por todos los territorios del imperio como lo hacían las nuevas modas en la vestimenta o los perfumes. El Santo Oficio también se aprovechaba del miedo de los feligreses y de las falsas denuncias, en beneficio propio. Se incautaban así bienes a los reos acusados de judaísmo, de prácticas heréticas, de hechicería, de sodomía o de algunas de las otras de las causas más perseguidas por la Inquisición.

Para la corte de Madrid cualquier mal tenía el sello del demonio. Se había llegado a acusar al propio conde duque de Olivares de practicar hechicería para hacerse con la voluntad de los demás cortesanos, y de esta forma conseguir que el rey apoyara todas sus iniciativas. Se había dicho también que el rey Felipe IV había muerto por maldiciones y conjuros, o que el propio príncipe, Carlos II estaba hechizado. La creencia de que la personificación del mal estaba presente en la vida cotidiana, desde los reyes a los aldeanos, como una realidad palpable se materializaba a través de los encantamientos de brujas y hechiceros e incluso de una infinidad de demonios capaces de poseer y torturar a las almas más cándidas.

El marqués de Mancera tenía intención de ayudar a Iyali, y zanjar esta supuesta posesión de la monja concepta lo antes posible. Llegó acompañado del doctor que atendía a su familia, Manuel Gómez. Ya había advertido a la madre superiora que acudirían y que revisarían todas las estancias de la celda en la que residía la monja endemoniada. Esta pertenecía a una opulenta familia criolla que podía permitirse el lujo también de disponer de una celda de dos pisos, el inferior con cocina y una pequeña estancia con salida directa al huerto y el superior con dormitorio y sala de estar para costura o lectura o para recibir visitas.

El doctor y el marqués entraron en la habitación del piso superior y vieron que la hermana había sido atada a su camastro. Tenía el rostro desencajado, estaba pálida y ojerosa, con los ojos vidriosos y saltones, de tanto llorar, los dientes amarillentos y los labios resecos y agrietados. Su aspecto macilento realmente era terrorífico y contribuía sin duda a alimentar la idea de la posesión. El suelo estaba manchado también de vómitos, que habían tratado de recoger en un bacín. La estancia desprendía un nauseabundo olor que parecía proceder del cuerpo de la propia joven y el intenso frío que se sentía en la habitación, sumado a todo lo anterior, helaba la sangre y hacía sentir en carne propia la presencia del Maligno.

El marqués hizo uso de sus guantes de olor, aproximándolos a su rotunda nariz, ocultando su fino bigote bajo el dedo índice. El doctor Gómez se aplicó un pañuelo con el mismo fin, que previamente había humedecido en algalia.

—¿Puede hablar, hermana? —preguntó el marqués a la monja tumbada en la cama.

—¡Fuera de aquí! —respondió ella, frunciendo el ceño y con una voz ronca.

—Nos iremos, no sin antes comprobar su salud. ¿Permite al doctor que la examine, hermana? —añadió el virrey.

—¡Váyase a la mierda! —respondió ella de nuevo.

—Lo tomaremos como un sí. Adelante doctor. Aprovechemos que está atada para examinar su pulso y respiración o lo que tenga que comprobar. Mientras echaré un vistazo en el piso inferior.

—¡Fuera! ¡Largaos! —siguió diciendo la monja echando espumarajos.

Ya en la planta baja, el marqués fue revisando lentamente los estantes de la cocina que contenían diversos cacharros. Encima del fogón había una chocolatera con restos resecos en el borde, aunque el hornillo tenía las brasas apagadas y frías. Movió la tapa de maderas finas de una caja redonda que contenía chocolate para hacer a la taza, y que los ratones habían estado mordisqueando, a juzgar por las huellas de dientes grabadas en la pasta.

En la despensa había varias estanterías con cacharros, frascos con conservas y cajas. Tomó una y comprobó que contenía harina de maíz. Le llamó la atención entonces un costal con grano, arrinconado en el fondo de la despensa y cubierto por sacas y talegas más pequeñas vacías. Al levantar esas, cayeron al suelo un par de ratones muertos, y un tercero se tambaleaba de un lado a otro, chocando con las paredes, y con el hocico desencajado. Lo alejó de una patada y se aproximó a examinar el contenido del saco. Era grano de centeno, pero, entre las semillas parecía haber cagarrutas de ratón, una especie de granos negruzcos y curvados. Le sorprendió la cantidad de estos granos, diferentes de los del centeno. Tomo algunos y los guardó en un pañuelo en el bolsillo del chaleco. Regresó al piso superior.

—¿Cómo va con su diagnóstico, doctor? —preguntó el marqués con interés.

—La hermana muestra unos síntomas curiosos. Tiene las pupilas muy dilatadas, y ese olor pestilente, no sé cómo las hermanas no lo han mencionado antes. Esta mujer tiene los dedos de los pies gangrenados. Si queremos salvar la vida de esta joven deben ser amputados de inmediato.

—Esto es terrible, doctor, pero ¿a qué obedece esa gangrena? Y no me diga que es el demonio que la corroe por dentro...

—No, no..., la hermana tiene todas las extremidades inflamadas. Debe sentir terribles dolores, pues algo obstruye la circulación natural por las mismas, y es lo que ha ocasionado la gangrena en los dedos de los pies. ¿Ve, excelencia? —dijo el doctor levantando la sábana por el extremo inferior para dejar los pies a la vista—. Están ennegrecidos y desecados. No le llega la sangre. Eso provoca también tremendos ardores en la piel, especialmente en las zonas más húmedas que se resecan..., incluidas las partes íntimas.

—Así veo... Ahora vuelvo, he de hablar con la madre superiora. Siga examinándola, por favor.

El marqués regresó a la iglesia del convento, donde se encontraban todas las monjas rezando por la recuperación del alma de su hermana poseída, todas a excepción de Iyali, a quien habían recluido en su celda de forma preventiva. Así pasaban las hermanas la mayor parte del día, procurando contener con sus oraciones los avances del Maligno. Tocó el hombro de la madre superiora, que abrió sobresaltada sus ojos temiendo que fuera el Maligno que la asaltaba. Se sintió aliviada al comprobar que el marqués le hacía un gesto para que le siguiera.

—Excelencia, ¿ha visto en qué terrible situación se encuentra nuestra hermana? Resulta evidente que esa india la ha debido hechizar y ha facilitado la entrada del demonio en su cuerpo —sentenció la abadesa.

—No lo tengo tan claro aún, madre, no crea. Estamos revisando otras posibles causas, antes de establecer esa comunicación sobrenatural de la hermana —respondió el marqués, descolocando a la madre superiora, que no sabía si se burlaba de ella o lo decía seriamente.

—¿Y en qué puedo ayudarle, excelencia? —preguntó la madre superiora molesta por tener que abandonar sus plegarias.

—¿Me podría decir qué es lo que ha ingerido la hermana durante estas últimas semanas? —añadió el marqués distraído y pensativo, acariciando su fino bigote.

—La pobre, excelencia, no tiene fuerza más que para unas gachas que a diario le prepara amorosamente una de nuestras hermanas —respondió apenada la madre superiora.

—Me gustaría hablar con esa hermana si es posible, madre —señaló el marqués sonriendo de manera misteriosa.

91

Huida y confesiones

México, enero de 1674

Don Diego y la marquesa de Brumas, disfrazada de varón, cabalgaron durante horas por caminos secundarios para alejarse de la ciudad de México. Al llegar la noche acamparon al ras y la marquesa buscó maderas secas para encender la hoguera y calentar algo de comida. Don Diego la observaba cómodamente sentado, con las piernas cruzadas.

—Se os da bien. ¿Dónde aprendisteis? —preguntó don Diego que se había mantenido en silencio para no interrumpirla.

—Todos tenemos un pasado, querido —respondió Enriqueta.

—El vuestro es desconocido. Aparecéis en Madrid de repente, según me informaron, con una inmensa fortuna. Supuestamente venís de León. ¿Es cierto? —continuó don Diego.

—Que estuve en León, antes de llegar a Madrid, es cierto —respondió la marquesa sonriendo y evadiendo la respuesta a la pregunta.

—¿Sois de allí? —insistió don Diego, torciendo la boca.

—Soy de donde estoy —respondió crípticamente la marquesa.

—Entonces dejémoslo en que venís de tierras misteriosas —corroboró don Diego.

—Mi contención en lo que cuento me ha salvado la vida más de una vez. Vos tenéis la costumbre de hablar más de la cuenta. Ya lo he comprobado. Y también aparecisteis de repente en México con una inmensa fortuna —añadió Enriqueta.

—Cada uno tiene sus propias estrategias de supervivencia, querida. La vuestra, el silencio, y la mía, mi desparpajo —confirmó don Diego y continuó preguntando—: ¿Y cómo terminasteis formando parte de La Rueda?

—Así, ¿vos me lo preguntáis? No teméis que aparezca uno de los radios de La Rueda misteriosa y os rebane el pescuezo por querer saber demasiado? —respondió Enriqueta entre risas.

—No. Aquí no. No hay nadie más alrededor. Podéis hablar con confianza —constató don Diego sin mirar a su entorno ni constatar lo que decía.

—Pues querido, te contaré mi historia. La versión reducida. Fui vendida a un burdel con ocho años por mi propio padre, y aprendí muchísimas cosas allí. Entre otras a manejar el cuchillo, a esconderme cuando no quiero ser vista, a hacer el amor y que el amante desfallezca de placer, a callar o a dar conversación…, y allí fui objeto de deseo de hombres de todas las edades y condiciones. Usaron de mí, abusaron de mí, hasta que me cansé. Al último cliente que me golpeó para sentirse más hombre, le rebané el pescuezo y le corté la mano con la que me daba los puñetazos. No aguanté más —explicó la marquesa.

—Terrible, querida. Efectivamente todos tenemos un pasado —constató don Diego que aún tenía los ojos abiertos y las cejas arqueadas de la impresión.

—Luego recorrí distintas ciudades, me fui a Londres, donde valoraron mis dotes, que interpretaron apropiadas para el espionaje, y mi falta de reparo si hay que rebanar un pescuezo, además de mi deseo de venganza. Y... creamos La Rueda —añadió la marquesa de Brumas.

—¿Creasteis La Rueda? ¿Sois una de las fundadoras, marquesa? ¿Vos sois uno de sus radios? —preguntó aún más sorprendido don Diego, tomando mayor interés.

—Soy el tercero de los radios, querido. ¿No pensabas que pudiera haber mujeres en La Rueda? —añadió la marquesa mientras revolvía la hoguera para avivar el fuego.

—Como radio, no. Vaya. Es todo un privilegio entonces estar con vos aquí —respondió don Diego complaciente.

—Quizá sí deberías temer ahora que sabes que un miembro de La Rueda te ha escuchado —añadió la marquesa riéndose a carcajadas del atónito don Diego.

—Pero, marquesa, querida, no me dais miedo. Ya sabía que pertenecías a La Rueda, aunque no tenía idea que fuerais una de las creadoras de esta organización. ¿Por qué lo creasteis? —añadió don Diego intrigado.

—De los cinco miembros iniciales, cada uno teníamos un motivo diferente, pero coincidíamos en un objetivo común: queríamos destruir el imperio de España —explicó de manera sintética la marquesa.

—¿Cuáles eran esas motivaciones de los radios de La Rueda? Puedo imaginarme alguna, pero... —se preguntaba don Diego mientras se tumbaba junto a la marquesa, apoyando la cabeza en el brazo doblado para seguir mirándola.

—Riqueza para uno, venganza para otro, poder, patriotismo o religión —señaló la marquesa—. Nada nuevo en el mundo.

—Dejadme adivinar. La vuestra era... el enriquecimiento..., no, no..., os encaja más la venganza. ¿Es así? —interpretó don Diego.

—Así es. Me quiero vengar de aquellos hombres que han permitido que una niña de ocho años trabaje en un burdel y que abusan de ella sin remordimiento alguno, y de la sociedad que lo tolera y también de algunos de los clientes que pasaron por allí, y para ello tengo intención de ponerlo todo patas arriba.

—Pues tu objetivo es mucho más ambicioso de lo que imaginaba. No consiste solo en matar al rey católico, que parece que murió sin ayuda, ¿o no? O de destruir su imperio, que tampoco necesitáis esforzaros, pues los franceses terminarán de hundirlo, o quizá los ingleses, o ambos..., sino que pretendéis destruirlo todo... ¡Impresionante, marquesa! Os llevará un tiempo, supongo —resumió don Diego fascinado por aquella mujer.

—Acabo de empezar..., dame algo más de tiempo —concluyó la marquesa sonriendo.

—Claro, querida. ¿Y por qué elegisteis una rueda? Eso sí me intriga. Es muy simple. Yo hubiera elegido una corona con cinco picos, o quizá un círculo con cinco estrellas o algo que resulte menos... simple —dijo don Diego bostezando.

—En la simpleza está la grandeza, querido. A diferencia de lo que has mencionado, que es estático y no se mueve, la simple rueda sí lo hace, y lo aplasta todo a su paso, y avanza en un movimiento que puede ser infinito, por encima de las coronas. Pero..., querido, cuéntame tú. ¿Cuál es tu historia? —preguntó la marquesa intrigada mientras sonreía y arrojaba un leño más a la hoguera.

—Te la resumo también: mi interés claramente, como habrás comprobado, es enriquecerme hasta formas indecentes, y cueste lo que cueste. Así conocí a Connor Smith, el llamado Irlandés. Yo estaba de viaje por el norte, y en una cantina se me acercó, me tanteó, me divertí con él, follamos y me propuso el negocio de la plata. Yo me ocuparía de colocar esclavos en algunas minas del reino, y también en tener contentos a los virreyes y a las autoridades mediante sobornos para que hicieran la vista gorda. La plata llovía a mares en mi casa, tenía todo lo que quería solo con desearlo. Y, por supuesto, hay otra cuestión importante en mi vida. Quiero disfrutar, obtener el máximo placer donde esté, sin importar si eso molesta o daña a otro. «¿Me place...? Lo tomo» —concluyó don Diego sonriendo.

—Somos parecidos entonces. Salvo que en mi caso la frase que me define sería: «¿Me molesta...? Lo elimino» —respondió la marquesa riéndose—. Lo tendré en cuenta, querido. Connor es otro de los cinco radios, ¿lo sabías, verdad? —añadió Enriqueta.

—No, no tenía ni idea —dijo don Diego sorprendido—. ¿Quién más está detrás?

—Henry Morgan, el pirata, es el cuarto radio, ¿tampoco lo sabías? —Rio la marquesa abiertamente ante la cara de perplejidad que le había quedado a don Diego.

—Sí, me lo imaginaba. He escuchado que es quien lleva también plata y esclavos a Jamaica y de ahí a Inglaterra. Supuse que sería el ajo de esta salsa —mintió don Diego.

—Y dos más que no te interesa conocer. Están en Madrid, uno en la corte y otro en otro lugar, uno travieso y el otro un sieso. No puedo contarte más. Si conocieras sus nombres, estarías poniendo precio a tu cabeza —dijo la marquesa mientras se volvía a vestir como caballero.

—Bueno, ahora conozco bastante de La Rueda y convendréis conmigo en que debería incrementarse mi participación en la misma y los beneficios. Seis radios soportan más que cinco.

—Vaya. Veo que eres más ambicioso de lo que me imaginaba. Y más ingenuo. Todo se verá, querido. Buenas noches —añadió la marquesa tumbándose de lado y dando la espalda a don Diego.

—Buenas noches, querida —respondió don Diego, mirando a las estrellas y soñando con su participación en la organización.

92

Recuperación

Natá, febrero de 1671

Hacía más de un año que, tras rescatar a Azdsáán de entre los prisioneros de Morgan que custodiaban en lo que quedaba de la iglesia principal en las ruinas de la ciudad de Panamá, Taranis había elegido Natá, en la bahía de Paritá, para buscar ayuda, donde además se producía uno de los búcaros más afamados.

Alquiló una habitación y buscó un galeno que atendiera las lesiones físicas de Azdsáán, vendó su cuerpo, cosió algunas heridas abiertas y entablilló un brazo roto que tenía, rompiéndolo de nuevo para poder colocarlo debidamente, pues ya había comenzado a fusionar en mala posición.

—Aquí tenéis lo acordado —dijo Taranis, entregándole al doctor los últimos reales que guardaba.

—Gracias. No os preocupéis, su cuerpo se recuperará. Pero su ánimo necesitará ayuda. Ahí vos tendréis que hacer el esfuerzo.

Al cabo de un rato, Azdsáán despertó.

—Achán. Te echaba de menos —dijo Taranis.

—Talani. ¿Dónde estar? —respondió Azdsáán extrañada y confusa.

—Hemos salido de Panamá y estamos en una pequeña ciudad, llamada Natá. En cuanto te recuperes volvemos a tierras chichimecas. Viviremos allí lo que nos quede de vida. Juntos. —Azdsáán torció su cabeza para el lado opuesto mientras una lágrima resbalaba por su mejilla.

Ella sabía que no volvería a ser la misma de antes, y también que nada volvería a ser igual. Taranis se sentó en la cama, se tumbó a su espalda y la abrazó. Nuevas lágrima vaciaban su alma.

—Tengo que ir a conseguir algo de plata para que podamos irnos. En la cantina quizá encuentre algún trabajo. Volveré en cuanto pueda. ¿Estarás bien?

—Sí —respondió Azdsáán.

Taranis salió a explorar el pueblo de Natá. Pensaba que tal vez, como buen jugador, que era podría hacer alguna apuesta en quínolas u otro juego, pero era arriesgado, y además no le quedaba nada con lo que comenzar los envites. Ensimismado, no se dio cuenta de que pasaba al lado de un hombre elegantemente vestido que iba seguido por un apuesto joven de estatura y complexión muy similar a la suya, grande y fuerte, de origen africano.

—¡No doy crédito a lo que ven mis ojos! ¿Señor Taranis? O Tarasio, O Tarquinio. ¿Quién sois ahora? Qué dicha más grande volver a veros. ¿Qué dicha os trae por Natá? —le interpeló el hombre elegantemente vestido. Taranis se dio la vuelta y tardó un tiempo en reconocerle. El hombre, muy expresivo, mudó su rostro de felicidad al de fastidio porque no le reconociera y chasqueó la lengua molesto mirando hacia un lado.

—¿Cristóbal? ¿Eres tú? Estás muy… cambiado —respondió Taranis con la sorpresa en su rostro.

—Ya veo. Casi no me reconocéis. Decidme, ¿qué os trae por aquí? ¿El señor marqués se encuentra bien? Hace mucho tiempo que perdimos el contacto. Querido, acuérdate debemos escribir al marqués —señaló Cristóbal al joven que le acompañaba mientras se quitaba los guantes de ámbar, nuevos, que llevaba orgullosamente. El joven asintió con la cabeza. Cristóbal siempre había deseado poder hacer el gesto de quitarse los guantes de ámbar frente a algún conocido que reconociera lo que había prosperado. Le tendía la mano perfumada y adornada con varias sortijas, a Taranis.

—El marqués me contó la historia. Hiciste bien en irte de México. Nosotros hace tiempo que dejamos la ciudad también. Fuimos a Panamá y… vivimos el ataque de Morgan —respondió Taranis con el apretón de manos esperado por Cristóbal.

—Terrible, terrible, amigo. Permitidme invitaros a comer, tenéis cara de cansancio y parecéis hambriento. Así me contáis con calma —propuso Cristóbal animado.

—Gracias, Cristóbal. Me vendrá bien comer algo, pero no me queda plata. Veo que os ha ido muy bien. ¿A qué os dedicáis? —respondió Taranis comenzando a seguir a Cristóbal.

—¿Recordáis la afición de la señora marquesa por los búcaros? Aquí se elaboran los más delicados y de los más aromáticos que se conocen. Se venden a precios extraordinarios tanto en México como, sobre todo, en España. Con mis contactos allí y aquí hemos levantado un negocio de exportación que comenzó con estos búcaros y ahora hemos ampliado a otros productos, pues el negocio ha prosperado mucho más de lo imaginado.

—Me alegro por ti, Cristóbal —dijo Taranis bajando la cabeza.

—¿Tienes algún trabajo para mí? Necesitamos plata para ir a México. Quisiera encontrarme con el marqués.

—Querido Taranis. Por supuesto, un hombre como tú siempre es bienvenido en un negocio como este. Sé que salvaste a la niña Lisy de las fauces de un perro rabioso. Hasta aquí llegaron las noticias de tu heroísmo. Y de un secuestro. Y algunos amigos y yo le debemos la vida al marqués y no lo olvidamos. No os preocupéis, yo me encargo de todo. En unos meses haré un envío de búcaros a Veracruz, si queréis podéis acompañarlo y os pagaré por proteger la mercancía. La ruta más corta es la del camino de las Cruces, de Panamá, y luego el río Chagres. Así la mayor parte del trayecto se hace en barco y se reducen los riesgos de roturas de las vasijas, que son bastante delicadas. Con lo que ganes de este trabajo, podrás sobrevivir un tiempo en Veracruz.

—¡Trato hecho, Cristóbal! —dijo Taranis animado al haberse presentado la solución—. Agradezco tu generosidad.

—Para eso estamos los amigos. Ven a mi casa. Comeremos algo y me sigues contando. Hablas en plural, ¿has venido con alguien más?

—Viajo con mi esposa, Achán —respondió Taranis mientras llegaban a la lujosa vivienda de Cristóbal. A una orden de este, los criados comenzaron a servir suculentos platos.

—Cuéntame. ¿Cómo es ella? ¿Dónde la conociste? Por su nombre deduzco que no es española, ¿verdad? —preguntó Cristóbal.

—Es chichimeca… Es una mujer…, dos espíritus —dijo Taranis.

—Mi querido Taranis casado con una mujer dos espíritus. No lo hubiera imaginado nunca, querido. Pues nunca quisiste hacer caso de mis insinuaciones —bromeó Cristóbal.

—Sigue sin ser de mi gusto, Cristóbal. Lo lamento. Achán no es un hombre, es una mujer —respondió Taranis molesto.

—Sí, Taranis. Este es Tomás, él sí es un hombre —dijo mirando al joven que los acompañaba y señalándolo con el índice de la mano caída—. Es mi guardaespaldas, porque en estas tierras hay que ir bien protegido, pero también me sabe guardar las espaldas cuando se lo pido, ya me entiendes. Me cuesta una fortuna que esté conmigo, pero el dinero todo lo puede y ahora me sobra —respondió Cristóbal risueño y entornando los ojos al referirse a Tomás.

—Así veo. Me alegro por ti, Cristóbal. Esta casa es hermosa —respondió Taranis mientras daba buena cuenta de unas zancas de pavo asado.

—En fin, querido Taranis. Este encuentro me ha devuelto la vida. Aquí estoy aburrido de escuchar siempre lo mismo de unos y otros. Pero tengo que decirte que aquí vivo mi vida, todo el mundo me conoce, sabe quién soy y cuáles son mis gustos y preferencias, y aquí nadie se mete con el otro.

—Pensé que en una gran ciudad se pasaría más desapercibido —observó Taranis intrigado.

—Aquí, como ya te conocen todos, no hay ningún problema, siempre que no haya ningún escándalo, claro. Tengo esta casa en Natá pero vivo en Nicaragua. Paso varios meses en distintos sitios. En fin, en unos meses regresaré para recogeros y salir rumbo a Panamá y que hagáis el viaje de vuelta a Veracruz. Mientras podéis alojaros aquí, tú y tu esposa Achán —dijo Cristóbal cambiando de tema y con el rostro alegre—. Nos vemos pronto, Taranis. Me alegro mucho de este encuentro. Toma, te pago por adelantado una parte del trabajo —confirmó sacando de su faltriquera unas monedas de plata.

—No te imaginas lo que me alegro yo, Cristóbal. Gracias por tu ayuda. Nos vemos. Vale —se despidió Taranis.

Taranis llevó parte de la comida que no había probado a la posada para que comiera Azdsáán. Un pollo asado completo, maíz asado, arroz blanco, fréjoles, pavo. Ella devoró todo con apetencia, a pesar de poder usar solo una mano, mientras repetía lo rico que estaba y le contaba el encuentro y la invitación. Dejarían la posada para descansar tranquilamente en la casa de Cristóbal. Taranis la miraba complacido, y sonriente pensando que un par de comidas más así y su cuerpo se recobraría del todo. Sin embargo, Azdsáán tenía el alma despedazada. Su cuerpo se recuperará, su cabello volverá a crecer aunque le queden cicatrices en la cabeza, pero había perdido la vitalidad y la sonrisa que prodigaba antes del asalto a Panamá.

Taranis suponía que quizá una ceremonia con peyote, como la que vivió con el anciano chichimeca, la salvaría. Ese sería su nuevo destino, después de encontrarse con el marqués.

Cristóbal regresó seis meses después y estuvieron preparando el viaje a Panamá. Taranis hizo las presentaciones y Cristóbal quedó fascinado con Azdsáán y su historia, con el hermoso rostro y el talle de esta mujer indígena dos espíritus. Allí estaban felices pero Taranis debía ir al encuentro del virrey. En el puerto, los esperaba una pequeña embarcación de vela. Azdsáán ya se había recuperado físicamente por completo y podía valerse por sí misma, aunque no era tan ágil como antes.

El viaje se hizo corto y Taranis y Azdsáán tomaron el camino de las Cruces, embarcando en el poblado del mismo nombre, rumbo a Chagres, que había sido abandonado tras la destrucción de Panamá. Así llegaron, varias semanas después a Veracruz, donde se alojaron en una posada aguardando la llegada de la familia del marqués de Mancera.

93

Inocentes culpables

México, enero de 1674

La hermana Julia salió de la iglesia a petición del marqués. Era regordeta, risueña y entrada en años y se le acercó con pasitos cortos y lentos. Con una pierna más corta que la otra, a cada paso oscilaba como un péndulo de un lado a otro en una danza casi hipnótica.

—Buen día, hermana. Gracias por venir. ¿Cómo debo llamarla? —preguntó el marqués.

—Buen día, excelencia… Soy la hermana Julia. Vos diréis en qué puedo serviros —dijo la hermana.

—Me ha comentado la madre superiora que es usted quien se ocupa de atender y preparar la comida de la hermana enferma.

—¿Enferma? —respondió la hermana Julia dubitativa—. ¡Ah, se refiere a la hermana poseída! Sí, sí, soy yo —añadió entre risitas.

—¿La conoce bien? —continuó el marqués con su interrogatorio.

—Desde que llegó, hará tres o cuatro años, que la conozco —contestó sor Julia.

—¿Y conoce a la hermana Isabel? —volvió a preguntar el marqués.

—¿A la india enana rayada? Claro, ella es quien ha facilitado la entrada del demonio en el convento —añadió sor Julia poniendo voz grave y rostro de rabia.

—Cuando atiende a la hermana poseída, ¿qué comida le prepara? He visto que está muy débil de cuerpo, ¿come poco? —sugirió el marqués.

—Ahora le doy gachas de maíz, de almortas, de centeno. La pobre ya no puede comer otra cosa. No es capaz de masticar nada, los dientes deben estar pudriéndose por el flujo demoniaco —explicó la hermana como si fuera experta en posesiones.

—Cuando cayó enf…, poseída…, ¿la hermana residía en la misma celda que ahora?

—Así es, excelencia. Ella es de las dotadas y tiene una celda amplia, como habrá comprobado, señor.

—¿Y antes, hermana Julia, ella misma se preparaba su comida? —continuó el marqués.

—No señor, como le decía, ella es dotada, es monja de velo negro y coro, y nunca trabaja con sus manos en el convento. Nunca lo ha hecho en su casa y tampoco sabría cómo hacerlo aquí —añadió entre risitas—. Viene de una poderosa familia de la ciudad. De las tareas cotidianas nos ocupamos las monjas de velo blanco que no pudimos aportar una dote al convento y lo compensamos con nuestro trabajo. Yo me encargo gustosamente de preparar la comida a algunas hermanas.

—Gracias por la aclaración hermana, conozco la diferencia entre los velos. ¿Y qué le gustaba comer antes de que fuera poseída?

—Si me permite su excelencia, ¿a qué viene tanta pregunta sobre la comida?

—Quiero averiguar los motivos por los que el demonio elige a sus víctimas. Ahora me centro en la comida para ir descartando otros aspectos. Si es tan amable de indicarme lo que la hermana comía antes de ser poseída...

—Pues a la hermana le gustaba mucho el chocolate, los guisos, y otras cosas.

—Otras cosas. ¿Por ejemplo?

—Pues pan y gachas. O según ella me ordenara que le preparara —dijo la hermana Julia.

—¿La hermana podía darle órdenes? —preguntó el marqués sorprendido.

—No órdenes, no dije bien, quise decir que si ella pedíame algo, yo se lo preparaba gustosa —explicó sor Julia.

—¿De dónde procede usted, hermana? Tiene un acento que no es de aquí, viene de los reinos del norte de España, ¿no es así?

—Sí. De un pueblecito de Lugo, pero llevo aquí más de veinte años ya.

—Imaginaba. ¿Allí comen gachas? —preguntó el marqués, curioso.

—Sí, a todas horas. Son bien apetitosas.

—Suena delicioso. Me encantaría probar las de centeno, no las he comido nunca.

—Excelencia, bien hechas, son las más ricas. Venga, vamos a las cocinas y le preparo unas. O se las llevo a algún sitio, si espera a que las prepare.

—Me espera el doctor y no quiero dejarlo solo. Vamos a la celda de la hermana y las prepara allí, ¿le parece hermana?

—¿Allí, excelencia? Allí está el Maligno, no, no... —dijo sor Julia.

—Pero el Maligno está en el piso de arriba, no hay motivo de preocupación, que, sin duda, no ha de bajar a los fogones... Por otro lado, el Maligno ya os debe conocer, si vais a diario a prepararle la comida a la hermana, ¿no es así?

—Sí, sí... Voy a darle de comer y vengo lo más rápido que puedo, excelencia. No tengo más remedio. Y hasta ahora el

Maligno no se me ha aparecido. Bueno, pues vamos, y le prepararé las gachas. Antes he de hablar con la madre superiora, coger los ingredientes de la cocina, y eso, señor.

—No se preocupe hermana, he visto que en la cocina hay cuanto necesita. Y cuando lleguemos a la celda daremos aviso a la madre. Vamos, pues —concluyó el marqués.

Al llegar a la cocina, la hermana revolvió las alacenas buscando centeno entre las cajas. El virrey subió al piso de arriba y pidió al doctor Gómez que se acercara hasta la iglesia a buscar a la madre superiora, y que volvieran ambos en una hora. La hermana Julia siguió rebuscando y abrió la caja que contenía la harina de maíz.

—Aquí hay harina de maíz. ¿No prefiere su excelencia que le prepare unas gachas de maíz o quizá de almortas? —preguntó la hermana Julia.

—No, no…, quisiera probar las de centeno como las que dice que comen en Galicia —respondió el marqués de Mancera.

—Sí, sí, claro…, pero es que no queda centeno, excelencia. Se las hago de almortas. Le encantarán igualmente, señor —añadió la hermana apurada y risueña, ya muy colorada del esfuerzo.

—¿Ha buscado bien, hermana? Allí al fondo hay también un saco y parece contener grano. Si muele el grano en este mortero, tiene la harina —dijo el marqués señalando con el brazo extendido y apuntando con el dedo índice enguantado en los guantes de ámbar.

—¿Sí? ¿A ver? Ah, pues sí…, es centeno. Pero en el mortero no quedará igual de fino y tardaré un buen rato, excelencia —respondió la hermana Julia, mientras iba separando los granos negros de los de centeno.

—¿No es este el mismo centeno que usa para la hermana? Supongo que también lo muele en el mortero. Y, por cierto, ¿le criba también a ella los granos cuando le prepara la comida?

—A veces. Sí. Lo cribo, le quito estas granitos que están estropeados —dijo la hermana Julia.

—Pues, si a veces sí y a veces no, hoy déjelo como está y muélalo tal cual, por favor, no lo cribe —insistió el marqués.

—Pero estos granos oscuros están malos, excelencia, darán amargor a las gachas —dijo sor Julia.

—No se preocupe, han de estar deliciosas igualmente. Prepárelas como lo hace de manera habitual. Gracias, hermana —insistió el virrey.

La hermana, colorada y sudando, molió el grano lo más fino que pudo, mientras calentaba leche en una olla, y le echó un poco de corteza de limón. Cuando la leche estaba a punto de hervir, mezcló la harina de centeno tamizándola y revolvió durante un rato hasta que el vapor se concentraba en gruesas burbujas que estallaban soltando todo el calor acumulado.

—Aquí tiene, excelencia. Le pongo poquín porque no sé si le van a gustar. Igual salieron demasiado amargas, señor. ¿Le pongo azúcar?

—Gracias, hermana. Pero acabo de perder el apetito y me da pena que se pierda. Cómaselo usted, hermana, por favor —solicitó el virrey.

—No, no, nosotras comemos muy temprano, yo ya lo hice esta mañana. Y ya no comemos hasta la noche, excelencia —respondió sor Julia con una amplia sonrisa.

—Insisto. ¡Coma! —ordenó el virrey.

—Yo insisto en que no debo, excelencia —se resistía sor Julia.

—Bien, pues le ordeno que se lo coma —dijo de forma tajante.

—¡Su excelencia no puede ordenarme…! —contestó con voz firme sor Julia, aflorando un carácter duro y una mirada perturbante que se camuflaba detrás de su aparente bondad e inocencia.

En ese momento, como había acordado, entró el doctor Gómez acompañado de la madre superiora.

—Ahora está aquí la madre superiora y ella le ordenará que se coma las gachas que ha preparado usted misma y que le prepara a la joven hermana cada día. Adelante. Coma, por favor —insistió el marqués.

—Excelencia, por favor..., no insista. Madre, no —dijo la hermana volviendo a su apariencia risueña y lloriqueando..., mirando primero al marqués, luego a la madre, y de uno a otro buscando que alguno se lo impidiera, sonriéndoles y con lágrimas en los ojos. Hasta que no pudo más y con las manos cubriendo su rostro lloroso confesó—: Yo no quería..., no quería que pasara esto. Fue sin querer. Un accidente..., lo juro.

—¿Podría explicar su excelencia qué es lo que está ocurriendo? No entiendo nada —añadió la madre superiora sorprendida de la escena y de los lloriqueos de la hermana Julia, a quien fue a abrazar para calmarla, pensando que el virrey la había ofendido.

—Aquí, en México, se conoce poco el llamado fuego de san Antonio... provocado por el cornezuelo,[47] esos granos negros que nacen entre los del centeno. Es un hongo que crece en determinadas condiciones, especialmente con humedad, como la que se siente en esta alacena y en todo este lateral de la celda, donde se almacena el grano y arriba donde está la cabecera de la cama y eso hace sentir ese frío. No se debe a la presencia del demonio, simplemente es la humedad de aquella pared. Las consecuencias de la ingesta del fuego de san Antonio, que la hermana Julia conoce bien, son alucinaciones, delirios, ardores en partes del cuerpo, picazón, entumecimiento, hinchazón de extremidades y finalmente gangrena... Así que, ¡cómaselo, hermana! —ordenó el virrey.

---

[47] El hongo más frecuente que le sale al centeno y que produce estos síntomas es *Claviceps purpurea*.

—Por Dios bendito… ¡No!, no puedo, no puedo, madre, por favor… —respondió la hermana Julia con el rostro tapado por sus manos y aún llorando.

—Pues bien, madre. ¡Aquí tiene en carne y hueso al demonio que habita en este convento! Espero que todas y cada una de las hermanas se disculpen con la hermana Isabel, que es evidente que nada tiene que ver con esta situación. La hermana Julia, aprovechando la llegada de la pobre Iyali, ha estado envenenando de forma deliberada a esta otra joven hermana con el cornezuelo, lo que ha provocado todos los síntomas que le he dicho. Nuestro sabio doctor Gómez no dudará en ratificar que son los mismos que padece la hermana supuestamente endemoniada. Como usted ha podido comprobar ahora mismo, la hermana Julia, rehúsa comer las gachas que ella misma ha preparado, porque conoce sus consecuencias —concluyó el virrey emocionado por haber resuelto tan rápido aquel misterio.

—No es posible, excelencia. La hermana Julia lleva con nosotras dos décadas o más. Nunca ha habido… —comentó la madre superiora sorprendida y enmudeció de repente, desviando la mirada hacia un lado.

—Nunca es mucho tiempo. ¿Se acuerda de Micaela, la joven romaní? Justo coincidió con otro caso de posesión demoniaca. Y aquí tiene de nuevo a la culpable. En ese caso, provocando la muerte de la hermana —concluyó el marqués.

—Madre…, perdóneme…, son niñas insufribles, se creen que pueden darme órdenes para limpiar, para cocinar, y maltratarme como si yo fuera una esclava, por no ser dotada. Y luego vienen la gitana y la india, con aires de dotadas también. Y yo, sirviendo a niñatas e indias. No quería causarle daño, solo asustarla un poco… y restarle privilegios a esa india enana —confesó la hermana Julia, cubriéndose el rostro de vergüenza.

—Pero el daño que le ha causado a esta joven es irremediable. Perderá los dedos de los pies por la gangrena y quizá los de las manos. Seguramente le quedarán secuelas el resto de su vida por las alucinaciones que ha sufrido durante semanas. En fin, madre, aquí ha terminado nuestra visita —añadió el marqués, indignado—, usted verá si acude a los tribunales eclesiásticos o lo denuncia por al alcalde del crimen. Ya no es asunto nuestro. Vámonos, doctor —concluyó el virrey.

94

Sometimiento

Caribe, enero de 1674

Don Diego y Enriqueta, marquesa de Brumas, tardaron meses en alcanzar Veracruz para embarcar rumbo a España tan pronto como saliera la flota, pues procuraban viajar en trayectos cortos, caminos secundarios y evitando las horas de mayor luz.

Cuando llegaron al puerto de Veracruz, tomaron un alojamiento cómodo, con dos habitaciones separadas, pues aún debían aguardar semanas hasta que la flota partiera. Uno de los días siguientes, la marquesa entró en el dormitorio de don Diego:

—Querido, tengo una sorpresa para ti —dijo la marquesa de Brumas, entrando sin llamar en el dormitorio de don Diego, encontrado a un hombre desaliñado y malhumorado, que aún no se había acicalado ni vestido.

—¿Me darás unos minutos para que me vista, querida? Y la próxima vez llama antes de entrar, podría estar ocupado —reprendió don Diego de malos modos. No le gustaban las visitas inesperadas, y menos si no se había arreglado convenientemente.

—Claro, querido. Te espero abajo. Tómate tu tiempo —dijo la marquesa sonriendo.

Después de una hora y media aguardando a que terminara su acicalamiento, don Diego bajó las escaleras del alojamiento rutilante, acicalado, afeitado y peinado, bien vestido y planchado, tanto que parecía una persona totalmente diferente a la que se había encontrado Enriqueta en la mañana.

—¿Y bien? ¿Qué sorpresa es esa? —preguntó malhumorado, pues aún no había desayunado y mostraba un carácter agrio hasta que conseguía comer algo.

—¡Mira quién está aquí, querido! —dijo la marquesa, señalando con la mano y asistiendo con la cabeza, la entrada del Irlandés en la sala.

—Querido Connor. ¡Dichosos los ojos! —exclamó Diego con las cejas arqueadas y juntando su cuerpo al del Irlandés para dar fuerte abrazo.

—Querido Diego. Cuanto tiempo sin vernos. Te veo mejor que nunca —respondió el Irlandés en un español salpicado de acento británico.

—Eres un adulador, siempre lo has sido —sonrió don Diego mirándole de reojo.

—¿Me acompañas? Me gustaría mostrarte un lugar especial donde lo pasaremos bien —añadió Connor Smith con una amplia sonrisa en los labios.

—¿Adónde me llevas? —preguntó don Diego entornando los ojos.

—Es una sorpresa. ¿Puedo vendarte los ojos? —preguntó el Irlandés.

—Querido, tus juegos nos hicieron terminar la otra vez retozando en la playa. Si va a suceder de nuevo, véndame lo que gustes —añadió don Diego sonriendo y entornando seductor su rostro.

—Ven —le indicó Connor mientras le guiaba con las manos para que se diera la vuelta y vendaba sus ojos.

—Bueno, queridos. ¡Veo que a mí ya no me necesitáis! —añadió la marquesa subiendo las escaleras y alzando una mano para despedirse.

El Irlandés subió a don Diego a un carruaje cuidando que no se golpeara la cabeza y empujándole con suavidad en las nalgas mientras las acariciaba. Diego estaba excitado por el juego y pensaba que la intención era volver a retozar juntos, pero cuando se quitó la venda de los ojos, después de un buen rato preguntando adónde se dirigían y cansado de no obtener respuesta alguna, se sorprendió al comprobar que estaba encerrado en una jaula, cubierta con una gruesa lona que impedía ver el camino. Comenzó a gritar y a insultar al Irlandés y a Enriqueta.

Después de tres días de viaje, sin darle de comer ni beber, llegaron a una pequeña cala en la que había atracado una embarcación de contrabando. Connor ordenó subir a bordo la jaula en la que viajaba don Diego. La tripulación debía estar acostumbrada, pues nadie se inmutó al escuchar los incesantes gritos e improperios. Dejaron la jaula colgando del extremo de la botavara y el barco zarpó. La jaula se movía tanto que Diego vomitó la bilis de su estómago, pues no había otra cosa en él. Ya en alta mar, Connor retiró la lona y dejó a la vista a un furibundo Diego, que tapaba sus ojos de la luz con el brazo, profiriendo insultos y gritando.

—Así no, querido Diego. Necesitas pulir esos modales cortesanos. Bajadle —dijo Connor a unos marineros que aflojaron la cadena que sostenía la jaula para que cayera al mar, y se fue hundiendo lentamente, arrastrada por el barco. Los tiburones golpeaban con su hocico en los barrotes para intentar llegar hasta las carnes de aquel hombre aterrado. Después de un minuto lo elevaron de nuevo, empapado, asfixiado y aterrorizado, pero aún enojado. Exigió que lo liberaran y siguió insultando a diestro y siniestro por lo que, a una nueva señal de Connor, volvieron a dejarlo caer. Otras dos veces más, hasta que comprendió que de nada servía irritarse y preguntó amigablemente:

—¿Qué he de hacer Connor? Por favor, no me vuelvas a arrojar al agua. Te lo ruego. Haré lo que me pidas —dijo don Diego solícito.

—Así me gusta. Ya nos vamos entendiendo. Subidle. Si te portas bien, todo irá estupendamente —respondió el Irlandés satisfecho.

—Me portaré bien. Lo prometo —suplicó Diego dócilmente.

Connor pidió que dejaran la jaula sobre cubierta, así no oscilaría tanto, y le entregó un cuenco con agua dulce y otro con un poco de maíz cocido. Diego estaba agradecido por ese gesto. Estaba muy sediento y relamió el cuenco. Al día siguiente lo sacaron de la jaula y le colocaron un collar de esclavo, de hierro, muy ancho, con una cadena cuyo extremo fijaron al palo mayor. Diego se acurrucó al pie del mástil, apoyando su espalda en él y sujetándose las rodillas dobladas con los brazos, escondiendo la cabeza entre ellos, sollozando. Connor se le acercó, pero al verlo pudo más la rabia y de un salto se abalanzó sobre él para atacarle. La cadena era muy pesada y le impedía moverse con agilidad, así que Connor se apartó ágilmente a un lado.

—Parece que aún no has aprendido. Metedle de nuevo en la jaula y dadle otro baño —gritó a unos marineros, mientras él derramaba poco a poco el agua dulce que le traía frente a Diego y se dirigió a su camarote.

—No, no, por favor, te lo ruego Connor. No… —se resistía llorando Diego mientras volvía a caer al agua.

Al otro día, lo volvieron a sacar de la jaula. Al llegar Connor se abrazó a sus pies y pidió perdón por todo lo que hubiera hecho en el pasado que le hubiera ofendido. Connor le respondió dándole una palmadita en la cabeza y derramando un cuenco con comida sobre el suelo. Lo devoró con fruición sobre la cubierta, como si fuera un animal.

Connor seguía la evolución de Diego a diario, y después de casi dos semanas en alta mar ordenó que lo condujeran a su camarote. Allí lo ataron por la cadena del cuello a la pared. Cuando entraba, Connor se descalzaba delante de él y le pedía que lamiera sus pies. Y Diego los lamía, pues a cambio recibía agua y comida. Con todos estos gestos, Connor fue sometiendo la voluntad de Diego poco a poco, hasta que comprobó que podría retirar la cadena sin peligro alguno. Diego lloró y le agradeció la confianza. En la pared del camarote de Connor colgaban tres gruesas argollas de una chapa metálica atornillada a la madera, lo que permitía tener hasta tres esclavos o esclavas simultáneamente. Esta vez Diego viajaba solo y Connor pacientemente trataba de ganarse su voluntad.

—Diego, ponte de rodillas —ordenó Connor al entrar en el camarote.

—Sí, señor —respondió Diego arrodillándose frente a Connor.

—Quítame las botas… —volvió a ordenar.

—Sí, señor —contestó de nuevo Diego complacientemente.

—Me gusta que seas obediente. Voy a poner mis pies sobre tu espalda —dijo colocando sus pies descalzos encima de Diego—. Vamos a Jamaica, y allí veremos si te vendo en el mercado o si continúas sirviéndome. Según como te portes. Ahora eres mi esclavo. ¿Lo sabes, verdad? —dijo Connor mientras se servía un vaso de ron.

—Sí, señor. Lo sé. ¿Puedo, señor, preguntaros el motivo? —inquirió conteniendo la emoción y las ganas de llorar.

—¿El motivo de hacerte esclavo? Alguien nos comentó que haces demasiadas preguntas y que sabes demasiado. ¿Sabes quién te vendió?

—Sí, señor —respondió pensando en la marquesa de Brumas.

—Hemos querido dejarte con vida, en agradecimiento a tus servicios pasados y quizá por tus servicios futuros.

—Sí, señor. Le estoy muy agradecido. Me alegra estar a su servicio y cumpliré su voluntad ahora y siempre, señor.

—Así me gusta… —añadió Connor dándole unas palmaditas en la cabeza—. Así me gusta. Lo pasaremos bien. Verás.

95

Confesiones

México, enero de 1674

El marqués no había tenido ocasión de comentar con su esposa sus averiguaciones en el convento, y le extrañaba que esta no hubiera llegado como un torbellino la mañana siguiente. Al preguntar por ella, le comentaron que la marquesa se encontraba indispuesta. A medio día fue a visitarla, pero dormía y no quiso despertarla.

El marqués cenó solo y, cuando ya estaba terminando, Leonor se acercó despacio y le colocó la mano en el hombro:

—Querido. Me han dicho que has venido a verme —comenzó diciendo Leonor.

—¿Te encuentras mejor? —preguntó el marqués.

—Sí, algo aliviada —dijo la marquesa preocupada tomando un sorbo de un búcaro rojo.

—Tu afición al búcaro es exagerada, como la del duque. Quizá no te sienta bien, querida —señaló el marqués.

Tras escuchar con atención lo ocurrido en el convento, Leonor quiso saber sobre su amiga:

—¿Sabes algo de Enriqueta? —preguntó la marquesa de Mancera. Ni Lisy ni su padre habían querido contarle nada de la participación de su íntima amiga en los asesinatos y conspiraciones.

—Lo que ya te comentamos. Dijo que se tenía que ausentar con urgencia y que no le daba tiempo a despedirse —mintió el marqués mirando hacia otro lado para que Leonor no se percatara.

—¡No puedo creerlo! Después de tanto tiempo juntas. No es posible que no me dijera nada. Estoy muy preocupada, Antonio. Si no aparece, tendremos que volver a España sin ella —dijo Leonor.

—Bueno, querida, quizá prefiera quedarse por aquí.

—Ay, querido. Intuyo que tienes algo que contarme, pero mejor que sea otro día. Estoy cansada y prefiero irme a dormir. Buenas noches —dijo la marquesa.

—Descansa —añadió el marqués retorciendo su bigotito y pensando que bastantes preocupaciones tenían por delante para deshacer la casa y volver a empacar todo de regreso a España. Si encontraba la oportunidad, cuando estuviera mejor de ánimo, se lo contaría todo. Por ahora consideró mejor no hacerlo.

96

La muerte acecha

Tepeaca, abril de 1674

La familia del marqués de Mancera continuó alojada en el palacio del conde de Santiago de Calimaya en la ciudad de México, durante varias semanas más, para cumplir con los plazos del juicio de residencia. Finalmente, el día 2 de abril de 1674, a las cuatro de la tarde, el marqués y su familia abandonaron la ciudad de México rumbo a Veracruz, donde embarcarían de regreso a España. Habían pasado ya diez años, y para Lisy supuso el final de su infancia y el descubrimiento de la madurez y de la sexualidad. Poco antes de partir, el doctor visitó a la virreina en sus aposentos y, después de reconocerla, se detuvo en la puerta a hablar un rato con el marqués.

Cuando terminaron este entró al dormitorio de la virreina, donde seguía descansando tumbada en la cama.

—¿Qué te ha dicho el doctor? —preguntó el marqués de Mancera.

—Pues que él no ve causa alguna que origine mi malestar. Que podría ser alguna cosa de las que como últimamente —dijo Leonor con cara de escepticismo.

—Quizá todos los acontecimientos que hemos vivido en estas semanas te han alterado —añadió el marqués.

—Algo me habrá afectado, Antonio. Pero sigo pensando si no habré sido envenenada. *Ich wurde vergiftet*[48] —señaló la marquesa tomando una mano de su esposo.

—Si te encuentras mejor, deberíamos partir para Veracruz —advirtió el marqués de Mancera sonriendo y mirando a su mano prisionera.

—Quiero que Dios me dé salud para llegar a España y conocer a Joseph. Organizar la boda como Dios manda para Lisy.

—Lo harás, querida —respondió el marqués, levantándose para besar en la frente a su esposa, como excusa para liberar su mano.

La comitiva de los Mancera partió de México con una grandiosa despedida, entre aplausos sentidos. Todos admiraron la obra y la dedicación del marqués de Mancera, y las buenas formas de la marquesa especialmente hacia los conventos. Todos menos uno, el nuevo virrey arzobispo Payo que para dar la puntilla a sus enfrentamientos, se negó a salir a despedir al marqués y esto supuso un nuevo agravio y un disgusto para la marquesa.

A mediados de abril llegaron al pueblo de Tepeaca, cerca de la ciudad de Puebla, camino del puerto de Veracruz. Allí los dolores y malestar de Leonor se agravaron hasta tal extremo que no les fue posible continuar avanzando. El médico que los acompanaba la volvió a examinar a fondo y advirtió que su final estaba muy próximo, algo que nadie podía haber supuesto unos días antes, ni tan siquiera la propia marquesa.

El día 16 de abril, en vista del diagnóstico del médico, el marques llamó al escribano de la ciudad, Bartolomé Bravo, y

---

[48] Me han envenenado.

en el testamento dictado *in extremis*, la marquesa reconoció como albacea a su marido, y como heredera universal a su única hija. Y creó una fundación de Obras Pías, como había acordado que haría con su amiga la marquesa de Brumas en alguna ocasión, para apoyar a doncellas y viudas con la dote matrimonial o para el ingreso en los conventos de las más necesitadas.

—Querido, te ruego…, por favor…, te ocupes del mantenimiento de esta fundación. Es mi memoria —expuso Leonor.

—Por supuesto, querida —dijo el marqués acariciando la frente de su esposa.

—Antonio, creo que finalmente muero envenenada —advirtió la virreina—. Abigail, Lorenza, y tantas muertes…, ahora lo voy entendiendo todo. Pero es tarde para mí, Antonio.

—Debería ser yo quien estuviera postrado, no tú, querida —respondió el marqués con picor en los ojos.

—Antonio, tú solo no sabes estar. Prométeme que te volverás a casar lo antes posible —le pidió Leonor haciendo un esfuerzo por mirarle a los ojos.

—Querida, no pienses en esas cosas ahora —corrigió el marqués.

—Claro que sí. La niña está ya casada, y tú te quedarás solo. No sé si hicimos bien en casarla así, Antonio. Ahora me arrepiento, quizá debería haber conocido antes a su esposo —dijo Leonor bajando la mirada.

—Ella estará bien, yo me ocuparé de que así sea, querida —confirmó el marqués.

—¿Y tú? —Volvió a inquirir Leonor.

—¿Yo qué? —preguntó el marqués con dulzura.

—Cristóbal se ha quedado en Nicaragua. No tienes a nadie que te cuide. Debes volver a casarte lo antes posible, Antonio —insistió la virreina. —¿Me prometes que lo harás?

—Lo prometo, querida. No quiero que tengas ninguna preocupación ahora —añadió el marqués.

—Ha llegado mi fin. Han sido buenos años. ¡He sido virreina, Antonio! Nunca lo hubiera imaginado. Al final he disfrutado de estas lejanas tierras, lo confieso —dijo Leonor con una leve sonrisa.

—¡Lo sé, querida! Ha sido una experiencia inolvidable para todos. Lisy ha madurado en México, y lo echará de menos, más que nosotros.

—Querido, Dios a veces juega con nosotros. Yo siempre que me enfadaba con alguien decía «váyase al rollo de Tepeaca» y aquí estoy yo, muriéndome… en Tepeaca. —Sonrió Leonor.

—Querida, qué cosas se te ocurren —dijo el marqués tomándola de la mano y sonriendo.

—Hemos criado una hija maravillosa, querido. Se parece mucho a ti. *Ein Chip vom alten Block*[49] —confirmó Leonor de nuevo como crítica velada—. Se parece mucho a ti también… en algunas cosas —comentó el marqués mientras acariciaba el cabello de su esposa.

Lisy pasaba casi todo el día con su madre, aunque la mayor parte del tiempo esta dormía o descansaba con los ojos cerrados y no se daba cuenta ni siquiera de que ella estaba allí, como le había pasado a lo largo de su vida. El día 21 Lisy regresó al dormitorio después de comer, acababan de cambiar las sábanas y perfumar la estancia con los aromas que más le gustaban a Leonor.

Si cerraba los ojos podía sentir una débil presencia de su madre diluyéndose, pero al abrirlos no podía reconocer a aquella persona sin peinar, sin maquillaje, pálida y ojerosa y con frecuentes vómitos. Lisy lloraba desconsoladamente porque algo, de nuevo, se desgarraba en su interior. A mediodía, una lechuza se posó en una rama en el exterior de la habitación y no dejaba de ulular. Tembló al recordar la premonición de

---

[49] De tal palo, tal astilla.

Micaela antes de partir hacia Panamá sobre el canto del tecolote en la ventana, durante el día, y su pérdida que desgarrará su corazón, pero que era su destino.

—Madre, por favor, perdóname por no haber sido tan buena hija como merecías. —Lloró Lisy arrodillada a los pies de la cama y sujetando la mano derecha de su madre.

—Lisy… —respondió Leonor con un hilo de voz que casi no conseguía sacar de su cuerpo, sin mover apenas los labios—, tú has sido mi mayor bendición.

—Madre. No nos dejes. Por favor —insistió Lisy llorando.

—No… decido… yo…, Li… —Y ya no pudo continuar hablando.

—Madre…, madre. —Lisy movía su mano tratando de que regresara, pero Leonor se quedó con la mirada clavada en el techo, sin pestañear y parecía no respirar. Lisy gritó llamando a su padre, que entró inmediatamente.

Llorando, pasó con suavidad su mano por encima de los párpados abiertos de su madre, tratando de cerrarlos. Le habían dicho que, si no se hacía en caliente, la persona tenía que ser sepultada con los ojos abiertos y le aterraba la idea.

—Padre, no puedo cerrar sus párpados —dijo Lisy angustiada entre lágrimas y sollozos.

—Espera, Lisy, es que aún no se ha ido. Déjala que se tome su tiempo —respondió el marqués poniendo una mano sobre el hombro de su hija, y sujetando con la otra la mano de su esposa moribunda.

Poco después la marquesa exhaló su último aliento, rodeada de sus dos seres más queridos. Lisy se arrojó sobre su cuerpo inerte para abrazarla por última vez, derramando lágrimas. El marqués no pudo contenerlas tampoco. Le cerró los ojos. Y… rezó por su alma.

La marquesa falleció el día 21 ante la sorpresa de toda la comitiva de viaje. Sus restos fueron enterrados en la iglesia de Tepeaca, y posteriormente trasladados al panteón familiar en

España. Pero las exequias se hicieron en la catedral de México el día 28 de abril con un túmulo de ocho cuerpos y misas en todos los altares del perdón, con todo el reconocimiento que habría tenido como virreina, porque había sido muy querida.

El marqués viudo y su hija, así como el resto del séquito no pudieron asistir a los funerales que se celebraron en la capital, pues tuvieron que continuar viaje hacia Veracruz ya que la flota elevaba anclas en las próximas semanas. Si no estaban a tiempo, debían aguardar varios meses más o incluso un año hasta contar con una nueva oportunidad.

Epílogo

Iyali llevaba días sin probar bocado. Había decidido que había llegado su hora, y quizá intuyera que de esa forma aceleraba su propósito. Tomó su zurrón, uno de los pocos bienes personales que las monjas le habían dejado ingresar al convento y que la madre superiora había registrado a conciencia en busca de ídolos paganos o de cualquier otro signo de idolatría o de adoración al diablo. Ya había previsto que alguna de las hermanas hurgase en sus bienes o que le hicieran una requisa, así que había escondido, cosido en un doble fondo en la talega, algunas setas alucinógenas y un poco de peyote. Había llegado el momento que necesitaba la ayuda de los espíritus a través de visiones.

Tomó otro sorbo de agua de una jícara e introdujo en el vasito el peyote y las setas resecas para hidratarlas. Se sentó en el borde de la cama, y se dejó caer de espaldas con los pequeños brazos en cruz. Cuando había pasado tiempo suficiente, tomó las setas y el peyote y los masticó, tragándolo entre sorbos de agua. Estaba amargo y tenía un sabor espantoso, pero pronto comenzaron los efectos. Se tumbó.

Después de un rato con alucinaciones de colores, comenzaron otro tipo de visiones. Vio una gran perla de oro, brillante, perfecta, hermosa y pura que se agrietó y se partió en dos y en su interior había un rubí de un intenso color rojo. En la superficie de este fueron apareciendo grietas, que se hicieron más y más profundas, hasta que la fragmentaron. El rubí se rompió en varios trozos y en cada uno de ellos podía ver el reflejo de una mujer, todas eran distintas, pero todas ellas eran Lisy, de adulta.

Miró el reflejo de uno de los fragmentos, y como en un espejo, la visión fue haciéndose más nítida. Detrás de Lisy vio a un hombre al que no conocía, pero que de alguna forma sabía que era su esposo. La zarandeaba de forma vehemente del brazo, y la tiraba al suelo de una bofetada y seguía golpeándola. La angustia invadió el pequeño cuerpo de Iyali, y se alimentaba con el miedo, el dolor, la impotencia, y otras emociones que contenían los fragmentos. Una lágrima resbaló hasta el jergón. Apretó los ojos y se centró en otro fragmento rojo. Ahí veía a Lisy con la mirada vacía, sin peinar, ni arreglar. Ausente. Una sombra cubrió todos los fragmentos de rubí, fundiéndolos en un río bermejo de muerte, dolor, angustia…, la locura.

—No, no… ¡Mi pobre niña! —pensó Iyali—. Ella no se merece esto. ¿Qué ocurre? ¿Qué es esa sombra que la amenaza?

A Iyali le faltaba el aire, no podía respirar…, y su corazón se detuvo. Falleció en el convento de las Conceptas en el mismo momento en que Lisy embarcaba rumbo a España, justo cuando sus pies dejaron de pisar tierra.

Al mismo tiempo, en Veracruz, el marqués de Mancera aguardaba, junto a su hija y su séquito, la hora de zarpar de la flota rumbo a España. Supervisó que se cargaban convenientemente sus bienes, y en el puerto se le acercó un hombre sigiloso que le habló desde las sombras.

—Señor, soy yo. Taranis —le susurró.

—¡Taranis, no es posible! Creí que habías muerto en el asalto a Panamá. ¡Han pasado años sin saber de ti! ¡Qué sorpresa! Ven, tomemos algo para celebrarlo —dijo el marqués.

—Señor, ¿no importa que nos vean juntos? —preguntó Taranis.

—¡Taranis, ya nada importa! —respondió el marqués—. Hemos cumplido con la misión que nos encomendaron los reyes de España. Gracias a ti y a Achán, liberamos a los indios chichimecas de la esclavitud, descubrimos la conjura que existía para destruir al imperio español y a sus monarcas, y nos enfrentamos a los piratas, aunque no siempre salen las cosas como uno espera —resumió el marqués.

—¿Confesaron Abigail y don Diego, señor? —preguntó Taranis.

—Tenía que haberles apresado tan pronto descubrimos que formaban parte de la trama, pero mi deseo de averiguar más, y dar tiempo a que se fraguara el plan de Panamá, fue un error. El capellán quizá formaba parte también de la trama, pues apareció mutilado y degollado en la capilla de forma muy extraña, advirtiendo para que no se fueran de la lengua. Abigail fue asesinada y Diego se escapó. Lo más terrible es que hace poco que descubrimos al cabecilla de la red en México, o a uno de ellos. ¿Recuerdas que en el viaje el marinero asesinado te había hablado de un hombre con chambergo y capa del que sospechaba?

—Así es, señor, Tafuré era su nombre —añadió Taranis.

—Su asesino, fue en realidad, la marquesa de Brumas vestida de embozado. Así es como conocían cada uno de nuestros movimientos, adónde íbamos y qué decisiones tomábamos, de boca de la inocente Leonor. Trató de destruirnos durante años, solivantó a negros y mulatos, intentó asesinar a Lisy en más de una ocasión, quizá envenenó a Leonor. Y ella nunca sospechó, murió creyendo que era su amiga. Tampoco quisimos contarle, estaba muy enferma y nos dejó de camino a Veracruz.

—Lo lamento, señor. Era una mujer admirable. ¿Apresasteis a la marquesa? —preguntó Taranis.

—No. Desapareció el mismo día que don Diego. Debieron fugarse juntos. Habrán embarcado con el tal Connor, otro que también ha desaparecido. Ya no lo encontramos en Cadereyta ni en Nuevo León. Supongo que se habrán ido a Jamaica o están ya rumbo a Inglaterra. Esto no ha concluido, solo destapamos una parte, la que operaba en la Nueva España. No sé qué nos encontraremos en Madrid, donde la trama sigue oculta.

—Señor. Os ruego permitáis que me quede aquí, junto con Achán. Debemos regresar al norte —comentó Taranis compungido.

—Querido Taranis. Por supuesto, debes hacer tu vida. Además, ¡nunca llegué a recompensarte por salvar la vida de Lisy! ¡Dos veces! Permíteme ayudarte a establecerte. ¡Aguarda! —El marqués rebuscó entre sus pertenencias y le entregó una bolsa de cuero repleta de escudos de oro y reales de plata y algunas piedras preciosas—. Con esto podrás comprar una hacienda en el norte y dedicarte a criar ganado o abrir una mina, o lo que tú consideres —concluyó.

—Señor, no sé cómo puedo agradecer tanta generosidad —dijo Taranis sorprendido.

—Taranis, es una merecida recompensa a tus servicios. Te lo has ganado —añadió el marqués satisfecho y orgulloso de sus años juntos.

—Por cierto, señor. Cristóbal nos ayudó a llegar a Veracruz. Le va muy bien allá en el comercio de búcaros y otras mercancías. Me pidió que os lo comentara y que os estaba muy agradecido.

—Lo sé. El virrey cuenta con una amplia red de espías. Me voy más tranquilo sabiendo que está bien. ¿Cómo está Achán? —señaló el marqués divertido, atusando su bigotillo.

—Me espera en la posada. Fue gravemente herida en Panamá y aún tiene que recuperar. Señor, confío en que volvamos a encontrarnos algún día —añadió Taranis esperanzado.

—Si necesito de ti, te haré buscar, Taranis. —Y, haciendo un esfuerzo, porque el marqués no es hombre de contactos físicos, le dio un sentido abrazo.

Taranis regresó al alojamiento donde le aguardaba Azdsáán. Su cabello había vuelto a crecer brillante y negro, pero su sonrisa maravillosa todavía no había regresado a iluminar su rostro. Taranis entró en la habitación y sonrió, mientras le contaba el encuentro con el marqués de Mancera. Azdsáán afirmó con la cabeza y Taranis la abrazó y la besó.

—Iremos a tu tierra, Achán —susurró Taranis al oído.

—Azdsáán ir donde Taranis ir —respondió ella, fundiéndose en un largo beso con su amado.

El 3 de julio de 1674, cuando Lisy embarcaba en el galeón de la flota que les conduciría España, notó un fuerte dolor en su pecho. Sentía que su corazón volvía a partirse, como le sucedió al ver a Trani aplastado por el carruaje o cuando falleció su madre. Miró alrededor, pero no reconoció nada extraño, así que pensó que llevaría el jubón demasiado apretado. No fue consciente de que había sentido en sus entrañas la muerte de Iyali. Su luz seguía apagándose, cubriéndose por una oscura sombra.

En aquel tumulto de gentes que trataban de embarcar o de supervisar la carga de mercancías, un hombre delgado, con un amplio sombrero había adquirido un pasaje a un precio desorbitado para poder regresar también a España. Al levantar el brazo para procurar calarse el sombrero y evitar que el fuerte viento lo hiciera volar, dejó al descubierto una cicatriz en forma de aspa. La marquesa de Brumas, de nuevo con su atuendo de hombre, viajaba, esta vez en otro de los galeones, con destino a España.

La nao Capitana levó anclas. Lisy, asomada por la borda del galeón, recordó sus años en la Nueva España. Lo más seguro es que nunca más volviera a ver aquellos cielos, aquellas aguas, aquellas gentes. Aunque no quiso pensar en Simón, pues era una mujer casada, no podía borrarlo de su mente ni de su corazón. Cerró los ojos y volvió a sentir sus labios recorriendo su cuerpo, el calor que desprendía su proximidad, la sensación de seguridad que le transmitía y el placer que sentía con su contacto, con el roce de sus manos, con su miembro dentro de ella. Confiaba en que su marido no se diera cuenta de que ya no sería el primero, pero aún temía más que su nueva vida en Madrid le resultara insoportable y que solo pudiera vivir de los recuerdos de tiempos pasados en México.

El galeón viró y se internó en alta mar. Veía alejarse la tierra en la que había sido feliz. Las lágrimas de María Luisa de Toledo, esposa de Joseph de Silva y Mendoza, recorrieron sus mejillas para fusionarse con la infinidad del océano, mientras la sonrisa afloraba en su rostro al volver a sentir aquel aroma inconfundible para ella.

Comentario final del autor

El retrato de uno de los personajes de esta novela, y su familia, Lisy o María Luisa de Toledo y Carreto, hija de los marqueses de Mancera, se cruzó en mi vida hace unos años. Figuraban como anónimos, pero tras la investigación, que concluyó en 2018 con el catálogo y una exposición temporal en el Museo de América titulada «La hija del virrey. El mundo femenino novohispano en el siglo XVII» pudimos devolver la identidad a los personajes. Los inventarios de bienes de la familia de esta dama incluían una extraordinaria cantidad de bienes americanos: biombos, bateas lacadas, cientos de búcaros, decenas de muebles de Villa Alta, chocolate, molinillos, servilletas…, incluso huipiles y una hamaca. Además de otros numerosísimos de procedencia asiática procedentes del galeón de Manila.

He procurado reflejar el gusto por los sentidos a través de la afición a los perfumes de Leonor de Carreto, y de un mundo de sensaciones en general, así como descripciones de muebles u objetos que ayudan a entrar mejor en el contexto o en el espacio doméstico de las casas virreinales. Recrear la vida de la familia durante esos diez años en México, y el encuentro con la mujer indígena de pequeña estatura, que por el tipo de tatuaje tenía que proceder de algún grupo chichimeca, y la relación entre ambas que dio lugar al lienzo, me llevó a plantear una trama de esta historia novelada.

Los indígenas chichimecas estaban siendo esclavizados pese a las prohibiciones existentes, y tanto la reina Mariana de Austria como el virrey marqués de Mancera dictaron las pertinentes órdenes para su liberación y la prohibición de la esclavitud. Las minas del norte eran sin duda uno de los destinos como las plantaciones del Caribe. La historia del rey Congo fue uno de tantos intentos esperanzadores de que se produjeran cambios con la esclavitud africana.

En los territorios chichimecas del norte se reproducen las historias que hemos visto muchas veces en el cine, pues el avance de los españoles de sur a norte, antecede en dos siglos o más, a la «conquista del Oeste» de Estados Unidos, reproduciendo situaciones muy similares. La domesticación del caballo español cambió sus modos de vida y también la forma de guerrear. Los asaltos a las caravanas y fuertes eran habituales. En España se denominaban «presidios», pero no se trata de cárceles, sino de fortines ubicados en territorios de frontera, como Cadereyta.

Y es curioso que al mismo tiempo se desarrollan las historias de piratas en el Caribe y los asaltos a los grandes puertos hispanos, como hemos querido narrar en estas páginas. El ataque de Henry Morgan a Panamá sucedió realmente en enero de 1671 y en el texto se citan referencias sobre la defensa de la ciudad, los toros bravos o los abusos cometidos hacia las mujeres que se han documentado también.

Cada vez se conoce mejor cómo funcionaba el espionaje en el siglo XVII, un aspecto de las relaciones internacionales y de las luchas entre las potencias europeas. Pero la historia central es invención. Don Diego de Peñalosa y Briceño, gobernador de Nuevo México, fue real, y parte de una trama de corruptos durante la etapa del conde de Baños, y parece que trabajó como espía para los ingleses. La biografía que le dedica la Real Academia de la Historia le tilda de «aventurero, impostor y traidor». Su relación con el personaje inventado de Connor Smith, es también ficción, y este personaje se ha creado para establecer el vínculo con el pirata Morgan que sí que, como ya indicamos, existe, fue nombrado gobernador en Jamaica por el rey de Inglaterra como recompensa por destruir Panamá.

Muchas de las pequeñas historias que se cuentan en la novela fueron narradas por cronistas de la época. El viaje del marqués de Villena como virrey, unos años antes que el de Mancera, fue descrito por Cristóbal Gutiérrez en 1640 y titulado *Del viaje feliz del Marqués mi señor por la mar*. O las historias de la ciudad de México son narradas en *El Diario de Sucesos Notables* (1665-1703) de Antonio de Robles, cronista de la ciudad de México durante la etapa de Mancera. Algunos de los acontecimientos, aunque en general hemos procurado respetar los tiempos, los hemos movido de fecha para que encajen mejor en la trama de la novela.

El año de 1666 fue muy especial. Efectivamente hubo un conato de alzamiento de las personas afrodescendientes, que esperaban la llegada del «rey Congo». Por otro lado, en ese año se acrecentó el miedo a las posesiones demoniacas y a la llegada del Maligno que se pensaba que desembarcaría en Veracruz en cualquier momento que son dos de las tramas secundarias de la novela. El caso de la monja endemoniada sucedido en Perú lo hemos trasladado a México cambiando las circunstancias, pero son también hechos auténticos.

Taranis de Cárabes no existió, aunque corresponde al estereotipo del soldado español que intentamos alejar del estereotipo del pícaro bravucón que se puede encontrar en la literatura. Y la presencia de mujeres transgénero indígenas es una constante en las comunidades de toda América, y especialmente entre los grupos de Norteamérica, aceptadas y valoradas en sus comunidades. Si desean más información al respecto, les proponemos el catálogo de la exposición «Trans. Diversidad de identidades y roles de género» (2017). Los juicios por sodomía y la condena a la muerte son también casos reales.

Por supuesto que existen licencias, pues es una novela que no pretende ser un ensayo histórico. Me he procurado ceñir a los datos que conocemos, pero los caracteres de los personajes son invención propia, las conversaciones y las situaciones que permiten ambientar esta trama, así como numerosos hechos.

Aunque mi intención inicial era la de contar una historia familiar y aproximarme a diferentes formas de amor, que son las que estructuran los cuatro grandes apartados del libro, al final irremediablemente se ha convertido en una novela de aventuras, y fue inevitable, pues así debían ser las vidas de muchos de los que transitaban por estos y aquellos territorios en esa época.

Finalmente, me gustaría agradecer a Emilia Aglio y Sofía Rodríguez Eguren por las sugerencias tras leer el manuscrito y por supuesto a Ana Lozano y el equipo de Suma.

Confío de veras en que, si han llegado hasta aquí, hayan disfrutado de la lectura de la novela tanto como yo al escribir esta aproximación a este periodo fascinante de la historia.

EL AUTOR
28 de agosto de 2024

«Para viajar lejos no hay mejor nave que un libro».

EMILY DICKINSON

Gracias por tu lectura de este libro.

En **penguinlibros.club** encontrarás las mejores recomendaciones de lectura.

Únete a nuestra comunidad y viaja con nosotros.

penguinlibros.club

penguinlibros